原名《我们的故事》

贾宏图 著

没有墓碑的青春

我们的青春埋在了遥远的黑土地
墓碑在哪里 我在找寻
只看到满山的白桦林
还有山下望不到边的金色田野

WUHAN UNIVERSITY PRESS
武汉大学出版社

图书在版编目(CIP)数据

没有墓碑的青春/贾宏图著.—武汉:武汉大学出版社,2012.8
黑土地之歌
ISBN 978-7-307-09842-8

Ⅰ.没… Ⅱ.贾… Ⅲ.纪实文学—作品集—中国—当代
Ⅳ.I25

中国版本图书馆 CIP 数据核字(2012)第 107009 号

责任编辑:张 璇 责任校对:刘 欣 版式设计:马 佳

出版发行:武汉大学出版社 (430072 武昌 珞珈山)
　　　　　(电子邮件:cbs22@ whu.edu.cn 网址:www.wdp.com.cn)
印刷:武汉中科兴业印务有限公司
开本:880×1230 1/32 印张:15.25 字数:418 千字
版次:2012 年 8 月第 1 版 2012 年 8 月第 1 次印刷
ISBN 978-7-307-09842-8/I·590 定价:28.00 元

编 委 会

总　序

叶　辛

　　40多年前，中国的大地上发生了一场波澜壮阔的知识青年上山下乡运动。"波澜壮阔"四个字，不是我特意选用的形容词，而是当年的习惯说法，广播里这么说，报纸的通栏大标题里这么写。知识青年上山下乡，当年还是毛泽东主席的伟大战略部署，是培养和造就千百万无产阶级革命事业接班人的百年大计，千年大计，万年大计。

　　这一说法，也不是我今天的特意强调，而是天天在我们耳边一再重复宣传的话，以至于老知青们今天聚在一起，讲起当年的话语，忆起当年的情形，唱起当年的歌，仍然会气氛热烈，情绪激烈，有说不完的话。

　　说"波澜壮阔"，还因为就是在"知识青年到农村去，接受贫下中农的再教育，很有必要"的指示和召唤之下，1600多万大中城市毕业的知识青年，上山下乡，奔赴农村，奔赴边疆，奔赴草原、渔村、山乡、海岛，在大山深处，在戈壁荒原，在兵团、北大荒和西双版纳，开始了这一代人艰辛、平凡而又非凡的人生。

　　讲完这一段话，我还要作一番解释。首先，我们习惯上讲，中国上山下乡的知识青年，有1700万，我为什么用了1600万这个数字。其实，1700万这个数字，是国务院知青办的权威统计，应该没有错。但是这个统计，是从1955年有知青下乡这件事开始算起的。研究中国知青史的中外专家都知道，从1955年到1966年"文革"初始，十多年的时间里，全国有 100 多万知青下乡，全国人民所熟知的一些知青先行者，都在这个阶段涌现出来，宣传开去。而发展到"文革"期间，特别是 1968 年 12 月 21 日夜间，毛主席的最新最高指示发表，知识青年上山下乡，掀起了一个前所未有的高潮。那个年头，毛主席的话，一句顶一万句；毛主席的指示，理解的要执行，不理解的也要执行，且落实毛主席的最新指示，要"不过夜"。于是乎全国城乡迅疾地行动起来，在随后的 10 年时间里，有 1600 万知青上山下乡。而在此之前，知识青年下乡去，习惯的说法是下乡上山。我最初到贵州下乡插队落户时，发给我们每个知青点集体户的那本小小的刊物，刊名也是《下乡上山》。在大规模的知青下乡形成波澜壮阔之势时，才逐渐规范成"上山下乡"的统一说法。

　　我还要说明的是，1700 万知青上山下乡的数字，是国务院知青办根据大中城市上山下乡的实际数字统计的，比较准确。但是这个数字仍然是有争议的。

　　为什么呢？

　　因为国务院知青办统计的是大中城市上山下乡知青的数字，没有统计千百万回乡知青的数字。回乡知青，也被叫作本乡本土的知青，他们在县城中学读书，或者在县城下面的区、城镇、公社的中学读书，如果没有文化大革命，他们读到初中毕业，照样可以考高中；他们读到高中毕业，照样可以报考全国各地所有的大学，就像今天的情形一样，不会因为他们毕业于区级中学、县级中学不允许他们报考北大、清华、复旦、交大、武大、南大。只要成绩好，名牌大学照样录取他们。但是在上山下乡"一片红"的大形势之下，大中城市的毕业生都要汇入上山下乡的洪流，本乡本土的毕业生理所当然地也要回到自己的乡村里去。他们的回归对政府和国家来说，比较简单，就是回到自己出生的村寨上去，回到父母身边去，那里本来就是他们的家。学校和政府不需要为他们支付安置费，也不需要为他们安排交通，只要对他们说，大学停办了，你们毕业以后回到乡村，也像你们的父母一样参加农业劳动，自食其力。千千万万本乡本土的知青就这样回到了他们生于斯、长于斯的乡村里。他们的名字叫"回乡知青"，也是名副其实的知青。

　　而大中城市的上山下乡知青，和他们就不一样了。他们要离开从小生活的城市，迁出城市户口，注销粮油关系，而学校、政府、国家还要负责把他们送到农村这一"广阔天地"中去。离开城市去往乡村，要坐火车，要坐长途公共汽车，要坐轮船，像北京、上海、天津、广州、武汉、长沙的知青，有的往北去到"反修前哨"的黑龙江、内蒙古、新疆，有的往南到海南、西双版纳，路途相当遥远，所有知青的交通费用，都由国家和政府负担。而每一个插队到村庄、寨子里去的知青，还要为他们拨付安置费，下乡第一年的粮食和生活补贴。所有这一切必须要核对准确，做出计划和安排，国务院知青办统计离开大中城市上山下乡知青的人数，还是有其依据的。

　　其实我郑重其事写下的这一切，每一个回乡知青当年都是十分明白的。在我插队落户的公社里，我就经常遇到县中、区中毕业的回乡知青，他们和远方来的贵阳知青、上海知青的关系也都很好。

　　但是现在他们有想法了，他们说：我们也是知青呀！回乡知青怎么就不能算知青呢？不少人觉得他们的想法有道理。于是乎，关于中国知青总人数的说法，又有了新的版本，有的说是 2000 万，有的说是 2400 万，也有说 3000 万的。

　　看看，对于我们这些过来人来说，一个十分简单的统计数字，就要结合当年的时代背景、具体政策，费好多笔墨才能讲明白。而知识青年上山下乡运动中，还有多多少少类似的情形啊，诸如兵团知青、国营农场知青、插队知青、病退、顶替、老三届、工农兵大学生，等等等等，对于这些显而易见的字眼，今天的年轻一代，已经看不甚明白了。我就经常会碰到今天的中学生向我提出的种种问题：凭啥你们上山下乡一代人要称"老三届"？比你们早读书的人还多着呢，他们不是比你们更老吗？嗳，你们怎么那样笨，让你们下乡，你们完全可以不去啊，还非要争着去，那是你们活该……

有的问题我还能解答，有的问题我除了苦笑，一时间都无从答起。

从这个意义上来说，武汉大学出版社推出反映知青生活的"黄土地之歌"、"红土地之歌"和"黑土地之歌"系列作品这一大型项目，实在是一件大好事。既利于经历过那一时代的知青们回顾以往，理清脉络；又利于今天的年轻一代，懂得和理解他们的上一代人经历了一段什么样的岁月；还给历史留下了一份真切的记忆。

对于知青来说，无论你当年下放在哪个地方，无论你在乡间待过多长时间，无论你如今是取得了很大业绩还是默默无闻，从那一时期起，我们就有了一个共同的称呼：知青。这是时代给我们留下的抹不去的印记。

历史的巨轮带着我们来到了 2012 年，转眼间，距离那段已逝的岁月已 40 多年了。40 多年啊，遗憾也好，感慨也罢，青春无悔也好，不堪回首也罢，我们已经无能为力了。

我们所拥有的只是我们人生的过程，40 多年里的某年、某月、某一天，或将永久地铭记在我们的心中。

风雨如磐见真情，

岁月蹉跎志犹存。

正如出版者所言：1700 万知青平凡而又非凡的人生，虽谈不上"感天动地"，但也是共和国同时代人的成长史。事是史之体，人是史之魂。1700 万知青的成长史也是新中国历史的一部分，不可遗忘，不可断裂，亟求正确定位，给生者或者死者以安慰，给昨天、今天和明天一个交待。

是为序。

目　录

序言
寻找白桦林

　　在那夏末秋初的季节，我曾去寻找白桦林，到大小兴安岭交界的大山的褶皱里。那一刻我想起了俄罗斯作家库兰诺夫的《白桦之歌》："听吧，听吧，这时枝叶蔽空的白桦树是怎样地鸣响着啊！人们会听出：这里有着日益临近的秋天的预感，有着林叶的短促歌声，有着鸟儿的啁啾之声，有着风摆着白桦枝的甜美感觉。"然而我的耳边却总回荡着歌手朴树那《白桦林》的歌声，心中充满了忧伤——

　　　　天空依然阴霾　依然有鸽子在飞翔
　　　　谁来证明那些没有墓碑的爱情和生命
　　　　雪依然在下　村庄依然安详
　　　　年轻的人们消逝在白桦林……

　　我们从黑龙江畔的黑河市乘车出发，沿着江边的公路北上，过卧牛湖水库，开始攀山。那山就是兴安岭的余脉，山势渐高，嶙峋的山岩偶露峥嵘。那山上树木葱郁，树下繁花点点。我看到了翠绿的松树、杉树、椴树，却不见那风姿绰约的白桦树林。记得四十多年前的那个春天，我们坐着敞篷的大卡车，向哈青农场进发时，刚一出黑河就看到了白桦林。当时我们笑着喊着："白桦林！白桦林！"过去我们只在俄罗斯的电影、油画和小说里看到和读到过白桦林，在我们的心里她是美丽、浪漫和青春勃发的。

那时，年轻的我们真的看到了白桦林，从那天开始，真的和白桦林结缘了——我们在白桦林里安营扎寨，在白桦林里开荒种地，在白桦林里谈情说爱。我们爱在白桦林，也死在白桦林，在那终生难忘的岁月里——"高高的白桦林，有我们的青春在流浪"！与白桦林共处的生活写在我的第一本诗集里，那诗集的封面是用白桦树皮做的。它曾让远方的恋人流下眼泪。

我们的汽车走过二道湾子、纳金口子，我终于看到了那路边一片片的白桦林，如俄罗斯的森林画家希什金笔下的白桦林，那林子并不密，每一棵树都静静地散落在绿草丛中，她腰身还是那么挺拔，穿着洁白的衣裳；她的手向上举着，挂满三角形心状的小叶，那叶闪着金属般的光泽，边缘镶着不规则的锯齿。白桦树是有眼睛的，她的眼睛长在树干上，那苍老的枝杈脱落后，便留下一只鱼形的眼睛，黑色的眼圈黑色的眉毛清晰可见。那眼睛注视着大森林里的日出日落、冬去春来，注视着绿黄白黑的色彩变幻。白桦树是大森林中的抒情诗人，是阴森忧郁的森林中的一缕缕的阳光，是树中粗犷的男人群中的秀女。

我走下车，我走进了这片白桦林，我抚摸那洁白的树干，我摘下一片叶子，拿在手里端详，我把那叶子放在嘴里嚼着，体味那淡淡的苦涩。那白桦树干上的眼睛注视着我，好像发现了似曾相识的我，她们看见了我眼里流出的泪水……

我真的落泪了，我想起了我们在白桦林中遗失的写满苦恋的诗稿，丢掉在那林中草地上沾着泪与笑的手绢，还有飘落在树丛中亲人从远方寄来的水果糖的彩色的糖纸。

我还想起了 1969 年 5 月 28 日，那个春雨霏霏的日子，东北林学院的大学毕业生金学和，想用身体挡住从汽车上下滑的原木，掩护车下的战友，然后倒在了血泊中……他就被我们埋葬在那一片白桦林里。

我还想起了那个叫迟景铁的健美而浪漫的青年，因习练武功和唱"黄色歌曲"被打成"反革命"。也是在那年的秋天他从拘押处逃出，上吊自杀在他亲手建起的房架上，我们把他埋葬在他和恋人常去幽会的那片白桦林。

我又想起了就是那一年的 12 月，大雪狂暴的一个夜晚，在山里伐木的战友的宿舍突然起火，大家穿着单衣逃离火海，后被鄂伦春猎人救起，只有一个叫倪少兴的哈尔滨知青葬身火海，却被无端地怀疑为纵火犯。我们也把他埋葬在那片白桦林中。

他们曾是我的战友，他们漂泊在白桦林的灵魂常让我从梦中惊醒，我要用我的心和笔祭奠他们和许多让我难以忘怀的知青朋友，于是有了《我们的故事》，一个专栏和两本书。金学和《倒在春雨里》，迟景铁如《叶落白桦林》，而倪少兴葬身在《神秘之火》中。这后一个故事发表的第二天，我接到了一个陌生人的电话："我看到了你的故事，很感动！我是倪少兴的弟弟，我想知道我哥哥的墓地！"他叫倪少滨，是哈尔滨医科大学的教授，他哥哥下乡时，他只有五六岁。现在父母都去世了，寻找哥哥是他们的遗嘱。

受少滨和许多老知青之托，我来寻找白桦林，寻找遗失在白桦林中的老知青，也来寻找我们自己遗逝在白桦林中的青春。因为：他们是昨天的我们，我们是今天的他们。我在白桦林中采了一大把野花，有红的粉的紫的黄的白的，我只认得那红色的野百合，其他的花都叫不上名字。

路越来越崎岖，路边的树林也越来越密集。我看到了高耸云天的白桦树，三十多年前她曾和我们一样苗条和孱弱，现在她们已经很壮实，身上还挂满了黑色的疤痕，那是饱经雨雪冰霜的纪念吧！在路过鄂伦春新生乡和桦皮窑林场后，我们终于找到了托牛河畔的龙泉岭村——当年的哈青农场，后来的兵团一师独立一营，现在西峰山乡的一个小村。

　　听说我们是当年哈青的老知青，村民们都围上来，尽管这些外地移民与我们都不相识，但像见了乡亲一样高兴，因为他们劳作的这片土地是我们开发的。同一片土地上长大的人血脉相连。听说我们要找白桦林中的知青墓地，他们都指着村后的那片地说，就在那儿！他们说，我们刚来时还看到过墓碑，后来把那片白桦林伐掉了，都开地了，现在地里都种上大豆了。

　　白桦林没有了，林中的墓碑也没有了。这让我们很伤感。我们心情沉重地向那片豆地走去，路很泥泞，老乡给我们找来水靴，走起来更艰难。我们又坐上吉普车，像抢滩的坦克一样冲过那片泥潭，我们下了车，走到那片豆地前。面对这片茂密的已经结荚的豆地，我想起了那片亭亭玉立碧叶沙沙的白桦林，我记得很清楚，被定为烈士的金学和、冤狱而死的迟景铁和神秘死亡的倪少兴都被埋葬在这片白桦林，当时只为金学和立了碑，小迟和老倪只留下矮矮的坟丘，可这一切都荡然无存了，竟没有留下一点痕迹。那片大豆长得格外茁壮，绿森森的浓叶，豆荚十分饱满。我把从白桦林里采来的那束鲜花摆放在地头，点燃了从黑河带来的那捆黄纸。"学和、小迟、老倪，我代表哈青的老战友来看你们了！我们都走了，只留下了你们，太寂寞了！我们来得太少了，太晚了……"

　　我叨念着心中的祭辞，竟哽噎得说不下去，眼泪流在脸上，滴落在地上。和我一起伫立和流泪的还有她——当年和我在这里一起屯垦戍边的妻子，她是我写在这片白桦林中的诗歌的第一个读者。我还记得，在那滴水成冰的腊月，身为连队炊事班长的她到冰山一样的井台上打水，费力地摇动井绳却提不起挂满冰凌的沉重的柳罐，突然柳罐下落，辘轳飞起，重重地砸在她的腿上，至今还留着深深的坑。但她很幸运，当时她是向后躲闪，倒在了井台下，如果她向前一倾就会掉到井里，那片白桦林里又会多了一座知青的坟茔。她的泪水更多，祭奠着自己在这里失去的青春和美丽。

　　那黄纸化作红色的火苗，舞动着向天上飞旋，又化成黑色的蝴蝶，在这片豆地上盘旋许久，飞向了遥远的天际。

我们还是走了，告别了这片无碑的青春祭地。我们上了吉普车，还要冲过那片泥泞，可冲了几次都没走出去。司机又加大了油门，呼啸着再次冲去，可还是陷进了泥泞之中。我明白了，孤单冷清的战友是舍不得我们走啊！我知道学和、小迟和老倪是爱喝酒的，可我竟忘了给他们带酒。我们又下了车，向那片豆地深深地行了个礼，我大声地说："放心吧，我会让更多的战友来看你们，下次一定带酒来！"后来我们的吉普车终是走出了泥泞，走上了公路。

回来的路上我们很沉默。我又陷入朴树那首忧伤的《白桦林》的旋律中。他歌唱"有一天战火烧到家乡，小伙子拿起枪奔赴边疆"，从此他永远地离开了白桦林。而当年的我们何尝不是因为战火要烧到边疆，我们勇敢地奔赴黑龙江，走进白桦林。我们献出了青春，许多战友献出了生命……2000多万的年轻人义无反顾地从城市奔向农村边疆，他们是为了崇高的理想，是为履行对国家的责任！他们真的是不该被忘记的！

"谁来证明那些没有墓碑的爱情和生命？"有良知的作家会用自己的心和笔来证明。我们应该告诉人们，在那个特殊年代以年轻人的生命和爱情为代价的悲剧。不要忘记，是为了永远不再发生。

于是，我一次又一次地回到北大荒，回到黑土地，我寻找还在这片土地上耕耘而艰难生活的战友，寻找那些被遗忘在荒原中和大山深处的坟茔。我一次又一次来到战友们退隐的城市，这里曾是他们的故乡，现在他们是这灯红酒绿的大都市的边缘人。面对虔诚的我，他们打开尘封的记忆，给我讲述那些还沾着泪痕和血迹的故事。这样，就有了这部书。

马克思曾说过："任何人类历史的第一个前提无疑是有生命的个体人的存在。""人们的历史始终只是人们的个体发展的历史，而不管他们是否意识到这一点。"现在，那场人类历史上从未有过的人数如此众多、时间如此漫长、以纯粹年轻人为主体的如此壮观的生命大迁徙——"知青运动"已经消逝在历史的烟云中；那次运动的参加者，除少数精英进入中国政治的最高层外，大多数人已经退出历史舞台了。但是这段历史是不应该被忘记的。因为那是一代人用青春和生命写就的历史，是一段无法越过的历史。现在和将来无论谁要评价这段历史，我想他们应该首先要关注的是那些"个体人的存在"——那就是我们2000万年轻的生命！

"我为知青的历史作证！"

这就是我要为历史留下这鲜活的知青故事的原因吧！

2012年春天于哈尔滨

一、黑龙江畔的守望者

　　每当流过这座无名的小山，黑龙江总是放慢了脚步，浪花拍打江岸，哗哗作响。这时小山上的松林也摇动着枝叶，发出沙沙的声响。在风雨交加的夜晚，这声响就变成凄楚低沉的呜咽，在江面上、在山林中久久地回荡。

　　在无名小山的不远处，有一个不大的村落，在村落的边缘有一栋低矮的房舍，房舍里住着一个女人。每天日出和日落时分，她总是站在自家的门前，倾听黑龙江拍打江岸的声响，遥望那座无名的小山，遥望那山中被山林和荒草掩盖了的7座坟茔。

　　几十年过去了，她还守望着这座无名的小山，守望着山下那有名的坟茔。山上的树越来越密了，而她的头发越来越稀疏；山上的花越开越鲜艳，而她的青春越来越枯萎。想走的人都走了，她不时感到孤独，感到悲凉。

　　然而，她总是忘不了那一天，也许就是为了那一天，她还要守望下去。

　　那一天是1970年5月28日。那时她还很年轻，年轻得如山上带露的花朵。她是天津1968届初中毕业生，和成千上万的知识青年一样，带着理想和浪漫来到这黑龙江屯垦戍边。她所在的建设兵团一师独立三营二连就驻扎在黑龙江边。连里有一个打渔排，排里有一个由女知青组成的织网班，她就是其中的一个。她心灵手巧，很快学会了织网，而且成了其他青年的老师。她热爱这个工作，每当在江边金色的沙滩上支起长长的渔网，姑娘们穿梭飞线，边干边唱："渔家姑娘在海边，织呀织渔网……"后来她被调到附近的一个连队，去当织网班的班长。

5 月 28 日这一天，她突然觉得应该回老连队看一看，她请假说回去取行李，实际想回去会一会小姐妹。她刚到连队，看见织网班的伙伴正在上船，要到十几里外的"渔房子"织网。她也跳上了船，在船刚要启动的那一刻，她突然想留在家里拆洗被褥（其实她那天有了"情况"，已经不方便行动了）。这时，站在岸上的北京知青贾延云说："你不去，我去！"她是姐妹中岁数最小的，本来是留在家里烧水烧炕的。她跳下了船，而让小贾上了船。排长刘长发摇动小船，船上的 7 个姑娘雀跃着向她告别的时候，当时她真有些后悔。她们都走了，给她留下一片笑声。

不知为什么，那一天她总是心慌意乱的，什么也干不下去，不一会儿就到江边转一转，盼着姐妹们早点回来。傍晚时分，江上起风了，在她望眼欲穿的时候，天津知青杨大丰哭喊着跑回来了："快去救人，船扣在江里了！"因为她在学校学过游泳，只有她游上了岸，刘排长和 6 个女知青全被冲得无影无踪了！全连人马都出动了，沿着黑龙江边找边喊，手电筒和探照灯把江面都照亮了。她也在其中边哭边喊。

杨大丰对她说，这一天大伙可高兴了，3 个小时就把大拉网织好了，然后我们划着小船到江中的小岛上去玩，一起唱歌，一起朗诵毛主席诗词，从来没有这样开心过。中午，刘排长给我们做了一顿吵吵了近一年才吃上的鱼丸子，大家美餐了一顿。晚上回来时本来要走山路，刘排长说，晚上路不好走，我划船送你们。那是一条小船，坐上 7 个姑娘，再加上刘排长就有些挤了。当时江上起风了，坐一条船不安全，排长让我们去两个人跟另一条大船走，那船上都是男知青和老职工，谁也不愿意去。小船走到江中，风越刮越大，天也暗了下来。

江水突然涌进船里，船上的人本能地都站了起来，这时刘排长喊："不要慌，不要动！"但不等我们反应，船就翻了过来……我游出水面时，听到有人在喊："下定决心，不怕牺牲……"回头看，那是和她一起下乡的天津知青章秀颖在喊，在为她鼓劲，也是在为自己鼓劲。接着就听着战友们的哭喊声，后来这声音也没有了，江面黑森森的，看不见一个身影，死一般地寂静。"我拼命地喊，可没有人回答。我游上岸，爬上沙滩，就往连队跑。"

全连人找到天亮，一无所获。这时江畔都是人，团里的领导和师首长都赶来了！这件事惊动了整个兵团，也惊动了北京。周恩来总理指示，要千方百计找到知青的遗体。对岸的苏方提出严重抗议，认为中国有意制造边境事端。接着这件事被上升为"政治事件"——"排长刘长发带6名女知青投修叛国，留下杨大丰潜伏，并指使她谎报军情，以乱视听。"这个转业军人被开除党籍和公职，死里逃生的杨大丰也被审查，失去了人身自由。她被迫一遍又一遍地交代事件发生的经过，专案组想从中找出破绽。杨大丰几乎被审问得精神崩溃了，她整宿地睡不着觉，有时大哭，有时惊叫。全连的职工人人自危。当时黑龙江省正进行深挖"苏修特务"的运动，而地处黑龙江畔的黑河地区是这场运动的重点。这个事件被定性为"苏联特务策划的里应外合的叛逃事件"。

大约半个月后，刘长发的尸体漂了上来。接着发现的是班长、哈尔滨青年许淑香，她衣着依旧，像在熟睡中。哈尔滨知青刘毓芳和北京知青李金凤的尸体是在对岸被苏方发现后，又被送回的。哈尔滨知青孙艳漂到一个争议岛上，尸体已面目全非，她身上的一张照片证明了她的身份。天津知青章秀颖4个月后才被发现，尸体竟然完好无损。北京知青贾延云始终没有找到。

"叛逃事件"也没人再查了。他们被草草地安葬在连队附近一座无名的小山上，贾延云的棺材里装着她穿过的一件旧军装。连队的知青和职工流着泪在这座小山上种了许多松树。安葬的那一天，天黑沉沉的，后来下了雨。黑龙江上烟雨苍茫，狂风呜咽。

　　从此我们的主人公——天津女知青俞宏茹变成了另一个人。她不吃不睡，整天坐在江边哭，她说："贾延云是替我死的……"她一天天地消瘦下去，脸色蜡黄，目光呆滞。她被送到团部医院，怀疑胆被吓破了。又转到师部医院，诊断为肝昏迷。在小俞得病的时候，连队老党员宋钦柱，总让自己的女儿去看她，有时送来煮好的几个鸡蛋，有时送一碗热面。临到师部医院住院时，老宋让女儿送去50斤全国粮票和50元钱。俞宏茹一直在医院住了8个月，老宋不断派人看她。出院以后小俞又回到了这个连队。老宋还是经常叫她到家吃饭，连自家园子里新下来的西红柿、黄瓜、香瓜，都给她留着。

　　这时连里的老职工对她说，人家老宋对你这么好，你怎么报答呀！干脆给人家当儿媳吧！当时她听着脸都红了。老宋的儿子叫宋修江，在另一个连队当农工，她几乎没有见过他更没说过话。有一次小俞在江边游泳，宋修江在江边走过，在两人目光相交的那一刻，两人都红了脸。女伴告诉她，那就是宋修江，你看多精神的一个小伙子，嫁给他吧！当时她的心不禁一阵激动。她本来是有男朋友的，也是知青。可是他回去探家的时候，竟和她连个招呼都没打。也许是因为她得了病。在最困难的时候是老宋一家伸出了热情的手！如果在北大荒生活下去，这一家才是真正的依靠。

　　1973年7月15日，俞宏茹不顾家里的反对，在连队的一间土房里和宋修江结婚了。当时她只有21岁，也许还不懂爱情，但是她在宋修江宽阔的胸膛上感到温暖，在宋修江有力的臂膀中得到安宁。成家以后小俞的病都好了。大家说，她比过去漂亮了。

　　以后的日子平淡无奇。在大批知青返城的时候，她没有走，说不清是舍不得老宋一家，还是牵挂着那无名小山上的7座坟茔。后来一个跑到江对岸又回来的人说："我在老毛子那儿，看到一个中国小姑娘给人家喂马，好像你们连的贾延云！"她总觉得小贾没有死，她要在这儿等着她。开始那几年，每到清明节，或是5月28日那一天，她总是和大家一起爬上小山，去给她们7个人扫墓。可是后来去的人越来越少了，上山的小路也渐渐长满了树丛和蒿草，她想去也去不了了。

她成了守望者，每天早上和傍晚，她都站在家门口把那座小山遥望，在烟雨朦胧的日子，她好像听到那山里传来她们的歌声和笑声。在雨后天晴的时候，她看到那山里飞起一道彩虹。在狂风暴雨之夜，她突然听到她们的哭声，这时她总是把宋修江叫醒，靠在他的肩膀上，和她一起度过一个无眠之夜。她的泪水浸湿了枕巾。

二十年前，我偶然在黑龙江畔的那个农场的一个村落里看到了俞宏茹。她和我一路上看到在田园里耕种在集市卖菜在自己家门前抱孩子的农妇没有什么两样。她也和真正的农妇一样过着自己的日子。她领我到她家串门，我看到她家门前屋后都种着蔬菜和瓜果，还养着鸡鸭鹅狗。在离她家不远处的江里还泊着一条船。她说，我是靠下江打鱼解决两个在场部读中学的女儿的学费的。她还是自己织网，那网已经很旧很破了。江里的鱼也越来越少了。

那天，小俞和队里还留下的四个知青，请我在一家小饭店吃饭。我们都喝了许多酒，说了许多话。我说，我当年下乡的地方离这儿不远，在你们的上游。喝着喝着大家都哭了，后来又笑了。再后来我们一起来到黑龙江边。我们默默地坐着，谁也不说话，望着那无名的小山，又望着天上悠悠的白云。江边很静，只能听到江水在哗哗地流淌。

我们在守望着什么？逝去的青春，苦难的岁月，还是那无名山上的坟茔？

又是十年过去了，又是十年过去了。

小俞你好吗？能把你的现状告诉我，告诉读者吗？

这些年，我一直关心着在 1970 年 5 月 28 日遇难的那六个女知青和俞宏茹的情况，后来在网上看到在那次事故中唯一幸存的天津的知青杨大丰的文章，文中对遇难的每个战友的回忆，让我心潮难平，禁不住流下眼泪，那是些多么鲜活而美好的生命啊——

哈尔滨姑娘许淑香，死的那年 20 岁，她是我们织网班的班长，我们亲昵地叫她"许香儿"。她长得漂亮，眼睛又大又亮，总是水汪汪地像一潭秋水般明澈。她爱笑，笑起来两个酒窝匀称地挂在脸上。当年的我们少不更事，有时闹点小别扭，有时想家抹眼泪，她总是像大姐一样帮助我们。许淑香出身很苦，很小父亲去世，她随母亲改嫁，继父是个工人，生活很紧巴，这锻炼了她特别能吃苦耐劳、干脆麻利的风格。在我们班里无论干什么活，她总是第一个上。她一点不偷懒，还不发牢骚。1970 年新年刚过，我们全连进入一级战备状态，男生排进入江边的工事，女生排也转移了，只剩下我们班，大家哭成一团。许淑香坚定地说："大家别哭！我们班 9 个人生在一起死在一起！我和大丰在前面带路，秀颖的身体不好，她的背包我背。俞宏茹和刘毓芳照顾好金凤、延云！"她领着我们黑夜里急行军，终于找到了连队。"5·28"沉船事件后，许淑香是第二个漂上来的，她的姐姐和哥哥来处理后事。我们把她埋在了刘毓芳的身旁。

哈尔滨知青孙艳是我们的副班长，死时也是 20 岁。她个子不高，身体微胖，嘴巴撅着，笑时一对小虎牙俏皮地突出来。她爱说爱笑，遇事也爱叫真儿地问"凭什么"、"为什么"，她是公认的我们班的"参谋长"。孙艳是个争强好胜的人儿，她在我们班的织网技术也算数一数二的，谁若超过她，她一定撵上去。那时我就知道，她跟打渔排的哈尔滨知青杨和国是表兄妹，她常去找他。在那个年代，男女知青很避讳相互接触。因为他们是兄妹，大家也就不说什么了。出事后，我才知道他们是恋人关系，是两家老人撮合认可的。遇难后，她的父母和杨和国的父母都来连队处理后事。家长们在连队熬了十几天，生不见人死不见尸，最后失望地在 6 月 18 日离开连队了，几天后孙艳漂了上来。那是一个荒无人烟的小岛，附近的老乡到岛上捡鱼干，孙艳才被发现的。当时她尸首已不全了，就凭她背包里有我们连队食堂的饭票，才知道是我们连的人。当时是杨和国去认领的，因为无法带回来她的遗体，只好在岛上焚烧了。杨和国边烧边哭，然后他把骨灰用麻袋背了回来。后来杨和国认孙艳的母亲为干娘，并一直照顾她，为她养老送终。

哈尔滨姑娘刘毓芳死的时候也是 20 岁，她高高的个子，虎背熊腰，五大三粗的像个"假小子"。她说话嗓门大，一接触就知道是个爽快的人。她最大的特点是心里放不下任何事，所有的喜怒哀乐都挂在脸上。高兴时，会咯咯地笑个没完，难过时，也会闷闷地谁也不理。毓芳是我们班的壮劳力，班里的重活累活，不用班长安排，她都抢着去干。她心眼实，干活从不惜力，也不偷奸耍滑。毓芳最惦记最心疼的是她的母亲。她总跟我说母亲不容易，新中国成立前闯关东来到东北，丈夫死后，她领着孩子再婚。再婚的丈夫是个工人，挣钱不多嗜酒成瘾。母亲没有正式工作，以糊火柴盒挣钱养家。即使这样穷困，母亲还会接济比他们更困难的人家。沉船事件发生后，刘毓芳的母亲和继父来处理后事。记得她的母亲第一次来到我们织网班的小屋，抱着毓芳的被褥在炕上打着滚哭嚎，那个凄惨的情景至今不能忘。刘毓芳的遗体是苏方在一个江中岛发现，我去辨认的。那时她的脸部已开始腐烂了。我从她身上取下一枚毛主席纪念章，把她衣服剪下一角，留给了她的家人。

北京小知青李金凤是个"小六九"（1969年初中毕业生），死时17岁。她长得漂亮，皮肤白皙得出奇，永远是白里透红，招人多瞧儿眼。金凤心灵手巧，干活麻利，织网梭子在她手上仿佛像生风一样，你根本看不清她是怎么穿梭眼的。沉船事件后，金凤的父母都来处理后事，她父亲沉默寡言，母亲能言善辩，是家属们的主心骨。7月1日，金凤的遗体也被苏方发现，已经高度腐烂，棺材里往外爬蛆……后来我回天津探亲，还专程去看望她的老父亲，比去连队时老多了，我心里酸酸的。我走时三番几次地回头看他，他佝偻着腰，频频向我招手。我的眼泪止不住地流。

章秀颖是我同校不同班的同学，是我最好的朋友，死时22岁。她中等个，体态均匀。瓜子脸，杏仁眼，白白净净的脸庞，常显得有些苍白。她略带忧郁的眼神，常常放出沉静果敢的光。秀颖本来是可以不下乡的，大串联时徒步去延安时落下了毛病，身体不好。但她还是坚决地和我们一起走了。我们俩分到一个连队，又分到了织网班。因为她经常有病，我背着她找连队的王大夫给她开病假条，这样就可以领病号包饭。那时连队生活清苦，成天就是"两个馒头一碗汤"。病号饭是汤面里卧两个鸡蛋，有时还撒上点葱花，再滴上几滴香油，闻着都香啊。可我端来后，她以自己不爱吃面条拒绝了。她就是这样的人，为了自己的理想，宁愿自己吃苦，而不麻烦别人。秀颖死后，她的父亲和妹妹来处理后事，当时家长都提出要追认自己的孩子为烈士，唯有秀颖的父亲提出：找到遗体后，把孩子们埋在一起，给他们立个碑。我返城后，曾和她父亲商量，要把秀颖的坟迁回天津郊区。可她父亲不同意，他说还是让她和那几个孩子在一起吧！她的遗体是4个月后从黑龙江里漂上来的，当时遗体居然很完整。

北京姑娘贾延云死时也是17岁，她是我们班最小的，是个没心没肺的乐天派。每天早上一起来，就像百灵鸟一样鸣唱。开始说她做了什么梦，接着又说小时候的什么事儿。因为年纪小，干活时，常被照顾，可她总是拒绝，逞强非要干最苦最累的活。事件发生后，延云的父母亲来了。他们特别慈祥和善，忍着自己的痛苦还安慰我。后来我去北京时看过他们，他们还专程到天津看过我。我知道，他们每天都在想着延云！看见了我就好像看见了自己的女儿。遇难的5个姐妹的遗体先后都找到了，只有延云没有找到。20世纪80年代边境贸易活跃，有从俄罗斯那边回来的人说，对岸的一个村子里有个中国哑巴姑娘在喂马。延云的父亲听说后，还到对岸寻找过，却失望而归。2009年，我们当时下乡的那个农场，要给那次遇难已经找到遗体的5个姐妹修坟，他们找俞宏茹问掩埋的顺序，她打电话问我。我马上给农场打电话，请求他们别忘了贾延云。当时修葺的墓地已经竣工，在我的恳求下，他们又从西边扒开了个口子，给延云修了个衣冠冢。这样延云也算回家了，6姐妹得以团聚。已经在黑龙江边安家的俞宏茹真的成了他们的守护神了。

感谢杨大丰让我知道了那次牺牲的6姐妹的音容笑貌，更让读者为这些美丽年轻生命的消失而痛心疾首。她还介绍了因为这次事件被开除党籍开除公职的排长刘长发的情况，他是这次事件中死亡的唯一的男性。这个只有30岁的河南人是1966年3月转业的老兵。他在部队时入党并立过一次二等功，三次三等功。

　　杨大丰说，刘长发没有什么文化，说话常带脏字，开始我们对他敬而远之，没有好印象。后来发现他心地特别好，特别善良。当年我们去鱼点补网，他很少让我们下江，总是说："小姑娘家家的，总玩水，将来会得病！"冬天下冰网，撸冻鱼，他坚决不让我们干，生怕我们着凉。捕鱼点有什么好吃的，他总是给我们留着，然后找个茬儿，把我们叫到点上，美美地吃一顿。其实 5 月 28 日上岛补网就是为了让我们吃鱼丸子的，刚打上来的鲟鳇鱼肉特别鲜，过去只有皇帝才能吃到。工作结束后如果按他的安排，我们应该上另一条大船，这样再大的风浪也没危险。可我们谁也没上男生坐的那条船，结果悲剧发生了。他和 6 姐妹一起丧生的，死后又成了罪人。后来他的老父亲和弟弟从河南农村来奔丧，一进屋就给其他死难知青的家属下跪，他的父亲声泪俱下地说：是我的儿子害了你们的孩子呀！他号啕大哭长跪不起。其实刘长发也很惨，他死后三天，他的儿子出生，那时他的女儿也很小，家里又没有了经济来源，后来他的老婆是怎样拖着两个孩子熬过来的呀！刘长发是第一个从江里漂浮上来的，当时就被埋在了不知名的荒山上了。2009 年，我回去参加 6 姐妹墓地揭碑仪式时，听说前一年他的儿子把他的坟迁回河南老家了。我想，那些死去的姐妹可能更想永远和老排长在一起的。

　　黑龙江边的那位孤独的守望者俞宏茹还在吗？也许读者更关心这个生者的命运。我可以告诉你，她还在黑龙江畔的那座老房子里，和她的丈夫宋修江过着平静的日子。当然，每年的清明和 5 月 28 日那个难忘的日子，她会到 6 姐妹墓地为她们扫墓。有时，她也会去几十公里外的黑河市，那里建了一个"知青博物馆"，陈列着"5·28"事件牺牲的 6 位战友的事迹，她去讲解、去告诉远方的客人过去的故事，每一次她都泪流满面。

　　去年 4 月，俞宏茹去北京看望在那里打工的女儿，可能她太兴奋了，突发心肌梗塞，被送到同仁医院抢救，在生命垂危的时候，知青博物馆的同志在自己的网站发布了她的病情，众多老知青捐款为她成功地做了手术。7月，俞宏茹在网上发出了自己的感谢信，感谢几十个给她捐款的老知青，感谢他们又一次给她生命。她感谢的名单上第一个就是她的老战友：杨大丰！

在写这篇稿子时，我又打开了黑河的知青博物馆的网站，又看到了俞宏茹的消息：今年（2012年）的1月19日（腊月二十六）知青博物馆的同志们到黑龙江畔她的家中慰问她，给她和老宋送去了1000元。

我看到了俞宏茹的笑脸，她竟比十多年前更年轻了！

二、我不想告诉你她的名字

　　我不想告诉你她的名字，但我要告诉你她的故事。不想告诉你她的名字，是因为某种承诺。但是故事肯定是真实的。为了叙述的方便，我们暂时称她为小荣吧。

　　十几年前，我曾去北大荒采访，寻访那些被遗忘在荒原里的老知青。举世瞩目的中国知青运动，20 世纪 70 年代开始进入尾声。战斗在北大荒（黑龙江建设兵团）的 50 万知青陆续回到自己曾走出的城市。大概只有百分之一二的知青留在了北大荒。当返城的知青因北大荒的经历受到人们敬重的时候，留在北大荒的知青还在默默地过着艰辛的日子。当"知青饭店"、"北大荒餐馆"成为城里人最时髦的去处时，留在北大荒的老知青坐在自家的土炕上喝着自己酿造的苦酒。他们渐渐被人们遗忘了，甚至也被自己遗忘了。有时回访的老知青像衣锦还乡的状元一样受到农场职工前呼后拥的欢迎，他们却躲得远远的，不想和老战友见面。好像自己做错了什么事一样无颜见人。他们的心里真的很苦。

　　不知为什么，每次参加城里知青的集会，我总会想起他们。作为一个曾信誓旦旦"扎根边疆"并倾力鼓吹（当时我在黑龙江建设兵团报社当记者）如今却在城里幸福生活的老知青，我觉得欠他们一份情，欠他们一份债。后来的许多事实证明，越是激情满怀、豪情万丈的人激情冷却得越快，最早离开北大荒的，往往是那些誓言最响的"扎根派"。在离开北大荒十多年后，我悄悄地离开喧嚣的城市，又走进这片曾洒下我青春汗水和泪水的土地。也许我只有为留在这里的战友写点什么，我的灵魂才能安宁。

这是一次艰难的采访。三十多年前，北大荒的知青就像开遍原野的山花，随处可见，到处可采。可是现在寻找一个老知青，就像采一棵人参一样艰难。我到了黑龙江农垦总局，也到了十多个农场，谁也说不清楚，现在还有多少知青留在了北大荒。有的名在人不在，他们办了退休手续回老家了，但还是农场的人；有的名和人还都在农场，却不想接受我的采访。往事不堪回首，他们宁肯被人们彻底忘记。小荣就属于后者。

那一天，我风尘仆仆地来到三江平原腹地的一个农场，这是1958年王震将军带领10万转业官兵最早创建的大型国营农场之一。这一带兵团时期叫"建设兵团三师"，现在为红兴隆农场分局。从1963年开始就有知识青年来这个农场屯垦戍边，到70年代初，这里的知青达2万多人。农场宣传部张部长说，现在还有知青大概不到百人了。他说，我认识一位女知青，是你们哈尔滨老乡，经历坎坷，在生产队当老师。明天我领你去采访。我说，最好先打个电话，否则到时找不着她，张部长说，没问题。

第二天，场里派了一台吉普车送我们去小荣所在的生产队。北大荒无垠的原野让人心醉，我们的吉普车像快艇一样在绿海里航行。景色依旧，然而农场的境况已今非昔比了。农场已划分为若干个家庭农场，显示出新的活力，但由于粮食价格不合理等问题，农场的经济还面临许多困难。半军事化的乌托邦式的田原诗已成为遥远的回忆，在新的生产关系组合中并不是每一家都成为富足的小农场。一个小时后，我们赶到了小荣所在的分场，领导说，已给生产队打过电话，小荣在队里等你们。10分钟后我们赶到生产队，曾是小荣学生的队长说，我已通知她了，让她在家等着。可是家里外头都找不到小荣。

　　张部长突然想起，刚才我们来的路上好像有两个女的正往分场走，其中有一个可能是小荣。说着他领着司机开车回头去追。不一会儿，张部长把小荣"抓"了回来。原来小荣有意回避我们，她听说我们要到队里来就往分场跑，走到路上发现后面有车来了，马上钻到路旁深沟的蒿草里。张部长把车停在路旁，大声地喊："出来吧，我都看见你了！"张部长在分场当过副书记，管过教育，和她很熟。小荣从草丛里出来说："我哪还像个知青，没脸去见作家！"张部长说："作家也是老知青，大老远来看你，怎么能不见呢！"就这样，张部长用车把她拉了回来。一路上还是叨叨咕咕的，满心的不情愿。

　　在小荣和我握手的时刻，她泪眼迷蒙，我也不禁一阵心酸。岁月给她留下了太多的痕迹，她的穿着和形象与村妇无异，脸色黑黑的，皱纹深深的，头发像荒草一样凌乱，对她来说"知青"只是一个历史概念而已。

　　"你原来是哪个学校的？"

　　"你是哪年下乡的？"

　　"下乡在哪个团？"

　　和所有的老知青一样，只要唠起这几个话题，马上成了无所不谈的老朋友。就像全世界的无产者，只要你唱起《国际歌》，就成了一家人。在挂满灰尘的生产队办公室，一问这几个问题，小荣的话匣子就打开了，和我谈起她从不愿意对别人说起的故事：

　　"我是 1966 届初中毕业生，1968 年 11 月下乡的。当时也是豪情满怀的，是一路上唱着歌来的，和电影《军垦战歌》的情景一样。'迎着晨风迎着阳光，爬山过水到边疆。'可是一到农场就傻眼了，什么兵团？和农村也没啥两样，都是一片大雪覆盖的土房，然后就是一望无边的雪野，一点生气都没有。来到连队第二天就下地干活，是在雪里扒苞米，又冷又累，干了一天还看不到地头，我坐在地里就哭，鼻涕一把泪一把的，都冻在了脸上。

　　后来我就当炊事员，天不亮就起来做饭，大冬天到井沿挑水，一气要挑十几担，开始一步三晃，肩膀都压肿了，后来挑水也不觉累了。以后我又到猪号当饲养员，这也是个又脏又累的活，又是挑猪食，又是起圈，一天也是紧忙活。到了猪下崽时整夜守着，有时把小猪搂在自己怀里。我养的猪又白又胖，可好玩了。"

说着她笑了起来，我依稀还看得出一个活泼天真的女知青的样子。她笑的时候，满脸的皱纹都化成了花纹，让人高兴。

"反正连队什么苦活累活脏活我都干过，一直干到 1976 年 3 月，我被调到连队学校当老师，小学、初中，我都教过。我本来只有初中文化，为了教好孩子们，我真是下了不少工夫，曾多次被评为优秀教师。因为连里教师少，我放弃了许多出去进修的机会，结果连个大专文凭都没有，职称也没评上。没有职称，就不算干部，待遇和其他职工一样。最宝贵的机会让我失掉了，但并不后悔。

"随着年龄的增长，婚姻问题也提出来了。当时追求我的男知青也有，我却爱上了我们连的副连长老陈。这也许是命运的安排吧！其实老陈也不老，只比我大 6 岁。他哥哥是 1958 年转业的军官，他初中毕业从广西来到农场当工人，也算个知青吧！他刚刚离了婚，那女人不愿意和他在北大荒受苦，扔下两个孩子走了。那两个孩子，大的是男孩，才 10 岁，小的是女孩，只有 7 岁。老陈工作很累身体又不好，拉扯两个孩子很不容易，看着让人心疼。当时，我对老陈说，我年轻身体好，什么活都能干，我帮你把两个孩子抚养成人吧！老陈说，那怎么行！你这么年轻，我不能拖累你一辈子。你赶快返城吧，回到哈尔滨什么对象找不着！老陈说得特别诚恳，他越这么说，我越心疼他，越离不开他了。那时像我这样心眼实的女知青很多。

当时是 1977 年，大批知青返城了，我爸也给我办好了回城接班的手续。可是我坚持没走，和老陈结了婚，成了两个孩子的妈妈。结婚很简单，没有操办，因为老陈没有那个实力。我一进家门就成了两个孩子的妈！连里谁都知道，我待他们特别好。他们也把我当成他们的亲妈妈。

没想到结婚才几个月，老陈就得了病，到城里一检查是肝癌。我是泪水往肚子里咽，只能半夜里偷着哭。我领着老陈到处看病，花没了我们的所有积蓄，还欠了不少的债。当时我正怀孕，什么也舍不得吃。我生下儿子还没满月，老陈就去世了。他临死前说："我真对不起你！我们结婚才一年多，给你扔下三个孩子，太难为你了……"我说：'你放心吧，这3个孩子我一定给你抚养成人！'

老陈死的时候都没闭上眼，两个大一点的孩子抱着我哭成一团，我对他们说，'你爸死了，还有妈妈，我已对你们的爸爸作了保证，一定把你们养大成人！'"

说到这儿，小荣已是满脸泪水了。我强忍着泪水，可心里如刀割一样难受。

"那以后的日子你们娘几个是怎么过来的?"我难以想象，他们的日子会是什么样子。她用手抹去脸上的泪水，淡淡地笑了笑。

"我也说不清那些日子是怎么熬过来的。当时我每月只有37元的工资，还要还老陈生病欠下来的债，还要抚养3个孩子，真是难得没法说，可是我们总算过来了。在最困难的时候，1985年我又和队里开康拜因的老王结婚了。我们俩是苦命相连，他原来的爱人是个知青，因车祸死了，扔下一男一女两个孩子。别人撮合说，你也太苦了！老王人好，帮你一把，日子也会好过一些。这回我成了5个孩子的母亲，有老王和我共同支撑，我们的日子虽然很苦很累，但总算像个家的样子。现在这5个孩子都长大了，老陈的大儿子，我一直供他读到中专毕业，现在我们附近的六队当副队长，是个很有能力的小伙子。老陈的大女儿长大后，让她生母接走了。老王的大女儿按政策回城工作了，常回来看我们。我的小儿子和老王的小女儿都在场部读高中，他俩正好在一个班，像亲兄妹一样互相帮助。"

"你现在还当教师吗?"我问小荣。她说："早就不当了。生产队的学校都撤了，集中到分场去办了，有学历、有职称的老师都调到分场。我啥也没有，只能留在队里。别人说，你应该到上面找一找，当了这么多年的老师怎么一下子变农工了！我说，算了，在哪都一样干活吃饭。再说，还有一个婆婆是精神病，还要我照顾，我哪也不想去了。我现在的活是看麦场，你没看我晒得这么黑吗！这都是老头干的活儿，队里也算照顾我了。场里有好几年没给我们开工资了，一共欠我们4万多元，补发后，我又从哈尔滨的家里借了一万多元，用这些钱我们从队里买了一台康拜因。老王用这台机器在麦收和秋收时给别人家干活。我们家的日子不比别人差。"在农场小荣家算农技专业户，为别人家代耕代种代收，收入很高，应该是队里最先富起来的人家。我从心眼里替小荣高兴！

从她舒展的笑容中看出她的几分满足。

"难道你不后悔吗？下乡，还有婚姻？"

她想了想说："也没什么后悔的。下乡是我自愿的。别人返城时，是我不想走的。这些年也没白干。别的不说，就说我教的学生吧，有的考进了北京，还有的在农场都当了队长了。培养了这么多有用的人才，我也算实现了自己的价值。我嫁过两个男人，我真爱他们，他们也给了我爱。我为他们抚养了孩子，孩子们也爱我。作为一个女人，我知足了。"

在分手的时候，我们达成了这样的"协议"——最好别写，写也别写"小荣"的名字，怕城里的亲人看见了心里难受。

她站在路口向我们挥手，眼看着我们一点点消逝在绿色海洋的深处。在翻滚的绿浪中，那红色的砖房格外的鲜艳夺目。我回望站在村头的她，她却越来越高大，越来越清晰……

2010年7月，我又重回北大荒为《人民日报》写了一篇报告文学《仰视你，北大荒》，我曾在小荣所在的农场采访。当年接待我的张部长早就退休，我向场宣传部的人打听，他们说像小荣家这样的农技专业户，每个队都有，不知你说的是谁家。你放心吧！他们的日子都不错，每年几十万元的收入，在场买别墅的人家都不少了！

如果真是这样就好了。我在心里祝福着小荣一家！

三、山路弯弯

她飞奔而来，骑着一匹枣红色的骏马，沿着完达山盘旋的山路。春风撩起她的短发，她好像在云中飞翔。

弯弯的山路，好长好长，而它的发端竟是宽宽的北京长安大街。也许是命运的安排，1965 年 11 月初的那一天的傍晚，已经高中毕业于北京师范大学附中并在外文书店工作了的郭文魁，鬼使神差地和三个女同学出来散步。她们从灯市口走到王府井，从王府井又走到长安街，那悬在头上的标语"响应毛主席的号召，到农村去，到边疆去"竟让她们心潮激荡。

第二天，她们来到东华门街道办事处报名；

第三天，登上了北去的列车。

当火车在鞭炮声和锣鼓声中启动的那一刻，同行的知青哭作一团，而她没有流过一滴眼泪。

向北，向北！火车、汽车、马车，把她送进完达山怀抱中那弯弯山路尽头的云山农场。她和伙伴们住进了推开窗子能看见远处的山影和近处荒原的土坯房。

因为是高中毕业生，她可选择的岗位很多，比如可以在连部当文书，也可以当连队的小学老师，她却选择了让女孩子望而却步的岗位——当兽医。她的第一个伙伴就是那匹枣红马。她骑着它去场部取药，在山路上奔跑的时候，她对着大山唱歌和欢笑。在大山的回声中，她听见了天使般的自己；在飞越小河时，她望见了自己水中飞驰的身影，是那么的潇洒英武。

然而兽医这活儿又脏又累又危险，连勇敢的男生都不愿意干不敢干。给有病的马作内诊，得把整个手臂都伸到马的肛门里，为此她呕吐不止，几天吃不下饭。她还要干过去只有男兽医干的活——劁猪。第一次她按倒一头公猪，累得满头大汗，而且羞红了脸，拿刀的手都在颤抖。经过好一番的磨炼，她终于炼就了一身好本事，她可以给奔跑的猪打针，给各种大牲兽治疗疑难病症，而劁猪是她的拿手好戏，队里的职工都信着她的心细手快。她成了远近闻名的女兽医。

弯弯的山路好长好长，又洒下她长长的泪水，这泪水是苦还是甜，她一时也说不清。那一年她 21 岁，他 29 岁。他是友谊农场苏联专家培养出来的拖拉机手，来到他们队里搞"社教"。任务完成了，他要走了。队里舍不得这个技术能手，想留下他，唯一的办法就是在队里给他找一个对象。队里领导想到了郭文魁，当时队里岁数最大的女知青。

"小郭呀，岁数不小了，该考虑个人问题了！"队长来找她。

"不，我现在不考虑这个问题。"她回答得很坚决。

"早解决好，对工作有利。要听组织的话！你看友谊农场来的高本琦怎样，人老实，又有技术。"

她想起来了，高本琦，那个拖拉机手，不爱言语，干活有一套。她还知道，他 19 岁从山东来北大荒，现在还抚养上中学的弟弟妹妹。心肠挺好。

"你还是考虑考虑吧！"还没等她回答，队长走了。

第二天一早，高本琦来找她，给她一封介绍信——介绍他俩到场部办结婚手续。她一看发火了，然后哭起来。

他不知怎么劝她。她在屋里哭，他站在门口等她。

路旁停着送他们去场部的马车。一个小时过去了，两个小时过去了，半天过去了。他在等着，马车也在等着。她终于擦干眼泪，慢慢走出房门，和他一起上了马车。是同情他，是被他的真情打动，还是屈服于一种压力，她也说不清。

山路好长呵，只有马蹄声声。大山默默地注视着这个愁容满面的姑娘。一路的好山景，可是美丽的姑娘无心观赏，她默默地流泪，她不知道，这是她通向幸福的路程吗？

在办登记手续时出了麻烦。办事人很认真："你们互相还了解不够，怎么这么草率就结婚！"她哭了，他也哭了。男人的眼泪很少，但比女人更有力量。后来，连队的领导给场里的领导打了电话，场里领导又给办事人打来了电话："行也得办，不行也得办！这是革命工作的需要！"这就是那个时代的特征，无论什么事，只要是工作需要，都要开绿灯。在领导看来，这是两全其美的事，既留下了一个技术骨干，又解决了一个大龄女知青的婚姻问题。这真是一件大好事，连队的领导为此特别高兴。

工作人员在他们的结婚证书上郑重地盖上大红公章时，他笑了，她大哭起来！她为自己的命运大声地哭泣，她不知道未来的日子是什么样子。那一刻，她没有任何喜悦，只有悲伤和无助。

在回连队的山路上，这两位合法夫妻竟没有说一句话。高本琦真希望她骂自己几句，那样他的心情也会好一些。

平静艰辛的生活开始了。队里给了一间土房，他们自己动手建了一个家。两套行李，两个板凳，是他们最主要的家当。搬家那天就举行了婚礼，她买了两斤糖果招待知青战友。老高在地里收大豆，没有赶回来。那一夜，她躺在湿乎乎热腾腾的土炕上，流了一夜的泪。

这一切都好像天方夜谭，可是在那样的年代，这样的故事就这样发生了。没有想到，他们就这样过了一辈子。

后来她怀孕了，含泪放弃了当了 4 年的兽医。再后来她随老高调到了场部，他在机务科工作，她在托儿所当所长。开始她教孩子唱歌跳舞，以后又教他们学英语。孩子们回家叽里哇啦说个没完，家长不明白说的什么，去问郭老师。她说，放心吧，孩子们说的是英语，不是骂人的话。

"我们的孩子会说英语了！"家长们笑了，这大荒原上的孩子会说英语成了奇闻。场里领导知道了，她马上被调到场部中学当英语老师。这一来，郭文魁找到了自己的最佳位置，她非常胜任，因为她的初中英语老师在国外当过领事，她高中英语老师的母亲是英国人，郭文魁的英语在读书时就是一流的。很快，她成了场部中学的优秀教师、牡丹江农管局的优秀教师。1983年，她在场部中学教的高中毕业班有31个学生，当年高考30人被录取，另一个第二年也考取了大学。这是当地教育史上的奇迹，她成了当地的教育名师。北大荒的孩子真幸运，他们遇上了这么好的老师！多少年过去后，在多少知青离开后，北大荒人说起当年知青的贡献，大家说最重要的贡献是他们带来的文化影响。不仅是因为北大荒的孩子在知青老师的教育下，许多人考入大学，现在成了各种专门人才；同时，在知青的影响下，当地人的文化素质有了很大提高，现在农场和各级领导的技术骨干，都是知青的学生。

这时，郭文魁才觉得真正的生活开始了。她要把自己的青春都变成知识，给北大荒留下文化，这才是永久的财富。如果说，她并不满意自己和老高的奇异的婚配，但通过这样的婚姻她得到了贡献自己才能的机会，她也就认了。因为这也是不幸中的大幸吧！

已经成了农机专家的老高参加了开发抚远荒原的战斗。他们在人迹罕见的荒原深处建起了一个垦荒新城建三江。新城发展文化教育需要一流的教师。这次，他们"扣下"了已经完成任务的老高，为了调来优秀的英语教师郭文魁。在她没调来之前，这里已为她家准备了一套新建的楼房。她到建三江中学工作一年就被评为全国农林系统优秀教师。她在努力地用自己的爱心和精湛的教学方法，把缺少文化渴望知识的转业军人农场职工和知青的后代培养成国家和垦区急需的人才。为了工作方便，她经常住在学校，节假日她的家里也挤满了学生。在建三江，郭文魁是位特别受人尊敬的人，当地的孩子以能成为她的学生为荣，因为她的努力，改变了许多孩子的命运。

在知青大返城的时候，北京的亲人在召唤着她，北京的同学也在召唤着她。1989 年 7 月，她利用假期回京参加同学的聚会。在杯盏交错的时刻，有的同学说："郭文魁是全国优秀教师是我们的光荣！"有的同学说："我们不是全国先进，但我们在北京！"这话深深地刺痛了她的心，她不肯在北京多住一天，她想北大荒，想老高，想自己的两个孩子，更想自己的学生！

那一天，同学们都到火车站为她送行。本来同学们商量了，一定想办法把他们的团支书调回北京，可她谢绝了。在列车开动那一刻，大家都哭了。

那一夜，在建三江宾馆，我和郭文魁聊得很晚。第二天清晨，我在建三江宽阔的大街上散步，又碰到了郭文魁，她去赶学生的早自习。脚步匆匆。

我想起了她骑着马在山路上奔驰的身影。

2011 年夏天，我又来到郭文魁的家乡建三江农管局采访，我在我的报告文学《仰视你，北大荒》中这样写道：

"今天，我们终于走进这个已经住着十万人的农垦新城，我只能用'震惊'这两个字来形容我们的感受：像北京长安街一样宽阔的十里大道让我们震惊，沿街高耸的鳞次栉比的楼群让我们震惊，正在建设的职工住宿小区那一排排造型新颖的别墅让我们震惊，街头上走过的穿着时尚的年轻人让我们震惊……

展现在我们眼前的只是建三江垦区的中心，而在她那 1.235 万平方公里的大地上已经开垦出 572 万亩的土地，15 个装备精良的国营农场以高出全国 52 个百分比的机械化程度，每年为国家生产近百亿斤的粮食，这才是最值得我们震惊、值得北大荒人骄傲的。见多识广的外交部部长杨洁篪在参观过建三江垦区后兴奋地说：我到过许多国家，建三江的现代化大农业可以说是世界领先！

作为建三江第一批开拓者，作为这个农垦新城的第一代市民，郭文魁和他的先生老高的贡献当然是彪炳史册的。这是他们一生的光荣，因为这个城市在他们的手中升起，因为他们开垦的土地成了国家最重要的粮食基地！"

　　已经退休的郭老师来到宾馆看我，别看她已是满头的白发，但一点不像花甲老人。作为中心中学的教学权威，学校里还有很多事离不开她；老高更是闲不住，这个作为全国农业机械化水平最高的地区的农技专家，他还有许多事在做。更让郭老师自豪的是医科大学毕业的女儿又回到了建三江，已经在局中心医院当了内科主任，在外地读大学的儿子也将回到这座新城里贡献自己的青春。郭老师说，不知道为什么，孩子们都特别喜欢在建三江工作和生活。我说，因为他们的父母的青春都献给了这片土地，而他们又生于斯长于斯吧！

　　回首往事，郭文魁好像对自己当时的婚姻还是有些耿耿于怀。我说："没有和老高的婚姻，哪有你两个优秀的孩子！"

　　她笑了。是呀，婚姻是多么神秘的事情，看着特别般配的婚姻不一定长久；但强扭的瓜有时也很香甜。

　　"都退休了，你怎么不回北京？"我问她。

　　"你看我们建三江，哪儿不如北京？"她问我。

　　我一时无言。看来在哪儿生活幸福，全在自己的感受。

四、风采依然

风雪呼啸的山林，回荡着青春的激越旋律。

"顺山倒喽！"随着一声呼喊，一棵顶天立地的大松树地动山摇般地倾倒下来，卷起一阵雪的风暴。哈尔滨姑娘陈桂花举着手里的弯把子锯和同伴们一起欢呼跳跃。

当落日染红山林的时候，他们坐上返回连队的汽车。车在山林崎岖的路上摇晃，陈桂花昏昏欲睡，渐渐陷入梦乡。突然汽车向山沟里倾斜，陈桂花被扣在车下的一个雪坑里。眼看车毁人亡的悲剧就要发生！

感谢那一棵树桩支撑出一个空间，陈桂花身陷其间，虽然安然无恙，却从此改变了生活的道路。

陈桂花被吓病了，她住进了859农场医院。黄胆性肝炎、风湿性关节炎，一齐向她袭来。她身体浮肿，连走路的力气都没有。这时又从哈尔滨传来母亲因癌症去世的消息，她以泪洗面，甚至没有活下去的勇气。

经常到她床前探望的是一个三十多岁的男人王福。他是从部队转业来农场的，在医院当烧水工人。他主动为病人送开水，对孤苦而重病的桂花格外的关照。桂花也知道，王福刚死了爱人，扔下4岁和35天的两个孩子。老王的命也真够苦的，他的日子也真难呀！桂花也常为他落泪，也涌起"同是天涯沦落人"的情感。

在陈桂花出院的那一天，老王来送她，托她打听一下她们连队有没有奶粉，家里的孩子没奶吃总哭。几天后，陈桂花和一个女知青，带着奶粉和一些孩子吃的东西，来看王福。简陋的住房，寒苦杂乱的生活，嗷嗷待哺的孩子，又一次让陈桂花动了情。

老王不知怎样感谢两位女知青，到鸡窝里掏了几个鸡蛋，又到菜园子里割了一把韭菜，为她们炒了一大盘菜。天天在大食堂喝汤的陈桂花难得吃上一顿炒菜。但是她没有想到，为了这盘菜她付出多么大的代价。

正好王福和陈桂花所在连队的指导员是老战友。几天以后，老王来连队了解陈桂花的情况。指导员说，小陈特别勤快，什么脏活累活都能干。身体好的时候，半天能给食堂挑15担水。老王又问，她有什么缺点？指导员说，她脾气暴。老王说，有点脾气好，不受人欺负。也许是指导员的撮合，也许陈桂花早就有意，就在王福的这次探访中，他们订了终身。

当时的陈桂花很现实，对于她这样的病号，能走出大宿舍，有一个自己温暖的家，有一个知痛知热的男人，就足够了。再说，她真心实意地喜欢老王的两个女儿。那时的女知青就是这么单纯，就是这么善良。而且在严寒的北大荒她们特别渴望温暖，为了一点真诚的温暖，她们甚至可以献出自己的一生！

她给哈尔滨的家里发了电报。家里马上回了电报：你若和王福结婚，家里和你一刀两断！

谁也没能阻挡陈桂花走自己的路。家里越反对，桂花却越坚定。这就是爱情千古不变的规律。她很快和王福结了婚。王福求领导把桂花也调到医院，结果，他们被调到更艰苦更偏远的连队。当然对他们的婚姻也有流言，有人说王福乘人之危把女知青骗到手了，为了惩罚他，结果被发配到更远更苦的地方了，可怜的陈桂花只能承受这一切。她靠病弱之躯支撑着破败的家。她一进门就成了两个孩子的母亲，她精心照料她们的吃穿，像亲生母亲一样培育她们成长。怕别人说闲话，她处处小心，宁肯自己多吃苦，也要让两个孩子比别人家孩子更健康更快乐。听她们一声声"妈妈"的呼唤，她不知道是苦涩还是甜蜜。能干的陈桂花把王家清苦的日子过得有滋有味。人们常常听到她开朗的笑声。大家都说王福真有福分。

三年后，陈桂花生下了一个儿子，分娩时大出血，死里逃生却落下了病根，节育措施失效，她又连生了两个男孩。作为一个知青，她也未能走出传统的羁绊。她和许多多子女的农民一样忍受着生活的艰辛和苦难。

二十多年过去了，前房的两个孩子已经长大成人，陈桂花帮助她们建立了自己的家庭。她生的三个儿子也成了健壮英俊的小伙子。过去的日子曾一贫如洗，可是她还是走过来了。1979年父亲为她办好了返城手续，可为了这个她曾付出巨大代价的家，她没有走。

陈桂花毕竟是有文化有知识的青年，她不会永远和千百万农民过着一样的日子，她要走和他们不同的路。1985年，农场改革，兴办家庭农场。在队里她第一个站出来承包土地，并张罗着要办家庭养牛场。她连借带贷准备了一万元，买回两头优质黑白花奶牛。可惜出师不利，3个月产下一头牛犊的大奶牛死了，刚生下的牛犊也死了。一万元就这样付之东流了。全家人都伤心落泪，王福蹲在门口叹气。陈桂花擦干眼泪说，我就不信能养活一大帮孩子，就养不活几头牛！

她打点行装回哈尔滨，到郊区的养牛户求教，又向妹妹借钱买回两头奶牛。这回她真下了工夫，全家动手盖了两栋牛舍，每天严格按科学要求饲养。她又养了300只鸡和3头肥猪。这一年全家收入一万二千元，不仅还上了借款，还有了零花钱。一晃七八年过去了，到1995年时，陈桂花有奶牛17头，每天收奶50多公斤，固定资产3万多元，成了队里的养牛大户，农场授予她"养牛状元"称号。队里的职工特羡慕她，人们说："陈桂花真行，生孩子净是男的，养牛下犊净是母的！"

连着两天，我从场部坐车到陈桂花家里采访，都没有看见她。王福说，她到建三江的农垦中专看大儿子去了。陈桂花家最重要的财产是正在学农业经济的大儿子。她说，要办好家庭农场，没有技术不行，她希望大儿子早一点接她的班。老王招呼正午睡的两个儿子放牛，他们爬起身，赶着懒散的牛群向不远处的草滩走去。我看到他们全家挤在一栋土房里，一铺土炕占据主要面积。唯一值钱的是一台不大的彩电。院子里牛房猪栏鸡舍样样俱全，园子里果菜繁茂，一片葱绿。陈桂花不像人家说的那样富，她们一家刚在富裕的路上起步，还要走艰辛的路。

我为没有面见陈桂花而遗憾。有人说，陈桂花还是那么年轻漂亮，40多岁了风韵犹存，两腮边的酒窝还是那么深那么圆。有人说，陈桂花和劳苦的农村妇女没什么区别，没有一点知识青年的样子了。

也许不见面更好。我心中的陈桂花风采依然。

这个故事在网上发表后，我看到一位叫德文的先生写下这样的留言：为什么陈桂花宁可和家人一刀两断也要留下吃苦受穷？因为那里有她的真爱！她爱那淳朴厚道的男人，她爱与他同甘共苦的生活，她爱她寄予厚望的孩子！这是许多人无法理解的，因为没有陈桂花这样的思想境界。作者的这个故事可以作为人生的教材，给现代青年和一些世俗化了的中老年看一看。

一位叫张望儿的网友有这样的留言：爱自己喜欢的人，过自己喜欢的日子，在哪儿都是幸福。你能说陈桂花不幸福吗！那些人返城之后，没有理想工作，没有自己热爱的事业，未必就比陈桂花幸福。

五、奉献无价

"大烟炮"把抚远荒原搅得天昏地暗，仿佛要把大地上的所有生灵赶走。拂晓时分，一列红色拖拉机组成的队伍开进荒原深处。从拖拉机后面的木爬犁上跳下一群人来，其中一个穿棉军装的姑娘，狗皮帽子下的脸颊红扑扑的，眉毛和发梢上挂满了霜雪。

"我们来了！"她对着荒原大声地呼喊。那喊声很快消逝在风雪之中。

二十多年后，她还在呼喊，这声音回荡在建三江农垦局广袤的原野上，传遍每一个农场。那声音是通过现代的传输工具——耸入云霄的广播电视塔。作为建三江的广播电视局局长（1995年），她和她的同事们的声音和形象经常出现在抚远大地千家万户的电视屏幕上，每天讲述着黑土地上发生的故事。我2006年采访杨璐时，她正在局长的位置上。白天她太忙，只好晚上到她家里谈了。

齐耳短发衬托着那张刚毅甚至有几分忧郁的脸，眉宇间还寻得见当年一个热情泼辣的天津姑娘的风韵。她说起话来有条有理，声调不高，已全无天津话的风韵。

我是天津女二中1966届高中毕业生（我说咱们俩是同一届）。毕业时，我的物理考了115分的全班最高分。如果不是当时废除了高考制度，我有把握考上一所名牌理工大学。我的理想是当居里夫人那样的物理学家。

（作为当时重点学校的女生，杨璐是特别有志向的。可惜"文革"的到来让我们这些正待高考的应届高中生的一切理想都付之东流了。在下乡的老三届中，我们这一届学生是最倒霉的！）

我是 1968 年 10 月自愿报名来北大荒的，本来分配到条件最好的 18 团（是苏联 1954 年援建的现代化友谊农场，因土地面积和生产规模都是全国最大的，当时被称"天下第一团"），我又报名去开发抚远荒原。当时不要女的，我直接找到了团长，不批准，就坐在他的办公室不走！这样，我就成了 18 团最早进入抚远的 5 个女人之一。

杨璐走进抚远荒原即现在的建三江管局的过程就是这样的。

那是 1969 年 2 月，仍然是荒原上最严酷的季节。杨璐和先遣队在一片桦树林中安营扎寨——在雪地上支起帐篷，用桦木杆铺成床铺，铺下还是一片雪。用汽油桶做成炉子，整天烧着桦木拌子，一停火，屋里和外面一样冷。睡觉的时候，都戴上帽子，早上醒来时帽子和被头上都是霜雪。杨璐她们几个女生也住在男宿舍里——男同志为她们用苇席搭了一个"包厢"。大家不放心她们单独住一顶帐篷，怕她们成了黑熊和野猪的晚餐，那时这些"朋友"经常光顾他们的住地。抚远荒原是发生过黑熊或野猪咬伤知青的事故的。

当时的生活用水就是雪和冰。杨璐经常跟着马车到河里去拉冰块，然后装在水桶里放在炉子上融化，上面是水，桶底是泥和草根子，他们照喝不误。这样的冰水我也喝过，1968 年的冬天，我也在这样的荒原度过，那是在大小兴安岭交界的大山里。

杨璐说，冬天倒不怕，夏天最难熬。荒原的蚊子又多又大又狠，让你无处藏身。那时我已当了拖拉机手，在后面扶大犁翻地。蚊子把我围起来，脸上一层，用手一抹，黏糊糊的，疼痛得难以忍受，脸肿得变了形，涂上一层紫药水，演大花脸不用化妆了。有一次，我开着拖拉机到团里办事，把人家吓一跳，不知我是人是鬼！她说来轻松，其实在荒原里被成群的蚊子叮咬是天下最痛苦的，知青们说肯定比

"红岩"的白公馆和渣滓洞的刑罚厉害！

说着杨璐笑起来。她说，当时吃饭都在外面，汤里落了一层蚊子，闭着眼睛往里喝，也不知是什么滋味。后来我调到团部当青年干事，条件和连里差不多，也是住帐篷，挨蚊子咬。下连队的时候腰里别一把斧子，一是防野兽，二是渴的时候用斧子在桦树上砍个口子，喝涌出来的桦树汁。"那才是真正的桦树饮料，不像现在净是假的！"

杨璐又笑了。她的丈夫熊圣武要开冰箱为我们取饮料。我说不必了，还是杨局长的故事更有味道！

我请他们说一说关于爱情的故事。杨璐说，我们的爱情没故事。和当时的知青女干部一样，我们的爱情也是在组织的关怀下进行的。1972年我在师部工作，已经26岁了，组织派了一位热心的大姐开始为我物色对象。老大姐热心地找我，说帮我找对象，我说这事不用你操心，把人家顶回去了。因为这件事，我还在党的小组会上受到批评。建设兵团还继承部队的老传统，知青干部特别是女干部的婚姻是要靠组织帮助的。现在看这样也没什么不好。

后来在组织的安排下，她和熊圣武在办公室见了面。他是部队转业的干部，在师部当通讯排长。这个英俊的四川小伙子很实在。他低着头对杨璐说："你是大城市长大的，在机关工作，文化水平比我高。我是农村长大的，在连队工作，文化水平比你低。你一定要慎重，我绝不勉强你。"在当时的兵团，转业军人是干部，而知青无论你当什么干部，也是战士。给一个女知青介绍一个转业干部，那是很般配。没有级别和身份概念的杨璐并没有在意这些事，但小伙子的真诚打动了她的心，还真喜欢上他了。

这以后她去连队蹲点，他去修建从建三江通往兵团总部佳木斯的通讯线路。几个月不见面，他们写了许多可以公开的情书，谈的都是学习体会、工作收获，充满了理想主义的光彩。

第二年春节，杨璐和熊圣武一起回了一趟四川老家就算结婚了。领导分给他们一套住房像冰窖，缸里的水都冻成了冰坨，切菜都要戴手套。后来他们搬回了集体宿舍，原来的住房成了联络站——谁有事留个纸条，约定见面的地点。

坐在一旁的他们的小女儿晓津仿佛第一次听到关于爸爸妈妈的爱情童话。她偷偷地笑，好像很有趣，很可笑。

杨璐摸着孩子的头说：这些年让我最难过的是孩子。那些年，女同志怀孕生孩子就像犯了罪一样抬不起头来。生老大时前两天我还参加刨粪劳动，生怕人家说长道短，生孩子那天早上，我还上班呢！孩子还没断奶就送回天津了，晚上拿着孩子的照片直哭。后来又有了老二，有时把她锁在家里，有时背着她一起出去开会、一起下连队。我在省委党校学习那两年，全是他爸带着她，把她爸累病了，在哈尔滨住院，又把她托付给了同志们，从小和我们一起吃了不少苦。说到这儿，我发现杨璐的眼圈都红了，自己吃多少苦，她从来不在乎，可孩子吃一点苦，她都挺伤心。

现在按着政策老大晓川回天津读书了。虽然有兄弟姐妹照顾，可总是牵肠挂肚的。她难免也有寄人篱下的感觉。杨璐说，20年前我们下乡和父母分离，20年后孩子返城又和我们分离。哎，这一辈子什么事都让我们赶上了！每次放假，晓川回来和我们团聚，走的时候，小姐妹俩哭作一团，我们也跟着落泪。今年晓川中专毕业了，要家长联系接收单位，局里正搞电视台建设，我一时走不开，晓川在电话里哭，我的心里比她还难受。

我在杨璐的家里看到了晓津写的一篇作文《我的妈妈》："我的妈妈是知青，其实她现在也不老。可是她的头发白了，白了许多。她总是为工作操心，为我和姐姐操心。我看见妈妈偷偷流过泪，我心里很难过……我多么希望妈妈永远年轻！我多么希望妈妈永远快乐！"

我也很难过，为与我血肉相连命运相关的北大荒的战友！我毕竟也在那片土地上流过汗也流过泪。同时我也为他们自豪，他们无私地为共和国的土地奉献了自己的青春，还在贡献自己的终生。难道他们不值得我们加倍的关怀和思念吗？

我的这篇文章在博客上发表后，吸引了许多读者，后来杨璐还给我来了信，更正了文中的不准确处，更准确地介绍了她当时的生活和工作。我愿意把她的信附在文后，读者可以看到一位退了休的老知青的心境，她们真是当今社会特别值得敬重的人。

　　尊敬的贾老师：您好！

　　连日来，在您的博客里拜读了多篇"我们的故事"。这些活生生的故事，把我的思绪又带回到了那段难忘的岁月。一个个知青战友鲜活的形象，跃动在我的眼前，他们的事迹感动着我，他们的命运牵动着我的心，常使我情不自禁地流下泪水。和他们相比，我感到自己实在太平凡了。他们有的比我贡献大，有的比我吃苦多，有的为北大荒献出了年轻的生命。感谢您让我们永远记住他们，让他们永远活在我们这一代人的心中。

　　那篇"奉献无价"，因是我的亲身经历，虽当时并不觉得苦，但现在回味起来，别有一番滋味在心头。是欣慰——为自己没有向困苦屈服；也有自豪——为拥有那段不平常的经历。

　　这段经历的一些细节，在此作以说明：

　　1. 我不是18团最早进入抚远的五个女人之一。

　　我1968年10月下乡到18团，两个月后得知了要开发抚远荒原的消息。组建新团人员的条件是"优秀的贫下中农和经过一年以上考验的知青"。我不够条件，但有一个很坚定的想法：既然到边疆来接受再教育，就应到最边远、最艰苦的地方去。鉴于当时的边境形势，也作好了献身的准备，把下乡时带来的稍好些的东西寄回了天津。营、团领导看我决心大就批准了我的请求。确切地说，我是进入抚远东方红团最早的女知青。从18团开赴抚远时，乘坐的是搭着苫布的卡车。

　　2. 收工回来才烧火。

　　当时连队住的帐篷非常简陋，很长的一栋帐篷，只两头是棉的，中间很大的一段是炕席围起的，根本无法保温。白天出工，机务排开荒，农工排伐木，都在离驻地很远的地方，帐篷里没人，也无须烧火。晚上大家收工回来后才开始烧火，一是为取暖，二是要烤湿到膝盖的棉裤，因初春伐木要蹚过很大的一片沼泽水泡子。入睡时停火，屋里外面一样冷。

3. 住男宿舍是 1969 年冬在东方红团部时。

当时团部机关人员很少，司、政、后各一顶帐篷，既是办公室，又是男宿舍。这三个部门的十来个女同志另住一顶帐篷。一天夜里刮起了大烟炮，把女同志的篷顶掀起了好大一个角，恰在我床位的上方。我把头缩进被子里，听狂风呼号。第二天早晨，我和后勤处的小缪被大雪覆盖了厚厚的一层。于是团领导下令，各部门自行解决女同志住宿问题。政治处的男同志就在他们帐篷的一角，用炕席为我和刻蜡纸印简报的小崔围起了一个"包厢"。

4. 婚房是师机关给的半成品新房。

我们 1973 年春节结婚后，回各自宿舍住。按规定应男方单位解决住房，师领导对我很关心，那年机关盖起的一栋房共 11 间，只我一人是女方享受这个待遇。是 5 月份，分给我一间刚刚抹了墙、搭了一铺火炕的半成品新房，屋内地面是和外面工地一样坑坑洼洼的"原始"状态，我们非常知足。简单收拾后搬进去住了个把月，由于彻底化冻地基下陷，炕面塌了好大一个锅底坑，火墙裂开了 5 公分宽的"之"字形大缝。无法烧炕，也无法烧火做饭，加之两人常外出、下团队，所以家就成了联络站。地基下陷稳定后经维修才又搬了进去。因工作忙，又不会烧煤末，所以第一年冬天挨冻、吃不上热饭是常有的事。

5. "像犯罪"是自己的感觉。

当时各级领导对大龄女青年的婚姻问题是很关心的。怀孕、生育其实是很正常的事，别人也没有什么非议，只是自己觉得有了孩子就会影响工作，是自己有一种负罪感。所以大女儿晓川出生之前托人把母亲从天津接来，孩子不到一岁，母亲就把她带回天津，而且过了三年多才有小女儿晓津。两个孩子都是晚上出生，所以班是上到了整天满点。大女儿出生前一个多月，机关组织义务劳动，在警通连起猪圈刨粪，我不让别人照顾，照样抢大镐，不是怕别人有意见，完全是发自内心的，觉得不应该那么娇气。

以上情况特作说明。近年来就比较简单了，一直在广播电视局工作，直至退休。

退休后，能够做在职时想做而没有时间做的事，想学而没有时间学的东西，生活还是丰富多彩的。上了老年大学，学了绘画、太极拳剑等。平时看书看报，上网浏览，生活得很有意义。

先谈这些吧，打扰您了。

祝您身体健康，工作顺利。

老知青　杨璐

2007.7.30

六、倒在春雨里

　　死亡不属于生机勃发的青年。然而他们死去了，在那个特殊的年代，在北大荒的风雨中。尽管死亡是经常发生的，甚至是不可避免的。可是他们的死，是否死得其所，时常使我苦苦地思索，夜不能寐。更让人不安的是，他们的冤魂还飘荡在山林和原野之中，找不到安托之处。

　　1969 年 5 月，早春的兴安岭刚刚脱去白色的冬装披上绿色的新衣。在大小兴安岭交界的密林深处，一个兵团连队（黑龙江建设兵团一师独立一营六连），正执行搬迁任务——把"木刻楞"的营房拆掉，然后把搭房子用的原木抬上汽车，拉到新的营地。那一天，天刚亮就下着雨，是很缠绵的春雨。

　　他个子不高，很瘦弱，总是用笑眯眯的眼睛望着别人。他是这群知青中的老大哥，也不过二十五六岁的样子。他毕业于东北农学院，分到兵团，又从兵团分到师部，师部又把他分到这个全兵团最边远的独立营，营里又把他分到连队。向北，向北，一直向北，再向北，就到黑龙江边了。说是把他送到最艰苦的地方接受锻炼，大学生就是要很好改造世界观！这样这位大学毕业生成了和我们一样接受再教育的兵团战士。他长得很年轻，也很瘦弱，和知青站在一起看不出比我们大几岁。他说话有点慢声细语，知青们常和他开玩笑，说他像个大姑娘。当然他是个纯爷们，家乡有一个大姑娘，是个小学老师，正等着他早日回家成亲，他一拖再拖。这一天他本来感冒了，还和大家一起抬木头装车，几个人抬一根木头，他显得很吃力，腿都在颤抖。好不容易熬到了午休，当哨声吹响时，他说："咱们再争取时间多装一车吧！"他又领着大家干起来了。

在汽车就要装满的那一刻，不幸的事情发生了。已经削去了皮的桦木上面有一层胶液，很滑，再加上被雨水一浇就更滑了，在关上车厢板的那一刻，原木突然向下滑动，而车下正站着6个抬木头的知青。眼看滚落的大原木就要砸在这几个青年的头上。他突然向那滚动的原木扑去，企图用自己的肩头顶住、顶住！

在那千钧一发之刻，他大呼一声："快闪开！"这声音如惊雷一般，全无平日的细弱。在车下的知青惊闪退后的那一刻，原木"哗啦"一下滚落下来，如洪水一样把他冲倒，一根粗大的桦木砸在他的胸口，他紧紧地抱着它。血从他的嘴里涌了出来。他再也没说一句话。他苍白的脸上挂着水珠，那不是泪水，而是点点春雨。

那一刻，雨停了，天也晴了。太阳透过树林，把一束强光像舞台追光一样照射在他的身上。嚎哭声打破了山林中长久的宁静。

当我从营部赶来时，他已被停放在松枝搭起的灵棚中。他的脸上没有痛苦，还是穿着他平时最爱穿的那件旧军装。他的周围摆满了女知青从山上采来的刚开的紫色达子香。我哭了，我想起几个月前，他在营部当农业技术员，我当通讯报道员，我们睡在一铺土炕上，晚上在黑暗中，我们一起朗诵郭小川的《大风雪歌》；我想起，他在我们的屋子的窗台上摆满了木盆，里面长满了绿苗；我想起，我们一起组织营部的知青大合唱，他领诵，我领唱……

他是个理想主义者，有追求，有抱负，我们所在的这个营地处深山密林中，有利于戍边，但不利于屯垦，基本没有多少地可以开垦。他和熟悉农业生产的柴营长跑遍了周边的山河寻找可以耕种的土地；因为这里无霜期太短，他立志要培养一种早熟的小麦品种。在最严密的季节里，他开始了在窗台上的试验。

他很浪漫，喜欢文学，能背许多诗，自己也写；他爱唱歌，会识谱，他是营部这些知青的精神领袖，逢年过节领着我们排节目。我们甚至排了一部小话剧《站台上》，是反映中苏人民友好的，他演一个苏联老工人。那是在珍宝岛事件之后。那剧本是我写的，他改的。

葬礼在营部前那片白桦林里举行。他的弟弟和他的未婚妻从伊春赶来了。他的弟弟比他高壮，像一个男子汉一样默默地流泪；他的未婚妻哭得没有站立起来的力量，由两个女知青搀扶着。全营的战士排着队，每人向深深的墓坑扔下一锹土。渐渐的他那桦木制作的棺材被淹没了。那几个几乎被倒落的桦木砸倒的知青痛哭失声。那是我经历的最难过的时刻。

那一天阴沉沉的，山林里起风了，呼啸着好像在呜咽。

那之后，奉营首长之命我写的关于这一事件的简报送到了师部，根据首长的指示，师政治部组织了他的事迹的报道组，我自然身在其中。先在营里和他工作的连队进行采访，然后我领着报道组，去了他的母校伊春一中、东北农学院，他的老师都说他是一个品学兼优的好学生，为他的死而惋惜。在"文革"中，因为是好学生也受到冲击，可他还是积极向上。毕业分配时，他是主动要求去建设兵团屯垦戍边的。我去看望了他年迈的父亲和母亲，他们流了许多泪，说自己的孩子为救别人而死，死得光荣！他的弟弟到山上采回鲜蘑菇，用鸡炖了给我们吃，说他哥最愿意吃这个菜。我没有去看他的未婚妻，不愿意打扰她刚刚平静的生活。

回来后，我写了长篇报道《为人民献青春我心甘情愿》，它发表在《黑龙江日报》、《黑龙江青年报》、《兵团战士报》上，兵团政治部作出决定号召全兵团向他学习，省政府追认他为革命烈士。

在那篇报道中，我写他舍生忘死的壮举；我写他积极要求下连队锻炼改造自己的思想；我写他像大哥哥一样关心知青，他跑十几里的路，回营部取回他的新雨靴，剪成一块块，为大家补漏雨靴；我写他一次次为了工作推迟婚期，在牺牲的那一天早上，拿出一块准备结婚作被子用的花布请一个女知青给连队每一个人做一个牙具袋。

死后，战友在他没寄出的家信背面写了这样两句话：努力奋斗，与工农相结合，其乐无穷。为人民献青春，我心甘情愿。

我还写道，在千钧一发的时刻，毛主席"为人民的利益而死，比泰山还重"的教导响在他的耳边，刘英俊、王杰等英雄形象耸立在他眼前，"随时把自己的一切包括自己的生命献给伟大的共产主义事业"的入党誓言涌上他的心头……我还写道，他这一扑，表达了一个革命青年对毛主席的无限忠诚！这一扑，标志着一个知识青年沿着与工农结合的道路攀上了共产主义高峰！这一扑，闪烁着革命战士"一不怕苦，二不怕死"伟大精神的光辉！

我用现在看着都让自己脸红的虚华词句掩盖了事实的真相——这个悲剧的发生完全是人为的事故。前面说到我们这个独立营是因边境斗争的需要而建立的，周围没有多少可以开垦的耕地，已经开出的土地打的粮食，连我们自己都养不了，更说不上给国家做贡献了。在这种情况下，我们"跑马占荒"，把连队建在了林场的林地里，结果引发了土地纠纷。在土地官司中我们败诉，新建的连队不得不搬迁，在搬迁中发生了悲剧，他是这个悲剧的牺牲品，尽管他成了让人敬重和学习的英雄。我们时代造就了许多这样的英雄，英雄舍己救人的事迹不容置疑，但造成英雄的条件是值得反思的。这些年因为事故还不断涌现英雄，一些人总是把丧事当做喜事办。因为出了英雄，其他就微不足道了。这是更大的悲剧。这样的悲剧还让它演下去吗?!

在那篇报道中，我没有写一个专业水准很高的农学系毕业生，整日无所事事，只好在宿舍的窗台上进行栽培试验。他不得不要求下连队锻炼，在送别的路上他对我流下了忧伤的眼泪。我也没有写他时刻思念着未婚妻，渴望着早一天回家完婚，却不好意思请假，也没有人关心他的婚事……我在想，如果他不死，也许早就当了农学专家、大学教授或农场的领导。他也会儿孙绕膝尽享天伦之乐。我们现在得到的一切，他都会得到，荣誉、地位和相应的待遇。因为，他是我们之中的优秀者。

他所在的连队的知青爱他，自编了一部歌颂他的歌剧，在许多兵团连队演出，编剧和主演是我的同学，现在是一家旅游公司的老板。

那歌剧的主题歌中有他日记中的几句话："站，就往高处站，站在时代的高峰。看，就要往远处看，看到共产主义未来。干，就要大干，彻底解放全人类。"

那歌剧中还有一首歌《歌唱英雄金学和》在知青中流传许久，歌词是这样的：

> 是谁站在高山顶哎，
> 好似青松挺拔郁葱葱。
> 俯首遥看万山红，
> 红旗翻滚舞东风。
> 一曲高歌响四海，
> 传遍大地震长空。
> 天上群星洒泪舞，
> 地上大江浪涛涌。
> 巍巍兴安春雷滚，
> 滔滔龙江作和声。
> 千山万水一个声，
> 学习英雄金学和。
> 为人民而死重泰山，
> 为人民而死虽死犹生。
> 紧跟毛主席向前进，
> 誓让全球一片红！

这是那个时代典型的英雄赞歌，现在唱起，还让我心潮澎湃。现在的年轻人可能不接受这样的颂歌，但这确实是那个时代的强音。你可以不理解，但不必嘲笑你的前辈。

和金学和一个连队的战友舍不得他，在连队整建制南迁时，把他的坟也迁走了，打开棺材时人们惊奇地发现，他的棺木下面还结着冰，遗体完好如初，表情还是那样安详。他们在黑河把他火化了，然后又埋在新连队附近的山坡上，原来他葬在兴安岭的北坡，现在葬在了南坡，真的温暖了许多。每到忌日和清明，连队的战友们都为他扫墓和烧纸。那已经成了这个连队的自觉行动。

现在这些知青都回到了自己的家乡，而他的坟还孤零零地留在那个小山坡上。还有人为他祭扫吗？

去年他已经当了伊春市党史委主任的小弟弟金学权来找我，让我看一看他又重新整理的他哥哥的事迹材料。我说，不看了，心里难过。

亲爱的战友们，你们还记得他的名字吗？

我还记着：金学和。

死于 1969 年 5 月 28 日。

◎补记：

以上这篇文章发表于 2008 年初，先登在我的博客中，后被报纸转载。有的网友（刘德）留下这样的话："许多悲剧的发生，都伴随着英雄的出现。借英雄的高大身影掩盖悲剧责任人的自责，甚至用烈士的鲜血染红自己的顶带花翎。虽然是无耻的行为却屡见不鲜。"还有的网友（石树）这样说："金学和活着肯定很有作为。他死得很壮丽，救了好几个战友，但那毕竟是场事故！应该避免不必要的牺牲，尽量减少死后再作文章。"

当然也有人不满意这篇文章，他们是非常热爱金学和的战友，他们不愿意我把这件产生了英雄的事件说成事故，他们认为这样写贬低了英雄。热爱英雄和尊敬英雄的人是永远值得尊重的。我爱金学和的那些战友，因为他们也是我的战友。我理解他们的意见，但我坚持认为恢复事情的真相，恢复历史的真相比什么都重要！为保护人民挺身而出不惜牺牲自己生命的人永远都是英雄。而保护这些敢于为人民而牺牲的人是我们更重大的责任。我们不能总失职。当然金学和牺牲在那个特殊的年代，但是这样的事现在还在发生！不忘记过去，是为了不再发生。

七、叶落白桦林

　　我所在营部的后面，有一片静静的白桦林。那林子中的树并不粗壮，也不密集。但每棵树都很美，树身挺拔，枝叶向上伸展，树干白得如雪，叶子青如碧玉，每个都是心的形状。那里是知青们精神的家园和爱的伊甸园。每天下了工，大家都往林子里钻，开始是一伙儿一伙儿的，后来就是一对儿一对儿的。在他们坐过的地方，有时你能捡到糖纸和果皮。自从发生了那件事后，谁也不敢再进这片林子了。

　　大约是在1969年秋天，那正是白桦林最美的季节，那绿色的叶子变成了金色，风一吹过，沙沙作响，好像有人在窃窃私语。早上我被撕裂人心的喊叫声惊醒。"有人上吊了！快来救人！"我衣衫不整地跑出去，跟着许多闻声赶来的人向营部后边那一片新盖的房舍跑去。跑近一看，一个人吊在房框子上，身体静静地垂着，头仰着，脸像纸一样的白，眼睛睁着，无神地望着那一片白桦林。

　　"快摘下来，堵住他的嘴，别泄了气，堵住肛门……"明白人指点着，这时闻讯而来了许多人，却谁也不敢上前。那时，我很勇敢。我冲上去，抱着他的腿往上举，以解脱脖子上的绳子。他的腿已经很凉了，但还没有硬，裤子、鞋、袜子很整洁。又过来几个人帮忙，我们把他从房框上摘下来，平放在地上。营部的领导也赶来了，指挥我们给他做人工呼吸。我有节奏地上下拉他的手，压他的胸腔。他重重地吐了一口气，就再也没有动静了，身体也慢慢地僵硬起来了。营部的医生又为他打强心剂，用氨气熏他……一切努力都是徒劳的，他还是死去了。

这么年轻充满活力的生命就这样完了吗？昨天我还看到他在这片工地上劳动，那身古铜色的肌肉，在阳光下闪着金属般的光泽。我的心不禁颤抖。

没有举行葬礼，也没人为他送葬。当天他就被埋葬在营部后面的白桦林里，他是我们营第二个死者，第一个是这一年春天为保护知青而牺牲的大学生金学和，也埋在这片白桦林里，为他我们举行了隆重的葬礼。而后死者就不行了，他连一件新衣服都没有换，他的棺材很薄很窄，这是连队的小木匠急急忙忙给他打的。他在哈尔滨的亲人没有来送他，他最亲密的女朋友也没有来送他。

这一切都因为他犯了"罪"，他正在接受审查，审查他的不是国家司法机关，而是营里领导派去的和他一样的知青。开始的时候，我也是营清查组成员，后来因为家里出了事，父亲被定为"走资派"，我从要害岗位清理到报道组了，专为报社写营里的好人好事，有政策水平的领导是把我当成"可教育好子女"安排的。清查组由一位东北农学院农技系的毕业生领导，他手下还有几个知青。他们很努力，一心要在这个以知青为主的青年农场也抓出几个特务。我们这个营当地职工很少，结果知青也被审查了，他是在审查中"畏罪自杀"的，他的死是比"鸿毛还轻"的。这就是当时的逻辑。

他也是哈尔滨知识青年，比我们早两年来到这片密林深处的荒原。那时还没有大规模地动员上山下乡，但为了安置没有考上大学的社会青年，就在这里建设了一座"哈尔滨青年农场"。这里离最近的城市黑河市，还有280里的车程，处于大山深处，极其边远偏僻。但一百多位和我们一样豪情满怀的青年，来到这里开荒种地打井盖房。

两年后，我们也加入了他们的队伍，来这里屯垦戍边，这里也被收编到兵团一师的一个营，大家都是兵团战士。

他没有成为被我们后来人尊重的"开国元勋"，是因为犯了错误，他和另外 7 个老知青拜把子兄弟，被定为"八哥们集团"。这八个人有工人子弟，也有干部子弟。他们的主要错误是聚在一起称兄道弟，打拳习武，喝酒抽烟。他是其中的二哥，这几个人都服他，人长得精神，又练得一身好肌肉，对朋友讲义气，还会吹笛子。在他们之中，他是德艺双全的。傍晚时分，这 8 兄弟常躺在白桦林的草地上，听他吹《苏武牧羊》，吹《满江红》。然后又大声地唱歌，唱"春季到来绿满窗，大姑娘窗下绣鸳鸯"，唱"送君送到大路旁"，唱"呵，到处流浪，到处流浪"，唱"今夜花园里四处静悄悄，只有风儿在歌唱"……当时这些歌曲都是"黄色歌曲"，还有《莫斯科郊外的晚上》这样的"反动歌曲"！这无疑使他们的错误更严重了。

不过知青们并不恨他们，还有人爱上了他们。也许这就是"男人不坏，女人不爱"。有一个一起来的哈尔滨女孩子，爱上了吹笛子的二哥。她当时是这个农场的才女，人长得漂亮，还会写诗，她发誓要写一部反映知青生活的小说。二哥经常背着其他兄弟，领着她往白桦林里跑，他们跑得很远，回来得很晚。也许是为了丰富她的小说。她很喜欢苏联小说，比如《远离莫斯科的地方》，是写苏联共青团青年垦荒队的，那里面最让她感动的是青年们浪漫的爱情，这方面她还没有太多的体验。

为了改造和教育"八哥们集团"，清查组总是给他们派很重的活，伐木、打井、盖房、挑水，他们有的是力气，干得有滋有味，并没有消沉。然而突如其来的政治运动，把他们逼上了绝路。当时地处边境的黑河地区开始了以深挖"苏修特务"为重点的清查运动。军分区的一个领导在开动员大会上说："黑河地区可能有一个加强师的'苏修特务'！"于是开始了"挖地三尺"的运动。连我们这样的知青农场也不能幸免。

刚刚从"文革"前线"解甲归田"的红卫兵又重新燃起斗争的

激情，他们把"怀疑一切"的目光注视着仅有的几个老职工和先他们而来的老知青。农场一个姓栾的"二毛子"老太太被怀疑为对岸派过来的情报员，而"八哥们"可能是她发展的小特务——因为他们喝酒时说过，"将来有钱了，到对岸看一看"。他们还经常唱《莫斯科郊外的晚上》，做着投修的梦想。这样一来，老栾太太被抓了起来，"八哥们"也被隔离审查了。老栾太太挺刑不过，用罐头碎片剖腹自杀了。这样"八哥们"就成了重点，不分昼夜地提审，然后就是更重的劳动惩罚。然而他们怎么也说不出来是怎样当特务的。后来，老八挺不住了，开始编故事了，把老栾太太如何组织他们为对岸提供"军事情报"，说得神乎其神。而爱吹笛子的老二默默地忍受着，从来不乱说。但是作为重点人物的他承受的压力越来越大。这时他盼着她能来看他，然而她没有来。也许是不敢来，也许是人家不让她来。

他终于盼来了她的一封信，一封长长的信。信的内容不得而知，也许是劝他认识错误，坦白交代；也许是宣布他们爱情终结……也不知道这信是自愿写的，还是别人要求她写的。

当时，我们报道组和清查组是邻居，一栋板夹泥的房子，他们住那头，我们住这头。那边的情况我们也知道，听清查组的人说，那女的写给老二的信特感人。谁看了都得掉泪。

看完信之后，他默默地哭了一场。哭完之后，他拿出身上仅有的几块钱，让看守他的小知青到小卖店买了几瓶罐头，有肉罐头，也有水果罐头。然后他请关在一起的小哥们吃了一顿饭。当时他没吃多少，只是静静地望着大家。天黑之后，他整理了自己的东西，把能穿能用的都装进了一个黄背包，然后又换了一身干净的衣服，就躺在自己的铺位上了。天亮之后，看守他的小青年发现他没了，就大声呼喊起来，我披着衣服就跑了出来，后来在那间新盖的房框子里找到了他。

在度过一个漫漫长夜之后，大约是在黎明时分，他离开了这个冰冷的世界。唯一维系他希望的爱情线也断了，他沉落了。如那片白桦林中轻轻飘落的一片叶子。

他的死使他的女朋友丧失了活下去的勇气。以后她病退返城了，消逝在茫茫人海中，再也没有了消息。没有人追查他的死因。后来黑河地区那场清查运动，以数百人的非正常死亡为代价，草草收场了。因为有城市"革命经验"的知青的参加，黑河的清查运动更加惨烈，这是我们不能回避的事实！清查组那几位知青哥们看侦探小说太多了，他们在心里编织了一个特务联络网，他们还让我看他们绘制的一张图，上面有附近林场和居民点的位置和每一个点的联络人。他们判断，"八哥们"是通过"二毛子"老栾太太和对岸挂上钩的，然后"八哥们"和附近各点的特务联系，目的是收集驻军和建设兵团的兵力部署。他们很有信心，如果在最单纯的"哈青农场"能突破这个特务网，整个黑河地区的特务就可以一网打尽了。我的战友们按老八的交代，老二是核心人物，据说还有一部电台！他们梦想突破哈青农场的特务网，然后立了大功，到北京受奖，最后调到边防部队，成为真正的军人！他们的想象力和逼供信的能力毁了老二那个风华正茂的青年。当然他们不是元凶，就像"文革"中许多红卫兵逼死人命一样。但我们是否应该反思？是否应该忏悔？在许多许多知青回忆文章中，我们都是受害者，没有一个人说我是害人者。当时这个事件的见证人，没有和他们一起干傻事，不是我成熟，而是我已经不被组织信任了。其实在清查的初期，在我还没有被清理出清查组前，我是批斗过农场的走资派的，性质和我的战友批斗"八哥们"是一样的。这也是我永远的悔。

两年以后，我们所在的营因无地可开，全部撤走了。英雄金学和的坟被他所在连队的知青迁走了。他的坟，没有人迁，即使迁也找不到了，当时没留下任何标记。草绿草黄，树枯树荣，岁月无情，淹没了许多美好或痛苦的记忆。后来"八哥们"所在的连队迁到了五大连农场（一师五团），大家还干着种地的活。那时清查运动已烟消云散了，那位领导清查的大学毕业生也回到家乡农技站工作了，有一年他出差到五大连池农场，住在招待所里，半夜时分突然有一些蒙面人冲进他住的房间，把他一顿暴打。第二天清晨，伤痕累累的他悄然离去了。这是谁干的？没有报案，也没人查案。有人分析，可能是因为"八哥们"的那个案子，他得罪了许多人。

三十多年过去了，我还记得他的名字，他叫迟景铁，那个健美多才的哈尔滨知青。我也还依稀记得起他女朋友的样子。不过我不想说了，怕引起他们亲人的痛苦。

前些年我曾回"故乡"看过，当年的营部现在是个村落了。村后的那片白桦林还在，树高了，林密了，那草地上还星星点点地开着不知名的小花。我远远望去，仿佛听到了他的笛声，听到了他和她的笑声。

这篇文章在报上发表后，当年给我当过连长的陈永祥给我打过电话。他1966年春天带领着一百多个哈尔滨青年在那片残雪未消的山沟里刀耕火种，挖井建房。他曾是迟景铁的直接领导，返城后在哈尔滨的一个区的工商局工作。他说，哈青的老知青许多人看到了这篇文章，他们特别感谢我说出了历史真相，给了迟景铁和"八哥们"一个清白。他说，迟景铁的女朋友也看到这篇文章，返城以后她隐名匿姓落户在一个小县城里，她不想再见到当年的战友。但这篇文章让她再也不能平静了。她回到哈尔滨找到了老陈，请他把她写的关于哈青生活的书转给我，也许想让我知道更多的历史真相，也许想让我知道她和迟景铁之死的关系。

那是用青春和眼泪写就的文字，让我感动让我伤怀。她的文字确实不错，但那是一部尴尬的作品。说是纪实，她没有说出所有的真相，连人名都是虚构的；说是小说，又缺少文学架构和典型人物的塑造。我写信对她说，是写纪实，还是写小说，你要有勇气做出选择。我又说，无论怎么写，你不是罪人，而是受害者。忏悔可以，但不必缠绵于痛苦的自责中，光明在前，应该为死去的人活好现在的每一天。

她没有回信，也没有再通过老陈和我联系。

八、迟到的怀念

　　我们离开北大荒已经四十多年了，可是他永远留在了那片黑土地里。如今他的坟和碑也被山林和荒草深深地掩盖了，留给我们的只有迟到的怀念。

　　我和他在一个地方下乡，都是 1966 届老高三的。他小学和中学是在上海读的，高中毕业于哈尔滨 9 中。他比我们早两年来到这大小兴安岭交界的密林深处，参加了创建这个哈尔滨青年农场的最艰苦的劳动。因为他是"开国元勋"，我们这些后来人对他都很尊重。他个子不高，胖乎乎的圆脸上挂着一副高度近视眼镜。他言语不多，见人总是先笑，很儒雅的样子。但眼神很忧郁。他衣裳很破旧，上面总是沾满泥土，显得很劳碌。和他一起来的同学都说他很能干，不怕吃苦。我和他不在一个连队，只是擦肩而过的时候相视一笑而已，好像一句话也没说过。

　　我和他最后一次见面是在 1969 年春天，那时珍宝岛已经打响，地处黑龙江边的我们兵团连队已进入紧张的战备状态。临江的老百姓正在后撤，一列列的军车正向边境集结。我们这些带着保卫边疆的誓言而来的知青个个义愤填膺激情燃烧，已做好了为祖国献身的准备。那时大家已没有心思种地，就准备打仗了。这时上级来了命令，要把"八种人"撤到 30 里外的后方，防止在未来的战争中这些人"反水"。何为"八种人"？就是"地主、富农、反革命、坏分子、右派、叛徒、特务、走资派"，这些人在那个时候都被当成了"敌人"。可我们这个清一色知青的部队，哪有这些人？最后具有高度警惕性的领导，把这"八种人"家庭出身的知青，一律撤走了。

这对这些热血青年无疑是个沉重的打击！说实在的，这些青年，当年积极报名下乡，就是要回避城市里的"文革"运动，摆脱家庭的影响。他们拼死拼活的劳动就是想争取一个和其他青年一样的政治前途。然而在他们要为祖国献身的时候，他们被当成了失信的"另类"。他们的脸上好像被刻了字。他们的心在流血！我们也为之难过。当时，我很紧张，生怕被撤走，后来领导说，你父亲是"犯走资派错误"的干部，和"走资派"还有区别。真的很悬，我吓出一身冷汗！

他也在被遣送的二十几个人中，据说是因为他早已去世的父亲是伪官吏，他的姐姐、姐夫是技术专家、"反动学术权威"，当时正在被审查。和他一样命运的还有我的几个同学，都是因为所谓的家庭"政治历史问题"被撤走了，如省劳动局局长的女儿、当省政协委员的资本家的儿子。我们是一起主动报名下乡的，其实他们都是祖国最忠诚的儿女，我知道他们的血和我们一样鲜红！

1969年的6月20日，那一天下着雨，烟雨苍茫，大山也隐没在雾霭中了。被遣送的知青在营部集合，他们背着行李，提着脸盆，低着头站在雨水中，泪水和雨水一起在他们脸上流淌。我们许多人都赶到营部为他们送行，大家像生离死别一样痛哭不止。他没有哭，夹着一个小行李卷上了汽车，脸色苍白、双目无神地注视着远处黛色的山林。

他们早上从我们的哈青农场出发，站在敞蓬大卡车颠簸了一整天，先到了黑河，然后又背着黑龙江南行，晚上才到达马场（独立二营）。他们刚下车就一个个被保卫组找去训话，女知青害怕得要命，可他不卑不亢的，很镇静。第二天，他们被分到新的连队，又开始了更艰苦的劳动。

我们没被遣送的这些兵团战士期待的为国捐躯的时刻，没有来临。边境又趋于平静，又恢复了日出而作日落而息的农耕劳动。一年以后，我离开了哈青农场（独立一营），调到佳木斯兵团总部的报社工作。后来听从黑河来送稿的通讯员说，他死了，是在一次打井的事故中，怎么死的不得而知。他也没写关于他的稿子。当时我难过了一阵，感叹人生的不公，后来渐渐淡忘了，因为更多知青的先进人物记在我的脑海里，连他的名字也渐渐遗忘了。

岁月如梭，不经意间我返城也快二十年了。我常心怀不安，因为当年我曾通过宣传知青典型，拼命鼓吹扎根边疆，可我自己 1976 年就返城了。在北大荒的八年经历成了我革命的资本，可还有许多知青也许是信了我的话而留在北大荒，他们还过着艰辛的日子。我的良心时常隐痛。这时在省作家协会当主席的我，下决心要为留在北大荒的老知青写一部书。1994 年夏天，我又来到了锦河农场，当时我下乡的哈青农场和后来他们被遣送的那个马场都划归了锦河。我在翻看场史的时候，在革命烈士的章节里发现了一个名字：阎启庸。啊，就是他！我的眼睛一亮，然后又被泪水模糊了。

那悲壮的一幕发生在 1970 年 2 月 20 日。阎启庸和三个青年执行打井任务，那是一种最古老的方式，要用人工刨，然后再用筐向上运土。当挖到 6 米深的时候碰到了岩层，需用炸药爆破。阎启庸领着 17 岁的鹤岗青年高云雷背着包扎好的炸药包，通过缆绳下到井底。他们仔细埋好炸药和雷管，阎启庸又认真地检查一遍，然后被井口的战友摇了上来。正在井下的高云雷点燃导火索后，阎启庸又和另外两个知青迅速把他用辘轳摇上来。

当高云雷解开绳子就要离开井沿的那一刻，他脚一滑又掉进黑森森的井里。这是千钧一发之际，导火线在丝丝冒烟，摔昏的高云雷危在旦夕！阎启庸毫不迟疑地抓住辘轳上的井绳就往下滑。一下子就落到了井底。

这时井下烟雾弥漫，也许他首先想到是拔掉导火索，但是没有实现。他马上用绳子拴住了高云雷的腰，拼命呼喊井上的人快摇辘轳，他双手托着小高往上举。边推边喊："快！快！"

当小高刚离开井口那一刻，井下惊天动地的一声巨响，沙石和炸碎的阎启庸的躯体从井口喷出，染红了那一片雪地。巨响之后，一片宁静，接着是让天地动容的哭声。高云雷和两个战友得救了，而阎启庸永远地融化在这片黑土地里。

那一年他只有 25 岁。

全连的战士都赶来了，他们都跪在那片染着阎启庸鲜血的雪地上痛哭。他们的哭声在冰冷的荒原上久久回荡。这时天上的太阳暗淡无光。

噩耗传到哈尔滨，阎启庸的二姐阎启芳从哈尔滨赶到连队处理他的后事，全连的青年都围着她哭。他们说，启庸是我们最好的哥哥。他们对二姐说，冬季上山伐木，他总是把工具扛在自己肩上，来回70 里路，他的棉衣都被汗水湿透了。晚上我们睡觉了，他还为我们磨锯。春天盖房子，他下到没膝深带冰碴的泥水里搅拌。关节炎犯了，疼得睡不着觉，他用烤热的砖热敷，第二天照样跳到泥水中干活。他曾用自己省下来的钱买奶粉送给生病的战友。有时吃饭时班里分的菜少了，他只拿一份干粮悄悄退到一边去吃。出事的那一天中午，他也没吃菜，拿着两个馒头提前来到工地。

但是，他们没有说到，阎启庸一直受到歧视，他总干最苦最累的活，但从来没有受过应有的肯定和表扬。他看到一个知青吃不饱饭，主动把自己的粮票送给他。连里有的干部在全连大会上公开批评他，还警告其他知青不要被他拉拢腐蚀。

启芳对大家说，弟弟从小就是这样助人为乐。他在上海读书时，我们住的四川北路有条小巷地势低洼，一下雨那里的水没膝深，当时只有十一二岁的启庸，总在那里扶老人过路，背小同学过水。在新泸中学读初中时，一天晚上风雨交加电闪雷鸣。他爬起来就往学校跑，回来时浇成了落汤鸡。第二天，学校出早操，老校工走到他的面前说："就是他！"他红了脸。校长当着全校同学表扬他昨天晚上在风雨中把学校所有没关好的窗子都关上了。

阎启庸像一头牛背着沉重的精神枷锁，赎罪般地辛勤地劳作在北大荒的土地上。他以真诚的心善待每一个人，甚至为了保护战友献出了自己的生命。可在当时他没有得到公正的评价。当时，他所在单位也向上报告了他为掩护战友而英勇牺牲的经过，可是上面不同意追认他为烈士，不能对外宣传他的事迹，连知青们写的"向阎启庸学习"的标语也被撕掉了。连里只是简单地开了个追悼会，他就被草草地埋在了连队附近的一片树林里。一切因为他复杂的家庭出身，他父亲是当过县长的伪官吏。

但是，亲眼所见他为战友牺牲的干部战士不断向上级反映他的情况，基层组织也尽了最大的努力，5 年后的 1975 年 11 月 11 日，省政府下发文件批准阎启庸为革命烈士。

因为当时已经查清阎启庸的父亲阎伯时先生是一位进步人士，他在担任蒙江县（现靖宇县）县长时曾为杨靖宇将军资助过军用物资，因此受到日伪政府的追捕，他只身逃往兰州，客死异乡。

尽管知青都走了，但农场的职工并没有忘记阎启庸，他们把他的事迹写进场史，印成材料教育后代。农场医院的医生郝文东历时十年收集阎启庸的生平事迹，并积极建议在场部的锦山公园为烈士立碑修墓。我那次采访时就住在公园旁。这里有座小山，绿树葱郁，亭台楼阁掩映其间，山顶上还有一个当年知青挖的人工湖，碧澈清幽。有朝一日，阎启庸能安睡在这锦山湖畔，当是令人欣慰之事。

2009 年夏天，我又回了一趟锦河农场。这里交通方便，和黑河市只有半小时的车程，进了农场首先被一座古香古色的门楼吸引，上面有作家梁晓声题写的"锦河农场"几个大字。他也是在这里下乡的哈尔滨知青，后来到复旦大学读书了，那时阎启庸的事迹他还不知道，否则他一定会把他写进知青小说的。现在这个农场已经成了向对岸俄罗斯城市布拉戈维申斯克出口蔬菜的基地，也成了著名的旅游目的地和影视拍摄基地了。我又向场部的领导说起阎启庸，问到了他的墓地，他们说，还保留在原来他连队所在的那片山地里。那个井已经废弃了，但坟还保留着。保留在原地，将来也可能成为旅游点。

　　这么多年过去了，最思念阎启庸的是他的亲人。十多年前，我最早在当地报纸上宣扬他的事迹时，他的二姐阎启芳就给我打过电话，表达了她们一家的谢意。我说，我写得太晚了。我和阎启庸也是战友啊！看了我的文章后，当年他的战友许多人又回到了马场当年的老连队寻找阎启庸的墓地，还好，当地的老乡还有人记着这个地方。坟已经荒芜了，但形状还可见。一伙又一伙的回访知青为老战友的孤独和寂寞而泪洒山林。

　　2011 年 8 月 10 日，76 岁的二姐阎启芳夫妇终于在分别 41 年后来到了弟弟阎启庸的墓前。哈尔滨知青联谊会的十多个老知青陪着他们进行了这次安魂之旅。他们坐着场部派的汽车来到公路的尽头，然后又换乘小型农用车，摇摇晃晃地穿过泥泞的乡间路。他们又徒步而行走进这片长满松树和白桦的树林。他们终于看到了耸立在林间那个简朴的墓碑和一座盘坐在林地的坟墓，那上面新添了土。昨天场部已派人清理过了。阎大姐和知青们在林子里采了些野花，然后编了个花圈，摆在了阎启庸的坟上，他们又燃起黄纸。那纸灰如蝴蝶一样飞上天空，飘得很高很远。

　　老姐姐说，启庸啊，我们来看你了！

　　老知青们说，启庸啊，我们经常想着你！我们就是活着的你，大家还会来看你！

　　一个几乎被遗忘的英雄终于等来了迟到的怀念。

　　一个屈辱的灵魂终于得到了些许的安慰。

九、被遗忘在大山里的孩子

在大小兴安岭交界的那片莽林中，最先开放的是达子香花，它们一簇簇的像飘浮在山林中紫色的云。

三十多年前，有一群年轻的生命，打着"屯垦戍边"的旗帜，活跃在这片山林中，他们正像那盛开的达子香花，给寂寞的大山里带来了春天。后来这些紫色的云渐渐地散去了，大山又恢复了长久的寂寞。

1994 年一个多雨的日子，我又回到了这片大山中，寻找遗落在山林里黑土地上的紫色花瓣。无意中我发现了一个孩子。他的妈妈十多年前已经回到了上海，也许成了另一个孩子的妈妈。他就是她的孽债。

他不知所措地坐在我的面前，我一时也想不出问他什么好。这孩子比一般山里的孩子长得高长得白净长得英俊得多，只是眉宇间挂着淡淡的忧郁。

"出去玩吧！"他的养父老李把他打发走了，结束了我们尴尬的见面。老李对我说——

这孩子的妈妈是个很老实的上海姑娘，一下乡就在我们连，和我都在养猪班干活。她不怕苦，不怕脏，平时话语不多。那一年，她回上海探了一次家，回来话就更少了，干活不像过去那么出力了。过不久连里的老娘们都议论，这姑娘好像怀孕了。我这才注意到她的肚子越来越大了。关于谁是这孩子的父亲，连里有很多说法。她对我说，是她上海男朋友的。她说，她想把孩子生下来，但不想要这个孩子。大伙谁也没有为难她。养猪班的活我全包了。

连里专门开了一个会，研究这上海姑娘的孩子怎么办。好几家争着要这孩子。团里一位现役军人领导，也想要这个孩子。连队领导商量，要选一家条件最好的。当时，我也想要这个孩子。我只有一个姑娘，已经十多岁了。老伴也非常同意。我家人口少，我又会杀猪的手艺，在连里老职工中，我家的生活条件就算最好的了。连里最终决定，这孩子生下来，给我家。那姑娘也非常同意。她知道，我们一家人心眼好。

我记得那一天是中秋节，那上海姑娘临产了，上午9点多钟把她接到我们家，晚上6点20分，生了个大胖小子。把我和老伴乐坏了！我当时给孩子起了个小名叫"满意"，她妈也同意。我们全家一起给她伺候月子，顿顿红糖、鸡蛋、小米粥。我买了几斤猪肉，炸成丸子，天天给她喝丸子汤。一个月，我和老伴没让她下地，她和孩子都挺胖乎。

满月以后，她要回上海探家，我给她拿了120元钱，当时我每月挣49元。还给她拿了200斤全国粮票，10斤白糖，2斤木耳和3斤白瓜子。这些东西当时都很金贵。她一走，我们只好给孩子断奶，这下子把我和老伴折腾苦了。白天她在家忙成一团，晚上我也跟着起来好几次，给孩子热奶、喂奶、换尿布。不几天，我这个胖子就变了瘦子。这孩子从两个半月到九个月，住了6次医院，我们全家昼夜看护，连邻居都来帮忙。孩子高烧39度不退，老伴吓得直哭。后来还是上海医疗队治好了孩子的病。

医生告诉我们要给孩子多吃鱼肝油和营养品，当时我的那点工资已养不起孩子了。为了多挣点钱，大冬天，我早上三点钟起床，到河套割条子，干了一冬天割了三车条子卖了几十块钱。后来老伴和姑娘上山采木耳，又挣些钱。这些年就是靠搞副业挣的钱把满意养大，又让他上了学。

这孩子很懂事，从小就知道帮我干活，初中毕业就要参加工作。我不愿意他在农场吃苦，听说地方铁路招工，我通过朋友找人，又去送礼，好不容易当上了工人，全家非常高兴，把希望都寄托在他身上，可是过不久铁路部门改革，他又让人家裁下来了。后来我又借了些钱，在场部办了一个饭店，一心想让满意学一个能养家糊口的手艺。现在这个小店办得不错，孩子每天都跟着我上灶。

这些年，这孩子和我们一家感情很深，最爱他的是我的老伴，他12岁时就用自行车送她到场部医院看病，要走很远的山路，那孩子一点也不叫苦。连里的知青都喜欢他，谁回去探家都给他带好吃的，他都留给他妈吃。前几年老伴去世了，临死前对我说一定要把满意抚养成人，我们不能对不起他上海的妈妈！

说起这孩子和老伴的感情，老李情不自禁地流下了眼泪。我又问起孩子的亲生母亲玉珍——那个上海姑娘。老李说——

满意的亲妈妈在上海住了一段时间又回来了，给孩子带回许多吃的用的。每天一下工，她就到家来看孩子。开始孩子有点眼生，不理她，后来孩子和她一起总是一个劲地笑，真是骨血亲哪！那时知青开始返城了，连里的知青越来越少了。我看她每天都在叹气，我看出她想走，但又舍不得孩子！我说，你要想走，我帮你，以后你要想孩子，我给你送去！她哭着点了头，我到团里给她办好了手续，又到师部给她批下来。

她是1976年年底走的，那天正下着大雪，天阴沉沉。她收拾好行李，又到了我们家。孩子还不懂事，对她妈笑。我和老伴忍不住地哭了。我对满意她妈说：“这孩子永远都是你的，你什么时候想要，来个信儿，我给你送到上海！”她什么也说不出来，哭着走了，我一直把她送到去嫩江的汽车上。车一开，她号啕大哭……

“这么多年，她没来看过孩子吗？她没来过信？”我不禁问老李。

“没有，没来人，也没来信。”老李说。

“满意知不知道她亲妈的事？”我又问。

“他上学以后，有的同学和他说过。他回家问过我和他妈。我说，你看我们不像你的亲爹妈吗？他摇了摇头，再也没问过我们这件事。这孩子心思重，也很懂事，他都快20岁了，不能不知道这件事，他是不想把这层窗户纸捅破。”老李说得很沉重。

“如果有一天，满意的母亲来认他，你让他走吗？”我又问。

“那时，我听孩子的。他愿意走，我高高兴兴地送他。他不愿意走，我为他成家。现在我已经给他盖了 60 平方米的房子，还给他准备了 2 万元钱。过几年就给他结婚。因为现在我是他父亲！"老李说得很真诚。

大山里的人心真好！像埋藏在大山中的金子一样宝贵。他们的善良不需要回报，却不该被忘记！我真想，让满意的妈妈看到我的这篇文章，我还想对这位荒友说：快回来看一看自己亲爱的孩子吧！是否还应该对善良的老李一家说一声谢谢！？

我走的那一天又下了雨。山色变得朦朦胧胧。我有意让车在老李家的饭店门前经过。我看到满意正站在门前，怔怔地望着通向山外那条泥泞的路。那路很长很长，消逝在天边的云雾中。

这么多年过去了，我一直惦念着李满意一家人，他的亲生母亲找到了吗？他们的日子过得怎么样？2009 年夏天，我又走进了锦河农场。过了梁晓声题写场名的古式牌楼，进了场部的中央大街，我一眼就看见了路旁的"美味香"小吃部。陪同的场里的同志说，那就是李满意家的！我急忙下了车，推门就进。只见有一位老人在餐桌上喝茶，灶房里只有夫妻二人在忙活着。

"这不是贾作家吗！"

十多年过去了，没想到老李还认识我。

"快出来，这是你们的恩人呀！"

老李招呼着儿子和儿媳和我相认。李满意已经长成了壮实的汉子，他浓眉大眼的，只是眼神还有几分忧郁。他媳妇很漂亮，长得白白净净的。身上扎着围裙，精明干练的样子。

说话间，满意的媳妇丽巍给我们倒水，我问起她和满意的婚事。她笑着说："都是我爸给包办的！"

老李乐了："是这么回事！"前几年，老李看满意有点不安心饭店的工作，就让他到姐姐家所在的四平学修汽车的技术。这时，一个海伦县初中毕业的姑娘王丽巍到锦河的姨家串门，有时也到老李家的"美味香"打工当服务员。那几年先后有三十多个女孩子在他家当服务员，可老李就看中了丽巍，这孩子不仅长得好，还善良热情，有办事能力。这时在四平学了半年艺的满意也回来了，一看美丽勤快的丽巍也有些心动，四平也不去了，恋上了饭店也恋上了丽巍。经亲友们一说合，就成全了这段美满姻缘。

1997 年老李为他们操办了婚事，婚礼办得很体面，摆了 15 桌招待亲戚朋友。两年后虎头虎脑的大孙子出生了，那天正是大年三十，老李放了好几挂鞭炮，他是满意，太满意了！马上请人给孙子起个有学问的大号"李谊轩"。这小子正读小学二年级，成绩很好，全班 70 多同学，这学期排名第 6，老李特为孙子颁发奖金 1000 元，还为他买了自行车和旱冰鞋。

丽巍把在楼上看书的小谊轩叫下来和我们见面，这小子眉清目秀，一表人才。看客人夸孙子了，老李一高兴又对孙子预发"嘉奖令"：如果你下学期考前三名，我发奖金三千！

满意对养母朱照香的感情最深，那年满意和丽巍订了婚，他们一起回海伦探望父母，坐在车上远远看见了母亲的坟，满意就流泪了。到了岳父母家，发了三天的高烧，什么也吃不下去，把老王家吓坏了。后来满意和媳妇为母亲烧了点黄纸，心情才好起来。

他心里想的是，妈妈要能活到今天多好啊！她早就说过，我一定给你娶一个好媳妇，妈帮你看孩子……现在每年清明节，满意一家三口，都去母亲的坟上祭奠，母亲爱吃水果，爱喝饮料，每次他们都带许多，都摆在坟前。说到这儿，我发现满意的脸上充满了伤戚。养母的早逝，永远是他心中的最痛。

我又问起满意的生母玉珍的情况。她是 1976 年底走的。

"这是我最大的心病了。"老李接着说，满意越来越大了，他的身世也不是什么秘密了。这些年常有知青回来，每一次满意都很在意。他不说，我心里也明白，他是多么想让亲爱的妈妈能回来看一看他，那毕竟是自己的生母呀！他每一年都盼，每一天都盼，知青来了一帮又一帮，就是没有自己的妈妈！别看孩子每天忙忙活活，他心里很苦。特别这几年我动过三次大手术，身体越来越不好，我最大的心愿，就是在我有生之年让他们母子相认，要不，我死不瞑目啊！

2000 年 7 月，老李在到江苏老家探亲时到了上海，他找到了玉珍当年留给他的家庭地址，可是老房子早就动迁了。他又找到了和玉珍一起下乡的战友朱彩玲和徐顺娣，还好在街道办事处当主任的小徐通过公安局户籍部门，查到了48个玉珍，但在上海某某路383号住的只有一个玉珍，那肯定就是满意的妈妈。

冒着酷暑，老李跟着徐顺娣和朱彩玲换了两次地铁，终于在附近的一个县城找到了玉珍住的那栋楼。来得太唐突了，老李在楼下等她们俩先去通报。别看老李像个粗人，可心细得很。他心急如焚，满脸汗水地等了一个多小时，她们俩下楼了，可不见玉珍的身影。她们不好意思地说：玉珍不想见你，更不想见孩子。她说，返城后她38岁才结婚，爱人和婆婆不知道她过去生过孩子。他们对她都很好，后来她也没有给他们生过孩子，已经很对不起他们了。如果现在跟他们说她有过孩子，他们接受不了，这个家就完了。

老李背着沉重的包袱又回到了锦河，他觉得无法面对儿子和媳妇，从他们失望的眼神里，他知道他们的期盼。他只是轻描淡写地说，现在你妈妈身体不太好，家里又不方便，这次我没见着她，以后她肯定来看你们。老李看到满意当时眼圈就红了……

丽巍说，从这以后，满意变得更沉闷了，有时睡到半夜就哭醒了，他对妻子说，我妈肯定病得很重，我要到上海看她，要不把她接到咱们锦河，咱们给她养老！丽巍还领着满意去找过姚富忠场长，他对这两个伤心的孩子说："你妈妈能不想你们吗？她现在不能见你们，一定有她的难处，你们好好过日子吧！总有一天她会来看你们，能不来吗？还有一个这么好的孙子！"从此，满意再不提这件事了，可一闲下来，就坐在门前，对着通向山外的公路发呆。

当晚就在李家的"美味香"，我们品尝了满意的手艺，虽然都是家常菜，做的还真是有滋有味。席间，我又激动地说，我再写一篇文章，一定让上海知青转到玉珍的手里，看了文章她就可能来看你们。老李破例喝了酒，他说，我一定要看到这一天。我建议满意两口子把"美味香小吃"改成"李满意酒店"，让知青中的名人给你写个匾（当然梁晓声最好），门前再立个牌子，写上满意与生母和养父母的故事，你这个店就火了。回来的知青一定来做客，一传十，十传百，有一天，你妈就慕名而来了。满意和丽巍喜形于色。

　　早上，满意两口子，听说我们要走，又请我们到他们店里吃饺子。我说："上车饺子，下车面，还是吃面条吧，我们会常来。"老李和孩子们赠给我一包蘑菇和木耳，他们说自己在山里采的，干净。是呀，山里人的真情是没有污染的。

　　同行的新华社记者周确为我和老李一家三代人摄影留念，朝阳下小店熠熠生辉，笑意写在每一个人的脸上。挥手告别时，我想起昨晚满意对我说的话：现在我最大的心愿，是让养父颐养天年，让生母幸福安康，与我们早日团聚。我对他们全家说：祝你们万事满意，永远满意！

　　车远行，心犹在。

◎ 附《梁晓声给李满意的信》

满意你好：

　　我是梁晓声伯伯。贾宏图伯伯嘱我为你的小饭店题匾，我已寄给他了，想必他已转给你了吧？我的毛笔字写得并不好，很少写了赠人的，尤其羞于为人题匾。但你宏图伯伯说，你希望由我为你题匾，又因你是知青的孩子，我便觉得当然要题了。于是呢，又写了一大幅条幅送你。

　　我抄写的是清代诗人的一首五言诗，究竟哪一位诗人的诗，我记不清了。那是一首友情诗，我想借它表达我和宏图伯伯，以及其他人关心着你和你们许许多多知青儿女的友爱。

　　满意，在养父老李的帮助下，也通过你自己的努力，经营起一家小饭店，而且还经营得不错，这使我和你宏图伯伯特别高兴。我们也特别钦佩你。我前边说了，我的毛笔字写得并不好，但在北京，那么大幅字，也是可以卖几千元钱的，尽管我从没卖过字，但确有人带几千元来求字的，多是些收藏爱好者。我说这些话的意思是，如果你面临缺钱的任何情况，那么不妨把这幅字卖掉，千万不要舍不得。倘卖了伯伯写的那一幅字，居然能解你的燃眉之急，我会非常高兴的。你需要我会再给你写的。倘你遇到的困难很大，急需的钱较多，那也可如实对你宏图伯伯说，我和他虽然都是文化知识分子，并非财大气粗的人，但是在你急需经济援助时，我们都是愿意尽力而为的。我们的能力达不到，那也会向更多的当年的知青发出呼吁。

满意，我对你还有一个小小的要求，那就是——在你有精力时，了解一下，你周围哪些知青们的儿女（不一定非是北大荒知青们的儿女），他们的生活还在困难之境？那是些怎样的困难？急需的又是怎样的帮助？若了解到了，写下来，寄给你宏图伯伯。我和你宏图伯伯虽然都开始老了，却由衷地希望，能为需要帮助的知青儿女们做些实事。

满意，最后我想说，要明白这样几点——首先，不论碰到了多大的困难，不论人生处于怎样的低谷，都不要认为自己已经成了世界上最不幸的人。依我的眼睛看，世界上不幸的人，远比幸运的人多啊！而某些人虽然不幸着，但却能以坚韧之精神抗住人生压力的人，是可敬的，也是值得学习的。

同时要相信，不只我和宏图伯伯关心着你们这样一些知青后代，更多的人也在关心着。当然，首先是你们的知青叔叔、伯伯和阿姨们。那么，还有什么你们所遇到的困难是我们共同克服不了的呢？

我相信，你的生父生母都爱你，也爱你的妻子和孩子！在那个特殊的年代，他们是在迫不得已的情况下把你送人的。现在他们每时每刻都在思念着你们，因为你们血脉相连。他们可能还有些特殊的原因，不能马上和你们见面，我想总有一天他们会走到你的身边。不要特别在意他们认不认你们、什么时候认你们，因为你们不缺少爱，不要忘记我们所有知青都是你的亲人！

人怎样活着幸福感才能真的多一点儿？

关乎幸福的方面实在太多了，但是一方面常被忽视，那就是——虔诚地体会生活中点点滴滴的真情与温暖，并且使自己像导体一样，将生活中的真情与温暖传导开去……

这是我对人生的一种经验总结，你试试看好吗？

祝你身体健康！心情愉快！生意兴隆！

代问你的养父好！那是一位可敬的老人，所有的老知青都感谢他！

梁晓声

2009 年 9 月 16 日于北京

作者和李满意一家合影

十、神秘之火

　　往事如烟。可有的事总也不能忘怀，一想起来就历历在目。

　　1969 年 12 月 26 日，深夜，我被电话铃声惊醒。当时我是兵团一师独立一营的通讯报道干事。我住的房子就是营部值班室。电话从几十多里外的林场打来的，电话的内容让我出了一身冷汗：

　　"你们在桦皮窑林场伐木的知青住的房子着火了！现在跑出来的人还在雪地里站着，里面可能有人烧死了。快通知师部来人抢救吧！"

　　当时的通讯条件很差，全营和外部联系只有这一条在附近林场的电话线。我马上叫醒了营长，他命令我到离我们最近的阳台林场给师部打电话，请求支援。

　　他当即带了几个人，跳上我们营唯一的一台嘎斯车，直奔桦皮窑林场。那车一溜烟地消逝在风雪中了。

　　我跑到马棚牵出那匹跑得最快的"草上飞"，这马是从"红色草原农场"买来的，是一种蒙古马，性子很烈，我第一次骑它曾被它甩在地上，摔了个鼻青脸肿。经过一次次的调教，它终于被我驯服了，而且成了我的伙伴。我下连采访经常骑它。这一次执行紧急任务，我们只得风雪同行了。

　　这是北方最严寒的季节。我们营地处大小兴安岭相接的深山密林中，那是冰雪覆盖，猛兽经常出没之地。我翻身上马，紧勒缰绳，风雪扑面而来，我和"草上飞"都不禁打了个寒颤。我又用力拉了几下缰绳，用腿使劲夹了两下马的肚子，"草上飞"迎着风雪渐渐地奔跑起来。借着淡淡的月光，"草上飞"在通往阳台林场的路上狂奔着，卷起一阵雪雾。路旁的树林黑森森的，像魔影一样闪过。

这林子里是有野狼出没的，有一次下连队，正碰着它坐在路中间，蓝瓦瓦的眼睛盯着我，把我吓得只好退了回来。这一回，也顾不了这么多了，奔跑了不一会，我和"草上飞"都大汗淋漓了。可是我还是把缰绳勒得紧紧的，为了减少风的阻力，我几乎爬在马的背上。

不到一小时，我们就跑到了阳台林场，当时棉衣裤都湿透了，风一吹浑身打颤。我使劲敲开林场值门室的木门，那人看我满身霜雪吓了一跳。"出了什么事了！"我来不及给他回话，一手抓住电话，马上给师部值班室呼叫："喂！喂！我是哈青独立营！"

线路不好，我喊哑了嗓子，对方才听清我报告的内容："快来急救车！我们在桦皮窑林场的伐木点着火了！烧死人啦！"

回来的路上，疲惫不堪的"草上飞"再也跑不起来了。凌晨时分正是"鬼龇牙"的时候，坐在马上更冷，我干脆跳下马，牵着它小跑。到了营里，满身霜雪使我成了雪人。这是我这一生最艰险的一次出行。

下午，遭受灾难的战友们从30里外的桦皮窑林场拉回来了。惊魂未定衣衫不整的二十几个战友坐在嘎斯车上，一见到我们就抱头痛哭。被烧死的哈尔滨知青倪少兴的遗体，用被盖着，由一个马爬犁拉着，上面插着一面红旗。被烧伤的战友王新民已被师部派来的救护车送到爱辉县的医院了。那一天，营部附近的几个连队的人都赶来看大难不死的战友们。那个小山沟被悲哀的情绪笼罩着。

这场灾难来得很突然，也很神秘。到现在还是一个谜。

据亲历者回忆，已经完成采伐任务的三连的二十几个人，原定

12 月 26 日返回连里。25 日下午，他们开了庆祝毛主席诞辰的联欢会，大家又唱又跳，十分快乐。已经在大山深处窝了一冬了，就要回连队了，大家当然特别开心。联欢会，又会餐，把剩下能吃的东西都吃了，他们还炖了一锅狍子肉，那是用白菜和附近打猎的鄂伦春人换的，许多知青是头一次吃野味，真是香啊！

第二天早上大家就打好了行李，等营部派车接他们下山。他们派了两个人到道口接应，一直到晚上车也没来，可能是雪太大路不好走。那时通讯很落后。

他们只好又生火做饭，其实已经没有什么了，只是喝了一点粥。到了晚上，有人打开行李，大脱大睡，有人倚在没有打开的行李上打盹。这是一栋用原木堆起的"木克楞"房子，中间用布帘挡着，一面住着男生，一面住着女生。房子中间摆着柴油桶做的炉子，那是他们用来取暖的。

半夜时分，突然一声巨响，一个大火球在屋内滚过，立刻烟火弥漫。正在床上躺着的知青们立刻跳下来，大家哭喊着从门挤出，跑到屋外。这时他们面对的是漫天的风雪和零下 40 度的严寒！有人穿着衣服，多数人只穿着单薄的内衣。

只用了几分钟，这栋房子就烧落架了，呼的一下子房子倒了，在雪地上升起一股烈焰和烟尘。带队的干部马上清点人数，"倪少兴！倪少兴！"他们呼喊着没在现场的他。这之前哈尔滨知青王新民曾冲进去救，自己的手被烧伤，可人没有拉出来。

后来在废墟的灰烬中，他们发现了倪少兴烧焦了的遗体。

当时，跑出来的青年乱作一团，他们拥挤着哭叫着，一个个冻得浑身发抖。当时年纪最小的只有十五六岁的哈尔滨女知青吕平最镇静。她发布了如下的命令：

"大家快站到被抢出的被上！"

"大家快抱起来！"

然后让大家抱成一团，这是真正的抱团取暖了。

她又喊："快唱《国际歌》！"

　　接着，她又安排一个叫贾玉民的哈尔滨知青，快骑马到附近的鄂伦春的住处报警、求救。贾玉民当时只穿着一身线衣线裤。这个机灵的小伙子跳上马就跑了。

　　当时的场面十分悲壮。二十几个青年不分性别地紧紧抱在一起，雄壮的《国际歌》声在风雪中激荡，鼓励着青年们和风雪严寒作殊死的斗争。

　　和呼啸的风雪声相比，这声音十分强烈，然后又渐渐地微弱了。就要冻僵的年轻人连嘴都快张不开了。

　　在这同时，贾玉民骑马跑到附近一个进山打猎的鄂伦春人的营地，敲开他们的门，十分困难地说明情况（他们汉语水平不高），又十分容易地把正在睡觉的鄂伦春猎人的皮衣皮裤装上了马爬犁。

　　大约一个小时后，鄂伦春兄弟送来的温暖最后解救了二十几个知青，当时他们的歌声已经很微弱了，他们一个个都在咧着嘴笑。听当地的人说，冻死的人最后的表情就是张着嘴笑。如果鄂伦春兄弟的衣物再晚到半小时，他们就成为了大森林中永久的冰雪雕像了。

　　经历了这场灾难的每一个人，都永远感谢小吕平关键时刻的指挥若定！"人小鬼大"的哈尔滨小姑娘创造的奇迹，四十多年后的今天想起，还是那般神奇。

　　令人遗憾的是，勇敢智慧的指挥员小吕平、骑马报警的贾玉民和为救人被烧伤的王新民都没有成为英雄。在那个特殊的年代，经历过这场灾难的每一个青年都成了被怀疑的对象。当时我们营所在的黑河地区正搞清查运动，专门为"12·26"事件立了案，先是怀疑黑龙江对岸派来的特务纵火，后来又怀疑被烧死的倪少兴是纵火者，当时他的父亲正因为"历史反革命问题"接受审查，可能为了报复政治运动自焚，引发了这场灾难。据回忆，当时许多人边穿衣服边往外跑，只有他穿好了衣服就是站在火里不动，就是因为向外拉他，王新民被烧伤。当时，他穿戴整齐，连腿上的绑腿都打得很规矩。

　　那个案子办得很紧，每个经历灾难的人都被审查了，搞得人人自危。宿舍里，天天半夜都有人哭醒，有人又梦着了那场火，被吓醒；

有人梦着自己成了纵火犯被抓走，也被吓醒。

几个月后，因找不到证据，这个案子也不了了之了。

二十多年后，一个偶然的机会，我见到了小吕平，她在哈尔滨的一家工厂当翻译，刚领着许多青工到北欧的一个国家实习回来。她兴致勃勃地介绍国外的情况，却一句也没说到那次灾难。她说，过去的事，不堪回首。一想起来就做噩梦。说到她那时非凡的表现，她说那也是急中生智。我们那时都有英雄情结，越到关键时刻，表现得越突出。

有一次我在街头上远远地看到了倪少兴的父亲——那位白发苍苍的退休教师，慢吞吞地走着。我却没有勇气走近他的身旁向他问好，怕他看见我想起他死去的儿子！如果他问我儿子是怎么死的，我还一时说不清楚。

往事并不如烟。现在回忆，引发那场神秘之火的可能是那个柴油炉子，有谁无意中把剩下的柴油或汽油倒在炉子里，引发了炉子的爆炸，造成了那场火灾！倪少兴没有及时冲出来，他可能找什么东西，他特别喜欢他常用的斧子和大锯，也许在找他那几件顺手的家什。

我想，无论你愿不愿意说起，无论你能不能想起，经历了那场灾难的人，都经受了人生的一次涅槃。他们都成了火中飞出的凤凰。

以上这篇稿子发表在哈尔滨发行量很大的《生活报》，见报的第二天，就有一个读者给我打了电话。

"你写的知青故事让我很感动！感谢你第一个写了这个灾难的真相！我就是你写的被烧死在神秘的大火中的倪少兴的弟弟。我叫倪少滨。"

后来我和他——哈尔滨医科大学教授、第一附属医院的泌尿外科主任见了面。他说，哥哥下乡时，我还很小。他是1966年走的，好像从来没有探过家。他1969年被烧死后，家里人都不知道。那以后的好多年，逢年过节时母亲还给他寄过吃的东西，可他总也不回信。我们都奇怪，他为什么不回信！后来，看到他同时下乡的知青陆续都返城，母亲天天盼着他回来，眼睛都哭瞎了。

整个"文革"中父亲都在被审查，也没有能力顾及我的哥哥。后来他落实了政策，我陪着他和母亲到北安农场局找过哥哥的下落。他们查了哈青农场（一师独立一营）的档案，最后告诉我们因为火灾事故倪少兴已于 1996 年 12 月 26 日晚死亡了。按政策给了我们两千多元的补助。当时母亲哭得昏了过去。回来后，她一病不起，不久就病逝了。几年后父亲也郁郁而终。他们生前的遗愿就是能去哥哥遇难和安葬的地方给他扫墓。

"后来我知道了，哥哥当年下乡的农场早就撤销了，土地也交给了当地的农民了。我们想去扫墓，可不知在什么地方。这回好了，哥哥死亡的过程我们也知道了。如果你能提供一下哥哥墓葬的准确地点，我们特别感谢！"

为了完成倪少滨的嘱托，后来我又回了一趟哈青——当年曾留下我们无数青春记忆的地方，无论是痛苦还是幸福，它都如胎记一样刻在我们的身上。沿着新修的高速公路，五个小时就到达了边境名城黑河。又沿着平整的公路，向西行驰，路旁粗壮的白桦树挥舞着嫩绿的枝条，好像在为我指点进入"青春圣地"的方向。我们的车时而沿江而行，时而爬上山坡，时而穿过林海。三个小时后，我们进入了一个叫西峰岭的小村，现在它已在地图上恢复了"哈青"的地名。

可惜，山河依旧，我们已难以找到知青营地的旧模样了。热情的老乡帮我们辨认了几栋旧营房，然后指着房后的一片大豆地说："当时这里有几座知青坟，我们开荒时地都平了。这几年不断有人来找过，我们也说不清那个人埋在什么地方。"

那天刚下过雨，通往那片豆地的路特别泥泞，我们在地头采了一束野花，摆在地里，又在地头烧了一些黄纸，便结束了这次寻魂之旅。

那天，我的心情不好，地头烧纸时，热泪长流，掩面而泣。

回来后，我给倪少滨打了电话，如实地说明了情况。

他去没去给哥哥扫墓，我就不得而知了。

十一、走出伤心地

　　凡是当年在黑河下乡的知青，谁都忘不了龙镇。这个三等小站，当时是黑龙江省北部线的终点，无论来自北京、上海、天津、哈尔滨的知青，都在这里下火车，再转乘汽车、拖拉机、马车，分赴荒原深处和密林之中的几十个兵团农场的几百个连队，豪情满怀地投身屯垦戍边的战斗。当然，他们返城度假，也在这里乘火车。在"胜利大逃亡"的知青返城的浪潮中，这里演过生离死别的人间悲剧。有的丈夫或妻子走了，他们却留了下来，从此天各一方。

　　这里曾像战争年代的兵站一样，每天涌动着穿着黄棉袄的年轻人。这其中，有的人后来成了在中国有影响的人物，如曾担任过国家环保总局局长（现国家发改委副主任）的天津知青解振华、外交部副部长的北京知青王毅、黑龙江省省委副书记的哈尔滨知青刘东辉、山东省省长的北京知青姜大明……

　　去年冬天，在那个飘雪的日子，在去黑河的路上，我有意绕到了龙镇。它已成了一座街道宽阔、建筑现代的小城。那黄色的火车站还在，可广场上十分冷清，全无昨日的青春喧嚣和人群熙攘了。我在站前徘徊许久，找不到我和战友们当年的足迹，更听不到他们的哭声或笑声，却想起了一个上海老知青袁启鸿的悲情故事，因为龙镇是他的伤心地。

老袁和我一样是 1966 届高中毕业生，本来我们都有着美好的人生前景，当年我们虽然分别在上海和哈尔滨，但都被推荐为留学法国的预备生。正准备去北京的外语学院学习时，从天而降的"文革"如狂风暴雨，把这一切都化作泡影。我们的档案又从外交部退回到我们的学校，后来又转到了北大荒，当年一位管档案的朋友神秘地告诉我："不得了啊！你原来是外交部的人啊！"我苦笑着说，现在不也在北大荒种地嘛！

1968 年 8 月，他受上海黄浦区的委托带领 300 名知青来到黑龙江建设兵团的一师五团所在地五大连池下乡，另外的一部分人由同是老高三的优秀学生、现任哈尔滨市委副书记方存忠带队去了五师的查哈阳。半年以后，工作能力突出的老袁被师后勤部调到龙镇组建物资批发站。当时他还没入党，却被任命为站的整党小组和清查专案小组的成员。

真是福兮祸所伏，他的人生悲剧就此开始了。

1970 年 3 月，在老袁刚过完 22 岁生日的第二天，他突然被隔离审查了。一时间，批发站院里贴满了批判"现行反革命分子袁启鸿"的大字报，罗列了他的"八大罪状"："张贴反革命标语，唱反革命歌曲，组织反党小集团，为反革命分子翻案，非法混入共青团……"其中最严重最惊心的罪状是"张贴反革命标语"。

现在看来十分荒诞，当时却是触目惊心！

1969 年 12 月，为欢送一师的"毛泽东思想讲用团"到哈尔滨开会，当时他们在孙吴县集合，然后途经龙镇，到哈尔滨去。龙镇批发站在招待所门前搭建起彩门，要在两米多高的门楣上贴上"敬祝毛主席万寿无疆"的标语。那天晚上又黑又冷，老袁从哈尔滨出差回来，看到负责贴标语的两个女青年很辛苦，就跑来帮忙。他站在两个摞起来的方凳上，两个女青年一个为他扶凳，一个给他递标语。为了贴得均称，老袁先贴当中的"席"，再贴第一个"敬"和最后一个"疆"，再贴"毛"和"寿"字，接着贴"祝"和"主"字，最后贴

"万"和"无"字。

由于写的是隶书字，"万"字和"无"字有些相像，又由于天色昏暗，最后把"万"字和"无"字贴倒了，"万寿无疆"变成了"无寿万疆"！

第二天早上被明眼人发现了，他们吓了一大跳。老袁他们马上改了过来，又作了认真的检讨，但仍无济于事。就这样祸从天降，这件事成了他最大的罪行！

"罪状"中说他组织反革命小集团，是因为他自发组织几个爱学习的青年学习哲学，经常讨论理论问题，还办了一个"学习园地"。

还有人说他自己在宿舍唱歌时，把"枪听我的话，我听党的话"唱成了"我听枪的话，党听我的话"。

所谓"混进共青团"是因为他的入团登记表上少了一个公章！

……

其实，老袁被编织这么多罪状的原因，是因为他公开反对在只有400人，成立不到一年的批发站揪出了 17 个"反革命"和"贪污犯"，因此他得罪了主要领导。

这位掌权者亲自发动了这场对一个知青的政治运动。这在当时很时兴，政治觉悟特别高者，有政治理想（应该说政治野心）的人经常抓住机会搞这样的"运动"。

老袁成了第一个从知青演变成"反革命"的典型，上级向全省发了通报，为了杀一儆百，也为了教育"政治觉悟不高"的知青，随后开始了对他的武装看押和在农场的巡回批斗。首先他被剃了鬼头，肯定能吓哭小孩子的样子，但他不太在意，因为"文革"中遭这种厄运的老干部很多，他不高兴的是，还让他付了 2 角钱的剃头费。

游斗是在严酷的 1970 年初春进行的，范围是从龙镇北到孙吴，南到德都的方圆几百公里。批斗他的多是和他们一起来的知青，虽然已经来到边塞，但红卫兵们的革命意志并未消退！批斗前他被捆住双手和双脚，堵住嘴，扔在解放车的车厢里，脸被冻得青一块紫一块。一般要走四五个小时，如果要小便只能在裤子里解决了。一到目的地下了车，或立即进会场接受三四小时的批斗，或者先去干掏厕所的脏活累活。

有时开完批斗会已经半夜了，满身伤痕的他刚躺下，又进来一些人把他从炕上拖下来，用麻袋套在头上，接下来是一阵拳打脚踢……又是知青们的恶作剧，老袁也是哭笑不得。穷极无聊的青年们，以折腾别人为快乐。这也是"文革"的恶习吧！

这个二十多岁的青年的忍受能力到了极限，他默默地流泪，在思考着用什么办法可以少一些痛苦地死去。因为他看不到任何希望了。一年前，他是怀着多么美好的愿望来的，可现在他的面前一片黑暗。终于在1970年5月的一个寒夜，他趁看守他的人熟睡的时刻，把一条绳子挂在了房梁，并把自己的脖子伸向了绳套。

这时他看到满天闪烁的星斗，他遥望南方，那是他家乡的方向。这时拂面而来的还有些凛冽的春风，一下子让他清醒了，他想起了父母早逝后把他养大的姐姐，想到了多年关爱他的老师、同学；他也想到了如果就这样死去，谁来为他洗刷不白之冤！

在犹豫之间，终于被人发现，他走出鬼门关，又回到了地狱。批发站的工作组决定把他送进监狱，建议判刑12年，但那个特殊的时期，监狱已人满为患了，他们无力接收。老袁只得就地改造。当时每天5点钟起床，先到煤场装一车6吨煤，早饭后清扫供应站大院，清掏厕所，再为全院三个食堂的15口大缸挑水，每天18吨，每挑一担水要走100米！马不停蹄般干完这些活，已是晚上十多点钟。他每天爬上床铺都十分艰难！这大大超负荷的劳动，不是每一个人都能承受的。但是22岁的袁启鸿忍受了，那是一种生命的力量。

经过一年的艰苦劳动，师里的一位副政委说话了："一个二十多岁的小青年，千里迢迢从大城市跑到你穷山沟，就是为了来当反革命的？你们这么做怎么能让千千万万个知青家长放心！"1971年初夏，老袁被解除看押，"敌我矛盾按人民内部矛盾处理"，下放连队劳动。

这以后他又去大兴安岭伐木,在零下 52 度的严寒中,他学会了把顶天立地的大松木放倒、归楞、再装上汽车运走,也学会了用大海碗喝酒。他又恢复做人的尊严,还赢得了一位美丽善良的哈尔滨姑娘鲁际的爱情。这是东北姑娘的特点,她们特别同情弱者,心甘情愿地与他们生死与共,后面的故事还有精彩的事例。

长话短说,我略去了他们爱情的故事。

现在他们的一双儿女都大学毕业成了专业人才了。

1977 年,和祖国共患难的袁启鸿迎来了命运的转机,国家决定恢复高考。当时他已经入了党,恢复了在供应站的工作,分管全师的煤炭的采购供应,那是权力很大的岗位。许多有眼光的人看清了他的前途,就这么干下去,不出几年当个师后勤部的首长也在情理之中。

他义无反顾地参加了高考——他没有请一天假复习功课。作为上海市重点中学的高材生,他们最擅长的就是考试。而通过科学兴国是他们从小的理想。第二年春天,他拿着录取通知书到哈尔滨工业大学报到时,老师告诉他,你四门课考了 394 分,只差 6 分就是满分,是全省的状元!还给他看了登载这条消息的《黑龙江日报》。

后来老袁的日子是芝麻开花节节高了,入学后当了 1977 届学生党支部书记;当年夏天,他被彻底平反,他档案中的“反革命”材料当面烧掉。1982 年毕业后到国家重点大型企业哈尔滨锅炉厂工作,第二年他第一批晋升工程师。1985 年在机械部出国英语考试中荣获第一名,他受命到美国 CE 公司进行技术合作,参与了设计世界一流的电站设备的工作。回国后,老袁担任锅炉厂处长、生产处长、副厂长。1994 年 10 月他又到“三大动力”组合起来的特大型企业哈尔滨动力设备股份有限公司担任副总经理、执行董事。后来又担任哈尔滨锅炉厂有限公司的董事长、总经理。

在哈尔滨的几十万知青中,老袁是企业界的最高领导,名副其实的大企业家。我经常在电视里看到他陪中央领导同志到“三大动力”视察,和外商谈判,到香港组织股票上市。他西装革履,满脸风光。

　　为了写这篇短文，我找到了老袁，他急匆匆地来见我，提着装满材料的书包，好像是来上课的大学教授。他主动让贤，已不再担任企业领导了，而成了一个研究宏观经济学的专家。

　　他的名片印着十几个头衔：省政协常委、市人大常委、全国西部开发顾问、中国管理研究院特约研究员，还有许多大学的特约教授。他奔波在国内外的学术会议和大学的讲台之间。他从书包里给我拿出他的一篇篇论文，他告诉我他 2000 年就给朱镕基总理写信提出"科学发展观"问题，总理作了很长的批示，让国家计委领导听取他的意见。他三年前就提出过建立"节约型社会"的建议，他最近又就建设社会主义新农村问题给省政府写出了报告……

　　在老袁滔滔不绝的讲演中，我又看到了一个饱经磨难的老知青的永不干涸的激情；在他那厚厚的论文中，我感受到一个忠贞的知识分子对祖国和民族深深的忧思。我还看到他的头发已经花白了。

　　老袁没有给我提供关于龙镇悲情故事的细节。但我想他心中涌动的热血中肯定有来自那里的坚强和自信。

　　这篇文章在我的博客中发表，引来不少留言，我愿意和读者们分享：

　　　　我在挨个看你的文章，不承想看到了一个我曾听说过的袁厂长，不承想他还经历了那样的苦难。谢谢你把他的经历写得这么好！

　　　　　　　　　　　　　　　　　　　　　　　——花开花落

　　　　好苗子就是好苗子，终究成了国家的栋梁。

　　　　　　　　　　　　　　　　　　　　　　　——德文成

　　　　艰难困苦，玉汝于成。

　　　　　　　　　　　　　　　　　　　　　　　——童牛岭下

　　周总理说过，真金不怕烈火炼，真金也需烈火炼。但不是谁都能经受得住的。

——知倩

　　使这种悲剧几十年不断发生的一个重要的原因是，当年整你的，今天给你平反的往往是同一个人。"打人犯法"，但是毁了一个人的青春、爱情、幸福、前途的人，是不会受到法律制裁的。

——锣儿

十二、燃烧的青春

听说我要写知青的故事，黑龙江电力报社的老社长任树宝特意给我送来他写的《往事并不如烟》的软盘，那里面记录了许多知青的感人故事。

他是 1968 年 10 月从哈尔滨师大附中下乡到 35 团（庆丰农场）的，后来他成为兵团"四好连队"的模范指导员，当上了团党委委员。他们连队推荐过 18 个知青上大学，他把指标都让给了连队里的其他知青，而他自己因身体透支过度，无力再献身边疆，只好招工返城了。回来后，他又从食堂管理员干起，历尽艰辛，不断进步，担任过哈尔滨热电厂党委副书记、省电力局机关党委书记等领导职务。岁月把任树宝磨砺得如一棵嶙峋的古树，但他眼中还充满着青春的光彩。他对往昔的回忆像老井一样深沉。

任树宝的回忆是红色的。

他说：到兵团的那两年，不知道为什么总是赶上着火，那是熊熊燃烧的山火。1969 年 3 月 30 日，在"九大"召开的前一天，我们连队附近着了一场山火，那火威胁着完达山茂密的森林，为救这场火，连队的 7 个知青被烧成重伤，因此立了大功。我们"明知大火险，偏向火海冲"的事迹上了《人民日报》，成了宣传"一不怕死，二不怕苦"思想的好典型。那个时候，这样的报道几乎每天的报纸都有，感召了许多年轻人把生死置之度外。他们并没有考虑，这种死值不值得。对生命的淡漠是那个疯狂的年代的一个特点吧！

1970年11月7日，又一场大火在穆棱河南岸邻近苏联边境的山林里燃起，为了阻止大火越境，我们35团全力扑救，带队救火的副参谋长明海涛和14名知青为此献身。团部大礼堂摆满了棺材，改成了临时的灵堂。开追悼会那天，全场一片哭声。礼堂外顿时天昏地暗，风雪交加。北大荒的人在哭，北大荒的天也在哭！

我在想，为什么要以生命为代价阻止山火向边境蔓延！过去和现在多次发生俄罗斯方面的山火蔓延到了中国境内，我们并没有向对方发出抗议照会。因为这是自然灾害，不是靠人的力量可以阻止的。另外，打火是一种有技术含量的危险工作，没有经过训练和技术指导的不到二十岁的孩子，就仓促地上了火场，那几乎就是让这些年轻人去送命！死亡的知青多不是被烧死的，而是因为缺氧窒息而死。大火卷过之后，氧气燃尽，瞬间就可能致人死亡，如果有经验的话，在大火扑来时，马上匍匐在地，是可以避免死亡的。

这悲惨的一幕永远刻在任树宝的心里，更使他不能忘怀的是这牺牲的知青中一位青春勃发的少女——北京知青王晓勤。他说——

"1969年秋天，王晓勤作为整党工作组成员来到我们连队，边整党边帮助秋收。兵团战士大多是穿黄棉军装，她却与众不同，一身浅灰色的海军军装，虽然褪色发白了，却洗得干干净净，穿得板板正正，腰间扎着一条皮带，威武精神，仿佛电影《红色娘子军》中的女战士。她是军人的后代，她的父亲是位海军将军。她高挑大个，四肢匀称，圆脸盘，大眼睛，见人不笑不说话，笑时两只酒窝浮现两腮，和蔼可亲。如今回想起来她很像电影演员方舒。白天，她和大家一起抢秋收，晚上和党员们学习到深夜。无论你什么时候看到她，脸上总是挂着微笑，忧愁似乎和她无缘。一次她在井台上提水，正小声哼唱着'兵团战士胸有朝阳……'一回头看见了我也在等着打水，在大会上讲话都不脸红的她，突然红着脸不好意思地说：'这下子可坏了，让人听见了！'说罢笑着走了。

直到现在，我的耳边还常响起她的笑声。后来听团机关的人说，她在篮球场上还是一员虎将，她的左手投篮很准。可惜，那段时间太紧张了，既忙秋收，又忙整党，没机会让她打球，这种机会永远不会再有了……这样美丽的青春被无情的大火吞噬了，真是太可惜了！"

老任说得很沉重，很伤感。我说你当时是不是爱上她了？他说那时不是恋爱的季节。我是连队的最高领导，怎么能带头谈恋爱呢！

王晓勤牺牲后，所有认识她的人都失声痛哭。人们回忆她临上火场前的那一刻：她的父亲是一位部队离休老干部、体弱多病，身边无子女照顾，组织上已决定调她到北京工作。第二天回家的火车票就在口袋里！机关扑火队伍中当然没有她的名字。

那天早上，一听说要去扑火，她奔跑着登上了大卡车，上车前，她留下了火车票，又摘下手表交给同宿舍的战友，并掏出口袋里仅有的几十块钱，对战友说："如果我回不来了，手表留给你作纪念，这点钱作为我最后的党费，请你替我交了吧！"

她已经做好了牺牲自己的准备，因为他们这个团已经在打山火中死过人了。

任树宝郑重地对我说，王晓勤就是这么说的，这不是秀才们编出的豪言壮语，这是活生生的事实，苍天可以作证，参加那次扑火的人可以作证！

"王晓勤的父亲、东海舰队的老首长、一位转战南北的老将军，赶到团里和他最心爱的小女儿诀别。老人家一生身经百战，目睹了无数亲密的战友倒在自己身边，泪早已流干。可是面对自己最喜爱的小女儿的遗体却老泪横流……

临走时，老人家带走了一小袋黑土地产的大豆和几瓶北大荒酒，还有女儿的一两件遗物。在牡丹江转车时，那位陪同老首长的参谋不小心把北大荒酒打了两瓶，老人发火了！他不是心疼那两瓶酒，在老人眼里，这是女儿这一代人用血汗酿成的甘泉。洒在站台上的不是酒，更不是水，而是知青的鲜血……"

任树宝说，当时老将军已是满脸的泪水！

死去的人给自己的亲人留下无尽的思念；而受了伤还活着的人留给自己的是艰难的人生。任树宝所在的连队因救火被烧伤的7个人中有一个叫吴廉的北京男青年，因长得漂亮，说起话来又细言慢语，被大家叫作"假姑娘"，可在扑灭荒火的战斗中被烧成重伤。虽几经转院治疗、植皮、整容，但昔日俊俏的小吴还是面目全非了，眉毛被烧光了，满脸紫红色的疤痕，眼角被封住了，嘴只能张开三分之一，两只灵巧的双手变成了鹰爪状。

他完全丧失了生活能力，手握不住筷子拿不起笔。还有难以想象的痛苦，烧伤后植的皮没有汗毛孔，夏天闷热排不出汗；冬天干冷，皮肤绽开一道道的血口子，让人目不忍睹。

在这种情况下，吴廉拒绝所有人的帮助和关照，坚持自己洗脸、穿衣、系鞋带，甚至衣服都自己洗。他坚决要求连里安排工作，后来当上了卫生员，学会了给别人诊断、打针，但他难以忍受的痛苦，是别人想不到的。一个风雪夜，小吴背着药箱到各宿舍巡诊，回到卫生所已经很晚了。第二天开饭了，却看不到他的身影。连里派人到卫生所一看，他床头放一个空药瓶，人已昏迷不醒。他服药自杀了！

他被拉到团卫生院抢救，人虽然活了，从此更沉默寡言了。他还继续着比死更艰难的生活。

后来他返城回北京了，听说他还结了婚，生了一个大胖儿子。说到这儿，任树宝终于露出了笑容。他说，其实吴廉是个令人佩服的硬汉子！

前几年，任树宝和哈尔滨的几位知青曾回庆丰农场为王晓勤等战友扫墓。那火石山下的几座坟墓，已被荒草深深地覆盖了。墓碑残破，字迹模糊，几乎分不清谁是谁的墓地。他们泪洒坟前，当场决定，大家集资修墓。农场的领导说，他们是为北大荒死的，墓还是我们修吧！

我对任树宝说，我们的战友，那些美丽的青春在山火中燃烧了。他们是为保护国家的财产而死，殊不知，他们年轻的生命才是我们国家最宝贵的财富。他们的死，才是我们民族的最大悲剧！

　　世上最宝贵的是人，有了人什么人间奇迹都可创造。人最宝贵的是生命，尊重人首先要尊重人的生命。我们为这常识式的道理，付出了太高的学费。在战争年代，为了人民的根本利益，许多的先烈前赴后继，流血牺牲，是不可避免的。但是在和平年代，可以避免的牺牲，我们没有避免，这就叫人十分痛心了。天灾不可免，但人祸更可怕，不珍惜生命的瞎指挥，把年轻的生命当作实践某种口号的材料，就是一种人祸！在那个不堪回首的年月里，这样的人祸，还少吗！

　　每一次采访因公牺牲的知青战友的事迹，我都一阵又一阵的难过。既为他们美丽的生命惋惜，也痛恨那个疯狂的年代。现代的年经人应该庆幸，在付出无数生命的代价之后，我们终于迎来了以人为本的时代！

十三、谁打开了潘多拉的盒子

谁能想到，我们连的李秀云成了纵火犯！

她是北京女知青，父亲和母亲都是延安时期的老革命。刚到连队时，她一身褪了色的黄军装，梳着小刷子式的短辫儿，两只大眼睛炯炯有神，说起话来京腔京调的，圆润洪亮。那时连队里大学毛主席著作，她学得认真，讲得明白，干活又特别能吃苦，很快就成了我们连的学毛著积极分子。在连队搞"活学活用"讲座时她讲得最生动，很快当上了副排长。她又被推荐到团里讲用，后来又参加了巡回报告团，到师里作报告，到兵团作报告。

几个月过去了，李秀云走了许多地方，她也记不住作过多少场报告。她陶醉在鲜花和掌声中。大家都说："这回李秀云前途光明，再也不用回连队种地了！"

"学而优则仕"，这是我们民族的传统，学习领袖的著作优秀者，提拔重用也在情理之中。

没想到，巡回报告一结束，她就从兵团回到师里，先在师里帮助工作一段，又回到团里；在团部又帮助工作一段，最后又回到连里，还是当副排长，每天重复着简单的劳作，她已经不适应连队的劳动生活了，仿佛从天堂落到了地狱。更让她不能接受的是，当时和她一起进步的知青，有的当了副指导员，有的当了正排长了，而她当了兵团的典型，还是原地不动。从此李秀云闷闷不乐，干活也不如过去了，话也不爱说了。她还是太年轻了，她需要的是坚持和忍受。

那时连里刚开展清理阶级队伍的"深挖运动"，团里派来了工作组，在大食堂吃午饭时，工作组组长对连队的干部讲："运动开始了，各种人物都要表演一番，你们要提高警惕，防止阶级敌人跳出来搞破坏！"

怎么这么巧，偏偏让工作组长言中了！

这天下午连队的女知青宿舍着火了——有人把一个点燃的小笤帚头塞进了五班长的被子里，刚刚冒烟时就被发现了。

令全连人大吃一惊的是，放火的竟是北京女知青、昨天的学毛著积极分子李秀云！

这个事件的亲历者任树宝当时就在这个连队当副指导员。他对我说：听说连里着火了，我急忙从连队外的水利工地赶回来，和工作组组长一起提审李秀云，当时她头发蓬乱，低头缩脑地被人扯来扯去。她时而嬉皮笑脸满不在乎，时而目光呆滞满面惊恐。审问开始了：

"快说！你在大宿舍放火，是不是现行反革命？"

"我不是反革命！我是革命战士！着火我不怕，烧死我也不怕！我是救火英雄！你们要向我学习！"

"老实交代！你为什么烧五班长的被子！"

"她是坏蛋！她是百年妖怪！是老柞树精变的！金猴奋起千钧棒，玉宇澄清万里埃！我要扫除一切害人虫，全无敌！"

说着她还做了孙悟空亮相的动作。她面目怪异，眼睛直勾勾的。

当时任树宝和连里的几个干部判断，李秀云的精神可能出了问题，建议领她到医院检查。工作组组长断然拒绝了他们的意见，他认为，李秀云是装疯卖傻，故意破坏运动！

接着召开了全连大会，工作组组长当场宣布李秀云为"现行反革命"！经过一番煽动，会场里一片义愤填膺，"打倒反革命"的口号声震天动地。但许多人不相信李秀云突然变成了反革命！但在那时的情况下，谁还敢站出来为李秀云说话。

我们在北大荒下乡的初始之年，"文革"的浪潮还在边疆的大地上震荡。我们经常的活动就是在连队大食堂里开批斗大会，开始斗原农场"走资派"，后来又斗被挖出了的"修特"（苏修特务），再后来就斗"自私自利"的老职工，最后也斗到我们知青自己的头上。李秀云当然也是受害者。当时的说法是"与天斗其乐无穷，与地斗其乐无穷，与人斗其乐无穷"。我们知青最热衷于"与人斗"，因为与天与地斗就是刀耕火种、春种夏锄秋收冬修水利，那都是特苦特累的活，只有开批斗大会坐在温暖的食堂里喊口号，对我们大多数人来说，这等于放假。

当晚，团里派来了吉普车，李秀云被押走了。临上车时她很镇静，像江姐一样捋了一下头发，用坚定的目光向围在车前的战友告别。她像先烈们慷慨赴刑一样走了。当时，送她走的女知青都哭了。她们心里明白，李秀云肯定得了病。什么病她们说不清，但肯定不是反革命！

到了团里，她闹得更厉害了，没黑没白的不吃不喝，又哭又叫。后来不知团里的那位领导开了恩，把她用救护车送到裴德的师部医院，经检查确诊，住进了精神病科。不知是不是医疗事故，医生给她针灸时不知碰到了哪根神经，从此她便瘫痪在床，一卧不起，大小便失禁，其情景十分悲惨。

有个北京知青偷偷给李秀云的父母写了一封信，那位延安时期的老革命父亲老泪横流地接走了自己亲自送到广阔天地接受再教育的女儿，接回北京的条件是他留下一个字据：一旦病好了，立即将"现行反革命分子"的女儿，送回团部接受审判！由于李秀云是戴着"帽子"走的，她的路费和所有医疗费用，全部自理。

这真是一个特别不幸的家庭，李秀云的母亲，在延安整风时被打成"反革命"，也曾经精神失常，现在悲剧又在李秀云身上重演了！精神方面的疾病可能有遗传，但李秀云的病和她母亲的病都是在政治运动中爆发的，这就值得我们深思了。

在那个特殊的年代，有多少知青特别是女知青，因为要求政治进步受挫或在"政治运动"中无端挨整而精神失常的，谁也说不清。当时，如果对他（她）们更多一些理解和关爱，更多一些宽容和帮助，也许悲剧就不会发生。可是那是一个多数人都癫狂的时代，少数本来就有心理病灶的人，因突然受到无法抵御的刺激，心里的"魔鬼"就从潘多拉的盒子里跑出来了！悲剧就不可避免了。

我问起李秀云后来的情况，任树宝说，听北京知青说，经过十多年的治疗，不知跑了多少医院，请了多少名医，李秀云的父母花掉了所有的积蓄，总算治好了她的瘫痪，当萎缩的两腿逐渐恢复得能支撑起那骨瘦如柴的身躯时，她又开始疯跑，把年迈的老母远远地甩在后边。老人伤心地说：早知这样，还不如让她躺在床上，侍候她一辈子。

任树宝回忆说，前几年去北京出差，曾见到了他们连的一个知青。他又打听李秀云的情况，那位老战友对他说，那个满街跑、家人在后面追的疯女人，不是李秀云，而是他们连的另一个叫"小豆豆"的女知青。任树宝想起来了，"小豆豆"是因为个子小，又腼腆，在爱情问题上受挫而精神失常的，后来因病返城了。那位战友告诉他，"小豆豆"一跑出去就数日不归，她的父母也精疲力竭，无能为力了。这个人算彻底废了。

任树宝问："在什么地方能找到她？"

那位战友说："不好说，她无目的地乱跑，还被收容过。有人说，经常在西城区的一些中小饭馆门前看见她在讨吃的。"

他还说，一位当了大款的知青，在一家饭馆请客，席间，"小豆豆"伸手讨要，其中一个客人把剩有几个包子的盘子不耐烦地递给她并轰她走开，她用又黑又脏的手抓起包子就往嘴里塞。这位知青叫她的名字，她一点反应都没有了！当时他很伤心。他当场表示：如果能治好她的病，他愿意出钱。

那几天办完公事后，任树宝常去西城区几家饭店的门前转悠，他真希望能见到"小豆豆"。一起出公差的同事问他，为什么一家家地看饭店又不进去吃饭。老任说，我要找人，找一个"女疯子"！同事瞪大眼睛看着他。

"他哪里知道，我心里的十字架有多重啊！我曾是'小豆豆'的连队指导员，是全兵团的模范指导员，如果当时，我能多和她谈谈心，在恋爱问题上给她一些帮助！也许……"

任树宝相当沉重地对我说。

是呀，在那过去的特殊岁月里，我们的思想政治工作被说得神乎其神地能治百病。而那灌输式的政治说教，不能以理服人，不能以情动人。更严重的是经常把一般的思想问题扩大化，无限上纲，无情批判。再加上突如其来的政治运动形成的政治压力，把有心理障碍或本来就有心理疾病的人逼到了极端，结果他们的精神不可避免地崩溃了。而当时又缺少及时的心理医疗和精神慰藉，这样精神病的多发就是我们常见的现象了。

可惜多少有才华的知青战友的青春就这样凋谢了，一想起他们来，我的心情就很沉重。

十四、爱的呼唤

　　她，躺在省医院急救病房雪白的床上，心电仪上显示的那条绿色的光线，还在微微地波动。她是下岗工人戴桂荣，2004 年 1 月 9 日突然发病住院，脑干出血，已陷入深度昏迷。医生说，我们会尽最大努力，但没有希望了！

　　他，坐在她的床头，抚摸着她的手，轻轻地呼唤着她："桂荣！桂荣！"泪水从他的脸上流下来，染湿了那白色的被褥。他在对她说，说着昨天的故事……

　　一天，两天，十天，二十天，他天天坐在她的床头，呼唤着她，天天给她讲故事。他喃喃而语，总是泪流满脸，让在场的人无不动容！医生惊奇地睁大了眼睛，那条绿色的生命线还在波动着，顽强的波动着！难道奇迹真的发生了！坐在病床旁的人叫王超恒，病人的丈夫，省总工会的一位中层干部。

　　"桂荣，你还记得我们第一次见面的时候吗？"他对她说。那是在一个遥远的时代、遥远的北大荒的一个荒凉的地方。刚刚下乡的 18 岁的哈尔滨知青戴桂荣，在雨水中收麦子得了关节炎和肾炎，出院后，连领导给她安排了一个轻活儿，去看押四个"黑帮"，一个是犯了生活作风问题的"破鞋"，一个是"反动权威"连队的技术员；还有两个"反革命"，一个顺嘴胡说的北京知青小张。另一个就是现行"反革命"学校校长王超恒。

当时派来看"黑帮"的有两个女知青，那个北京姑娘说起话来很横，好动手，北京红卫兵的脾气。而小戴清秀文静，很腼腆的样子，特别是那双温情脉脉的大眼睛，让王超恒冰冷的心上掠过一缕阳光。而眼前的王校长让小戴很伤感，这个平日文质彬彬衣冠楚楚的小伙子，满身褴褛，污头垢面，一脸沮丧。她知道，王校长是江苏东海师范的学生，来这里投奔从部队转业到农场当干部的姐夫，他教学认真，多才多艺，又一表人才，被连里的许多女知青爱慕。特别是他创作的那首《延兴是个好地方》的歌子曲调优美，人人爱唱，成了他们延兴农场即二师十三团的团歌，大家都会唱。

那一天他突然被揪斗了。原因是他看到教室的棚顶漏灰，领着学生用旧报纸糊棚，结果把一张《兵团战士报》上的毛主席像的头朝下了。

一个老师在揪斗大会上揭发："王超恒这个地主的孝子贤孙，是故意把毛主席像贴倒的，他对毛主席有刻骨仇恨，我们要砸烂他的狗头，永世不让他翻身！"

王校长说："我不是故意的，他们刷糨糊，我站在桌子上糊，看不清方向……"

不管他怎样申辩，还是被关押起来了。连队向上级报告：建议判七年徒刑。法院认为证据不足。王超恒被关押在基层改造。

"小戴呀！你知道吗，是你的爱救了我！"说着说着，王超恒止不住又流泪了。

单薄瘦弱的他接受着难以承受的劳动惩罚，每天早上要扛250包麻袋，每袋180斤，要一气装满五辆汽车，白天锯木头劈拌子，下地刨冻土修水利，晚上为知青烧炕，烧得不热和太热，都会受到辱骂。

这时王超恒经常想起大诗人臧克家的那首《老马》：

"总得叫大车装个够，它横竖不说一句话，背上的压力往肉里扣，它把头沉重地低下！这刻不知下刻的命，它有泪只往心里咽，眼前闪过一道鞭影，它抬起头望望前面。"

失去尊严的知识分子是很脆弱的。这时小戴和他形影相随，说是监督他改造，不如说是保护他不受虐待。她担心他的身体，更担心他的精神。她取消他每天饭前在大食堂的"自报狗名"和"三敬三祝"；尽量减少批斗的时间，理由是让他多干活；干重活时，又抽他去接受批斗；她每天领他到卫生所治耳鸣病，说是为了让他更清楚地听到大批判的声音。

她对他常说的一句话是："你要挺得住，早晚是会自由的，因为你没有罪！"她的关爱，化作了他活下去的勇气和力量。

经过129天的关押，王超恒又被送到马车班劳动改造。白天跟车老板上山拉木头，到地里送粪；晚上打扫牛圈，给牲畜喂草，也允许他参加开会和学习了。

完成了看"黑帮"的任务，小戴回到了农工排，可她多了一分牵挂，下了工常来看他。她为他缝补衣裳，还对他说，是金子放到哪里都会发光，你应该从头干起。于是王超恒用自己的热情和能力，让畜牧排出现了奇迹：他组织这里的老职工和知青，在废弃的兔舍建起了学习室和俱乐部，他组织大家学习毛主席著作，排练文艺节目，还创作演出了小歌剧《一个烟斗的故事》，在全团得了奖。

一年以后，王超恒所在的畜牧排成了全连的先进全团的典型，排长还入了党，当然他的入党申请书是王超恒代笔的。

戴桂荣是畜牧排的常客，她真心为王超恒的进步高兴。每次她来，马车班的老班长路国林都把小戴和王校长请到自己家，为他们包饺子，请他们吃顿饭。然后让他们到小后屋唠一会嗑儿。那铺温暖的小炕，是他们心灵的伊甸园。他们总有说不完的话，可最想说的那个"爱"字却说不出口。王超恒是不敢说，他来到农场快十年了，爱慕他的姑娘并不少，可就因为他的地主出身，刚刚萌发的爱情都夭折了。本来有个和他学琴的北京姑娘勇敢地爱上了她，可就在他被批斗的第二天，给他写来了绝情信。他心里明白这个美丽的哈尔滨姑娘真诚地爱他，可她不忍心让她和自己一起受苦！戴桂荣却想好了，王超恒就是当一辈子车老板子，我也爱他！可是她却羞得说不出口。王超恒读懂了她深情的目光。

"桂荣呵，桂荣，我永远忘不了你给我写的那封信！"王超恒记得那是 1972 年小戴回哈尔滨探亲过春节，他亲自赶着马车把她送到罗北县，又送上回哈尔滨的长途汽车。

几天后，她来了信，说父母要给她办病退手续，不让她回兵团了！王超恒心如刀绞，她是他唯一的希望！他怎么舍得她！但是他还是很快写了回信：

"我非常同意你病退，你应该回到你的父母身边！我们的爱情是不可能的，我的条件太差，出身不好，年纪比你大许多，工资收入比你少，政治前途渺茫。我不能给你幸福！"

又是几天后，王超恒突然接到了戴桂荣的电报：

"我立刻回来和你结婚！"

小戴真的回到了王超恒的身边，也许就是他的那封真诚的信感动了她善良的心。她对他说，凭你的这封信，我就要嫁给你，当一辈子车老板的妻子我也不后悔！

22 岁的漂亮女知青要嫁给 28 岁的没摘帽的"反革命"！成了全团爆炸性的新闻。有人说小戴疯了，有人说小戴傻了！

指导员向团里请示，团里答复：只要不是敌我矛盾，可以结婚。领导的恩准让他们欢喜若狂，王超恒借了 30 块钱，买了两条迎春烟、两斤糖果，买了一套锅碗瓢盆和油盐酱醋，最后还剩下三元八角七分。

他们把两套行李往老班长的四平方米的小后屋一搬，又用旧报纸把小屋的墙和棚一糊，就有了自己的家，那是温暖的家，他们心灵的伊甸园。

那一天是 1972 年 3 月 26 日，王超恒向连长请求，能不能在食堂摆两桌招待一下关心他的同志，再搞一个结婚仪式。连长说："现在正抓阶级斗争新动向，你成分不好，又在改造期，婚事从简吧！连里晚上还要开抓阶级斗争的大会，给你俩放假一晚，你俩可以不参加。"

当时，王超恒的心在流泪。他知道，连里不想支持这不般配的婚姻。可是，他没有回头路了，不管别人怎样，只要我们两个人真心幸福就好。

那是一个凄清又幸福的夜晚，除连里几个职工的小孩来要糖吃，没有一个连队干部，也没有一个职工参加他们的婚礼，当然他们也没有接受一份祝福！

王超恒哭了，他对戴桂荣说："委屈你了！太委屈你了！"

小戴也哭了，她把他紧紧揽在怀里，她用自己温暖的胸怀捂热一个男人冰冷的心，她用自己青春的激情唤起一个男人应有的尊严，她还要用自己肥沃的土地为他生长出苗壮的花朵！

泪水和汗水，让两个孤苦的年轻人在春寒料峭的长夜里生机勃发；哭声和笑声，让乍暖还寒的北大荒也回荡着春风。

王超恒铭记和小戴的结合，给他的命运带来了转机。

一个月后，他接到团里的通知，结束了三年的劳改生活，到团部中学报到，他被恢复了教师的身份。那一天晚上，小戴给他炒了一盘鸡蛋，以示庆祝。后来他吃过许多美宴大餐，可只有这一顿饭让他终生难忘。他们搬到了团部，在离小戴工作的工程连四里外的一座小山下，在一座无人居住的破马架子里安了家。

当时的生活特别艰辛，她每月收入 32 元，而他只发给 28 元，但他们生活得很快乐。两个人自己动手开了一亩菜地，养了 18 只鸡、4 只鸭子、2 只鹅、2 条狗和一头猪，他们自给自足，温饱不愁。到了1978 年他们已经有了三个儿女，一家人其乐融融，王超恒想一辈子过这种世外桃源的耕读生活了。

"桂荣呵！桂荣！我们都不会忘记是党的十一届三中全会，是邓小平从根本上改变了咱们家的命运！"王超恒还在呼唤。他在一年年一件件向她回忆那些让他全家兴奋的事件：

1978 年 12 月 18 日，十一届三中全会召开，党宣布"阶级斗争为纲"的指导思想停止，阶级成分论废除。王超恒老母亲因"两间草房、六亩薄地"而确定的地主分子身份被取消，压在子孙头上的大山从此推翻，他们感到真的解放了！

1979 年，王超恒转为国家干部，被提拔为学校校长；而戴桂荣，告别了奋斗了 11 年的北大荒，带着孩子回到了哈尔滨，接母亲的班，当上了工人。

1980 年，王超恒调到农场工会工作，从一个地主的狗崽子，成了工人阶级的一员，他感到了无上荣光。他起草了全省第一部"农场工会条例"。

1981 年，王超恒加入了共产党，实现了梦寐以求的理想。

1983 年，王超恒因其突出的才干，被调到省农垦总局工会工作，并被提拔为中层干部。

1984 年，王超恒获得了全总干部学院劳动保护专业毕业证，经过不断的学习实践，几年后他成了全省职工劳动保护和处理灾难事故的专家。

1985 年，他考入了胡耀邦倡导的中国人民大学在农垦系统创办的农经专业大学本科。

1986 年，王超恒调到了省总工会工作，全家在哈尔滨团聚。

在欢乐的时刻戴桂荣对王超恒只夸了一句话："你干得好！"而他对她说："是你给了我力量！"

"桂荣呵，快看看吧！孩子们天天守在你的床前，现在他们都有了好的工作，有了自己的家庭，他们盼着你早日康复，多享几天福啊！"王超恒在病床前呼唤。

"桂荣呵，快醒醒吧！我们搬到泰山小区，还不到一年，你看我们的房间阳光多好，外面的雪化了，草就要绿了！我们住过农场的破马架子，又住过哈尔滨道外只有 6 平方米的偏厦子，住过南岗的地下室，现在总算有了自己的房子了！"王超恒还在戴桂荣的耳边呼唤。

戴桂荣肯定听见了老王和孩子们的呼唤，那绿色的生命线还在波动，他们看见了她眼角留下的泪。然而，她什么也没有说。

77 天，老王和孩子们呼唤了她 77 天。

那一天是 3 月 26 日，正是她和老王结婚的日子，三十二年前的这一天的晚上 20 时 15 分，就是他们走进那个 4 平方米的小后屋的时分，那条波动的绿色的生命线变成了一条直线。

她走了，也许因为她太累了，这一辈子她付出得太多了，她该休息了；也许她很满足了，老王给了他所有的爱，孩子们给了他们所有的爱，她无所求了；也许她不想拖累老王和孩子了，她昏迷前的最后一句话："不要住院，太费钱！"她下岗后没有办医疗保险……

在泰山小区 G 栋一间阳光明媚的住宅里，王超恒给我讲了他们的故事。我看到了戴桂荣当年的照片，老王说："她年轻时真漂亮，像个俄罗斯姑娘！"他还对我说，清明节的那天早晨，我被小戴叫醒了，她微笑着对我说："清明了，该出去走一走了！别老闷在家里，会闷出病的！"

这时，我醒了，原来是一场梦！那时外面正下雨，那滴滴雨水顺着窗上的玻璃往下流，好像泪水一样……

十五、村里有个姑娘叫小凤

在后知青时代，最流行、最感人的知青歌曲要数李春波的《村里有个姑娘叫小芳》，那个凄美的故事让我们这些老知青伤感，甚至有的人要忏悔。

我也要讲一个类似的故事。那个村子在逊克县的边疆公社，地处黑龙江边，一个几十户人家的小屯子。因为附近的农民常到这一带的树丛中下套子抓山兔、野鸡等野物，这个屯便被村民们叫作"下套子屯"。这个下套子屯的最大收获是套来了一大帮上海知青！

1969 年那个残雪未融春寒料峭的四月，突然 80 多个活蹦乱跳的青年男女一下子涌进这里插队落户。宁静安睡了百年的小屯被吵醒了！男女老少都跑到村口，惊喜又慌恐地看着这帮来自遥远的大城市的洋学生。人群中一个"长得好看又善良"的姑娘目不转睛地望着在身边走过的背着行李的每一个青年，突然一位高个清瘦戴着眼镜的小伙子，对她深情地一笑，在目光相交的那一刻，姑娘也笑了，却害羞得红了脸，低下了头。

后来她知道了他叫戴剑臧，上海 1968 届的初中生；他知道了她叫程玉凤，村里人都叫她小凤，真的"一双美丽的大眼睛，辫子粗又长"。谁能想到，两个年轻人感天动地的戏剧人生就从相互凝望的这一刻开始了。

上海知青的到来，让这个贫穷闭塞的小村充满了活力，村里的年轻人愿意干活了，每天和知青在一起说说笑笑，单调的日子也过得丰富了。村里的男青年都学会了刷牙，姑娘媳妇也爱打扮自己了。有事没事总和知青凑在一起。在欢乐的年轻人中，你总能同时看到小戴和小凤，他们不说话，只是时不时地远远地相互凝望，这就是宋丹丹对赵本山说的"暗送秋波"吧。

当然，知青们也给村里带来许多麻烦，他们时不时地和当地青年打架，从小习武善斗的小戴总是冲锋在前。他们也常干些偷鸡摸狗的事儿，知青点的伙食很差，他们自己动手……老乡们又好气又好笑，无奈地说："都是十五六岁的孩子，正是讨狗嫌的时候！"

黑龙江的冰雪融化了，江边的树泛绿了，地里的花也开了。年轻人的心也像春天般生机勃发。下了工，知青成双成对地往江边跑，往树林子里钻。有一天傍晚，小戴领着小凤，也穿过树林，坐在了江畔，他看到在夕阳下闪着金光静静流过的黑龙江，想到了家乡的黄浦江，不禁一阵伤感。

小凤安慰着他，说着两个青年的身体正相互靠近……还没等他们的手拉在一起，小凤的父亲跑来了，边骂边打地把他们赶走了。

"你这个不要脸的姑娘，敢和知青钻树林子，看我怎么打折你的腿！"

小凤哭着跑回家，妈妈劝她："那些知青偷鸡摸狗的，什么活也不能干，能和他们一起过日子吗？过不了多久，他们肯定要走！"

小凤只是一个劲地哭，边哭边摇头。

春去秋来，庄稼种了，又收了。黑龙江雪揾冰冻，漫长的冬季又来了。对小戴来说，看不到小凤的日子比严冬还难熬。小凤的父亲琢磨着，如果不把小凤早点嫁出去，早晚要和那个姓戴的小子出事儿！

他听说，附近毛子屯有个二毛子（中俄混血儿）小伙子，人老实还会木匠手艺。他托人一说，人家非常高兴，小凤是远近闻名的漂亮姑娘！不几天就把财礼送来了。小凤一听就炸了，死活也不同意！父亲动手打她，她离家逃跑。

那是一个风雪弥漫之夜，全村人和知青们打着火把，到处寻找，终于在大江中间小岛的树丛中找到了，那时的她已被冻僵，再晚一会儿就没命了！小凤的妈妈哭着对她说："孩子咱认命吧！咱都收了人家的财礼……"小凤什么也不说，就是不吃饭！

三天过去了，她已奄奄一息。老程头害怕了，对小凤妈说："快去找小戴吧！要出人命了！"半夜时分，小凤妈急忙跑到知青大宿舍，好不容易推开被尿冰冻死的房门，在大通铺挨个推醒戴着棉帽子睡觉的知青，终于在第六个位置找到了小戴：

"快起来吧！大婶求你了，快去救救小凤吧！"

小戴一轱辘爬起来，披起衣服就跑，小凤见了他抱头痛哭。小凤妈也跟着落泪，一直到老程答应退掉和二毛子的婚姻，小凤才吃饭。

勇敢的农村姑娘小凤以生命为代价争得了和心上人的自由爱情。从此他们俩形影相随，小戴变得安分了，爱劳动了；小凤变得开朗了，活泼了。小戴喜欢小凤的朴实真诚和聪明善良，小凤喜欢小戴的正直仗义和勤奋好学。村里人都说，他们俩真是天生的一对。可是他们俩谁也没把"我爱你"这三个字说出口。

这一年的秋收之后，刚开始飘雪的日子，知青开始放长假了，小戴要回上海探望母亲了。小凤和妈妈，把他送到村口，请他给亲人捎去木耳、蘑菇和白瓜子，那都是小凤精心准备的。在挥手告别的时候，小戴看清了小凤那眸子里幸福的泪光。

小戴回到上海两个月后，突然收到小凤父亲的来信，说小凤得了肾炎，很重，要住院治疗，急需300元钱治病！如果你能拿出来，小凤就是你的。你要拿不出来，小凤就是人家的了！

小戴心急如焚，可在1972年，这300元钱对他可是天文数字，父亲早逝，母亲在街道小组糊纸盒，每月只有十几块钱的收入，他劳动一年挣的工分都扔在探家的路上了！他求钱无门，欲哭无泪，但是他相信勇敢的小凤是不会屈服的！

就在那一年的小年夜，邻村的四个年轻汉子，把小凤架上马爬犁，她死活不走，死死拽住门框，她大声地哭喊着："小戴呀！你快救救我，他们把我卖了！小戴呀，快来救我！"

那哭喊声渐渐消逝在风雪中。那一天正刮着"大烟炮"，狂风呼啸，大地呜咽。它们在为一个弱女子的不幸悲鸣！

当戴剑鹹从上海出发一次次换火车换汽车，赶到数千里之外的边境小城逊克时，村里的人告诉他："小凤让她爸嫁给外村的一个放牛的了。临走时还喊，小戴呀，快救救我！听说，现在小凤疯了，送进了北安县的精神病院！"听到这儿，小戴已是泪流满面了……他急忙往村子里赶。

听说小戴回来了，小凤的父亲先来找他："小戴呀，叔今天在江里捕了两条鱼，到我家喝酒去！"坐在炕桌前，老程对他说："叔对不起你，可真是没有办法呀！咱们亲戚做不成了，情义还在，以后常来家喝酒！"小凤妈在旁边一个劲地哭："只怪这孩子命不好！"小戴一杯又一杯地喝酒，一句话也说不出来，泪水顺着脸颊往下流，这是他一生中最苦的酒，他只能吞下去。

后来小戴听说，那男人对小凤挺好，可她的病时好时犯。再后来，听说她生了个孩子，脑水肿，很快就死了。这回小凤完全疯了，到处跑，不吃也不睡，见谁吐谁，见谁骂谁。人家提出离婚，小凤的爹妈只好把姑娘接了回来。一双美丽的大眼睛变得空洞呆滞了，那又粗又长的辫子也剪掉了，剃了个光头。全村人看到小凤这个模样，没有一个不掉泪的！当然最伤心的要数小戴了……

在大队当书记的是小凤的叔叔，他怕小凤看见小戴会加重病情，就把小戴打发到二三十里外的草滩去放羊。艰苦又浪漫的游牧生活开始了，白天他赶着羊群在无边的草地游走，晚上他躺在露天的草屋里数着天上的星星。

几次梦见"大眼睛"和"大辫子"的小凤突然变成了在田野里狂奔的光头的小凤，他惊醒了，竟是一身冷汗和满脸的泪水。有一天，小戴照例赶着羊群向草地走去，他突然发现湛蓝的天空上，游动着丝锦似的白云，坦荡的绿草在微风中如波浪般涌动，星星点点的野花飘浮在绿海中格外的耀眼，羊在亲昵地呼叫，鸟在优雅地鸣唱……这眼前美妙的一切，竟让他流下眼泪，他想大声歌唱却想不起唱什么，他想尽情地赞美却想不出用什么词句，他只有对着长天声嘶力竭地喊叫！

那一天，他下了决心，每天要对自己说话，否则他会失语；每天要写作，给自己写信，否则他会忘掉所有的文字。

当晚小戴潜回下套子屯，从知青宿舍中偷回有字的书和报纸。从此开始对自己的文字启蒙，认字、组词、造句，分主谓宾，划定（语）补（语）状（语）。接着写短信、短文，又写长信、长文，渐渐地他发现当年被老师赏识的文学才华正在恢复。为了学习，他把每天的三顿饭改为一顿的黄豆汤和黑面饼，那饼黑得掉在地下找不着。有一次他回到住地却找不到自己的小土屋了，原来它已在大雨中坍塌了，他从泥中挖出行李和他视如宝贝的书，又赶着他的羊群走了。

后来队里又让他放猪，猪可不如羊好管，聪明的小戴来个发动群众，他把全村的 30 多个半大的小孩儿，分成几个小组，一组听他讲故事，另几组给他放猪。他的讲演才能大大得到锻炼和施展。

天无绝人之路。1976 年随着"文革"的寿终正寝，小戴也迎来了自己的机遇——恢复农村教育，要在知青中招收教师。下套子屯的 80 多个知青参加了考试，小戴考了个第一名，大概得益于他的"游牧自修大学"，于是只有小学学历（1969 届刚上初中就下乡）的戴剑臧同志当上了中学的语文教师，第二年又正式转为不再挣工分的国家干部。全村的人都说这回"下套子屯"再也套不住小戴了，这小子总算熬出头了。

小戴确实走出了下套子屯，到另一个村的中学上班了。走前他偷偷地去看过小凤，她疯得更厉害了，再也不能到村口去送他；他也无法对她表达："谢谢你给我的爱，今生今世我不忘怀。谢谢你给我的温柔，伴我度过那个年代！"

小戴是流着眼泪走出下套子屯的。一步一回头。

亲爱的读者不要伤感，我们的故事并没有完。也许，是命运的安排，几年之后，小戴又到了下套子屯教书。这些年最让他心里放不下的就是小凤，他的耳边经常响起小凤的呼唤："小戴呀，快来救我！"

他终于再一次走进小凤的家门。小凤妈给小戴端上一碗糖水，这是他们家最高的礼节了。

小戴对她和老程说："大叔大婶，我要娶小凤！"

"什么！"大婶惊叫，她手中的一碗糖水"啪"的一声就摔在了地上。

"孩子，你可要想好啊！这样太委屈你了！我们可不能再对不起你了！"老程说。

"大叔啊，我想好了！我都想了8年了，你就成全了我们吧！"小戴含着眼泪说。

这时小凤的父母放声大哭，弟弟妹妹全哭了，全家人都哭成一团！只有小凤傻怔怔地站着，不知发生了什么。

第二天，1979年春天的一个日子，那一年小戴27岁，小凤26岁。小戴领着小凤的妹妹到公社替小凤办结婚登记手续。回到家，小戴拿着结婚证书，对小凤说，咱们俩结婚了，你看这就是证书！她好像忽然醒过来了，抱着小戴大哭起来，边哭边喊："小戴和我结婚了！结婚了！"

小戴买了两只大鹅做了些酒菜招待乡亲，可惜没有一个知青参加，全村的80多个知青都走了。小凤给大家点烟倒酒，跟正常人一样。村里人都说，这回小戴把小凤救了，天底下难找的大好人啊！

三天后，小凤又犯病了，可是有小戴的照顾，比过去轻多了。一年后，他们的儿子亮亮出生了，小凤整天把他抱在怀里，生怕被别人抢去，她再也不跑不闹了。小亮亮一直到6岁还吃她的奶。

几年后，小戴的命运又发生了转机，县教育局长到学校检查工作，可就是找不到小戴，也看不到他的教学笔记。原来他正躲在家里和上海电影厂的写过《乔老爷上轿》的编剧研究剧本。教育局长说："干脆我给你找个能发挥作用的工作——白天跑四方，晚上补裤裆。"不久，小戴调到了县广播站当上了记者。这下子他如鱼得水，很快他成了县广播站和电视台最好的编导，还当上了主管业务的副总编。小凤和亮亮随他一起进了县城，住上了宽敞的好房子，病也好多了，小戴对自己的生活和事业已经很满足了。

1997年，小戴又作出他一生第二个最重大的决定，回上海，为年老体衰的老母亲尽孝！于是46岁的退休干部戴剑鍼要带着小凤和读中学的儿子回上海。小凤的父母对他说："小戴你该回去了，你们爷俩回去吧！把小凤留下，我们照顾她！你把一个疯媳妇带回大上海，人家要笑话死你！"小戴说："我自己过日子，别人说什么我也不在乎！"

大上海欢迎28年归来的游子的最好礼物，是比想象中还要多的困难。在天地广阔的北大荒生活惯了的一家人挤进了闸北棚户区十几平方米的小屋，小凤又犯病了，她十几次地走失，每次都是两三天，好心人把她送回来，过几天她又走了！她说："太憋屈！我受不了！"孩子不会说上海话，听不懂老师讲课，在逊克学的俄语，这里学英语，学习跟不上。

最严重的是老戴（我们该叫他老戴了）每月1000多元的退休金养不活全家人。他弯下腰到桥下等着推上坡的车，他摆小摊做小买卖，都不行！他急中生智，写了十封自荐信，寄给全市各家电视台，推销一个有20年从业经验的老知青电视编导。终于被慧眼识珠的闸北有线台聘用了。开始搞政治新闻，因为不认识市里领导，差点被炒鱿鱼，后来他自编自导搞了个"老百姓的故事"的专题节目，一举成名，现在已拍了360多期。

闸北区委宣传部长被老戴感动了，他说我也没别的办法奖励你，给你爱人办个残疾证吧！这样小凤每月有了400元的固定收入了。现在老戴名片上的头衔是"上海电视新闻综合频道《新闻坊》记者，闸北有线电视中心编导"。

最让老戴自豪的是他们的儿子，因为学业上的差距，亮亮没有考上大学，他到大众公司爬在底盘下学修汽车，第二年他考上了上海国际商务学院汽车系，现在大学已经毕业，还入了党，在上汽集团当白领，每月收入5000元。每月给他妈3500元。这回小凤不跑了，每天坐在家看着儿子的钱，准备给儿子娶媳妇。

儿子一表人才，在学校里当过模特。对象也挺好，前几天还会了亲家，女友的爸爸是做生意的，母亲是《解放日报》的退休干部。他们看中了有本事的亮亮，更看中老戴一家人的善良可靠。那天小凤也出席了定亲酒席，她侃侃而谈，一点也没走板。五十多岁了，她还是很有风采。

老戴说，在上海儿子要娶媳妇，连买房子带办嫁妆大概要100万元！结果媳妇家都准备好了！现在闸北棚户区动迁，我们家的房子也解决了。真是好人有好报！

老戴和小凤的故事是我偶然听到的。在上海出差，请几位老知青在"东北人家"吃饭，在座的有上海戏剧学院的副教授王其国夫妇，有哈尔滨话剧院著名女导演李贵平。我说正在写老知青的故事，贵平当即讲了他们的故事。她马上用手机找来了老戴。饱经风霜的老戴一派学者风度。他还像北大荒人一样大碗喝酒，在笑谈中断断续续讲了自己的故事。

他说，当年在全村80多个姑娘中，其中还有30多个女知青，小凤是最漂亮的，是一种古典的美。他说我娶小凤，就为她的那句话："小戴呀，快来救我！"他还说到自己的人生哲学："心当随人，人勿随心。"我是半懂不懂。

酒桌上大家都说，应该让李春波再写一首《村里有个姑娘叫小凤》。我说，还是我先写一篇小文吧！

十六、黑土情缘

"父亲领着三个女儿都到北大荒下乡！"

这在整个上山下乡运动中也是绝无仅有的。这个故事发生在黑河。父亲叫翁贤播，上海黄浦区税务局干部，1969年春天，他作为带队干部领着数百名知青来黑河插队，这其中就有他的三女儿翁静之；这之前大女儿翁亦之，已去虎林的854农场；二女儿翁税之，也到了黑河引龙河农场。

三十年过去了，现在老父亲和大女儿、二女儿都早已回到了上海，只有老三静之还在黑河生活。

深知翁家二代人黑土情缘的《黑河日报》老总编张桂馥领我在黑河市的"老申江小吃部"找到了静之，小店刚刚打烊，在淡淡的灯光下，她正在电脑旁和在英国读书的女儿丹丹网上聊天。她和时尚青年一样神情专注，笑意写在她的脸上。

已经52岁的翁静之，还很年轻，说起话来还像上海知青一样语速快声调高，夹杂着许多当地土话。她还边说边笑，爽朗热情，和我们一见如故。

"现在谁都不能理解，当时我们家的革命热情是那样高涨！1968年8月，父母亲全力支持大姐报名第一批到黑龙江兵团当屯垦戍边的战士，然后在区知青办工作的母亲又亲自把二姐送到条件艰苦的黑河引龙河农场当农工。1970 年我才 16 岁，本来已经有了留在上海工厂就业的指标，我非要跟着父亲到黑河插队当农民。母亲为了安排我们的行装，把她的陪嫁——一套最好的红木家具都卖掉了！我和父亲走时，我们家已是一贫如洗了。"

4 月，上海正是花红柳绿，北大荒还是残冰败雪，春寒袭人。静之和父亲落户在爱辉县西岗子公社杨树屯大队，住进了不挡风雨的草房里。她像报春的燕子叽叽喳喳地和大家快乐地奔忙在黑土地上，学会了播种、铲地、拔草，也真实地感受了脸朝黄土背朝天的艰辛。

特别是在夏锄季节，蚊子和小咬把她团团围住，不一会儿满头满脸都起了包，她哭喊着，却无能为力。她学会了忍受一切苦难。后来大队领导让知青中年纪最小的她到灌区的食堂干"轻活"，给做饭的师傅打下手。其实这活也不轻松，挑水、送柴，摘菜洗菜切菜，卖饭，每天把她忙得团团转，她总是笑脸相迎，在食堂吃饭的职工都喜欢这个"小上海"。

当然最喜欢她的是她的师傅王孝绪，这是个沉默寡言，老实忠厚的本地青年，他总是暗暗地关照这个比他小 4 岁的上海小姑娘，不让她干太重的活。每次小翁对他投去感激的目光，他总是红着脸低下了头。一年多了，他和她几乎没有说过一句话。

那一天，队里要从食堂抽两个人去灌区堵口子，那是很重的活儿，她知道师傅不能离灶，她和另一个本地的女青年自告奋勇，本来那一天她身体来了"情况"，可是她还是义无反顾地跳到了水里……回来后，她已是满身泥水疲惫不堪了。她把脏衣服脱了下来却无力去洗，她让女友把一盆衣服藏在食堂的案子下面，准备明天自己洗。

第二天她的衣服洗得干干净净晾在食堂门前的绳子上。

"谁帮我洗的衣服？"小翁问。没人吱声。

"到底谁帮我洗了衣服嘛？"她提高了声音。

"是我！"王孝绪轻声地说。这时他满脸通红，小翁的脸也红了。她跑回宿舍，有点不好意思面对自己的师傅。

"一个大男人，给一个小姑娘洗衣服，还有内衣。"一想起来，她自己都脸红。

故事就从这盆衣服开始了。

本来小翁已经有了要好的男朋友，也是个本地青年，他已经被推荐到哈尔滨上了大学。他常回来看她，她觉得他变得能说会道，却越来越不实在了。小翁对他不太热情了。

他一再追问她："你是不是有男朋友了？"

小翁赌气地说："有了！"

他又问："他是谁？"

小翁生气了，指着正一起干活的王孝绪："就是他！"

这位王师傅目瞪口呆，尴尬得不知说什么好！其实当时他们只是互有好感，可谁也没说出口。没想到这一句气话却真的决定了小翁一生的命运。

这期间本来小翁有机会和父亲一起返城的。那是因为一次突发事件。那一天是 1970 年 10 月 1 日，当时老翁正领着一些青年修战备公路，突然一声巨响，储藏雷管和其他物资的仓库爆炸了！他第一个冲进火光四起的仓库，背出了两眼被炸坏的插队干部王克洋，又第二次冲进烈焰熊熊的仓库，救出已负重伤的当地青年梁光明，他第三次冲进火海抱出了存放现金和账簿的箱子，他自己被烧成了重伤。

当时上海的《解放日报》长篇报道了翁贤播同志"赤胆忠心为革命，赴汤蹈火为战备"的事迹，在上海医疗队的抢救下，他保住了性命，却留下了严重的伤残。组织决定他提前返沪，并照顾他的小女儿和他同时返城在上海安排工作。

翁静之谢绝了组织的好意，她对父亲说："爸爸我爱你，我更爱这里的山水，也热爱这里的人。我不想回上海了。"

老翁看着满眼泪水的小女儿说："孩子你已经长大了，可以独立生活了。我走了以后，这里的老乡会照顾你的。我看王孝绪这个小伙子挺仁义的，你们要好好相处。"

有父亲的首肯，小翁和王孝绪的关系又进了一步，他们的来往更多了。但对于他们俩的关系，别人并不看好。

"一个上海的干部的女儿，一个穷困的农民的儿子；一个活泼漂亮，一个闷头蔫脑，太不般配了！"

小翁并不理睬这些风言风语，王师傅的心里可没底。

小翁实在放心不下父亲的伤病。1974年她回到了上海，用自己的孝心来弥补自己对父亲的亏欠。这一年，她只收到了王孝绪一封来信——

"咪咪：你挺好吧！父母的身体好吗？你还想回来吗？我等着你！"

这封只有二十几个字的短信让小翁大为感动！可她的妈妈很生气："这么短的信，还错了好几个字，字写得还不如小学生！"

小翁说："那不是他的错！"

妈妈说："那是谁的错？"

小翁说："那是贫穷的错！我就是要帮他摆脱贫困！"

妈妈说："你帮助他，我不反对，但结婚我坚决不同意！"

几天后，小翁急匆匆地离开了上海，她是流着眼泪走的。她知道妈妈是爱她的，但她要走自己的路。她要回北大荒了，她不忍让真诚实在的王孝绪总是悬着心。

回到黑河的几天后就是中秋节，王孝绪用自行车驮着小翁第一次拜见公婆，虽然她已经作了充分的思想准备，王家的贫穷还是让她大吃一惊，二间破草房里，除了几只吃饭的破碗和土炕上的三条破被，其中一条没有被面只用纱布包着，那是为他们结婚准备的，几乎再没有什么值钱的东西了。

她为全家人每人赠送了在上海买的礼物，却把王孝绪寄给她的180元退给了家里，她知道那钱是他们借的。经过一番推辞，小翁还是收下了王母给她的10元钱。

在回来的路上，王孝绪骑着自行车在前面哭了：

"我们家穷，太委屈你了！"

小翁说："将来你就是讨饭吃，我也跟着你！"她在身后抱住了他的腰，把自己的脸紧紧地贴在他的后背上。

那时的爱情就是这样真诚、真情，因此演绎出许多经典的故事。现在的爱情充满了商业的运算，因此造就了许多闹剧和悲剧。也许随着人们智商的提高，情商却越来越低了。

1976年5月，两位真情相爱的年轻人终于走上了婚姻的殿堂，那是宋集屯水库的食堂，没有宴席，只有茶水和糖块。他们没有礼服，只有一身干净的衣服。当天他们收到了来自上海的电报："祝你们白头到老！欢迎你们早日一起赴沪探亲！"发电报的是小翁的爸爸妈妈！在这样的"斗争"中，最终都是父母向孩子投降的。

他们开始了和当地农民一样的生活，他们住进了自己盖的土房，在门前开了园田地，种上了蔬菜，养了鸡鸭鹅狗，还养了两头猪，一头自家吃，一头长大卖掉。他们靠自己勤劳的双手过上丰衣足食的生活，小翁已经很满足了。

没想到1979年大返城风潮，让他们又面临着考验。绝大多数的青年都返城了，有的和当地青年结婚的，是办了离婚手续走的。小翁寝食不安，这时他们已经有了两岁的女儿。

她征求王孝绪的意见，他说："说心里话，我舍不得你走。可是你返回上海也应当，我不能为了自己拴住你不放。我没有意见，女儿归你，长大了别忘了我这个爹就行了！"

听了王孝绪的话，她反倒下了决心："不管别人怎么样，我是坚决不走了！"

两年以后，他们都调到了黑河城里，王孝绪还干老本行，在国营饭店当厨师，因为手艺好，很有名气。小翁调到了国营饭店当收款员，后来又调到边贸公司搞财务。那几年正赶上了对俄边贸的热潮，他们也干得热火朝天，可惜好景不长，不久他们都下了岗。

他们的命运又一次面对考验，无非两条路，要么回上海吃退休金靠亲友资助过日子，要么再次创业，重新再来！

饱经北大荒风雪洗礼的他们勇敢地选择了后者——重操旧业，开饭店！

他们向亲朋好友借了一万多块钱，又租借了一处门市房，购置了锅碗瓢盆，经营什么呢？他们俩回上海进行了一番考察，看中了本小利薄黑河从来没人经营过的八宝粥和汤圆。一家名为"沪江小吃部"的小买卖在一条并不显赫的大街上登陆了，这是一家名副其实的"夫妻店"，"沪"当然是上海的小翁，那"江"自然是黑龙江的老王了，他们既是老板又是店员，红红火火地干起来。料都是从上海进的，作法也严格按着江南的程序，味道自然好极了。

一时间小店前车水马龙顾客盈门，黑河人能以在小店吃碗汤圆喝碗八宝粥为时尚。当地媒体说，"沪江小吃部"引发了黑河的一场餐饮革命，这个城市的早餐业的历史是从"沪江"开始的。

正当黑河一家又一家小吃店如雨后春笋般涌现时，小翁却和老王把"沪江"转给了亲戚，他们带着三年辛苦挣得的42万元回上海了。早期返城的荒友们呼唤着他们回家乡开店，老王做得一手好东北菜，在上海肯定大有作为！经过一番考察，他们做出了另外的决定，用这笔钱让女儿丹丹到国外读书。

从小在上海长大的丹丹当时已经有了很好的职业。她先在一家电脑学校当教师，后来又到一家境外驻沪的媒体搞文秘，月薪已达到一万元。也许受父母的创业精神的影响，也许她的血管里涌动着北大荒人的激情。她想到国外重新学习，再自己干一番事业。父母毫不犹豫给予她全力的支持。她先到了新加坡，后又到了英国，现在正在一所名校攻读学位，她凝聚了父母的全部期望。我在网上看到丹丹和男朋友在伦敦的合影，那孩子矜持的笑容中充满了自信。

老王和小翁又回到了黑河，又创办了这家"老申江小吃部"。又是8年过去了，他们积累的资金培养着海外的女儿，又准备重新办一家更大的饭店。小翁说："俺家老王手艺特好，我要给他建设一个更大的舞台！"我去的那一天，她说过几天就搬到邻街租的那个300多平方米的门市房里，饭店的名字她还在对我们保密。我问起王孝绪，她说，老王到上海进料和买厨具了。看来，他们真得又要大干了！

说起他俩的故事，她说老王有三句名言：

毛主席给了我一个好媳妇，
邓小平给了我一个好政策，
岳父母大人给我养了个好女儿！

十七、"站人"李颖的幸福生活

听说我要采访老知青,《黑河日报》王锋社长热心推荐。我说,最好是现在还在黑河的,命运越坎坷越好。

他想了想说,还真有一位,不知道她现在还在不在。前几年我在爱辉区当副书记时,每年春秋防火,都在下面蹲点。那一年春天,我住在二站林场当现场总指挥。火情非常严重,扑火大军全线压上,给养都跟不上了,场部商店能吃的东西全抢光了,我们几个领导也和大家同甘共苦,只能啃馒头喝冷水。

那天清晨,我们要跟着大部队上山,招待所的一位女炊事员,给我们端上来了热汽腾腾的饺子,她说,今天是端午节。原来包饺的面和馅儿,都是她从自己家里拿来的。为了这顿饭,她和来帮厨的女儿忙活了一宿。

听口音,她们不是本地人。我一打听,才知道,那个女人叫李颖,是上海老知青,已经在林场招待所当了二十年的炊事员了!她们的真诚让在场的同志都很感动。从这次打火以后,每次在二站路过,我总想着看看这位可敬的大姐。

王锋给林场打了电话,李颖还在。我听后大悦。二站公社当年的几百个知青,李颖是硕果仅存了。

我们从黑河出发,沿黑河到嫩江的公路向西南方向，直奔二站而行。我们走的这条路就是历史上为了应对中俄之战而修筑的古驿道。我请教了本省著名的历史学家李兴盛，他说康熙二十三年，也就是公元 1684 年，清朝政府开始建立驿站，从肇源县的茂兴镇起始，经卜奎也就是齐齐哈尔到墨尔根就是嫩江，然后从墨尔根到古城瑷辉，共修 20 个驿站，作为传递信息、输送粮草，迎送官员的接待站。

我们要去的二站就是从瑷辉出发向墨尔根和卜奎方向去的第二个古驿站。李先生介绍当年驻守驿站的"站人"都是"三藩之乱"失败的吴三桂的部下和后人。吴三桂原是明将，后降清，被封为平西王，驻守云南。康熙十二年到二十年吴三桂和驻守广东的平南王、驻守福建的靖南王谋反，结果被清王朝平定，三藩的部属全部被流徙东北当了"站人"，而且不准他们迁移，不准他们参加科举考试，不准他们和汉人通婚。朝廷也不给俸禄，他们只能屯垦戍边、自给自足。这段历史很有意思，在几百年前就有人受朝廷之命来此镇守边疆了。无论他们是如何来的，但对边疆建设的贡献是不可磨灭的。

一个多小时后，我们赶到了古驿站二站，看到的是郁郁葱葱的树林中一排排雅致的木顶红砖的房舍，已找不到一点"古站人"生活的遗迹了。

接待我们的年轻的林场党委书记说，我就是当年站人——吴三桂的后代，我们已经在这里生活了三百多年了。早年还保持云南人自己的生活习俗，一点点也被当地人同化了。现在已分不出谁是"站人"的后代了。

没想到"新站人"李颖却完全保存着上海人的风度，她说着生动的上海普通话，一身清爽的裤褂，和在上海里弄里看到的中年妇女没有什么两样。没想到饱经北大荒风雪的她还是很年轻，说起话来爽朗明快，笑声不断。

门可罗雀的偏僻的小林场，摆出接待外宾一样的礼仪，我们几个记者坐在长条桌的一边，场领导陪着李颖坐在我们的对面，中间摆着水果和茶水。

　　我说，我也是老知青，我下乡的哈青农场离你们这儿不远。王锋说，那儿他也去打过火。当时知青都返城了，你们不走的话，我们早就认识了。不几分钟，大家像老朋友一样谈笑起来。但是李颖的故事还是让我们的心里很沉重。虽然她是笑着说的。

　　"我是上海四平中学 1969 届初中生，1953 年生的，1969 年清明节那天，从嫩江下火车，坐汽车到了二站公社卫疆大队。一下车，我们 23 个小上海全傻眼了，一个像睡着了的小屯子，只有一片小土房，连电灯都没有。我们流着眼泪挤进老乡家的小土炕，吃着难以下咽的小米饭包米馇子，晚上连厕所都找不到。

　　第二天，我们就自己动手盖知青大宿舍。盖完房子开始种小麦，地里的雪都没化，活很累，我们都默默地忍受着。这个地方，气温低，小麦产量低，一个工分才 8 分钱，老乡很穷。我们的日子也很难熬。后来队里让我到食堂当事务长，那是个很难很累很苦的活儿。缺菜少肉没油水，那伙食太难办了，我想了许多办法，尽量让大家满意。可是，巧妇难为无米之炊。为此我不知掉了多少眼泪。

　　那时我们村里有个叫金殿文的机务队长，比我大六岁。常到食堂帮我，有时给我们挑水，有时帮我到黑河买菜，碰到什么难事帮我出主意。有了这样的依靠，我的日子好过多了。我从小没有母亲，在家对父亲特别依赖，现在我又特别依赖金队长了。村里孙书记看出了我的心思，就对我说：'姑娘，你在这儿太不容易了！早点找个主吧！金殿文是个好人，真心对你好！我看你俩准行！'后来金殿文自己也来找我，他不会说什么，只是说，我会对你好一辈子，不能让你再遭罪了！

　　我给家里去了信，父亲和继母都反对我和他结婚！我想你们也救不了我，我还是自己安排自己的命运吧！

　　1972 年我和老金结婚了，自己盖了房子，日子很舒心，第二年生了儿子金龙，过两年又生了女儿金凤。日子越过越兴旺，全家人都很开心。当时有的青年开始返城了，也有办了离婚手续走的，可我一点也没动摇！我舍不得老金和我的一双儿女！大队后来还让我当了两年民办教师，搞复式教育，我同时教一二三个年级的课。我还当过接生员，学习过计划生育手术。后来全队只剩下了两个知青，又把我调到乡办企业工作。"

说起自己的种种经历，李颖谈笑风生。可是命运对她实在不公，1978 年她的靠山崩溃了——正当盛年的老金得了直肠癌！李颖领着他到黑河住了四个月的院，他们花掉了所有积蓄，卖掉了住房和家具。知青办给了她 2000 元的困难补助。李颖又领着丈夫来到哈尔滨的肿瘤医院，只住了 3 天，老金坚决要求回黑河，他不希望为自己再白花钱了！回到家 9 天以后，他去世了。

临终他对李颖说："我对不起你了！你快点找一个老实巴交的人嫁了吧！为了你，也为了孩子，我求你了！但孩子别改姓！还有，结婚时你给我的那块上海手表，送给我哥吧！是他领我到黑河，才能认识你！留个纪念……"

李颖擦干了眼泪，领着 6 岁的儿子和 4 岁的女儿寻找一家人的生路。她是一个挣工分的农民，没有任何生活来源；她住在一个小土屋里，没有任何财产。她想到了回上海，可家里没有能力接纳她一家三口人。

她一遍遍地领着两个孩子到黑河上访，那时知青办早就撤销了。令人尊敬的县委书记吴龙洲一次次地亲自接待她，为她安排住处，把她和孩子领到自己家里吃饭，临走还给她拿几百块钱。开始县里想把她安排到冰棍厂当工人，但是那点收入是不能养活三口人在城里生活的。后来把她安排到了二站林场，因为她有文化，当了检尺工人，整天钻林子，冬天跟着采伐队在大风雪中拉套子。场里不忍心让她再吃苦，又把她调到食堂干老本行。林场又给她家安排了一套房子，每天还有一元七角九分的固定收入，一家人开始有了温饱的新生活。

林场的热心人都关心着场里唯一的这个上海知青一家人，他们想方法周济着她，有的送柴，有的送米送面。可这总不长久。大家张罗要为李颖找个老伴。正好场里有个叫任国坤的山东人，人老实，能干活，又没结过婚。只是面相长得老，有点配不上细皮嫩肉的上海姑娘，那一年李颖才 27 岁。别人介绍他们见了面，李颖只问他一句话："你能不能对孩子好！"他实实在在地说："你放心吧！我把他们当成自己的儿女！"

她还让老任作出承诺，她可以和他结婚，但不能为他再生孩子，这两个孩子能拉扯大就不容易了。老任点头答应了。就这样他们组成了新的家庭。李颖说，我不是为了爱情，是为了生存！为了孩子们能少受些苦难，能长大成人。这是他父亲的嘱托，我照办了，对得起他了！

结婚很久，李颖才知道，老任比她大十岁。为了和她结婚他改了年龄。结果出了笑话，李颖现在退休了，每月退休金 1450 元，而老任还在工作岗位上，每月 600 多元钱。说着，李颖大笑起来，好像在说别人的故事。

"老头对我和孩子可好了！"这句话，她说了好几遍。她说，老任很能干，结婚后我们自己开了一片木耳段，养木耳挣了几万块钱，供两个孩子念书，他把儿子金龙送到教学质量比林场好的锦河农场中学，一直供到林校中专毕业，现在也在林场就了业。他总惯着孩子，想吃什么想穿什么，他想方设法给做给买。要是他们想吃月亮，他都敢上天！孩子住校时，他跑几十里给送吃的。有时就是一罐咸菜，他也跑一趟。这老头心肠可好了！

没想到他后来也拿出山东人脾气和我"耍驴"——"你也不给我生个孩子，我这不成了'拉帮套'的了！"后来我经不起他的磨，1984 年又为他生了个姑娘，这孩子可孝心了！这三个孩子可亲了！老头每天惦念着三个孩子！全家人过得可热火了！"

上海的亲人也惦念李颖和他的一家。年近八旬的老父亲写信让李颖领着孩子们回去看一看。他很后悔，在李颖最困难的时候没能给她们帮助！2003 年李颖领着小三和她的男朋友回到阔别多年的上海。亲人的泪水化解了过去的所有恩怨。浦东浦西的巨变，让他们自豪，但是并不留恋。父亲和继母都想把李颖的孩子留在上海。小三小两口置办好结婚用品，就催着母亲回到了黑河。

上海是他们的梦，而黑河才是他们实实在在的家。现在李颖的两个女儿一个嫁到黑河，一个嫁到孙吴，两个女婿都很优秀！林场的领导说，李颖的两个姑娘都很漂亮，还是当年上海女知青的气质。

官方会见结束后，我们跟着李颖到她家看一看。一栋职工的红砖房，李颖家的小院和别人一样围着整齐的木栅栏，院里的甬道两旁栽种各种绿油油的菜秧，那是他家老任头精心栽培的，他知道哪个孩子爱吃哪样。可惜我们没能见到这位知青的亲人。

进了屋，我看到了与别的职工家不一样的景色，屋里的一切都是那么干净整洁舒适，如我们在上海看到普通人家的摆设和生活方式。李颖说，她退休后的生活是每周抽时间到山上看一看育林的老任，给他送点吃的，帮他洗洗衣服。再就是帮儿媳妇照顾小孙女。"新站人"李颖说着自己的幸福生活，眉宇间写满了笑意。现在最时髦的词是"幸福指数"，可幸福还是不幸福只有自己最知道。李颖的乐观向上的生活观深深地感染了我。

我想，李颖可能和那位已经当了党委书记的"站人"的后代一样，在这个古驿站上，一辈辈一代代地生活下去。无论是因为什么原因，他们来到了这片祖国边塞的土地上，他们毕竟在这里流过汗流过泪，这里还埋着他们的亲人。

这里当然是他们生死相依的家乡。

十八、归根

1979 年，乍暖还寒的三月，双山火车站一片繁忙，也一片混乱。"胜利大逃亡"的知青们，争先恐后地从这里登上返城的火车，开始了人生的又一个艰难的里程。

十多年前，他们是在这儿——兵团 5 师师部所在地下车的，然后投进了北大荒苍凉但很温暖的怀抱，欢迎他们的是热烈的锣鼓和热情的笑脸。

现在他们又从这儿走了，欢送他们的是站台上老乡和亲人们低声的哭泣。他们走了，扔下了大地里无人开动的拖拉机、学校里无人上课的孩子，医院里无人医治的病人……

她，天津知青矫淑梅，怀里抱着一岁的儿子，望着车窗外满脸忧伤的丈夫，望着远处那片她生活了十一年的土地，禁不住热泪长流。还不太懂事的孩子用小手抹去她脸上的泪水，她拿起那只小手向丈夫挥动，"快和爸爸再见！"这时火车呼啸着启动了，卷起了站台上和车厢里的一片哭声。

矫淑梅本来是不想走的，她的生命已在这里扎下了深深的根。

她说，我是 1968 年 9 月 17 日，随天津第一批 98 个知青来到 5 师 52 团的。我不在动员之列，最后是我自己强烈要求，还写了血书："坚决上山下乡！"革命的激情把我烧到了北大荒。当我第一次面对那一眼望不到边的黑土地时，激情满怀。然而意想不到的困难一个个接踵而至。刚到连队的那一天，宿舍还没建好，屋顶可以看到星星，火炕还冒着热气。我和同伴们在炕沿上坐了一宿，第二天就投入了"早晨二点半，晚上看不见，地里三顿饭"的秋收大战。

北大荒的地太广阔了，一条垄长五六里，好几天都干不到头。开始几天，大家还有说有笑的，接着就是沉默，谁也不愿意说话，又过了几天，年纪小的坐在地里大哭，别人也跟着掉泪。然而北大荒是不相信眼泪的，活儿还是要自己干，别人帮了一时不能帮到永远。只能抹去眼泪，挺起腰杆接着干！最艰苦的是割豆子，手被豆荚扎得鲜血淋漓，疼痛难忍。下雪了，那铺天盖地的大雪，到身上就被汗水融化了，衣服都湿透了。等到下午气温下降，衣服外面挂上一层冰，像披了铁甲一样，浑身冷得发抖。生性坚强的我从没叫过苦。因为我是写血书来的，是不会掉泪的。

经过 5 年的农工排的艰苦磨炼，1973 年 9 月，矫淑梅被调到一个新建的连队当教师。她深深地爱上了 30 多个渴望知识的山东移民和转业军人的孩子。她惊奇地发现，她的学生连"楼"这个字都不理解，因为他们从来没有见过。她让在天津也当小学老师的姐姐给她寄来许多画册、图片、教材、教具。她担负了一到三年级学生的语文、算术、政治、音乐、美术课，还利用课余时间为学生们开展各种开阔他们眼界的活动。她不仅让孩子们知道了"楼"为何物，还让他们认识了广阔的外部世界。

在全团的统一考试中，她教的班级排前几名，她被转为正式教师。1976 年她还入了党。这期间她失去了三次上大学的机会，一次是因为张铁生的白卷事件，另一次可能被人顶替了，第三次她在全连推荐中得了全票，可是年纪过限了。她并不在意，她觉得这些孩子更需要她！

小学校放假了，矫淑梅没有回天津探家，她除了备课、家访，就到连队的养鹿场参加劳动。这些顶着玲珑优美的鹿角，金褐色的身体上闪着银白色斑点的梅花鹿，让她怜爱有加。她为它们喂青草，为它们打扫圈舍。那些精灵们开始躲着她，目光很警觉，后来目光变得温柔了，而且主动走近她，亲吻她的手和脸。

目光变得更温柔的是鹿场的兽医刘宪成。这个勤奋的山东支边青年，向下放劳改的一个老兽医学会了一身手艺，还自己引进了这群梅花鹿，建立了全团第一个鹿场。他知道这个身材高挑眉目清秀戴着一副小眼镜的天津姑娘学教得好，全连的职工家属都喜欢她。但是没想到她这么爱鹿，这么爱他的鹿场。那些日子，刘宪成真有些魂不守舍了，他天天盼着小矫到鹿场来，如果有一天不来，他就没着没落的。

也说不清这个天津姑娘是先爱上了鹿，还是先爱上了养鹿的英俊精干的小伙子。但是她的爱情遭到了女同伴的反对。她们说："那个小山东脾气不好！"小矫说："他对鹿可温情了！"

知青们的不赞成和家庭的不表态，没能阻挡这神奇的鹿场姻缘。1976 年 9 月 9 日，刘宪成和矫淑梅在连队的大食堂举行了简单的婚礼。当时，大广播里突然传来的毛主席逝世的消息，让他们的婚宴不欢而散。但是老百姓的日子还要过。两个年轻人的幸福生活还是在全国人民的巨大哀痛中开始了。

洞房花烛夜，刘宪成对矫淑梅说："将来如果有机会，我一定让你和孩子回天津！"一年后，他们的儿子刘本超降生了，他的手脚竟像小鹿一样灵动。全家人陶醉在幸福中。

没想到疾风暴雨突然袭来了。席卷全国的知青上山下乡的热浪开始退潮，国家为历经苦难的两千万知青出台了返城政策。宽厚的北大荒人做出巨大的牺牲，为愿意返城的知青提供了所有的理由——尽管大量知青的突然离去使他们遭受了釜底抽薪般的灾难。百万知青开始了"困退""病退"的大返城。但"已婚"成了知青返城的一道坎，离婚是他们迈过这道坎的唯一办法，有的是假的，但许多弄假成真了。刘宪成兑现了自己的诺言，他说："为了你和孩子的前途，你必须回天津！"但是矫淑梅坚决不同意离婚。聪明的刘宪成终于想了个办法，他先把自己的户口转到另外一个城市，变成了城里人，这当然都是假的，再把矫淑梅的户口转回天津，他们就不用离婚了。

尽管这样，在矫淑梅抱着孩子坐着拖拉机上双山火车站返城的那一天，刘宪成的父母大哭，悲痛得都下不了地为儿媳送行。火车开动那一刻，老刘觉得自己的心被掏走了，他的家没了！

鹿场的鹿看见他落泪，都难过得低下了头。

和所有返城知青一样，矫淑梅又经历了一番苦难，又开始了一次创业。返回天津后，她被安排到一个副食商店当营业员。30 岁的她，每月有 32 元的工资。她先和全家人挤在一起，后来家里动迁了，她领着孩子搬进了商店的仓库。住了两年单位给她分的一间 7.5 平方米的房子，后来又分了一套 14.8 平方米的房子，她很满足了。

可是北大荒的孩子不适应大都市的生活，小本超总是生病，有一次住院，都下了病危通知单！没在北大荒流过泪的她，一次次泪洒天津。有时矫淑梅觉得在这个人山人海的大都市里，她是那样的孤独无援。刘宪成在每年秋收之后来天津和自己的亲人相聚，过了春节以后急匆匆地回农场了，他知道他不属于这个城市。他也实在放心不下他的鹿场。

亲人们不忍心再看着这一家人长久分离的苦痛了。1990 年，他们千方百计总算把快 40 岁的刘宪成调到了天津灯具厂，当了一名安装工人。如散养在山林里的野鹿不适应圈养的生活一样，在喧嚣的大都市里，刘宪成度日如年。在熬过半年的试用期后，他毅然停职回北大荒了！

两年以后，矫淑梅也回到了自己魂牵梦绕的北大荒，和她一起回来的还有她已初中毕业的儿子刘本超。当她和儿子走下他们熟悉的双山火车站，看到站台上微笑着的丈夫和亲人们，她和儿子都流下了眼泪。他们扑向自己的亲人，矫淑梅说："我总算叶落归根了！"

我是在九三农管局听说矫淑梅一家重回北大荒故事的。局宣传部的同志陪同我们到鹤山农场 16 队看望他们一家。这不是一个普通的农家，这是一个相当规模的家庭鹿场。房舍如别墅，场院阔大，圈舍成排，一切都被绿树环抱着。

老刘和老矫在像城里一样讲究的客厅里向我们讲述他们又一次创业的故事。这个已经创办十年的鹿场是全管局最大的，最多时养梅花鹿 100 多头，还养了 30 多头更有经济价值的马鹿。为了学习养鹿经验，老刘曾领着妻子和儿子到新疆考察，沿着天山脚下一直走到伊犁，每家鹿场都留下他们的足迹。他们还从哈尔滨特产研究所引进天山马鹿的冷冻精液，对母鹿进行人工授精，培育新品种。他们用最新的工艺生产出口的鹿茸和加工鹿产品。经济效益相当可观。

老两口一个重要的战略决策是自费把儿子送到了农业院校，专门学习畜牧专业。现在他们一家已经成了当地的技术专业户和致富带头人。近几年他们先后无偿支持本队职工 10 多万元资金发展养鹿，还把 7 只价值 5 万元的小鹿送给别的职工圈养。现在他们所在的第六管理区的养鹿户从一户发展到 12 户，存栏数增加到 200 多只。

我们在老刘一家的鹿场参观，不仅看到了一圈圈活蹦乱跳的马鹿和鹿花鹿，还看到了场院里的大型农用机械。老刘说，儿子的理想是建设一座机械配套农牧结合的大型家庭农场，做一个有知识有财富的农场主。现在他们一家除了养鹿，还耕种 120 多垧土地。

可惜我们没有看到在外深造的这位有抱负的新一代北大荒人。如果说，他的上一辈是被政治运动卷到北大荒的，那么他这一辈是自觉献身北大荒这豪迈的现代化大农业建设的。他们当然是大有作为的。

我看到了小小北大荒人——躺在年轻的母亲怀中的刘本超的女儿。年轻母亲是在北大荒和刘本超青梅竹马的小伙伴。女儿的目光和她一样的晶莹清澈。

2010 年夏天，为了给《人民日报》写《仰视你，北大荒》那篇报告文学，我又一次来到了鹤山农场。和上次来采访只隔了三年，这里再也寻不到旧模样了。在城乡一体化建设中，这里真是发生了天翻地覆的变化。过去的一栋一栋的泥草房被一片片造型新颖的楼房代替了，过去分散的生产队被一个个的撤并，职工都搬到场部集中居住。"耕种在广袤的田野里，生活在现代化的城镇里"的梦想正在变成现实。

在场部，我们参观一个叫"鹤园"的小区，真是太漂亮了。二层三层四层五层的楼群顺山坡向上排去，中心广场是座不锈钢的鹿形雕塑，四周被花园和喷泉环绕。小区左右为稻田，背后为青山。这种颇具田园风情的居住环境，在大城市你肯定是看不到的。

广场正有一群来参观的北京老知青在拍照留念。我问起他们的感受，他们笑答："知道北大荒能建设成这个样子，我们当年就不返城了！"说着，我和他们一起笑起来了。

这时场宣传部的同志指着一个正在卸车的小伙子，对我们说："他就是矫淑梅的儿子刘本超！"

三年前，我到他家采访时，他奉父母之命在外地学习畜牧专业，没有见到。没想到在鹤园小区见到了。

"这是帮谁搬家呀？"

"是我们自己家！刚买的一套别墅，200多平方米！"

他用手指着那二层的小楼，满脸的喜悦。

宣传部同志说，这小伙子特别能干，他不仅成了当地有名的养鹿专家，还花200万买了一台进口的大型收割机，能收大麦、小麦和油菜，除了为本场的农户服务外，还远征到内蒙古的农场服务。现在他们家是养鹿场兼农机专业户了。

本超开着自己的轿车领着我们去见他的父母。还是当年那个养鹿场，场地上停放着那台像变型金刚式的大型收割机。矫淑梅和老刘热情相迎，他们一点也不见老，黑红的脸膛挂着微笑。

"祝贺你们乔迁之喜呀！"

"是呀！是呀！从来没想到这辈子能住上别墅！"老刘满脸幸福地说。

"我们要住的那个小区有762户，住进去就是当年不知楼为何物的老职工和他们的后代！"矫淑梅又多了许多感慨。

看着他们正在收拾杂物，我问："你们的鹿场也要搬走吗？"

老刘说："鹿场还在这儿办，农技场也留在这儿。以后我们白天坐儿子的小车来上班，晚上再回场部。"

"这就是'耕种在广袤的田野里，生活在现代化的城镇里'了！"我说，站在院子里的人都跟着笑起来。

我和老两口开玩笑："怎么样？返城以后又重回北大荒对了吧？"

"那当然！那当然！"老刘和老矫一个劲地说。

儿子本超说："本来就不应该回天津！"

是呀。历史不能重演，但大势不可逆转。几经风雨，几度春秋。北大荒毕竟走进了新时代。这个时代的特点是，耕者有其田。居者有其屋，人人都有劳动的权利，都为自己的祖国尽力的机会。人人可以享受到有尊严的幸福生活。这正是几代中国人奋斗的目标，在这片曾经荒凉的土地上实现了。矫淑梅作为这伟大历史变革的参与者和见证人，她和他们一家是幸福的。

十九、誓约

"我还会回来的！"

就是为了这一句誓约，唐平的整个人生都发生了改变。

那是发生在 1973 年秋天的事。那时哈尔滨姑娘唐平是兵团 2 师 14 团 3 连农工排的战士。她是 1968 年 10 月从哈尔滨师院附中下乡的（这所学校的兵团知青出了两个省级干部，省委副书记刘东辉和副省长申立国）。

当时，唐平能到兵团十分不易。因为上海同济大学毕业的父亲被打成省水利设计院的反动学术权威，正在牛棚里接受审查，作为"黑帮子女"到兵团是过不了政审关的。生性要强的唐平找到了兵团招办空前绝后地大哭一场，又软磨硬泡了一天一夜，终于在大部队启程的前一天获得批准，和同学们一起踏上了北去的列车。

那时她想起了自己的父亲，1955 年这位测绘工程师从治淮第一线报名来黑龙江，和王震将军一起参加了开发北大荒的踏查和勘测工作！在她的心里，"北大荒"是闪光的字眼：它神奇、遥远，英雄出没；它充满悲壮、浪漫和顽强！

唐平回忆说——当我真正到达萝北县境内的一个兵团农场时，神奇的光环很快消失了，极不习惯这满目荒凉：茅屋、土炕、老农……尤其是以后日复一日的简单、辛苦、重复的劳累像跋涉在永远看不到头的地垄沟一样！心里产生了极大的落差：失望、灰心、迷茫。这时当地人尽其所能地给我们以照顾和帮助，使我有机会接触和认识身边活生生的北大荒人。

从他们那里，我也第一次看到了祖国建设事业的发展不仅需要轰轰烈烈，更需要无数人的默默奉献和牺牲！原来，这里是 50 年代青年垦荒队建的点，眼前的这些"老农"大多是当年响应团中央书记胡耀邦的号召，来自北京、天津、河北、山东的热血青年。现在他们除了残余的家乡口音，人人已面目全非了。然而这里的环境也"面目全非"了，无边的荒原变成了无垠的良田，公路四通八达，房舍成片成行。这对于我们后来者不已经是现成的享受了吗！

经过一番痛苦的思考，唐平平静和坚强了，她要和这些为北大荒已奉献了青春的人共命运了。在以后的五年中，春夏秋下大田，数九寒天挖水利，为食堂送夜班饭，扛麻袋上挑板，还在麦垛上写报道，在炕头编小戏……她在整日单调的劳动中体味大自然与人类之间那种生死对抗又奇妙和谐的关系，那种人们在经历了大起大落诸多坎坷后的超然境界，那种人和人之间为共同生存理想而建立起来的最朴素纯真的友情，那种人们在体力透支后一旦休息时遍布全身的快感。

她已把自己融入了那片土地，汇进了脸色黑红的人群中了。

1973 年大学恢复招生，打破了唐平的平静生活。安心工作不惜力气的她被全连的职工推荐参加考试，重点高中的优越和自信，让她名列前茅。在报考专业时，她想要上就上最好的，她毫不犹豫地填上了"北京大学中国史专业"。后来出了个张铁生事件，唐平已对上学的事不抱希望了。

几个月后的某个晌午，她正在挥汗如雨地收麦子，送饭的马车来了，大家照常蜂拥而上。食堂的小李对着唐平喊："你的大学通知到了！是北大！"这时她竟一句话说不出来，夺眶而出的泪水汇进了满脸的汗水。

在全连隆重的欢送大会上，唐平很平静地说：

"我还会回来的!"

这时大家一个劲地鼓掌。她看见那个开康拜因的天津小伙子深情的目光,那是她的男朋友。她的这句话是说给把最宝贵的机会给了她的全连人听的,也是说给把爱情献给她的他听的。

她走的那天,全连的职工家属都出来相送……她说:"三年后再见!"

从北大荒到北大,一字之差两重天。走进湖光塔影中的校园,见到久违的课桌、黑板和老师,恍如隔世。她当时和所有同学的愿望是"听毛主席的话,好好读书"。然而在那个特殊的年代,在政治旋涡中的北大,哪还有平静的课桌!报到第一天,她被历史系的老师领到大广场坐在小板凳上听冯友兰先生的"批林批孔报告"。接着他们这帮工农兵学员经过简单的学习,就被派到北京郊区房山县深入到公社和大队给基层干部上批林批孔的大课。后来他们的课堂又搬到了工厂车间和部队营房,她们到有"二七"罢工光荣传统的南口机车车辆厂和工人一起劳动,到张家口的野战军参加野营拉练。

值得回忆的专业活动是到旅顺口和刘公岛考察,和海军的指战员们一起完成了一部新书《中国人民保卫海疆斗争史》。

然而北大毕竟名师云集,又有一流的图书馆,有家学传统的唐平还是读了许多书,学到一个历史系学生应该学到的东西。对她很重要的是1976年3月,她在北大入了党,和她在同一次支部会上通过的还有著名的教授张传玺。因为名列张先生之前,唐平曾十分愧疚。

在1976年那个风云激荡的夏天,唐平从北大毕业了。这是1966年以来最大规模的一次毕业生分配,国家各大机关单位都在向他们招手。同时,"批判资产阶级法权","向朝阳农学院学习,回乡务农画等号"的政治动员也铺天盖地而来。而此刻已经有"誓约"在先又受到狂热的政治气氛的熏陶的唐平,更是慷慨激昂。这样一些镜头至今还留在她记忆里。

镜头一:在阶梯教室,召开全系师生大会。领导动员后,全场寂无声息。她忽地站起来朗声说:"本人入党时间不长,党的知识也不多，但记得一句话：共产党员时刻听从党召唤！所以我报名回边疆继续务农！"

镜头二：在学生大食堂，召开毕业班誓师大会。她原本应在后台等待按顺序发言，但经主持人点拨，一步冲上台去，从正在发言的同学手中抢过话筒就慷慨陈词，一时造成会场上争相报名去边疆去农村"画等号"的热烈场面。

镜头三：上天节外生枝，又安排出强烈诱惑。一个中学时代特别要好的男同学，1975 年突然从数千里之外的大学来到中关村一个研究所工作。一年中她们在未名湖畔度过不少难忘时光。然而她及时讲起自己执著的追求，主动坦言已有男朋友在农场，毕业后就要回去。回想起来，那也是个痛苦的过程。

镜头四：毕业分配的时间到了，形式很简单。班主任老师发给每个人一个写着报到单位的纸条。看到同学们各有所属，自己原分配单位是位于东单的国家出版局时，心中确也掠过一阵失落。回到宿舍同学告之："刚才彭珮云来找你！"下楼来，见到一位和蔼可亲的中年女干部，她很认真地对她说："我代表学校再和你谈一次，还有什么困难没有？有什么要求和想法吗？"不想让唐平成为极"左"浪潮牺牲品的她，给了唐平一个退坡的台阶。在那种形势下，她能这样做，要承担风险的！当时唐平已完全是"箭在弦上"了，不假思索地说："没有！"

镜头五：校外海淀小街某房檐下，几个要好的同学为她送行，冒雨相聚，相对无言，只是在一起啃了一顿西瓜，他们的眼泪也是稀里哗啦。那天的雨越下越大。

几天后，《人民日报》头版头条报道了唐平等 6 名北大应届毕业生志愿返乡和到边疆务农的消息。北大的工宣队和团委领导陪同他们到大寨参观，与郭凤莲谈天说地，途遇只身去大寨学习的当年的"反潮流的英雄"小学生黄帅。

一个月后系领导和班主任老师一直把唐平送到北大荒她原来所在的兵团连队。那一天全连的职工家属敲锣打鼓夹道欢迎，当然其中最激动的是她的男朋友，他抢着接过她的行李。当然迎接她的还有毛主席逝世的消息和知青大返城的浪潮！当年和自己一起来到这片土地的同学们一个接一个地走了。有的走得轰轰烈烈，有的走得悄无声息。

从北大到北大荒，唐平又从天上降回了人间。

实践了自己"誓约"的唐平，又开始了她曾十分熟悉的农耕生活，和所剩无几的知青一起春耕夏锄秋收。队里不好意思让北大的毕业生干农活，让她到队里的学校里当了老师，后来她又当上了连队的指导员。

一年后她和那个天津的康拜因手结了婚，和其他职工一样住进了土房，在门前种上自家的园田。他们的女儿也在这里出生了。文武双全的唐平又被调到了团部机关当宣传干事，丈夫也调到了团部车队搞技术工作。他们真心想和"献完青春献子孙，献完子孙献终身"的北大荒人一样过日子了。

然而大返城的浪潮让最坚定的扎根派也风雨飘摇。唐平爱人的家里为他搞到了一个招工指标，她只好送爱人回了天津，同时也把孩子送回了哈尔滨，她想让女儿将来在城里接受更好的教育。

北大荒人同情这位真诚善良的姑娘，他们赞扬："这个孩子心眼太好了！"同时对她说："你不能再犯傻了，人家都走了，你也快回家吧！"经农场出面联系，唐平被调回了父亲所在的省水利设计院工作。这不是知青返城，而是正式的调转，这样她的心里好受一些。后来她又把丈夫从天津也调到了这个单位。

经过北大荒磨炼的这一对老知青十分珍惜这一份工作，他们勤奋敬业得到尊重，他们的才能得到发挥，很快都当上了处级负责干部。唐平担任过人事处副处长，又派到省水利研究所当纪委书记、党委副书记。现在省水利厅宣教中心当副主任。虽然这个工作离自己历史学的专业很远，但她总算有了施展自己人文思想的天地。

然而在北大荒和激情一起燃烧的爱情之火，却在平静安适的生活中渐渐熄灭了。当年誓约回北大荒，为了事业，也是为了爱情，可这爱情并没有天长地久。1975 年唐平和曾风雨同舟的丈夫平静地分手了。为什么分手，唐平也说不清，也许他们的爱情只属于那个特殊的年代，那个时代结束了，他们的爱情也走到了终点。

现在大学毕业的女儿在北京工作。唐平自己过着清静的生活。咀嚼着过去曾拥有的一切，她已经很满足了。

我看到了她写的几篇回忆北大荒和北大生活的文章，形如清水，味似浓酒，读起来不禁让人感慨唏嘘。

没想到经历过人生这么多风雨的唐平竟还是那么年轻爽朗。穿得很休闲很淡雅的她，说起往事，总是笑声不断，没有一点伤感。

她说，前几年到过北大，当年的系党委书记和班主任老师和我谈心，对于为我的"革命行为"推波助澜表示了歉意，他们还想帮我联系到北京搞专业工作。我说，在当时的大环境下，老师并没有什么过失，只不过完成了不得不做的工作而已。我无埋怨，还时常想起你们对我的关爱。

采访结束的时候，唐平对我说，为那次特殊条件下的"誓约"，自己付出了过于沉重的代价，它留下的思考也是很复杂的。但自己并不后悔，因为我不想对年轻时的自己过于苛求，毕竟我和祖国母亲一起经历了苦难。我始终珍惜那股青春冲动的热情，珍惜那段忘我追求纯真和美好的经历。特别忘不了北大荒那些关爱过我的善良真诚的人们！

唐平特别和我说道，现在的年轻人比我们那时聪明多了，他们再也不会因为某种政治口号，轻易改变自己的生活。但他们的理想过于物化，对生活缺少激情却是令人担忧的。现在那么多的大学生泡在城里没有工作，而偏僻的基层又那样缺少人才。这个矛盾越来越明显。因此看来，当年知青的许多精神值得当代年轻人学习的。

二十、一个人和一条河

　　我想说的这条河叫库尔滨河，它是地处黑龙江边的逊克县境内的一条河。据县志记载，"库尔滨"是满语，汉译为"晾鱼场"，本河因此得名。它发源于小兴安岭北麓的伊春的白鹿山，向北流经本县克林、大平台、宝山、新兴、车陆等 5 乡，在车陆乡注入黑龙江。干流全长 248 公里，流域面积 5200 多平方公里。河源的白鹿山高 795 米，河口与黑龙江汇合处海拔 100 米，落差颇大，水流湍急，河道束狭，有良好坝址多处，此河已成为本县新兴的水电工业摇篮。

　　我想说的这个人，名为张强富，是位来自黄浦江畔的上海知青，却和库尔滨河生死相依了 20 多年，致力于这河上的水电站建设。那像珍珠一样串联在这条美丽的大河上的库尔滨、白石、宝山和乌宋岗水电站凝结了他的青春热血和对北大荒的一片赤情。

　　坐在我面前的张强富健壮的身材和纯朴的衣着如同当地的乡镇干部，眼镜后闪放的慧智的目光又好像个乡村教师，只是言语中还偶尔冒出几句绵软的沪语，才让我确认他的真实身份。

　　强富说，我 1970 年到黑河下乡，30 多年了，完全成了土著了。我每次回上海探家，走在街上，没有一个人会认为我是上海人。我刚来的时候，插队在黑龙江边的张地营子。给我留下深刻印象是，到黑河第一个晚上我们住在边北的第二旅社，半夜时分大家都醒了，大喊大叫地抓蚤子，我们从没见过这种狠毒的小动物。

第二天到了张地营子，面对那一片残破的土屋，女知青们都哭了，她们问："这里是新社会，还是旧社会！"我们151个知青擦干眼泪，开始了改造"旧社会"的新生活，我们破雪播麦，进山开路，背起枪在江边巡逻。开始那江边突然腾空而起的信号弹让我们胆战心惊，对岸就有苏联边防军驻防，后来我们成了中国边防站保卫边疆的最有力助手。

张强富曾当过基干民兵的轻机枪手，一次他组织民兵包围了偷渡的"特务"，冲到前面一看，是漂过江的半截木桩。

"你看，我们保卫边疆的警惕性多高！"

他接着说，1973年20岁的我当上了张地营子生产大队的队长，领导村民们要把这个穷村子建成村容村貌焕然一新的"新社会"。在村里工作时，我也犯过错误，当队长时，开枪打死了钻到地里毁青苗的一只猪，原来是队里养的种公猪。正赶上县长来队里检查工作，在大会上批评我：

"好个张强富！你的枪好准呐，一枪就把队里的种公猪打死了！结果让全队的母猪都'守了寡'！"

全场子的社员都笑翻了天！第二年全村人都推荐我去上大学，本来我是可以上上海交大的，县里有这个指标，就是要给上海知青的，我却选择了东北农大。当时我想的是，毕业后还要回来和乡亲建设新农村。

1977年金色的秋天，大学毕业的张强富真的回到了黑河，他谢绝了上海对他的呼唤，辞掉了省城大机关对他的安排。同时和他回来的还有他的女朋友毕业于齐齐哈尔卫校的姜雪珍，他们是同学，又一起到黑河下乡。她被分配到妇幼保健站，他被留在了地区水利局，这些岗位比他们回张地营子更重要。作为一个尽职的技术员，他在建设和维护黑龙江江堤上大显身手。心灵手巧极富创造精神的他，还和同志们设计制造了一台 5 吨的吊车，现在还在使用。

1981 年，张强富满怀光明的理想奔赴荒凉的库尔滨水电站工地。在黑河这些年，他曾站在黑龙江畔，江对岸那个布拉戈维申斯克市灯火通明，而身后的黑河因电力不足经常一片昏暗，他想水力资源非常丰富的黑河地区为什么不加快建设水电站？

现在终于盼来这一天，他可以实现自己的抱负了！

张强富来到库尔滨时，正值水电工程刚刚进入大坝基础处理阶段——帷幕灌浆。每灌一立方米国家投资 117 元，而工程队要价 200 元，张强富决定自己干，工程指挥部接受了他的建议，并决定由他领导承担这项工程。他和工人们一起大干起来，别人三班倒，他 24 小时在现场。

有人说，他像铁打的汉子。在数九寒天，滴水成冰的时候，灌浆到了结尾阶段。每到起塞下钻时，他都抢着干，为工作方便，他穿着单薄，冻得实在受不了，他抱着热水桶取暖。有一次他竟跳进冰水里，潜下去寻找孔眼，上来时已冻得说不出话来。工人说，从来没见过这样的技术员。

在工地是哪里出了难题，哪里有他；哪里的活最苦最累，哪里有他。当年春节，他连家也没回，领着 18 个安装人员到湖北学习。1977 年 7 月 1 日，库尔滨水电站胜利竣工并正式送电，看着山乡的老百姓开始了光明的生活，张强富竟热泪盈眶。他被调到库尔滨电厂当厂长，努力把光明更安全更有效益地送到千家万户。

1986 年 10 月，在荒山野岭的白石，又开始了建设库尔滨河上第二座水电站的战斗。已经成为当地水电建设专家的张强富，又担任了总指挥。这时他思考的问题，不仅要保证工程的质量，还要为国家节省资金。他对工程的承包、材料的采购总是精打细算。一位外地的材料推销员来到白石推销产品，在洽谈中发现产品质量不能保证工程的需要，当场被拒绝订货。那位推销员暗地给张强富送了一大包钱。张强富笑着说："我收了你的钱，不买你的货，你干吗？"那人无趣地走了。他亲自组织发电机组的订货，他竟一次向 8 个厂家发出电函询问价格和质量，然后货比多家选择质优价廉的厂家签订合同。历时 5 年的艰苦奋斗，1991 年 10 月，装机容量 5800 千瓦，年发电 2261 万千瓦的白石电站建成了，这回逊克县终于告别了电力不能自给的历史。

1988 年 7 月，黑龙江省省长邵奇惠来工地视察，他握着张强富这位特别能干的上海知青的手说："黑龙江人民永远忘不了你！"

已成为当地水利建设专家的张强富乘胜前进，1994 年春天又带领自己英勇善战的队伍，开始发起新的进攻。他们要在库尔滨河上再建设一座中型水利枢纽工程，它由拦河坝及溢水工程、引水系统、发电厂房组成，总库容量 5.8 亿立方米，电站装机容量为 19500 千瓦，年发电量 5330 万瓦时，工程总投资 14538 万元。

他带领着千余人大军开进宝山，在荒野里，平地、修路、搭帐篷。吃苦挨累他们都习惯了，最大的难题是筹资。张强富和县里领导跑部进省，拜佛烧香，晓之以理，动之以情，终于感动了上帝，资金逐渐到位。这其中的甘苦，只有他们自己清楚。张强富夜间赶路白天办事，坐火车从不进餐车，进城市从不打出租的习惯，让每一个和他出差的同事都十分打怵。但谁都佩服他办事的高效率和低成本！

1998 年末宝山电站发电了，逊克县开创了向伊春林区卖电的历史。

十多年的时间里，张强富成了拥有 8 亿资产的库尔滨流域水电公司总经理。他还是不满足，他认为库尔滨还有着发展水电的巨大潜力，他又提出继库尔滨、白石、宝山之后再建设第四座水电站——乌宋岗水电站的建议。县里领导请专家论证后，再一次为张强富投了赞成票。但是钱从哪来，张强富发动职工集资，他自己带头拿出 5 万元，很快集资了 300 万元，工程按期开始了。2000 年 12 月 30 日，乌宋岗水电站也投产了。现在张强富的水电公司总装机容量已达到 53300 千瓦。水力发电已经成了逊克县经济的一个支柱产业。张强富成了黑龙江省最有名的"小水电大王"。

在张强富忘我地投身自己热爱的水电建设的时候，他的妻子领着女儿回到了上海，虽然理解支持丈夫的事业，但是她无法忍受他对家庭的淡忘。二十年了，张强富只能每年春节和家人团聚。女儿二三岁时，一见他就哭，坚决不让这个黑乎乎的男人上她们的床。后来她长大了，总盼着他回来和别人家的爸爸一样领着她去公园玩！可是身在工地的爸难得给她打个电话。

1992 年 6 月，女儿患重病住进医院，3 天后，张强富才回到上海赶到医院。女儿哭着说，爸爸，我可想你了！这时强富说：爸爸也想你呀！你是爸爸的心肝宝贝！说到这儿，他忍不住，泪水流了下来！

三十多年来，他面对再多再大的困难，忍受再大的委屈，他没有这样哭过！这次面对病重的女儿和憔悴的妻子，他哭了！他觉得对妻子，对女儿，对家人歉疚太多太多了！

张强富不愿意和我说这些儿女情长的事。他眉飞色舞地讲起他的逊克有 123 条河流，流长 17344 公里。整个流域有半个海南岛那么大，有三个上海那么大！他说，有生之年，我还要再建几个水电站。那时逊克就要"以电富县，以电富民"了，这个边疆小镇又强又富了！这就是张强富的最高理想！

他请我最好五六月来，他的水电站旁到处都是紫盈盈的达子香花，美极了！他还和我说，你冬天来更好！这里有黑龙江省最美的树挂。冬天水电站不冻，热气蒸腾，温度一降，满树的霜雪，真是美极了。我说，你真行，还给黑龙江省创建了一个风景胜地。

我很奇怪，张强富还是黑河市的政协副主席，代表着无党派人士。我问："这么多年，你怎么不入党呢？"他说："刚下乡只有表示一辈子扎根边疆，才能入党。许多人都表示了，他们都先后入了党。后来他们都走了。我从来没表示过扎根，却在这里干了三十多年！入没入党，并不影响我干事。"说着，他竟笑了起来。

这就是我所知道的"一个人和一条河"的故事，是黑河日报老总编张桂馥介绍我认识了他，后来我来到逊克县，他陪着我看了他的那一座座建设在偏远的大山峡谷中的壮丽的水电站，又增加了我对他的一份敬重。离开逊克前，我还来到了烈士陵园，拜谒了金训华墓。

那里埋藏着的也是"一个人和一条河"的故事，那就是下乡 77 天的上海知青金训华为抢捞落水的电杆，1969 年 8 月 15 日牺牲在逊河里，他把自己的生命汇入这条大河，流向了永远。而同是上海知青的张强富，把自己宝贵的青春化成了库尔滨河上的一个个的夜明珠，给山区的人民带来了永久的光明和富足！他们都是值得我们尊重和热爱的。

后来，我和张强富还在哈尔滨见过几次面，他现在已不再兼任逊克电力公司的职务了，他已把主要精力用在政协的工作上了。他经常做的工作是招商引资，推进当地的重点项目建设。当然他最大的人脉资源是在黑河下过乡的老知青，他动员他们和他们的朋友为第二故乡的建设出力。

我从报纸上看到了在 2012 年 1 月 7 日闭幕的黑河市政协第五届一次会议上张强富再次当选副主席。当年曾有几十位上海老知青进入当地县团级领导岗位工作的。现在他们多数因为年龄到限退出领导岗位了。因为是非党干部，张强富还工作在地厅级领导岗位上。他和我说，我是黑河硕果仅存的知青干部，还是要多为当地老百姓做事，也为咱们老知青争光！

我说，你好好干吧！将来我再给你写一篇"一个人和一座城市"。

二十一、忏悔高岗屯

许多知青在回忆文章中缅怀自己的苦难、宣扬自己的贡献的时候，同为知青的作家张抗抗却说，知青应该"忏悔"——"如果知青能够正视自己当年的愚昧无知，正视狂妄自大和胆怯懦弱，正视虚荣和野心，正视私欲和利己动机，知青便没有权利认为所有错误和罪孽都是时代造成的；知青不仅是受害者，在受害的同时，为了摆脱苦害，知青彼此之间的残害争斗，甚至波及周围的人，直至互相的戕害。"

可惜没有几个人响应张抗抗的号召，因为公开承认自己的丑恶，撕开自己的伤疤，那是很痛苦的，那是需要勇气的！

然而，我还是看到了在黑河的爱辉公社高岗屯插队的上海长缨中学的知青陶建义的忏悔——

"在高岗屯的 8 年中，我们还犯下了终身不能原谅自己的一次错误。屯子里有两个富农，其中一个是铁匠。铁匠的女儿和女婿、外孙女一起过，女婿是个党员。一家子过得挺不错。可自打我们下到屯子里，他们家的日子就变了。为了教育我们不忘阶级苦，队里召开批斗富农分子大会。我们除了狠狠批斗他们，还让他们和黑五类一起监督劳动，清扫队部和知青门前的操场，一旦发现地没扫干净，还要挨罚。50 多岁的铁匠被整得实在扛不住了，在一天深夜自缢身亡了。"

"他死后，一家人连哭都不敢大声。悄悄地将其敛入棺材埋了。当时我们根本考虑不到当地的风俗，想当然地认为：上海的工人阶级死后只能火化，一个畏罪自杀的富农凭啥要睡棺材！于是我们这些义愤填膺的知青赶到林子里，将其坟墓掘开，从棺材里拖出尸体，重新扔进坑内直接埋入土内，最后将棺材劈碎了，拉回宿舍烧了炕。为了支持我们的行动，当晚公社派干部到队里召开了批判黑五类大会……"

陶建义在这篇《高岗屯——人生的新起点》中说："现在回忆起当时我们所作的孽，后悔不已。而这家人对我们置其亲人于死地的暴行没有丝毫的抱怨，是多么宽容啊！30多年过后，我们只能在此请求他们的宽恕了。"

我想，如果有机会见到陶建义时，我会问他，当你们把那个勤劳朴实、胆小怕事的富农从棺材里拉出来时，你们的手是否在发抖？当你们躺在那被棺材烧热的土炕上，是否能睡得着？当你们再碰到那富农的亲属时，是否可以抬起头？

其实那是一个让人发疯的年代，怀着正义的冲动而发疯的年轻人具有极大的破坏力，无论在"红卫兵运动"和"知青运动"中，这样的悲剧都发生过，他们的错误应该受到谴责，更应该受到批判的是那个蛊惑和煽动人们兽性的"运动"！历史已宽恕了那一代人的错误，但对每个人来说，忏悔也是必要的。

勇敢真诚的老知青陶建义为我们展示那一幕曾让他30年灵魂不得安宁的悲惨图景，让我们所有受惠于黑土地的老知青，都无地自容，我们深感有愧于黑土地，有愧于众乡亲！

看了陶建义的文章后，我就决意要去一次高岗屯，寻找老铁匠一家，当面转达陶建义和我们所有知青对他们的忏悔和歉意！

8月的黑河大地被浓浓的绿色覆盖着，间或也有一片片金色点缀其间，那是成熟的等待收割的麦田。高岗屯离黑河市不远，出城南行半个多小时，就看到这座红砖灰瓦被绿树和庄稼环抱的村落。在支部书记家，几位当年和知青朝夕相处的老乡正在等我们，招待我们的是从冰箱里拿出的矿泉水和从地里摘来的西瓜。

我先问起了陶建义，一位姓郭的老乡说，他们那批上海知青是1970年春天来的，我打着牌子到北安火车站去把他们接回来的。一下子来了80多人，都住到俺们各家各户了，每家摊上个三五个。那帮孩子最大的二十岁，最小的十六七岁。真是吃了不小的苦，地里的活什么都干过，五冬六夏，吃苦挨累，挣不了几个工分。他们还替队里出工修过公路，在深山老林里，住帐篷喝山沟水，劈山开路，罪没少遭。他们还替我们挖过备战地道，从爱辉公社一直挖到江边，把孩子们累坏了！还有的孩子在施工中牺牲了，虽然不在我们队，但其他村有过这样的事！看着这些孩子年纪这么小，跑这么远，干这么危险的活，每一个老乡都心疼他们，愿意帮助他们。

还有那位给知青当过班长的老乡说，我们队的知青可有出息了！有3个入党的，出了2个队长、3个医生、2个会计，还有3个上大学的。陶建义就是上大学走的，好像上的外语学院，毕业后还在黑河外事部门工作好多年，后来回上海了，他走得很晚。

这位老乡说的是事实，我在黑河采访时，无论在哪个地方，他们都说到知青对这个边远的地方发展的贡献。无论哪个村，只要有知青的，一年之后村里的主要岗位，无论是干部，还是教育医疗技术岗位，多数都被知青"占领"了。不是知青要干，而是当地太需要了。

我不得不"书归正传"问到了高岗屯"批斗富农致死"的事件。他们沉默了一会儿，还是说了，当时挨斗的两个富农，一个叫肖长柱，一个叫肖长发，是兄弟两人。自杀的叫肖长发。那人很老实，在屯子没有民愤。全屯子的人家都是外来的逃荒户，老肖家开荒地多，还拴了一挂马车，被定为富家，全村属他家成分最高，要搞阶级斗争，只能批斗他家。

我又问到了陶建义回忆的"批斗"、"劳改"、"自杀"、"挖坟"、"劈棺"、"埋尸"的情节。他们没有肯定也没有否定。只是一再说，批斗是在地头进行的，在地头的松树上挂着"打倒肖长发！"的标语，知青没有打他，批斗会后他自己吊死在自家的仓房里的，这事儿不怨知青，当时他们很小。别的屯子也有这类事儿。老肖家从来没有谁怨过知青，屯子里的人早把这事儿忘了！我又问起肖长发的后人，他们说，他的姑娘总是有病，搬到别的屯去了，他的姑爷当过大队长和公社卫生院长，前几年去世了。

"我想看看老肖家的人，表达一下我们的歉意！"

村支书说："他们家的人找不到了，再说这事儿过去的年头太多了，没人再想着了！算了吧！"

接着，我们不得不转换话题，说到知青和老乡们的情义。他们说，当时知青住到我们各家，我们像对自己孩子一样，那时队里很穷，家里也都很困难，我们还是把好吃的拿给这帮孩子吃，每天收工回来，我们早早地把炕烧暖和。他们的衣服穿破了，我们就给他们补上。后来他们有了自己的大宿舍，家里有什么好吃的，我们都给他们送去。他们来的第一年，有几个知青没回家过年，队里的干部早就做了安排。大年三十晚上，漫天下着大雪，我们去了一大帮人和他们一起过年，在欢声笑语中，一气包了两大麻袋冻饺子，让这几个青年吃了一正月。

陶建义也在文章中回忆："年初一到初三，我们被安排到不同的老乡家过年。到了老乡家，炕桌上早已为我们摆好了饺子、黏米糕、苏子包。中午和晚饭，顿顿都是十个碟子、八个碗。家家都是煎炒溜炸，像摆酒席。一位满族大婶，因大叔在大队机耕队工作，没轮上知青上她家过年。初四的一大早，大婶就来请我们到她家去。我们说，队里没安排就免了。大婶急得掉了泪。实在拗不过，我们随她去了，这才算完事。"

老乡们又讲了许多知青帮助关心他们的故事。如知青赤脚医生半夜为妇女们接生，不怕脏和累，平日挨家挨户为乡亲看病，无论刮风下雨白天黑夜，随叫随到，那些年看病可方便了！这些孩子可仁义了，总帮五保户和军烈属家干活，谁家有点困难，他们总是跑在前面。那位年轻的支部书记更有高见，他说："知青给我们带来的文化影响最深远。我们高岗屯原来是个又穷困又落后的移民屯，知青是我们的老师，让我们看到了外部世界，让我们懂得了科学文明的生活方式，让我们懂得了只有学文化才能根本改变自己的命运。当时知青帮我们屯子办了夜校，学马列学毛选，还学数学语文，还成立了文艺宣传队，成本大套地演《红灯记》、《沙家浜》，还举行过篮球、足球和乒乓球的比赛。在我们这样一个小山村里，这样的文化景观，在过去和现在都是奇迹！那是我们屯子历史上文化生活最活跃的时期！我们这一茬村干部都是当年知青的学生！没有知青插队，肯定不会有今天的高岗村的繁荣和发展！"

听了支部书记和老乡们的话，我紧束的心有了些许的宽慰。对于每一个老知青，我们不能不感恩于这片黑土地和那些曾养育过我们的乡亲；同时不要忘了忏悔——自我反省和检讨我们当时的过错和失误，经大彻大悟后，成为一个有益于社会的人。这样我们的和别人的血和泪才不会白流！

这篇文章写好之后，曾在《黑河日报》发表了。我接到了一个电话，他说他是文章中写的那个富农的外孙子。他在乡政府工作。他说，他也是第一次听说这件事。他当然为自己的前辈遭遇的不幸难过。但也谅解当年知青的过激行为。他说，我什么时候到黑河时，一定见一面。他说，他喜欢我的文章。

在这篇文章在博客登出后，留下意见不一的留言，也许更有意义：

张抗抗的作品我看得少，但仅从宏图的这篇故事里介绍她曾提出知青没有权利认为所有的错误和罪孽都是时代造成的，并主张对自己的错误进行忏悔，我就对此肃然起敬！这是对社会，对历史、对人民负责的作家所应有的立场和态度。而这样的作家并不多。

——刘德基

如此暴行，让人汗颜！是应该反省！

——不敢忽悠

唯有敢于对自己的过错和失误进行忏悔、自责，才能达到大悟之境地。

——难得糊涂

我看没必要忏悔。那时我们很小，都是上面要求让我们搞大批判，搞阶级斗争的，他们不忏悔，我们有必要自作多情吗？

——真话族

造反的红卫兵和到农村搞阶级斗争扩大化的知青是一伙人，这样的事件太多了。应该从中国极"左"思潮是怎么形成的去总结教训。知青有错但无罪。

——宫明

二十二、青春永恒

　　50 年代有部苏联电影《乡村女教师》曾风靡中国，许多激情燃烧的青年女知识分子的理想，就是像电影中的女主角一样，到偏远的山村当一名受孩子们欢迎的教师。所以当年百万知青下乡北大荒，当老师是女知青们最胜任愉快的职业了。她们用自己的青春支撑起那严寒的季节里就要荒芜的教育事业。

　　我一时说不清，到底有多少女知青当过老师，但可以肯定那时每个农村和农场生产队的学校里都有她们美丽的身影。现在她们培养的孩子都长大成人了，可她们却在这片土地上罕见了。难道她们和自己的青春年华一起消逝了吗？

　　最近，我来到地处黑龙江畔的逊克县，也就是当年金训华下乡的地方，寻找当过"乡村女教师"的知青。县里说，当年大概有上百知青当老师，现在只有一人还留在逊克了，她叫陈家敏。有人说她还在西地营子当小学老师，有人说已调到干岔子中心校了。正好从黑河到逊克路过西地营子，我们打听路边的老乡。

　　"知道，陈家敏，模范教师，早就调到干岔子中心校了！"

　　他热情地为我们指路，我们乘车一路向十几里路外的干岔子乡奔去。中心校大院很宽阔，教室是一栋栋的红砖房，值班的老师说，学校放假了，陈老师回西地营子了。她帮我们打通了家里的电话，证实她确实在家。我们担心她已回了上海。

我们的车掉头又向西地营子返。这是一个不大的村落，红砖房和茅草房混杂，房前屋后都是浓郁的菜园。有一人家正在盖房，砖墙已砌起，院里忙着许多帮工。一位妇女迎着我们走过来，她正在给帮自家盖房子的乡亲们做饭，刚擦过的手上还有水渍。

"我就是陈家敏，欢迎了，欢迎了！"她乐呵呵地招呼着我们，领我们进了她家的里屋，坐在了坑上。因为学校先来了电话，她站在门口正等着我们。她家的屋里比一般农家干净许多。家敏的穿着和村里的妇女没什么两样，只是背有些驼，眼睛还是很有神采。抬头看到她和丈夫三十多年前结婚的照片，不禁感叹岁月的无情！当时他们都是那样的年轻！

"你家的邱石良比你漂亮！"我和家敏开着玩笑。

她说："你看现在是个小老头了，没别的优点，就是人老实！"

我问起她，一个上海泸湾区中学生怎么爱上了一个本地户。她说，当时我选对象的原则是不仅对我好还要对别人好。我们一起在队里干活，我看他很耿直，有正义感，干什么活也不打怵，对乡亲都挺好，就喜欢上他了。结果我妈坚决反对，又派在尾山农场下乡的哥哥来我们村对他进行"考察"，在做了一个好的"鉴定"后，我们才处对象的。后来全村的人推荐我去上黑河师范读书，他怕我飞了，不想让我去，想和我早点结婚，在家当贤妻良母孝敬公婆。我说，当好媳妇是我的义务，当一个好老师是我的使命！毕业后，我就回到村里当了老师。逊克有 15 个知青去黑河学习，只有我一个人回来了。说到了这儿，陈老师有一声叹息。

当时西地营小学只有两个老师，连个固定的校舍都没有，有时在破茅草房，有时在仓库，可一点也没有耽误她们给孩子们上课。陈家敏进行的是三组复式的教学，人少年级多，她把每个孩子都放在心上，自己设计教程，积极探索适合山村孩子心理特点的教学方法。当老师的第一学期期末，她教的三个班级，教学成绩在全乡获得两个第一，一个第三。陈家敏在西地营子小学执教的 12 年中，教学成绩从没下过全乡前三名。

提起陈家敏，逊克人几乎没有不知道的，不仅因为她创造了许多适合乡村教育的方法和突出的教学成绩，更让人感动的是她对每一个孩子的爱心，是她作为人民教师的高尚的职业道德。

村里有一个叫张玉荣的女孩儿，家里很穷，因为营养不良从小大骨节，6 岁的时候又被马爬犁压过，从此走路只靠拄着小棍一步步地挪。为了让小玉荣不失学，家敏每天到家来背她，风雨无阻。有一次下了大雨，木桥上的水没过了脚面，家敏不小心一脚踩空，她们两一起跌到了水里。那孩子大哭，不是自己痛而是心疼老师。后来天不好，要下雨下雪，陈老师就让玉荣住在自己家里，趁机为这个孩子做点好吃的，还把自己孩子的衣服送给她穿。玉荣也不清楚陈老师为她交过多少学费和书本费，反正没有陈老师的帮助，她的书一天也读不了。

在陈老师的感动下，同学们成立了一个"接送小组"，天天帮助玉荣和他们一起到学校学习，她在老师和同学的背上度过了五年难忘的岁月！

说到陈老师对张玉荣的关爱，她说，其实玉荣也是我的老师，我从她的身上学到了人生的坚强！这孩子克服那么多的困难在我们学校读完了小学，后来又到逊克读了几年初中，最后嫁给一个修鞋的残疾人。我每次到逊克开会或办事，都到她家看一看，每次都看到她在读书学习，她说有了文化，我活得也有意义了。后来因为生小孩儿她身体垮了，再也起不来了。她还是每天都躺在床上看书。为了不拖累丈夫，她离婚又回到了西地营子。陈老师经常去看她，她还是手不释卷。临终前，玉荣让妈妈给她穿上了一身红衣服，她对守在自己身旁的陈老师说：

"老师，你看我漂亮吗？"

陈老师说："你真的很漂亮！"

她说："陈老师，因为你给了我文化知识，我这辈子没白活！老师呀！让我谢谢你吧！"

说着她向陈老师伸过手来，那手渐渐地凉了，陈老师泪流满面……

1988年，教学业绩突出的陈家敏被调到干岔子乡中心校当教导主任，主管全乡9所小学的业务工作。从此人们看到陈家敏骑着那辆破"永久"自行车奔跑在横贯全乡100余里的山路上，在全乡每一所小学的课堂上、教研室里你都能看到她匆匆的身影，听到她朗朗笑声。这期间在上海退休的父亲召唤她回家接班；在上海大学毕业，已在上海当上珠宝设计师的女儿国英召唤母亲和父亲回上海全家团聚。

可是她还是舍不得那些孩子，舍不得她热爱了一生的事业，当然更舍不得西地营子这个惨淡经营了三十多年的家，她说："这是咱们的大本营，我给你们守着！"

已经在吉林大学成教学院学了两年汽车检测专业的儿子国江的毅然归来，让陈家敏更坚定了"扎根边疆"的决心！儿子说："在城里干啥都没意思，我要回来和我爸一起种地！"我们见到了这位英俊健壮的小伙子，他对黑土地如此眷恋，让我们很吃惊！

"这新盖的房子，是准备给儿子娶媳妇吧？"我问。陈老师两口子都乐了。

我说："等着抱孙子吧！那可能是你们的最幸福的时刻！"

陈家敏说："每年过年，我的学生来看我，那才是我最幸福的时刻！"

她说，这些年她的学生有十几个考上了大学，在县里在乡里当干部的更多，有的就是当农民，也是好样的，日子也过得不错。

说起这些，陈家敏满面春风，显得很年轻！

看来，献身伟大事业的人，他们的青春和事业一样永恒。

二十三、百合，美丽的百合

我很喜欢百合，喜欢它平凡的高贵。百合长在北大荒的原野里长在山坡上，料峭的早春它便从埋在地下的圆形鳞茎里抽出剑形的绿叶，初夏时叶腋中伸出花枝，上面缀着六瓣形的花朵，那花多数为淡淡的白色，还有红色和金黄色的。

百合总爱低着头，在风中摇曳，花蕊中散发着淡淡的幽香。它虽然不如达子香开得那么如火如荼，也不如芍药那样风韵绰约，可百合的"可用性"是它们比不了的，那埋在地下的鳞茎是可食用和药用的。清炒百合，甘甜滑爽，是很讲究的菜品；百合又是名贵的中药，可润肺止咳，清心安神。

地处黑龙江畔的逊克小城往西六七里处有一座百合山，那山并不高，以漫山遍野盛开百合花而闻名。

那山下有一座小村，叫百合村，它因出了位乡村女医生远近闻名，那医生名为谭成英，被誉为"北疆美丽的百合"，是位四川宜宾的下乡青年。

出县城不远便看到了悠悠白云下的那座绿葱葱的小山，近行时看到了山坡上星星点点的黄色的、紫色的和白色的小花，却不见那我心仪已久的百合，也许花期已过，花瓣已落入尘泥了。

路上我有些疑惑，谭成英这位四川姑娘怎么跑到了北大荒？再说，她竟在离县城这么近的地方自己开医院，能有人去吗？

进了百合村谭家卫生所的小院，让我大吃一惊！门前院内都停着车，有农用拖拉机、蹦蹦车、自行车、摩托车，还有出租车。候诊的人，从屋里排到门外，有老年人、有成年人，更多的是抱着孩子的妇女。

我一问，他们有来自方圆五六十里的柞树岗的、西地营子的、东地营子的、松树沟的、干岔子的，甚至还有打出租从逊克县城来的。

我问他们为什么跑这么远找谭大夫？有的说，谭大夫医术高，看病让人放心。有的说，价格便宜，我们看得起。还有的说，谭大夫打头皮针，小孩儿不哭，少遭罪！

穿了一身标准白服的谭成英从患者中挤出来，和我们握手。她个子不高，从那双晶亮的大眼睛和宽额头、高颧骨上可以看出她四川人的特征。

她先领着我们参观院里正在扩建的工程，原来的153平方米的诊所太挤了，她又扩建了63平方米的药房和病房，刚刷过的墙，一片雪白；还打了玻璃的间壁，陈设很规范，就要投入使用了。

谭成英赶快对急患做了处置、给那几个远道而来的孩子扎上点滴，然后接受了我们的采访。她爽朗热情，不问自答——

"我'不远万里'跑到逊克，就因为在宜宾看了一本介绍金训华事迹的小册子《边城晓歌》。当时我正在宜宾三中读初中。我们串联了一帮中学生到市知青办上访，其实巴山蜀水需要知青的地方很多，我们非要到黑龙江畔的逊克，要接下金训华手中的枪，保卫边疆！市知青办被我们闹得实在没有办法，只好和黑龙江省知青办联系，让我们分三批共108人来到逊克插队。

1976年春天，我们11个知青来到了当时没有一座砖房的百合村。那一年村前村后开了许多百合花，我们每天早上都采一大把插在窗台的玻璃瓶里，真的很美。秋天，我被村里派到县里跟上海医疗队学习，一个月回到村就当了'赤脚医生'。为了提高医术，村里还让我回宜宾进修了妇科和儿科。"

陪同我们的县里的同志说，谭大夫是全县有名的儿科和妇科专家，她干这行都快 30 年了，可能是全县时间最长的，要不每天都这么多的人来找她！

谭成英笑着说："你可别夸了，当年我还逃跑过！到了 1978 年底，知青开始大返城，看到许多上海知青都走了，我们四川的也挺不住了。11 月 20 日那一天，我们也坐着火车跑了。当时心里很矛盾，也舍不得走，但别人都走了，剩我一个人怎么办！结果哭了一路，回到家里更闹心。安排到运输公司，干着也没劲。听说我走了，村里赤脚医生的位置也没人接。晚上总是失眠，一闭上眼睛就看到一双双渴望的目光，最多的是孩子和母亲的目光。一年后的 1979 年 11 月 26 日，我告别了年迈多病的父母和年幼的弟弟，又从宜宾回来了，回到了黑龙江，回到了逊克，回到了百合村！"

她一口气，把自己"二次革命"的过程说了一遍，好像轻松了许多。

"是爱情的召唤吧？"我们和她开着玩笑。

"当然，那时我正和村里的陶严明谈恋爱，他是团支书，我是组织委员，总在一起开会，有了感情。不过我对他没有什么承诺，再说结婚了，为了返城还有离婚的呢！真的是太热爱农村医生这个职业了。那时村里缺医少药，妇女生个孩子都危险，我又受过专门的训练。城里不缺我一个人，可百合村太需要我了！"

谭成英这话说得诚恳，说得实在。虽然只在村里工作了几年，她已是贫穷落后的山村须臾不能离开的"守护神"。她的小卫生所是多少村民的幸福安康之所在。望着她的笑脸，望着她家窗口那不熄的灯光，全村的人心里都踏实。

有人统计过，从她当赤脚医生到 2001 年，共接生了 1000 多个孩子，没有出现一例事故。记得那是 1982 年 10 月 29 日的事，孕妇姚凤艳就要生产，谭大夫正患感冒，她忍着全身的疼痛，为她引产，这个 8 斤重的男婴生下来就窒息了，皮肤苍白，呼吸和心跳微弱。她迅速清理新生儿的呼吸道，反复做人工呼吸和胸外按摩，又口对口地吸痰。整整抢救了两小时，孩子终于响了第一声啼哭！全家人喜极落泪，握着她的手，向谭大夫道谢，已经虚脱的她，苍白的脸上挂着胜利的微笑。现在这个叫辛立元的孩子已从北京科技大学毕业工作了，他常说没有谭大夫就没有我！

谭大夫把每一个病人都当成自己的亲人。这样的故事百合村的每人都会给你讲几件。有个72岁的村民叫郑喜胜，他有严重的肺心病，因大便干燥，几天拉不下屎来，用了开塞露也不见效，谭大夫在没有其他设备的情况下，自己用手从病人肛门的深处将硬便一块块地剥离出来。恶臭之气让老郑的女儿都躲到了门外，可谭大夫毫不犹豫地给老郑收拾得干干净净。

大家都说，谭大夫为了乡亲们治病她什么困难都能克服，什么都能舍得。那一年的冬天，她的儿子才有几个月大，还没断奶，大雪纷飞之夜，邻村一位难产妇的丈夫来接她出诊。她二话没说，把自己的孩子包好抱着上了车。到了产妇家，她把孩子交给别人照看，自己动手抢救产妇。一直忙到天亮，母子都平安了，她才抱着孩子再坐着马车回家。这么多年，儿子和女儿不知道多少次和妈妈一起出诊！

在贫穷的农村农民看不起病的问题还很普遍。从1985年开始，谭成英自己办了这家专为农民服务的"平价医院"。医生护士就是她一个人，不收挂号费，药品都是出厂价，诊断和检查费用都比城里医院便宜很多。对于一时交不上医疗费的，她给垫付，还一个劲地劝人家："甭着急，啥时有钱啥时还，没有我也不上门要！"

这些年她们家为乡亲垫付的医疗费有5万多元！无怪他们家的老陶说："别看她有名，我们家还是我挣钱多！"这位"美丽百合"的丈夫是个实实在在的农民，他承包了二十五六垧的土地。种地的收入，多数都投入医院了。

百合村的乡亲们真的有福，一般的病，他们根本不用出村了，因为有谭成英！

我翻看了谭成英的各种获奖证书，她不仅是全国的优秀乡村医生、各级的优秀共产党员，还获得过"全国敬老好儿女金榜奖"。她和丈夫结婚时，陶家的两位老人都已年近古稀，而且病卧在床，她每天为他们送饭送水、端屎接尿，一直到90多岁他们去世。几十年的辛劳，她无怨无悔。这期间她有多次调到县计划生育指导站和县医院成为国家干部的机会，但是为了照顾老人她都放弃了。作为当年108个四川下乡青年中唯一留在北大荒的她，以"乡村医生"的称号为荣！

眼见院里聚集了越来越多候诊的农民，我们只好匆匆结束了采访。谭成英一直把我们送到院门外，她说："明年早点来，一定能看到满山的百合，我领你们去！"

"我们已经看到了！"我说。

离开百合村的路上，我想，看是看到了，只是太少了。如果挤在城里施展不了才华的青年医生，或者每年毕业一时找不到工作的医学院毕业的大学生，能像谭成英那样到农村当医生，哪怕只干几年……他们的青春也会像百合花一样美丽绽放吧！

◎博客留言：

我也很喜欢百合，不仅美丽，还可入药，开在深山，不为人妍，品格高尚。而"北疆美丽的百合"体现了百合精神。先生的文章如百合一样朴实无华，美文！

——**布衣草履**

和谭成英相比，我显得很渺小。人生应该多做些有意义的事和更有意义的事。倘若每天的学习和工作都能多和"有意义"联系起来，我想那再好不过了！感谢贾先生让我们又认识了一个优秀的人，同时也让我清醒地认识了自己。

——**70年代生**

写为农民服务的医生，亲切真实，生动感人。农民需要这样的医生。作为农民的我向贾先生表示感谢！

——姚凤阁

　　人活到让人离不开的地步，才叫实现人生价值，活着才有滋味。最后的意见好，城里的医学院校毕业生可以到农村，哪怕干几年也好。世界观人生观发生了变化，以后无论在城市还是农村都会成为好医生。

——张畅炎

二十四、天鹅湖

　　不知为什么，关于知青的浪漫故事总是充满悲剧色彩。也许因为那就是一个悲剧年代。故事是在北京听说的，讲故事的朋友并没说明这件事发生的地点，其中的人物确实是有名有姓的。因为可以理解的原因，我不能直说他们的姓名。

　　她说——

　　从我们连向北走，穿过那片白桦林，就看见一泓明镜似的水面，当地老乡叫它北泡子，我们叫它湖，还给它起了个漂亮的名字——"天鹅湖"。老乡说前些年这里真落过天鹅，春天来，秋天走，后来不知为什么再也不来了。我们到连队时，这里已成了水鸭子的栖息地了。当时湖里鱼很多，为了改善伙食，我们曾把装着炸药的啤酒瓶往湖里扔，炸死了不少鱼，把水鸭子都吓跑了。那个时候，我还没有环保意识，能填饱肚子就好，管不了那么多了。

　　天鹅湖是我们连知青最喜欢去的地方，每天下了工，都往那儿跑。女的在湖边洗脸洗头，男的干脆跳到里面游泳，勇敢者脱得一丝不挂，雪白的屁股在水面一露一露的，女生们惊叫着躲到了树林子里。其实，她们没有跑远，透过树的缝隙，她们在偷看另类的青春。洗完之后，有的到湖边的草丛里采花，有的在湖边钓鱼。

　　这时，被我们称为"三剑客"的小军、江南和小梅在湖畔的草坪上跳舞。她们三个都是从小在少年宫学舞蹈，小学、中学都是同学，又一起从北京下乡来到我们连。平时她们总是形影不离，我们都叫她们"三剑客"，还有说她们是"丽人行"的。

　　小军的爸爸是个军级干部，因为"二月逆流"受牵连，当时关着；江南的爸爸是位部长，正在湖北的干校接受改造；小梅的爸爸是个建筑工人，在三线的大山里施工。不同的家庭背景并没有影响她们的友谊，看着小军和江南情绪不好，有时还偷偷地哭，小梅总是安慰他们，天天晚上都叫她们到天鹅湖畔来玩。只有这个时候，她们才能忘掉家庭的不幸和自己的烦恼。

　　湖畔的那一块草坪好像专门为她们准备的，周围的草都很高，就那么一片特别平，和城市的草坪一样。小军她们三个先是很专业地活动一下身腰，作些准备活动，然后就正式跳起来。先跳"红色娘子军"中的女战士舞，这时女知青们坐在草坪上为她们伴奏，用嘴哼着舞曲，后来上海知青阿根吹起口琴，再后来李雪生又吹起了笛子。哈尔滨知青李雪生是她们的班长，也是她们的保护神。每天她们来天鹅湖，他也来，只是远远地跟着。

　　洗完澡的男生也来了，他们一个劲地喊："天鹅湖！天鹅湖！"这是"三剑客"的保留节目，她们每次都要跳的。柴可夫斯基"天鹅湖"中"四个小天鹅"的旋律和"四个小天鹅舞"中的动作都为我们熟知。大家吹起唱起前奏，小军她们交叉着拉起手，立起脚尖，在草坪上轻轻起舞，脚一起踢起，头一起转动，优美极了！音乐轻松活跃，节奏富有弹性。她们跳得干净利落，楚楚动人，真像小天鹅在湖边嬉戏的样子。

　　我们有节奏地鼓掌，身心说不出的愉悦。这时湖水宁静，晚霞中的白桦林飘出淡淡的紫色烟雾。落日的余晖中，小军她们舞动的身影闪着金色的光环，有一种说不出的神韵。这是永远挂在我的记忆中的一幅油画。

　　可惜好景不长。小梅被调走了。师里宣传队要排"红色娘子军"，从各团选人，"三剑客"都被选中了，可只调了小梅，因为小军和江南的父亲的问题还没作结论，她们不能使用。小梅当时说："不让小军和江南去，我也不去！"团里下了死命令，让何连长三天之内必须把小梅送到师部。那天团里派来了一台吉普车，何连长派雪生把小梅送到师部，江南和小军也要去，何连长没同意。

她们三个抱头痛哭，像生离死别似的，全连的人都跟着掉泪。汽车启动后，小军和江南还跟着跑了很远，一直到汽车消逝在远山的那片树林里。从此，小军和江南再也不到天鹅湖去了。再后来，天也凉了，湖边的草也黄了。接着又被大雪覆盖了，再没有人到天鹅湖去了。

转年开春，小军和江南爸爸的名字，先后出现在《人民日报》上。几天之后，师里来了电话，让团里派车把小军送到哈尔滨。师长说，老首长派人来接小军了。何连长派雪生到团里给小军办户口，小军说不要了。走的那一天，她把所有行李和生活用品都送给老职工或其他知青。几天之后，江南也接到了"速回北京"的电报。回北京之后，她俩都当了兵，以后又都上了大学。那年恢复了高考，她们俩都考上了，都是重点中学的，底子好。

以小军和江南返城为标志，我们连进入了动荡的年代，涌动起返城的风潮。先是高干子弟，很光荣地参军或升学了。接着是中干子弟，以招干招工名义也走了。后来家里没什么背景和本事的，开始办病退困退了，尽管颇费周折，但大多数人还是如愿以偿了。最后剩下的，或是家里实在没办法，或是和当地青年结了婚又不愿意办假离婚的，或是已经当上了相当一级的领导干部，上级不让走，自己也不想走了。李雪生也没走，连里的人都说，他在等小梅，说是上次送小梅到师部跳"红色娘子军"时，他们俩已私订终身了。

小梅真的回来了，师里的宣传队解散了，她们都哪来回哪去了。她很沮丧的样子，站在她和小军、江南住过的宿舍里落泪。雪生站在她的身后，不知怎么安慰她好。何连长把她分到小学校当老师，看着无忧无虑的孩子们，她的脸上也有了笑容。晚上，雪生常去她那儿，给她念普希金的诗：

> "假如生活欺骗了你
> 不要忧伤，
> 也不要愤慨，
> 不顺心的时候，
> 暂且容忍。
> 相信吧，
> 快乐的日子就会来到。……"

有时小学校的宿舍里还传出歌声，是小梅唱的，很忧伤的调子："纷纷的雪花掩盖了他的足迹，没有脚步也没有歌声，在那一片宽广银色的原野上，只有一条小路孤零零……"

后来我也调回了北京，每天为找工作奔忙。不久传来了小梅的死讯。开始，她的爸爸得了重病，让她快回家，当时学校里只剩下她一个老师了，其他的人都返城了。她想等到暑假里再回去。可没等她回去，爸爸就去世了，他死于癌症。临死前，还念叨着小梅的名字。

后来，听说小梅给雪生写了一封信，正式表达了自己的爱情，并希望快点和他结婚，她感到太孤独了。几天后，雪生给她回信了，说自己一直把她当成妹妹，没有其他意思。这件事全连都知道了。有人说雪生太不够意思了，有人说雪生正找门路返城呢，这年头谁还顾谁！

一天深夜，小梅穿过白桦林，跑到天鹅湖，然后纵身跳了下去。

从此雪生成了"祥林嫂"，见谁跟谁说："都怨我，我要和小梅结婚，她就不会死了！都怨我，都怨我……"边说边哭，然后还重复这句话。开始大家和他一起流泪，后来都躲着他，怕他唠叨起来没完。何连长怕他出事，亲自跑到团里，帮他办了病退手续，让他返城了。

三十多年过去了，我们还时常想起天鹅湖。那年小军从美国回到北京，串联我们一起回北大荒，只有在北京当舞蹈老师的江南和她一起回去了，她们去看天鹅湖。可惜，这几年农场种水稻，天鹅湖那片低洼地已经开成一片水田了。天鹅湖连个影都没留下。不过老乡说，小梅死的第二年，真有一群天鹅飞回来了，在湖上转来转去的。其中肯定有小梅的魂儿变的。听着听着，小军和江南都掉泪了……

听着北京朋友的故事，我想，在那个特殊的年代"平民"和"贵族"曾一起经历了苦难，有时"贵族"可能更惨。而当社会平稳后，"贵族"就是"贵族"，"平民"还是"平民"，他们的命运原本就是不同的。小梅的死，也许就是命中注定的。现在阶级的差别可能没有了，阶层的区别还在，平民要改变自己的命运还要付出更多的代价。

不过，随着社会的进步，公平合理的社会环境不断形成，小梅那样的人生悲剧自然会越来越少了。

◎博客留言：

当年许多干部子弟也和平民子弟一起下乡了，他们承受比一般知青更多的心灵苦难。随着政治形势的好转，他们的命运也发生了变化，比较早用参军等各种理由返城了。这些人中有才干的很多，现在许多人当了高官或巨商，但对北大荒的感情不深，很少有人回来。还是那些平民子弟更真诚。

——**魏伯松**

现在中国人在政治上是平等的，但不同出身人的命运是大大不同的。也有平民子弟进入高层的，但他们要付出更大的努力。这也很正常。要知道中国是一个封建主义影响最长的国家，封建世袭思想还很深厚。上层人物有广泛的社会资源，让自己的后代享受利益。你们看一看，有几个有背景的人的孩子没工作的！

——**宗民生**

　　小梅的经历和结局在知青中不乏其例。去年报道了一个哈尔滨男知青就是因为失恋而疯了，至今还在北大荒，被农场一位女职工照顾了 30 多年，据说这件事已经拍了电影。贾老师说："阶层还在，平民要改变自己的命运要付出更多的代价。"我说，何止"更多"，简直是毕生的代价，或者是几代人的代价，也不见得能改变！

——吴忠

二十五、割断尘缘

　　有知青朋友从外地来，总是要喝酒的。酒桌上说到了我正在写的知青故事，都说"我们都老了，快把那些过去不能说、不敢说的故事讲出来吧！"然后大家抢着为我讲故事。农垦报的张总编说：我知道一个故事，当年一个男知青追求一个女知青，被拒绝了，他竟把自己的"命根"割下来了！很惨……老胡马上说，你说的不对，那个知青是我们连队的，我俩还是好朋友！老胡当年在完达山下、蛤蟆通河畔的一个连队当兵团战士，后来到部队当兵，转业后，先当 X 光医生，又搞装修，再以后到日本搞设计，前几年回国，办设计公司、开西餐馆。他为人热情，这些年一直保持着和当年知青战友的联系。

　　几天后的下午，在他家那个门前爬满青藤的小餐馆里，伴着一杯浓浓的咖啡，老胡给我讲了这个奇异的故事——

　　他叫小凡，我们是一批的，1968 年 11 月 8 日从哈尔滨到北大荒的，当时他只有 15 岁或 16 岁，是 1968 届小初中生。他家境不好，在大学当老师的父亲被打成"右派"，父母离了婚，父亲去了大兴安岭改造，领走了弟弟，他和母亲在一起，她在医院当护士。小凡一点也不伤感，每天嘻嘻哈哈的，人很聪明。聪明的人都幽默，经常给我们讲笑话。下乡时正是冬天，他穿了一件黑色的棉猴，脚上是一双对缝儿的棉鞋，脖子上扎了一条颜色很鲜艳的围巾，很讲究，十分可爱的样子。白天他在园艺排干活，培育果树。晚上和我学拉手风琴，后来请人把家里的小提琴捎来了，又跟我学小提琴。他很勤快，一到吃饭时，他抱了好几个饭盒，帮助我们打饭。然后一起边吃边白话，天南海北，无所不说。

　　我们是个大连队，当时有 200 多个知青，北京的和哈尔滨的是先来的，大家在一起混得不错。上海知青一来，我们就有点躁动了。他们都穿着黄军装，外面披了一件草绿色的大衣，很有风采。上海的小青年，无论男女都是白白净净的，比粗糙的北方人显得滋润多了，那些上海的小姑娘样子娇小，更是楚楚动人。特别是他们绵软的沪语，听着很有趣。小凡一有空就往上海知青堆里混，他们也喜欢他，那些小姑娘，一听他说话就笑，他也擅长在女孩子面前表演。不几天他就学会许多上海活。回到我们宿舍，小凡就教我们，连骂人话他都会，这小子真是个语言天才！

　　这么多有血有肉的年轻人在一起，天长日久总要闹出些浪漫的事儿，这也很自然。可是在那个年代，小青年不好好学领袖教导、不好好干活，而去谈情说爱是大逆不道的。其实，爱情和地里的庄稼一样，它也在生长，谁也挡不住。连队对这方面管得很严，最尽职的是一个姓苏的女副指导员，她的丈夫在外地当兵，她很热衷于对男女知青的跟踪和抓"对儿"，知青说她有点"变态"，也可能是误解，她真怕知青闹出什么伤风败俗的事，作为思想政治工作的主管领导，她是有责任的。

　　可还是出事儿了，那事儿还和我有关系！一个姓宋的哈尔滨小伙儿，爸爸是省里很有名的教授，这小子看上了北京的姑娘小萍，要写封信，表达自己的意思，他找到了我当"枪手"。小宋读书时是数学科代表，脑袋很灵，说话也是文绉绉的，但写情书就不在行了。那时我读了不少法国和俄国的爱情小说，《红与黑》、《安娜·卡列尼娜》我都很熟悉，写情书对我来说，小菜一盘，不一会儿就写好了，小宋一看很感动，连说好好好！他求我去送信，我说，情书必须自己送。那天也很巧，小萍正看小宋送来的信时，苏副指导员来了："你看什么呢！"然后抢过来就看——小青年的一举一动都在她的股掌之间。她越看越生气。"没想到我们连还有这么下流无耻的小青年！"她气汹汹地走了。

接着在全连的一次大会上，她宣读了这封信，并进行了义正词严的大批判。会后，小萍哭了，痛不欲生。小宋傻了，愣怔怔地坐着，不吃也不睡。几天后，小宋的妈妈来了，把他接回哈尔滨，不久就送进了精神病院。我探家时，还到医院去看过他。"米沙你来了！"小宋还认识我，米沙是我的小名，父亲在东欧留过学，孩子也起了个洋名。我送给他一条"握手牌"香烟，他竟不知道怎么把烟打开，我难过得流下了眼泪……

说到这儿，老胡真找了一支烟抽起来，好半天，心绪才平静下来。我又要了一杯咖啡，接着听他说——

小宋疯了这件事对连里的知青刺激很大，大家谁也不敢轻举妄动了，男女青年连话都不敢说了，更不敢来往了。只有一个人还是傻乎乎的，那就是小凡。他还往上海知青堆里钻，特别和一个上海姑娘过从甚密，那个女孩儿比他大，他俩经常互相借书看，她还帮他洗过衣服。小凡对她很依赖，有事儿没事儿，都愿意和她在一起，其实当时他对她并没有产生爱情，也不是现在很时髦的"姐弟恋"。按着弗洛伊德的理论，这可能是种"恋母情结"吧！这事儿还是没有逃过苏副指导员警惕的目光。这回她吸取了小宋事件的教训，她没有声张，只是找了那个上海女知青谈话，好言相劝，不要和小凡来往！否则，对你影响很坏！那个女知青马上找小凡谈话，她哭着说："你以后别来找我了，人家都说咱俩搞对象，这样影响不好！"好像一盆冷水泼在小凡头上，他很难过，也很委屈。他自言自语："我也没和她搞对象呀！"

"谁也没想到，后来又发生了那样悲惨的事件！"老胡说，当时我已离开连队去当兵了，有人给我写信说：小凡把自己的阴茎割下来了！转业后，我多次见到小凡和他的母亲，又询问了连队的许多人，他们回忆，这件事的过程是这样的——

那一年，1973年夏锄的季节，大家正在铲地，小凡后赶来的。不一会儿有人喊："出血了！出血了！"那人看到鲜血顺着小凡的裤腿往下淌。大家一喊，他自己弯下腰，想扎住裤角，不让人看到，那时他脸色煞白，用手撑着地，已经站不起来了！大家七手八脚地把已经昏迷的他背回连队卫生所，丁大夫把他的裤子退下来一看，腿根儿处一片血肉模糊，阴茎被割去三分之二，贴根处还系了一根麻绳儿。

后来才知道，小凡是在大家下地后，在自己铺位的床沿上用镰刀把自己的"命根"割断，为了止血他自己在伤处系了一条麻绳，然后用纸把"命根"包好，埋在宿舍门前的地里。事后，大家和他开玩笑："你把那玩意儿，种在地上想让它长出来一棵树，满树都滴滴荡荡吊着那玩意儿，好看嘛？"小凡一个劲地傻笑。丁大夫赶紧作了止血处置，又把小凡送到了团卫生院，最终止住了血，保住了他的命。

一个星期后，小凡又回到了连队。几天后的清晨，睡在小凡下铺的青年感到从上面往下滴什么，掉在了自己的脸上，他打开灯一看，自己脸上都是血！那血正从上铺的床缝向下流。他们爬到上铺掀开被一看，小凡已把自己的气管割断了，他已气息奄奄了。丁大夫和连队干部再次把他送到团卫生院，万幸的是他没有割断动脉，他的命保住了。医生把脖子上的伤口缝合上，他又回到了连队。

听说那位苏副指导员很气愤："你自杀吓唬谁，我看你是做贼心虚了！"几天后，小凡下铺的青年半夜又听到小凡的呼噜声，上铺一看，他又把缝合刀口的线都撕开了，顺着刀口淌着血……

后来，团卫生院又一次救活了这个生命力极顽强的年轻人。他的母亲把他接回家，住在自己在医院的单身宿舍里，气急败坏的小凡，总是和母亲吵架，有时又很极端，母亲没办法又把他送进精神病院。他的精神时好时坏，他在医院里也是几进几出。

从部队转业回来，老胡到家和医院去看过小凡。后来，他去日本搞建筑设计，前几年看到哈尔滨要开亚洲冬运会，又回来参加体育馆的设计招标。这之后，老胡也常去看小凡，给他送烟送零花钱，有时还领他出来吃顿饭。他和过去一样谈天说地、东拉西扯，一点儿也不沮丧，对病友和护士都很有礼貌。

老胡也问过他，当时为什么那样做，是证明？是抗争？是自虐？还是割断尘缘？他低着头，什么也不说。后来小凡到上海作了一次阴茎修复手术。老胡和他说，你找个对象吧！他笑着说，他妈妈所在医院的一个护士看中了他，可他妈不同意！不知道他是不是在开玩笑。

老胡说，我最后一次见到小凡是 1989 年，那是在精神病院。他的手用纱布包着，指尖都是黑色的。他说坐火车到外地去看他叔叔，结果下错了站，在大风雪里迷了路，被冻倒在野地里，被好心人送到派出所，他又捡了一条命。小凡正在等着做截肢手术。那一天，老胡看着自己的老战友灾难接踵而来，很是伤心，他感叹上帝的残忍和不公！

日落黄昏近。小店点亮了蜡烛，来的客人越来越多了，我只好停止了采访，我怕我们不断的哀叹影响客人的情绪。

我想，谁是小凡人生悲剧的始作俑者？是那个"变态"的副指导员？大概不全是，她也许是好意，那个时候像她这样的干部还少吗？也许是小凡自己心理、生理的原因，也不全是。如果，能多一些人性和人文关怀，能更多一些对人格的尊重，这样的悲剧是不该发生的。

去年我路过老胡的俄罗斯小餐馆，进去闲坐，又打听了小凡的情况。老胡神情暗淡地说："他去世了。"

小凡死在了离佳木斯只有五公里的"北大荒知青安养中心"，那是一座白色的六层大楼，收养了留在北大荒的老知青中精神病患者，大约有 200 人。那里的条件相当好，有专业医护人员对患病的老知青进行治疗和康复训练。他们最小的都有五十多岁，可只记得自己下乡时的年纪，他们会对来访者说："我十八了。他二十。"他们心态很年轻，因此也很快乐。他们有的是已经返城了，可又被家属送了回来，因为病都是在北大荒得的，还是你们负责到底吧。只要北大荒的老知青，只要是得了精神病了，他们都来者不拒，连他们得病的子女都收养了。安养中心努力要让患病的老知青回归正常社会。在上海"世博会"期间，他们曾带着恢复效果好的十名老知青前去参观，他们受到上海人民热情的接待。穿着整齐的老知青像孩子们一样高兴，如不特别注意，谁也不知道他们是精神病患者。可惜，我们的小凡没有这么幸运。

后来，我在电视上看到中国残联主席张海迪到这安养中心视察的新闻，她和那些住院休养的老知青谈笑风生，她高度赞扬了北大荒人的人道主义精神。

"还好，小凡最后几年一点也没受罪。"

老胡说着，叹了一口气。

二十六、晾在沙滩上的鱼

　　1968 年知青上山下乡运动如大潮涌来，全国 2000 多万城市青年奔赴农村、农场、林场，其中上海的知青就有一百一十万人，到黑龙江省的有十六万五千多人。

　　1978 年知青运动开始退潮，绝大多数人又涌回城市。当然其中也有极少数人，仍然留在了他们曾生活了十年的那片土地上，或是因为他们舍不得为之流过血流过泪的事业，或是割舍不断已缔结的婚姻和亲情。他们像大潮退后晾在沙滩上的鱼，艰难地寻找生存的海洋和绿地，日子过得十分不容易。又是三十多年过去了，已经没有多少人再关心他们的生存状况了，他们似乎被人遗忘了。

　　秋风染黄大地的季节，我到齐齐哈尔参加图书馆的百年庆典后，到甘南县参观兴十四大队，那是一个上个世纪 50 年代由山东移民建起的村落，当时从临忻来了 70 户农民，最后只剩下 20 户，经过半个世纪的奋斗，他们把这片荒原建设成了工厂遍地、楼房林立的新农村的样板。我问起也是拓荒者的知青，县里的同志说，当年在甘南插队的知青不少，如果加上在农场、兵团的大概也有上千人，最多的是上海知青。后来都返城了。

　　"还有留下来的吗？"

　　县里的领导为了满足我的愿望，终于找到了几个

"晾在沙滩上的鱼"，从兴十四回来，马上领着我去访问。这是一个市景繁荣的小城，街道整洁，沿街挂着牌匾，建设街上的一家"小上海烧烤店"立刻吸引了我。我们刚一进门，小店主马化贤和他的妻子刘玉芳迎上来欢迎我们。小马就是当年的上海知青，他长得白白净净，还很年轻。小刘是当地人，很文静，年轻时一定很漂亮。店面不大，只摆了三张桌，很干净。

墙上挂着的几张甘南县老知青的照片引起我的注意，小马说，有一张是纪念下乡三十年时我们还留在甘南的上海人照的，当时有十几个人，现在还剩下五六个人了；还有一张是前几年上海老知青回访时，大家合照的。

问起当年的事儿，小马还记得很清楚——

我是上海新达中学的，我们是 1970 年 4 月到甘南的，一起来了200 多人，到宝山乡合盛屯的有我们 18 个人，其中女的 10 个。那是个很偏远很穷困的地方，我们和农民一起开荒种地，吃了不少苦！后来队里让我当了农民的文化教员，我既教文化知识，还教时事政治，干得很来劲。1976 年知青开始返城了，我有两次机会都没走成，一次是大庆招工，一次是佳木斯铁路工程学校招生，都是因为我家庭出身不好——新中国成立前父亲开过一个小食品店。最后全村就剩下了我一个上海知青了，那时我的情绪特别不好，什么都不想干了。后来县里把剩下的知青都招到了县城安排了工作。我被分配到汽水厂，先当配料员，又到齐齐哈尔学了制冷技术，我当上了制冷工，一直干到1991 年。厂子不景气，后来并轨到啤酒厂，给我 7000 元，就算买断工龄，下了岗。

1978 年经我们厂子的杨师傅介绍我认识了刘玉芳，1981 年结的婚。当时日子特别困难，两年内搬了六次家，都是很破旧的土坯房，后来小刘的父母有了新房，把他们的房子让给了我们，这才有了一个安定的家。我们的女儿马玲玲是 1990 年出生的，本来按政策她是可以回上海的，可我的父母都很老了，兄弟姐妹又没有能力作监护人，她一直在县里读到初中毕业，到外地打工了，她不愿意留在这里和我们受苦，现在杭州当卖酒的推销员。她走的时候 17 岁，和我下乡时一个年纪，她却从小城市走进大城了，虽然都是背井离乡，可意义不同啊。

后来小刘也下岗了，我们的生活更艰难了，靠谁也救不了自己，只能靠自己！干什么呢？先炸麻花，结果炸了 20 斤面的，只卖出 5 根，剩下的都送给亲戚了。还卖过冰棍、冰糖葫芦，给饭店作春卷，也回到上海推销过新产品，都没有成功。最后我们两口子推着车子拉着烤箱卖羊肉串，五冬六夏风雪无阻，沿街叫卖，连着干了三年。为了给吃肉串的人遮风挡雨，我们制造了 6 平方米的篷车，后来又扩大到 10 平方米、12 平方米、18 平方米，吃的人越来越多，别人家也跟我们学，篷车越来越大，也越来越多，吃烧烤成了本地最有名的小吃，都是我们家带的头，那大篷车应该算我们家的专利！

每天白天在家备料，买最好的后秋肉串成串，晚上把孩子送到妹妹家，一直卖到深更半夜，再去接孩子，孩子早就睡着了，我把她背回家。最忙的时候岳父母全家人都上阵。真是很苦很累，但是有钱可挣，还是很高兴！后来有了积蓄，我们又在建设街花了 12 万买了这间 58 平方米的门市房，首付 6 万，又贷款 6 万，现在只差 1 万元就还完了。我们家的这个"小上海烧烤店"，每天晚上可火了。大家都愿意到我家，干净，吃着放心。

说到这儿，两口子喜形于色。我问还有什么困难，他们说，就是各种税费过高，我们有点负担不起。陪同我的县委孙副书记表示回去帮他们协调，争取更优惠的政策支持。他们两口子高兴地要留我们吃饭，我说，咱们还是再看几家吧！马化贤给我们带路。

在城乡交界的一条小街，我们走进沈锡坤家的小院，小沈显得很老成，有些谢顶，满脸的皱纹，但声音很年轻，上海味的普通话很有味道。但更大的味道的是满院的猪粪味，我循味而看，那不到 100 平方米的院里排列着好几个圈舍，那里像笼屉摆满包子似的睡着一排排的肥猪，有的圈里躺着大猪，有的圈里躺着小猪，一个个白胖白胖的，很可爱。实话实说，沈家的猪圈比一般农家的要讲究得多，卫生得多，但那个味道还是免不了的。我问起这个退休的教师怎么养起猪来，小沈在他家比猪舍要小的居室里讲起他的故事——

我是 1971 年从杨浦区本溪路中学上山到大兴安岭的松岭区望峰林场当工人的。1973 年 12 月甘南县教育局到大兴安岭在知青中招教师，把我招来了，因为我普通话说得不标准，当老师有点困难，但我懂技术，被安排到县第六小学的校办工厂当了 8 年的工头，以后又到 5 中当过门卫、教导干事，现在已经退休了。1979 年我曾和大批青年返城回上海了。当了一辈子纺织工人的父母没有能力给我一份好工作，而到街道工厂每天只有 7 毛钱的收入，再说当时我已经在甘南处了对象，她叫高凤珍，是粮食局车队的修理工，无法调进上海，半年后我又回到甘南，还在学校工作。我退休后 1000 元，媳妇下岗后每月还给 300 元，日子还不错。后来户口已回上海的女儿丹华考上了长春税务学院，供她读书需要钱，我开始养猪。从几头养起，最多时存栏 100 多头，我看了许多养猪方面的书，我采取干料圈养的方法，吃干料再喝水，不外放，只在圈里睡觉，肉长得很快。开始我从哈尔滨引进"长白"和"大白"品种，为了提高抗病能力，我又用它们和本地猪杂交，新品种的猪无病肉还香，很受欢迎。牙克石、海拉尔和嫩江县的加工厂定期来拉猪，当年的收入不仅能满足女儿的学费，还有了积累。

小沈说得很轻松，实际养猪是很累很操心的活，他乐此不疲，而且野心很大，他想再把小猪场扩大，引进更多新品种，他说办个种猪场才能挣大钱！

一个大城市的知青下乡到这么边远的小城，返城以后又回来了，为了供女儿上大学竟办起了养猪场，小沈的经历是够传奇的了。

"我这是小打小闹，我们在甘南的这几个青年，还是老阮干得大！"他说的老阮叫阮松年，在城里开了家柴油机销售公司。小马又领着我们在城里繁华的大街上找到老阮和他的临街的销售门市部。老阮壮实得如北方汉子，还留着小胡子，他把当地口音和上海话相融合，说起来很风趣。和沈锡坤相同，老阮也是 1970 年下乡来到甘南，

1979 年 4 月跟着大帮青年返了城，已在上海印染厂干了半年，结果又回到了甘南，也是为了爱情——他的女朋友王玉芳在县粮库当化验员，她不愿意到上海去，老阮只好回来了，到甘南柴油机厂上了班。

老阮是知青中的能人。他在宝山乡泉眼大队开着东方红拖拉机种了八年地，对农业机械特别熟悉，后来招工进了甘南的柴油机厂，当了三年车工，又去搞销售。因为业绩突出，被挖到了富锦县的拖拉机厂，派到中越边境的云南去卖他们厂子的小型拖拉机。当时中越刚打完仗，情况很复杂，也很危险。可老阮很快打开了局面，因为他姓阮，这在越南是个大姓，人家对他有认同感，更加上他的诚恳热情，交了许多越南朋友，销售量越来越大。他当上了对越南销售办公室主任。这时富锦拖拉机厂不断扩大发展，甘南的柴油机厂被兼并，老阮被派回来当了厂长，连续干了两年。在激烈的市场竞争中，老阮也无力回天，最终厂子还是没有站住，他和工人们一起下了岗。

当时女儿阮征已在上海大学毕业，分配到了机关工作，她召唤着辛苦了半辈子的父母回上海和她团聚，可老阮还是留了下来，这一辈子他就是不服输，他要自己创出一条路来，于是就开了全县最大的柴油机销售公司，在县城设了总店，还在查哈阳、云山、阳河等地设了 6 个分销点，经营着 3 到 68 马力的不同型号的农用柴油机，主要为农民服务。每年都销售 1000 多台，营业额 300 多万。农民都信得着老阮，他的买卖一直很火。

我们的谈话一再被电话打断，都是定购柴油机的，还有登门来买的农民。怕耽误他的生意，我们的采访只好结束，老阮说，我常到哈尔滨去，到时候我找你，咱们再好好谈，你要有空我带你去越南，那里我的朋友很多。

走出门时，他还对我说，就干事业和过日子来说，返城的多数人都不如我。老阮的话让我很开心，并不是像我原来想的那样，留在北大荒的老知青日子都很惨，这不，老阮不是很不错，很满足吗！

看来我过去的担心有些多余，这些"晾在沙滩上的鱼"还生存的不错，他们找到了自己的海洋，建设了自己的绿地，开出自己灿烂的生命之花。当年无论上山下乡，还是大返城，许多人是被潮流卷来卷去，并非都是自愿。如果更多的人能不为潮流所左右，能自愿去，又能自愿留下来，他们也会在北大荒干出一番大事业！在这方面，我非常敬重偶然或被迫留下来的上海知青。他们的生存能力真的很强。他们没有抱怨，没有沮丧，没有伸手，只有默默地奋斗！

后来我到上海参加一次知青文学的讨论会，在上海图书馆的一个"我为什么写知青故事"的报告会上，我讲了这几位"晾在沙滩上的鱼"的事迹，并赞扬了他们自强不息的精神，全场长时间地鼓掌。可惜，这几位甘南和上海人没有听到。

我这里再次向仍坚持在黑龙江黑土地上的上海知青表示深深的敬意。

二十七、乐不起来

从齐齐哈尔回哈尔滨，路过杜尔勃特蒙古族自治县。正好一个同事张春娇在这个县代职，当县委副书记，我请她帮助找几个老知青采访。颇费周折地在劳动局当年的知青档案中，找到了一对叫乐兰英和乐红英的姐妹，她们是上海的老知青，可能还在县里。最多时这个县来过上千名的知青，现在他们是"硕果仅存"了，

又是好一阵颠簸，终于在泰康镇的文苑社区找到了乐兰英。这里离县城大约有十几里远，算是郊区吧。没想到作为杜蒙县首府的泰康镇的道路，远不如县乡公路那么广阔平坦。春娇说，杜蒙是国家级贫困县，尽管这几年经济的增长在全省各县是最快的，但城市基础设施的建设欠账太多了。听说你要来采访，街道办事处专门用拖拉机清理了道路，还帮乐兰英家打扫了卫生。如果不是用铲车推平了道路，我们是进不了这个村子的。

这是小巷中一个残破的院落，房舍也很陈旧了。就是在北方农村常见的那种土坯房。院子里站满了人，好奇地看着这位被人遗忘的老知青家里来了这么多坐小车的客人。这条小巷好像从来没有进来过轿车。

经过打扫的家里还很简陋，没有像样的家具和电器，墙上的几张照片显示着主人和大城市还有些许的联系。乐兰英身材不高，很瘦弱，她的丈夫老王头发都白

了,背也驼了,显得很苍老。

乐兰英看着一下子来了这么多人,有些不知所措,她可能怕我们怀疑她知青的身份,马上拿出几份已经发黄的纸片给我看,一张是当年她来黑龙江插队的乘车证,上面印着:1970 年 2 月 17 日,622 次火车,3 车厢,75 座。还有一张是上海革委会给知青的"慰问信",开头的话是:"革命小将们:风雨送春归,飞雪迎春到……"

看了这几张纸,大家都笑了,我说:"乐兰英,谢谢你了!你有功了,为博物馆收藏了几件文物!"她也跟着我们笑起来,看得出,她很久没这么开心了!

按着采访知青的惯例,我又从头问了一遍,她如实说来:

我是上海黄浦区 15 中初三的学生,我和低我两届的妹妹红英一起,于 1970 年春天下乡到林甸县东风公社战斗大队的,我们家里的弟弟妹妹很多,我和妹妹走了,他们就可以不下乡了。贫困的战斗大队为我们一起来的 20 个知青盖了房子,我们能参加的"战斗"就是种地锄地收割打粮,还要种菜养猪。

尽管纺织工人家庭出身的我们姐俩从小吃过苦,但劳动的艰辛,还是让我们难以忍受。特别是我在地里干活,太阳一晒就头疼,有时痛不欲生。当时躲避农业劳动的唯一办法就是嫁人,回到家里养儿育女伺候公婆。经村里好心人的介绍,我下乡一年后就嫁给了村里特别能干的木匠王志远。他手艺不错,队里修理农具离不开他,一年能挣 3500 个到 4000 个工分,他不让我再下地了,当时我也很安然,"嫁汉嫁汉,穿衣吃饭"嘛!我和妹妹红英一起搬出了青年点住进了老王家,两年后妹妹也嫁给了村里老实巴交的农民赵景平。

当时我们姐俩与普通农民相结合的行动受到高度赞扬,然而我们个人的人生悲剧也从此酿成。1972 年,我和王木匠的第一个女儿降生了,可能是南北杂交的优势,那孩子特别漂亮,我和老王给她起名王花。隔了一年多,我们的第二个孩子又降生了,还是个漂亮女儿,叫王芳。公婆不太满意,他们更希望儿媳生个孙子。当地农村重男轻女很普遍。遗憾的是我没能很好地掌握自己的命运,又生下了老三王红，还是个女儿；又生下了老四王杰，也是个女儿！虽然是一水水的漂亮姑娘，可老人还是不答应。我们迫于家庭压力，又生了老五，终于是个男孩子，起名王军！公婆高兴了，总算有了接老王家户口簿的。可是，我的身体垮了，因为超生，我们家多次被罚款，家里一贫如洗。

真的很不幸，兰英作为一个大城市的知识青年没能走出落后农村的怪圈，她给自己造成的苦难，也会贻害给自己的孩子！还好，红英只生了一个儿子，不像她的姐姐遭那么多的罪！也许是命好，如果第一个生的不是儿子，那就很难说了。

政府并没有忘记知青，为了解决他们的困难，1981年县里又把没有返城的知青集中到条件比较好的泰康镇一心公社一心大队，兰英和红英的丈夫和孩子们都搬到了新盖的房子里，日子也有所改善。当时如果她们两人回上海，也可按政策安置。可农民的丈夫安排不了工作，一家人在上海是难以生存的。她们只好随遇而安了，在这个贫穷的农村年复一年地艰难地生活着。

五年后县里把没有返城的所有知青，都招工进城安排了工作。上海知青办还花钱给兰英家盖了一套30多平方米的房子，虽然地处城郊，他们一家已经很满足了。兰英和红英都被安排到了毛线厂当工人，可惜兰英的心脏病很重，让二女儿王芳接了她的班和二姨红英一起上班了。不到两年这个厂子就黄了，全体工人都下了岗，工厂连发退休金的能力都没有。

没办法，红英和丈夫回了上海，她在街道上找到一份工作，丈夫在小区扫楼道，儿子上了学。妹妹一走，兰英感到很孤独，经常暗自神伤，偷偷落泪，她不想让丈夫和孩子们看到。

我们的到来，使乐兰英像见了亲人般地高兴，她换了一身干净的衣服，但脸上的愁云还重重地挂着。我问起她的五个孩子：老大王花按政策回上海了，先安排到一家纺织厂，后来也下岗了，和爱人一起打零工，还能自食其力。老二王芳，从毛线厂下岗后，在一家宾馆当服务员，现在也下岗了。兰英叫她和我见面，她正站在屋里，听我们和她妈谈话，穿着打扮和大城市的姑娘一样。我又问起老三王红，兰英说，到上海找她大姐了，她在一家商店收银，丈夫开公交车，日子还可以。那老四王杰呢！兰英指着屋里抱着孩子的她说，现在也没工作，靠她丈夫打工养着呢！

我想，五个子女的乐兰英如果在人口锐减的俄罗斯可能是英雄的母亲了，可是在人口超员的中国农村她的境遇肯定是很困难的！我又问起他们家族最看重的宝贝儿子王军。屋里都沉默了，谁也不说话。

后来还是兰英说了："王军在监狱服刑呢！"

说这话时，她脸色阴沉，低着头，很难受的样子。我的心也是一沉，不禁问起原因。兰英和老王你一句，我一句，我也听出了原委。那是去年12月的事，初中没毕业的王军辍学回家跟父亲学木匠。可不知为什么平时老实内向的他，在小巷里抢了人家的手机，可能是出于好奇。他抢到手机后马上给别人打电话，当天就被抓住了。当时正赶上"严打"，家里又没钱请律师，又交不起罚款，结果王军被判了六年！

在场的街道办事处的领导也说，王军这孩子平时确实很老实，很听话，也不知怎么鬼迷心窍，犯这么大的事儿。听了王军的事，我不知怎么安慰他伤心的父母，只是说有空多去看看他，让他好好接受改造，争取减刑早点回家！兰英说，监狱很远，一去要花路费，还要给孩子买点吃的，去不起呀！

我一时还搞不清王军犯罪的原因，但家庭贫穷、教育不足肯定是不可回避的因素。

我又问起兰英一家的经济来源，她说只靠每月130元的社保金。是每人130元吧？我问。她和老王都说，全家130元！那买粮买菜的钱都不够吧？我又问。她说和老姑娘一起过，靠老姑娘的丈夫打工挣钱买粮，其他没有什么花销。陪同我的张春娇说，县里许多家都靠养貂和狐狸发了家，你们为啥不养？老王说，我们没有本钱。一对貂崽儿就得一千多元。现在我家养了一口母猪，虽然挣不了钱，但可以零钱变整钱！

兰英说，现在我们家最值钱是老母猪，还有一台缝纫机，那是我结婚时，我妈给我买的。她指着墙上的照片告诉我，老母亲已经九十多岁了，好多年没回上海看她了，说到这儿，兰英很难过的样子。

离走前，我把自己兜里的 500 元钱都给兰英留下，她不肯要，我说都是老知青，我早就返城了，你还在扎根。让我表示一下心意吧！张春娇说，没有工作的那俩女儿，我帮助你们想办法。

从小巷走出的路也很艰难。下雨时淘出的大沟，我们的车费了很大的劲才冲出来！在路上我和哲学博士张春娇说起知青运动。她说，知青到农村说是接受再教育，其实是和农民互相教育，知青留下最大的是文化影响，推动了农村的发展和进步。当然也有的知青，被农民的落后文化同化了，现在他们没了"知"，也不"青"了，和农民没有区别了。对这些人，我们是"哀其不幸，怒其不争"。我说，你说的对。但我面对身处苦难的他们，已说不出责怪他们的话了。我们还是多帮助他们吧！她说，那是当然。

第二天早上，我在下榻的天湖宾馆门前散步回来，看到坐在大堂里的乐兰英和她的二女儿王芳，她们走了十多里的路，为我送来两盒当地的特产牛肉干。我心里很不安！兰英看着富丽堂皇的宾馆说，这么大，这么漂亮！王芳说，我妈有十年没进城了！

她们走出宾馆很远还向我招手、微笑，可我怎么也乐不起来。张副书记说，我用车把你们送回去！

也许，我应该做个交代，在我写了以上这篇文章几个月后，也就是在 2009 年的春节，我接到乐兰英的二女儿王芳的电话，她刚和我说了一句拜年的话，就在电话里哭起来："我妈去世了！"

"什么？谁去世了？"

"就是我妈妈，乐兰英！"

她说，妈妈听说上海有政策，返城的老知青每月补助几十元钱，她也想把自己的户口办回去，也能享受这个待遇。临走前，她让女儿给她找一身绿军装，还背上一个军用书包和军用水壶。她说，当年我是什么样来的，现在我要什么样回去！

王芳说，回到上海后，住在大姐家，可能一路上太累了，也可能事办得不顺利，不几天心脏病犯了，结果抢救无效，死了！这几天，爸爸也赶去上海了，处理妈妈的后事……

乐兰英就这样死了，一个上海女知青的不幸命运，让所有善良的人伤感。我对王芳说："孩子不要难过了，你妈妈还算幸运，无论怎么说，她还是回到了自己的老家！"

后来我给在这个县当副书记的同事打了电话，请她多关心他们一家。她说没问题，王芳就在招待所工作呢！

又是一年春节时，王芳又给我拜年，说着说着，她又哭了。他说前几天，我爸爸王志远回上海给我妈妈烧周年，可能是旅途劳累，到了上海也犯了心脏病，去世了！她大哭，实在说不下去。后来她呜咽着说，他们两人感情很深，妈妈走了以后，他几乎每天都默默地流泪。我安慰她说："这回，他们终于团聚了！你们不用挂念他们了，好好过自己的日子吧！"

又是一年后，王芳来电话告诉我，弟弟王军放回来了，是因为劳动好减刑的。我说，你让他到哈尔滨来，我可以帮他安排当个报纸零售员。她说，还是在家里干点啥吧！到外地，我不放心！

后来，就再也没有这家人的消息了。我的同事也完成了代职，另有高就了。她在县里时，时常关照这家老知青的。

二十八、花儿为什么这样红

　　严格地说，老吴不算知青，他是某农大农机系的学生，大学刚一毕业，就和我们一起来到这兴安岭的山沟里种地。他也享受知青待遇，一身黄棉袄，只是工资比我们多十多块钱。老吴不算老，二十四五岁吧，在我们中间也算老大哥了。不过他比我们活跃，爱说爱笑爱唱的。他说起话来，口若悬河，满嘴冒白沫。他说那是"文革"中搞大辩论累出的毛病。他的歌就唱得就不怎么样了，声音还可以，就是爱跑调，五音还不全。他一唱歌，全连女生都笑得前仰后合的，老吴也跟着笑。他的笑真有魅力，像话剧演员式的，"哈哈"，声音向上走，传得很远。可能是因为共鸣的缘故吧。这是很专业的问题，我也说不清。

　　老吴闹出大笑话是把拖拉机开到猪圈里了，把猪吓跑到山里，成了野猪。要不是何连长手疾眼快，冲上去拉住了操纵杆，我们住的房子也让老吴给撞倒了。

　　何连长把他好一顿骂："你他妈的还是农机技术员呢，连他妈拖拉机都不会开！"

　　老吴笑了，就不那么动听了。"我学完专业课，刚要实习就参加'文革'了，然后就分到你这儿了……"

　　老吴说的是实情。但他出了这次洋相的原因是他开拖拉机时参观的女生太多，老吴本意是想"显摆"一下。那时知青把开拖拉机看成很神秘的事，很威武的事，也没一个人会开。当老吴刚把机车启动，女孩子们激动得尖叫，他兴奋得向她们招手，结果拖拉机直朝猪圈开去，大猪跑小猪叫。这时老吴慌了手脚。何连长一步跳上驾驶室，拉住了操纵杆。否则，真要出大事了！

不管老吴怎么解释，何连长就是不让他开拖拉机了，说是怕他撞了人，那就麻烦了。这样一来，老吴就和我们农工排一起下地干活了。我们特高兴，一到地头就让他给我们唱歌，他最爱唱的歌是"花儿为什么这样红"。

老吴唱第一句："花儿为什么这样红？"

我们接着唱："为什么这样红，为什么这样红？"

他又唱："我也不知道为什么这样红！"

然后大家笑成一团。真开心。再接着干活也不怎么累了。

也有人不高兴了，就是卫生所的黄大夫。其实她也是混到知青队伍中来的。她是卫校的学生，毕业后应该去城镇当助产士，1966年春天，这个农场刚一成立，她也跟着知青跑来了，没干几天活儿，就当上了大夫。说是大夫，就是卫生员，谁不舒服了，她给发药片，谁的手破了，她给抹红药水，就完了。都是"赤脚大仙"那一套，那时我们把"赤脚医生"叫"赤脚大仙"。

黄大夫是连里最漂亮的姐儿，高个儿，又苗条，就是穿着一样的黄棉袄也是曲线毕露，比别人精神。她圆圆的脸上总是挂着酒窝，有点像现在正走红的那个影星，谁一见了她也是满脸笑容。她工作特负责，半夜里无论谁有病了，她都跑去看，不管是刮风下雨。用她那热乎乎的小手摸摸你的脸，摸摸你的手，病也就好了一半。有一次，我患胃肠感冒，连拉带吐的，半夜黄大夫就跑来给我送药，一直看着我吃了药，摸着我的头说，不发烧，没事。第二天，真还好了。

黄大夫还有一个特点，就是挺仗义，爱打抱不平。一起来的哥们姐妹，谁受了气，她总是第一个冲上去。这不，她来找何连长了，"人家吴技术员好歹也是个干部，怎么能和知青一起下大地呢！这不是耽误人家前程吗！"何连长说，像他这样的知识分子，干几天活有好处。你们谁在家不是娇孩子，都不怕苦和累。他还有什么说的。

听说小黄为自己说情，老吴感动得流下了眼泪。真是难得的知音呀！他好像和小黄，在这伙人中，就咱俩是知识分子，你是中专生，我是大学生，都是国家干部！从此后他经常到卫生所看病，其实也没拿什么药，就是躲在黄大夫的小火炕上针灸和拔火罐，他总说腰疼。黄大夫的那铺小炕是全连最温暖的地方，每次去打针，连里的小伙子磨磨蹭蹭的，都愿意在炕上多躺一会儿，又热乎又温馨，小黄身上来苏儿味特好闻，那感觉比现在法国香水都好。

那时，我是农工排副排长，老吴在我手下干活，晚上就睡在我身边。有时半夜不见他回来，早上问他，他说昨晚那一罐子拔的时间太长了。说这话时他的表情有点那个。不过从那以后，他换了一个人似的，每天情绪特别高，小歌儿不离口，当然最多的还是那句，"花儿为什么这样红"……

不久连里传出闲话，有的老职工家属说，还不知道他俩谁给谁打针呢！你们看他俩那个黏糊劲！黄大夫一点也不在乎，每天还是有说有笑的。我们更高兴，借着老吴的关系，让黄大夫给开个病假条更容易，有她的条儿就可以吃病号饭了。那一碗热汤面比现在的鱼翅汤好多了。我们排的"小不点儿"见了黄大夫就喊"嫂子"。小黄上去就一巴掌，"小不点儿"说，不疼，不疼，就不疼。

在黄大夫的精心培养和关怀下，老吴终于出息了，不仅身体滋润满面红光，而且政治上进步了。那时我们下乡的黑河地区正搞"深挖"运动。上面说，靠近黑龙江边这一带，有一个加强师的苏修特务，要求各单位组织精兵强将，要挖地三尺。老吴因为"文革"中的丰富的斗争经验，理所当然地被抽到团里，当上了专案组长。他挺忙，几个月也没回到我们连里，也再没到黄大夫的小炕去打针。据说团里有个上海小姑娘给老吴打针了。那孩子我见过，比黄大夫长得媚气。软言细语轻手轻脚的。

黄大夫曾到团里见过老吴，用手绢包了一包都柿果，是刚从山里采来的。那是兴安岭的林地里长的一种浆果，酸甜味，特别好吃。大概就是现在很火的浆里蓝莓。老吴正在俱乐部作阶级斗争形势报告，讲得神采飞扬，又是口吐白沫。黄大夫挤到台下，老吴手舞足蹈，目视前方，愣是没看着她。小黄一生气就回连队了，把那紫盈盈的都柿果都扔到路边的小河里。小河边是老吴和小黄常去的地方，说是去采中草药。每次回来，小黄总是捧着一大把花，春天是达子香，夏天是野百合。小黄的头上还戴着个小花环，那自然是老吴给编的。

　　后来老吴立了大功，他竟在我们团挖出来一个"反革命小集团"，其成员都是哈尔滨青年，他们是比我们早来两年的那一帮。他们的主要"罪行"是聚众习武，而且说将来要到江那边看一看。他们还大唱反动黄色歌曲"莫斯科郊外的晚上"。什么"我的心上人坐在我身边，默默看着我不作声。我想对你讲，但又不敢讲……"为什么不敢讲，是怕暴露他们的反革命阴谋！这是老吴在团里大会上讲的。

　　教他们唱这首歌的竟是我们连的黄大夫，她和他们都是"老铁"。涉案人员都被关了起来，昼夜看守，听说要判刑。

　　可能是怯于旧情，老吴没有下达关押黄大夫的命令。老吴亲自到我们连做工作，争取黄大夫成为坦白从宽的典型。那时老吴就要入党了，内定是团政治部主任的接班人。他想创造些新政绩。老吴想找小黄谈话，最后给她一次机会，可她就是不领情，死活不见他。过去他随时可进的卫生所的小门，现在怎么也敲不开了。

　　老吴只好亲自主持我们连的形势报告会，就在大食堂里，他先讲国际共运，再讲"文革"形势，最后讲到我们团的阶级斗争，他提高了声音说："同志们啊，阶级斗争多么复杂激烈呀，美女蛇就睡在我们身边！她拉拢腐蚀青年，阴谋叛国投修！"

　　说到这儿他高声一笑，"哈哈哈"，有点像杨子荣刚喝完庆功酒的笑，悠长而嘹亮。

　　"现在摆在你面前的只有一条路，就是坦白交代，揭发同伙的罪行！"

　　他话音刚落，只见黄大夫腾地站起来，她脸涨得通红，红得很壮丽、很灿烂。她眼睛锃亮，亮得像一团火。

她大声地说："我现在就坦白，坦白怎么腐蚀你这个领导干部！我现在就揭发，揭发你这个大流氓！"全场哗然，会肯定开不下去了。老吴跳上吉普车回团部了。边走边气昂昂地说，太不像话，你姓黄的不想活了！

以后的故事就很简单了。老吴理所当然地被清理出革命队伍，又回到我们连队。何连长没让他干农活，让他回到了农技班，说还是好好学技术吧，到什么时候都有饭吃！黄大夫被调到一个很边远的连队，先在食堂做饭，后来又当卫生员了，以后团里成立医院又把她调去了，因为全团就她一个懂妇产科。

再后来，老吴调回家乡的农技站当技术员，一个女知青和他一起走的，他们结了婚。老吴回连队后，很能干，人缘也好，要不，那个朴实的女知青能爱上了落难的老吴！走的时候连何连长都掉泪了，说这样的成手不好找了！听说，他曾到小黄的连队找过她，她还是不见，回来后，老吴在我的面前痛哭，说他伤小黄太深了！当时，他真心爱他，可后来因为"搞政治"，结果把她得罪了。他说，这辈子，以后再不能搞政治了！因为业务的事老吴回团一次，半夜里在他住的招待所里被人打了，打得很重，他没报警，天一亮就走了。有人说是当年"涉案人员"打的，他们都被平反了。只有一个"老二"没有挺过来，自杀了。

再再后来，黄大夫调到黑龙江畔的一个小城工作，和一个一起下乡的哈尔滨知青结婚了。那人做对俄罗斯贸易，挺火。她还当医生。他家的日子不错。有人见过黄大夫，一点也没见老。他们的孩子都挺大了。

二十九、仲夏夜之梦

    他来找我，说看了"知青的故事"，想起了他们连队的故事。他说，别说我的名字，故事中的人都别用真名，别让死去的人蒙羞，也不能让活着的人难堪。那样，我的心就更难受了。我遵从了他的意见——

    陈阿根是我们连最帅的小伙儿。身材挺拔，眉目清秀。他爱穿灰色涤卡中山装，是从上海带来的。无论什么时候，他的领子都是雪白的，其实里面没有白衬衣，只是一个可以套在脖子上的领子，那东西很适用，后来也让探家的上海青年给我们捎。买一件新衬衣，对当时我们是很奢侈的。但一个衬领还是买得起的。阿根还有一个特点是喜欢音乐，他兜里常揣着一支口琴，石人望的曲子他都会吹，有一支什么外国曲子特好听，他一吹，我们都不动地方。他说这曲子叫《仲夏夜之梦序曲》，是德国作曲家门德尔松 17 岁时写的，取材于莎士比亚的一部喜剧。他什么都懂，是因为读书多，听说他爸在大学当教授，可惜家里的书都让学生给烧了。他从家里来北大荒是带了几本的。阿根的麻烦也是因为书。

    那时阿根在后勤排当副排长，排长张喜是个转业兵，他也爱读书，最突出的是能背书，"老三篇"他能一个字不差地从头背到尾。你随便说一句毛主席的语录，他能说出在语录本的哪一页哪一行。开始他俩的关系不错，后来出了矛盾，都因为一个叫小滨的哈尔滨女知青。在我们连小滨的形象在全连第一，那时还没有选美比赛，有的话小滨也会榜上有名。哈尔滨这个很洋气的城市是盛产美女的。她也喜欢音乐，她妈是歌剧院的小提琴手，她从小学琴，下乡时她妈不让她带琴，她可以把"梁祝"从头到尾哼一遍，听得我们如痴如醉。因情趣相投，阿根和小滨的关系很不一般。傍晚时分，他们常在小河边相聚，阿根吹他的《仲夏夜之梦序曲》，小滨静静地听着，晚霞中他们的脸是玫瑰色的。小河很长，曲曲弯弯的，来河边幽会的青年很多，都躲在柳树丛中，谁也不影响谁。

当然小滨也不疏远张喜，是他提名让自己当的炊事班长，虽然也很累，但总比下大地干农活强。每当轮上小滨挑水，张喜早早等在井台边。张喜哼着小曲挑着水在前面走，小滨低着头在后面跟着，这是全连瞩目的一道风景。连队的政治观察家们说，这两位排长必有一场争斗，引发矛盾的原因不是女人而是权力，连里正缺一个副指导员，他俩都是人选，鹿死谁手，一时还难见分晓。

后来还是阿根把副指导员让给了张喜，不是主动让的，是他出事了，全因为那本《青春之歌》。阿根从上海带来这本书，先给小滨看，然后在全连知青中传看，接着议论纷纷，连"天天读"时都讨论林道静是不是青年人革命的榜样。政治上很敏感的张喜给团政治处写了信，反映我们连思想斗争的新动向，还点了阿根的名。是政治处的刘主任到上海把阿根他们接到连队的，他对阿根的印象不错。他把阿根找到团里谈话，"陈阿根同志！你不知道《青春之歌》是大毒草吗？不仅自己看，还在青年中传看，这是要犯大错误的！"阿根低头不语，他一眼看见桌子上的《人民日报》，上面出席国庆招待会的名单里有杨沫的名字。他如获至宝地拿起报纸对刘主任说："你看，杨沫都出席国庆招待会了，肯定是毛主席司令部里的人，我们看她的书有什么罪！"老刘拿起报纸，看了半天说，可也是呀！然后拿起电话对我们连的李指导员说："老李呀，你们连张喜子小题大做了！你们没看《人民日报》吗？杨作家是毛主席司令部里的人了，看她的书怎么不行！"

阿根虽然没有受到处分，但张喜还是当上了副指导员，因为团政委很欣赏他的政治觉悟。张副指导员上任后又提拔了小滨接了他的班，当上了后勤排长，这回阿根成了她的下级。可是小滨并不靠近张喜，她和阿根更铁了。傍晚时分，他们不去小河边了，直往白桦林里走，每次都走得很远，回来的也很晚。张喜派人跟踪过，在他们坐过的草地上发现了小滨的红头绳，还有他们扔的糖纸。张喜在全连大会上不点名地批评："太不像话了，深更半夜到树林里干什么！今天发现了红头绳，过几天就要捡到避孕套了！"这时我看到阿根的脸先红后白，神情很紧张。小滨的脸不红不白的，好像是在说别人。不知为什么，这种事女人都比男人坚强。

后来他们的幽会地点还是改了，从地上转移到了地下——在连队的菜窖里。但还是被侦察兵出身的张喜发现了，而且当场抓获。阿根当时腿就软了，小滨嘴很硬，说我们在研究工作！张喜把这事报告了团里，政委说，要杀一儆百，这种事一泛滥，这队伍就没法带了！

那天全连召开批判大会，小滨和阿根站在台上，小滨目光平视，表情冷漠。这种表情有点像被流放的俄国十二月党人的妻子，跟着丈夫在西伯利亚的雪地上行走着，她们步履坚定，从不低头。阿根的头始终低着，我没有看清他的脸。

会后的情况，我就说不清了。有人看着他们手拉手向那片白桦林走去。有人说，睡到半夜后，他俩在白桦林里集合的。我听到信儿时已经天亮了，有人发现小滨和阿根都躺在林子里，阿根已经死了，脖子上套着绳子。小滨还有一口气，脖子上的绳子脱落了。

他们是准备一起死的，绿色的行李绳，挂在树杈上，一边吊着一个，树杈断了，他们摔了下来，结果阿根完了，小滨没死。他们好像在树下坐了好长时间，是天亮时分上吊的。地上有他们躺过的痕迹。

这是林子里最美的季节，草很绿很密，草丛中开着各种花，有红的黄的，还有紫色的金黄的。他们躺在花丛中很安详，好似在梦中。

阿根还是穿着那身灰色的中山装，衬领很白，兜里还装着那支口琴，可能他还给小滨吹了最后一曲，可能还是那首《仲夏夜之梦序曲》。白桦林的仲夏夜浪漫多情，明月当空，星星眨着眼睛，雾拉起云一样的纱帐，万籁俱寂的林子里回荡着这优美的旋律，那简直如仙境一般。小滨穿着一条红裙子，这是她下乡之后第一次穿裙子。她大概随着阿根的乐曲像天使一样起舞。这时淡蓝的月光照进树林，把一束束光亮投射到小滨的脸上，那时她的脸上肯定挂着笑容，那典雅圣洁的笑容，使凄清的林中也显出生命的亮色。

张喜亲自指挥对小滨的抢救，还特意要求团部医院给做了体检，他认为他们死前肯定那个了。检查后，那个女医生气汹汹地说：处女！张喜半信半疑。阿根被草草地埋了，棺材是很薄的桦树板。就埋在那片白桦林里。

小滨被救过来了，完全变成了另外一个人，整天不说一句话，总是到林子里哭。张喜副指导员常来安慰她，可她的脸上总是挂着冰雪似，没和他说过一句话。小滨很快和连里最老实的转业兵老李结婚了，很快生了个儿子，那孩子长得白白净净的，有人说像阿根。老李对她和孩子都挺好，后来她们跟着老李到建三江开新点去了。再往后就没了音信。

去年在哈尔滨的一次知青集会上，我意外地碰到了小滨，她两鬓的头发都白了，还依稀看得出她年轻时的样子。她说，老李打井出事故，死了。她就返城了。现在办一个艺术幼稚园。

"你儿子呢?"我问。

她说："大学毕业后留在上海了。"

然后我俩举起手中的酒杯，一干而尽，那是热辣辣的"北大荒"。

◎博客留言：

阿根是那个极左时代的牺牲品，天然的恋爱被残酷的政治干扰了，张喜的品德低下，也是造成阿根之死的原因。爱情是自私的，每个人都有争取爱和被爱的权利。但用政治手段迫害爱情对手，就是十分卑鄙的了。

——庄重

张喜这样的凶恶之徒和阿根这样的善良之辈，是社会上两种对立的人。张喜能"喜"得益于社会的选择，这种人嗅觉特别灵敏，善于钻营，取悦上级，攫取权力，狐假虎威，残害弱小。他们应该被追究，起码应该像女作家张抗抗提出的那样深刻地忏悔。

——崔积宝

很高兴现在小滨生活得很好。过去的就让它过去吧！最重要的是过好现在的每一天，对饱经风霜的老知青，应该珍惜现在的好日子。

——胡光华

今昔对比，我觉得我们还是进步了，知道了尊重人的隐私，知道了以人为本，要建设和谐社会。尽管这是地球人都知道的事，我们知道了，也是不容易的。这是由多少悲剧换来的进步！

——非常说

三十、孩子啊，你在哪里？

1972 年 8 月 13 日，是李桦的灾难之日，她一生的不幸，都是从那一天开始的。已经 34 年了，说起那一天，她还掩面痛哭，让在场的哈尔滨知青联谊会的两个女同志也跟着掉泪，我和《生活报》的记者孙殿喜也黯然神伤。

李桦是哈尔滨市香坊区一所重点中学的学生，1971 年春天，只有 16 岁的她也上山下乡到大兴安岭密林深处的阿木尔林业局的一个林场。那时他们和开发大兴安岭的解放军并肩战斗，在这曾渺无人迹的高寒禁区，他们以生命为代价，让公路、铁路向原始森林深处挺进。生活是极其艰苦的，他们住的是帐篷，吃的是窝窝头，喝的是海带汤。但是看着一车车的原木从大山深处驰向祖国需要的地方，他们每天都在歌唱。

一年后，李桦回家探亲，假期刚满，她就急着回场，对一个要强的女孩儿，艰辛但火热的生活比乱纷纷的哈尔滨更有吸引力。回程的路上，她和连队的几个战友从哈尔滨坐火车到加格达奇，又换乘森林小火车赶到塔河，又向北走了 100 多公里，到了一个叫樟岭的小站，当时铁路只修到这里，他们只好下火车，在这里等汽车了。

这是一个寂寞的小站，只有站台上的几间房子，身后就是连绵的大山和望不到边的森林。汽车还不知什么时候来，李桦和几个同学顺着道基向前散步，路旁就是浓密的林子。他们走了很远，李桦回头看时，后面只跟着一个姓许的男青年，他比自己大一岁，长得膀大腰圆的，因为好打仗斗殴，又流里流气，李桦从来没和他说过话。他上前要拉李桦的手，她向后一闪，掉下了路基，他接着一推，李桦就滚进路旁的树林……

接着悲剧发生了，她极力反抗但抵不住他的强悍和疯狂，她大声地呼喊，却淹没在滚滚的林涛中……

她擦干眼泪，整理好衣裳又回到了那个小站，她羞于启齿去揭发他的罪恶，17 岁的她还不懂他的这一阵疯狂会给她带来怎样的灾难。汽车来了，载着这个身心都在流血的姑娘摇摇晃晃地向大山深处走去，走向她更深重的苦难。

李桦回到连队，和大家一起上山伐木，一起背石头修路。心中那恐怖的阴影常让她在梦中惊醒，醒来时一身冷汗，满眼泪水。一个半月后，她突然呕吐不止，一见窝头、海带汤就恶心，她想吃水果，想吃酸的甜的，但到哪儿去找！卫生所的小赤脚医生，让她吃治胃病的药，可还是不见好。没办法又转院到地区首府加格达其奇的医院，也没诊断出什么病。

其实这种明显的妊娠反应，不难诊断，可面对一个 17 岁的女知青谁也没往这方面想。

1972 年 11 月，李桦只好又回到哈尔滨，回到父母和一个哥哥六个弟弟的穷苦的大家庭，妈妈领着她又跑了好几趟医院，医生们也说不清楚。正好和他家同用一个厨房的邻居两口子都是搞医的。那当护士的女人对李桦的母亲说：

"大嫂啊，我也不怕你生气，我看你家小桦是怀孕了！"

母亲好像当头被人打了一棒子，她拉着小桦上省院妇科检查，医生说，已经怀孕五个月了！回到家，母亲的一再追问，李桦说出了 8 月 13 日在樟岭站的树林子里发生的事情。那时的女孩子都很单纯，她不知道他对她那样，而且只有一次就能怀孕！娘俩抱头痛哭，"我的苦命的孩子呀！"妈妈哭得更伤心……

可以想象，在那个特殊的年代，一个被人强暴怀孕的女孩儿会遭到怎样的歧视，她的家庭的每一个人又怎样地抬不起头来！为了摆脱家里面临的最大危机，父母首先想到的是给她人工流产，可是到哪个医院都要单位介绍信，父亲没脸和单位说，街道办事处说她户口在林场，我们不能开，小桦又不想让林场知道！家里又想到赶快把她嫁人，最好嫁到农村，神不知鬼不觉地把孩子生了。他们托人在双城农村找了一个25岁的农民，可是一看李桦已经"显怀"的样子，人家不干！

李桦感到了从未有过的屈辱，她觉得自己是一堆等着处理的垃圾！17岁正是她最好的年华，她聪明美丽，有自己的理想抱负。可是一下子沦落到这般地步，她不知道自己错在何处！她知道父母的难处，这么大的姑娘，连住处都安排不了，全家挤在16平米的房子里，如果再生个孩子住哪！再说哥哥已经到了结婚的年龄，这样的家庭环境，哪个女孩子敢来！李桦下决心自己解决这个"孽障"。她使劲地干重活，故意地跳呵蹦呵，可那孩子就是不掉！她绝望了，偷偷地买了许多药，有一天她把这些药都吃下去，然后又躲进邻居的一个草垛里，她想一死了之，不想让家人发现！结果还是被到处寻找的哥哥发现了，他抱起小桦就往医院跑！边跑边哭，"小桦呀，哥就你一个妹妹，你可不能死啊！"

大难不死的李桦1973年5月4日生产了，在一个偏僻的私人产院生下了一个女婴。医院产前联系一对无子女的夫妇，他们说如果是男孩儿就要。可是生了个女孩儿，他们也抱走了。

那一阵，在昏迷中的李桦看清那孩子高鼻梁大眼睛双眼皮，是个很漂亮的小姑娘！当别人抱走时，她大哭，然后昏了过去。第二天，她听着另一个屋有小孩儿的动静，她光着脚跑过去，把那家又退回来的孩子抱在怀里。那女孩儿到了那家总哭，人家伺候不了又送回来了。可是到了母亲的怀里，她却不哭了。可是后来这孩子还是送人了，通过一个姓赵的邻居送给了一对无子女的教师。那时，李桦睡着了，当她醒来，看见身边的孩子没了，人家留下 200 元钱，两袋奶粉和几斤鸡蛋。她又是一阵大哭，那哭声撕裂人心啊……

失去了女儿的李桦几乎变成了另外一个人，她整天两眼发呆以泪洗面。后来听说收养她孩子的那对夫妇住大水晶街，她就跑到那条街上，从这头走到那一头，又从那头走到这头，听有没有小孩子的哭声，她要看自己的女儿！有一天坐公共汽车，她突然发现车上有一个女人抱的小姑娘像自己的女儿，马上过去抢，结果引起全车的混乱，最后官司打到派出所，李桦的哥哥赶来好一顿道歉，才把李桦领回家。

没有办法，李桦又从哈尔滨回到了林场，她被人强暴、在哈尔滨生了个孩子的消息也传到了几乎与世隔绝的大山里。那个姓许的男青年故伎重犯，又侵害了另一个女知青，被判了 10 年徒刑。受害者李桦还是觉得没脸见人，小青年像躲避瘟神一样回避她。好心的连队干部急着帮她找对象，给她介绍的都是"老跑腿子"或死了老婆的穷工人。可是人家还是不要她。李桦只好远走高飞，离开这伤心之地。通过亲属的关系她调到了富裕县的一个农牧场，还是当知青干农活。

她想从头干起，忘掉过去的一切。在劳动中她认识了开康拜因的老吴，他比李桦大一岁，是个朴实能干的工人。1976 年 5 月，经人介绍她嫁给了老吴，开始他不知道她的过去，后来她主动和老吴说过，老吴只说了一句："你呀，真不容易！"他对她更好了。第二年，她为老吴生了个女儿；第三年她又为老吴生了个儿子。这时她忘记了过去，一心和老吴过日子，他们的生活也一天比一天好了。可儿子三岁时，老吴因肝癌去世了！临走前，他拉着李桦的手紧紧不放，嘱咐她一定把孩子拉扯成人啊！

李桦又一次跌入命运的谷底，她哭天抢地，感叹老天的不公。这时阿木尔林业局的领导和朋友呼唤着这三个孤儿寡母——在农村她们靠挣工分是难以生存的。林业局为她安排了工作和住房，孩子也上了学。然而好景不长，一方面她不安心寄人篱下的生活，另外她也不能忍受"寡妇门前是非多"的环境。

1984 年，她又领着两个孩子回到了哈尔滨，租了一间小房住下来，为了供孩子读书，她开始做小买卖。早上从批发市场买几筐菜，然后摆在道边卖，一天也能挣十元八元。还卖过裤衩，一条 5 角钱买进，然后两条 1.5 元卖出。后来又到铁路边拣煤渣，到工厂拾煤核。十冬腊月，她穿着一双破棉胶鞋，脚都冻起泡了。有了点本钱，她的生意也越做越大，她开始向大兴安岭倒运蔬菜和白条鸡，又和别人合伙做木材生意。到了 1988 年，李桦已经有了 100 万的积蓄。

一个顽强的女人，经过流泪流汗地打拼，终于可以和自己的孩子过着有尊严的生活了。她不甘心小打小闹，又把自己的企业办到了天津，那是个有 200 多个工人的家具厂，专门生产高档的红木家具。那时她靠苦干实干，事业发展快而名声远扬，《人民日报》驻天津的首席记者肖荻还为她写过通讯《一个刚毅的女人》。她赚钱了，热心公益事业，多次捐助"希望工程"和患白血病的孩子。她的善举受到群众的赞扬却没有得到上帝的偏爱，1996 年的一场大火把她几千万的资产化为乌有！面对那一片废墟，她欲哭无泪。

李桦又回到了哈尔滨，她没有沮丧，一切从头再来。人生的种种苦难把她磨炼成一个意志坚强的人，十多年商战中积累的经验，让她成了职场上的精英。李桦很快找到了工作，在一家大的房地产公司当销售总经理，她突出的业绩让她和孩子们过上衣食无忧的生活。她还和一位工人老冯结了婚，他爱人病逝了，他很爱她，日子也过得很有滋味。

然而越是幸福的日子，李桦越想念自己那个遗失的女儿。30 多年她过得怎么样？她还在哈尔滨吗？她也有了自己的孩子了吧？她总是在牵挂着。李桦找到了她家住过的三铺街，早已在城市改造中焕然一新的老街上，没有一家老邻居了。有一天她突然得到一个老同学的妹妹的消息，她可能知道自己女儿的下落。在去会见她的路上，李桦接到的一个电话，再一次改变了她的命运！

那一天是 2001 年 3 月 6 日，李桦接到"公司有急事"的电话，回到公司就被某区公安分局刑事拘留，同年 4 月 13 日以涉嫌挪用公款罪被判有期徒刑五年，被押进监狱。这以后李桦的经历特别有戏剧性，我们只能简述了。地狱之火早就炼就了她不屈的性格，她自信自己无罪，在拘押时她以自残自己的生命来抗争！她还坦然承受了老冯和她离婚的沉重打击。在狱中她不断地申诉，以法律为武器保护自己的权益。在狱外，已经陷于生活绝境的儿子儿媳女儿，到处为母亲申冤，他们曾领着李桦的小孙子在政法机关门前长跪不起。2003 年 12 月 19 日，区法院把她的刑期改判为两年十个月。2004 年 12 月 16 日区检察院宣判李桦的挪用公款罪不成立，撤销原来的两次判决。这之后，李桦还根据市中级法院赔偿委员会的裁决，得到了相当数量的国家赔偿。当回到儿子家时，她看到屋里空荡荡的，他们把家用电器和所有值钱的东西都卖掉了。为了生计，女儿还瞒着她早早结了婚，还好，女婿是个很仁义的小伙子。她忍不住又是一阵热泪长流。谁能想到一个柔弱的女人的肩膀能扛过这么多的苦难！

　　说起 1035 天的冤狱生活，李桦很淡然，她更多地说到那些好心人对自己的帮助，有全国人大代表，有公检法司法机关中那些正直善良的工作人员。2004 年春节前，她到区检察院申诉，院长由胜都同志亲自接待她，耐心地听取她的意见，临走前，还给她 500 元钱和一袋面、一袋米、20 斤豆油、10 斤鸡蛋。他对李桦说："回家和孩子们好好过年，放心吧，我们一定好好复查你的案子。"他还嘱咐司机，要把东西给她送到楼上！

　　回到了人间的李桦，还是那样儿女情长地又想到了自己的女儿。这时又在一家大公司当上销售总监的她读到了《生活报》上"知青的故事"，知道了知青联谊会的电话，连续给他们打电话，哭述自己失掉女儿的过程和找寻女儿的愿望。但是她没有留下电话号码，那时她充满了顾虑，她怕公布被强暴的事实让自己难堪，她怕女儿知道自己不幸的身世伤心，她怕打扰女儿平静的生活，她怕女儿那可敬的养父母不肯承认她……她甚至幻想能得了癌症，人们同情她，能让她和自己的女儿见上最后一面！在熬过了许多个不眠之夜之后，对女儿的思念之情终于战胜了一切忧虑。今年元月 9 日，李桦终于找到了知青联谊会，找到了我，我又找来了《生活报》的记者。我们要一起帮助她实现与遗失女儿的相见！

亲爱的读者，难道你们不同情这个饱经苦难的母亲吗？

请你们帮助她找到她朝思暮想的女儿吧！

我和所有的老知青拜托你了！

◎ 附李桦的来信：

贾社长您好：

早就想给您写一封万言之书，心里无数次打好了稿，可是一提起笔又不知从何说起，天大的恩情是不能用语言所能表达的，所有美丽的语言都表达不了我对您的谢意。

50 岁之前，我是不幸的，因为我经历了和亲生骨肉的生离。35 年来我对离别女儿的思念，（让）我时刻都是在痛苦中度过。这种思念没有因为时间的消逝而减弱，反而与日俱增。30 多年的痛苦和思念，就像万丈深渊一样向前没有光明。

我经常祈祷、求佛，让上天帮帮我这个不幸的母亲。

那天，您说您通过知青联谊会听说了我的故事，您把我找到您的办公室，就像父亲一样听孩子诉说内心的伤感。当我说到最悲伤时，您说了一句话：我一定帮你！我突然看到了希望。

没几天，《生活报》就以整版的文章登出了我 35 年生活的经历，您的文章写得感人至深。文章登出后，引起很大的反响，很多人提供线索，终于在好心人的帮助下，我找到了失散 35 年的女儿，她已经移居加拿大 17 年了。我们通了电话，彼此十分激动。孩子也一再表示，一定回国和我相见。

这种天大的幸福是用语言能表达的吗？感谢贾社长，我跪一千次，我说一万声谢谢，都是苍白的。

我要把这份感激永远烙在我的心里！

李桦

三十一、诗人的非诗意生活

"迎着晨风迎着阳光/跨山过水到边疆。

伟大祖国天高地广/中华儿女志在四方……"

大概每一个知青战友都会唱这首歌，它是电影纪录片《军垦战歌》的插曲。一群意气风发的背着行李的上海知青坐在大卡车上，他们高唱着这首歌向塔里木荒原进军。

这首歌曾让我们热血沸腾、激情浩荡。我们也唱着这首歌奔赴了北大荒。这首歌的词作者就是著名的诗人郭小川。

到了北大荒不久，有一首诗在知青中流传，也让我们豪情满怀——

"边疆啊边疆/每天都是你第一个迎接朝阳；

你打开祖国的东大门/让千山万岭洒满晨光。

每一个工作日的第一声汽笛/首先从这里拉响！"

这首曾让每个兵团战士充满自豪感的《兵团战士爱边疆》的作者，就是郭小川的儿子郭小林，当时兵团三师20团的战士。他和父亲是点燃我们一代人激情的人，他是兵团知青爱戴的诗人。他在这片神奇的土地上生活了 12 年，经历了许多艰辛和苦难，在那毫无诗意的生活中他却写出许多充满浪漫情怀的诗歌，至今还留在我们这些老知青的美好记忆中。

1964 年暑假的一次报告会，点燃了北京景山学校一个 17 岁少年的心，报告人是来自北大荒 852 农场的一个转业军人，他讲到了那片土地的壮美，也讲到了那片亘古荒原在呼唤着英雄的开拓者。此刻这个少年想起父亲郭小川去年发表在《人民日报》上的诗《刻在北大荒的土地上》——

> "继承下去吧，我们后代的子孙！
> 这是一笔永恒的财产，千秋万古长新；
> 耕耘下去吧，未来世界的主人！
> 这是一片神奇的土地，人间天上难寻……"

郭小林记得这是父亲 1962 年底到 1963 年初采访北大荒时写的，那里有他 359 旅的许多老战友，他是奉老旅长王震的命令，来看望他们的。小林也想到了 1963 年 10 月 27 日父亲在新疆写给他的信：
"亲爱的小林，我现在塔里木河北岸的阿克苏城，刚刚从塔里木回来。在那里，我们看到很多上海青年，他们大都十六七岁，从上海远道来此，就热情参加了祖国边疆的农业建设，很令人感动。我希望你也能像他们那样……"

就是在这次对新疆建设兵团的访问中，郭小川和贺敬之、袁鹰一起完成了纪录片《军垦战歌》的创作。这部极富艺术性的电影最先感动了作者的儿子郭小林，他也登上去北大荒的列车，尽管他已被景山中学的高中部录取，作为在校的中学生的他并不是动员下乡的对象。

那一天，胸前戴着大红花的郭小林在东城区中学生的热烈的锣鼓声中登上了火车，正在参加《东方红》音乐舞蹈史诗创作的郭小川和夫人、《光明日报》的编辑杜惠赶到火车站为儿子送行，可是没等他们挤进站台，火车已经开了。本来小川是想和儿子好好谈一谈的，他知道儿子也想写诗，他想告诉小林：毛主席说，学校是不能培养文学家的！

小林是"满怀热望满怀理想，昂首阔步到边疆"的。那北去的列车日夜兼程，窗外的呼啸而过的山林，还有那满山遍野的大豆高粱，让他心潮澎湃。到了密山他们换乘了闷罐车，那车厢里的木头椅子、铁皮炉子和悬挂的马灯，使他想到了奔赴前线的战车，不禁又是一阵激动。然而到了他朝思夜想的 852 农场，到了他渴望的战斗岗位良种队，他看到的是低矮的土房、臭烘烘的畜舍和望不到边的黑土地。

欢迎新战友的热情和对大诗人儿子的偏爱，像秋风一样很快就过去了。接着就是北大荒漫长的冬天和那连续不断的暴风雪，刮得天昏地暗，刮得小林的心中怎么也涌不起诗的灵感。他跟着农工到地里收苞米，沿着两里地长的垄沟，把苞米一穗穗掰下来，再装进筐里背到地头，他的肩膀都压肿了。那时他只有 1.64 米高，体重还不到 100斤。北大荒不相信眼泪，小林咬牙挺着。他又到了水利工地，抡起大镐，地下只刨出一个白点，虎口震裂了，血滴在雪地上，如红色的花。他又参加了积肥的劳动，真还写了诗《积肥谣》："健牛拉车肥堆堆，银装素裹肥点缀。"他把诗寄给父亲，可父亲并不欣赏，让他好好劳动，更深刻地体验生活。"一定要树立彻底为革命而写作的动机和态度。"小林没有把父亲的指示当回事，他还是把自己写的一组小诗《催春潮》寄给了当时的《东北农垦报》，很快被采用了。当时艾青、聂绀弩等大诗人也羁押在北大荒，但他们是不能发表作品的，这就成全了郭小林这样的业余诗人。

自己写在纸片的几句小诗被印成铅字而广泛流传，这是一种鼓励也是一种刺激，小林一发而不可收拾。一年以后他所在的 852 农场收到了调郭小林到农垦报工作的调令，然而被他所工作的良种队给回绝了，他们的意见是：郭小林的小资产阶级世界观没有改造好，不适合到报社工作。结果他们推荐了比他早来一年的另一位北京知青。现在看来，真的太可笑了，一个 17 岁的孩子，世界观还没成熟，却被打上小资产阶级的印迹！那时小林的"群众关系"不太好，他很孤僻，也很内向，不善于和别人相处。有人和他开玩笑："你爸叫小川，你叫小林，这不平辈了吗！"他立刻和人家急眼。后来谁也不待见他。他平时话不多，可一开会给领导提意见，他总是振振有词，不免有些偏激。文化大革命的浪潮也卷到了北大荒，充满革命理想的郭小林理所当然地冲锋在前，虽然并无什么过激行动，可还是成了队里的"炮轰派"，还被关了起来。

本来他是有机会改变自己命运的，852 农场的老场长黄振荣是郭小川在 359 旅的战友，小林的母亲杜惠曾给他写过信，让他关照小林。可小林从来没有找过他，可后来想找时，他已被打成叛徒迫害致死了。以后因为诗人郭小川也被打倒，"黑帮"子女郭小林的日子更不好过了。

大批知青来到兵团的 1968 年，郭小林的处境终于有了转变，他被放了出来，成了光荣的兵团战士。边疆爱他了，他也更爱边疆了，于是就有了他的那首《兵团战士爱边疆》，1969 年发表在兵团战士报上。1970 年小林被借调到兵团战士报帮忙编诗集，他成了我的同事。小林给我印象良好，他很有才华，对同志热情，人也特别的单纯。他虽然性格怪异，但还是成了我的好朋友——敬其父更爱其子。经过一段实习，报社准备调他当诗歌编辑，但因为他还是工人身份，只能先调到报社印刷厂当校对。小林可能难以容忍比他晚下乡四年的我们是干部，而他还是工人（因为我们都曾当过排以上的干部，而他始终是个战士）。也许为了尊严，小林又背着小书包回 852 农场了，当时我们都很惋惜。在这前后他还曾被借调到师部的计划科和省出版社帮忙过，可不知为什么又回到他所在的老连队了。那个时代不包容个性，而天才都是有个性的。那只能是黄钟毁弃，瓦釜雷鸣了。

每一次可能改变命运的机会失去后，小林都会遭遇更多的磨难。领导可能觉得他不安心边疆，更需要艰苦的锻炼。回来后他曾被派到山里伐木，有两次差一点被砸死；他又被安排去打石头，他抱起重有百斤锋利如刀的石块装车，衣服被割烂了，手被磨起老茧；他又在三九天冒着风雪去放牛，棉袄被风吹透，他像寒鸟一样发抖。那时小林特别地坚强，他要让人们看一看我是怎样扎根边疆的！白天劳累之后的晚上，他总是躲在猪舍里点着油灯写诗，那时他的心情像春天的阳光一样灿烂。外面越来越大的诗名，并没使他的境遇有一个好的转变。名气大更遭人妒嫉，有的人以欺负名人为快感。在最困难的时候，他不断接到在天津的团泊洼干校劳动的父亲的来信。母亲也去了干校，妹妹岭梅和晓惠也下乡到内蒙建设兵团了。诗人一家天各一方，他们用书信温暖着亲人，企盼着早日熬过严冬。

　　1971 年那个阴冷的春天，郭小林在酝酿着一部长诗，它源于一段美好的回忆。上个世纪的 50 年代初，在中宣部工作的郭小川和家人都住在风光潋滟的中南海，少年的小林经常能见到毛主席，那时的阳光真温暖。有一次他和秦川（曾任《人民日报》总编）的儿子在游泳馆玩时，看到毛主席正在池边休息，便走到他的身边问好。毛主席乐呵呵地问他俩的名字和学习情况，小林说："我学习不太好。"秦川儿子说："他学习挺好，还得了二等奖。"毛主席说："你比我学习好！我读书时可从来没得过奖。"他们都和毛主席一起笑起来。小林还记得有一次，毛主席背着手在中南海边散步，他跑上前去，把一只苹果放在毛主席手里，然后掉头就跑了，毛主席喊他，他却不好意思回头。小林就从中南海的这几件小事写起，表达从一个孩子对长辈的小爱到一个战士的对领袖的大爱。那是一首 600 多行的长诗，在知青中流传，那真情感动得许多人落泪。在父亲的指导下，他把这首诗修改了许多遍。在"七一"党的第 50 个生日前，他誊写了两份，作为献给党的贺礼，一份寄给了中央办公厅敬转毛主席，另一份寄给了人民文学出版社。他望眼欲穿地等待，一天两天，一个月两个月，已经到了下雪的日子，结果泥牛入海无消息。

　　春天离小林还很遥远。也许一个小知青的诗不可能打动官方，在那浩繁的贺词中它肯定是微不足道的；也许他借了郭小川的"光"。当年江青和郭小川都在中宣部当副处长，"文革"中她说过，当时郭小川对批《武训传》不积极，批《清宫秘史》不热心，早就是个反革命修正主义分子！在这样的形势下，一个被打入另册的诗人的儿子，怎么可能发表歌颂领袖的长诗！

心灰意冷的郭小林在爱情中寻找慰藉。他爱上了一个北京女知青，而她并不珍惜这个才情丰润的诗人，而选择了别人。伤了心的小林认为城市女知青都水性杨花，他要找一个本地姑娘作自己的终身伴侣，同时也想显示自己扎根边疆的决心。他爱上了百里挑一的养猪姑娘杨桂香，这个山东移民的后代如"小芳"一样的"一双美丽的大眼睛，辫子长又长"，她还很贤惠善良，可她对小林并没有什么感觉。小林给她写诗，她说读不懂；小林到猪舍给他拉手风琴，她对他说你别费心了，我年纪小，不考虑个人问题。但是诗人赤烈的爱情能让冰雪融化。经过两年多的穷追不舍，小杨终于给小林传来一张小纸条："你父亲的问题解决没有？"在那个时代，哪个姑娘也不敢嫁给一个家庭有问题的男人，那会影响后代的。他马上告诉小杨父亲已被"解放"，很快要安排工作。这时小杨接受了他，他们开始谈婚论嫁了。但是郭小川一家并不赞成他们的结合，他们都知道农村生活的艰辛，而小林没有能力支撑一个家庭，更不能给妻儿幸福。父母和妹妹都来信，表明他们的态度。这时老作家冯牧的一封来信更考验着小林的爱情。冯牧是小川的老战友，无儿女的他特别喜欢小林，在小林下乡时他把保存多年的战利品军用小刀和当年自己的旧军装赠给了他。他知道小林在兵团的处境后，便给他的老部队昆明军区的领导写信，推荐小林去搞文学创作，经过一年的运作，部队终于同意了。他高兴地通知小林快办手续。可是小林拒绝了前辈的好意，他回信说，我就要和杨桂香结婚了，她是个好姑娘，我不能离她而去。我们可爱的诗人又一次和机遇失之交臂，他本来可以成为一位出色的军旅诗人的。

1974年秋天，小林领着杨桂香回北京旅行结婚，父母还是尊重了他们的结合，给予了相当的礼仪和真情的欢迎。那是中国的多事之秋。郭小川写了一篇报告文学《"笨鸟先飞"——记少年庄则栋的训练生活》发表在《新体育》上，意在批判林彪的"天才论"和唯心先验论，却受到了江青的批判："庄则栋如果是笨鸟，那中国人还有聪明的吗！郭小川这是对中国人民的诬蔑！"就要出来工作的郭小川又一次陷入灾难之中。对他又打又拉的江青托人给郭小川捎话：如果能给首长写封信，表示自己改换门庭，不仅问题可以解决，还可以出来工作！郭小川说："我从参加革命那天起就知道共产党、毛主席，没有什么门庭可以转换！"这样江青一伙对郭小川更是恨之入骨了。邓小平的出山让郭小川看到了自己的希望，也看到了中国的希望。他给邓小平写了长信，反映江青的极"左"路线给文艺界带来的灾难，通过胡乔木同志转交。小平同志安排四位副总理一起找他谈话，详细听取他的意见。这时"四人帮"开始疯狂地反扑，要追查这封"黑信"的源头，矛头直指邓小平。在王震同志的安排下，郭小川到河南林县避难。具有高度政治敏感的郭小川已从满楼风声中听到了欲来的山雨。他把小林一家和两个女儿都调到了林县，他们躲藏在旋涡外，远观中国两种命运的大决战，急切地等待参加战斗的时机。小林在北大荒出生的女儿也来到林县，小林给她起名"爱农"，小川说这个名字好，我们全家都爱农，并准备做一辈子农民。他们已做好了最坏的打算。本来县里答应要把小林安排到县委宣传部搞报道工作或到县中学当教师，可因为小川的失势，他和爱人的工作都没有着落，一家暂居在一间农舍中。

　　郭小川一家终于盼到了 1976 年的 10 月，小川已从《人民日报》的只言片语中感受到了"中央肯定有了大变化"，他请假名为到安阳看病，实为要转道北京回去"参加战斗"。郭小林陪父亲来到安阳，小川却把儿子赶走了，他说："快回去照顾老婆孩子吧！"1976 年 10 月 18 日，郭小川这位中国人民爱戴的伟大诗人葬身在安阳地委的第一招待所的火海中——也许他已得知来自北京的粉碎"四人帮"的胜利喜讯，他兴奋地不断吸烟，后又多吃了安眠药。未烬的烟头点燃了被褥，他又深睡难醒，终于把自己也化成了一炬烈火。诗人死在黎明前，那一年他 57 岁。这一切验证了郭小川写于一年前十月的《秋歌》中诗句——

> "我知道，总有一天，我会化烟，烟气腾空；
> 但愿它像硝烟，火药味很浓，很浓。"

郭小川一直把自己当做在硝烟中战斗的战士，可惜他没能参加让中国走进新时代的伟大战斗，更没能分享那胜利的果实。

郭小林还是尝到了些许的胜利果实，中组部在处理父亲的后事时，当地组织把他安排到林县的城关公社中学当老师，杨桂香到公社卫生院当药剂员。度过比北大荒还艰难的五年生活后，他们颇费周折地和两位在北京工作的林县的石匠对调后回到了北京。小林的对调单位是一个建筑公司，没有他能干的活。已经当了中国作家协会副主席的冯牧又伸出了温暖的手，小林到作协当了干部，后来又到《中国作家》当了编辑，一直干到 2003 年内退。在回北京的二十多年里，为别人缝制嫁衣的小林累白了头累弯了腰，能记起的故事并不多。我知道他在成堆的来稿中发现了哈尔滨市青年作者鲍十的小说《纪念》，经他精心整理发表在《中国作家》上，后来张艺谋把它改编成电影《我的父亲母亲》，这部电影在国际上得了大奖，那小妮子章子怡因主演出了大名，可没有几个人知道郭小林是这篇小说和这部电影的第一个伯乐。

无雪的冬天，我在北京拜访已经成了专职诗人的郭小林。他真正过上了富有诗意的悠闲生活，夫人杨桂香在一家医药公司工作，已经大学毕业的女儿爱农也有了自己的事业和爱情，一家人过得安详而平静。郭小林在母亲的指导下和妹妹一起完成了 12 卷的《郭小川全集》后，开始写自己的诗，要用诗总结自己和他经历的一切。在我们通宵达旦的长谈后，他给我朗诵了自己的新作《关于自己》——

"用锋利的诗/我　切开自己

脑袋是瓜/也是傻瓜/半个世纪还不熟/在这高寒地区

我从未杀人/却卖力地往炮膛中/装填过自己/

它打死理想/命入完达山—

森林和草原/全部涂抹掉/黑土上只允许/一种颜色

胳膊是锄杆/手是锄板/和犁铧一起/给母亲的胸脯/

划开深重的伤口

每天最早恭迎/红太阳/可一米厚的冻土层/

却永远也不融化/一年年收获/豪言壮语满仓

老大归来时/人们正在打扫战场/阵亡者中/有我的父亲/谁是法医/

鉴定我不在现场？……"

　　我和郭小林分手在华灯璀璨的北京街头，我的手里拿着他的诗集，那封面正是黎明时天的颜色。

三十二、火凤凰

那是我心中一尊永恒的雕像——

烈火熊熊，冲天而起。一位女青年，顶天立地，用双手撑起跌落的房架，她的头发、双手和房架一起燃烧。她挺拔如山，像女神一样圣洁。她光亮如炬，像灯塔一样照亮天际。

她没有死，比死更艰难地活着。她活得很顽强，活得也很精彩。她让美丽的女人羡慕，她让刚强的男人敬重。

她叫蒋美华，当年黑龙江省山河农场的救火女英雄；现在上海的下岗女职工。

她在上海闸北区永兴路的一栋住宅的七楼接受了我的采访。假发和墨镜掩盖了她往日的伤痕，我握到她没有手指干枯冰冷的手掌，却感到她内心的火热。屋里很干净也很宁静，有一只白色的猫和棕色的狗陪着她，那是她从街上捡来的流浪动物。谈话中间，她的儿子回来，那个英俊的小伙子刘佳为我阴冷心里投下一缕阳光。说起自己的过去，美华很平淡，尽管那是惊心动魄的故事。

1970年1月13日，蒋美华兜里揣着两周的病假条在宿舍扒麻秆。她刚在场部医院做完急性阑尾炎手术，本来是要休息的，她顽强地要求了一个干轻活的机会。

突然传来呼喊："修配厂着火了，快救火呀！"蒋美华立刻跟着大家向火场跑去，排长朱金彩说，你刀口还没好，不能去！可她还是毫不迟疑地跑去了。

修配厂里烟火弥漫，大家不顾一切地冲进去，里面装着六台正在冬修的拖拉机和上千件零件，他们非要抢出来，因为那是国家的财产！

蒋美华冲到火里，搬起一个几十斤重的大齿轮就跑出来，接着又一次次地冲进去往外抱零件。当她最后一次冲进去时，天棚全着火了，往下流淌着了火的锯末子。她和大家一起推最后的两台拖拉机。这时突然一声巨响，天棚坍了下来，整个厂房一片火海。一根火龙般的棚楞带着烧断的棚板一头搭在拖拉机上，一头压在蒋美华的肩上。

"快出来！快向外面跑！"这时现场的领导干部发出了命令。蒋美华只要推掉身上着火棚楞，就可跑出。千钧一发之际，正有几个战友从她搭起的空隙下钻出，她一咬牙，挺起胸，用双手把熊熊燃烧的棚楞高高举起！烈火在她沾满机油的手上和头上着了起来，火吞噬着她的头发和肌肉，烧得吱吱直响……大概只有几秒钟，二十多个战友们跑出来了，蒋美华昏倒在火海里。

这场火灾使鸡西青年李国华壮烈牺牲，蒋美华和另外两个战友严重烧伤。她的烧伤面积达到35%，大部分是三度烧伤，而且都集中在头部、脸部和双手，头发都被烧光了，后脑烧得露出了骨头，耳朵、鼻子、眼皮、下巴烧得不成样子！

来探望她的上海知青办的同志，看到了她血肉模糊的身体和魔鬼似的形象，当场昏倒了。在这场灾难中，一个年轻女子最宝贵的美丽全部毁掉了。如果她就此死去，她的悲剧也就结束了，可是她还顽强地活着，将迎接漫长的悲剧人生！

那一天，山河农场大雪纷飞，苍天也在为这个美丽坚强的姑娘落泪呀！

234次列车拉着生命垂危的蒋美华向齐齐哈尔奔去，她高烧40度，血压测不出来，已陷于深度休克。省里派来最好的专家，调来最好的药品，经过五天的抢救，她终于从昏迷中醒来。为了防止感染，医护人员为她摘去烧伤面的焦痂，再用盐水擦洗创面，还要贴上油纱布，第二天再把粘满脓血的纱布扯下来……每一次就承受一次"酷刑"，她忍受着，极痛苦时她高喊"下定决心，不怕牺牲……"她大声地唱《红灯记》中李铁梅的"做人要做这样的人"。这是那个时代唯一可以战胜痛苦的办法！

更难忍受的是植皮，要把旧创面全部清除，露出鲜肉面，再从自身的大腿上、小腿上取下皮肉贴在旧伤面上。在齐齐哈尔住院的一个月她做了六次植皮手术，回到上海瑞金医院又接受了十六次植皮和整容手术，全身取皮三十多处。同时医院还为她作了双手的截指手术。如果说，肉体的巨大痛苦是对她严峻的考验，那精神的打击是更残酷的考验。

她从休克中醒来，透过眼缝看到自己的手烧得漆黑，十个手指像鸡爪一样。她从摆在床前的毛主席像的玻璃镜里看到了自己的脸，把自己吓了一大跳。头肿得和肩一样宽，脸上血肉模糊，没有了鼻子，眼睛只剩一条缝，头上连一根头发也没有。泪水立刻蒙上了她的双眼，她在心中呼喊："我才二十一岁啊，今后，我可怎么活呀！"这样的打击会让再坚强的人也痛不欲生。

瑞金医院不仅有世界一流的治疗烧伤的技术，还有最好的心理医疗的办法。这一天，已经康复的上钢三厂的工人邱财康来到了蒋美华的床前，这家医院就是因为救活烧伤面积达90%的这个钢铁工人而闻名全世界的。他对美华说，你看我截掉了左臂，右手只剩下三个指头，还工作生活得很好！你这么年轻，双手都有，还有什么不能学会的！美华笑了，她又做了一次手术，把没有手指的右掌的虎口处深割出一个豁口，正好能夹一支笔。她练习写字，练习拉窗帘、拿东西、夹着筷子吃饭。手掌被磨破了，流血了，她还坚持着，学会了许多"手艺"。当然最值得高兴的是，她用自己的新手给山河农场党委写了第一份入党申请书。

高尚的追求，让一个坚强的人更加高尚。蒋美华在住院期间，还担任着病房的学习小组长。她不能下地，让护理员推着她来到每一个病员的床前。一个被烧伤的小女孩儿，每到换药时又哭又闹，美华成了她的好朋友，每到换药都坐在她的身旁，给她讲故事说笑话。还有一个来自农村的女孩因烧伤引起严重的败血症，急需烧伤病人身上的抗复血。美华让护士抽自己的血，可是医生不同意，她刚做完手术，体重还不到七十斤。她就写了一封献血申请书，她说，我的身体里有多少兄弟姐妹为我输的血，现在别人需要血了，我为什么不能给她们输！院方终于同意了，美华100毫升的抗复血救了那个孩子的命。不久，上海中山医院为抢救一位严重的败血症患者，因为没有抗复血，到瑞金医院求援，蒋美华又捐了200毫升的血。她的血也让别人像她一样勇敢地战胜死神。

也许这些事对于关键时刻为大家的安危把生死置之度外的蒋美华来说，并不难做到。难以做到的是，如何面对社会，有尊严地坦然地生活下去。那天医院组织病人到剧场去看京剧《龙江颂》。正在看戏时，一位迟到的观众坐在她的身边，他一转头看见了美华，吓得惊叫起来，然后戏也没看就跑了。这件事，对美华的刺激太大了，她走出剧场，在夜色中徘徊，她的心在流血……她一夜无眠，泪水湿透了枕巾。她的坚强曾让她战胜无数难以想象的痛苦，难道就没有直面社会和人群的勇气吗！她的"丑陋"，不是她的耻辱，而是她的光荣！要想让社会接受自己，首先要自己接受自己。不管别人怎么看，自己最了解自己，还要相信大多数人都是善良的，了解她的人都会敬重她，爱护她！想到这儿，她的心上的阴云淡去了。

第二天，她还没有起床，病房的党支部书记来找她谈心，在上海负责她治疗的场领导和市知青办的领导都来看她。看着美华满面春风的样子，他们都笑了。

听说，烧伤的蒋美华出院了，她家所在虹口区里弄的邻居都挤到街上看她，有人站在凉台上，有人挤在院口，人山人海的。美华走下出租车，摘下帽子，摘下口罩，摘下墨镜，微笑着看着关爱自己的亲人，她用没有手指的双手向大家招手。在场的许多人流泪了，有人为她鼓掌！她心里明白，总有一天要以自己的"真实面貌"面对社会，有了这第一次，就再也不用掩盖了。真诚和真实的美华，还像小的时候一样漂亮！她的邻居这样说，善良的人都会这么说。

已经毁容的姑娘的婚姻问题可能会面临极大的困难。然而，那是一个崇敬英雄的时代，蒋美华受伤之后，不乏追求者。一个插队的北京知青，给她写来充满深情的信，他说我要用我的心和健康的双手让你一辈子幸福！她和他见了面，他一米六八的身材，长得很帅，非常热情。这时美华却犹豫了，其实她心里很自卑。少女心中白马王子的形象早在她的心里消逝了，她要很现实地对待自己的婚姻问题。她一时难以判断他对自己的是爱情还是同情，崇拜是不能代替爱恋的。她不能因为自己耽误和拖累一个善良的年轻人！农场局的领导很想成全这对年轻人，他们对他进行了"政审"，然后马上否定他们的爱情——那小伙子的父亲有历史问题，而且死在狱中。他们不能让自己培养的英雄因为找了一个出身不好的配偶而影响政治前途。那是一个政治挂帅的时代。美华听从了领导的意见，本来她就很犹豫。然而那个知青很坚定，那时他已经考上了哈尔滨的一所大学，他利用假期跑到了上海，住在了蒋美华家里，他要说服她接受自己。美华让弟弟天天陪着他玩，而自己躲着他。半个月后，那个青年流着眼泪走了，美华给他拿了100元钱作路费。

望着他远去的背影，美华说不出是轻松，是惆怅，还是伤感。她悄悄擦去泪水，因为她知道还有无数的人生苦难在等着她，生活不相信眼泪。

在蒋美华和死神搏斗的黑暗中，她总能看到一线光亮，那就是北大荒的阳光。在昏迷中，那光亮越来越大，她又看到了阳光下北大荒广阔的田野和田边她住过的房子，于是生命之神又回到了她的身边。北大荒是蒋美华生命之所在。

1974年7月，她谢绝了上海的挽留和安置，又回到了朝思暮想的山河农场，她要用自己微弱的光和热为这片土地尽力，倾注自己的感恩之情。她被安排到宣传科搞通讯报道。一有时间她就下连队。场里专门安排一个人照顾她的生活，那时她吃一次饭要两个小时，上厕所都要人帮忙。听说蒋美华回来了，又到了自己连队，大家身前身后围着她，连上厕所都有人跟着。为她帮忙的那位女同志不好意思让人看着她为美华擦拭，急急忙忙拉着她出来了。

美华很难过，她明白了，要想工作必须生活自理！她要靠自己的能力才能活得有尊严。为了解决吃饭太慢的问题，她又做了一次手术，把嘴割大了。她像一个小孩子一样，从最简单的生活方式学起，真是功到自然成，经过艰苦的锻炼，她的残手灵活了，她不仅吃喝拉撒睡全靠自己，而且学会了做饭、洗衣、打毛线、使用缝纫机、骑自行车，还学会了打乒乓球，打得还相当不错。

省农垦总局副局长、著名作家韩乃寅当年和美华坐对桌，也是新闻干事，他曾为美华写过许多报道，他回忆说："美华是我见过的最坚强的人，当时她什么都能干，一点不比我们差，而且每天都活得很快乐！"

荣誉是英雄的影子。蒋美华的事迹上了《人民日报》、《黑龙江日报》和上海的媒体，她被请到各单位作报告，她为保护国家财产舍生忘死和伤残后顽强乐观地生活的事迹，曾感动了一代人。1973年7月1日，她入了党。后来当选为省劳动模范、省知青标兵，担任省妇联委员。

荣誉也是沉重的压力，美华努力干得比别人更好。她当过图书馆的管理员，当过场团委副书记、场妇联副主任，样样都干得精彩，被人佩服。1974年9月，农场推荐她上海复旦大学，开始学校怕她生活不能自理不想要。省农场总局领导说，如果你们不要蒋美华，其他知青一个也不给！学校老师来到山河农场一看，被蒋美华深深地感动了，他们说："她是活着的保尔！录取这样的学生，这是我们复旦的光荣！"

后来蒋美华真的成了复旦学生的榜样。多次大手术的麻醉让她记忆力受到损伤，她要付出更多的时间去预习和复习课程，为此她总是早起晚睡。开始她是班里记笔记最慢的人，后来成了班上记笔记又快又全的人。那时学生经常下工厂和农村搞调查，每一次她都不甘人后。她是哲学系学生党支部的委员，也是哲学系的好学生。1977年以优异成绩大学毕业的蒋美华被分配到了上海机械制造工艺研究所，新的人生又开始了。

蒋美华担任这个一千多人研究所的工会副主席，她是全所的大服务员，为职工权益、福利奔忙着，起早贪晚，任劳任怨，大到分房，小到送电影票，她都亲力亲为。她的真诚、热情、勤劳、公正感动了全所从所长到每一个工人。

她关心大家，大家也真心关心她，所里的几个老大姐张罗着为她介绍对象。一个叫刘银宝的新疆的返城老知青，被同事介绍给了美华。他1964年下乡，比美华大三岁，返城后在一家企业当警卫组长。美华对他印象不错，人特别老实，长得很健壮，仪表堂堂的。可贵地是他并没有在意美华的伤残形象，慢声细语的一句话让美华流下了眼泪："我什么也没有，但靠这双手，我会让你一辈子幸福！"

和银宝认识几个月后，正好赶上市里为美华解决了房子。他们结婚了，没办酒席，也没搞什么仪式。当时银宝的所有积蓄就是120元钱，还为父亲的去世花了70元。美华为他做了几套衣服，还花1500元，买了一套当时最好的家具装饰新房，她对未来的生活充满了希望。她和所有贤惠的妻子一样，尽最大的努力让丈夫在外面体面、在家里幸福。1982年7月，健康聪明的儿子降生了，她感到做妻子和做母亲的幸福。他们以儿子为圆心，匆忙地旋转着，日子过得又快乐又充实。孩子逐渐大了，上学了，家里的困难也越来越多了。家家都有难唱曲，日子还要过下去。

这是一个社会转型时期，蒋美华所在的研究所也在改制中衰落下去。1993年，美华工作的情报资料室撤销了，她和室里的人都下了岗，当时她只有每月300元的收入。老刘是指望不上了，他所在企业也不景气，他身体不好，经常住医院。她要供养儿子考重点高中，每年的补课费就要上千元。对于家庭她还要承担责任，作为家中的长女，母亲去世了，她还赡养重病卧床的父亲。返城弟弟因精神病长期住院，她还要抚养因父母离异无人照顾的小侄，还有在上海借读的妹妹的孩子、丈夫兄弟的孩子也吃住在她家里，她还要管……负担，沉重的负担压在这个弱女子的肩上。她真的很难。自家的事就够多了，别人的事可以不管，但是心地善良的美华就是"破车好揽载"，别说是亲人她想帮助，就是街上的流浪猫和狗她也抱回家，不忍心让她它们受苦！

从自己热爱的岗位走下来，到社会上自己去寻找工作，对她来说是十分痛苦的事，走出研究所大院子那天，她忍不住落泪了，甚至比自己当年被火烧伤都痛苦。过去组织和单位给了她很多的关爱，她对他们有着深深的依赖，现在一切都要靠自己了，她的心空落落的。但她没有退缩也没有抱怨，因为她曾是英雄，英雄是永远不能气短的！

美华找到一家经营窗帘的商店推荐自己，她说我能给你们加工窗帘和沙发套、钢琴套。老板娘看着她伤残的双手，不敢相信。美华说，我先给你们做几件看看。结果她的手工制品件件都精美得像艺术品一样，她使用缝纫机的功夫是一流的。从此她的家成了这家商店的加工厂，顾客需要什么她都加工，她每天工作十几个小时，来急活了，她觉都不睡了，一直干到天亮。天亮时分，她叫醒儿子去上学，然后自己给商店送货，她抬头看见那太阳是暖洋洋的。

一年半后，当年做过多次手术的眼睛又犯病了，什么也看不清了，美华只好放弃了这项生意。在黑暗中，她还在寻找太阳，一切从头再来。她看到附近的虹江市场十分红火，她又有了新的追求。每天早上5点起床，带着儿子到早市上抢摊，帮助她把货摆好，再去上学，放了学后再帮母亲收摊。在那几平方米的地界，她开始卖保暖鞋，从外地贩进800双长毛绒套鞋塞满屋子，她每天早上和儿子从六楼把鞋箱子搬下来，再一箱箱地送到摊上，一双双卖出去，虽然赚头不多，但还是有了生计。

可惜整顿市容中她的摊被取消了，她又从头再来！租借铁皮房当商亭，卖纽扣和各种小百货，也卖过鲜花。无论刮风下雨，无论酷暑严寒，她总是早出摊晚收摊。冬天那铁皮房就像冰窖，她手上脸上的伤疤疼痛难忍；夏天那铁皮房又像蒸笼，移植手术后没有汗腺的脸上头上更是胀得难受，她只有忍耐，而且还要笑对每一个顾客。刚开业时，一些人看着她的样子都避而远之。但越来越多的人走近她。因为她专做大店不做、小店又不愿意做的小生意，群众需要的东西利再小，她也给单独上货。对于贫困的老人她都是免费赠送。她的那间铁皮的商亭如磁石一样吸引人，美华又有了自己的"单位"，自己为社会服务的新岗位。

英雄毕竟还是英雄，蒋美华在新的岗位上又被评为区的"十佳"人物、"三八"红旗手、残疾人劳动模范。区里的《闸北报》以"身残志更坚自强创新业"为题报道了她的事迹，称赞"面对艰难的生活道路，一个当年的救火英雄、特等伤残者，没有屈服，没有消沉，以顽强的毅力自强自立，又走上了新的岗位"。闸北电视台也专题报道她。这时许多敬重她的人才知道，当年她是为抢救国家财产而烧伤的英雄。在市场经济的大潮中，一个被遗忘的英雄，再次成为英雄。

在美华最困难的时候，许多人向她伸出了热情的手。街道办事处以最低的价格把房子租借给她，儿子学校的老师请她到学校给学生做报告，他们把辅习班安排在她家里，这样她儿子可以少交学费。许多当年的知青战友来看她，每次都给她留下三百五百的。一个姓卢的老太太是美华家的老邻居，当年她每次有病都是美华两口子侍候她。听说美华的儿子要上大学了，她送来三万元钱，她说："如果我没病没灾，这钱就算我送你们了。如果我有病有灾，要用钱，你们再还我。"……

特别不能忘记的是，老战友聂卫平和山河农场对自己的帮助。美华拿出 1991 年 8 月 16 日黑龙江省政府办公厅的一封信给我看。当年在山河农场聂卫平就是她的好朋友，她受伤后，他已调回北京成了"棋圣"，满脑子装着棋坛战云的老聂并没忘记美华。每次到上海，无论是参赛还是路过，总要看看她，那次从云南回来给她带来一条漂亮的丝巾和许多好玩的小工艺品。1989 年时，美华上班较远，每天要挤公共汽车，有几次把她的假发都挤掉了，让自己的伤残暴露，那

是很尴尬的事，美华心里很难受，她给上海的领导写信，要求给她调
换一间离单位近的房子。领导批给了房管部门，又批转到了她所在的
研究所。因为地价的差异，换房需要给原住户二万四千元的补贴。研
究所只能拿一半，那一万两千元还没有着落，正好聂卫平来上海看望
美华，他说，我给黑龙江省的领导写信，那封信他写给了当时的省长
邵奇惠。后来办公厅来信说，邵省长已在聂卫平的信上做了批示，他
说蒋美华的事迹很感人，对于她现在的困难，我们应该给必要的帮
助。他责成农场局和山河农场解决。后来她接到了这封信，几天后农
场派专人给她送来一万二千元。美华把那封信还珍藏着。

初春的阳光，把美华家的小屋照得通亮。她说，现在的日子好过
多了。儿子当年争气地考上了区里的重点高级中学，后来因学品兼优
被保送到上海大学，去年已从通信工程专业毕业，正等着分配工作。
现在美华已正式从单位退休，退休金加特等伤残的补贴，每月能有
3300元的收入，如果儿子再上了班，她家的日子没问题。说着美华
笑了，她很爱笑，笑起来很美。

美华从柜子里找出许多老照片给我看，她当年眉目清秀，真是个
很漂亮的姑娘。她还保留着受伤之后自己毁容的照片，两张照片对
比，我的心灵都在震颤。

为了六台拖拉机和一千个零件，付出了一个年轻人的生命和几个
女孩子的美丽人生！仅蒋美华的治疗费用就大大超过了那些拖拉机和
零件的价值。

往事不堪回首。在以人为本的现在再不该发生这样的悲剧了。但
我仍然尊敬蒋美华，因为她在烈火熊熊的关键时刻的挺身一举，表现
一种伟大的精神，那一个弱女子敢于担当的精神，和刘胡兰、赵一曼
等女英雄一样让人永远敬重。当然我也想，她那时的壮举只是因为想
到了领袖的教导和其他英雄的事迹吗？我以为这也和她的心地善良和
从小就敢担当是分不开的，还因为她有强烈的责任心，又很勇敢。蒋
美华的英雄行为还特别表现在她受伤后在苦难人生中的顽强不屈和自
立自强，这是比面对死亡更艰难的选择。

美华把我送到出租车上，那街上车水马龙，我回望她在小街上的单薄身影显得那样高大——

因为她是我们心中永恒的"火凤凰"。

三十三、血脉相连

"高高的兴安岭一片大森林,
森林里住着勇敢的鄂伦春……"

上海市教育委员会纪检组长阮显忠,当年是唱着这支歌和他的知青战友们到小兴安岭北坡的逊克县新鄂公社插队的。听说这个新鄂公社离黑龙江边还有 180 里,他们曾到区知青办闹过,要求到"反帝反修"的第一线。一踏上这片土地后,他们再也没有后悔过。他骄傲地说,也许这是全国插队最好的地方。

鄂伦春是北方一个古老的民族,近古之前生活在黑龙江对面的夹精奇里河到贝加尔湖一带,靠渔猎为生。17 世纪中叶,沙俄东侵黑龙江流域时,许多鄂伦春人为避难迁徙到黑龙江省的大小兴安岭一带,靠游猎为生。日本侵略者进入东北后,他们又受到武装镇压和鸦片的毒害。新中国成立前,我国境内鄂伦春只剩下两千多人了。1953 年,人民政府为了让这个濒临灭绝的民族休养生息,由鄂伦春人选择最好的地方设立定居点,新鄂便是其中之一。

这个小村落,四面青山环绕,房舍和街道整齐有序,每家院子都是花园。一条清澈的沾河自南而来,到了村边潇洒地甩了一个大弯,又顺着东山向北飘然而去，河的上游就是高高的小兴安岭和浩瀚神秘的大森林了。鄂伦春人在歌中唱道："解放了的鄂伦春，再不散居满山冈。在这最好的地方，建设我们美丽的村庄。"在老阮的回忆文章中对自己第二故乡的四季有着诗意的描写："每到夏天，村前村后的草地里黄花菜盛开，一片澄黄，还能闻到不知哪里飘来的各种水果的香味。在那清澈见底的沾河大甩弯里，人们在水中游泳、嬉戏，笑语与哗哗的流水声相伴。每到秋天，麦浪滚滚，豆海茫茫，如金毯铺地，风吹铃声响。每到冬天，到处银装素裹，天地仿佛融为一体，唯有山顶上的青松在高傲地独唱。每到春天，紫莹莹的达子香在冰雪未消时就开放，然后满地的绿芽破土而出，熬过漫漫冬寒的大地，一派生机。"

更让阮显忠难忘的是鄂伦春人的勇敢、刚强、纯朴、善良和真诚。上海等大城市的一百多个活泼热情的青年学生的到来，让鲜于和外人接触的鄂伦春人感到新奇和兴奋，更表现出他们的热情和责任。老阮他们于1970年3月24日到的新鄂，那时乍暖还寒，知青的宿舍还没盖好，老乡们抢着把知青接到自己家里住。他们把炕烧得热热的，把水挑得满满的，还张罗着给知青们做最好吃的。老阮住进了老乡德忯和家，坐在暖意融融的炕上吃的第一顿饭是老乡亲手包的饺子。他说，那狍子肉饺子每个约有大拇指大小，一口一个，那个鲜、香、美，实在无法用语言表达，大家惊叹，原来世上还有这么好吃的饺子！鄂伦春人经常上山打猎，狍子、野猪、熊、犴就成了知青们经常的伙食，不时还能品尝过去是给皇帝进贡的飞龙鸟、犴鼻子、熊掌等珍品。

鄂伦春人很热情，每当有猎物总把知青叫到自己家里，每人一把刀，围坐在一起共尝盐水新煮的猎物。据说，狍子新鲜的肝和肾能明目，猎人们就给近视的阮显忠送来新打狍子的肝和肾，他生吃下去，竟有些甜滋滋的味道。后来，知青们搬到了新宿舍，他们就从来没缺过烧柴、粮食和肉食。

当然阮显忠和他的战友们不是来当享受款待的客人的。他们克服了天寒地冻和夏日炎炎的艰苦，很快成为生产、工作的能手，成了新鄂公社的骨干。许多人成为了木匠、瓦匠、老师、会计、医生、技术员、大锯手、拖拉机手，有的还当上支部和生产队的领导、民兵营长、学校校长、派出所所长。在知青们的共同努力下，新鄂的生产蒸蒸日上，新鄂的村庄日益兴旺。一座座新房不断建起，大礼堂经常有歌声飞扬。鄂伦春人的优秀代表，当年和知青一起劳动、生活，现在是省民委纪检组长的孟淑贤深情回忆说，知青的到来，不仅为新鄂的生产、建设作出了重大贡献，更是给新鄂带来了大城市先进的生活方式和先进的文化，使鄂族人打开了眼界，尤其使年轻人的思想观念、知识水平和生活方式有了跨越式的发展，为新鄂的持续发展和人才辈出作出了重要贡献。现在知青虽然大部分已经离开，但老乡们与知青深厚的情谊、知青的作用和影响仍然持续不断。

1973 年 5 月 13 日是阮显忠终生难忘的日子。那时，新鄂正在村西边的山沟里修水库。5 月的新鄂，大地刚开始化冻。那天下午，阮显忠和他的战友像往常一样，在刚打好的炮眼装上自制的炸药和雷管，点上导火索，迅速离开了现场。"咣、咣、咣……"，不一会儿传来一阵阵爆炸声，烟尘滚滚，冻土飞场。又等了十多分钟，当他们过去察看走到现场，突然一声巨响，残留的哑炮爆炸了，把跑在前面的显忠高高地掀起，又重重地摔在地上，同时被炸倒的还有水库工地的鄂伦春队长和另两名知青。其中最严重的是显忠，他满身是灰，满嘴是土，脸色苍白，双目失明，已经昏迷，另几个人则满身是血。

人们从四面八方赶来，砍下杨木树杆，穿过麻袋做成担架，喊着"下定决心，不怕牺牲，排除万难，去争取胜利"的口号，轮流抬着担架，把伤员送到了 6 里外的公社卫生院。医生迅速做了简单的检查，判定昏迷的显忠伤情严重，危在旦夕，必须尽快送县医院抢救！

这是一场人与时间争夺生命的赛跑。拖拉机开足马力，载着伤员和几十名陪同并预备献血的知青和老乡，向县城进发。大家个个心情沉重，只有轰鸣的机器声和拖拉机的灯光，穿过沉沉的夜幕，经过初春崎岖湿滑的山路，给人们点燃心中的希望。他们赶了 60 里山路，横在面前的却是正发春汛的逊比拉河，河面水流湍急，浊浪翻滚，只有仅能容下数人的小船在摆渡。大家把伤员小心翼翼地搬到船上，用钢丝绳慢慢地把小船拉过百米宽的河面，一船一船把随行的几十个人送到对岸，登上县里早已派来等候的客车。又驶过了 120 里公路，终于在第二天凌晨赶到县城。

送到县医院的显忠已濒临死亡，血压高压为 40 低压为 0，急需输血，而新鄂赶来献血的人中竟然没有与他相同的 O 型。

"同志们，现在上海知青生命垂危，正在县医院抢救，急需 O 型血！"

县广播站的大喇叭惊醒了全城的人们。不一会儿，县医院里排起了输血的长队。新鄂大队鄂族支书孟锁柱、来送受伤父亲的 16 岁鄂族女孩孟秋芳和县供销社的满族姑娘叶小松首先献上了宝贵的鲜血，随后充满人间温情的 2000 毫升鲜血，如生命之泉源源不断地流入了显忠的体内。这天，县领导亲自指挥，县医院的领导和黑河赶来的专家为他缝好了破裂的小肠，修补了穿孔的眼角膜，从死神手中抢救了宝贵的生命。

至今，老阮还深刻地记着当时的情景：当我躺在手术台上时，我仿佛掉进一个深深的井底，胸口压着一块巨石，沉甸甸一直下落，眼前一片黑暗，只听见"当、当"的钟声，伴着一道道白光从眼前划过，直到失去知觉。不知过了多久，我梦见自己只身漫步在大森林里，这正是我们新鄂所在的兴安岭，四周都是又粗又壮、笔直挺拔的松树，一道道金色的阳光穿过茂密的树枝，洒在积满厚厚落叶的地上，那么斑斓绚丽，到处充满生机。我张开手臂刚要飞奔，耳边响起"不要动"的喊声，感到手脚被人紧紧按住了。原来经过五天五夜的昏迷，我终于苏醒了，而围在身边的是领导、医生和亲爱的战友们。

后来，老阮为了治疗失明的双眼和康复身体回到了上海。大队为他专门配备一名知青作为护理，不仅报销解决所有医药和护理费用，而且每天计工 8 分，作为生活补贴。十一个月后，1974 年 4 月，初步康复的他急不可待地回到了日夜思念的黑土地，又来到了鄂族乡亲、知青朋友和这美丽的小村之中。那一年的 6 月，他在这片土地上实现了自己的政治理想，入了党，并继续为鄂乡的繁荣和发展奋斗了两年多的时间。

时光如清清的沾河水奔流而去。已经大学毕业，在上海工作多年并已是市教委领导的阮显忠，对鄂乡的思念却与日俱增。2003 年 8 月，是鄂伦春人下山定居 50 周年大庆的日子。阮显忠和二十多个曾在新鄂乡插队而今已是满头华发的战友，受邀再次回到这曾经为之奋斗的第二故乡。他还带来了自己的儿子，他要让孩子知道这片土地对自己的恩情，也要让他知道他对这片土地无尽的爱恋。多年来，无论在何地，无论是在求学、任教还是在领导岗位工作，他无时无刻都能感受到这片美丽土地的关怀，因为他的血管里涌动着乡亲们的鲜血，那血始终炽热如初。

在逊克县城，知青们受到县委、县政府和当年老乡的热情接待。阮显忠登门拜访了当年为自己献血的孟秋芳和叶小松，感谢她们的救命之恩，可惜鄂族支书孟锁柱已经作古。他们接着又归心似箭地奔向新鄂。逊比拉河似乎要考验这些当年知青的感情，滔滔洪水冲断了唯一的通道，湍急的河流又一次挡住了他们的去路。县领导考虑知青们的安全，劝大家折返。但汹涌的河水，又怎能挡得住老阮他们归乡的决心。老阮动情地说：当年乡亲们冒险送我过河救命，今天我们无论如何也要涉险过河回到第二故乡！逊比拉河或许被他们的真情感动了，老阮和战友们乘着皮伐艇有惊无险地渡过了河。又是走过了 60 里山路，村口挤满了欢迎的人群，几十台摩托车为他们开道，乡亲们隆重地举行了鄂伦春的喝"下马酒"仪式。听着乡亲们充满热情的呼喊，看着众多熟悉、不熟悉的面孔，知青们热泪横流，不断停下来和乡亲拥抱、握手、问候……

在乡里举行的庆祝大会上，阮显忠代表知青讲话："乡亲们，当年的知青回来了！回到这始终令我们魂牵梦绕的地方。在这片土地上，我们播种、除草、割豆、打粮，我们刨大粪、打桦子、盖新房，我们在这里流过汗，流过泪，也流过血！在这里我们有付出，更有收获，有过忧伤，更有欢乐！我们永远不会忘记这片土地对我们的养育之情，永远不会忘记乡亲们对我们的关爱之情，更永远不会忘记这鲜血交融的情谊……"他说不下去了，当年的知青们哭了，乡亲们哭了，台上的领导也哭了……

接着是知青和乡亲们联欢。阮显忠和知青以及老乡们走上台去，唱起了他们当年的最爱。歌声从会场传遍村庄，在大山里久久地回荡——

"山连天，天连山，兴安岭上松海无边，
清清亮亮沾河水，流过新鄂村庄前。
哪伊耶，哪伊耶，
新鄂村呀，我的家乡，与我血脉紧紧相连。"

三十四、青春铺就的路

　　那是一条神奇的路，它逶迤在大小兴安岭相连的山脊上，云雾是它的面纱，白桦林是它的伴侣。

　　三十多年过去了，在遥远的黄浦江畔还有人想着它、梦着它，为它感叹，为它流泪。因为他们是用自己的青春铺就了它，那路上凝结了他们的汗、他们的泪和他们的血！

　　这条路叫大罕公路，东起黑龙江省嫩江县的大岭，西至爱辉县腹部的罕达气乡，全长112公里。1970年春天，近千名来自爱辉县各个公社的上海知青和带队干部投身到这项战备工程中。那段艰难的岁月，深深地刻在他们的记忆中。

　　在黑龙江省的地图册上，我在黑河市的那一页，找到了和罕达气相连的那条淡淡的红线，那是列在高速公路、国道、省道之后的第四等的县道，已经很少有车通过了。它像被遗忘在大山里的一条飘带。可为什么它还维系着这么多人的思念？

　　在上海，我请来了几位当年的建设者，在张刚的高博特公司座谈，已经远去的往事，又让他们拉到了眼前。

　　为什么在那个时候在那个地方修这条路，宝钢贸易公司主管经理费名彪说得最清楚，因为他参与了这条路的勘测，他是从爱辉公社松树沟大队抽到筑路指挥部的知青。他说，珍宝岛打响后，两岸关系十分紧张了，透过黑龙江边的树林我们都能看到对岸的坦克和高炮正向江边集结。当时爱辉通往嫩江的那条公路，明晃晃的，就在高炮的射程之内。上级决定要修一条不在射程之内更隐秘的战备公路。1969年冬天，我参加了对这条路的勘测，向导是豪爽的鄂伦春小伙子吴明春，他骑着一匹枣红色的小矮马，晃悠悠地走在我们的前面，他是离不开酒的，我们带了几瓶医用酒精，用山泉水一兑，一路上就靠这"兴安白"调动着小吴的积极性。其实这路是马踩出来的。小吴在二站林场工作，他的家在二百多里外的罕达气住，公休时他坐在马上睡觉，那马就驮着他从小兴安岭穿过，一直走到家，天长日久，马自己趟出了一条最近的路，这就是大罕公路的"路影子"。我们跟在马后，每走过50米，就在地上打下一根桦木桩。到了晚上就在野外露营，用木棍支起帐篷，再刨冰烧水做饭。夜里风雪呼啸，我们冻得缩成一团，只有小吴睡得最香，他是猎人，住在大山里是家常便饭。

　　无论多苦，我们总是不缺肉吃，小吴的枪一响我们就乐了，泉水煮狍子，再撒上一把盐，那可是最美的野味。一个多月的风雪勘测结束后，我们都回到了各筑路连队，小吴留在指挥部当通讯员，哪个连队都盼着他去，"小吴来了有肉吃！"每次都是驮着猎物的马先进了驻地，炊事员再到附近的树丛中找醉卧的小吴，他处理完公务，再请他大喝一顿后，把他扶到马上，然后就顺着山路走了。可惜路修好几年后，小吴去世了，得了肝癌，可能和饮酒太多有关。

　　沿着小吴和费名彪他们勘测出的"路影子"，第二年5月，大队伍开始进驻筑路现场。当年拉腰子大队的女知青周迈回忆，在春寒料峭的季节里，我们坐了半天汽车来到大兴安岭脚下，前面没路了，拖拉机拉着行李，我们开始向宿营地进发。全连100多号人分成四个排，边走边拉歌，歌声此起彼伏，回声环绕林间。那其中一首《我们是大罕公路的筑路战士》唱得最响亮，那歌是插队干部、上海音乐学院的助教林友仁创作的：

　　"在这巍巍的兴安岭上，
　　欢乐的劳动歌声阵阵激荡，
　　我们是大罕公路的筑路战士，
　　肩负着人民嘱托和党的期望。"

　　在歌声中，塔头在我们的踩踏下缩紧脑袋，桦树杨树在我们的穿越中迅速后退。天渐渐暗下来，我们已经走了四个多小时，可是还没有到达营地。排长传达上级命令："就地休息，准备过夜！"因为前方路标找不到，我们已经走了不少冤枉路，大家有点傻了。为鼓舞士气，全连大合唱，"向前，向前，我们的队伍向太阳……"只吃过早饭的我们已饥寒交迫，歌声也越来越小了。夜深了，就地休息的我们紧紧抱在一起，湿透的内衣变得阴冷，胶鞋和裤腿也全都被水浸湿了，脚下的水结成了冰，踏在上面"咔嚓咔嚓"地响。

　　也在这支队伍中的女知青林兰新说，当时四周没有一块干土，我们站在冰水中，寒冷无情地向我们袭来，我们几个女孩子手拉着手，站在原地不敢移动半步。密林深处，时而传来狼的嚎叫和"黑瞎子"的低吼，莫名的恐惧使我们忍不住哭起来，但又不敢哭出声来。我们几个紧紧抱在一起，互相用身体温暖着，心里默默地祈祷：天，快点亮吧！天亮了，我们继续行军，看见了前方的炊烟，看见了飘在眼前的红旗，其实宿营地离我们很近。昨天他们走"麻达山"了（迷路了）。

　　安营扎寨后，周迈和战友们一起开始筑路战斗，要把路基上密集的树木锯掉，把半尺厚的草皮铲掉。男女分工，男生锯树，女生铲草皮。锯大树是一个技巧活，光会使劲不行，还要看风向，树的茬口要借着风向开，锯树时那树会随风倾斜，这时取一大绳，绑住树干，大家奋力一拉，树就倒了。

　　那天，黄建华和鲍春初一组锯大树，突然一阵风吹来，他们的锯被夹住了。他俩抬头一看，大树正摇晃着，逆着树的茬口向下砸来。

这时，周迈正埋头铲草皮，那大树正朝着她的头上倒下。"周迈，快跑！"黄建华一声凄厉的叫声，让她一激灵猛地跳开，大树轰然倒下，砸在了小周刚才站立的地方。全场哑然，所有的人像被定格了一样。说起这件事，已经在上海煤科研究院当党务干部的黄建华仍心有余悸。

"周迈，我真没想到你会一下子跳开。我想这下完了！完了！"

周迈说，那年我们都只有 17 岁，男女生之间都羞涩得互不言谈，可是有这样的经历之后，我们都觉得自己长大了，成熟了，心底蕴藏着一种很深的感情，那就是一种纯洁的高尚的，为别人着想替别人担忧的美德。我说，很遗憾，你们的感情如果发展成爱情，我的故事就更感人了。已经都当了父母的黄建华和周迈都笑了，小周脸还红了。

在座的每个人对当年修路时的艰苦生活还都记忆犹新。那是在远离村镇的原始森林里艰苦劳动，那时本来就物资短缺，断粮断盐的事经常发生，大家那样沉重的劳动却经常吃不饱。最难的是缺少水，大山里的干净的水源难找，只能喝塔头甸子里游荡着小虫子的脏水。有时掘开石头，喝地下渗出的臭鸭蛋味的黑泥浆水。那时一半的人都得了痢疾，拉肚子的人很多，有的男生连换洗的裤子都没有了，躲在林子里干活时，他们连裤子都不穿了，真像原始人一样。

周迈也是拉肚子最重的一个，她说，开始赤脚医生还给我药吃，后来因为生病的人真多，药都吃没了，结果越来越严重了。刚开始时，一天起来上茅房几次、十几次。后来没力气了，要人扶着上茅房，再后来几乎整天坐在同学从上海带来的马桶上起不来。拉无可拉，只见红血水黄黏液了。后来自己连坐着的力气都没有了，整天的昏迷不醒。

那天，我从昏睡中醒来，只听见赤脚医生趴在我的床头哭，她比我大一岁，是黄地营子的上海青年，每天两次跑到我跟前看我。她嘤嘤地哭着："她要死了，她要死了……"在她的哭声中，我又昏过去。不一会儿，她把我拍醒了，她拿着一支针药水，敲开，灌进了我的嘴里。她脸上还挂着泪，兴奋地说："我发疯了，翻遍所有的药箱，终于找到了这支黄连素针剂，没有水可以煮针消毒了，只好给你口服了，总比没药好！"奇迹真的发生了。我竟然慢慢止住了腹泻，身体也活泛起来。这是我倒下整整 8 天之后发生的奇迹。那个赤脚医生抱着我直掉眼泪。那时的青年，懂得担当责任，懂得爱人救人，一切都流露得这样自然，这样真诚，现在想起还让我落泪。

林兰新也有一次死里逃生的经历。她说，上山不久，我得了皮肤病，开始我没和任何人讲，照样每天和大家一起干活。可病情很快从一两个斑块蔓延到双腿，山上的医生也没有什么办法。一两个月后，全身都是病灶了，白天硬挺着，晚上浑身奇痒昼夜难眠。再后来身上淌着脓血，粘在衣服上，一脱衣就像扒皮一样疼得钻心。知青们只好把已经昏迷的我送下山。一个叫李荣的男知青牵来一匹老马拴了一挂花轱辘车，大家用棉被把烧得迷迷糊糊的我包起来，抬上车，在颠簸中上路了。在山上走夜路，容易碰到野兽，李荣带着一个脸盆，边赶车边敲。隔一会儿，他再停下来看看我是不是还活着。这都是我后来知道的。回到生产队，我很快被送到上海，经过半年的治疗我康复了，再回来时，修路已经结束了。当时心里很难受。

在宝山区人事局工作的林兰新至今还为没能和大家一起参加修路的全过程而遗憾。

在平安保险公司当业务员的毛仁昌的死里逃生的经历更神奇。当时在筑路指挥部当施工员的小毛半夜时分坐着钢轨作的雪爬犁上工地，突然钢轨碰到雪里的树桩，爬犁翻倒，把他甩出，那笨重的钢轨正压在他的身上。司机跪在埋在雪里的小毛身旁大哭，小毛说："我没死，快把我身上的东西抬起来！"后来大家把他抬到屋里，同行的副总指挥用一瓶西凤酒把淤血的大腿按摩通畅了。还有一次小毛得了副伤寒高烧到40度三天不退，在场的一个兽医在没法作过敏试验的情况下，用兽用针管给他打了一支青霉素。打完针后，针点直往外冒血，那针眼太大了，小毛疼得满床爬。又接着打了两天，小毛竟退烧了。大家都说，这小子真是命大。

也许比药物更有效果的是青春的力量，他们太年轻了，像大山里的青松那样挺拔，像那漫山的兴安杜鹃那样鲜艳，黑色的死亡，面对他们也退避三舍了。

然而他们还是幸运的，为那条通向云端的天路，年轻的战友们曾献出了生命，至今他们还沉睡在那大山的怀抱中。周迈想起，我们十姐妹班的一个女生叫金建平，在大罕公路干活时被传染上出血热，当时不知道，因为出血热的潜伏期有三四个月，结果在 12 月份，金建平被查出得了出血热，来不及抢救就病逝了，大家痛哭，那时她才18 岁，一个花一样的年华就这样去了！

当年在二站公社南二龙村下乡的现上海 52 中的老师钱中五，给我讲了他的战友晏智勤之死。那是 12 月初的一个下午，小晏和 13 个青年坐在胶轮拖拉机的拖斗里，为大罕公路冬季施工备料，在崎岖的山路上突然翻车，熟睡的小晏被翻到沟里，压在车下死亡。小晏很开朗，爱拉二胡，他最喜欢的曲子是《翻身道情》。公社为他隆重举行追悼会，知青李向阳为他画的像挂在灵堂，他躺在厚重的棺木里，穿了一身他最喜欢的草绿色军装。他的母亲来了，站在他的身旁哭泣。

钱老师沉重地说，那天，棺木放入墓穴时，枪声响了，那是我们为小晏子送行。这时天很高，几乎没有一片云，青苍苍的。起风了，山坡上的桦树柞树，被风掀起一阵阵啸声。在那个时候，在那样的环境里，死亡是经常发生的，我为死在那片黑土地的年轻战友而痛惜。我还要说，因为他们的死，那片土地才有今天的丰厚和深情。

离开上海去机场时正好路过陕西路，我参观了周迈开的那家"初芳花店"。她曾在国营机电公司工作过，还办过报，写一手好文章。退休后又和姐姐一起办了这家花店。她说儿子也大学毕业了，一家人生活得很好。开花店不是为了生计。站在姹紫嫣红的花丛中，周迈还是那样年轻美丽。经过苦难的青春如锤炼过的钢铁，是经得起岁月的侵蚀的。我祝福周迈和她的战友！

三十五、永久的牵挂

广阔的东北大平原，让人激动不已。列车一过山海关，他就有点坐不住了。趴在车窗前，那曾熟悉的山水，他总也看不够。那里有着他太多的牵挂，这牵挂让他寝食不安，让他归心似箭。

二十五年前，在那个阴冷的春天，他——19岁的上海知青曲胜辉也是坐这趟车，穿过东北大平原进入北大荒的。那是一次青春的放逐，他像没根的草，被狂暴的风雪卷到了那遥远的地方。那根就是父亲，父亲于1937年参加革命，1968年却以里通外国的罪名被抓，这位长期为国家安全斗争的公安干部，最后冤死在自己的监狱中。

申冤无门、生活无路的曲胜辉，告别病卧在床的母亲和弟弟曲光辉，上山下乡到黑龙江去。因成分问题不能报名到兵团，只能去插队落户了——目的地是德都县太平公社庆丰大队。

几个月后，光辉也走了，他去了更远的地方——呼玛县的金山公社察哈彦大队。弟弟本想投奔哥哥，几次写信与哥哥商量，可母亲说，你们不能死在一起！父亲的死使妈妈心有余悸，颠倒黑白的政治运动更使妈妈感到无力保护自己的孩子。于是弟弟翻过了大兴安岭，进入了黑龙江畔那个与鄂伦春人相邻的小村落，而哥哥胜辉在小兴安岭南坡五大连池火山地带的一个小村里落脚了。望着春雪还没化尽，如沉睡般的黑土地，他感到心里都在发冷。

渴望阳光的胜辉以为，只要好好劳动就能证明自己的清白，争得自己的希望。他知道父亲的"问题"很严重，他要用自己的行动证明自己是个"可以教育好的子女"。可是无论他怎样卖力地干活，等到村里政治学习，庆祝"最新指示"发表的时候，大家都在队部开会，他却要和那些"地富反坏右"在马号里受训，他开始为自己辩解：我是毛主席派来接受再教育的，我是知青点的排长。

队里根本不听他的，每逢有重要政治活动时，总是把他和被管制对象一起安排到磨米厂干活，后来磨米厂的夜战成了胜辉的"官活"，他干了一宿又一宿。可到了年终，他的记工本上却没记几个磨米工，而同时一起劳动的"黑五类"记的工比他都多。忍无可忍的胜辉找到了大队部，南炕坐着大队书记，北炕躺着队长。队长接过胜辉的工分本看了一眼，"啪"的一声扔在地下：

"你自己是什么东西你不知道？还来要工分！"他大吼。

胜辉说："我是知青！不是阶级敌人，为什么不给我计工分！"

他毫不退让，和他大吵，把压在心里的怒火都放了出来。大队书记把他们拉开，胜辉含着眼泪走出队部，他在心里放誓，我要让你们看一看，我曲胜辉不是孬种！

在后来的日子里，曲胜辉吃苦受累，默默的表现，他成了村里知青的带头人，真的当上了县里"可以教育好子女"的典型，他还入了党，当上了大队书记。在他最受气的时候，上海慰问团到访，公社召开贫下中农座谈会，乡亲们夸他，可会上传言他爸爸是坏分子，是国民党特务。村里的老王大爷开会回来说：这孩子屈啊！他爹当干部挨押，死在狱里了。依我看，他爹不该是坏人。曲胜辉听说后，晚上悄悄找到老王大爷家，让老王大爷当面把这话再说了一边。听他说话时，他竟满脸泪水。

那时因为村里被征了过头粮，知青们和老乡都吃不饱，连饲料都当口粮吃了。后来知青天天顿顿吃土豆蘸大酱，连穷乡亲们看着也心痛。胜辉发现自己的枕头底下经常有人放几个豆包，那真是救命的干粮啊！经过一番侦察，他发现了有个女孩子，悄悄给他送吃的。那女孩子姓曲，因为成分不好，她的父亲常和胜辉一起改造。他总对胜辉说，咱俩都姓曲，是一家子。可是胜辉实在不敢坦然接受这善良的交往，可怕的成分问题使他避之唯恐不及。

胜辉总是躲着"一家子"的接近，可是却接受了另一个姑娘大英子的关心，他高兴地把豆包的美味写信告诉了妈妈。以至回到上海见到妈妈时，妈妈问：豆包姑娘长得漂亮么？他愣愣地站着，只是傻笑。有一次大英子送好吃的，不像往常那样转身就走，他知道大英子有话要说。大英子望着他，眨了眨大眼睛，好像是边想边说：曲，瞧你这么造害自己，你不怕生病！

大英子的身影消失在黑暗中，可是胜辉却一直在琢磨她的话。这话，他时时在想，一直想到现在。大英子家的成分也不好，可她不姓曲，没有称呼"一家子"，这是唯一使曲胜辉感到值得庆幸的理由。

那时队里在离村子几十里的一个叫"南大荒"的地儿开了一片荒，农忙时要派几十人去干活。队里安排老谭头去给大伙做饭，打下手的有胜辉和大英子。他们起早贪黑地忙，大英子特别能干，灶上灶下的活都很在行，和她在一起，胜辉觉得艰苦的日子里有了一些欢乐和笑声，劈柴挑水时还哼着小曲。休息时，他们俩就挤在窝棚里的那铺小条炕上。有次太累了，胜辉嘴里还嚼着馒头就睡着了，醒来时，胜辉发现满口的馒头已经馊了，酸酸的。自己却和大英子挤成了一团，而她呼呼睡得正香。他不敢动，有点紧张地假装睡着，一直等到大英子醒了，翻身叫起他。

先人说，"食色，性也。"在那个特殊的季节，他们为了食而忘了色，真是令人感动的两小无猜呀！在那个春寒料峭的时候，一个朴实的农村姑娘给自己的温暖让胜辉难以忘怀。

后来，在离开黑土地的若干年，他听了那首歌——"村里有个姑娘叫小芳"，一唱起他就止不住要伤感，他还写了篇散文"我的大英子"……

　　每每想到这儿，胜辉会流下眼泪。这时"一站站灯火扑来，像流萤飞走，一重重岭闪过，似浪涛奔流……"在大东北这个平静的夏夜，望着北去列车的窗口，他想起，老谭头会在半夜过后叫起他，他再摸黑去叫醒酣睡中的大英子，于是一阵不出声的紧张忙活。他们要在黎明前蒸出几锅大馒头，昏暗的小油灯映出了老谭头揉面的影子，灶坑里的火光给大英子的头发染上了一缕金色，她总爱撅着嘴烧火，那火也许会更旺些。

　　他还记得，和大英子挑着饭担并肩走在"大荒地"的绿山坡上，两人边走边留神着小路旁的草丛里红红的野草莓。他去泉子挑水，大英子爱跟在后边，泉边的马兰和芍药特多，他没见过那么美丽的野花，那蓝色的马兰花是个故事，它象征着一个勤劳勇敢的好小伙，那大朵的粉色的芍药花就像是美丽的大英子。

　　他们也曾坐在窝棚前的羊栏旁，默默无语地看着如火的夕阳沉入山脊的后边。

　　1973 年，已经当上了大队书记的胜辉顺利通过了文化课考核，被推荐上大学，可到了县里却被文教科拿下来了，原因是出身不好，政审通不过。当时的县委书记听说后亲自找到文教科请教："小曲都入党了，还当了书记，怎么就不能上学，你们那个政审标准比共产党还严么？你们那是什么大学？"文教科马上又给胜辉调剂了一个指标，还是一个上海的大学。可这回，他坚决不去了！人争一口气！这下子，他又成了扎根农村的典型，县里安排他到各乡做报告，号召知青们都向他学习。上级把他当做县级干部的苗子培养。

　　县委吴书记还陪着省委组织部的干部坐着吉普车专程到村里来考察他。老乡们说，这个书记和别人不一样，当了书记还和大家一样干活，计一样的工分，不要队里的补贴。因为队里事多，他不能到"大荒地"干活，一有空就给男人不在家的老乡家挑水，为了一次能多挑水，他特制了硬扁担，还让孟铁匠给打了两副双向的粗铁钩子，一次能挑四桶水！老乡们从没见过这样的书记！

　　这时，胜辉给母亲写了信，谈了领导和当地乡亲对自己的厚望，妈妈马上回了信："你糊涂呀，千万不能当干部，你爸爸就是死在这上头的！"不愿意让母亲再伤心的胜辉，最终还是听从了她的希望，放弃了提干的机会。

1975年10月，他又经推荐到哈尔滨上了大学。走的那天，全村的人都出来了，大家一直把他送到村口，可就没有大英子的身影，她已远嫁外村，这之前她有意和胜辉疏远了。那一天，胜辉一步一回头，看着知青点的大草房，看着牛马成群的村子，看着依依不舍的老乡。村里的马车把他送到了县城，第二天又把他送到了北安。赶车的车把式是笑嘻嘻的王树清。他在大荒地赶犁杖时，笑嘻嘻地钻进了小曲的被窝，从此除不尽的大虱子开始寄生在胜辉的身上。胜辉走后不久，王树清媳妇曹姬兰便病故了。胜辉为此深深自责，因为自他走后没人再按时给她打针，对于缺医少药的农村，其结果可想而知。她做的黑布小棉袄一直陪伴着小曲过了许多年。北大荒人的友情使曲胜辉在家破人亡的"文革"中感受到了真挚的爱。

在大学里，他还是那股劲，因星期天经常去扫厕所，后勤处表扬他的大字报贴到了教学大楼前。他以优异成绩毕业后又被留校当教师。父亲被平反后，学校正要重用他，胜辉调到了青岛，在山东省国际贸易研究所工作，几年后他成了研究所里最年轻的副研究员，并当上了研究室主任。事业有成、家庭幸福的胜辉时常日有所思，夜有所梦。善解人意的妻子说：回去看看你的牵挂吧，如果有"孽债"就领回来，我养着！

于是就有了1994年6月的那次返乡之旅。他牵挂谁呢？是那片黑土地，是那里的乡亲，是培养过自己的老领导，还是含蓄的大英子，他也一时说不清。反正恨不得一天就飞到庆丰村。

在这北去列车上不眠的夜晚，

他看了很久，也想了许久……

火车到了哈尔滨，曲胜辉马上换汽车，当天就到了德都县（现在为五大连池市）的庆丰村的合心屯，那是他当年下乡住的地方。乡亲们以最高的礼仪欢迎曲胜辉，他是二十多年来第一个回来的上海知青，家家请他去作客，盘腿坐在那热烘烘的土炕上，喝不完的酒，唠不完的嗑。他见到许多人，就是没有大英子，屯子的人说，她的命硬，出嫁不久，男人死了，改嫁后，还是把男人克死了。好多年没回来了。他想去找她，村干部说，别见了，"老模呵惨眼"的，看了难受！要看你就看看王亚文吧，她等刘行军都等了 20 年了，都快不行了，你去看看她吧！

什么，王亚文还在等刘行军！胜辉大吃一惊，刘行军是和自己一起来到合心屯的，他父亲曾是上海市劳改局长，两家的大人孩子都挺熟的。他被乡亲们推荐上大学，毕业后回到上海工作，也早就结婚。他们已有二十多年没联系了。

一见王亚文，胜辉的心一下揪起来了。当年她和大英子都是村里漂亮的姑娘，可现在消瘦、憔悴和苍老得已没有了当年的模样。严重的肺病使她连说话都费劲。为了见曲胜辉，亚文特意打扮了自己，换上了漂亮的裙子。曲胜辉觉得花红的衣着陪衬着亚文的苦脸和病态，很像某个电影中的悲剧情节。亚文边咳边说："真没想到你还能回来，我以为你们就像一群外星人，突然来了，又突然走了，再也不回来了！"她特别高兴，可还是特别伤心。她哭着，说着，歇了好几气，说了好长时间。当天没说完，第二天又接着说。

她说了和刘行军的许多事，胜辉也是第一次听说。当时，16 岁的行军在村里当赤脚医生，一次给亚文的父亲下错了药，抢救了一宿才活过来，亚文要找行军拼命。从此行军为了赎过，几乎天天到她家干活。一来二去和比他小几岁的亚文有了感情，亚文给他写过情书，行军也吻过她一次。当时小亚文吓得手脚冰凉，但她认定自己就是他的人了。

1976 年夏天，他们已经准备结婚，这时行军要到上海华东师大上大学。临走时，他许愿，学成之后一定回来。1980 年秋天，行军该大学毕业了，痴情的亚文天天到几十里外的火车站接他。没想到行军来信说，他毕业后分到了上海，在闵行区的一所小学教书，不能回来了，亚文不吃不喝，哭了二十多天。1978 年她得知行军结婚的消息后，吃了 100 片安眠药，在医院抢救了 7 天 7 夜，出院后，她独自在县里照了一张以上海火车站为背景的"结婚照"，虽然没有新郎，她也很满足了。从此她一病不起，吃什么药也不见效，她的体重只有70 斤了……

胜辉回村的那几天王亚文很激动，她苦捱了近二十年，无人可倾诉衷肠，这回终于把快烂在肚里的痴情话全倒了出来。说话之间，她的眼睛放着光，就像又回到了人生经历过的梦境。她不怕被曲胜辉取笑，不怕被误解，不怕敞开的内心被伤害。她几乎是迫不及待地，固执地，自顾自地在说。她不想让这次对话中断，她一定要说完她想说的话。为了能不被干扰地继续说话，王亚文几次要求更换谈话地点，从热炕头到学校的空教室，从室内到户外，从白天到晚上。王亚文的执著和谈话的避人，使曲胜辉感到有些不便，这毕竟是一男一女的谈话。然而曲胜辉只能迁就，谦让。王亚文说话的有气无力和不断传出的哮鸣音使曲胜辉不敢说也不敢问，生怕一个敏感的话题使王亚文情绪波动。他甚至以为王亚文的生命处于一种回光返照之中。

为了认真地倾听，曲胜辉的回乡计划被打乱，行程一再变更。他真的担心王亚文的身体状况，后来这种担心持续了许久，一直到他们破镜重圆之后许多年还在担心。

王亚文终于说完了，极度兴奋的她就像换了一个人似的，一下子气息奄奄了。她的生活中好像从此再也没有什么要说的，更没有什么可想的了。对于人生她既无牵挂，也无任何奢望，似乎她把什么都放下了，只等着生命的油灯熄灭。

老的牵挂没有化解，胜辉又带着更沉重的牵挂回去了。他想不出用什么办法来救王亚文，更不知道怎样才能给大英子一点帮助，他的心情很沉重！他托许多在上海的合心屯知青寻找刘行军，可是大家都没有见到过刘行军，他就像在上海蒸发了一样。

这年曲胜辉从青岛回了一次上海，在徐家汇的一家商店，他透过玻璃窗看到街上走的一个人有点像刘行军。他惊喜地跑出商店朝那个人身后喊了一声："刘行军！"那人回过头，半天他们才互相认出来。

他如此这般地说出了王亚文的现状，行军流着泪表示，我一定要把她接到上海！胜辉给了他一番忠告，你已经伤了一次亚文，不要再伤害她了，她已经受不住任何打击。她已不是当年的亚文了。

那年冬天，已经和在美国的妻子离婚的刘行军当真把亚文背回了上海，和她结婚，帮她治病。他们幸福生活了十年后，刘行军患了肝癌，王亚文又千方百计地为做肝移植筹措资金。胜辉把他们的故事告诉了当年也在合心屯下乡的知青，在中央电视台"实话实说"节目的策划人杨东平，他的同事张悦在她的"半边天"节目中把这个故事推向了全国。于是被感动的许多人得知行军得病的消息，自动捐款，再加上王亚文和亲友们的积蓄，共凑了20万元，刘行军成功地进行了肝移植手术。这个真实的"小芳的故事"让他们成为"2004年最能感动上海的人"。

成全了王亚文和刘行军的幸福并没有减轻胜辉对合心屯的牵挂，从那次回去以后，他几乎年年都要回去，有时一年回去两三次。2005年和2006年的夏天，他和当年在这里插队的老知青们，领着自己的孩子来到了合心屯，开展"新老知青返乡支教"活动。那些孩子中有中学生、大学生，也有研究生。胜辉的女儿和许多知青的孩子参加了小知青的队伍。老知青和小知青们捐款在村子建立了有1200册书的知青图书馆和有两台电脑的信息室。如今这图书室和信息室成了村里最主要的文化设施了，也许村里的孩子们就从这里走向外部世界。

胜辉这些大知青有意做了安排，让小知青住进了他们珍爱的故居。小知青在日记中这样记述："我们这次在合心屯所住的草屋正是30年前的知青宿舍，如今岁月已让它显得破败不堪，俨然一副危房状态：草屋的墙已东倒西斜，屋顶有不少用板遮盖的漏洞，窗户的玻璃残缺不全，用塑料布封着口。第一夜因为准备不充分，我们其中的六个男士不得不挤在一铺炕上，两人用一个枕头、三人盖一条被子，留给每个人的狭小空间迫使睡觉时手只能放在胸前，翻身更是一种奢望。此时此地，听到屋外的雨声和屋内漏雨拍打窗沿的节奏，真是别有一番滋味在心头。"是的，睡惯席梦思的孩子们在这漏屋夜雨中，他们真该好好想一想了。想一想自己的前辈的过去，也想想自己的现在和未来。

第二天，他们一睁开眼睛就被热情的农村孩子包围了。他们教这些孩子学英语、学电脑，也教他们唱歌、跳舞、画画、弹琴。村里的孩子们领着他们骑马、干农活、赶集、采野花。城市的孩子们感受到了北大荒土地的广阔，也经历了突来的风雨，他们是这样记述的："我们刚到的那天傍晚，天气突变下起大雨，气温骤降了十度左右，回宿舍的路上大家都没带伞，而且只穿着夏天的单衣，在风雨交加中所有人都瑟瑟发抖，到后来甚至惨叫声此起彼伏——这真是平生第一次被这样冻到了骨头里。最终一群落汤鸡跑到了屋里，一个个蜷缩着发抖，此时炕已被烧得很暖，我们这才感到东北热炕头的魅力，赶紧一起挤上去。难怪老知青总说，当年最舒坦的事莫过于躺在热炕头上不出来。"

经风雨后，更知热炕暖。这种真切的体验对他们的人生都有意义。他们还和当年知青一样自己生火做饭，第一顿饭的菜谱是：炒土豆丝、炒豌豆、地三鲜、干烧茄子，还整了两盘西红柿炒鸡蛋，切了盘黄瓜和葱蘸酱吃。老知青们很吃惊，这帮孩子还是很有生活能力的！在只有十几天的合心屯的日子里，知青们发现自己的孩子忽然长大了！更没想到的是孩子们对知青运动有了新的思考。同济大学的研究生张屹南提出了"新知青"的概念，他说："我们这些当年上山下乡知青的下一代人，应在新时代中同样继承父辈与农村建立的深厚友情，尽可能地走出城市，来到农村体验交流，从而建立起农村与城市合作和沟通的纽带。"

"新知青"们已经开始实践自己的思想了。曲胜辉的队伍越来越大。他说，现在有更多的孩子报名要参加每年的"新老知青返乡支教"活动，有的孩子每年都去，海外的孩子们也开始报名。胜辉很欣慰，从一个人和一些人对一个村子的牵挂变成了更多人对农村、对农民和对农业的牵挂。这正是"新知青运动"的意义之所在。

还要交代的是，王亚文和刘行军也和孩子们一起回到了家乡，见景生情，他们恍如隔世。曲胜辉意外地碰到了回村办养鸡场的大英子，岁月无情，物是人非，他们不知何言。他说："我回大荒地了!"她说："你怎么不叫着我，多少年了，我也想去看看!"他说："下次吧!"胜辉又怀着惆怅走了。他还会来的，就像老房子的燕子，飞走了，还会回来。

"天上下着细雨，脸上流着泪水，那梦中的小村庄，我又回到这里……"这首由小知青们自己作词作曲的歌，开始在合心屯，在上海，在老知青和小知青之间传唱。

三十六、坚守上甘岭

　　大小兴安岭最美丽的花是达子香，也称兴安杜鹃，那花开在早春时节，山坡上一片耀眼的玫瑰色。可惜，我来的不是时候，六月初，小兴安岭的达子香已经凋落了，枝叶还在，那花已随春雨溶入了土地里。三十多年前，几万个来自大城市的知青，也像那开遍山坡林间的达子香一样，给寂静的大山带来一片灿烂。后来那些花又逐渐地移植回了他们的家乡，大山里的人时常想着他们。

　　我又到大山里寻找，那遗落在大山里的达子香。伊春市委宣传部好不容易给我找到了五个上海知青：市工商局局长胡一名、市水务局副局长朱孝天、市文化局原办公室主任忻丽范、市电业局会计朱翠珍和上甘岭区的物资局长郭奕明。这三男两女都是 1972 年初下乡到伊春所属的农村或上山到林场的上海的初中生，后来陆续调到了伊春市里工作，他们都因为和当地人结婚而没有返城。

　　他们的故事都很感人，可我更想找一位还在基层工作的老知青。胡一名想起了上甘岭的乐新华，他说："你去看看吧，老乐一点也没有上海知青的样子了！"郭奕明说："乐新华是我的同学，我们是一起到上甘岭的，到现在我们在山上已经待了三十五年零五个月了！

当年一共来 76 个上海知青，只剩我们俩了！"

怀着对坚守上甘岭的战士的深深敬意，第二天一早我就上山了。上甘岭林业局地处小兴安岭中段，横跨南北两坡，位于高山密林之中，全区 500 米以上的山峰就有 493 座。上甘岭林业局是 1953 年成立的，当时正赶上抗美援朝的上甘岭战役大捷，因此取名为上甘岭林业局。还有一种说法，准备参加上甘岭战役的一部分部队，后来转业到了此地，成为这个局建设的主力，因此这个新局被命名为上甘岭林业局。无论怎么说，这是一片英雄的土地，当年抗美援朝的战士和林区的工人们披荆斩棘，在大山深处建设起这个重要的木材生产基地，人民大会堂里有来自这片林区的栋梁。后来的知青正是英雄们的继承者。

郭奕明早早地就在道口等候了。他说，你是三十多年来头一个来看知青的领导，我说是老知青会老知青，我们是惺惺相惜吧！老郭 1953 年出生，是上海杨浦区图门中学的初中毕业生，1972 年 1 月来到上甘岭林业局，先当林业工人，后来又当了二十年的保管员和材料员，1991 年当上了局材料科的科长兼书记（区物资局局长兼书记）。他很清瘦，像位饱经风霜的基层干部，如果不说话，你绝对看不出他是位大城市的知青。他的爱人是位鹤岗知青，前几年从审计局副局长的位置上退了下来，现在一家企业打工。他说，因为林业的危困，大量人员外流，他已是当地最老的"土著"和在位最老的干部之一了。

在那栋建于上个世纪六十年代的家属宿舍里，我们找到了乐新华家，房子很破旧，院很挤，屋内的陈设异乎寻常的简单。更让我们吃惊的是老乐的满头白发、老旧的衣着和木讷的表情。去年秋天我曾在杜蒙县采访了一位叫乐兰英的上海女知青，写了一篇《乐不起来》的故事。这回在大山里我又看到了这位老乐，还是让我乐不起来。他的境况大概不如许多普通的林业工人。

看老乐说话太慢又太简单，他的爱人张春英接过话茬，她快言快语，把这些年和老乐过的日子都道了出来。乐新华上山以来一直在基层林场当工人，开始在离局里 20 多里的永绪林场，后来又到了 100

多里外的山峰林场，都是清林工，打杈、归楞、抬木头，山上的什么重活都干过。住过帐篷、木刻楞，吃的都是粗粮，冬天进山干活时，用火烤冻馒头，就着咸菜条吃，渴了就抓一把雪。

1979 年老乐认识了从吉林榆树县来林场投奔姐姐的张春华，她爽朗热情什么活都能干，他们很快在山上成了家，结婚时连炕席都没有，那时老乐的工资每月只有 38.61 元，小张干一天清林的活能挣一元多钱，日子虽然清苦，但很快乐。以后许多知青战友陆续返城了，老乐在上海的家境不好，父亲早逝，母亲也没有办法能给他找到一份工作，再说也不能为回家和老婆离婚。

1980 年，他们的女儿乐波出生，那孩子长得漂亮，说话又早，尽说让爸爸妈妈高兴的话，老乐他们把什么苦和累都忘了。

然而最大的不幸降临到了这个苦难的家庭。1986 年春天，生来就营养不良的小乐波总是感冒发烧，说话气都不够用。开始老乐并没在意，再说他们住在山上，医疗条件很限，如果下山看病既费钱又耽误工。后来孩子病重了，他们急着下山了，给孩子看病的钱是借的。那山路很长，他们恨不得飞过去，早点治好孩子的病。可是上甘岭林业局医院无能为力，他们又到伊春住了三个多月的院，还不见效，他们只好抱着小乐波又赶到上海，老乐对女儿说："上海是咱们的家!"非常懂事的小乐波说："回家就好了!"医院诊断是病毒性心肌病，医生埋怨他们来得太晚了。

那些天，他们一家住在只有 13 平方米的弟弟家，他们睡在床上，弟弟一家躺在地上，晚上上厕所要从他们身上迈过去，老乐两口子度日如年。再说他们带的钱也花得差不多了。他们决定还是回家，在登上火车那一刻，乐新华望着这个既亲切又生疏的城市流下了眼泪，小乐波艰难地喘着气说："上海多好啊，我不想回家!"是的，这里也是孩子的家乡，她有权利在这里度过自己快乐的童年。

可是爸爸妈妈还是抱着她回到了大森林。小乐波又住进了伊春的医院，爸爸妈妈和医院都尽了最大的努力还是无力挽救她幼小和美丽的生命。她奄奄一息地躺在病床上，睁着圆圆的大眼睛望着亲爱的爸爸妈妈。临床的阿姨给她送来苹果，她说："我快死了，不用吃东西了！"爸爸妈妈恸哭，流的不是泪是血。他们眼看着孩子像鲜花一样渐渐地枯萎，心如刀绞，他们捶胸顿足，痛恨自己的无能！

现在小乐波静静地睡在家乡的大山里，春天，她的坟头总是开满达子香，那花儿很艳丽。

女儿的死让老乐一夜白了头，也让张春英几乎失去了生活的力量。她不思茶饭，每天两眼发呆。他们感动了苍天，上帝又给了他们爱的补偿，一年后他们的儿子又在大山中降生了。他们给他起了一个名字：乐岩。他们要让自己的儿子像山岩一样坚强！那孩子健康，也很聪明。

春英说，这些年我们能坚强地生活下来，还因为郭奕明的帮助，他比我们的亲兄弟还亲，是我们家的大恩人！1992年林场涨工资，70%的人都榜上有名，可是一贯任劳任怨的老乐却被落下了。他也太老实了，从没有为个人的事找过领导。他说，场里为女儿看病花了不少钱。我不能再张口了。可张春英咽不下这口气，她向邻居借了30元钱，又借了一件体面的衣服，坐上汽车下了山找到了局里，可她谁也不认识。有人告诉她，材料科的郭科长是和你家老乐一起来的，他人可好了！张春英找到他一说，他说，老乐该涨工资，我帮你找。正好局长姜向东曾是他的上级，他把情况一说，这位善良负责的领导当场拍板，又给乐新华单独下了一个涨工资的指标。拿着那一张表，张春英热泪直流！虽然每月只增加了十多块钱，可对这个家庭太重要了，为了女儿治病，他们还有2000多元的债务。

也许郭奕明对老乐一家最大的帮助，是安排他们下山。在乐岩就要上学的时候，老郭想，女儿没了，儿子是老乐一家最大的期望了。他应该下山接受更好的教育。他又找到了姜局长，想让他为老同学在山下安排个工作，他很同情老乐，可岗位难找。老郭说，不行就安排我们材料科吧！姜局长说，你们能安排，我同意。老郭当时是副科长，回去和王长友科长一说，老王也是好心人，当时就答应了。

　　这样，老乐这个在深山里一待就是三十多年的山里人，终于下山了，在材料科当上了更夫。他们全家住进租借的一间不遮风寒的偏厦里，老郭不过意，又颇费周折为他们要到了现在住的这间27平方米的旧房，他们自己又接了20平方米的门斗，全家人很满意地在上甘岭区的这个小城镇生活着。他们像走出山洞的白毛女一样高兴。

　　乐岩学习很努力，生活很刻苦，在上甘岭读初中时，每天骑车上学，走十多里的路，从不在学校吃饭。到友好林业局读高中住校时，他的伙食费是同学中最少的。他知道，他的饭钱是妈妈从邻居家借的。乐岩很争气，2005年考取了黑龙江科技学院。老乐夫妻又高兴又难过，高兴的是全家又有了希望，难过的是老乐每月240元的工资怎么供得起一个大学生！关键时刻，老郭又伸出了援救之手，他又帮助老乐向组织求助，刘永文局长又批给老乐补助2000元钱。这样他们又借了一些钱，终于把儿子送到哈尔滨，让乐岩有尊严地上大学了。

　　老乐两口子，是坚强的人，他们不忍心再麻烦老郭和单位了。他们要自强自救。在这个只有几万人的小镇上，人们经常看到一对起早贪黑打短工的老夫妻，他们一起为别人家修房、刷墙，老郭还干过为别人家挑水和为楼上装修的人家扛水泥的活，挑一担水给5毛钱，刷一平方米的墙得5毛钱，扛一袋水泥到6楼挣2元钱。他们还经常到街上捡废纸盒，当废品卖钱。看着这一对50多岁的知青老夫妻劳碌和疲惫的身影，老郭总是很难过，他尽其所能地帮助他们。张春英说，我穿的这身衣服都是郭大嫂给的，家里的许多用具也是老郭和别的人送的。"你们坐的沙发，是我们刷墙的那家人给的。"说起打工的事，老两口很快乐，因为他们是给孩子挣学费，干什么活也不觉累，也不觉丢脸！最近就要退休的老乐，今年调整工资后每月能开500多元。下岗之后，可能就少了。张春英说，原来她每月还能得90元的社保金，最近也不给了！说着，她哭起来。她说，儿子每月生活费要500元，他们太难了。老郭和我都劝她，大家总能想办法让乐岩把书读下来！等孩子大学一毕业，就好了！

后来知道，其实时刻关心着老乐的郭奕明也面临着同样的困难，也遭受过巨大的精神创伤。他把 12 岁的儿子送回上海请父母帮助抚养，当时他和爱人两个人一个月的工资还不到 1000 元。回到上海，虽然有亲人的呵护，但孩子总有孤独感，开始学习很好，上中学时迷恋上游戏机，干脆放弃了学习，整天泡在游戏厅，可爷爷奶奶并不知道。高中毕业那一年，老郭几乎天天都要给儿子打电话，询问他的学习情况，他总是报喜不报忧。6 月 1 日学习单发下来了，他的成绩很差。儿子觉得没脸见为他费尽心血的父母了，6 月 2 日中午，他走出爷爷奶奶家，找了一处高楼要结束自己的生命。他走到 18 楼，上面有护栏，他又走到 6 楼，一头栽了下去……正在外地出差的老郭赶到上海，看到躺在病床上血肉模糊、浑身缠满纱布的儿子时，他眼前一黑，几乎倒下。万幸的是，儿子跳下时被空中的电线挡了一下，掉下后又被及时发现、及早送到了附近的吴泾医院，迅速处置后又被送到条件更好的第五医院。但是医生还是让他做好"两手准备"：死亡的可能很大，活过来也可能是植物人！儿子昏迷 20 天，这 20 天是老郭两口子的人生地狱，他们已记不清是怎么熬过来的。儿子终于醒了，老郭和妻子叫着儿子的名子，已是泪流满面。真是神奇，儿子竟没有留下严重的后遗症！休息恢复两年后，在老郭和爱人的鼓励下，儿子考上了上海师大的日语系，现在已经毕业正等着工作呢。我说，老郭你太善良了，苍天有眼，让你儿子化险为夷，而且会前途无量！真是好人有好报。老郭笑了。

听说我来采访，上甘岭林业局的马仁祥书记和夏景涛局长把我请到局招待所。我向这两位年轻干部汇报了老郭对老乐的帮助，他们都说老郭是个好人好干部，他为人正派，工作兢兢业业。有人说，他有权不会用，物资局长白当了。可全局的干部都知道，他克己奉公，当得很好！我还说到老乐现在的困难，还有爱人的社保金问题。他们都表示，只要政策允许，我们一定帮助。在我还没离开伊春，我就听说，老乐家的社保金解决了。我知道，林区职工有困难的人很多，基层的领导能这样关心老知青，已让我们很感激了。

我想，写完这篇稿，我应该到黑龙江科技学院去看一看乐岩，我想对他说，你的父母很伟大，他们像上甘岭上的红松一样扎根山岩，千磨万击还坚劲。你应该像他们一样！

黑龙江科技学院在哈尔滨市松北区的糖厂街 1 号，乐岩在矿务加工工程专业学习。我想还会有人去关怀他——一个饱经苦难的老知青的后代。

◎博客留言：

老乐的故事又让我落泪了。他是上甘岭的坚强战士，历经磨难，但他没有离开林区。他的女儿死在了大山里，他的儿子终于考上了大学。老乐夫妇的精神让人感动。他们的战友老郭和同事们对他们的帮助让人感动。我们真应该向作家老贾学习。多关心生活困难的老知青，多关心社会上的弱势群体。

——方中行

看到贾老师的这个故事，我想到了一个问题，不管返城的知青的成功与失败，我们毕竟回城了。我们不应忘记那些当年一个车皮下乡、在一起摸爬滚打、因种种原因还留在那里的战友们。我们更不能忘记，那些至今留在北大荒的外省知青，因为他们才是"献完青春献终身，献完终身献子孙"的一个特殊的群体。

——武振中

我是乐新华的儿子乐岩，现正在黑龙江科技学院上大学。在这里向所有关心的父母关心我的好心人表示感谢！首先感谢贾老师，感谢他不辞劳苦跑进大山，把不为人知的我的父母的苦难经历告诉了更多的人。也感谢他在采访了我的父母之后，又带领夫人和儿子儿媳一家四口人，到学校来看望我鼓励我，给我送来衣物；也感谢那些从报纸上从网站看到贾老师的文章后，给我打电话来信的好心人，更感谢他们对我父母对我的资助！请相信，我一定会以我的父母为榜样，自力更生、艰苦奋斗、好好读书，将来回报社会，回报所有的好心人！

——乐岩

　　百万知青中更多像老乐这样的人，普普通通、平平常常，如果不是贾老师这样的有心人去采访他们，就将默默无闻终其一生。无论是返城的还是守望麦田的，他们都是主体，真正做出成就，改变命运，或者能扼住命运的喉咙的人，毕竟是凤毛麟角。我所认识的知青中有许多老乐这样的人，他们善良、本分、纯朴、忠厚，却有些窝囊、怯懦和迟钝，因此一直生活在底层。我不知道这样表达是否准确，但毫无居高临下的意思，这些人曾是我的好兄弟好哥们，有的甚至为我拼过命、打过架。但是那个年代他们毕竟是耽误了最好一段青春年华，因此在命运的搏斗中缺少智慧。可喜可贺的是他们的后代成长起来了，乐岩他们会靠知识改变命运。

——王国栋

三十七、长眠在你的怀抱里

我站在久违的站台上，等待并不相识却十分亲密的朋友。

三十九年前，我在这里登上北去的列车，走向那遥远的荒原。八年后，我又从这里走下火车，回到家乡。

今天，他要从这里路过，然后再次走向荒原，永远也不再回来。我们——四五十个哈尔滨的老知青列队在站台上，手里举着沉重的标语："两鬓已秋，情怀如旧。""北大荒精神永驻我心。""情系黑土地，魂归北大荒。""高志强一路走好。"

列车徐徐地进站了。车厢上走下一个年轻人，他双手托着父亲的照片，后面跟着他的母亲，她提着一个大旅行袋，那里面装着的就是他——北京老知青高志强的骨灰盒。她看到从未谋面的我们，看到我们手上的标语，她哭了，泪流满面。我们迎上去，和她及一行的十几位北京战友握手拥抱。我们的心都在流泪。

"谢谢你们来接送高志强。谢谢！"在哈尔滨火车站贵宾室，当年和高志强一起到北大荒下乡的战友、妻子傅玉玲对来接他们的哈尔滨的知青战友说。"我们是来完成高志强的一个遗愿，没想到这么多的战友来接我们！"

哈尔滨知青联谊会会长李淑梅代表我们讲了这样的

话："高志强把自己的青春献给了北大荒，如今他的亲人和战友又把他的骨灰送回北大荒，这代表着几百万知青的一种精神，一种永不褪色的奉献精神。"

半个多小时后，傅玉玲抱着高志强的骨灰和战友们又登上了3141 次列车，他们要去建三江，那是高志强的魂归处。我的耳边响起了歌声——

> "啊，北大荒北大荒，
> 我把一切都献给了你！
> 你的果实里有我的生命，
> 你的江河里有我的血液，
> 即使明朝我逝去，
> 也要长眠在你的怀抱里。"

列车在歌声中渐渐远行了，留在站台上的我们在向远方招手。我没有走，在静静地等待那一列记忆中来自北京的客车。那是 40 年前的大雪纷飞的 1967 年 12 月，那列车在歌声中进站，那歌声是——

> "迎着晨风迎着阳光，
> 跨山过水到边疆，
> 伟大祖国天高地广，
> 中华儿女志在四方。……"

唱歌的是来自北京西城区 13 中、丰盛中学和 38 中等学校的 104个中学生，他们是自愿报名到北大荒的"红卫兵小将"，他们是"文革"中上山下乡运动的先驱，毛主席发出"知识青年到农村去，接受贫下中农再教育"的指示是在第二年的 12 月。当列车在北京站启动的那一刻，许多知青哭了。激情燃烧后总要冷却，他们有些茫然地望着冰冷的东北大地。高志强是这帮知青中的老大哥，他是老高三的学生，一路上安慰着小同学们，领着大家唱歌，为他们送饭送水。这时，一个丰盛中学女知青正注视着他，她叫傅玉玲，也是老高三的学生。她为这个 13 中男生的行动所感动。在以后的日子里这种感动变成了深沉的爱。还有一个叫于光的小伙子跟着高志强跑前跑后的，他是 13 中初三的学生，却比别的孩子更坚强，因为他的父亲于宝合是位抗联老战士，是赵尚志、赵一曼的战友，在白山黑水之间，打过仗，流过血。到前辈战斗过的地方去革命，是于光长久的心愿。而坐在傅玉玲身边的那个小姑娘林东升，也在注视着他，后来也把这种感动变成了爱——那是以后的故事。

满载着青春梦想和革命激情的这列火车，12 月 8 日上午，停靠在双鸭山火车站，那一百多个北京知青成了集贤农场（后来的三师 29 团）的职工。傅玉玲回忆说，那一天刮起猛烈的"大烟炮"，风声呼啸，大雪铺天盖地，冻得我们浑身发抖，脸上像有刀子在刮。看来，我们要在北大荒的风雪中成长了。我和林东升被分配到了良种队，高志强和于光上了 8 队。于光回忆说，到了队里，高志强当上拖拉机手，他文化水平高，又对物理感兴趣，动手能力强，很快成了连里的技术高手。我也当上了拖拉机手，开胶轮拖拉机，给队里跑运输。那时农场也在搞"文革"，开始我们这帮红卫兵也跟着闹腾，后来干活一累，我们也没那个心思了。一到休息日，我们北京这帮学生总是互相走动，我和老高常到良种队看傅玉玲和林东升，她们俩也到我们队来看我们。我们到了一起总有说不完的话，虽然远离家乡但并不寂寞。开始队干部和老职工看不惯北京知青的高谈阔论、夸夸其谈，可我们干起活来，都争强好胜，一点儿不比别人差，他们也佩服我们了。

又一场风雪考验着高志强和他的战友们。1969 年 1 月，高志强自愿报名到抚远荒原建新连队。他和于光等十几个知青跟着几个连队干部，冒着风雪开进二（二龙山）抚（抚远）公路 43 公里处，在一片桦树林旁支起两顶帐篷，用树干搭起床铺，再支锅点柴化雪水做饭，晚上用旧油桶烧火取暖。他们在摇曳油灯下写下扎根荒原的誓言，歌声从帐篷中飞出，唤醒了沉睡的处女地。

冰雪消融后，高志强开着全连唯一的"东方红"拖拉机，领着他的班组，向荒原开战。红色的拖拉机拖着沉重的铁犁，翻开被荒草和树根纠缠的黑土地。那场面十分壮阔，但拖拉机卷起的灰尘把他们吹得人鬼难分，24 小时连班作业，他们经常饥寒交迫。于光说，最难忍受的是夏天蚊虫的叮咬，他们把黑泥涂在脸上。最渴的时候，水洼里有小虫子游动的浑水也是最好的饮料。那一年，高志强他们创造了奇迹，当年开荒、当年种地、当年打粮，虽然产量不高，也算有了收获。更大的收获是他们在荒原上站住了脚，盖了房，打了井，建了食堂，修了场院，有了几万亩自己的耕地，成了一个像样的农业生产基地——61 团 1 连。当年也在这个连队下乡的哈尔滨知青、现省人大农林委副主任李伟对我说，高志强这帮北京知青是机务上的骨干，他们开出的三万多亩荒地，成了现在创业农场一队的基础。现在这个队已建成全国农业现代化的样板队和建三江重要的粮食基地，当年的北京知青功不可没。

1976 年 10 月，在北大荒奋斗了十年的高志强，含着眼泪告别了这片他曾洒下无数汗水的土地，告别和他结下大地一样深情的战友们返城了。他不想走，又不得不走了。女朋友傅玉玲已于三年前被抽调回北京当老师了。尽管她早就申明，她在北大荒有男友，可还不断有人给她介绍对象。她曾给高志强写信说，如果他回不来，她可以重回北大荒。但他不忍让她为自己做出这样的牺牲，她家六个兄弟姐妹，五人下乡，她好不容易返城了，有着很重的家庭负担。为了坚守北大荒，高志强曾一次次放弃升学招工的机会，这次他却以困退的方式返城了。他心里有一股说不出的滋味。

由于是当年重点中学的学生干部，高志强一回北京就被安排到西城区知青办工作。那时，落实知青政策的任务非常繁重。当年，为了解决国家的困难，数以千万计的城市青年上山下乡，现在"文革"结束了，国家情况好转了，应该安置更多的知青返城。这是邓小平的一个伟大的决策。作为一个老知青，他被返城政策所感动，更要尽最大的努力，让这个政策能落实。那时，他白天在单位忙着为返城知青办手续，晚上家里成了知青家属接待站，他不厌其烦地讲解政策，帮那些符合条件的战友研究尽快返城的办法。战友们返城后，高志强又帮助他们安排能发挥作用的岗位。

傅玉玲说，那些年得到高志强真诚帮助的知青，真是数也数不清。后来知青办的工作并入劳动局，高志强还像当年北大荒耕地的牛一样，扎扎实实勤勤恳恳工作了三十年。他曾担任过就业科长、培训科长、区职业技术培训学校的校长、书记，无论在哪个岗位上他都全心全意、尽职尽责。这么多年他获得多少先进工作者、优秀党员和各种荣誉称号，他自己也说不清。

人们说高志强是标准的国家公务员、尽职的党的干部。一看他朴实真诚的样子，就知道他是个老知青。然而不幸正向他袭来。2004 年区劳动局要把旧办公室改建成职业技术学校的校舍，作为学校领导的高志强天天在现场跟着。午休时，他就躺在装涂料的小屋眯一会儿，回家时满身都是油漆味。装修工程是上半年开始的，到七八月时，身体一直健壮的老高突然感到浑身没劲儿，傅玉玲多次督促他才到医院检查，结果把他们惊呆了，他得了白血病！血液里癌细胞含量已达 24%。

高志强只好听从医生的意见，12 月 6 日，住进北大附属的人民医院血液病科。那一天正是 37 年前高志强下乡到北大荒的日子。难道，这就是命运的安排，他又一次走近北大荒？傅玉玲劝老高不要多想，好好治病养病。经历过北大荒风雪考验的高志强十分坚强，他对自己的身体有信心。他忍受着化疗的苦痛，身体稍有好转就出院，情况严重后被迫再次住院。

听说老高病了，同连队的战友来看他，当年得到过他帮助的知青来看他。面对大家，他总是说："病好了，我一定回北大荒看看。"战友们也对他说："没问题，病好了，我们陪你一起回去！"傅玉玲说，"病好了，回北大荒！"成了高志强战胜疾病的精神力量。一见到战友就说这句话，就像二战时期法西斯占领区坚持地下斗争的战士见面就说："消灭法西斯，自由属于人民！"然而信心并没有改变残酷的现实，高志强病情越来越重了。

2005 年 8 月，同一个连队的战友章伯滔要带着几个老知青回建三江，他们到医院来和高志强辞行。高志强说，我明年身体好了，再和你们一起回去。章伯滔说，到 2007 年，我们下乡 40 年时，咱们一起回去！十几天后，他们从建三江回来，马上来见他，给他看在北大荒的照片和录像，转达了连队老职工对他的问候，他激动地说："变化太大了！在我们开荒的土地上，庄稼长得这么好！那么多人还惦念着我，只要能走路，我一定回一趟北大荒。"他在当天的日记中写道："又有这么多的战友回建三江了，我真羡慕他们，如果我真的回不去了，那将是一生最大的遗憾！"那些天，他很忧郁。老战友们排成班，每天轮流来照顾他。在傅玉玲和战友面前，他总是很泰然。那天姐姐来看他时，他又说起北大荒，他说："姐你不知道，我对那片土地真的太有感情，太让我怀念了！"说着他竟号啕大哭起来，也许他已经感觉到，自己再也不能回北大荒了！这是他得病以来，第一次大哭，也是最后一次。

12 月 24 日，上午，轮上张民阜和爱人——上海知青谢晓蕴来医院照顾高志强，当年他们都是 61 团 1 连的。小谢望着面容青癯的老高说："好好养病，明年我们下乡 40 年，一起回北大荒！"老高轻声地说："明年 39 年，后年才 40 年。"小谢又说："你要挺住，40 年时，我们回去！"这时老高伸出瘦骨嶙峋的拳头说："要挺住！"他尽量把拳头举高，声音也很坚定。没想到，这就是高志强留给战友们的最后一句话！中午时分，在傅玉玲给高志强喂饭时，他昏迷了。几个小时后，20 多个战友们都从全市各处赶到了他的床前。他们呼唤着他的名字，可他再没能回答。下午 6 时，高志强那一颗顽强的心终于停止了跳动。

随着傅玉玲和战友们低沉的哭泣，北京开始下雪了，那雪和北大荒的雪一样的白，一样的大。天色暗淡，寒风萧瑟。

战友们在八宝山给高志强举行了隆重的追悼会。一个多月后，傅玉玲在整理高志强的遗物时，在他的"病中日记"的最后一页发现这样几句话："把我的骨灰撒在东北大地，捐献我的眼角膜，在我父母坟前替我种一棵树。"傅玉玲立刻泪流满面，接着放声大哭，她后悔没有在高志强走前看到他的遗嘱。那时他表现得很坚强，从不说死，而她也不忍心当着他的面安排后事，更没想到他死得这么突然。她后悔，没有实现他捐献眼角膜的遗愿。她马上给章伯滔、张民阜、于光等老战友打电话，他们都哭了，都说："我们一定实现老高骨灰撒在东北、撒在北大荒的愿望！"经过精心的准备，又得到建三江农管局和创业农场（原 61 团）的支持，他们终于有了本文开头所说的这次送战友魂归北大荒之行。他们实践自己对高志强的承诺，在下乡40 年时，陪他一起回北大荒。

我曾问高志强最亲密的战友于光，为什么生前高志强一直惦念北大荒、死后非要把骨灰送回北大荒？也许他最有资格回答这个问题。1973 年，他的父亲把他调到湖北的三机部"五七"干校，后来又在湖北的一家军工厂为他安排了很好的工作，可他两年后又回到了61 团当知青。也许还因为 1985 年他遵照父亲的遗愿，把这位老抗联战士的骨灰一部分撒进了松花江，一部分埋在了赵尚志牺牲纪念地的宝泉岭公园，那里立着老战友陈雷的诗碑。上面写着这样的诗句："君乃松山客，素知凌风雪。风雪总无情，幸有耐寒节。"于光说，我们这一辈和父辈的心是相通的，北大荒是我们理想的燃烧之地，是我们的青春之花的灿烂之地，是我们世界观的形成之地，自然是我们灵魂的安托之地。

8 月 29 日，在建三江的换新天火车站，傅玉玲一行受到创业农场领导和当年老职工的热情欢迎。许多人是自发从老一连赶来的。面对这一张张熟悉和不熟悉的面孔，傅玉玲和儿子又忍不住地流泪了。

8 月 31 日，在老一连（创业农场第一管理区）会议室举行的追思会上，当年和高志强开过一台机车睡过一铺炕的老职工泣不成声，他们说："当年高志强是那样生龙活虎地开拖拉机，现在却变成一把灰回来了……"傅玉玲领着儿子寻找高志强战斗过的地方，他们在荒草中找到了那辆废弃的"东方红"，儿子站在链轨上照相——他已继承了父业，在北京农大研究生毕业后，也从事农业科研工作。当年为连队建设流过血和汗的战友们，望着农机广场上成排的世界最先进的农用机械感慨万千。更让他们激动的是那望不到边的正由绿变黄的稻田，当年他们的奋斗目标是"年产千吨粮"，而现在生产队已是"年产二万吨粮"。真是"喜看稻菽千重浪，遍地英雄下夕烟"。

8 月 30 日，傅玉玲和儿子在富锦市登上了汽艇，他们向松花江中驰去。在中流处，她和儿子把拌着花瓣的高志强的骨灰撒在滔滔江水中。傅玉玲说："志强，回家了。你安心吧，将来我们会在这大江里汇合！"

这时，我的耳边又响起了那首歌——《北大荒人的歌》：

　　"即使明天我逝去，也要长眠在你的怀抱里。……"

◎ 附录

回到梦开始的地方
傅玉玲

　　拂去岁月的风尘，掀开历史的一页，一九六七年的深冬，一列火车从北京出发，三天两夜，径直向东北边陲行进。

　　车轮翻滚，车声隆隆，掩盖不了一车北京青年的欢歌笑语，尤其是一个男青年，不顾旅途疲惫，振奋精神，不时地在车厢巡视，大哥哥般嘘寒问暖，送水，关照，他，北京十三中高三的学生高志强，是这一行的带队人之一。他和大家都凭着一腔激情，携带着美丽的憧憬，最早自愿去锻炼的知识青年。他们特殊年代的青春之梦就这样开始了，军垦农场就是梦开始的地方……

岁月如流，往昔如在眼前，然而，转瞬四十年，物是人非，今天，仍然是当年的线路，火车上仍是当年知青，却展示着迥然不同的情景，车厢中已无昔年的勃勃兴致，知青也两鬓如霜，更重要的是已无高志强的身影，他已经撒手人寰，知青们是护送他的骨灰，依照他生前遗嘱，专程陪伴他"魂归"北大荒，此行便不是一般的故地回访，大家心情也十分沉重，飞驰的列车，庞然大物，嘶吼着，似乎载不动这小而轻却异常沉重的骨灰盒……高志强的遗愿，这是又一个梦，又一个开始，魂兮归来，荒原将留存着，记忆着，启示着。

在荒原的史册上，有知青的梦，有他们平凡又不平凡的一页，有他们的磨难、痛苦与不幸，理想、奋进与搏击，使他们不断地从中品味、解读、评说、总结，活化经验，使自己从过去走向未来。

无悔的选择

1967 年底，上山下乡运动开始之前，北京就有一批青年学生自愿赴北大荒屯垦戍边，高志强和我就是其中之一。

我们虽然作了这种选择，但是直到出发前，什么是屯垦戍边，去边疆意味着什么，根本说不清，当时，满脑子都是书本、电影以及文艺作品中的概念。但是，就是这些"概念"，却激发着我们的青春活力，志强也是如此，当时，他特别喜欢一部电影，即大型彩色纪录片《军垦赞歌》，连看数遍。影片生动地记录了广大知青在新疆垦区的丰功伟绩，知青们战天斗地，使茫茫戈壁变成万亩良田，无垠的荒滩，呈现了"牛羊肥来瓜果鲜，红花如火遍草原"的景象，这些火热的场景，紧紧地吸引着他，于是，一个梦形成了，到边疆去，到建设兵团去。

他的决定，老师、同学及家长，许多人都不理解，认为是一种冲动，志强是北京重点学校——十三中的优秀学生，班里的干部，报名前，老师曾与他谈话，极力挽留；他是长子，家境贫寒，家里更希望他留下；他酷爱物理，也曾想有一个与自己的兴趣爱好一致的工作。但是，青年人那不可抑制的激情，使他在日记中写道："如果能进工厂，也许更好，但是，农村更需要知识青年，那真是个广阔的天地，我还是决定去。"

抵达北大荒时，是当地最寒冷的时候，四周一望，无边无际，雪皑皑，白茫茫，雪天相连，彻头彻尾的银白世界。零下二三十度，鹅毛大雪漫天飞舞，凛冽的寒风，穿透了我们厚厚的棉衣，吹在脸上，犹如刀割，皮帽的帽檐，瞬间就挂满了小小的冰柱……东北人称这样的奇寒天气为刮"大烟炮"。

之前，只知道东北寒冷，但冷到什么程度，无论如何也想不出来，一下火车，面对此情此景，大家的思维瞬间都凝滞了，畏惧？新鲜？好奇？茫然不知所措。志强像个大哥哥似的，大吼一声，喂！唱支歌吧，随即用他那五音不全的嗓子开了个军歌的头，"向前，向前，向前……"，大家马上活跃起来，唱着，跳着，奔向前来迎接我们的汽车。乡亲们感动之至，在欢迎大会上，坚持让我们这114位知青全部站到主席台上，一睹这些笑迎"大烟炮"走来的都市青年的风采。

我们在双鸭山农场的第二年，垦区决定开发和兴建新农场，地点在抚远，那是祖国更北的边陲，一片荒无人烟的处女地。面对新的挑战，是去还是不去，志强没有含糊，他正在北京探亲，得知消息，不顾父母的阻拦，提前返回，知青们纷纷报名。于是，1969年初，他们豪情满怀地奔赴新的征程，他在给我的信中写道："汽车在颠簸的路上前进，自己放眼那一望无际的荒原，太激动了，我们要向它要粮了。"是啊，这沉睡千年的湿地就要苏醒，志强他们在那更遥远，更艰苦的地方编织着自己那美丽的梦。

农场创业的几年，是志强和知青们最难忘的一段岁月，也是最辉煌的一个垦荒乐章。荒无人烟的茫茫北疆，出现第一顶帐篷，化雪取水，做成第一顿饭，修出第一条路，开挖第一口井，破土第一片荒，营造第一间拧拉合辫房……知青的心血与汗水，时时处处凝聚：枕着狼嚎入梦乡、化着冰水吃烤馍、趟着水泡子捞大豆、冒着寒风赶爬犁，追着野火，扑向血色荒原……如诗如画，然而，单调与乏味也在其中。志强是拖拉机手，广袤无垠的荒原，开一条长长的垄需要几个小时，每天陪伴的只有机器轰鸣声，迎着朝霞出，顶着落日归，天天如此，年复一年，名副其实的"艰苦并快乐着"。

　　北京需要教师，我被选派回来，志强和我结婚后，还曾作过这样的决定，如果他不能回京，我再重返黑龙江。其实，我心里明白，志强是根本不想回来，况且，知青伙伴中，已有人重返。但是，我家姐弟六人，五人在农村，父母已经年迈。当重返几乎不可能时，开始为他办理返京手续。那时知青的返城风刚刚兴起，有此机会的，都被认为是"幸运儿"，大家羡慕不已，而面对"困退"的志强，却左右为难，兴奋不起来，他在日记中说："感觉自己已经扎根在黑土地了，现在一定要走，很不是滋味。"

　　我们的人生轨迹中，"黑土地"仅是短短的一段，但却刻骨铭心，那里有我们的歌声与足迹，有我们的心血与汗水，从那里我们得到许许多多，那里有我们永远难忘的梦。

最大的遗憾

　　1976 年，高志强回京，在西城区知青办工作，知青办工作结束后，并入西城后劳动局，他在劳动局曾任职业技术培训学校校长，就业科科长工作。2004 年，劳动局迁入新址，原址改为职业技术培训学校，需要装修。他刚刚派去任书记，也到现场参加装修工作，白天与装修工人一起忙碌，中午，有时在那堆着油漆和涂料等装修材料的房间里休息，每天回家，满身都是涂料的气味。装修结束后，他逐渐感到身体不适，浑身乏力，口腔溃疡不愈等，在门诊多次检查、治疗，最后确诊为"白血病"。

荒友们惊呆了，消息不胫而走，大家牵肠挂肚，求医问药，端水送饭，精神上物质上都给予极大的关怀与帮助。志强病重的时候，昼夜离不开人，24小时都挂着吊瓶，不得吃，不得休息，能睡上一小时都是奢求。病痛的折磨，化疗的痛苦，别说是忍受，看着都要心焦，荒友们看到家人已经心力交瘁，疲惫不堪，就主动排成班儿，日夜轮守。而荒友本人，大多已步入花甲之年，有的甚至靠子女照顾，但是，面对自己的战友，他们坚决要求尽其所能。最使人感动的是，在他离世的那天，大家好像有预感，二十几位知青早早就来到医院，病房不让进，他们就在院子里，没有人畏惧深冬的严寒，一直到傍晚他去世，默默地为之送行。

不是亲人，胜是亲人，这就是我们的荒友情，在那荒原岁月，患难与共，凝聚而成的友情。

面对这荒友、荒友情，志强是百感交集，北大荒的日日夜夜历历在目。志强本来性格内向，病痛中，更是少言寡语，在非常有限的时间里，我们谈论最多的，不是孩子，不是家事，而是北大荒。

他生病前，我们曾多次计划回访北大荒，都因工作太忙未成，最后我们决定，把它作为退休后的首件大事，没想到，即将跨入退休大门，却风云突变，病来山倒，顷刻之间，一切都化为泡影……原本很简单的事情，都遥不可及了。

为此，他与姐姐痛哭过一次；看到荒友重返北大荒，他的病中日记写道：真为他们高兴，自己大概是不可能了；对前来探望的知青朋友，自然谈的最多的是北大荒；最令人心酸激动的，是他人生最后的一幕，也是临终之言：微笑着，一只手吃力地握着拳头，对照顾他的荒友很有信心地说：坚持着，明年一定回北大荒……

每当听到这些，我的心都在流泪，其实，回访只是一种形式，未能回访的遗憾，渗透着他多么纯洁而复杂的情感，返城后，大家在经历了许许多多的风雨之后，沉静下来，会有许多感悟，因而会更加欣赏北大荒的魅力。北大荒，不仅有我们的青春、事业、初恋、甚至家庭、子女，有我们人生的第一张画卷，更重要的是，北大荒给予了我们极其宝贵的精神财富：真情、包容、奋斗、不屈不挠等等，这财富，在现今社会尤其难能可贵。北大荒值得我们敬爱、向往和魂牵梦绕。

永远的回归

整整一年，志强与疾病抗争，医生多次提醒，要告诉他病危，使他有个准备。我于心何忍，怎么也难以开口。面对他那强烈的求生欲望，告其病危，实在太残酷，所以，我一直表面隐讳，陪伴他保持着平静的心。

后来我发现，自己的想法多么简单，多么天真，在整理他的遗物时，发现他的遗嘱，看到遗嘱，我声泪俱下，整整哭了一夜，他不仅知道自己病危，而且早有准备，遗嘱的第一条就是对骨灰的安排："把骨灰撒在东北大地"，多么"痴情"啊，在生命的尽头，都不忘对黑土地的深情。

两年的认真准备，终于在 2007 年的秋天，荒友们踏上北去的列车，回到黑土地——我们青春之梦开始的地方，北大荒情缘终生难解难分，重返遂愿，撒播一腔衷情。

志强的魂归，激励着许多兵团战友的心，牵动着北大荒父老乡亲们的情，一时间，亲情、友情、真情再次交融，合奏、共鸣，久违的激情也再次涌动，整个回访荡气回肠。

哈知青联谊会在两天前才知道我们的行程，但是，当我们乘坐的火车徐徐进站时，站台上，早已站满了静候多时的荒友，许多都素不相识，他们手举着"欢迎北京知青"、"北大荒精神永驻我心"、"情系黑土地魂系北大荒"、"高志强一路走好"等横

幅迎送。简短的座谈会，联谊会的会长李淑梅亲自主持，黑龙江
省作家协会主席贾宏图，还把高志强的事迹纳入了他要写的一百
个知青故事之中，已于 2007 年 10 月 25 日发表，名为《长眠在
你的怀抱里》。这是不寻常的相会与聚首，大家心对着心，泪和
着泪。

去农场，当年领导、老职工们纷纷赶来，刚见面，话到嘴
边，已是老泪纵横，泣不成声，他们像迎接自己的孩子，迎接着
志强。

骨灰撒在美丽宽阔的同江，农场领导、老职工代表、北京、
上海、哈尔滨、佳木斯知青代表们，早早就聚集在江口，许多是
专程赶来的。蓝天、白云、风清、日朗，远处水天一色，小艇停
摆江心。瞬间，周围静极了，我和儿子高南把伴着花瓣的高志强
的骨灰依依不舍地，缓缓地撒落滔滔江水中……望着即将陪伴他
的长山黑水和三江沃土，望着向他敞开的宽广的胸怀的大自然，
我的心都要碎了，心中一遍又一遍地呼喊，志强，再见了，愿你
安静地在此，永久长眠吧。

北大荒，我们的第二故乡，我们的梦开始的地方，我们在严
冬走来，在严寒的世界里，点燃了青春之火。我们的青春梦，多
么浪漫，多么丰富多彩，多么浩远深沉。今天，金秋时节，我们
陪伴着志强回来，完成他的遗愿，也油然而生出丰收的愉悦，享
受青春之梦带来的丰硕成果，这硕果就是金钱难买的真情，就是
使我们永远充实和富有的荒原情。

傅玉玲 原北京丰盛中学老三届高中毕业生，1967 年 12 月 6
日赴北大荒，在双鸭山农场（黑龙江生产建设兵团三师 29 团）
垦荒，1974 年选调回京任中学教师。九十年代初，到区机关做
统战工作，现已退休。

三十八、生的顽强

这个故事的男主人公叫老野，北京 1968 届毕业生，当年就从京城下乡到黑龙江边的三团（红色边疆农场），第二年又到抚远荒原开荒建点。其实老野是个挺正直善良的人，只是脾气不大好，好打抱不平。他最出名的事是，发动一些青年，在海青公路 15 公里处摆上大木头，不让团长的北京吉普车通过。那时，他们连就建在抚远县寒葱沟的一片沼泽地里，帐篷里长着草，做饭的炉子下都是水，馒头都蒸不熟，有时粮食还断顿。这种生活状况让知青们难以忍受了。他们拦着团长问，你还让不让我们活了！团长到连里看了一下，向大家表示了歉意。回去之后又采取了一些措施，改善知青的生活，很快连里的状况有了好转，当年竟建成了六师条件最好的新建连队。

从这件事后，老野成了连里的"民意代表"的"领袖"，大事小情连里都想着听听他的意见。

女主人公的名字叫六凤，是本省一座煤城的 1969 届毕业生，她也是从三团调来建新点的，人虽然长得平常，话语也不多，但人缘挺好。别人在一起唠嗑，她在旁边听着，冷不丁插上一句，逗得大家一阵大笑，于是就有了"溜缝儿"这个外号，别人听了以为她叫"六凤"。叫常了，她的真名给忘了，和老野一样。

有了男女主人公，就有了男女之间必然发生的故事。谁也不知什么时候，老野和六凤好起来了。那时谈恋爱是被绝对禁止的，他们的来往都是秘密进行的。也许六凤喜欢老野的正直和善良，在一个煤矿小城姑娘的眼里，他就是她可以依靠的真正男子汉了；也许老野特别喜欢六凤的朴实和幽默，北京人就是喜欢幽默。在那个自然条件十分艰难的情况下，精神的慰藉就更重要了，他相信和她一起过日子肯定快乐。于是，有的战友发现在那个春草刚绿的早上和百花盛开的夏夜，老野和六凤经常一起失踪。

正是青春如干柴烈火般燃烧的时候，两个散漫在荒原深处的男女青年终于发生了不该发生又必然发生的事情。也许只是一次忘情的疯狂。那一刻，他们感受的灵与肉的从未有过的快感，却给自己制造了一个不大不小的麻烦。那时的青年都很单纯，单纯到自己忘记了无节制的爱情会产生的后果，而局外人更不注意别人身体的突变。只是和六凤同住一铺大炕的老乡小马姑娘发现她的肚子胖了，而且每天都在缠腰，故意干重活，还又蹦又跳的。她还发现在六凤的背后总有老野忧郁的目光。

纸里是包不住火的，"老野把六凤搞出了孩子"的事还是在全连传扬开来。

连领导很生气，这样的事如果不整治，这几百号男女知青的连队非乱套不可！可大家并不歧视他们，反而多了许多同情和关爱。可上级不让了，那时连谈恋爱都不行，还能允许你生孩子！六凤被拖拉机拉到团部要做"人流"，老野一气跑到团里，又把六凤抢了回来。他是赶着马车去的。他真的发了野，他说："谁要杀了我的孩子，我就和他拼命！"后来好像连里给了六凤一个退团处分，给老野一个行政记过处分，这事就算过去了。

谁也不能阻止新生命的降生，只是这孩子来得太不是时候了。那是个大冬天，那年特别冷，风大雪也大。六凤越来越显怀了，步履艰难，什么活也不能干了。她没有临产的准备。什么时候能生，她自己也说不清。那天全连开大会，就在女生大宿舍，熙熙攘攘的，女生坐在炕上，男生挤在地上，坐在随手拿来的木头上。那天六凤感觉难受，就半躺在自己的铺位上，身上盖着被。小胡副指导员就坐在她的身旁，老野坐在她们的对面。副连长"傻三"（三把手）在中间正讲连队纪律，义正词严，声嘶力竭地批评各种违纪现象。

这时六凤突然肚子痛起来，忍不住呻吟起来，老野说你小点儿声。结果她肚子更痛了，脸上滚下汗珠，她使劲抓住小胡的手说："不行了，我要生了！"

小胡马上对"傻三"喊："六凤不行了！你别讲了！"他看了一眼，说快了，然后接着讲。

这时六凤痛苦地叫了起来。宿舍里的人都站了起来，朝这边看。

"傻三"说："散会！"人正往外撤时，六凤狂叫了一声，孩子生了下来，那孩子"哇"的一声大哭，她的铺位变成一片血的汪洋。

靠近六凤的一个女生喊："男孩儿，是个男孩儿！"老野傻愣愣地站在地上，不知所措。

在场的女生都围过来，拿起被子为她挡了一个间隔。这时，小胡看六凤的肚子还鼓着，好像还有一个小孩向外蠕动。

她大声喊："还有一个，快找卫生员！"当卫生员老宋跑来时，第二个孩子已涌出来了，又有人喊："也是男孩儿！"

这时，老野抱头痛哭，声音低沉，说不清是喜还是悲。那哭声从那栋草房子传出，在旷野上飞传，真是感天动地呀！

连里当时决定，把这间宿舍变成母子房，全部女知青都先搬走。走前，女知青把自己有的白糖、红糖，干净的床单、毛巾，还有卫生纸都给六凤留了下来。小胡副指导员把自己一条白色的鹅毛毯子也拿出来了。

当时老野流着泪给大家鞠躬，连声道谢。等大家都走了，老野才仔细看着自己一对双胞胎儿子，那两个孩子眉目清秀，白胖胖的，比他们的父母都好看。这时在痛苦中挣扎过来的六凤已经疲惫不堪地睡着了。她的脸上挂着难得的微笑。

第二天一早小胡就被人叫醒了："不好了，老野刚生的老大死了!"小胡跑去一看,那男婴脸色青紫,浑身冰凉,孩子真的死了。六凤抱着孩子痛哭,那声音撕裂人心,在场的人都跟着掉泪。

后来,老野把他扔在了连队后面的树林里,那是天寒地冻的时节,连把孩子掩埋的能力都没有。那孩子肯定被狼叼走了。这一带常有野狼出没。

卫生员老宋也来了,他和小胡分析,可能昨天晚上老野和六凤怕孩子冻着给孩子盖了太厚的被,晚上他俩儿又太累了,都睡得太死,没有及时把滚到孩子嘴上的被掀开,结果孩子被憋死了。

老野一股急火也病倒了,他高烧不退,连起来为六凤打饭都不行了。小胡又来了。她一看坐月子的六凤连一个鸡蛋都没有,马上跑到家属房挨家搜,好不容易凑了七个鸡蛋,那时职工自家养猪养鸡都是"搞资本主义"。吃了鸡蛋,六凤好不容易有了奶,可那老二一个劲地哭,就是吃不着奶。眼瞅着那孩子一天天瘦下去,几天以后像一只干瘦的小猴子,已经气息奄奄,只有那双眼睛还闪着像非洲饥饿儿一样可怜的光。

她又把老宋找来了,他是哈尔滨知青,只在团里学过一般的卫生常识,就上阵了。接生第一个小孩,还是照着书本操作的。别看医术不高,对人非常好。有一次车长小梁子的媳妇生孩子大出血,他当场给输了400CC血。这次他翻遍了书也搞不明白,这孩子为什么不吃奶。

正好兵团医院的医生来连队巡诊,老宋立刻领着医生来看,他张开那孩子的嘴一看,舌头卷不起来。原来舌下有一根筋连着下腭,他拿出手术刀把它剪断,那孩子的舌头好使了,立刻就会吸奶了。如果医疗队再晚来两天,老野的小二就活活饿死了!这之后那小二一天天地胖起来,全连的女生都抢着抱这个"小美男子"。老野给他起了个名字叫"小硕子"——可能小时候饿怕了,大了也整天嘴里含着个勺子。他成了全连知青的大玩具,下了班,在大家的手里传来传去。

后来连里安排老野一家从女生宿舍搬了出来,又为他们安排一间八平方米的小屋,和另一对也是未婚先育的知青住在一起。一顶蚊帐隔着，一铺炕上就住了两家人，连放屁声都能听着。在那个时候，对他们就是很优厚的照顾了。

那对夫妻是下乡前怀孕的，下乡之后生的孩子，也是个漂亮的男孩。当孩子刚生下来时，团里指示，要把孩子送到团里处理，他年轻的父亲跟在车后面哭喊着追，跑了十多里，在路上遇到了团政委，团政委亲自发了话，年轻的父亲才把孩子抱了回来。

那是一个非常的年代，领导思想偏"左"，对青年又没有及时的性教育，在知青中因婚恋或生子发生的悲剧很多。老野一家和他同室而居的邻居就算是幸运者了。

当年知青在兵团安家是很不容易的，再加上养个孩子就更困难了。老野是农工，六凤在菜班工作，每天风吹日晒，为了孩子能吃饱穿暖，一个工也不敢耽误。下了班，六凤照顾孩子，老野去侍弄自家门前的园子，那是一家人的菜篮子，他干得很仔细。他还要抽空去割草打柴，为一家人准备漫长冬季的烧柴。第二年，老野的女儿又在连队降生，那是一个健康漂亮的孩子。大家都说，怎么搞的，老野两口子也不漂亮，尽生漂亮的孩子。

我是在参加知青武振宗召集的知青战友聚餐会上，听到老野和六凤的故事的。在场的有老野连里的副指导员小胡、六凤的老乡小马、在连里当过卫生员的老宋。当年下乡时，他们风雨同舟，返城后在再次创业中都忙着自己的事，平时联系并不多，现在都退休了，大家一有机会都往一块儿凑。说来说去都是在北大荒当知青的那点儿事，当年再艰难的经历，现在都成了温暖的回忆。他们都很感慨，那时的知青真是生得顽强，再难的事也能挺过去，也许是因为年轻，也许是因为那个时代的人就是经得起折腾。那时，大家都特别善良，关键时刻，大难临头，大家都亲密友爱，患难与共，真是令人难忘。

我特别关心老野和六凤的现状。他们说，那两口子在兵团过了十年的苦日子，也是 1979 年随大帮返城的，老野领着儿子回了北京，六凤抱着女儿回了煤城。又一次骨肉分离，当时他们的心都特难受。六凤在建筑安装企业当工人，老野可能也是个工人。他们都收入不高，全家四口人，两地生活，你说有多难！听说，每次探家的路费都难筹措。后来找到了一个急着回北京的人对调，老野放弃了北京户口，来到了煤城，对调的那个人在市京剧团工作，老野也到了京剧团。他不是这一行的人，什么也不会干，先当拉幕的，后来又当了舞台工人。那时艺术院团不景气，演员都没多少事可干，剧团的工人就更闲了。老野心脏病又很重，就提前退休了。现在每月有1000多元的退休金。也已经退休的六凤的收入还不如老野呢。

他们都说，老野的那一双儿女还挺有出息。儿子是个帅小伙儿，在北京做买卖，已经结婚成家，日子不错。女儿在煤城郊区当老师，也成了家，六凤常去住，给她看孩子。

他们还说，退休在家的老野常在北京和煤城两地跑。人老了，脾气没变，常和六凤吵架，闹点儿小矛盾。不过，也闹不到哪去，毕竟是患难夫妻嘛！

再说，六凤幽默，常给老野讲点儿段子，他就只笑不闹了。

说到这儿，大伙都笑了。

◎ 附录

读《生的顽强》随感

胡秀芝

读了贾宏图老师《我们的故事》第七十五期《生的顽强》一文，我很有感触，因为在这个真实的故事当中，我是这个故事的见证者之一。

在那个特殊的历史年代，我们知青创造了许多可歌可泣的壮举，也尝到了大大小小、沟沟坎坎中的甜酸苦辣，只有亲身经历的人才能品出其中的滋味。《生的顽强》中的主人公，事过几年后我已经将他们淡忘了，然而在他们就要离开让他们历经磨难的北大荒的那个晚上，很多战友为他们送行的时候，他们特意对一个战友说：

"请转告小胡，我们这一辈子都忘不了她！"

当这个战友将此话转告给我的时候，我有一种说不出的滋味和感觉，同时也让我对他们夫妇肃然起敬。

今天重温贾老师写的《生的顽强》，一下子又把我带回了那个特殊的年代……

记得那是"溜缝儿"刚生完孩子五六天的时候，由于不会护理，使一对双胞胎中的老大不幸夭折了。未婚先孕是那个年代的大忌，连队又给了严厉处罚，加之孩子出生后带来的一系列问题，使"溜缝儿"的准丈夫一筹莫展，号称"野人"的他也被击垮了，连日高烧，连下炕的力气都没有了。数九隆冬，月子里的"溜缝儿"又无法出来上食堂打饭，找老乡帮忙又怕连累人家，想找其他战友帮忙又怕人家拒绝，最后她把希望放在了我的身上。于是她久久地站在窗前盯着上食堂打饭的人群，直到见到我过来，才开个门缝把我叫住了，她说他病了，没有人给他们打饭，他俩连早晨的饭都还没吃上呢，让我帮忙给打一次饭。我一看这种情况，二话没说，先对她进行一番安慰，并立即将饭给他们打来送去，然后又叫来卫生员给他看病。随后的一个星期，我坚持给他们打饭，挑水，劈柈子，还去坐地户家要了七个鸡蛋。要知道，在那个狠割资本主义尾巴的年代，养鸡是极少的，而且又是冬天，那几个鸡蛋赶上金蛋啦，不管咋样，"溜缝儿"在月子里也算吃上鸡蛋了。过几天"老野"的病好些了，非常不好意思地低声对我说：

"明天你就不用来了，谢谢你，让你受累了。"

我不放心地问：你能行吗？他说可以了。我说那好吧，如果有事的话再找我。

　　这件事就这样平淡地过去了，我觉得对我来说非常正常，因为我当时是领导班子成员，副指导员，更重要的一点，我也是个女人，所以谁也不会指责我。另外我做事始终有一个原则——对事不对人，这也是"溜缝儿"能找我求助的一个因素，同时也是我没有指派别人去做的原因。

　　没有想到我做了一件非常正常的事，却让他们夫妇记在心上，当战友转告他们那句感恩的话的时候，我的心真的好感动，我马上想到当时他们是怎样的心情接受我的帮助的？我不过是尽了自己的力所能及，做了一个有良知的人应该做的事，却在他们心里存积了这么多年，这是我没有想到的，同时也让我感觉到，在他们的心灵深处，有着非常质朴的一面——知恩。

　　"老野"和"溜缝儿"的遭遇，说明了当年的时代背景，注定了他们的悲剧。青年男女，处于情窦初开的年龄，偷摘了禁果，没什么大错，只能说明他们勇敢，不压抑自己，但最终却为此付出了巨大的代价。那么没有偷摘禁果的人就那么平静么，绝对不是！我敢说，几乎所有的知青都有此念头，除非他有生理缺陷，不正常。只是其他人在最大限度地压抑自己，控制自己，但极力压抑人的本能，其滋味也不见得好受到哪里去。

　　在这里我应该对"老野"和"溜缝儿"说，在那个特殊的艰苦环境中，你们养育了一对儿女，作为父亲、母亲你们倾尽全力，尽到了一个父母应尽的义务，你们是优秀的。在那个特殊的年代里，我们都太年轻了，不能简单地说对与错，它是历史，我们要勇敢地正视它。

　　今天回忆起这段往事，我非常地想念你们，所以，借贾老师《生的顽强》这篇文章，我祝你们夫妇生活快乐，幸福，安康。

二〇〇八年二月二十八日

三十九、亲爱的小鸽子

亲爱的姑娘靠在我的身旁，
亲爱的我愿意随你一同远航，
像一只鸽子在海上自由地飞翔，
跟着你的航船在海上乘风破浪。
亲爱的小鸽子啊，
请你来到我的身旁，
我们飞过蓝色海洋，飞向遥远的地方……

老知青孟凡特别喜欢《鸽子》这首歌，可一唱起来就想流泪。他的眼前立刻出现这样的画面：麦地边、溪水旁、牛栏上，那两只白色的精灵，总是"咕咕咕，咕咕咕"地呢喃，它们时而平静安详地歇息，时而轻盈地飞上蓝天。这两只可爱的小鸽子，是一个上海男知青从家里带来又悄悄养大的，成了全连知青的宝贝，又是他和女朋友的精神寄托、欲诉又无语的希冀和一抹模糊的飘飞的梦想。

在火药味很浓的边疆连队里，这对柔弱而美丽的小东西显得有点不和谐，连队干部已说过种花种草养鸽养鸟是典型的"小资情调"，你们看过哪个英雄人物养过鸽子。可那对上海知青爱这对小鸽子就像爱自己生命的一部分。

　　孟凡记得很清楚，那是 1971 年的秋天，农场正赶上秋收大会战。当时的口号是"早上三点半，晚上看不见，地里三顿饭"。会战没几天，那个上海小姑娘就生病了，可她的体温是 38 度，离休病假的标准还差半度，她还得硬挺着上工。那时我们知青都吃因小麦受涝发霉而做的如黑猪肝一样的馒头，而喝的汤里只漂浮着几条菜叶。我们每天都感觉饿、饿，人人都是"胃亏肉"。连队小卖店里的所有罐头，别说是鱼的肉的，连水果都被抢光了，就像不要钱似的。

　　那个上海男知青心痛了，怎么才能给生病的她补补身体？从家里带来的能吃的东西都吃了，到六七十里外的龙镇去买，连里又不给假。这时在窗外"咕咕"叫的那对小鸽子，让他心里一动。鸽子不是大补吗？可他真的下不了手，因为那是他们相依为命的伴儿呀！几天后，他看着日见憔悴的她，还是一咬牙，把那两只鸽子杀了，当时他都流下了眼泪。可她是他的最爱，为了她自己可以舍弃生命，何况两只鸽子呢！他又向老乡要了一棵白菜，一大早就用小铝锅把鸽子炖上了。等他找来女朋友刚吃几口，上班的钟声就敲响了。

　　等到很晚才下工，他又找来女朋友，把在炕洞里藏了一天的炖鸽子给她吃了，看着她吃得很香，他只是就着口水，吃下几片白菜。在这个宁静的秋夜里，两个年轻的恋人感到了从未有过的相濡以沫的甜蜜。

　　老孟说，半夜时分，那个男青年突然被叫醒，说她的女朋友肚子疼，要赶快送医院，等他们坐着拖拉机急匆匆地赶到四五十里外的场部医院时，天已经亮了。经医生检查那女孩子是亚硝酸中毒，是鸽子肉炖白菜在铝锅里放置过久，产生了毒素，可解毒的药，场医院根本没有。到县里买药已经来不及了。很快，她拉着他的手，已经说不出话来，只是眼睛一直望着他，直到闭上眼睛，眼角还滚下几滴晶莹的泪。

　　这时那男知青跪在地上给医生磕头，边哭边喊："你们快救她呀！她不会死呀！"接着又喊："是我害了她呀！是我呀，我一口肉也没吃，都塞到她的碗里了！"然后他一头向墙上撞去，立刻鲜血如

注，人们把他拉住了。这悲惨的一幕就展现在我的眼前。当时我是医院的外科医生，一时也插不上手，我使劲地忍住眼泪，离开了。

老孟又说，几天后我到场招待所看同学，突然发现一个房间门前挤了许多人，原来农场宣传队正在演节目，有人拉二胡，曲调是阿炳的"江河水"，两个小姑娘在地中间随着音乐起舞，窗前的床上呆呆地坐着两位老人。一问才知道他们是那个刚死去的女知青的双亲，他们是从上海赶来的。这么悲痛的时候，给他们演节目，这不是让失女之痛的老人痛上加痛吗！我把他们的队长找出来，一阵埋怨。他委屈地说："我们还能做什么，那也是我们上海的亲人啊，他们不吃不喝，也不哭，我们只想让他们痛哭一场，也许心里能好受一点！不要以为就你是知青！"

我讪讪地走了，我心里更难过，那位像鸽子一样善良可爱美丽的女知青和她心爱的鸽子一起走了。我不知道她和那位男知青的名字，但我真希望她能像那轻盈的鸽子一样，飞过蓝色的海洋，飞到那遥远的地方，回到她的家乡，回到他的身旁。

后来我听说，那个死去孩子的双亲劝住了那个执意要死的男知青。他们说的话至今让我刻骨铭心："孩子，我们两人已经失去一个孩子了，不能再失去另一个了。从今以后，你就是我们的亲儿子！"场里让那个男知青返城了，以后的情况就再也不知道了。

在有几千名各地知青的引龙河农场，这样生离死别的故事也非就此一件。孟凡还给我讲了另外的两个故事。也是一对形影不离的上海知青，他们一起从家乡来到这偏远的农场，互相照顾，呵护有加，连里的青年都羡慕他们。那一天，男知青女朋友的女朋友过生日，她也是和他们一起来的同学。他想为她送件生日礼物，在这远离市镇的连队里，是买不到拿得出手的礼物的。而那个时候，对知青来说，最缺少的是营养，都盼着过生日能吃到一点好吃的。他知道，她们俩都是"馋猫"——都爱吃鱼。可从家带来的鱼罐头早就吃没了，连里小卖店的也早就卖没了。

他突然想起附近的良种站有个养鱼池，那里肯定有鱼。在那个女孩子过生日的那个晚上，他跑到了那个鱼池，可能想钓鱼，没钓上来，又想捞，也没捞上来，后来他干脆下去摸鱼，结果被池中的栏网缠住了，怎么也挣扎不出来，本来就不会游泳的他，溺水身亡了。而那两个姑娘准备了小锅还等着他回来炖鱼呢！第二天，他才被人发现，那两个女知青扑在他的遗体上哭得死去活来，在场知青都跟着掉泪！

还有一件事也让人感伤。引龙河原来是个劳改农场，知青来后，上级把所有服刑的犯人都迁走了。还有一部分刑期已满就地安置的人，被称为"二老改"，他们虽恢复了公民身份，但还受到歧视。有一个"二老改"被安排在知青食堂烧火，做饭的都是女知青。时间一长，一个哈尔滨的姑娘对那个烧火的"二老改"挺好，因为他很老实肯干，食堂里最重的劈柴挑水的活都是他干，一有空就去帮助别人，对那个哈尔滨的女孩子关照更多。她是干面案的，扛面活面时，他都上前帮忙。馒头上锅后，他们坐在温暖的炉火旁，总有谈不完的话。谁也没想到，那个女知青竟爱上了那个人，而他不敢接受这份珍贵的爱，他说我不配。后来女知青的家长知道了，坚决反对她和一个"犯人"结婚，她给家里写信说："他是一个好人。就是他过去真犯过罪，已受过惩罚了。他爱我，我也爱他！"家里还是坚决反对，而且说，你要和他结婚，家里就和你断绝关系。那女孩子更坚决："断绝就断绝，反正我跟定他了！"后来上级作出决定，把农场的劳改就业人员也全部迁走，怕他们影响对知青的再教育。

那是个灰色的早晨，分场革委会门前，几辆灰尘暴土的"大解放"停在那里，管教和知青基干民兵围了一个大圈，劳改犯们要迁走了。知青们一帮一伙地围在边上看热闹，"二劳改"们一个个背着行李，拎着包囊排队上车。上满一车，车厢板"咣当"一声就上了锁，那声音在清晨还真有点瘆人。很快一车车装满了，汽车屁股后嘟嘟地喷出一股股尾气，车就要上路了。突然一个瘦小的女孩子扒开人群，直冲到车下，将行李箱一举，抓住车帮，登着车轮上了车，挤在了那群"二老改"中间。场领导急了，管教也急了，基干民兵急了，连吼带吓，连拉带扯，可那女青年死死地抓住车厢板，紧紧地闭着嘴，眼噙满了那不肯流下的泪。我愣在了那里，知青们也看呆了。最终"大解放"挣扎着开走了，车后滚起一波又一波的尘土。围观的人，久久，久久地不肯离去。

我说，你的这几个故事太沉重了，听说你的爱情挺浪漫，你是怎么把上海漂亮的女知青搞到手的，不妨说给我听听，他笑了，还是作了简约的交代——

其实我和她当时并不熟，她在下面一个很远的分场卫生所当卫生员，她常到场部医院办事，每次他们的所长总是对她说，中午吃饭找大孟要饭票，因为他们所长和我是朋友。每次她来找我，我都把用橡皮筋捆着的饭票扔给她，就去打球了。她长得很扎眼儿，性格又很开朗，我对她印象挺好，可没敢往深里想，那时她是分场机关的团支部书记，我还是个"右派"的儿子，那敢有非分之想。她到场部可能看过我打球，那时我这个"8号"还是个风头正健的队员。有时，我也常到他们分场出诊，她对我的医术有所了解。一有空我就和他们所长扯淡，她在旁边听着笑，也并不插言。

大概是1974年春天的事，她突然给我打来电话："我已经被推荐上大学了，要请几个朋友吃顿饭，你能来吗！"我很替她高兴，我说，当然能去。我还买了个笔记本，上面写了几句鼓励她进步的话。

在酒桌上，她问我："我们将来能保持联系吗？"

我说："当然可以联系，但一个大学生和一个农民保持联系没什么必要。"

她又说："我一定给你写信！"

我说："你来信，我也不一定回信。"

她说："如果，我想和你好，处朋友呢？"

我说："那根本不可能，你去上大学，我要当一辈子农民！"

她说："如果，我不去上大学呢！"

我说："为了我，一个农民医生，一个臭球皮子，完全不值得！"

她说："我就要这么做！"

说着，她拿出推荐表当着我的面"哗啦"一下子撕掉了！

我当时被惊呆了，大声地说："你为什么要干这样的傻事！"

可她笑了，好像早就做好了准备。

这颇有戏剧性的情节，真比那些关于知青的电视剧都生动。可它的真实性是不容置疑的，因为这之后，尽管孟凡苦口婆心地劝说她去上学，她都没去。而且她还跟着孟凡去拜见了她未来的公婆。那时，孟先生一家已被下放到了德都县的防疫站，孟凡的四个弟弟妹妹也都下乡了。在这个家庭最困难、前途最暗淡的时候，一个漂亮的上海姑娘走进了孟家低矮的土房，十分感动的孟凡的父母对孟凡说："这个上海姑娘能在这个时候嫁给咱家，不容易呀，你可一定善待人家！"

很快，他们就结婚了，新房就在孟凡的办公室，那一夜，孟凡对妻子有两点承诺："一、将来只能是你提出和我离婚，而我不能提出和你离婚。二、我一定把你带出农场，带回哈尔滨。"

爱人含着眼泪说："就是和你在这儿过一辈子，我也心甘情愿。"后来他们有了自己的房子，爱人调到了场医院当护士，他们的儿子诞生了，日子过得艰辛，但很快乐，很平静。

但孟凡并没有忘记自己的承诺，机会终于来了，1978 年他可以报考大学了，他想领着爱人进行最后的冲刺。可惜，那时她正怀着他们的女儿。孟凡带着两个人的梦想和一家人的希望，终于考上了大学。在接到佳木斯医学院的录取通知书的那一夜，他们躺在自家的小土炕上，难以入眠。妻子对他说："结婚时你承诺，一定把我带出农场，带回哈尔滨，看来有希望了。"他说："那当然。""那另一个承诺呢？"妻子盯着他问。"噢，不就是只准你和我离婚，不准我和你离婚。我说到做到。"妻子笑了。

身在学校刻苦攻读，可心时刻牵挂着在农场艰难度日的妻子和儿女。刚一放寒假，他就跑回家。第二天就弄了一辆牛车，跑到山里拉回一车木头，用了整整一个假期，把怀抱粗的大树锯成尺长的树段，又把树段劈成寸粗的木桦，直到把自家小院的木头垒成墙、堆成山。离走前，他又把水缸挑满水，甚至所有能装水的家什都用上了。他还弄了一条看门狗为全家警卫。因为在家干活太猛了，开学两周后，他的手还拿不住笔。

特别想家、想爱人和孩子的时候，孟凡总是哼唱那首歌："亲爱的小鸽子啊，请你来到我的身旁，飞过海洋，飞向遥远的地方。"爱人和孩子是不可能飞到他的身旁的，南疆正进行自卫反击作战，北疆战备紧张，引龙河农场正有坦克在集结，农场的医院都驻上了部队，他们已做好上前线抢救伤员的准备。好不容易盼到了假期，孟凡急忙跑回农场把老婆孩子都转移到了大后方上海。回到了佳木斯，他和同学们也做好了上前线的准备了。还好，那场大仗没有打起来。如果真打起来，也会有妻子送郎上战场那一幕。

毕业后，孟凡被分配到了哈尔滨第五医院当医生，他的承诺实现了，爱人和儿子女儿都跟着他回到了哈尔滨。但孟凡的心里还是有很大的愧疚，爱人先到省防疫站的大集体企业工作，后来又调转到省祖国医药研究所的门诊部，还是大集体单位。现在她已经退休了，每月也只有1000多元的劳保工资。令人欣慰的是她的儿女圆了她的大学梦，儿子从上海财大毕业后，到浦东机场计划经营部当财务助理；女儿从哈医大毕业后，在哈尔滨红十字医院当妇产科医生。

进了城的日子，很幸福，也很平淡，他们过得很有滋味。作为外科医生，孟凡很忙，也很累。一有空，他总是和爱人泡在一起。有时他和她开玩笑："我的第一个承诺还有效，你随时可以提出和我离婚。"她说："你想得美吧，想甩掉我呀，不可能！"然后全家都笑了起来。这时，孟凡再唱起"亲爱的小鸽子啊"，就没有悲伤的情感了。

老孟对我说，亲爱的小鸽子，那曾是我们心中的精灵和美丽，当我们像鹰一样飞翔时，却有一颗鸽子一样的心。人已老，心还在。愿老天保佑历经磨难的知青和他们可爱的孩子吧！

四十、"玉强牌"

　　"玉强牌"是一种上海风味年糕的品牌，在哈尔滨各大超市中都可买到。创造这个品牌的是哈尔滨女知青孙玉勤和她的丈夫宁波知青方立强，这个品牌是这两个返城又下岗的老知青安身立命之本。其实，我以为他们更珍爱的品牌，是他们一胎所生的三个儿女。因为有了这个品牌，才有了"玉强牌"。这个故事还得从头道来。

　　话说1968年，一向寂寞的地处七台河的北兴农场（32团）突然生机勃发，只因为来了一大批生龙活虎的男女青年。在二连农工排有个女班，班长孙玉勤是个哈尔滨知青，心直口快，能说能干，典型的"铁姑娘"。排里还有个男班，班长方立强是个宁波男知青，相貌英俊，性格绵软，但干起活来扎实认真。孙班长向方班长叫板，男女两班干什么活都要一争高下。夏锄时节，在一眼望不到头的田野里摆开战场，女班在前，锄下草死，一个个挥汗如雨。男班在后，心急锄飞，草未净苗有伤，孙班长笑其"笨蛋"。方班长只笑不急，女班先到地头，又返回接男班，会师后男班让女班先喝水。秋收再战，男班一马当先，又快又净，女班穷追不舍，还是落后。男班先到地头，又接女班，会师地头后，还开了联欢会，男唱女舞，不亦乐乎。

　　"男女搭配，干活不累"。后来连里干脆两班合一，方为排长，孙为副排长。一阳一阴，一柔一刚，两人配合默契，排里工作年年先进。战士们发现，两人研究工作时间越来越长，越来越晚。后来他们又发现，孙排长看方排长吃不惯当地的粗粮，就从老乡那儿淘弄来大米为他做着吃。而孙排长穿的丝绸衣服竟是杭州货，肯定是方排长探家时给她买回来的。

　　连里领导看出门道，马上出头撮合，旨在鼓励男女青年安家落户。这也正合方孙之意，他们名正言顺成了对象。

　　一晃十年已过，他们没有花前月下的谈情说爱，只有黑土地里汗水相融。1978 年 10 月，他们登记结婚，住进了连队为他们盖的新房，一室半的住屋，外加一个小厨房，他们心满意足了。从此，身在土屋，安心农耕，日出而作，日落而息，点灯说话，熄灯做伴，也其乐融融。

　　谁料风云突变，到了 1979 年秋天，大返城已蔚然成风。看着同车而来的战友一个个卷席而去，小方和小孙也心乱如麻。夜深人静时，辗转反侧的小方对小孙说："你先走吧！我将来有机会再说，为了咱们的孩子……"说着他竟流下泪来。那时，宁波的政策是结了婚的就不能返城了。小孙和他相拥而泣，只好答应先走。那时她已怀有身孕。把孙玉勤送到七台河火车站，回到昔日十分温暖现在一片冷清的小屋，方立强又是悲上心头。他抹去眼泪，又开着康拜因下地了。那是从东德引进的最先进最贵重的大型收割机，连里交给了最放心的他开。方立强加大马力驶向金浪滚滚的大地，烦恼也抛在身后了。

　　花开两朵，各表一枝。返城回家的孙玉勤被安排到父亲所在的建筑公司当工人。只有四五个月的身孕，肚子大得像就要临产，工长把她赶回家待产。母亲领她到道外产院一检查，B 超竟显示出了三个胎影。医生说："可能是三胞胎！"小孙母女又喜又惊，可家境贫寒的孙家怎么能养得起将要落地的三个孩子？尽管还在农场开康拜因的小方把自己的工资都寄了回来，可肚子满满的小孙吃不下任何营养品。

1980 年 7 月 9 日那天，哈尔滨暴雨如注，家住低矮平房的孙家屋里也进了水。孙玉勤挣扎着和母亲一起淘水，突感腹中剧疼。邻居们帮忙，冒雨把她用手推车送到道外区产院。可是没有床位，他们又跑到第四医院，小孙自己走上三楼，还是没有床位。但是已不能再等了，生猛的北大荒的孩子已经露头了。只好在两个待产患者的床间挤了一个位置躺下，随着一声惊天的啼哭，第一孩子夺门而出，护士高呼："女孩儿！"呻吟中的小孙脸上露出笑容。没几分钟，第二个孩子又出生了，也是个女孩儿，可护士没敢呼叫。又一会儿，老三也出生了，"男孩儿！"这次护士叫出声来。小孙挣扎着要看孩子，护士把包好的孩子抱给她看，医生说："孩子都很健康，老大 2.35 公斤，老二 2.4 公斤，老三 2.45 公斤！"小孙苍白的脸上流着汗，看到自己一水水的三个孩子，眼里又涌出泪水。第二天，小孙全家总动员抱着三个孩子出院了，一队人马十分壮观。太平区北四道街的街坊邻居，还有附近街道小厂的女工都来看孩子，孙家小屋外面都排起了长队。

再说小方，正忙在麦收现场。他计算着日子，等待着妻子生产的消息。那时通讯落后，他心急如焚。来到地里送水的职工跑着给他送来电报："母子平安，二女一男。"这时，喜讯已传遍连队。连长给他下达了"速回探望母子"的命令。从康拜因上跳下来的方立强，跑回连队，立刻像进村的鬼子一样挨家挨户地抓鸡。听说小孙生了"三胞胎"，各家都帮他抓鸡，还送他许多鸡蛋。连队派拖拉机把他一直送到七台河火车站，他身上背着捆绑好的十几只鸡，提着一筐鸡蛋。上了火车后，鸡飞人叫，好不热闹。他只好把活鸡挂在车厢外，鸡蛋放在脚下。他归心似箭，一宿未合眼。

走近孙家门，只听一片哭声，吓得小方脸都白了。进门一看，三个小孩儿并排躺在小舅子做的大摇篮里，嗷嗷待哺，而奶水供不应求的小孙坐在旁边跟着孩子一起哭。看着姑爷进了门，岳父大人说："咱们开个家庭会，看这三个孩子怎么养活。"他先表了态："我看把老大送人吧，要不都得饿死！"父言一出，小孙大哭，小方也跟着哭，看着自己的亲生骨肉就要送人，他们两人坚决不同意。小方说：

"只要我有一口饭吃，就能把三个孩子养大！一个也不送！"他说，我可以抱一个孩子回农场，我自己把她养大。最后商定，老大由姥姥帮助抚养，老二由方立强抚养，老三由孙玉勤抚养。那天，方立强和孙玉勤商量，给三个孩子都起了名，两个眉清目秀的姑娘叫方婷和方娓，那个儿子叫方磊，父母希望他更强壮。一个月后，小方抱着方娓登上了回七台河的火车，这时他的身上披挂的是女儿的衣物、裤子和奶瓶等物。一路上女儿哭声不断，他是满脸大汗。

各位读者可想而知，小方又当爹又当妈的日子多么艰难，特别是在远疆农场抚养一个刚刚满月的女婴！为了不耽误工作，小方把方娓送到了连队托儿所，天不亮他就起床，把孩子的裤子和衣服洗得干干净净，没等吃口饭就把孩子送到托儿所，自己再去上班。晚上下班，再把孩子抱回来，半夜不知起来多少次为孩子换裤子、喂奶。挨点儿累他不怕，就怕孩子吃不饱。孩子一哭，他就喂奶，最后孩子喝牛奶拉牛奶了，他急得直拍大腿。7个月后，实在没有办法的方立强抱着方娓回哈尔滨了。

看着在家的老大和老三又白又胖，而方立强侍候的老二骨瘦如柴，孙玉勤抱着老二一阵大哭。经过一个多月的治疗和调养，老二也胖了起来。可她不放心，又抱着老三和抱着老二的小方一起回北兴农场了，老大留给了母亲。

看着小孙和小方抱着孩子都回来了，全连大悦，家家前来看望、帮忙。方立强可以安心上班了，孙玉勤在家照顾两个孩子。可小方一人的工资养活不了全家，18个月后，小孙又抱着老三返城，然后到建筑工地上班。这之后，他们一家开始了真正的两地生活，小方和小孙每年各享受一次探亲假，一般是夏天小孙抱着老三到农场，过年时小方抱着老二往哈尔滨赶。

方娓两岁那年，听说要回哈尔滨看妈妈，她高兴得又蹦又跳。等爷俩坐着晚点的火车从七台河赶到哈尔滨时，正是除夕半夜，候车厅外一片鞭炮声，家家开始吃团圆饺子了。可公交车已停，那时又没有出租车，他们只好在车站等天亮。小方怕熟睡的孩子冻着，把她包好放在暖器上。怕孩子掉下来,他就在暖器边上站了一宿。那一夜,冷清清的候车大厅里,只有他们父女和几个无家可归的流浪儿!第二天,当孙玉勤看着满身霜雪的小方父女走进家门,她抱着一身屎尿的孩子又是一阵大哭。她边哭边说:"再也不能这样了,一家人就是死也要死到一起!"

　　春节后刚一上班,孙玉勤抱着两个孩子开始到劳动局上访,要求把丈夫方玉强从农场调回。因为小方是外地知青,调到哈尔滨的难度相当大。小孙锲而不舍,不知跑了多少次,不知流了多少泪,方娓终于在长到五岁时和父亲一起回到了哈尔滨。方立强被安置到了市住宅四公司当上了技术工人,干过电焊、水暖,打过白铁,可惜只干了两年,企业就放长假了,一直到现在。放假后,一分钱的工资都不开,全家挤在岳父家小院接出的十多平米的小房里,度日如年。

　　养家糊口的重担都压在了孙玉勤的肩上。她调到了工资比基建高一点的搪瓷二厂工作,先当工人,后来又舍家撇业地去跑销售,只为能多挣点儿补贴费,能让孩子们吃饱饭。她一跑就是十年,夜间行车从来没坐过卧铺,每天的伙食就是几个烧饼,再买点大酱和几棵大葱。这时老方(岁月的沧桑使他真的老了)成了家庭"妇男",精打细算地照顾着三个孩子的生活,有时一天只能做一顿饭,经常挨饿的是他自己。孩子们最盼的是出差的妈妈回来,她总会给他们带回点儿好吃的,哪怕只是几块糖。每回妈妈一进屋,三个孩子就像小狼似地扑上去,几乎能把她扑倒。后来三个孩子一起上学了,日子就更艰难了。孩子所穿的衣服都是她亲手做的,有时到街头的摊上剪一个样子,然后回到家照着做三件,好在小时候他们衣服的大小都差不多。在外出的漫漫长夜里,她都在灯下给孩子织毛衣毛裤,选最鲜艳的颜色,然后从小店买来动物图案再绣上。无论多困难,她都让自己孩子的穿戴不比别的孩子差。看到别的孩子上学都带罐装的饮料,她也给他们买,可孩子们背在书包里从来不喝。学校开运动会,孩子带的吃的都是自己家做的。

　　最艰难的是为孩子们凑学费。方磊上中学第一年的 1000 元学费,开学十多天才交上，都是从亲戚家借的，三年后才还上，是孙玉勤和老方卖馒头挣的。那时，每天上班前，他们从馒头铺上两筐馒头站在道外区黎华街口叫卖，早晨、中午和傍晚卖三次，五冬六夏，一天不落。在大雪纷飞的日子，两人满身霜雪、口喷热气的老知青，矗立街头，招呼生意，成了这条街上最感人的雕像。

屋漏又遭风雨。孙玉勤1998年也下岗了，已经流干眼泪的她和丈夫又杀出了一条生路。有1999年7月3日的《黑龙江日报》的消息为证，那消息说："49岁的孙玉勤1968年下乡到北兴农场，返城后，先后在两个单位谋生，在道外区的改造中，她所在的搪瓷厂放长假，爱人的单位效益不好，也放长假，一胞三胎的孩子还在念书。今年年初，她决心不依靠特困费维持生计，和丈夫一起到上海、宁波等地考察水磨年糕项目。又以自己的房产作抵押，贷款3万，办起云天食品厂……"消息没有更多地叙述他们创业的艰难。

我后来知道，年糕尽管是南方人喜爱的食品，可北方人并不接受。当年老方和妻子一人骑一台破自行车挨家饭店跑，介绍如何用年糕熘炒煎炸，又如何涮烧上汤，又让他们免费食用，先试用，不好不要钱。他们风雪无阻，记不清跑了哈尔滨多少大大小小的饭店和超市。随着业务的扩大，他们又开着摩托车到处送货，有几次翻车，人货都被扣到道边。他们爬起来，拍掉身上的灰尘，揩掉手上的血迹重新上路，不敢有些许的停留，因为用户还在等着他们。

在道外（原太平）区水源路上，我找到了云天食品厂。已经当了老板的孙玉勤和方立强，还是一身工人的打扮，身上还沾着米粉。这家安置了十多个下岗工人、日产千斤年糕的厂子，再不用摩托车送货了，我看到了停在院里的哈飞牌货车。我还看见一台新买的轿车，孙玉勤说："那是我给方磊买的，他在东北农大本硕连读毕业后考上了公务员，在质检部门工作，已结婚成家。我们先为他置办了房子，为了他工作和生活的方便，又为他买了这台车。"

我又问到了两个女儿，老方拿出照片，给我指点，方婷已经在上海结婚，丈夫是在英国留学的香港人，在一家房地产公司当策划师。

方娓也在上海，当瑜伽功的教师，也有男朋友了。我发现，三个孩子继承了父母的优点，都是一表人才，男孩英俊，女孩特别漂亮。

可蹉跎岁月像把无情的剑，削去了两位老知青的青春和美丽。孙玉勤目光黯淡，已无昔日的神采，她说，都是当年为这三个孩子哭的。玉勤说："生活不相信眼泪，但也不能没有眼泪。但眼泪只能让生活丰富，不能让生活幸福。要幸福只能靠自己这双手，一双手什么困难都能克服，什么奇迹都能创造。"

我说："孙厂长成了哲学家了。"

她笑着说："都是在苦难中琢磨出来的。"

老方不像孙玉勤那样乐观，他有些忧心忡忡的样子。他说："我们年纪大了，有点儿干不动了，可孩子们谁也不想接班。其实东北大米特别好，不仅可做年糕，还可加工米线、米粉等，有很大的市场需求。"

我说："你不必急，我给你们写篇文章一登，想投资和合股的人就来了。"

看来，"玉强牌"的故事还没有完。那么，就且听下回分解吧！

四十一、走出苦难

她是个"义工"，在上海美术馆的"知青油画邀请展"服务，帮着我签书售书。她翻看着《我们的故事》，很感动的样子。

她问："贾老师：你写的这些知青，是谁安排的嘛？"

我说："不是。谁有故事就写谁。"

她问："你写一写我行吗？我可能是最苦的知青了！"

她看我有些疑惑，就把我领到展厅的一幅油画前，指着画面说："那曾是我的生活！"

那幅画叫《我的前夫》，画的是一个女知青和他的农民丈夫并排坐在贴着大红喜字的破旧土屋前，她穿着一身黄军衣，脚上一双新的绣花鞋，满脸忧郁。而她的丈夫手里拿着"结婚证书"，喜气洋洋的样子。

我请摄影家、哈尔滨老知青吴乃华为她在这幅画前照了张相，她满脸沧桑，头发灰白，牙也掉了几颗，只是眸子里还有些神采。于是她给我讲了她的故事，我们共同商量，文中她的名字叫陈草，她的前夫也用了化名，她说怕她的儿子难过。

"我们可是战友呀，我是 1969 年 5 月 15 日下乡到兵团 40 团 12 连的。当时上海搞'一片红'，我要不走，父母不让上班，兄弟姐妹不让上学。我的理想是当中医生，我们师大二附中可是重点学校，我的学习也是不错的啦！在普陀区中心小学二年级开始做大队学习委员到六年级。以优异的成绩考上了当时的市重点，现在是全国重点中学，这是我一生中唯一的骄傲！

当时我的身体老好的啦，参加连队劳动，180斤的麻袋都扛得起，我还养过猪。一点也不怕苦和累。我先在农业连干了四年，后来又到依兰参加兵团收获机厂的建设，搞基建比干农业活还累，我没叫过苦，也没流过泪。我们团的三个男生三个女生，都在一个施工连队，很快乐的。到了晚上，皋玉兰给我们讲故事，她是个才女，（是我们二附中的同班同学）每晚给我们讲一段《红楼梦》，我们听得很入迷。后来她给我介绍了一个男朋友小马，是我校同届的同学，他是一班的，我是五班的。他很帅，很有文采，写的信能让人流泪。他是看中我的稳重。和小马在一起，我真的很高兴，再苦的日子也觉得甜。"

说着这儿，陈草露出几份羞怯。她又说，我们在1974年底完成了收获机厂的建设任务又回40团的老连队了。第二年初我回上海休探亲假，小马为了让我们家人认可，过了几天，也请事假回上海了，说到这儿，她的情绪暗淡下来。

很遗憾，家里并没有看中这个才华横溢、相貌堂堂的青年，理由是他太活分了，而陈草太老实，将来会受欺负。大哥不同意，又不让小陈回黑龙江，她伤心欲绝，痛哭不止，大姐和姐夫得知，还到小马家去了一趟，他们很满意，正巧那天晚上，小马要回连队了。

从此，陈草竟几天不起床，不吃不喝，昏昏沉沉，家里以为她得了精神病，其实这是失恋的痛苦。探亲假已经结束了，可陈草觉得没脸回去了，她无法面对关心自己的同学，更无法面对深爱着自己的小马。恋爱失败的小马回到连队后得到知青们的同情，不知情的人都谴责陈草的无情，这样她更不敢回连队了。就在这一年，大家推荐小马到上海读大学，毕业后在上海工作。在2003年师大二附中45周年的校庆时，陈草见到小马，那一年他的儿子考上了北大，她还向他表示了祝贺呢。

　　我们再说说已经在家滞留一个多月的陈草吧，她每天以泪洗面，不知自己的前途在哪里。她记得，那是1975年3月的一天，父亲说让她散散心，领她去看电影，之后他们一起到叔叔家吃饭。叔叔对她说，你在北方得了关节炎，在南方找个好人嫁了吧！他说自己姐夫有个亲戚是复员军人、党员，当时陈草并没答话，她没这个心情。

　　一个星期后，爸爸和叔叔拉着她上了船，其实那个地方离上海很远，在浙江省，离宁波还有64里之多。那里很穷也很落后，他们家房子的墙是泥和竹编的，做饭和洗马桶都在那条脏兮兮的一条河里。他们领她见了那个叫胡沦的男人，一米六零的身材，比陈草矮半头，又干又瘦的，陈草立刻表示坚决不要，叔叔说："又不是上海人，整天逛南京路的，他当过兵，是党员，会种地，以后复员军人会安排工作的，不会做农民的。"当时的陈草已陷于绝境，哥哥不让她回连队，上海家又不让她住。

　　第二天，叔叔领着那个男人和她一起到公社，"走后门"登了记。没有人问她，和胡沦结婚是不是自愿的，如果有人问，她会立刻说"不同意"！可是真的没人问。她记得那一天是1975年3月31日。家里人在一起吃了顿饭，然后就把她们推进那半间土屋。那天，哪怕有人给她一根红头绳，一颗糖，一件礼物，她也许会感动得顺从，没有，都没有！都是因为太穷啊！说实在的，陈草结婚还没有那幅《我的前夫》的画上的隆重，他们毕竟照了张相，陈草说："真的我们什么都没有。

　　那一夜，她坐在床头哭到天亮。她的男人也没叫她，没有甜言蜜语，他的脾气很倔犟。第二天，叔叔和那个男人就领她回上海了，"回门"见岳父的礼物是几个糯米块和六只冬笋。在家里住了五天，陈草根本没让他靠近自己。

　　叔叔又逼她跟着胡沦上了回宁波的船，望着滔滔的江水，陈草不停地流泪，她真想一头跳下去，可叔叔紧紧拉着她的手到乡下没有松开过。后来她无奈地、违心地、成了他的"女人"。根本谈不上快乐，更不和幸福沾边，只有被撕裂心灵一样的痛苦！

作为"转插"的知青，她和别人一样下地劳动，先干插秧的活，她站在泥水里，浑身发抖，更可怕的是蚂蟥爬到了她的腿上。后来她又到晒场上干活，辛苦了一季，她挣了486分，才值二十几块钱，她又到砖场去托泥坯，更是累死人的活。几个月后她怀孕了，天天酱油咸菜拌饭，她瘦成了皮包骨头。在兵团时她体重140斤，现在只剩下了90斤。为了活命，她跑回了上海，这回她下了决心，把孩子打掉，然后回兵团，写检查，接受处分，再和他离婚！又是哥哥阻拦了她。

一个月后，胡沦叫她回家，说家里盖了新房子，生活条件好了，会善待她。陈草说，嫁到胡家之后，什么事都不顺，生孩子时又是难产，两天两夜生不下来，最后半夜把我抬到了十几里外的公社卫生院，动了手术才生下来，还缝了七针。因为营养不良，儿子刚生下又瘦又小，满脸皱纹，婆婆说："没见过这么难看的孩子！"孩子一天到晚地哭，胡沦很烦，不但不帮她，还骂她和孩子。那天晚上孩子又哭了，他踢了孩子一脚，她和他争吵起来，他一拳打在她的眼睛上，眼眶立刻青紫，三天看不见东西。实在不能忍受了，在孩子出生"一百天"的那天，正好毛主席去世，她抱着孩子回上海，决心再也不想回来了。

她要把孩子送人，多少次她抱着孩子在马路边徘徊，她想和孩子一起死，又想想他是无辜的，她想自己死，可扔下孩子，谁来管！她当时真的后悔已极，这次草率的婚姻遗恨终生，也给孩子带来了巨大的伤害！当时，她觉得天是黑沉沉的，见不着一点亮。她真的绝望了。后来，邻居大妈都来劝她，"孩子不能送掉，你也不能死，你看没有妈的孩子多么苦呀，你再苦再难也要把孩子养大！"也许就是这句叮嘱的话，迫使她支撑到今天。

在上海没住了一个月，叔叔又拉着她回到了乡下。她回忆，1978年，邓小平伯伯给我们知青落实政策了，给在农村插队的知青转城市居民户口，还要在工厂安排工作。也许我的命运真有了转机，后来转成"居民户"，我还在村里工作，先让我在村里教幼儿园，因为我会汉语拼音。我干得很好，还当上了县里的先进。

　　后来我又先后调到帆布厂、药械厂、酒厂，先是当出纳，后当会计，而且是个很出色的会计，在乡下我读了高中，再参加了宁波成人中考，读了会计中专。结果一干就是十多年。这期间，我又生了老二，也是个男孩子，这两个孩子身体都很不好，从小常常每个礼拜都要带他们去看病。但两个孩子学习都很好，当然是受我的影响，我可是当年上海重点中学的好学生，我只要求他们好好学习，他们是我的精神支柱，最后的希望了。

　　这些年，我和孩子他爸爸天天吵架，两天一小吵，三天一大打，一打架就吵着要离婚。他不讲道理，破口就骂，动手就打，而且往死里打，简直不可理喻，就是文化水平低，没有责任心，没有家庭观念。

　　也许为了孩子，那些年陈草一直是忍气吞声，逆来顺受。可是后来，他们真的过不下去了。陈草说，胡沦1982年调到村里的砖瓦厂当了个副厂长，有了点权力，他也有了大变化，经常大吃大喝，而且迷上了赌博。他可以赌到哪里吃到哪里，十天十夜不回家，家里菜也不买，孩子的学费交不上，连看病的钱都拿不出了。这回陈草真的急了，他们吵架就更厉害了。硬的不行，她和孩子们就来软的，他们分别给他写了劝诫信。陈草的信是这样写的：

　　"＊＊＊同志：

　　由于彼此不和十年之多，已影响了身体，已败坏了名誉，已影响了工作，尤其影响两个孩子的身心健康，我深深地尝到了夫妻不和的痛苦及人生似苦海。现在你又迷上了赌博，我们的家就要让你毁了！我曾多次想轻生，了此一生……

　　一、我对赌的看法

　　1. 赌是一种犯法的行为。

　　2. 赌是万恶之源……

　　3. 赌对家庭、妻子、孩子都丝毫无益……

　　4. 赌无论大小性质都是一样的，必须防微杜渐。

　　5. 没有赌博发洋财的，只有使家庭不和，伤害身体。你是一个党员，一个干部，家庭经济并不好，你这样赌，有什么后果呢？不能克服吗？……"

这封信很长，信的第二部分的标题是"既然都已盲目成家，那么就要挑起勤俭持家、养儿育女的重任。"第三部分的标题是"无知的双方伤害了两个孩子，他们是无错的、无辜的，既然双方阴差阳错，那就不能再伤天害理地害了两个孩子，必须做个名副其实的家长。"

陈草在信的结尾还说："最后我从内心发出心愿，必须吸取以前的教训，痛悔前非，重整旗鼓，重新做人，安安稳稳地把小家庭建设好"。

那时大儿子只读小学一年级，看见我们吵架，就写了一张纸条："爸爸，妈妈你们不要吵了，我上学去了。"

放在桌子上，然后含着泪去上学的。我看了止不住伤心流泪，我对带给他们的伤害感到撕心裂肺。等到读五年级时儿子又给父亲和所有赌博的人写了告诫信：

"我恨：

恨世上的一部分人，为什么，为什么要把玩麻将当作一项娱乐?!就是这不该出世的麻将，牵动着部分人的灵魂，造成了许许多多数不清的美好家庭的不和谐，随着文明社会的高速发展，我希望这些人，能把玩麻将的精神转用到工作上，学习上，那可是一个不可估计出的力量呀！大家能听我这句话吗？

改掉坏习惯。改掉坏习惯。改掉坏习惯。……"

妻子和孩子的信，还是有点打动了胡沦的心，他还郑重地写了保证书。可是，他并没有兑现自己的承诺，而且走得更远了。也许是不良的社会风气使然吧。赌博的农村干部不少，可能只有陈草这么认真地反对。于是，无可忍受的陈草开始了和他旷日持久的离婚大战，她把当年给她制造了这个如地狱般的婚姻的叔叔也告上了法庭。

正在痛苦婚姻的围城中煎熬的陈草，突然看到了一线曙光。上海出台了新政策，每个知青的子女可以批准一人落户上海，还可以进城读书。于是她带着老二回到了家，因为老二肾炎发了四次，他是农业户口，18 岁就要分田地的。那时父亲已经过世了，兄弟姐妹七八个，可没有一个人同意作这个外甥的监护人。没有监护人当然就不能落户口。她对亲人们说，老二回来不到你们家住，不到你们家吃，不让你们承担任何费用和责任，而且可以到公证处公证。她求他们四次，可还是没有人同意。也许因为他们的日子都不富裕，他们真的怕被旧亲戚缠上。那时陈草真正体会了古人话："穷在路边没人问，富在深山有远亲"。

实在没有办法的陈草给市委领导写了一封信，请自己小学的同学杨英转交。这位老同学读了她的信，非常同情她的困境，当即表示，你谁也不用找了，我来给你的儿子当监护人！经过复杂的法律手续，无亲无故的杨英成了陈草一家的大恩人，她连续办了七个证明，再到公证处公证，才成了法律上认可的监护人。小儿子的户口报在杨英家。社会上还是好人多，在陈草领着儿子参加中考的那一天，她又碰到了 40 团的老战友李惠琴，她把这对居无定所的母子领到自己家吃了三天饭。在采访时，我看了在陈草情绪最低落的时候杨英给她写的信，也被她的真诚和善良感动了。

"读了你的信，很为你的一些想法感到压抑，为什么你总是要这样责备自己害了两个孩子呢？你赋予了他们的生命，他们会理解你的苦衷，尽管在生活中承受了磨难，但这种磨难对他们来说，抑或也是一种精神财富，你说呢？

至于一个女人的失败与成功，并不是唯一体现在是否能使丈夫成功或失败。一个人堕落时，是无人能阻止的，况且你与他原本不属于同一个知识阶层，所以这种在心灵上的离异是不可避免的，为何要把这种责任归于自己呢？"

杨英的信让她有一点点安慰。但现实问题还在重重地压在她的肩上。儿子虽然成了上海人，但上海没有他们的家，母子俩经常搬家，几个月就搬了 5 次家，他们租过别人家的阁楼、仓库、楼梯间，有时只能放一张床，儿子在膝盖上搭一块板写作业。

那时陈草在幼儿园时教过的一个小朋友、现在上海华东理工大学的学生孙孟杰，在她绝望的时候，常写信开导她：

"阿姨：你是一个要强的女人，你是很有毅力的人，为了儿子，为了自己，为了将来能在上海有一席之地，振作起来，你要坚定不移地克服困难，我相信，你可爱的儿子一定能在你的大树下走出来，经过磨难的你们一定会更加珍惜现在的一切……"

他们母子在上海的费用全靠陈草给人家打工，她在冷饮站开过票，在永和豆浆店当过仓库保管员，和儿子一起做过小生意，卖过衣服、围巾、布料、线、纽扣，更多的时候是当钟点工。她当过保姆，也护理过病人，最困难的时候还拣过垃圾、收过破烂，而这时，儿子总是和她一起干的，有时一天挣了十几块钱，儿子都特别高兴。那时母子两人相依为命度日如年。

也许下面这封儿子给上海亲属的"求救信"最能说明当时这娘俩的困境了——

"敬爱的＊＊＊＊：

你们好！这次我到上海来读书，没想到遇到的困难这么多。就从住的方面讲，第一次我们在南市区好不容易借了那间房子，虽然地方小点，但是在上海能有个落脚的地方自己算不错了，没想到，还不到一个月，那个房东住在国外的老妈要回来。于是妈妈急匆匆地找了一户人家给人家当保姆，好不容易给他们干了一个月，可那个老太太做事实在让人受不了……在搬到她家时，本来讲明是不收房钱的，可在我们临走时，那老太太向我们要房钱，我妈就马上给她房钱五十，外加水费煤气费各二十，还有一桶值 30 元的油……没有办法，妈妈又找了一家当保姆，可那个病人要她 24 小时照顾，全瘫痪的病人 180 斤体重，干了 4 天，妈妈无论如何也受不了，她就要被累垮了！

我和妈妈想来想去，还是请你们帮我们一把，看在主的面上，我只要睡在你家的一块很小的地板上，我是一个会干家务活的男孩，我会帮你们干家务活的，我自己的衣服自己会洗的。我知道，我住你们家会给你们带来许多麻烦的，但是我们实在没有办法，等我以后有了出息会报答你们全家的……

希望你们能拉我一把，我想你不会让一个在教堂外徘徊的男孩失望吧!"

这封让许多人流泪的信，没能打动他们的心，儿子和陈草都没有在他们那里借到能安排一个床位的地板。他们也许有他们的难处。陈草怕孩子因为失望而放弃，她给他写了这样一封信:

"这里是你母亲的故乡。在她少年时，曾有太多的梦想。暴风雨来了，吹走了初升的太阳。没有阳光的绿叶，在煎熬中枯黄。她不曾拥有的春光正照亮你前进的道路。生活上琐事的烦恼，只能默默承受。奋进才能得到期待的目标。当你昂首在明天的大道上，你方知苦难是人生的老师，苦难也是人生的财富，生活的苦难教会我节俭。"

坚强的母亲培养了坚强的孩子，小儿子在日记中写道:

亲爱的妈妈:

我和哥哥如今的一切都是您给的，从小到大，您总是舍不得吃，总把最好的留给我们。为了我，您放弃了自己的工作而陪我到上海来，吃尽了苦，当我看到您为我而奔劳累成那样，我从心底发出，妈妈对不起，您为了我牺牲的实在是太多太多。

可如今，您为了哥哥的工作而又奔波。记得那天晚上我送你，您说:"为了两个儿子，我再苦不辞……"妈，您太好了，实在是太好了，我真的要好好感谢您。我永远爱您，妈妈!"

在妈妈的鼓励下，两个孩子都很要强，老大考到了宁波卫生中专，工作后考大专，再考本科，毕业后当上了医生。老二为了早点替妈妈分忧，考了个好就业的服装设计与工艺专业，大学毕业后，又学了计算机专业。依靠自己的能力在上海立业成家了。

在陈草最困难的时候，在经济上给她最多援助的是她小学中学的老同学和兵团的老战友，他们给她钱、给她穿的、给她吃的，帮她找工作，帮她租房子。而在精神上给她安慰的是基督教。在最困难的时候她信教了。陈草说，现在她有两个家，一个是知青联谊会，一个是教会。她是这两会的积极分子，凡是有活动都参加，她很热情，还赠送我一本印制精美的教会讲义。

我对这位老战友说，还是《国际歌》唱得好："从来就没有什么救世主，也不靠神仙皇帝，要创造人类的幸福，全靠我们自己！"其实你不就是这么做的吗，是靠自己的打拼，全家在上海站住了脚。现在她的小儿子已经在上海有了自己的店。原来在家乡当医生的大儿子也调到了上海，在一家街道医院当内科医生。为了解决他的"蓝印户口"，他们还在富平路一个漂亮的小区买了一套七十多平米的房子。当时的三十多万买房钱，都是同学和战友借给的，一个同学一个人就借给她七万，而且不要利息，现在钱都还上了。

陈草是在她家的新房里接受我的采访的。虽然屋里陈设很简单，但很清爽，很亮堂。那屋里灿烂的阳光化解了我心里的压抑和沉重。她说，我们家是这个小区最穷的人了。我们买房的钱，有的就是在这个小区拾垃圾挣的。我说你可能是"最富"的人，因为你在苦难的人生经历中创造了人生的奇迹。

上海不相信眼泪，但相信坚强，更相信能力和吃苦耐劳。在这个城市靠自己的奋斗取得成功的人是有尊严的，是被人尊重的。在知青中，你可能是吃苦很多的人，你也是一个成功很多的人。两个儿子就是你的财富。

陈草是1995年和前夫正式离婚的，他们的不幸婚姻维持了正好二十年。胡沧不是那次错误婚姻的制造者，而是受害者。本文无意伤害他，并祝他幸福。他一定会幸福的，他有两个有出息的儿子。因此，他也应该感谢自己的前妻。无论他们之间发生过什么。

◎ 附件：

给作者的信

尊敬的贾老师：

首先我要感谢您！您写得很好！我很感动！你给我的书

《我们的故事》的题词很好，我看就用"走出苦难"作标题很好，这个题目就是我的"真实写照"。

贾老师，我儿子、孟杰、杨英写的几封信都要，一封不要少，都是真情实录，难得保存啊！往事历历在目，如今您替我完成梦寐以求的心愿，我要把不幸写下来，我们家是苦难深重，还有很多内容记不得了……

走到今天，真的不容易。要珍惜啊。让两个儿子永远不要忘记过去。伟大导师列宁说过："忘记过去，就意味着背叛。"

贾老师，最好你帮我强调一下这句名言，主要是教育两个儿子，无论何时都要做一个正直的人。尤其在当今变化多端的时尚时代。诸葛亮讲："静以修身，俭则养德。"

贾老师：您最好帮我把这段我的心意写在文章的后面。好吗？

拜托了。

陈草

2008 年 6 月 20 日

四十二、像白雪一样圣洁

　　他很沉静，即使在满桌的知青战友争抢着说话，表达自己的壮怀激烈的时候，他只是淡淡地微笑着，默默地听着。可他的心里充满了火山爆发一样的激情，这激情把他从北京烧到北大荒，又从北大荒烧到神圣的雪域高原，烧到遥远的阿里。

　　他很瘦弱，面容清癯，走路时都喘着粗气。可他是一只雄健的苍鹰，他渴望蓝天，向往边疆，向往高原，向往圣洁的白雪。他从北京飞到了风雪苍茫的抚远荒原，又飞到世界屋脊喜马拉雅山下的圣城拉萨，再飞到世界屋脊的屋脊阿里。四十年过去了，他越飞越高，越飞越远。他的青春化作了北大荒丰收的庄稼，高原的风雪染白了他的头发，可是他——一位病休在京的老知青搏击风雪的心还没有老。

　　北大荒的战友们说，当年他是敢打硬仗的"拼命三郎"，是活着的金训华。阿里的藏族老乡说，他和我们心连心，是孔繁森式的好干部。我要说，他的思想和品德比北大荒和阿里的白雪还要圣洁，他就是天上难找地下难寻的"一个高尚的人，一个纯粹的人，一个有道德，一个脱离了低级趣味的人，一个有益于人民的人"。

　　"我是 1967 年 12 月 6 日到达七星农场的，那一天正下着漫天大雪，我们跳下汽车，捧着一把白雪，对着苍茫的大地，大喊：'北大荒我来了！'"王惠生说起当时的情景，神情有些许的激动。他是北京体育学院预科班的学生，并不是上山下乡的对象，他本来是学体操的，因从单杠上摔下造成粉碎性骨折，即使下乡也轮不上他。但惠生是个有理想求上进的青年，当时他已经是学生党员，董加耕、邢燕子成了他人生的榜样。再说这个性格内向的青年，心总是很野，在梦中他总是走得很远很远。谁也没能拦住一个进步青年奔向边疆的步伐，他选择了这个在中国地图位于鸡头位置的农场，那里有一片片未被开垦的土地。

他来得正是时候，开发抚远荒原、组建兵团六师的战斗打响了，他从17连调到新建立的师部物资站装卸连当副指导员。当时支援荒原建设的大量物资运到了松花江畔的码头，堆积如山的钢材、木材、水泥、煤炭、机械，都等待他们运送到需要的地方。他们像当年大庆工人一样人拉肩扛，卸车装船。王惠生领着知青如猛虎下山，昼夜奋战，号子声响彻云霄。什么重活累活危险的活，惠生都抢在最前面。他本来有伤的身上又添新伤。还有一次，由于风浪太大，岸边拴着木材的绳索被弄断了，木材顺着江水向下游漂去。听到消息，王惠生跑到江边，一个猛子跳入江中，那时正处深秋，江水冰冷，他追上一棵木头，把它推到江岸，再去追赶另一棵，等大多数木材都推到江岸时，他已被冲到下游六七里路了，若不是他的水性好，大概就成了第二个金训华了。

王惠生勇敢又有智慧，他后来又被调到船工队当了指导员，他还领着大家自己设计和制造了一艘大型运输船。当他站在装满物资的大船上在滚滚的松花江上奔驶时，他望着天上掠过的江鸥，心中总是涌动着一股飞向远方的激情。1976年中国进入了历史转折的一年，知青大返城使初具规模的建三江垦区也陷入动荡。王惠生一方面通过思想工作稳定着自己的连队，一方面也不得不思考自己的前程。这些年他多次放弃了被推荐上大学的机会，因为他热爱这片神奇又可以有所作为的土地。

这时他又开始梦想着另一片土地，那里也有雪，而且有终年不化的神秘雪山。是一个来自省城的消息让人的心又飞了，听说哈尔滨师范学院要办一个专为西藏培养教师的大专班，他要报考这个班，并以此为梯走向自己心仪已久的西藏高原。战友们很不理解，在北大荒遭了十多年罪了，要走就回北京，凭王指导员的条件什么大学不能上，为什么非要上西藏。那时恢复高考在即，大家都想一拼回家路。

在这关键时刻，惠生新处的女朋友、梧桐河农场的牡丹江知青李静投了赞成票。她的道理很简单，既然爱一个人了，就爱他的选择。有了亲人的支持，王惠生义无反顾地报名，领导当然舍不得这个骨干，他跑到师里找教育科要指标，又找当了师副政委的上海知青孙英为他说情。那些天，他常站在全国大地图前发呆，目光从鸡头的抚远转到鸡尾的雪域高原，最后停在那片叫阿里的地方，久久地凝望。那时很少有人知道这个寂寥的高原，可不知为什么他竟神使鬼差把自己的命运和它连在了一起。

1979年1月，也是个大雪纷飞的日子，王惠生成了哈尔滨师范院校援藏大专班的学生，临行前一个知青战友给他写了一首诗：

阿里长云暗雪山，常念战友破楼兰。

几回梦游珠峰顶，化作豪情展新篇。

1979年6月，王惠生和20多个同学一起来到了西藏，那时阿里还由新疆代管，他只好留在了拉萨市教育局人事科工作。金碧辉煌的布达拉宫，让他领略了藏族文化的灿烂，可拉萨的落后也让他很吃惊，当时这个城市只有一家饭店，两三家商店。教育局连食堂都没有，只能自己起伙，水烧不开，馒头蒸不熟。高原严重的缺氧考验着他的身体。对这方面，我有切身体验，2004年夏天到拉萨开会，从成都就开始吃预防高原病的药，到了拉萨一下飞机，所有的打火机都打不着了，人都觉得上不来气，走路也变成了步履艰难的老人，开了四天会，200人中有120人打点滴和吸氧气袋。可王惠生很快适应了这里的气候并全力投入了工作。

那一年的12月已经返城回到牡丹江市的女朋友李静来到拉萨看

望他，当时他们没有结婚的打算，因为一切都刚刚开始，教育局长做主为他们举行结婚典礼，他们没做新衣服，没办喜宴，新房就是王惠生的办公室兼宿舍。从此两个老知青的命运就和西藏高原紧紧相连了，在风雪兼程中更饱经了苦难。由于探亲时的一路奔波和气候的巨大反差，她曾两次到西藏探亲怀孕又两次流产，最后惠生回家时，他们又有了孩子，最后把儿子生在了牡丹江。后来因为企业不景气她也下岗了，城里连间住房都解决不了，她曾领着孩子住在百里外的林口县的一间土房里。

1981年12月，又是一个下雪的日子，王惠生终于实现了自己的理想，奔向了朝思暮想的阿里了。他听说阿里缺干部，自己找到自治区组织部，争取了到那遥远的地方工作的机会。从拉萨出发，一路北上，山越来越高，路越走越难。那云雾缭绕的雪山，是和他同行的神秘旅伴；那高原怀抱中翡翠般的湖泊，向他露出暧昧的笑脸。经过七天七夜风餐露宿，他终于爬上了世界屋脊的屋脊，进入了这片占西藏四分之一，平均海拔4000多米的高原。世界最雄伟的喜马拉雅山脉、冈底斯山脉和喀喇昆仑山脉在这里会合，形成了这雪峰林立、百川奔腾，湖泊众多的极地景色。这里是全世界有人迹的地方中最艰险的场所，也是勇敢者和硬汉难得的舞台。面对高原的风雪和喘息都困难的环境，王惠生没有一丝恐惧和畏难，却充满了创业的激情和豪迈。

在以后的24年的时间里，一个为北大荒的发展奉献过青春的老知青，又为这藏北高原的发展和进步竭尽了全力。王惠生曾当过地委宣传部的干事、地区团委副书记、地委宣传部副部长，还兼任地区电台电视台的台长。这个北大荒的拓荒者，也是这雪域高原现代文明的拓荒者，他组织过在世界最高的位置上的纪念马克思百年诞辰活动，他把学习雷锋活动引向这最神圣的高原，他让远离祖国中心的藏民们高唱《国歌》和《国际歌》，旨在促进民族的团结，维护祖国的统一。

为了用有限的经费建成电视台，他和职工们一起爬上80米的铁塔架线；为了把电视信号输送到最远的牧村，他和职工赶着牦牛爬过雪山送设备，而最精密的仪器王惠生自己背在身上。

1990年，王惠生又担任了地区党校的校长兼书记，在任期间，他领导着教职员工白手起家，建起新的教学楼、办公楼和职工宿舍。同时他潜心研究教学，自己也成了学校西藏历史和民族理论的最好教员和当地最权威的专家。1998年王惠生又当选为地区的政协副主席，他积极团结阿里的各界朋友，为地区的发展和两个文明建设出谋划策，为招商引资作贡献。在他负责修志工作时，他为了掌握第一手资料，曾翻过两座6000多米高的大山，来到札达县偏远的萨让、底雅、楚鲁松杰等乡考察，恶劣的气候让他双眼红肿、嘴唇开裂，一直坚持到完成任务。

他曾和当时的阿里地委书记孔繁森一起被评为"全国民族团结模范"，受到国务院的奖励。王惠生永远不能忘记，在学校工作时，他曾请孔繁森为培训的干部讲课，他特意为他买了四盒红塔山烟。孔书记说："咱们这儿的条件，你又不是不知道，买烟干啥？还是留给客人抽吧！"过了一段时间，孔书记又来讲课，惠生又拿出这四盒烟，孔书记还是没抽。没想到这烟成了纪念孔繁森同志的文物。

凡是在王惠生身边工作的人都说，他就是孔繁森式的好干部，从内地到拉萨，又从拉萨到阿里，一干就是二十多年，从无怨言，只讲奉献，燃烧着自己照亮着别人。他的足迹印在阿里的雪山牧场、藏民帐篷和崎岖的山路上。下乡时，他经常坐客货两用的吉普车，总想着来回为藏民们捎点东西。有时到拉萨开会，也会坐捎脚车或大客车。那是一个星期的艰难旅程，坐小车还好一些，坐别的车是很遭罪的。有一次他从内地开会回来，单位派车到拉萨接他，他发现一个边防战士的妻子找不到回阿里的车，就让她坐自己的车，而他去挤客车。到外地开会或办事，他总是住最便宜的旅店，有时主办单位为他安排好了房间，他把司机找来一起住，他说可以省一间房子的费用。后来在北京治病时，他从未住过干部病房，都和普通患者挤在一起。

有人说他的办公室可能是全国最简陋的领导办公室，最值钱的是取暖的炉子。他在学校时盖了三栋宿舍房，第一栋条件比较好，是讲师和校领导住的；第二栋条件稍好是教师住的，第三栋是校工住的，比较普通。王惠生给自己在第三栋安排了一个比较差的房子，大家都不同意，他硬是住了进去。后来他当了政协副主席，要给他安排副地级房子，他不要，还是住在原来的房子里。他说，要享受舒适的生活，他就不来阿里了。

同事们都说王惠生这位"老爷子"对自己"太抠门"了，可对别人特别大方。学校食堂有个陈民生师傅，两个孩子上学，很困难，王惠生听说后，马上给他送去4000元钱，一再说什么时候有钱什么时候还，没有就算了。党校一对青年教师结婚，惠生知道他们经济拮据，他一下子随了1000元的礼。一次惠生到地区医院看病，收款处一个藏族女患者正为缺少100元着急，他把自己兜里所有的300元都掏给了她，然后什么也不问就走了。阿里的首府狮泉河镇有一个五保户，叫屯珠，就住在柳花公园附近，五惠生经常到她家去送物送钱送药，过年过节时更忘不了给她送好吃的，和她一起欢度。

就是他在北京养病期间，他还惦念着别人。2003年过藏历新年时，他把在北京读中学的几十个阿里的孩子请到一起，用自己积攒的8000元请他们吃饭，饭后还领他们参观了孔繁森展览馆。还有一次回北京探家时，他听说小尾寒羊很有经济价值，要买几次带回阿里繁育。那个卖羊的单位被他感动，就送他四只。他把这四只宝贵的羊，用火车托运到新疆，再通过汽车转运到阿里，一路上靠自己捡菜叶解决它们的喂养，仅运费王惠生就花了2000多元。到了阿里，他先在自己家里喂好了，再把那四只羊送给种畜站繁育。有人算过，这24年，王惠生帮助过的有近千人，他捐献的钱物也有十万多元。藏民说，他有菩萨一样的心，是上天派来的神。

在王惠生尽心竭力地帮助别人，使他们早日摆脱贫困的时候，他的家庭也处在严峻的困难中。在牡丹江市第四橡胶厂下岗的妻子李静，正为生计奔忙，在北京亲戚家寄养的儿子王江，也常为见不到父母而流泪。回家探家的惠生一狠心，也把正念小学的儿子带到了阿里。孩子李静不放心也追到了这藏北高原。对于他们一家的团聚，地区领导也很高兴。他们来看望李静并忙着为她安排工作，可被王惠生拒绝了。他说，狮河镇只两万人，可安排就业的岗位很少，还有别人的家属也在待业。他鼓励妻子自己创业，于是在小小的狮河镇有了一个卖豆芽的北方大嫂。她每天晚上发豆芽，早早地推着车子走很远的路到镇上叫卖，十分辛苦，可这位可敬的老知青为自谋生路、自食其力而高兴。

妻子安心在阿里过日子了，可儿子的问题也很大，他已经小学四年级了，可这里同年级的孩子刚开始学习汉语"你好""再见"。这样的学习很轻松，可比内地就大大地落后了。就这样，他读完了小学，中学也毕业了，想考上大学是很难的。

就在这时，中组部和中央电视台拍摄孔繁森事迹的摄制组进入阿里，正好王惠生负责接待。摄制组中的黄效东也在北大荒工作过，他乡遇故知，两人一直谈到深夜。老战友被王惠生的奉献精神深深地感动了，他说："你为北大荒已献出了青春，为西藏，你献完青春献终身，我们十分钦佩，你可不能再献子孙了，耽误了孩子的发展，你是有责任的！"说着，两个汉子都流下了眼泪。这之后在老战友们的帮助下，他把儿子王江送到山东菏泽地区的一所新闻学校去学习了。期望他毕业后，能在内地有所发展。

我是两年前在中国社科院的北京知青呆文川编的《七星情思》中看到了王惠生事迹的。这两年我每次到京都打听这位"老知青中的孔繁森"的下落，我觉得我的"一百个老知青的故事"如果没有王惠生是一个很大的遗憾。正好《我们的故事》在作家出版社出版后被也是北大荒知青的社办主任魏斌看到，他立刻向这本书的责任编辑贺平推荐，说西藏阿里有一个哥们，当年也是北大荒的，事迹特感人。正好我来北京开会，我们在晋阳饭庄约见，我一看他正是我要找的"孔繁森"！在魏和贺二位的"威逼"下，才挤出了如上材料。

他说得最多的就是一句话："这都很正常"。在他看来，他的所作所为，再普通不过了。当然也有新的发现，如一次路过阿里某地，惠生发现了几个猎杀藏羚羊者，他领着公安干警迎着他们的枪口向上冲，抓住了盗猎者，还缴获东风车两辆、步枪两支，被盗猎的藏羚羊100只。还有一年春节前，惠生领着几个记者采访，在回来的风雪路上汽车抛锚，从除夕夜到初五他们就是路边的雪坑里度过，初六才被发现，险些真成了"孔繁森"！

在京养病的王惠生看上去很憔悴，他是被雪域神医、西藏军区医院院长李素芝赶回家看病的，他的病相当重，肺已经纤维化，心脏病也很重，血压血脂都相当高。在阿里他随时都有生命危险。去年他认为病已好转，连卧铺都没买，坐着硬铺从新建的青藏铁路回拉萨，走了四天四夜，结果到了拉萨就不行了，赶快送到成都抢救，病好转后，他又回到北京养病。那次他没能看到在阿里的妻子和儿子。王江从山东的那个新闻学校毕业后，又回到了阿里。因为妈妈在那里，也因为他对那片神奇的高原也有了依恋！这样我们的老战友只能遥望阿里，夜不能寐了。

早春的北京之夜，冷风习习。我送别穿着单薄的王惠生，我说你的纯净比阿里的雪还白，比西藏高原的蓝天还要透明，你是那座高原上最能吃苦又最卖力的牦牛，你也许是那片高原中最后一个圣徒。无怪乎当地人都说你比孔繁森还孔繁森，地委号召全区党员干部都向你学习！

他说，我也是人，我也希望全家人团聚，希望儿子能在北京找到工作，我也忧虑我死了以后，我的妻子怎么生活。

听了他的话，心里很难过。我很想这篇文章能给他什么帮助。

四十三、长相忆

　　在哈尔滨花园街那座森严的大院里上班的津茹主任，每天操心的事儿很多，可是年轻时候在北大荒八年多的经历会经常出现在她的梦境中，那是她人生中的花样年华……那蓝蓝的天空，皎洁的云朵，灼眼的太阳；那瞬时的骤雨，震耳的雷声，萧瑟的秋风；那凛冽的寒流，漫天的飞雪，呛人的"大烟儿炮"；那绿绿的麦苗，微微地晃动，拔节的声响……

　　她想念黑土地上那片纯净的天空，更想念曾经生死与共的战友和给她无限温暖的父老乡亲。她深深地怀念那份深藏在心底的情与爱，那情是那么真，那爱是那么纯，追忆往昔，带给她的是一些美好和感动。

　　那是在 1968 年 10 月，一个大雪纷飞的日子，火车开到了铁路的尽头。津茹挤在一辆大卡车上，挺进风雪呼号的边境。傍晚时分，车停在一个几乎被厚雪覆盖了的村落里（兵团二师 11 团 5 连）。一群操着山东口音的小孩儿拥了上来，"青年来了！青年来了！"昏暗的灯光下，津茹看清了一个个蝴蝶花似的小脸，衣衫不整，脏兮兮的。就在从卡车上往下卸行李的时候，一种凉凉的悲哀向她的心头袭来，"在这里我们要待多久？如果真的在这里待上一辈子的话，那么我们的后代也将像他们一样！"她心里不由得抽搐了一下，额头上渗出了冷汗……

当时她身体很孱弱，到连队第二天就发高烧，住进了医院，后来她就被送回了哈尔滨。可是一个月后元旦的前夕，她又回到了连队。在后来的八年中，她都是在北大荒过的新年和春节。她自己也说不清楚，她的命运为什么和这块黑土地贴得这么紧。

津茹是从当小农工开始她的知青生活的。春夏秋冬，什么农活都干过，她还掏过粪、喂过马、挖过草炭、修过水利……从来就没有想过什么是脏、什么是苦。这个能写会画的哈尔滨女一中的小才女，很快发挥了作用，办板报，写大标语，画毛主席像，她都干得有模有样。连队大食堂墙上的"大海航行靠舵手，干革命靠毛泽东思想"那些红油漆大字都是她写的。兵团二师在他们连里办的"机械旧物利用展览"，她和一个四川大学的毕业生完成了这项任务，各团的机械队都来参观，还受到师首长的表扬，后来她被调到团电影队当放映员。

当放映员可不是什么轻松活儿，一堆很重的设备要搬到车上，35毫米提包机要举到一米三高的三脚架上固定……放映前要弄好幻灯片，念解说词。她下连队放映都是在晚上，深夜才回团部，她坐在胶轮拖拉机拉着的拖斗里，摇摇晃晃地颠簸在路上，头撞在车厢的角铁上，眉毛处碰破流出了血，她还在昏睡。那时住在广播站，早上很早就开始广播，她还没睡醒，又得起床，接着就是准备下连队放映的事情。

这样的日子对一个18岁的女孩子来说，简直就是一种煎熬，她却把这当成是历练。津茹尽最大的努力去适应，可还被领导认为是缺少艰苦磨炼。她又被下放到果树队去干更重的活，她和一个姓阎的本地女青年，每天要托1500块砖坯。她们要备好土，站在泥水中用脚和泥，然后把和好的泥摔进坯模子里，再把脱模的砖坯晾干、上架。一段时间里，两只手的侧面生出厚厚的老茧，这是农村最累的活计，真让城市的小姑娘脱胎换骨了。

津茹又被调回了电影队，那时他们很忙。看电影是北大荒最重要的文化生活，为看上一场朝鲜彩色宽银幕电影《卖花姑娘》，有的知青要冒着大雨大雪走上几十里路，甚至站在风雪中把电影看完。那是个文化萧条的时代，当时有几句顺口溜："中国电影新闻简报，越南电影真枪真炮，朝鲜电影又哭又笑，阿尔巴尼亚电影搂搂抱抱。"虽说兵团是部队直接供片，可电影还是供不应求。

津茹记得这样一件事：那是1970年，师里来了一部新拷贝，16毫米黑白影片《英雄儿女》，这是当时被解放的第一部国产故事片。师里只给我们团四天时间，全团32个单位都想看到。没有办法，电影队只能不睡觉，连轴转。队长老闫领着我们设计了最快捷的路线，就用这四天，真的放映了32场。当然有的连队是半夜出号看电影的。最后一场是在最远的28连，电影放映完了，才发现外面大雨倾盆。我在屋里收拾完机器，发现发电机还没有关闭，跑到外面跳到车上一看，闫队长，这位当年旅大警备区的老放映员，头搭在车厢板上，满头满脸的雨水往下淌，衣服湿透了，他竟还睡着呢！那32场电影是怎么放映完的，现在也说不清，只记得头发木，饭一点也吃不下，挂上一本片子后，也能睡上一小觉。

当时有一种灵感，每次打盹都没有超过换片的时间，否则观众的手电筒就会打到我的脸上。那时，我们突击放映的电影还有样板戏，因为放映的场次太多了，现在我还能把《红灯记》、《杜鹃山》、《龙江颂》、《沙家浜》、《智取威虎山》等一些样板戏的唱段唱下来。

津茹说，最高兴的是回老连队放电影。那些来自山东梁山的孩子们，一看到电影车来了，也不知道从哪儿跑来一群，用那山东味的口音一个劲地喊："津茹姐姐来了，津茹姐姐来了！"还是那蝴蝶花一样脏兮兮的小脸，她已经喜欢他们了。他们中哪个孩子是谁家的，她都清楚。跟她近一些的乡亲，总会回家为她煮鸡蛋、鸭蛋，非让她带上。

放电影是技术性很强的工作，要想当个好放映员必须掌握声学、光学、电学、机械学等方面的知识，为此她平时读了部队里的一些专业书籍。在参加师里放映员培训班时，她的成绩很突出。结业考试中

"电子管、半导体扩音机原理"、"发电机"和"放映机"等几门功课，都得了满分。记得最后考的是"影片"，其中有个问题是"影片药膜面划伤的原因？"，正确答案是四种，她只答上了三种，被扣掉6分，漏答的那种原因，她至今还记得："压片瓦镙丝松动"。她的平均成绩是全师的第一名。

因为出色的业务能力，在当团放映员三年后，她又被调到师部电影发行站。平日里，她除了完成自己分内的工作外，还经常为师里的会议写会标，当年师部楼前两边的红底白漆大字："抓革命、促生产、促工作、促战备"，"军队向前进，生产长一寸，加强纪律性，革命无不胜"的标语就是她和著名版画家、北京知青赵小沫一起写的。

30多年过去了，有些往事还历历在目。那年冬天，师部召开农业学大寨经验交流会，让津茹到依兰去取新片，依兰离师部有400多公里，只有一个司机陪她去。他是个本地青年，姓崔，比津茹大几岁。那时，天寒地冻，即使他们穿着皮袄、大头鞋，也没有一点暖和的感觉。去的时候还好些，因为是白天，他们互相说说话，感觉时间过得还挺快，到达依兰时，已经是深夜了。那个小俱乐部离江边很近，他们到的时候，电影还没放完，又等了一会，片子才撤下来，拿到片子，他们就往回赶。开车的小崔坚持要沿江走近路，他说有些困了，要求津茹不停地跟他说话、讲故事。她把多年积攒的故事一一地道给他听，有"红桃尖"、"木乃伊在行走"、"第二次握手"等等。当时，真是话说尽了，口也干了，词也穷了，人也饿坏了，困倦了。他们俩昏昏沉沉地睡着了……

不觉中，突然车体一震，他们都惊醒了，睁大了眼睛，好险哪！只差一点，连车带人就掉下冰崖了。因为他们反应得及时，避免了一场车毁人亡的事故。他们被吓出了一身冷汗，再也没有困意了，肚子也不觉得饿了。

他们又开始聊天，津茹问小崔将来想找一个什么样的人为妻。那小伙儿爽快地说要找个"三心牌"的——"自己看着舒心，别人看着恶心，待在家里放心"。她笑了笑，知道这是小崔胡乱编造的，听后似乎不困不饿了。现在她还能想起那部新片是罗马尼亚的《多瑙河三角洲警报》，为了这部早被人们忘记的老电影差点搭上两条人命，现在想起都很可笑。但那次风雪夜之行，却是她记忆中难忘的故事。

也许那一代知青最难忘记的是自己初恋的故事。到现在津茹也说不清楚，他们那是不是爱情，因为这个字眼他们之间从来都没有说过，即使在信中。1972 年，她被调到师部电影发行站，是他到汽车站接的她，他不高大英俊，但温文尔雅，做事踏实，不善言表，她愿意看他笑的样子。他来自北京，是和她同届的初中生。女校的学生有些傲慢，可她对他很敬重，因为他知识丰富，无论是关于电影业务，还是关于文学的历史的政治的，他都有自己的见解，他还会拉二胡、作诗，他画的大红灯笼挺好的，津茹在旁边画上松树的枝干。

他们还是工作的伙伴，那时无论春夏秋冬，他经常从师部的汽车连乘车到鹤岗火车站取片、发片，然后再带着片子搭乘汽车回来，每次她都去道口或汽车连接他。平日里，她推着用靶地铁轮改做的小推车；雪天，她拉着一个爬犁。那小推车和爬犁，都是他们自己设计制作的。他们一起把片盒子装上车，拉着或推着，路途虽不遥远，但一个个铁箱的影片很重很重。他们走得并不快，有时不紧不慢地说着话，有时一路无语，只是相视一笑。当大雪纷飞的时候，满满一爬犁的影片，他们走在路上更是吃力，但很浪漫，富有诗意。

那年冬天，他咳嗽得非常厉害，宣传科的男女宿舍中间只隔一排高高的大书柜，晚上津茹能听见他不停的咳嗽声。她心很痛，主动跟他说："咱俩换一下吧，我到火车站去，你在家接我。"那个时候，谁早上去火车站，都吃不上早饭，回来时开饭时间过了，要挨到中午。一早 5 点多钟，她顶着刺骨的严寒到鹤岗火车站去发片、取片，而他要到道口接她，从车上下来的她看见他满头满身的霜雪，埋怨他来得太早了……

1975 年，老实肯干的他被推荐上大学了，那年初，津茹参加

"师基本路线教育工作队"，驻进铁力独立二团 10 连，她赶回来送他。他把用小学生田字方格本书写的小楷《为人民服务》拿给她，她把写得好的字都画上了圈……她为他拆洗被褥，还特意回老连队为他生病的母亲弄了些黄豆带上，然后她又赶回铁力。她计算着日子，在他可能走的那几天里，她跑到驻地王杨小火车站等他，他是到大连上学的，南去的火车要从这里经过，虽说只能停留几分钟。那时或许是想对他说点什么，或许只想看他一眼，几分钟也足够了。

一天，两天，三天……很遗憾，在那个小站，她没能等到他。那飞驰而过的火车，带走了她的心。后来，他们经常通信，她还帮助将他的妹妹办回北京。她们是好姐妹，每次妹妹到师部来看他，总是和津茹睡在一张床上。第二年的元旦，津茹到大连看望他，给他带去了一个精致的小书箱和一些好吃的。累了的她就躺在他的床上休息，在温暖中她酣然入睡。他带她去了海边、去了老虎滩、吃了海鱼。走时，他给她装了一旅行袋的大苹果……

那年秋天，北京阴雨连绵。津茹到北京出差，特意去看望他的妹妹。白发爷爷听说她来，拄着拐杖连连说，"铁蛋的朋友，铁蛋的朋友，好啊！好啊！"当外交官的父亲热情地接待了她，冒着雨买回了一些食品和一个大西瓜，记得那西瓜是黄瓤的。晚上，她和妹妹还像在兵团时那样睡在一张床上，窗外的雨没完没了地下着，她俩的话也是没完没了地说着……在不知不觉中睡着了。梦中，思念中的他笑盈盈地回来了，出现在房门口，猛然间她坐了起来，静静地听着夜里的风雨声……

在返哈的前一天，她去和妹妹告别。正在摘菜的妈妈对她说，"我儿子毕业总归要回北京的，而你的户口是进不了北京的……"津茹没说什么，她走了，那天下着很大的雨，她径直走去，那淅淅沥沥的雨水合着泪水，从她的脸上、身上不停地流淌……她全然不顾脚下的雨水。后来，她不再给他写信了……

30 多年过去了，她有时还会想到他，没有遗憾，只有温暖，亲情般的温暖。这位大学教授也没有回北京，在教育战线上体现了他的人生价值。为人之母的她，能更深地理解当年他母亲的心思。

他过生日的时候，她还给他发去生日贺卡，祝他生日快乐！"假如有来世，不能不在乎。"他也回过信息："内心的平安，那才是永远。"

津茹提起这些往事时很平静了。她说，有时回忆也是一种力量，昨天的经历是今天的动力，要更珍视未来。她是1976年12月随着招工的人潮返城的。因为她文字能力较强，被调到了国家仪表总局下属的科研单位，负责教育宣传工作。这期间，她获得了哲学和中文两个专业的文凭。后来，她撰写的文稿在"全市知识分子工作经验交流大会"上做典型经验介绍，她被市里推荐到了省里。她从科员干起，副科级、正科级、副处级、正处级副处长、到处长、副厅级干部，一路走下来，又是三十多年过去了，这期间的故事不会少。津茹说，走过来了才知道，路程是多么的艰辛……

长相忆，盼相见。在这国事家事皆忙的日子里，津茹还回了两次北大荒，一次是带着她要上小学的儿子，去老连队。她说他长大了，应该让他理解妈妈的过去。她拉着他的小手走进自己流过汗也流过泪的老连队，她指着那斑驳的大食堂墙上依稀可见的"大海航行靠舵手"的标语，她说那是妈妈写的；她领着他走进一户户老职工的家门，她说妈妈当年坐在那张小桌旁吃饭，告诉孩子，他们是妈妈的恩人；她还把他举上康拜因，让他看一看北大荒的原野是多么的开阔。回来之后，儿子好像一下子长大了许多，也懂事了许多。

另一次是带着正读大学的侄女，回铁力看望。那里曾经是她的"炼狱"，她在那里经受过苦难，也感受过温暖。当年，她是随师部的基本路线教育工作队到这里的。白天和连队一起劳动，最累的是到有水、有芦苇的塔头墩地底下很深处挖草炭，那是最严寒的隆冬季节，他们先刨开冻层，再一锹锹地挖到十几米深处后，才能看见淡棕色的草炭——那是最好的肥料。津茹有个体会，只要干起来，就别停下来，站在寒风中，汗一消，就是个透心凉，浑身直打哆嗦。干一整天的活儿，吃饭时都拿不住筷子，手一个劲儿地颤抖。每个人的棉袄背后都是一张图画，那是热汗的痕迹。晚上她还要给妇女们上夜校课。那天晚上下了课，在回宿舍的路上，她鬼使神差地腿一软，扭了个180度，倒在了雪地里，也许是太累了，她爬不起来了，数着天上的星星，竟迷糊过去了。在她就要冻僵的时候，被一个去马号喂马的老职工发现了，把她背回宿舍，第二天又被送到了团部医院。在以后住院的五十多个日夜中，一些乡亲来看望她，照顾她，她感受到了终生难忘的深情。

津茹还记得，她住院时在团宣传股工作的上海知青陆星儿常去看她。天很冷，她围着的紫红围巾上和眉毛上都是白色的霜雪。她俊美的大眼睛很亮，笑的时候有两个酒窝。她的皮肤白皙，两条齐肩的发辫很粗。她的男朋友上海知青是津茹的同事。她到团部办事就挤在星儿的床上。

星儿到医院来看她，背来了几部厚书和一捆蜡烛。其中有一本书，名叫《自豪的西班牙》给她的印象最深，是西班牙内阁总理大臣的外甥女撰写的。这位女贵族在书中写的"工作着是美丽的"成了传世名言，可惜她去美国后，在一次车祸中丧生。更让津茹难过的是她的老战友，才华横溢的女作家陆星儿两年前也因患癌症去世了，星儿的作品曾经温暖了许多读者的心，星儿的坚毅与自豪永远留在她的记忆中……

还有一件事是她一生都不能忘记的，当年马排长家的那个14岁的小男孩儿小亮，他是她的跟屁虫。连里秋收时，学校的学生也一起下地干活。干活时，她教他唱《沙家浜》中的刁德一，他说没坐过火车，更没去过北京。使人心痛的是，在一场秋雨中，急着回家的人们挤在一辆马车上，马车过桥时，坐在车辕子上的小亮被颠了下来，碾在车轮下。津茹后悔那天没和他在一起，更后悔没带他去坐火车，哪怕只有一次。小亮是在中秋节的前一天离开的，马排长把月饼和书包放在他的身边……在工作队撤走时，津茹还特意去看望小亮的妈妈。以后每年中秋，她都会想起小亮妈妈肝肠寸断的哭嚎声……

事隔30多年后，当她再一次踏上那块黑土地看望两位老人时，仍为当年失去小亮的事而感伤……

　　这是一次伤怀之旅，津茹给关爱过自己的乡亲送去资助，为了感恩，也为了藉慰自己的心灵。她又来到了那个让她流过泪的王杨小站，风景依旧，黄墙红瓦。她久久伫立，一趟趟列车飞驰而过，掠起了她的衣襟，吹乱了她的头发。她的心在说——

　　人生的路近近远远，总也走不出的是一个圆；

　　人间的情聚聚散散，总也扯不断的是一个缘……

四十四、狩猎者说

　　我是先知道"纸浆模塑绿色包装罐",后知道这个项目的发明人朱良方的。以农田秸秆为原料的这种包装罐,可以代替金属、塑料和玻璃的装置,应用广泛,十分环保。为了这个项目的推广,老朱四处奔波费尽心力,曾到报社找过我。

　　听说,他也是个老知青,下乡在兵团一师的独立三营(马场),而我下乡的地方是一师独立一营(哈青),他们的副营长柴继贤,后来到我们营当营长。我们俩越说越近。他说,他在营里当电工,还是专业猎手,打死的野猪和黑熊无数,还在风雪山林中救过北京女知青。于是,那天在他的绿帆科技有限公司,我把采访"项目"变成了听猎人讲故事,朱良方说——

　　我从小就是一个不安分的孩子,家住江边的通江街,经常泡在松花江里,七八岁时,我已能横渡大江。我还爱玩弄电器,先装矿石收音机,后来把"红灯"、"熊猫"收音机拆了,再重装上。我是 1968 年 10 月 11 日,和 41 中的同学一起下乡到独立三营 5 连的,后来这个连改编为三团(红色边疆农场)54 连。那一年我 17 岁。我带了一箱子电器元件和一块万能表。

　　开始跟着收豆子,一眼望不到边的豆地,累得我腰都直不起来了,在地头休息时,我跟连长套近乎,递上

"恒大烟"。那时我已学会抽烟了。听说，食堂缺人，我向连长自荐，做饭的活我全行！到了食堂让我干面案，用杠子和面，我傻眼了，没办法去挑水劈柴，每天十七八挑的水，把我的肩膀都压肿了。还要去劈柴，寒冬腊月，大雪纷飞，我光着膀子，抢大斧子。业余时间，我练拳击，凶狠好斗，连里领导对我很挠头。因为总给老职工家修收音机，都是手到病除，在连里人缘不错。

一次偶然机会，让我出人头地。大概是 1969 年春天，全团在 45 连开春播动员大会，简彭云政委广播讲话，刚喊了几句，扩音器突然失灵，坐在会场上的人什么也听不清了。在场的电工满头是汗，就是找不到毛病，老简一脸铁青。这时，有人喊："快找朱二！"因为那时我有点"二虎吧叽"，外号"朱二"。当时我正躲在一间知青宿舍打扑克，连长领着营长找到我，我跑去一看，扩音器的大功率电子管已经发红，我用快速搜寻法，终于发现一块泄放电阻虚接，用电烙铁一点，扩音器又响了。前后用了七八分钟的时间。大会继续进行，老简声调更高了。营长当场决定：把"朱二"调到营部当电工。

这下子，我可自在了，屁股后挂着"三大件"，骑着一辆破摩托，"突突"地各连队跑，就那么点儿电器，活也不多，到哪都是好招待。那时正是困难时期，难得吃上肉，炒个鸡蛋就是好菜了。为了给营部和连队改善生活，营里雇用了两个鄂伦春猎手——莫依生和他的侄子小莫。他们打了猎物，什么野猪、狍子、犴达犴（驯鹿），肉给公家，皮留给他们，营里还给他们钱和子弹（当时作者所在的哈青独立营也雇用了新生乡的鄂伦春猎手，他们打了猎物，给我们改善伙食，营里用白菜偿还。他们那时不会种菜）。莫家爷俩头戴狐狸皮帽子，身穿狍皮大氅，脚蹬犴皮靰鞡，十分英武。他们又很豪爽，有酒大家喝，有肉大家吃，我很快成了他们的酒肉朋友。

我们营就在小兴安岭的北坡，这里山峦起伏，满山的松树、柞树、桦树和灌木林，正是各种野生动物的乐园。那时生态好，动物多，附近的新鄂乡、新兴乡的鄂伦春兄弟世代以狩猎为生。每一个有血性的男人都会被神奇的狩猎生活吸引，我干脆拜老莫为师，成了他的关门弟子，他们帮我置办了一身和他们一样的行头；营里看我不耽误电工的活，还能打猎物，就给了一把新的半自动步枪，我也成了一名兼职的猎手。一杆枪，一匹马，我也跟着老莫进山。那马是一匹宝马，蒙古种，四蹄生雪，鼻梁也是白的，跑起来一阵风，而且能踏着塔头跑。为了练马术我吃了不少苦，飞越壕沟，我猛勒缰绳，身体被射出，跌在地下昏死半天。其实狩猎是又苦又险的活，不走"人道"穿山林，风餐露宿忍饥寒。气候最恶劣的严冬，正是狩猎的最好时候；条件最艰险的山林，正是野兽出没最多、狩猎最好的地方。

我跟着莫家爷俩走遍了孙吴、逊克和爱辉一带的山林。飞马兴安岭，风雪夜归人，那日子无比的快乐。他们能吃的苦，我都能吃，平时出猎带着油饼，有火时烤着吃；没有火，一块冻肉，一口酒，我也吃得很香。打了狍子，他们开膛取肝，血淋淋地吃掉，我也跟着吃。他们能住的地方，我也能住，什么开荒人的地营子、采参人的地窖子，我都住过。走后要把门送好，把吃剩的东西留下，那是打猎人的风俗。我很快学会了如何"识踪"（识别各种动物的足迹），如何"码踪"（跟着动物的足迹，寻找猎物）；也研究明白了，怎样"跟溜子"（跟踪成群的动物），怎样"截溜子"（把成群动物分离，逐个消灭），怎样"切溜子"（缩小包围圈，把成群动物都消灭）；经过一个冬天的实践，我参加了无数的"流围"（一个人独立作战）、"杖围"（一帮人同时下手）和"弘围"（马追狗咬人打，一起作战，气势恢弘）。后来我的枪法比他们都好，我和小莫比赛打野猪，同时向野猪群开枪，我打倒的比他多。老莫伸出拇指对我说："你比他强！"

因为有了点儿本事，我的野心越来越大了，不甘心给老莫当助手了，想单干。我有了好枪、好马和难得的经验，但我没有好狗。好猎手都知道，没有一群机灵勇敢凶猛的猎狗，他是什么也打不着的。老莫的那一群狗，个个都是狗中豪杰，让我羡慕不已。天长日久，我竟起了歹心，我尽力和那群狗套近乎，给它们好吃的，领着它们玩，想慢慢地把它们偷走。结果被小莫发现了，我们俩枪口相对，差一点儿火拼。后来老莫把我赶走了。现在想起来，那时年轻气盛，对师傅很不够意思。前些年，听说老莫去世了，因为无猎可打，老莫后来的日子很寂寞，但愿莫老爷的在天之灵能原谅我！

离开老莫，我也没改邪归正。我又把魔爪伸向老吴头的狗，他父亲是鄂伦春人，母亲是达斡尔人，也是远近闻名的好猎手，他手下那群狗，一点儿不比老莫的逊色。这回，我下了大工夫，通过当地的电工住进了老吴附近的村子，想尽办法接近他的那群狗，先喂馒头，又喂肉，一点点地混熟了。

一个星期后，我终于把他家最好的两条狗领跑了。回到营里，我以这两条狗为头，组建自己的狗队。经过训练，形成了有"大黑皮"、"大黄子"、"小黄子"、"狼青"、"美帝"和"苏修"为骨干的狗队。还没等进山，老吴头找上门来，非要把那两狗拉走，如果我不给，就跟我拼命。我对他说："老吴头你也太不讲理了！这是我捡的两条野狗，要不是我护着，早被知青打死吃掉了！"最后，我们俩达成协议，共同使用这群狗，组成联合狩猎队，一起为营部打肉吃。那老头很仁义，和我商定，打了猎物我俩六四分成，给我六，他要四，他说我枪法好。打了猞猁给我，打了黄鼠狼给他。我们俩合作了三个冬天，猎物真是不少，全营各连队都吃我们打的野兽肉，我还用猞猁皮做了一件大衣，还偷着卖过熊胆，那时我开始"走资本主义道路"了，只为有几个零花钱。后来，老吴头的那两条狗在战斗中牺牲了——被野猪咬死。老吴头很健康，一直活到 87 岁。返城后，我到孙吴办过工厂，他还来看我，见了我抱着就哭。说你走了也不回来，可想死我了！看他耳朵有点儿失聪，我还花钱给他配上助听器，还给了他 2000 元钱，当生活费。

离开老吴头，我又回到营里当电工，有时还抽空打猎，最值得回忆的是 1973 年冬天的那次。柴营长指示我：42 连地里总有野猪祸害庄稼地，你去看看！那天清晨，我骑着马，领着狗就去了。爬过钉子山，朦胧中看到地里有野物在拱，同时听到包米秆被折断的声音，我慢慢靠近一看，两只大野猪正在啃包米棒，我一声口哨，几只猎狗蜂拥而上，一片狂叫，野猪慌了神，我趁机端起半自动枪，连点数枪，只见两只大猪应声倒下，其他几只狼狈逃窜。连里的人听到枪响，也都跑来了，我让他们把那两条 200 多斤重的猪拉回去吃肉，又跟着疯跑的狗去追赶那几只猪。那时打猎上瘾，不肯放掉一个猎物。

这时山林渐密，风声骤起，那群狗围着山坡的一棵大树狂吠不止。我在坡上往树下看，一个很深的大洞，里面黑乎乎的。野猪一般是不钻洞的，很可能是个熊洞，天气渐冷，到了熊蹲仓的时候了。蹲仓的熊比较笨，好打。狗群把树洞团团围住，我躲在一棵树后，拉开枪栓，对准洞口。这时随着呼的一声响动，一只大熊从洞口穿出，向狗群扑去，这时我也扣动扳机，那熊重重地摔在地上，压断的树枝咔咔直响。它发出一阵吼叫后，慢慢地不动了。

这是一只公熊，我想这洞里还可能有母熊。那群狗冲上去，又对着洞口狂吠。突然一声巨吼，又一只大熊从洞中穿出，那吼声很大，震得树上的叶子直落。我向那熊连开三枪。还好，都打中了，否则那熊就朝我扑来了。我曾被熊扑倒过，险些丧命。它那大爪子很厉害，一爪就能把你的头脸打烂，它的舌头上有倒钩刺，舔一下子，也让你毁容。我有一个姓陈的猎友，就死在熊掌下。那次是我的那群狗救了我的命，它们动作快，抢在熊下手之前，把我拖出来了！为救我的命，一条好狗当场被熊拍死了。这时，我擦了一下头上的冷汗，正想向猎物走去，洞里又传出吼声，我抬头一看，还有两条熊正在洞里蠢蠢欲动，那群狗又向树洞扑来，我瞄准洞口，又连开数枪，把那两只熊也打死了。后来打扫战场费了不少的劲，连队来了十多个人才把那四只熊拉回去。那只公熊 1100 多斤，那只母熊 500 多斤，那两只小熊每只也有 200 多斤。

那一个温暖幸福的熊的家庭所有成员，都血淋淋地死在了我的枪口下。当时，我很得意，自诩为打熊英雄，其实那四只熊当时并没有伤害我，也没破坏国家财产。它们的死是无辜的。现在还时常被那血腥的场面惊醒，然后一身冷汗。

其实，那些以狩猎为职业的鄂伦春人，很敬畏大森林的，打猎物的规矩也很多，不打怀崽儿的动物，不打幼小的动物。可我一打疯了，就顾不了那么多了。现在一想起，心中只有忏悔。我想，打猎是个古老的职业，人类因为能猎取动物，才生存下来，因为食肉才健壮起来。动物养育了人类，在人类可以获取其他食物之后，再也不能杀戮动物了。

这也是人类的文明觉醒吧。

没想到当年的狩猎者朱良方，现在成了虔诚的动物保护主义者。过去他拼死追杀的熊、野猪、犴、狍子，都成了他的朋友。一在电视上看到它们憨态可掬的样子，就高兴。虽然打猎也被它们伤害过，但是现在对它们没有一点儿仇恨。他常回到那片他骑马挎枪跑过的山林，寻找老朋友的足迹，为保护它们做点儿事。那里还有他的一个宿营地，房前有一条小河流过，房后是一片松林。忙里偷闲，他常回去看看，躺在木头房子里，听着林涛呼啸，闻着野花的芬芳，他十分陶醉。我说，你在回味浪漫的故事吧！听说，你曾在大山里救过一个美丽的姑娘，怎么没娶她？他笑着，又给我讲了那个故事——

那是1971年1月的事，春节要到了，知青们的情绪很不稳定，大家都想家，连里又因为战备不给假，常有人逃跑。那天，又是柴营长给我下达了命令：53连的北京女知青兰芳跑了，全连人已找了一天了，再找不到就冻死了！你无论如何也要找到她！生要见人，死要见尸！我骑着马，领着那群狗出发了，望着大雪纷飞的山林，我的心一阵发紧，在这风雪弥漫的季节，最容易迷路，倒在大雪里几个小时就冻死了。我曾多次在打猎的路上看到过雪地里的"死倒"。

我不认识兰芳，但知道他们是1970年来的那批北京小姑娘，都十五六岁，一点儿大山里走路的经验也没有。她是前一天在连队失踪的，昨天全连已找了一天，今天才向营部报告。今天再找不到，她一点儿生还的希望都没有了。他们连在钉子山中，从连里跑出来，向北是黑龙江边，向西是北黑公路，向东是沿江乡、营部所在地，我判断她向西的可能性大。连里已经找了一天，脚印也乱了。我决定向西从山林穿过去，最好抢在她的前面。这一带打猎时我常跑，路很熟悉。我一个劲地打马，加快赶路。

在穿过一片山林时，狗群疯了似的狂叫，我向前看，一群野猪正在林子里抢食。找人要紧，不敢恋战，我拿起枪连发几枪，打倒其中的一只。我下了马，三下五除二，割下几块肉喂狗，又割下一片猪肋巴扇，挂在马鞍上，继续赶路。跑了三四个小时后，天色暗淡下来，我到了二道河畔。兰芳出走已经两天多了，她没有力气走远，很可能躲在什么地方，这一带唯一能挡风雪的就是大桦树林子处的地窖子，春天开荒时有人住，现在是一栋空房子。

借着落日的余晖，我向那面望去，影影绰绰，好像雪地上有新脚印。他领着狗向前跑去，不一会狗也向那个方向叫。我打着马，飞奔到那栋木房前。听到动静，我看到有人出来，那人满身霜雪，戴着棉帽子，穿着一身黄棉衣，脖子上圈着红毛线围脖。

"你是朱电工！"她认出了我。我说："你是兰芳吧！全连找你一天了！"她声音轻微，说几句话都困难。我立刻从兜里掏出一块巧克力塞给她。这是我多年打猎的习惯，总在身上揣几块巧克力，体力不支时吃一块。我看她脸色变灰，手脚动作迟缓，问她手脚疼不疼，她说不疼。这可不好！我用刀子把她已经冻住的鞋带割断，让她赶快脱掉鞋袜。我马上打回一盆雪，让她搓起来，搓完手脚再搓脸。一直搓到她有了知觉，感到了疼痛为止。这是在风雪中救人的常识。还算及时，要不，她的脚真可能冻掉。本来我想帮她搓，但有点儿不好意思。我是全团都出名的"野人"，许多女知青认识我，谁也不敢接近我，我也从没和哪个女生单独相处过。

在那个风雪交加的黄昏，在那间不遮风寒的木房子里，面对一个落难的女孩子，我只想快点儿救她，竟没有一点儿别的想法。我又找来几棵桦木杆，点了一堆火，把我带的冻饼烤了一张让她吃，她吃了一张还要，我说不能多吃，因为两天没吃饭了，我怕她撑坏了。

我说，我们还得走，否则在这儿也能冻死。我想到离这里最近的是孟大爷老两口代管的 10 连地窖子，那里能食宿。我把她扶上马，边走边和她说话。她说，太想家了，就想回家看看，可是连里不给假，只好偷着跑。本来我能找到公路，可下雪了，我迷路了。你要不来，我就冻死了。说着，她掉起眼泪。

　　我们走的是只有猎人才能穿过的山路，借着淡淡的月光，跟着在前面奔跑的狗群，深一脚浅一脚地走着。就这样，走一段路，骑一段马，半夜时分来到了孟大爷家的房前，一阵狗叫，把他们叫醒了，他们知道是我来了，因为我常在半夜到他们家找宿。"快开门吧，看我捡个媳妇！"我和他们开着玩笑。把那片野猪肉递给他们。老两口把她让进屋，用热水给她洗了脸，孟大娘说："哎呀，挺俊的姑娘！"兰芳有点儿不好意思了。然后大娘又给我们下了面条。还炒了一盘野猪肉，还炖了狍骨头汤。那狍肉是我前几天路过时送他们的。兰芳连吃了两碗面，又喝了热汤，脸色也变过来了，倒头就睡，一夜无话。她太累了。大娘悄悄对我说："这姑娘不错，你们在这儿多住几天！好好处处，你也该找媳妇了。"我说："人家是回家探亲的，走迷路了，我给找着了，明天要送回去！"

　　第二天，我们吃过孟大娘做的饭，又开始上路，从这里到兰芳所在 53 连和到营部都有七八十里的山路。那时风停了，太阳爬过树梢，照得我们的身上有了点儿暖意。听到林子里有鸟叫声，不知是喜鹊还是乌鸦。她坐在马上紧紧地抓着她的旅行袋。

　　我问她："你是回连队，还是回营部？"

　　她说："我哪也不去，就是要回家！"

　　我吓唬她说："我把你绑起来，送回去！"

　　她说："你绑我，也不回去！打死我，也不回去！"

　　说着她从马上溜了下来，要跑。眼里还涌出了眼泪。

　　我最怕女人流眼泪，忙说："好，好，我送你走，让你回家！"

　　然后我掉过头又驮着她向北黑公路方向走去，大约三个多小时，我们走到了公路边，兰芳的脸上有了笑容。

　　我们站在路边拦车，一辆辆大车呼啸而过，就是不停。我干脆把马和那群狗都赶到路中间，我手拿着半自动枪，也站在路上，那身打扮和鄂伦春猎人差不多。当地人谁也不敢惹鄂伦春猎人。一辆大货车终于停了，是孙吴的车，那个司机认识我，"不是朱电工吗？要干啥呀!"我说:"我朋友要回家探亲,你给捎到龙镇!"说着,我塞给他半盒"恒大"烟,他还有点不好意思的,我又塞给他一盒。他笑着说:"好好,快上来吧!"我把穿得像个棉花包似的她和旅行袋一起推上汽车,她还来不及和我招手,那汽车一溜烟地跑了。

我又骑着马领着狗走了,在路过的连队给柴营长打了个电话:"兰芳啥事没有,从龙镇回家了!"然后又进山打猎了。

老朱讲到这儿,就说完了,我有些不甘心,"你这英雄救美的故事就演到这儿了!"他又接着说——

那时年轻,不懂爱情,心思都在大山里,对女人没兴趣。只要背着枪,吹着口哨一进山,什么都忘了。

兰芳回到北京还给我写了信,连着来了两封,信不长,都是说感谢我的话。我连信都没回。这都是那年春天的事,一晃到了夏天。一天,我正在别的连玩,突然50连来了电话,说连长有急事找我,让我速回。

一进连,看到连部门前停着一台北京吉普车,心里一惊,我想最近我也没惹什么事呀!一进门,连长说:"这位老首长正在等你呢!"我一怔,那位穿着干部服的人我也不认识呀!他走上前握着我的手说:"我是兰芳的父亲,特意来感谢你的!"原来他到师部给兰芳办完调转手续,非要看一看她女儿的救命恩人朱电工。刘水副师长派自己的车,送老首长来见我。当时他送给我四条烟,我记得有"大中华",反正都是甲级烟。还有一铁盒糖果。接着他又拉着我上车,领着我去见团首长,让他们知道我救他女儿的事。我死活不去。前些日子,因为替别人抱不平,我把一个知青连长打了,被下连检查工作的团副参谋长绑起来,在全营各连游斗,要不是柴营长把我保下来,就全团游斗了。现在正下放连队改造,我可不愿意上团部。

后来兰芳她爸把我拉到孙吴,要请我吃饭。我想,人家都给我烟了,又是长辈,我得请他吃饭。那顿饭花了七八块钱,当时一个肉菜才几角钱,这么多钱,肯定是顿大餐。临走时,他拍着我的肩膀说,无论什么时候,工作上、生活上有困难都可以找我。后来听说,兰芳回去当了兵，以后又上了大学，毕业几年后，还当了挺大的干部。她爸到底是多大的官，我现在也不清楚。临走，他给我留了他家的地址，还有电话号码，不知让我丢到哪片林子里了。

老朱的故事很多，他说有机会再给我讲。他的经历是挺神奇，没想到迷恋山林的朱良方，1974年突然有了想上大学的念头。他又去找柴营长。老营长说，你小子这么聪明，好好念点儿书，肯定有大出息。你要上学，不是我一个人说了算，你在连队好好干，大伙推荐你才行。朱二这回听了柴营长的话，整天埋头干活，再没惹祸，在第二年群众推荐时，他在全连得票最多，理所当然地上了大学。他本来想学点儿技术，可连里分配的学校是佳木斯师范学院，他只好泪别他的宝马和狗群，坐上火车到佳木斯，进了大学。可是半个月后，他又跑回连队，他说太憋屈；一个星期开会，一个星期修路，又不上课，没意思；顿顿粗粮，还没有肉吃。柴营长把他骂了一顿，又让他回连当电工了。他又招狗领马，一哨人马上山打猎去也。

在1977年的知青大返城中，大森林里孤独的"游神"朱良方也随大流回到了家乡，在哈尔滨石油公司先当业务员，又自愿当挣钱多的搬运工、站大岗的经济警察。下了班忘不了"走资本主义道路"，修电器，到农村卖汽水，还用从老父亲那学到的裁缝手术，干服装生意，先自己制作，后来长途贩运。买卖做得很大，从上海、温州上货，在哈尔滨的各大商场都有他的专柜。1980年已经当上公司集体经济处副处长的朱良方停薪留职了，开始了自己的二次创业。他像猎人一样，不断地追逐猎物，不在意猎物本身，而在于过程的艰难和快乐。他有着在艰苦卓绝的条件下生存的经验，他曾把生死置之度外，生意上的困难，商场上的险恶又何足挂齿。他在山东养马也搞过房地产，在孙吴办过亚麻厂，在杜尔特县建过造纸厂，无论成败他都谈笑凯歌还，又开始寻找下一个猎物。

令朱良方欣慰的是，他没有亏待过给他关爱的黑土地，更没有亏待过有恩于自己的乡亲们。十多年前，他放弃了自己的所有产业，倾其所有，开始研发可以代替发泡塑料餐具的纸浆模塑快餐具，以此向白色污染宣战。他说，这是他的"还债项目"，过去自己曾以狩猎为生，伤害了大森林和其中的生灵，现在要从善为良，为环保事业鞠躬尽瘁，死而后已。现在他发明的这个项目已经由国家有关部门鉴定通过，被认为是国内和国际首创，具有重大的环保意义及引进食品业以及奶制品业的极大潜力，正在推广过程中。

　　老朱把他的绿色包装赠送给我，我又要了几发他打猎剩下的子弹，我把它们一起摆在我的书架上，不时看一几眼，仔细体味一个老知青的人生演化。

四十五、前赴后继

  在百人牺牲的矿难时有发生的今天，因一次生产事故死几个人，并不能引起人们的多大关注。但说起三十多年前，发生在抚远荒原的一个兵团连队，因捞取落入井中的一个水桶而死了四个战友的往事，仍然让哈尔滨老知青孙德军非常难过，尽管因为这次不幸的事件成全了他和上海知青张艳芬的姻缘。如今他们像候鸟一样，严寒的季节住上海，温暖的季节住哈尔滨。我终于在秋天的哈尔滨见到了老孙。

  孙德军是 1968 年 11 月 5 日到勤得利农场（27 团）10 连下乡的。第二年，他就和战友们一起去建新点——34 连。新连队地处同江境内的小兴安岭的余脉、青龙河畔，其实这里可开垦的耕地并不多，可能出于战备的考虑，还是在这片荒无人迹的雪地里安营扎寨了。一般都冬季进点，春季开荒。当时进点的 20 人，有 15 个知青，其中有北京、上海、天津和哈尔滨的，男生女生都有，大家都很亲近，和一家人似的。在极其艰苦的条件下，人们都是互相依存的，谁也离不开谁。孙德军当过农工、木匠、保管员，后来还当上了司务长。张艳芬先是农工，后来连队人多了，她在托儿所看过小孩。为了生产和生活，他们先支帐篷后打井。抚远荒原水位低，井打到二十米就见了水，那水很清澈，还有点儿甜。井台离宿舍又很近，大家用着也方便。

没想到这口甜水井，却给这个连队带来巨大的苦难。

那是1971年7月的事。那年夏天雨大，建三江地区遭遇严重的涝灾，几十万亩成熟的小麦被泡在水里，而收割机因泥泞下不了地。34连除留几个人看家，其他人都回原来的10连水中捞麦。大家很卖力，很快干完活，满身泥泞和疲惫地回到34连。男生倒在床上喘气，女生急着打水洗脸。副指导员、北京知青尹德兰和张福英，来到井台，摇辘轳打水，可能摇得太急了，水桶升到半道，"啪"的一声掉下去了。这样的事经常发生，一般都是男生用钩子把桶捞上来，还有勇敢的男生，顺着井绳下去，别人再把他和水桶一起摇上来。

"孙德军！孙德军！水桶掉井了，快来呀！"张福英大声地喊。孙德军是个热心人，又会干活，谁有事都愿意找他，平时他捞水桶的时候很多。孙德军正迷迷糊糊躺着，他太累了。结果北京知青梁希清捷足先登了。这个1969届北京的初中毕业生，只有19岁，性格活跃，好说好笑，女生都特别喜欢他，他也特别愿意帮女生的忙，大家都叫他"小勾子"。手脚麻利的小勾子几步跑到井台，抓住井绳就往下顺，尹德兰和张福英慢慢摇着辘轳往下放，大概到了井中间，只听"扑通"一声，小勾子掉下去，激起的水花又哗的一声落到井里，她们摇着的辘轳也空了。

"快来人！小勾子掉井里了！"尹德兰和张福英拼命地呼喊。

第二个跑来的是天津知青方宝发，和小勾子岁数差不多，他是连队的卫生员，性格内向，干事认真，在团里参加过卫生知识的培训，回来背上个卫生箱就当上卫生员。他是个不脱产的"赤脚医生"，天天和大家一起下地干活，卫生箱放在地头，谁有点儿头痛脑热的，给几片药；谁的手碰破了，他马上包扎。听说，有人掉井了，立即跑来抢救。他的办法和小勾子一样，顺着井绳向下滑，结果是一样的，"扑通"一声也掉进了井里，在翻起一阵浪花后，死一样的寂静。

第三个冲来的是北京知青秦向东，外号"小柱子"，是连里的一员猛将，干什么活都抢在前面，平时话并不多。被眼前的一切惊呆了的尹副指导员和张福英不知是让他下，还是劝阻他。正在他们犹豫时，小柱子一手拉着井绳，一手扶着井帮，慢慢往下滑，可还是在要接近水面时，也"扑通"一声掉下去，下面还是死一般的寂静。连着掉下三个人，可连他们挣扎和呻吟的声音都没有。

这时，孙德军、张艳芬和连里的十几个人都赶来了。孙德军看着三个战友都没有了动静，一下子急了眼，他抓着井绳也要下去。这时张艳芬一把拉住了他，"井里可能缺氧，不能再下人了。"身体衰弱的她最先发现了问题，可能是久病成医了。因为先天不足，一干活她就有上不来气的感觉。

这时全连年纪最长的农机排长刘忠久，也上来制止孙德军。其实他也不比知青大几岁，刘排长是从吉林省梨树县入伍的老兵，1966年3月转业到勤得利，在10连当拖拉机手，家也安在10连。他和孙德军关系挺好，经常叫孙德军到家里吃饭。去年冬天的一天，他对孙德军说，兵团要建六师，27团也要抽人建新连队。他问德军去不去。德军说，你要去，我也去。这样他俩一起报了名，一起来到了这片荒原。老刘和知青一样激情燃烧，并和他们同甘共苦了两年。

这时，刘忠久推开孙德军，把井绳绑在自己脚上。他说，我下去看看到底怎么回事，一听我没动静，赶快往上拉。孙德军和井边的战友试探着一边往下放井绳，一边听着刘排长的声音，大概下到十多米的时候，他突然停止了喊声。

"快往上摇！快往上摇！"孙德军声嘶力竭地大喊。几分钟就把老刘摇上来了，他头已掉在水里，绳子还拴在腿上，满脸的青紫色，呼吸已经停止。他们马上把他平卧，给他做人工呼吸，又是压胸，又是对嘴吹气，可还是没醒过来。孙德军抱着刘忠久的遗体大哭，然后自己也昏倒过去了。井台上一片哭声。

"不能哭了，快想办法捞人！"这时北京知青中又站出一位勇敢者，他叫关胜波，是知青中一个有勇有谋的人。这次他把绳子绑在自己的腰上，又在手腕上拴一条绳。如果感觉不好，他在下面一拉绳，就把他拽上来。结果他刚下到六七米处就上不来气了，他向下一拉绳，上面的人赶快就把他摇上来了。他脸色铁青地对井上的战友说："不能再下人了，下面没有氧气！谁下去都得憋死！快到别的连队找人来捞人！"

关胜波的话提醒了大家，他们分了几伙人到附近的 11 连、12 连和他们的老连队 10 连去报警。这时已经从昏迷中清醒的孙德军向 12 连跑去。最先赶来救人的是 11 连指导员段成君领着的一伙人，这已是两个多小时后了，这些连队都在 10 多公里之外。他们用钩子、杆子和绳子终于把掉在井里的四个战友捞了上来。他们早就死了，都是窒息而死的，脸色青紫，满面的痛苦表情。这时天色昏暗，井台上恸哭声也让天地动容。起风了，那风刮过草滩，刮过树林，发出呼啸的声响，抚远荒原也在为年轻生命的不幸失去而哭泣。

几天之后，追悼会在 10 连举行，望着摆在面前的四口棺材，全连的人无论是知青还是老职工都在痛哭。三个知青的亲人也从北京和天津赶来，梁希清没有父亲，他哥哥来了。方宝发也是只剩下寡妇妈，他的姐姐来了。秦向东在部队工厂当木匠的父亲来了。他们怎么也想不到自己这样年轻的亲人就这样死在了北大荒！他们失声痛哭。最让人揪心的是，刘排长爱人的哭声，她抱着刚出生不久的孩子，领着还不到一岁的孩子，来向自己男人的遗体告别，她哭得死去活来。

青龙河畔堆起了四座新坟。来自北京和天津的亲人拿着几件亲人的遗物回家了。34 连又恢复了平静，大家都埋头干自己的活了。女生害怕，不敢在自己的宿舍住，没有办法，连里把几个女生的铺搬到男宿舍，安排在对面的炕上，中间挂上毯子。开始，那口井谁也不敢用，后来也用了，没有办法，不可能到几十里外的别的连队打水。

孙德军回忆说，那几个战友的亲人是流着眼泪走的，他们本来提出要追认死去的四个人为革命烈士，可团里经过研究又请示上级，还是没有同意他们的请求，每人只给了几百元的补助就让他们走了。上级认定，这是一件人身伤亡事故。他们请双鸭山矿务局的检测部门做了技术鉴定，事故的原因是井下缺氧，窒息而死。平时井经常用，空气经常流动，下面不缺氧。正好那些天，大多数人都到老连队收麦子了，井没怎么用，结果惰性气体下降，井下氧气很少了，一下去人就窒息了。其实当年哈尔滨家家挖菜窖存菜，也发生过这样的死亡事故。原因都是一样的。

"无论怎么说，这四位战友中的梁希清是为捞水桶而落水，而其他三个人都是为救战友而落水的。他们是为公而死，为别人而死的。他们都是舍己为人的。他们的死是光荣的，是应该受到尊重的。"孙德军这样对我说。

听了老孙的话，我想到了牺牲的战友，也想到了许多长眠在北大荒的知青及许多和知青一起奋斗一起牺牲的转业官兵和农场职工。他们死在那个倡导"一不怕苦，二不怕死"的时代。为了保卫国家和民族的利益，每一个具有爱国主义情怀的青年，都会视死如归，吃点儿苦更不在话下。但是许多死是因为缺乏安全知识，缺少必要的劳动保护。不该发生的事故发生了，不该失去的生命失去了。这是最让我们难过的。难道为了一个水桶值得这么多人牺牲吗！一个年轻美丽的生命比什么都宝贵。以人为本，珍爱生命，是我们付出多少生命的代价才换来的道理！但愿这样悲惨的故事不再发生。

死去的人灵魂升入天国，活着的人还要在人间过日子。那个悲剧发生后，孙德军对关键时刻阻止他送死的张艳芬另眼相看了，一个月后在连队宿舍前的草地上他对张艳芬说："你身体这么弱，总得有人管着你。"小张想了想说："那你就管我吧！"第二天，他们分别给家里写了信，介绍对方，家长很快来信，赞成他们处朋友。以后，老孙经常到小卖店买好吃的送给小张；小张也常到宿舍给老孙洗衣服。修水利分给小张的那段土方，总是老孙来干；秋收割地时，老孙总是先干到地头再来接小张。

1974年元旦，他们在连队新盖的砖房里结婚，当年十月，他们的儿子在这间房子的土炕上出生。两年后第二个儿子也出生了。他们准备在这处理着战友的土地上世世代代生活下去。但是1979年他们又被大返城的潮流卷回了哈尔滨。他们都在工厂当工人，一家四口人住在郊区自己盖的小房子里。盖房子的1000元欠款8年以后才还上。那日子要比北大荒艰难得多，好不容易包一次饺子，不够两个儿子吃的，每次老孙和媳妇都是喝饺子汤。1985 年 11 月老孙考进了南岗区政府秘书科搞文秘，1992 年又经考试，才被录用为干部。后来当上了区政府"三产"办公室主任、通达街道办事处副主任。一晃年纪到限，前几年退二线为年轻人让位了。

现在孙德军的日子很悠闲，平日里和张艳芬在上海照顾孙子孙女，天一热就和夫人回哈尔滨避暑。他心里最放心不下的是死去的战友，他曾和小张一起跑到吉林的梨树县去看刘忠久的两个儿子，老大已结婚生子了，孙德军还给这第一次见面的小孙子留下 200 元。他说，要是刘排长活着，他会多高兴。说到这儿，他的眼里流下了泪。

1992 年，孙德军和战友们又回到了 34 连，那座老井和他们的宿舍早已废弃，那上面长着茂盛的庄稼。他们在地头站了许久，心里如潮水翻滚。他们修葺了青龙河畔残破坟茔，为牺牲的四个战友立了碑。2000 年，老孙又和战友们跑回去为小勾子他们扫墓。那些天，他梦里总是和小勾子、小柱子，还有刘排长、方宝发相见。他们还是老样子。

"明年是我们下乡 40 年，我还会回去的。我的青春也埋在青龙河畔。"分手时，老孙对我这样说。

四十六、在遥远的三江汇合处

　　我像"淘宝"的文物贩子,到处寻找老知青的身影。七月底随省记协组织的摄影记者采访团来到同江,一下车就问宣传部的同志:"你们这儿有老知青吗?"他们说,当年有2000多个浙江知青,后来陆续都走了,少数没走的,现在也办完退休手续,回老家养老了。副部长王玉林突然想起,一中的老校长张盾是上海老知青。我眼睛一亮,请他邀张盾晚上来谈。

　　十四年前(1993年)的春天,我来同江采访沿边开放,曾在这个几年前还是"一条街,一盏灯,一个喇叭全城听"、"重工业掌马掌,轻工业织渔网"的边疆小城,发现了一座欧式小楼,那小楼在江边,经受了半个多世纪的风雨沧桑。1900年八国联军攻占北京,腐败无能的满清政府被迫签订了《辛丑条约》,答应以海关税作抵押,赔偿白银四亿五千万两。1910年英国人就在同江建设了这座专收海关税的小楼。1945年11月,共产党派来的第一任县委书记章克华和夫人——县妇联主任岳明住进了这座小楼,他们是浙江人,都是从前线调来的,身边只带了一个警卫班。1946年5月21日,国民党土匪打进同江,经过一天一夜的战斗,他们冲进海关小楼,抓住了张克华,用铡刀杀害,还悬头示众在电线杆上。岳明于前几天到佳木斯生小孩儿,才幸免于难。我把这个小楼写进长篇报告文学《大江向洋去》，后来还有人把这个小楼和章克华的故事编进电视剧。

这次我再访同江的新发现，就是上海老知青张盾了，其实他和章克华是一脉相承的优秀共产党员。相同的是，他们都把自己的生命献给了同江人民，不同的是章克华死去了，而张盾还活着，他还在继续着他的事业。

我和张盾在三江广场旁边的一个宾馆里长谈，玫瑰色的晚霞照进窗内，窗外大江奔流，这里是松花江和黑龙江的汇合之处，一白一黑泾渭分明，然后又并肩而行成为混同江，最终合为一体奔向大海。张盾的人生啊，正如眼前的大江一样奔流。他说，我是黄浦江的一滴水，早已融进黑龙江里了。他给了我三本书：《难忘浦江水》、《情系青龙山》和《风雨同江路》，这是他近六十年人生的长篇记述，我只能作简短的概括，并选取最精彩的片断，以飨读者了。

张盾和我同届，都是 1966 年的高中毕业生。他出生在一个贫穷的工人家庭。出生时一直发高烧，家里没钱请医生，只好把他放在地上，用土法给他降温。天快黑时，母亲用手摸摸他的身体，浑身冰冷，邻居都说孩子已经咽气了，母亲只好流着眼泪，用一张芦席和一根草绳把他捆好，准备等到天亮，把他扔到乱坟堆。第二天外出回来的爷爷解开草绳，把他放在怀里暖着，结果他又活了过来。后来他靠国家的助学金一直读到高中毕业。

1968 年 8 月，为了让弟弟留城，张盾报名下乡。曹阳中学的班主任老师到家看望张盾，握着他的手说："根据你的条件是可以留在上海的，但你积极报名，为我分担了工作困难，我感谢你！"她说着拿出 5 元钱和一枚毛主席像章给他。她又问母亲家里还有啥困难，母亲说："家里人口多，他爸工资不高，我又长期有病，孩子要走了，连装行李的箱子都没有！"后来学校破例给他家补助了 20 元钱。张盾记得父亲领着他在西康路的中百四店为他买了绿色的帆布箱和日用品。张盾先到 857 农场当农工，七个月后，又报名到抚远荒原的六师59 团，连着参加两个新连队的建设，什么苦都吃过。四年后他被调到了团直中学当了教师。

后来怎么又跑到了同江？张盾说，都是因为一次离奇的"相亲"。

那场面极有戏剧性。

那一天是 1974 年 10 月 29 日。团直中学的田教导员领着张盾到同江为食堂拉煤，拉煤是假，说媒是真。那一年张盾 27 岁，老田这位抗美援朝的老战士为他的婚事着急。本来他和本校的北京知青刘老师好过一阵子。张盾心里清楚，那是老师们起哄的结果。因为他们俩经常见面，开会时也坐一起。老师们议论，张老师和刘老师搞对象了。那天晚上，刚在大操场上看完电影，张盾壮着胆子找到刘老师，他说："刘老师，这几天，我听老师们议论，说咱俩处对象，我心里很不安，我不知道，你有什么想法？"她当时很沉稳，什么也没说，过两天她写给张盾一张条，说晚上有事找他。见面后，刘老师说："张老师，我这两天思想斗争很激烈，我总想有机会能回北京读书，可是这样的机会太少了，其实我对你很尊重，能和你处朋友是非常荣幸的，我看咱俩将计就计吧！"

张盾当然高兴，这之后，他们分别给家里写信报喜。不到一个月，刘老师很为难地告诉张盾："咱们上次订的事恐怕不行了，我二姐不同意……"张盾马上说："不处也没关系，咱们还是好同志！"细心的田教导员发现了张盾情绪上的变化，他说："别上火，我再给你介绍一个。"他在汽车队当指导员时常跑同江，认识一个姓崔的小学女老师，和张盾同岁，人特别好。他给张盾看了她的照片，人长得健康也忠厚朴实。张盾同意和她见面。

于是那一天，他随着老田走进那间草房，见到了崔玉春，她身穿一件蓝趟绒外罩，一条黑色裤子，和一双高腰旧皮鞋。她脸色红润，形象也不错。老田问他，怎么样？他点了点头。接着他又见到了她的父母和她的一大帮亲属。人家问他搞对象什么条件，他说了三条：一、政治条件要好，家庭出身工人或贫下中农；二、身体也好，而且能干活；三、结婚能到上海一趟，见见我的父母。张盾说完条件，崔玉春的大嫂首先表态："我看你们俩行!"她的两个妹妹也表示赞同,这时崔玉春的父亲说:"我看挺好,就这么着吧!"这时屋里屋外一片笑声。

　　第二年的 3 月 15 日,张盾和崔玉春回上海旅行结婚。回来后,他们把家安在同江借的一间小屋里,张盾又回到了离同江 100 里外的 59 团中学上班。同江早就看中了张盾,他当时是全师出名的优秀教师,曾到各团的中学介绍过经验,同江要调,农场坚决不放,这拉锯战持续了五年,这五年,小崔搬了 9 次家,生活之艰难一言难尽。

　　张盾特别记住了 1976 年 7 月 26 日那一天,突然有一个知青跑到学校对他说:"你爱人生小孩儿了! 快回同江看看吧!"那时同江和兵团之间不通电话,崔老师的妹妹在商店工作,她请进城买东西的 59 团的知青快给张盾报信。张盾高兴地向百里之外的同江走去,他把自己积攒的 30 元钱放在贴身的衣袋里,要到同江给小崔和孩子买礼物。他边走边给女儿想好了名字——"张雪莲"! 因为他喜欢北大荒的漫天大雪,更喜欢在雪中开放的那黄色的小花。经过 9 个小时的跋山涉水,他终于见到襁褓里的女儿,抚摸着她那嫩红的小脸,他禁不住流下眼泪。

　　现在已从佳木斯大学毕业的大女儿雪莲和上海华东师大毕业的二女儿晓蕾,都在上海工作,她们总盼着能和父母在上海团聚。其实张盾是有机会回上海的。1973 年 9 月在推荐工农兵大学生时,团直中学只有一个名额,群众投票和领导推荐都是一个人:张盾。那时他的工作特别出色,一个人教 4 门课,还自编教材自制教具,课讲得特别生动,学生们都爱听。一个学生因犯了纪律被班主任叫到办公室批评,上课铃响了,下一堂就是张盾的地理课,那学生央求班主任:"让我去上张老师的地理课吧! 下了这堂,你怎么批评我都行!"

　　这回又是学生家长来央求张老师了,听说他就要上大学了,那天晚上他们来到宿舍找他:"张老师,我们知道你应该去上大学,可你走了,我们的孩子怎么办?"这一夜,张盾辗转反侧,难以入眠,第二天一早他就找学校领导说:"这次上大学我不去了,安排其他同志吧!"许多人替他惋惜,说他太傻,"张盾简直是个'张钝'!"在接替他的同志要去上大学时,他还在埋头备课,这时他突然听到窗外有哭声,跑出去一看,一个淘气的学生脚踩上了钉子,他背起这个胖孩子,把他送到医院,为他付款,上药,又把他背回家。这个学生哭了:"老师你为我们,连大学都不去,我再也不淘气了!"

1977年恢复高考以后,张盾还有机会上大学,上海重点学校的老高三的毕业生,又一直在教育的岗位上,他考什么学校都没问题,可那时已经在农场教育科工作的他,全力负责所有考生的复习和报考事务。有一次他到省城开会,因大雨被阻隔在同江,他想起晚上还有他的一堂辅导课,连家也没回,冒雨走回农场,当同学们知道他走了100里回来给大家上课,全场一片掌声!连着两年,他把一批批的战友送上大学。1978年10月,当他把最后一份录取通知书送到30里外的一个老知青手里时,他和他一起流泪,为他高兴,也为自己悲伤!他年龄已过限,再也没有参加高考的机会了!一直到1995年,已经在同江一中当了十二年副校长的张盾才拿到省教育学院的本科函授毕业证书,那一年他已经48岁了。

1980年3月,张盾终于被农场"释放",他们准备让他当农场中学的校长,而且已经把崔老师调到了农场,为他们安排了房子,可她抱着孩子又跑回去了。没办法,他们只好把张盾放了。张盾被安排到教育局当教研员,指导全县的中学文科教学,他报到那天正赶上一中的老校长去向局里借地理老师,而张盾正是教地理的名师,他自告奋勇地又当上了一中的地理兼课老师,一干三年,没要一分钱的补贴,也没要一棵白菜的福利。

说实在的,张盾很缺钱,当然也想得到更多的福利。刚回同江时,他们一家还借居在别人家。这些年爱人吃的苦太多了,这回他要承担更多的责任。每天上班他背着二女儿,从城市的这头走到那头,把她送到托儿所。冬天时,他浑身大汗,满脸的霜雪,他先在幼儿园把湿透的棉衣烤干,再去教育局上班,学校有课,他再跑去上课。午餐经常是在炉子上烤两个馒头,就着咸菜和白开水。下班后,他回家做饭吃饭，再回到学校看学生上晚自习。家里的柴米油盐他样样操心，最大的问题是烧柴问题，每天清晨，他和那些买不起煤烧的穷人一起去储木场扒树皮，把准备做建材的原木上的皮扒下来当烧柴，开始他收获不多，自己背回来，后来他掌握了门道，越扒越多，用车往回拉。一个月后，他扒的树皮堆得比房子都高了。邻居们说，这个上海人干啥都行！

张盾吃苦能干在全县出了名，他的人品和工作能力受到县委的重视。1984年2月的一天，张盾放下正在批改的学生作业，赶到组织部开会，让他意想不到的是，县委任命他为教育局副局长，主管全县教学业务。这件事，引起好一阵议论，有人说一个中学老师一下子就当副局长太快了吧！有人说，共产党有眼力，张老师该用！亲戚朋友都向张盾祝贺，可他一点也高兴不起来。那时，他正在一中的高三文科班任课，高考临近，他这一走，必然影响孩子们的成绩。经过一番思考，他找到了正在催他到局里上班的王局长："这届学生很有希望，不能因为我去当官，把这些孩子们耽误了！我想好了，谢谢组织对我的信任，这个副局长我不当了！"王局长又领着他去找县委领导，他们都被张老师的高度责任心感动了，几天后，他被任命为一中的副校长。

这一年，一中的高考取得了历史性的突破，大专以上录取了33人，其中张老师教的文科班考上本科4人，还有一批考上大专中专。接着，张盾在这个重点中学当了十二年副校长、八年校长、现任市（已县改市）政府的教育督导员。

在同江，张盾是最有声望的教育家。人们都说是张盾和他的同事们一起改变了这个边陲小城教育落后的局面，而一举进入全省的先进行列。是他们创造了如下的奇迹：1992年，在全省会考中，同江一中的地理、生物，双双名列全省第一名！无论按全省564所高中，还是以全省119个县级单位排名，都是第一！1996年一中的高考又有了新的突破，75%的理科生和87%的文科生超过400分，37%的理科生和23%的文科生进入本科段。考取本科的学生比上年翻一番。

2001年的高考，一中又实现了历史性的跨越，文理科进入本科段、重点段与考生人数比，在佳木斯及六个县（市）的排名中全部名列第一！文科考生有24人进入佳木斯百人榜，其中第一、第二、第四都是同江考生！

夜色朦胧中，我送张老师回家。路上，我问满头白发的他：如果你返了城，你上了大学，会怎么样？他说，我从小就想当老师，高中毕业时，我报考的就是华东师大，后来我女儿考上了。如果回上海或上了大学，我可能还搞教育，或者在当教授，也可能做教育行政领导干部。但贡献肯定不会比在同江大，不是我有多大本事，而是这里太缺人了！山中无老虎，猴子成大王了。

后来市里的领导告诉我，张盾是全市唯一的中学特级教师、省劳动模范、全市的"十佳公仆"、连续三届的市人大常委。就是明年他退休了，也不让他离开教育工作！如果同江再多几个张盾，全市人民就更幸福了！

边疆口岸城市的同江，街灯璀璨，街两旁的高楼鳞次栉比。我们停在一中那座树林环拥的大院，张盾指着那已很高的杨树林告诉我，他能说出这些树是哪年哪班学生种的。

我们一起仰望教学楼里闪烁如星的灯光，许久才离去。

四十七、荒原深处有个"乌托邦"

　　"乌托邦"这个词，如果翻译过来，是"最美好的地方"或"不可能有的地方"。16 世纪，空想社会主义的奠基人、英国人托马斯·摩尔写了一本书《乌托邦》，一方面批判资本主义制度，一方面，鼓吹要建立一种没有剥削、人人平等、社会和谐的世外桃源式的社会制度。摩尔和后来的许多空想社会主义者，极尽努力，都没有实现自己的社会理想，因此"乌托邦"和"桃花源"一样成为梦想的美好地方的代名词。

　　然而，我却在北大荒的荒原深处，真看到一处"乌托邦"，那里生产发展、生态平衡、人人平等、个个幸福。

　　8 月，正是北大荒的最好季节，我到建三江农垦分局采访老知青，王道明书记领着我从西向东穿过三江平原的腹地，路过一个个绿翡翠似的农场，一直向东进发。开始是水泥路面，后来是沙石路面，过了 859 农场场部，就是越来越难走的乡间土路了。过了别拉洪河后，一片茂密的树林吸引了我们的目光，走进树林，恍如走进一个神奇的世界。挺拔的杨树簇拥着一个村落，树墙和鲜花掩映着一栋栋房舍，房前铺展着数千平方米的晒场，晒场由金属和玻璃组成宽敞的篷盖遮罩。再向前看，那巨大的场地上摆放着一大排世界最先进的农用机械，最显赫的是那台有二层楼高的意大利纽荷兰公司生产的菲亚特牌的大马力拖拉机。我们的造访让宁静的庄园一阵狗叫鸡鸣。

身材高壮、满脸古铜色的庄园主葛柏林和他的夫人林莉跑出来，一边喝退狂吠的那几条黄狗，一边和我们打招呼。

在老葛家，主人向我介绍了这个家庭农场的传奇创业史。他们家和员工宿舍同在一栋房，里面的陈设和城里我们常见大开间的住宅，没什么区别，客厅、卧室、餐厅、卫生间，一应俱全，装饰得很讲究。这里是老葛的"行宫"，场部还有楼房，儿子一家常住，他们老两口已习惯了这田园里的生活。"啸歌弃城市，归来事耕织。""晨兴理荒秽，戴月荷锄归。"就是他们的生活状态。

葛柏林的父亲是1958年转业到北大荒的部队干部，他追随父亲从浙江的一小山村来到北大荒，因父亲当时在佳木斯的东北农垦总局工作，他就在那个城市读书。1968年6月18日，高中毕业而无法继续升学的他下乡来到了859农场（后来的23团）。在连队，柏林和北京10中的1968届高中生林莉相识并相爱。林莉说爱上老葛的原因是，他朴实能干，总能冒出新思想，还特别有激情。我想柏林的身材魁梧、仪表堂堂，为人仗义，也是打动这个美丽的北京姑娘芳心的原因吧。

问起已经从连队农工、统计员、排长、连长、指导员当到分场场长兼党委书记的葛柏林，为什么去办家庭农场？他说到了美国电影《荒原小屋》和前苏联的小说《金星英雄》对他的影响。一个家族从美国西部荒原上的一个草屋起家，开发荒凉的草原，建设家庭农场的故事让他心潮难平。而那个苏联退役的一级战斗英雄，把落后的集体农庄变成富足的家园的事迹，他总是念念不忘。他记得小说中的描写：在庆丰收的宴会上，长长的木桌上摆着大筐，那里面装着香气扑鼻的面包和金黄色的烤鹅，桌上还摆着一瓶瓶自己生产的蜂蜜和大杯的葡萄酒……

在一次佳木斯青年的中秋节聚餐时，葛柏林又想起了苏联集体农庄的那个丰收宴会，他对大家说："我真想自己拥有一片土地，自己耕耘，自己收获！"同学们都说："你这是梦想！土地是国家的，怎么能让你自己耕种，怎么能让你自己收获！"

也许因为柏林从小在农村长大，也许是因为他是开发北大荒的老战士的后代，他太热爱土地，太热爱黑土地上的一草一木了。他梦想在自己拥有的土地上，建设自己梦想的美丽富足的家园。那时，他和农场的许多职工一样，日子过得很苦。穷则思变。

没想到，他的梦想真的可以成真了。1984 年 8 月，来北大荒视察的胡耀邦同志，对建三江农垦分局的干部说：你们也可以搞家庭农场嘛！那时安徽凤阳小岗村农民创造的联产承包的经营形式已经给中国广大农村带来一片生机，长期经营形式单一的国营农场还陷于长期亏损的困难中。总书记这石破天惊的号召，让早就对农场生产经营形式的弊病有切肤之痛的葛柏林"揭竿而起"了，他毅然辞掉分场长和书记的职务，要办家庭农场。

当时老葛的行动在八五九农场引起很大反响。1985 年那个难忘的春天，葛柏林在离场部 50 多公里的荒原上包了一片荒原，领着几个工人，挖沟排水，开荒种地。当时他借居在 37 连，在大食堂起伙。那一年就开荒近 400 亩，种上了小麦大豆。在丰收在望的时候，上级来到连队查账，有人怀疑葛柏林侵占了连队的利益，结果一算，连队还欠葛柏林一万多元钱。

葛柏林回忆说，那时大多数农场职工认为办家庭农场就是走邪路，我们像后娘养的，处处受气。葛柏林怕人说他占公家的便宜，一气之下，扔下已开好的地，又跑到 20 多公里外、别拉洪河畔的一片当年开荒的废弃地，干了起来。在这前不着村后不着店、连一棵树都没有的荒原上，葛柏林满怀信心地安营扎寨了。已经在农场当工会副主席的林莉也辞去职务，跟着老葛干起来。

那时，林莉在四棵木杆挑着的一块帆布下，脚站在泥水里，给工人们做饭，老葛开着拖拉机和工人们一起挖沟开地。那时他们喝的是泡子里的水，住的是草棚，吃的是粘牙的馒头，再次感受到第一代创业者的艰辛。到 1986 年，葛柏林的家庭已经开荒 2000 多亩。1987

年，他们遭遇大涝，地面积水 80 多厘米，当年他们只收了 20 多吨粮食。葛柏林毫不动摇地继续排水开荒，改进耕种方式，粮食产量不断增加，可卖粮很难。因为他们是家庭农场，列不上计划，价格得不到优惠，可葛柏林还是找到了克服困难的办法，卖出了粮食，生产规模越来越大，使那些想把他们挤垮的人一次次失望了。

葛柏林的家庭农场经过十多年的奋斗，现在有耕地 7000 亩、林地 2000 亩、湿地 900 亩，共挖排水沟 150 公里，土方 30 万立方米，田间路 15 公里，在农田建设方面投资 120 万元。这个农场的规模当然大大超过那个在荒原小屋起家的美国家庭农场。

同作为农业专家，葛柏林深知农业的根本出路在于机械化的道理，1996 年，他投资了 48 万元购买了纽荷兰公司生产的菲亚特牌的 M160 大型拖拉机，成为中国第一个购买进口大型农机的个体农户，第二年根据生产的需要，他又买进了一台菲亚特。现在操纵这台世界最先进农机的是老葛的儿子葛麦。这个已回北京工作的年轻人，要继承父业，在北大荒施展自己的才华。他在父亲手下当技术总管，他的治下有包括拖拉机、收割机、播种机、深松机、割晒机、扬场机、输送机、喷药机等全套世界一流的 30 多台农业机械。他的接班人，就是还抱在她妈妈怀里的 3 岁的葛豆豆。真想象不出，到她那个时候，会操纵什么样的农业机械，农场会建设成什么样子。

葛柏林"自己拥有一片土地，自己耕耘，自己收获"的理想实现了，更重要的是他还实现了自己的价值，为自己的祖国做出了贡献，显示了一种生产经营方式的生命力。建立家庭农场以来，他们已生产粮食 1.2 万吨，从 2000 年以来，每年产粮豆 1420 吨，能装 40 节车皮。如果按每人每年 150 公斤口粮算，他的农场给养近一万人。他们农场的粮食商品率 95%，优质品率 100%。王道明书记是葛柏林的老朋友，无论是在 859 同农场或在建三江工作时，都给这个示范家庭农场很多支持，他说，在全垦区二十多万个家庭农场中，无论规模、现代化程度、粮食产量、销售收入，葛柏林家都是独占鳌头的。说着，林莉拿来两个奖状给我看，那是 2003 年农业部颁发的"全国粮食生产大户"、"全国种粮十大标兵"的奖状。葛柏林指着窗外说，还奖给我一台拖拉机呢，那不，正停在场院上呢！

这时，晚霞正为这个富足的庄园洒下一片金辉，晚风送来一阵清凉。我说，咱们抓紧看看吧。我们先参观了职工宿舍，我很吃惊，那条件竟比大学生的宿舍要好，四个人一间，有电视，有书桌，还有可以洗浴的卫生间。挨着宿舍还有一间立着书架的图书室和一间摆着乒乓球台的娱乐室，这些设施都是为 18 个工人服务的。在那间办公室里，我看到了挂在墙上的党支部成员的名单，林莉是这个家庭农场党支部的书记。她说，我们这个支部活动很多，大家积极性很高。我看到门前停着八九台黑色的力帆牌摩托车，那是老葛给工人们买的交通工具。他还给骨干工人在场部买了五套房子。在他农场工作的职工年工资 1.2 万元，还为他们每个人上了五项保险。老葛说，这个农场是大家建设的，钱是大伙挣的，大家都亲如家人，亏待他们一点，我都会心里不安的！

走出宿舍和办公室，老葛领着我们在湖畔散步，那是他挖的一个大鱼塘，在他的领地里，这样的水塘有六七个，最大的有 50 亩。湖畔岸柳成行，树林成片，树上有晚归的鸟儿在啼唱，水里的鱼儿忍不住伸出头来看热闹，然后又潜入水中，留下一片水泡。我们向远望去，一片水草丰密、塔头点点的湿地。老葛说，这片湿地是他用 200 亩熟地换来的，他看到有人买了这片湿地开荒造田，他很着急，马上就用他的那片好地，换回来这一片生态破败的沼泽。他又投资 12 万元，围土堰防止水土流失，让湿地恢复了原貌。各种野生动物又开始在这里繁衍生息，重现了天上水鸟低飞、地里走兽嬉戏、水里鱼儿畅流的美景。

走过湖畔，老葛又领我们走进一片看不到尽头的松林，那片落叶松高有丈许，径粗五六厘米，树下松叶绵软如毯，林中空气清新。十多年前，他要在这片荒地上种松树时，有人劝他，还是种杨树长得快，松树成材要 50 年，你现在都 40 多岁了。再说，种一遍也活不了。他说，就是要前人栽树后人乘凉嘛！一遍不活，明年再种。老葛是个种树迷，在他的农场所在地面已种树 30 万棵，而且种类很全，连比较难养的松树、黄菠萝树、核桃楸他都种了。他曾花 5000 元，派人到完达山收集核桃楸树种，现在已经有 2 万多棵核桃楸在他这里安家落户。耕地中有一棵歪脖子榆树影响作业，有人要伐掉，老葛却花了 1200 元，把它移植到了地头。

每棵树、每一个动物都是他珍爱的生命。他说，动物和植物是和人一样有生命的，具有同等的生存权利。2001 年冬天，他买了 50 只鸡就养在松林边，有人说应下架子打狐狸和黄鼠狼，否则鸡都被它们偷吃了。他却在松林边摆了个食槽，每天都添食，喂狐狸和黄鼠狼，结果鸡狼相安无事。有时那厮竟大摇大摆地走出来吃食，一点也不怕人。结果受惠于老葛的狐狸们却帮了他的大忙，以前仓库里的麻袋苫布经常被老鼠咬坏，现在有了尽职的狐狸们，老鼠也不见了，每年减少损失 10 万元。这些年，老葛花 2300 多元，从商贩中手中买回林蛙600 多公斤，送回山林。这些林蛙又吃掉多少害虫！帮过老葛大忙的还有集居在他家树林的乌鸦。1999 年夏天，葛家农场的 1000 多亩大豆发生了地老虎虫害，正当老葛着急上火时，几只乌鸦呱呱大叫地飞过来，第二天几千只乌鸦飞过来了，他们尖尖的嘴巴对准地老虎，一啄一个准。没用一滴农药，地老虎被彻底除掉了。

偏爱大自然的老葛也得到了大自然的偏爱。这些年在最旱的时候，老葛的农场总要多下几场雨，因为这里生态好，林子多，湿地多，蒸发的水分多，下的雨就多。

我对老葛说，你不是一个大自然的掠夺者，而是一个建设者。你不像有些人对大自然巧取豪夺，而是千方百计保护生态，永续利用。葛柏林说："我当年曾和知青战友一起上山砍树开荒，欠下一笔不小的生态账，大批知青返城后，我自愿留下来，就是为了还账。现在我已完成退耕还林 1995 亩，占耕地四分之一。我今年快 60 岁了，要在地里再种 100 万棵树。那时我的农场就会成为生态最好的美丽家园了。"

如果我们每一个知青在和大自然的亲密接触中，在经历许多苦难之后，能敬畏大自然，能爱护大自然，能养成惜天悯人的情怀，那我们就不枉为一次北大荒人！

在老葛的职工食堂里，我们也享受了一次丰收的宴请，林莉和儿媳亲自动手为我们做了一桌子饭菜。我们尝到了葛家自产的鸡鱼肉菜水果，虽然没有烤得发黄的鹅，但那浑圆的大鹅蛋已够我们受用的了。

玫瑰色的晚霞中，老葛和林莉举起那玫瑰色的酒杯，邀请我下次一定在他们家住下，他们说："在这儿写知青故事一定很好。"我愉快地接受了他们的邀请。我说，那时我们就可以"把酒话桑麻，慷慨歌大荒"了。

2010 年 7 月，为了完成《人民日报》的约稿，我又一次来到了建三江农管局，又一次看到了葛柏林，不是在他的农场，而是在乌苏里江畔的"老橡树庄园"，他正在这里建设一旅游度假的村落。他又一次一鸣惊人了，在保持原有农业生产的规模，他又向旅游业发展了。他把原有农场包给他手下的那些员工经营，他抽出身来，集中精力办酒店。他对我说，家庭农场也要与时俱进，可以一业为主，多种经营。这个理想的环保主义者，建设庄园的动因，是有人砍倒了江边的百年老橡树（中国人叫柞树）。他承包了沿江二公里长老橡树最多的湿地，现在已建起了两栋有外廊的美国维多利亚式的房子，这是一座掩映在树丛中的花园式的酒店。老葛一家的承包期为 50 年。他不砍掉一棵原有的橡树，还要种出一片森林。他计划要把自己的老橡树建成乌苏里江畔的名胜之地。

在工地上，我看到了开推土机的老葛的儿子葛麦，和从北京回来度假的孙女葛豆豆，这孩子已经是个中学生了。她对我说，她上大学想学旅游专业，将来回到乌苏里江边经营爷爷的这家酒店。

临走时，老葛让我告诉更多的朋友，来建三江旅游时，一定要来"老橡树庄园"看看。我说，必须的。

◎ 附录

在爷爷的农场里
——葛豆豆日记

山葡萄长廊

我家农场里有个山葡萄长廊，长 50 多米。在弯弯的月牙泡上。四周是清清的水，岸边的青草里点缀着朵朵野花。山葡萄是一个本地的品种，它非常耐寒，冬天不用下架，嫩绿的葡萄藤儿爬满了架子。一串串小葡萄悬挂在架子上，很好看。葡萄架有三米多高，人在架下散步，感觉舒服极了。听爷爷说，秋天葡萄熟了以后，紫红紫红的，但吃起来很酸。等到几场霜下了以后，紫红的葡萄上就挂了一层白霜，吃起来变得酸甜酸甜的。如果采下来洗干净，加上蜂蜜，就做成了蜂蜜山葡萄酒，是纯绿色农产品，成为农场招待客人的美味佳肴。我要好好学习文化科学知识，长大后把农场建设得更加美好。

美丽的荷花

我家农场东边有个池塘，池塘里长着一片荷花。嫩绿的大荷叶有的浮在水面上，晶莹的水珠在荷叶上滚来滚去，像一颗颗闪亮的大大小小的珍珠。有的荷叶长出水面，在微风中摇摆，一朵朵荷花含苞欲放，争相斗艳。

荷花本来生长在江南，野鸭等候鸟把它的种子带到了北方，一片片长在乌苏里江边，爷爷请人把莲藕挖回农场，前年活了九株，去年长了一小片。荷花出淤泥而不染，池塘里的淤泥很厚，它长得很茂盛，令人流连忘返。

荷花，荷叶不但能观赏，花谢后，长成莲蓬，秋天可以收莲子，它的根就是莲藕，是一种营养丰富的蔬菜，荷叶晒干以后听说还是一种减肥药，荷花真是浑身是宝呀。

小燕子

我家农场有许多小燕子。小燕子披着黑黑的衣服，露出雪白的脖子，很可爱。一条像剪刀一样的尾巴，在空中上下飞舞，划出美丽的弧线，把大自然打扮得非常漂亮。

小燕子在我家的大棚上面做了许多窝，它们忙进忙出，嘴里衔着泥和干草，一根一根，一趟一趟，努力建设自己的家园。

我知道，燕子是益鸟，它能捕捉害虫，保护庄稼，保护树木，它是我们人类的好朋友。我们要好好爱护它们，保护大自然的生态平衡。我对小燕子说：谢谢你们！小燕子上下飞舞，好像也在说：谢谢你们！

湿地保护区

东南有块湿地保护区，老别拉洪河从中间穿过，静静地流淌，里面长着一人多高的羊草，还有塔头墩、灌木丛、芦苇荡，各种鸟儿和野生动物，有灰鹤、白鹳、野鸭、彩色的野鸡等等。湿地的水中游着各式各样的小鱼虾，有鲫鱼、泥鳅、老头鱼、柳根鱼，老头鱼头很大，专门吃小鱼，它的肉又白又嫩，鱼汤是乳白色的，味道鲜美极了。老头鱼冬天冻在冰里，春天冰化了，它又慢慢醒来，天再冷也冻不死，老头鱼的命可真大呀！

白鹳悄悄地站在浅水边，一动不动，等到小鱼游来，用长长的尖嘴，闪电般把小鱼吃到嘴里。

湿地保护区保持了北大荒的原始风貌，野生动物在里面生小宝宝，又是大雁野鸭等候鸟歇息处，湿地是地球之肾，它的作用太重要了，我们要好好保护湿地。

我的理想

今天，中央电视台新闻联播组的叔叔阿姨到我家农场采访，奶奶在小菜园摘了西红柿请他们品尝。西红柿是用农家肥生产的，叔叔阿姨连声说味道好极了，和市场的味道不一样。爷爷和奶奶介绍了我家农场的情况，建场已经 20 多年了，现在每年为国家生产 2000 多吨粮食，火车要拉要用 40 节车厢呢！农场还种了几十万棵树，还建湿地保护区，还保护野生动物。电视台的叔叔阿姨很感兴趣，不断地摄像记录。

爷爷奶奶说，他们的创业行动也是受电视台的影响。八十年代初，中央电视台播放了《草原小屋》和阿信的故事，里面主人公通过艰苦奋斗，创造美好的生活，他们的精神给爷爷奶奶在一片荒原中克服困难，增添了勇气。

中央电视台的叔叔阿姨提了很多问题，我虽然听不太懂，但是他们的普通话标准极了，提的问题好像很有深度，叔叔阿姨风度翩翩，说话很有感染力。我好羡慕呀！我要努力创造条件，长大后争取去电视台，当节目主持人。当然，我也可能学农业，将来好接爷爷的班！

（记于 2007 年暑期）

四十八、为了周总理的嘱托

1969 年秋天连续的暴雨，让逊克县山洪暴发，双河奔腾咆哮如脱缰的野马。河水冲毁了岸边的农田，冲跑了摆在地头的战备电线杆。那时，黑龙江边正笼罩在战争的烟云中。正在双河大队插队的上海知青金训华，奋不顾身地跳进河水里捞电线杆，然而无情的江水把他卷进翻滚的恶浪，再也没有回来。

消息传到中南海，周恩来总理很难过，他指示要处理好烈士的后事，并要求派作家把金训华的事迹写成小说，向全国推广。周总理的指示层层传达，上海文艺出版社到黑龙江省组稿，他们到当时的省文化局创作评论室请求帮助，负责创作工作的吕中山（省作家协会副主席）把这个采访金训华事迹创作小说的任务落实到哈尔滨市文联的驻会作家郭先红头上。

老郭日伪时期在山东老家度过苦难的童年，祖母不甘心祖祖辈辈都当"睁眼瞎"，便把祖传下的银镯典当了做学费，让郭先红去读书，可惜家境贫困让他还没读到高小就辍学了。他 14 岁就进厂当学徒。新中国成立后，在工厂当了主人的老郭继续学文化，一有空就动手写点儿东西，新生活总让他激动不已。1958 年春天已经当了哈尔滨电表仪器厂车间主任的郭先红写了一篇反映工人自力更生的短篇小说《站起来的人们》发表在

《北方文学》上，文学前辈茅盾先生看到后赞扬这篇小说"写得很好"，并推荐到《人民日报》副刊上全文发表。受长春电影制片厂之邀，他又改编成了电影，在全国上映。作为优秀的工人作家，老郭参加了1960年的全国第三届文代会，还受到毛主席和周总理等国家领导人的接见。他在文学组的发言《在党的阳光照耀下》在《人民日报》上发表。后来他被调到了市文联当上了专业作家。"文革"中老郭也受到了冲击，被下放到五七干校劳动，突然接受了周总理的任务，激动得流下了眼泪。金训华的事迹他已从报纸上读到，对知青的任何消息他都很关注，因为这位6个孩子的父亲，已经有4个孩子下乡，有的插队，有的在兵团当农工，他时刻牵挂着他们。金训华的事迹让他感动，他早觉得应该为这个英雄的青年写点儿东西，可没想到这个光荣的任务，这个周总理下达的任务能落到自己头上。

就在那年的冬天，一个大雪纷飞的日子，老郭坐火车到了龙镇，再换汽车到了黑龙江畔的小城逊克，再坐马车到了大山下双河边的双河大队。老郭知道知青的生活很艰苦，但没想到双河的条件这么差。这里的气温最低到了零下47度，这些十六七岁的孩子住在四面透风的土坯房里，十五六个人挤在一个大通铺上，盖着从家里带来的单薄的被子，晚上冻得缩成一团，戴着棉帽子睡觉，早上被头上都挂着霜雪。他们吃的是苞米饼子、苞米馇子，菜只有大白菜、大萝卜，汤里连点儿油星都没有。水井时常被冻住，吃水都困难，洗衣服更难，许多孩子都生了虱子。看了这些上海青年的生活状态，从小吃苦的老郭忍不住一阵心酸。这些来自大城市、年纪这么小的孩子，能在这样恶劣的环境下生存下去，已经是奇迹了，还涌现出金训华这样为保卫国家财产敢于献身的青年就更可贵了！他想：如果我不把金训华的事迹写出来，不把在边疆绝寒之地战斗的知青的生活和工作现状告诉社会，就是一个作家的失职。

老郭住进了知青宿舍，和他们睡一铺炕，和他们吃一锅饭，白天和他们一起下地干活，晚上一个个找他们谈心，了解金训华生前的故事，也了解他们的生活。知青们睡觉了，他还在灯下整理材料，写生活札记，停电后，他又点起了蜡烛或打着手电筒。知青们半夜醒来，看见老郭还在灯下挥笔，有时还看到他在流泪。老郭是个特别有感情的人，金训华和战友们的经历常让他热泪湿襟。孩子们并不知道，他因为工伤，一只眼睛已经失明，另一只眼睛的视力已下降到零点几了。

　　更多的时间，老郭是这些孩子的家长，他教他们如何糊窗缝，如何生火，如何穿戴更温暖防寒。青年们想家了，他为他们讲笑话，领他们唱歌，让他们开心；青年人中有了矛盾，他帮助化解，一直到他们握手言和。谁有了心里话，都愿意对他讲。他爱青年们，大家也爱他。他们都把老郭叫爷叔（上海话，亲叔）。他们很怕冷，却把自己的狍皮褥子给爷叔铺上。虽然水凉得让他们害怕洗衣服，可爷叔的被单总是被他们洗得干干净净。细心的女知青下地回来，把在地里拣回的芸豆、黄豆煮好了送给爷叔吃。知道他深夜还点着油灯工作，当电工的知青想办法晚关闸半个多小时……

　　经过一年半的深入采访和体验生活，度过无数个不眠之夜，老郭终于完成了48万字的长篇小说《征途》。那是"四人帮"大搞"文字狱"特殊时期，既要如实地写出知青艰辛奋斗的经历，又不能突破"高大全"的模式，老郭费尽了心力。现在看来，这部书不可避免地留下时代的印迹，但仍不失为英雄主义的颂歌。这部产生于文化萧条时期的文学作品，在全国产生极大的影响，共发行了300万册，还翻译成外文向国外发行。全国各广播电台连续广播，吸引了许多听众，有的青年就是听了这部小说，才到黑龙江下乡的。上海电影制片厂还拍成电影，观看这部电影成了当时的一个盛事。

　　更难能可贵的是，在那个严寒的季节，这部书给处于文化饥渴的2000万知青，送去精神食粮，送去慰藉和鼓励。当年也在黑龙江畔密林深处当知青的我，拿到这部书时竟激动得一夜无眠，先睹为快。当时对作家郭先红的崇敬之情油然而生。没想到二十年后，我竟成了他在省作家协会的同事，与先生朝夕相处，他从未给我讲过当年写《征途》的经历，但他的一言一行都成了我做人和作文的楷模。这是后话。

书写完了，老郭回到了哈尔滨，但和上海知青的情谊却更深了。在以后的日子里，老郭成了双河大队的上海知青在黑龙江最亲的人，他们的家成了这些孩子在哈尔滨的办事处和联络站。他们统计过，那些年，老郭一家接待过到哈尔滨办事、看病和探家路过的知青有500多人次。人多时，他家的床上和地板上都躺着人。为了接待好知青，老郭为全家分了工：小儿子负责接站、买车票；大女儿、二女儿负责做饭；老伴负责给知青们拆洗和缝补；老郭负责对外联系，专为青年解决难题。那时双河的上海知青中流传着一句话："有困难，就去哈尔滨找老郭叔！"后来我去过老郭家，只有两个屋，家里一帮孩子，生活很窘迫。当时他的收入也不高，经常接待知青，实际给他增加了沉重的负担，他默默地承受着。

大概是1972年9月的一天，天还没亮，老郭家的门就被敲开了，一个男知青哭着对老郭说："黄德明快不行了，你救救他吧！"原来小黄在打场时因为劳累，倒在了扬场机上，整个身体都被绞伤了。大家把他抬到逊克县里，医院没办法，他们又把他用拖拉机拉到龙镇抬上火车，颠簸了二十多个小时到了哈尔滨，可因为没有医疗关系，又没有熟人，各医院都不收，眼看着出血过多的小黄快不行了，他们就来找老郭。老郭边听情况边往医院跑，他一看浑身是血的小黄躺在走廊的担架上。他立刻去找在省中医院当医生的朋友傅广禄。傅大夫找到自己的老师，才安排小黄住进了医院，又在当天安排了手术。当黄德明从昏迷中醒来时，老郭就坐在他的床头，拉着小黄的手说，没事，过几天就好了。老郭的女儿为他端来热乎乎的饺子，盖在他身上的被子是老郭全家最好的。现在一说起这件事，已经五十多岁的黄德明还感慨地说，我这条命是郭叔给的。

如果说老郭救了小黄一条命，那么他却是救了曹平一生。小曹家境困难，性格又很内向，情绪时常低落。老郭在双河深入生活时，对他关心很多，他们成了"忘年交"。那年老郭和老伴去上海治眼病，正赶上小曹的母亲病危，她请人把老郭两口子叫到床前，含着眼泪说："曹平就我这一个亲人，我死后，就把孩子交给你们了。我知道你们是好人，孩子交给你们我放心！"从此，老郭把小曹当成自己的儿子，时刻关心着他的成长和进步。无论下乡时，还是返城后，老郭对他大事小情的过问和帮助，比自己任何一个孩子都多。曹平和妻子陶建华（也是双河的上海知青）也把老郭老两口当成了自己的亲生父母。

说起老郭对当年上海知青的关怀，他的二女儿对我说，当时我们家天天吃粗粮，仅有的一点细粮都给上海知青吃了。吃肉都用票，我们家的肉票都可着上海知青用，一到过年过节，我们家吃肉都困难。那一年买了一只老母鸡准备全家过年，结果探家路过的知青到家，我爸就把鸡给他们吃了。全家正为没肉包饺子犯愁，突然有人敲门，开门一看是从双河来的知青全志杰，他肩背手拎了两个大袋子，扔下就跑了。我爸追了一条街才赶上他。原来知青们猜到了，老郭家已没有什么好吃的能过年了，特意让回家过年的小全给他捎来一袋子面和几十斤猪肉，他怕老郭不要，扔在地下就跑了。

看着满脸汗水的小全，老郭心疼地说："你的东西呢！"

小全说："我拿不了，扔在火车站了。"

老郭急了："你这臭小子，要是丢了咋办？"

小全说："那是我自己的东西，丢了就丢了。可大伙的东西不能丢，那是双河全体上海知青的心意，我可一定要把它安全送到！"

老郭感动得不知说什么好，他非拉着小全回家，要给他带点儿东西回上海。小全跑了。他知道，老郭家已经没什么给他们了。那次朱伟民路过，老郭让儿子到地窖挑了一筐土豆让他带回家，那土豆是精心挑选的，大小模样都差不多。

光阴如梭，一晃快四十年过去了，老郭也成了八旬老翁，可他和上海知青的友情故事，还在继续着。已经返城多年的知青们没有忘记，一位作家、一对善良的老夫妇，在他们远离亲人生存最艰难的时候，对自己的真诚关爱。曹平夫妇代表当年的双河知青对老郭夫妇发出了访沪的邀请。这些年小曹从一个轧钢工人成为一名优秀的企业家，小陶也当上了干部，两口子像子女一样孝敬老郭两口子，春天寄新茶，夏天寄单衣，秋天寄月饼，冬天又寄钱。他们说："这是给老爸老娘买煤的钱，家里弄暖和点，我们也放心。"

情系北国父母，年年季季表深情。老郭说，我们老两口被他们的"四季歌"唱得天天都快乐。老郭怎么也忘不了，1970年冬天曹平探家从哈尔滨路过，那天郭大娘因感冒正发高烧，听说她想吃西瓜，曹平跑了好几个商店才买着，因为公交车够不上，他抱着西瓜走了十几里的路，送到大娘的床头。2005年已经当了企业家的曹平听说住山东的大娘不慎骨折了，他立即从上海飞到烟台，给大娘送来一万元钱，还给大娘洗了头洗了脚！

因架不住上海儿女的情浓意切，2003年夏天，老郭夫妇终于成行，有诗为证："长夏酷暑似笼蒸，百五（老夫妻年龄之和）翁妪探亲行。心系浦江好儿女，神驰梦绕盼相逢。"小曹把老两口安排住进自己的别墅，还请来保姆为他们服务，特意为他们安排了汽车和司机。怕他们吃不好上海饭，小曹自己到超市买菜，亲自下厨为他们做可口的饭菜。小陶每天为老人送来一束鲜花，他们甚至细心地为老人调好室温和洗澡水。他们领着老人逛遍了上海，老郭最骄傲的是在东方明珠塔前照相留影，因为这个宏伟的工程中也有曹平的一份功劳。他说："看着孩子有了出息，我们也就满足了。"最让老郭感动的是那天游览南京路，天很热，他们坐着观光机动车，小陶下去给他们买冷饮，车开了她就举着冰棍跟着跑，一直到追上他们，看着她满头大汗的样子，他们感叹，就是亲生儿女也不一定这样子！曹平要留老郭夫妇在上海长久地生活，他说："你们这一辈子都在为别人付出，该是享受晚年之乐的时候了。凭我的能力，一定能让你们过得快快乐乐！希望你们能健康地活到150岁，我好做一个100岁的孝顺儿子！"

老郭谢绝了他们的美意，他说："你有你的根，我有我的根。你的根在黄浦江，我的根在松花江。让我们都做一个候鸟吧，彼此想念了，就串个门。"

当年双河的上海知青争着来孝敬老郭夫妇，他们请他们吃饭逛街，为他们送来礼品。老郭说："你们的心意我领了，当年我帮助你们并不是为了回报。何况你们没有忘怀黑龙江，还捐款在插队的地方建了希望小学，这就是对我最大的回报了！"他把实在推却不掉的礼品送给了还处于困境中的知青，送给了金训华的母亲。而黄德明流着眼泪送来的茶叶，他还是收下了，他说，我要经常品一下上海知青的情义。

我给安居在山东老家海边一个小村子的郭先红先生打了电话，说起当年写《征途》的事，他说那都是为了周总理的嘱托，我永远以此为荣。我说到他和知青的故事，他说那帮上海孩子总是有情有义。我又听到老郭爽朗的笑声和激情洋溢的话语，他说："我和老伴身体硬朗得很，医生说，我们比同岁的老年人年轻了 10 年，我的长寿之道就是：正直宽容，乐善好施。

◎ 附录：

去日·今日·来日

郭先红

2007 年初冬，在山东黄渤海交汇处的一个寂静的山村，我收到了阔别日久的《生活报》。当我屏气凝神地一口气读完贾宏图君的这篇报告文学，如一石激起千重浪，往事如潮涌，思绪难以平静……

记得在那个动荡年代，我和市文联的文人们整体被扫地出门，下放到原劳改农场，而美其名曰"五七干校"，一边劳动，一边改造思想。是省创评室的吕中山同志几经奔走努力，终于一纸调令把我从刚刚收割完毕的稻田地里借调到省创评室。在与上海人民出版社前来约稿的编辑会晤后，当即受命撰写以在黑龙江逊克县双河大队插队的上海知青金训华，为抢救被洪水冲走的战备电柱而牺牲的事迹为背景主线的文学作品，在此之前曾有通讯报道。编辑说：周总理指示不能单纯只写英雄为抢救国家财产而冒险牺牲。要派作家深入下去，写成文学作品，这样才有典型意义和普遍意义。

于是，我昼夜兼程，赶赴当时剑拔弩张、天寒地冻、人烟稀少的边陲小城逊克仅百十户人家的双河大队。投身到来自条件优越的大上海知青群体中，和他们共同生活在物质极其贫乏、环境极其恶劣的、劳动极其繁重的广阔天地里。边采边访边写作的成书过程中，我深深地感受到在这个特殊年代里，这一代热血青年极其可贵的特殊思想感情和对时代的特殊贡献。他们无怨无悔无求的行动，是继续发扬老一代革命者为共产主义远大理想而奋斗无私奉献精神的继往开来。当年十万转业官兵开垦北大荒是历史的丰碑和榜样。知青们是当之无愧的忠诚的社会主义建设者、共产主义事业的接班人。当然，这支全国约两千万上山下乡的知青，不可避免地存在着违背科学发展观的狂热性、盲目性。

在两年多与知青广泛的交往中，我以至我的家人同他们彼此结下了深情厚谊，直至今日，仍然情意绵绵，弥久愈深。

岁月匆匆，三十多个春秋弹指一挥间。可是一些人、一些事却终生难以忘怀……

小孙——当时十六岁。人称"老北方"的上海小知青。我因眼疾视力不佳，为了便于采访沟通，他便成了我的助手。废寝忘食为我抄稿，我们同吃同住同采访达两年之久，虽是师徒，情同父子。刚见面时他从头到脚脏兮兮的，头发像野猪鬃，原来他懒得洗脸，经常十天八日不洗漱。因为怕冷，睡觉时也不脱衣服，身上长满了被上海青年称为"老白虱"的东西。晚上我让他把毛衣、线裤脱下来，拿到外面冻一宿，第二天一早拿回来，那上面冻死的虱子白花花一片，往火炉里一抖，乒乒响。不用说，我身上也成了"越境"老白虱的食宿宝地，自然我也要进行一番彻底清剿。

小王——原上海历史博物馆馆长之子，属高干子弟。他已在中华造船厂就业。是写血书表决心，要求到黑龙江来守卫边疆的。在船厂的人事档案室，当我看到这份带血的申请书时，禁不住泪眼模糊。当时约有五十万各地知青到黑龙江上山下乡。在珍宝岛硝烟弥漫的岁月，这五十万不畏虎豹的生力军，谁敢轻视！正如双河大队民兵副连长、上海知青小朱说："我们从大上海来到黑龙江压根就没想回去，像金训华那样，为保卫边疆，我们一不怕苦，二不怕死！"这话如金石，落地铮铮有声。

小曹、小陶——是一对模范的事业有成的上海知青夫妇。认识他们是缘分也是福分。在双河大队小曹是电工，他与其他知青不同的是工作严谨、一丝不苟；待人真诚，勤奋好学。他是吴淞二中金训华的校友，我发现他从发电到送电，以至给每户社员拉电线、装电灯，全部都按技术标准，从未发生过事故。我还发现他的床边常放着一些实用技术书和文学期刊，后来他便成了我的《征途》中的主要人物，后来我俩也成了忘年交。经过八年农村生活的磨炼，返城后当了轧钢厂工人、班长、工长，一步一个脚印，后来还当上了分厂党总支书记。他在轧钢车间给我写过一封这样的信："八年冰天雪地，没把我冻僵，三年钢山火海却把我炼成了一块钢。每天，我喝十公斤水，流出的汗水至少八公斤。"他的信使我想到了孟子的名言："天将降大任于斯人也……"后来，他担当了一家中外合资钢结构公司总裁，成功地参与了与国内外一些重要的大型钢结构建筑工程，比如耸立在浦东的东方明珠电视塔，我颇以此自豪。

而今，这位历经冰雪与钢火磨炼、又拥有著名大学文凭的当年知青，已经担起了宝钢旗下某一大公司的领导职务。曾经和他并肩战斗在北大荒共患难的妻子小陶，是上海宝山区一个街道办事处的基层干部，她一如既往，亲民爱民，工作勤奋。

　　人类从历史长河走来，他们身后必然留下自己的足迹。三十多年前，我的足迹曾和知青一起走过那段难忘的历程。更为可贵的是，三十年后的今天和明天，我们仍然一如既往，情谊弥久愈深！

2007 年 12 月 1 日　　于冰城语香斋

四十九、梨子的滋味

　　"你要知道梨子的滋味，你就得变革梨子，亲口吃一吃。"这话是毛主席他老人家在《实践论》中说的。

　　最近我就吃到了变革的梨子，尝到了它甘甜、清爽的滋味。那梨是老知青曹文廷培育的，他的"圣泽林庄园"就在北京南六环外的大兴区安定镇汤营村。

　　北京秋末冬初的阳光，格外明媚。郊区公路两旁的树木，一片斑斓，红的炽烈、黄的灿烂、紫的华贵和绿的浓郁，编织着京城人最迷恋的图景。在老曹的园子里，我看到了更迷人的景色。高耸的钻天杨环抱着200多亩的大院，绿树掩映的白墙红顶的办公房上爬满紫红色的藤萝，拉运梨果的汽车在灰色的库房前排队等候。最壮观是那一眼望不到边的果园里，落尽树叶的果树如穿着褐色运动服的健儿，它们身体直立，双手平举，纵看成列，横看成行，个头儿竟像礼仪兵一样高。走近一看，那脱落了叶子的枝条的芽眼里已绽出新的花蕾。正和工人们在路边清理杂草的曹文廷跑过来和我握手，然后陪着我，沿着笔直的林阴道检阅他的5000多棵"梨园将士"。他穿着劳动布的夹克衫，脚上还沾着泥土，脸膛黑红，一点儿也不像这京郊闻名的果业公司的大老板，倒像一个整天忙在园子的老果农。

　　看我对他的园子赞叹有加，老曹告诉我，六年前这里是一片被遗弃了七年的老果园，50 多座无主的古坟伴着残枝败叶半死不活的老树，还有一口老井被遗忘在荒草中。我不禁问道，你当时怎么跑到这个鬼地方？他说，说来话长。在他那墙上挂满锦旗和奖状的宽敞的洽谈室，吃着工作人员从库里取来的新梨，说起他三十多年的人生经历，那滋味就不仅是一个甜字所能概括的了。

老曹是佳木斯市一中 1966 届高中毕业生，已报考地质学院，想当一名勘探队员。那时，有一首《勘探队员之歌》鼓动起许多有志青年要投身那个艰苦又浪漫的事业。可惜那一场突如其来的风暴毁灭了曹文廷和所有中学生的美梦。

1968 年 6 月，他和同学们来到黑龙江畔的兵团独立一团（嘉荫农场），投身到了屯垦戍边的战斗。因为他是学校游泳队的，水性很好，被安排到了打鱼队工作。在风浪中摇船撒网，常受对岸苏军舰艇的骚扰，他勇敢应对，没有一点儿的退却。后来，他又到农工排当过排长，到团报道组当过报道员，又到基层连队当过指导员。无论干什么，他都表现出高度的责任心和很强的工作能力。1974 年 8 月，曹文廷被任命为独立一团的副团长，成为几千名知青中第一个进入领导班子的年轻干部。他曾分管过农业、畜牧业、农机工作。这个农场当年是由援助越南归来的农业专家组建的，在和这些具有丰富经验和专业知识的老领导和技术人员一起工作中，曹文廷学到了知识，更增加了对农业生产的极大兴趣。

曹文廷立志要把自己的青春献给这片黑土地，他和自己的战友尼桂云在农场结婚安家，那时他们和农场职工一样住在没有自来水、没有取暖设施的房子里。他们的大儿子就在农场出生，按照计划他们又生了第二胎，结果是个"龙凤胎"——一儿一女。靠微薄的工资抚养三个孩子，全家生活非常困难。老曹每天奔波在地里，忙着自己分管的工作，还常到外地开会，家里生活的重担全压在桂云的肩上。她毫无怨言，默默地承受着，为了让自己的三个孩子吃得饱、穿得暖，她不知吃了多少苦。

1979 年，随着大返城的战友，尼桂云领着三个孩子回到了佳木斯，在一家大集体企业当会计。老曹还留在农场当副场长，全家的生活更加窘迫。两年以后，组织上为了解决他们两地生活之苦，把老曹调到了邻近佳木斯的佳南农场当场长。回到了家门口，他全身心地投入到对这个贫困农场的改造和建设上。在工作中，他深感自己知识的不足，他又考取了八一农垦大学的农业经济管理专业。1986 年，大学毕业的曹文廷被分配到了农场总局的计划处工作，两年后作为优秀青年干部，他又被派到总局的佳木斯肉联厂当副厂长，两年后又当上厂长。

正当曹文廷在新的事业起点上奋飞时，患难与共的妻子却因肺癌去世了。望着大的十四岁、小的只有十岁的痛哭的孩子，老曹也是满脸泪水。他深深地自责为妻子分担的困难太少、对她关心不够。在他最困难的时候，桦川水泥厂女工王亚秋走进了他的家门，和他一起挑起这副沉重的担子。

1993 年，王亚秋又陪着曹文廷到海南去创业，那里正有一个当年的北大荒战友在呼唤他。尽管这时肉联厂已呈现出蓄势待发之势，但是他被南国的那片热土吸引，他要用自己多年积累的经验，在资源十分丰富的海南岛创造一个现代化的农业企业。作为一个大的股份公司的执行副总裁，他希望通过自己和战友的共同努力，在蔚蓝色的大海边营造一个绿色的梦。

可惜，六年的艰辛却只换来许多泡沫。不甘失败的曹文廷又把目光转回了内地，2001 年，他们的团队在科技部的重点项目——"环首都圈治沙示范工程"中一举中标。曹文廷和王亚秋从浓郁的椰林中来到了风沙弥漫的永定河古道。在老曹投身到这一工程的设计和规划时，无事可做的王亚秋看中了那片废弃的果园，便注册了一个果业公司。老曹起了个名叫"圣泽林庄园"，后来又以此注册了商标。一年后，老曹干脆停薪留职，毅然下海（应该说是"入林"），和妻子一起干起来。

2002 年春天，贫穷的汤营村的村民们失去了平静，听说一个大老板要承包那个谁家也不要的果园了！这些世代靠这片荒沙地上种果为生的农民，已越来越不愿意种果树了，品种单一，技术落后，产量很低，他们甚至想砍掉果树种别的经济作物。他们跑来看热闹，只见八个大人和一个小孩正在清地，这是老曹两口及三家亲戚，小孩就是王亚秋的女儿小雨。村民们看着这几个细皮嫩肉的城里人的样子都笑了。

当时，老曹面对这片残败的果园时也笑了，在北大荒他管理的农场都是十几万亩的土地，这区区的200亩，简直就像自家的园地，他自信能把它建设成硕果累累的花园。老曹领着他的员工，先引电、修路、打井，再引进新品种。他们砍掉老枝，从山东平度买回进口的新芽，并按着科学规范一个个接在新枝上，那是日本和韩国先进的梨品种。老曹又学习外国的经验，在果林上拉上一层钢丝网，把梨树枝都固定在与人同高的网上，以便于管理和采摘。布网需要大量的资金，启动资金是他们四家凑的，还从朋友那里借来一些，最困难时账面上只有几百元钱。老曹自己开着车和员工到河北各地的旧物市场上买最便宜的废钢丝，回来后自己动手干。村民们没想到，当过大老板的人还这么能吃苦。

要建设和经营好一个果园，只靠吃苦耐劳是不行的。老曹拜当地的老果农为师，又从大学和研究所请来专家当他的顾问。中国农科院果树研究所的汪景颜教授、北京农科院果树研究所的留美博士魏钦平、北京农大的刘奇志博士都成了他们常年的技术顾问。日本的果树专家小野隆司和韩国的果树专家金相石也被请到园里搞技术讲座。一时间，这个昔日无人问津的果园，竟成了学者专家的技术课堂，连当地的果农也跟着借光了。

"忽如一夜春风来，千树万树梨花开"。老曹的"圣泽林庄园"，果然旧貌换新颜了，到了九月份，已是满树梨果，一片金黄。谁承想，一夜狂风，把所有果实都刮掉了。落地的梨被摔成"脑震荡"，很快就要烂掉。老曹全家总动员都去市场上卖梨，连在外地读书和工作的孩子都赶回来帮忙。老曹开着皇冠轿车进了黄村的大兴果菜市场，到了晚上，老曹的小儿子在靠厕所的地方搭了一个棚子，坐在里面看梨堆。王亚秋和孩子们在附近的路口摆摊卖梨，有时还沿街叫卖。尽管全家人费了很大的劲儿，吃了不少苦，那一年还是损失了三四万公斤的梨。

"酒好也怕巷子深"。老曹清醒地认识到，果园要想生存下去，当务之急是打开销路，有规模地进入市场。老曹听说，每年春节北京市都在人民大会堂举办有各国驻华大使和夫人参加的"国际友好文化节新春团拜会"，老曹就找到主办单位北京市外办，表示可以向参加活动的每个外宾赠送梨作为礼品。

接待他的一位处长不以为然："春节是全家团聚的日子，你送梨（离）合适吗？"

老曹振振有词："梨为汉字，上为利，下为木。木为树木，爱护树木，保护生态为当今时尚。利为利益，既包括钱财，也包括幸福，送梨乃送利，正是过节讨个吉利！"

老曹这一番话把那位处长说乐了，"好，你就送吧！"这样一来，参加 2003 年春节国际团拜会的每个人都得到了一份"圣泽林庄园"的礼物——4 个金黄圆润的大梨，每个都有半公斤重，让他们大喜过望。那梨的甜美滋味更让他们甜在了心里。

几天后，一个曾在日本工作的战友把一位叫麦仓弘的日本人领到了庄园。那日本人问老曹："你们的梨是不是从日本引进的丰水梨和从韩国引进的黄金梨？"老曹说："正是。"对方感叹道："没想到在北京能吃到这么好的梨。"他又详细了解了他们的栽培方式。

这位日本人当场拍板，收购他们公司每年的所有梨果！原来，这位在人民大会堂吃到他们的梨又慕名而来的先生，是日本在北京的连锁店华堂商场的老板。他的一锤定音，打开了圣泽林梨果的销路，在华堂商场北京的七家连锁超市里同时销售他们生产的梨。

只是圣泽林一家的产量满足不了市场的需要，于是，老曹又把周边更多的种梨户组织起来，参加他们的销售和生产联盟。他们公司负责技术指导和产品销售，农户负责种植，客户与公司建立稳定的销售关系，这种"公司+农户+客户"的生产销售模式，吸引了更多的农户向圣泽林靠拢，他们的生产规模也越来越大。

在我和老曹谈话的这个洽谈室的墙上，挂着一面面农户赠送的锦旗，那上面写着"情系果农"、"果农的贴心人"、"我们果农的希望"、"梨业的龙头"。现在，已经有大兴区5个镇、18个自然村的300多家的农户加入了圣泽林果业公司，他们的年销量150万公斤，经销额600多万元，成为大兴区梨业第一大户。在发展过程中，圣泽林也培养出了自己的人才队伍，老曹成了大兴区及全市知名的果树专家，王亚秋和小雨都是业内的销售能手，王亚秋还被中国妇联评为"双学双比能手"。在华堂商场每家联销店，都有圣泽林派去的专业销售员。

老曹又领着我去转他的果园。下午的冬阳也很温暖。园子没有萧瑟，满是生机。老曹指着果园边上正在凋谢的花告诉我，那棵是孔雀草，那棵是万寿菊、七里香、薄荷。他说这都是驱虫植物，日本华堂商场对梨产品的要求是很苛刻的，绝对不能施用有毒防虫农药。这些年，为了保证质量，我们不断引进生物防病、物理杀虫新技术。他又指着立在地头的灯盏说，那是诱虫灯，专杀扑火的飞蛾的。

老曹告诉我，他们公司已经通过了国际质量认证和农业部的无公害农产品认证，还被评为北京市农业标准化示范基地。每年到这个基地参观学习的果农有2000多人。

站在果园的网架下，老曹扶着向他伸手的果枝告诉我，他们在种好从日本、韩国引进的沙梨系列的同时，还引进了西洋梨系列，这个是英国的威廉姆斯梨，那个是美国的早红考密斯梨，还有意大利的阿巴特梨……他如数家珍似的逐一介绍，还高兴地说，在今年举行的奥运果品评选中，这种"早红考密斯梨"和"丰水梨"都获得了一等奖，"黄金梨"获二等奖，"爱甘水梨"获三等奖！明年的奥运会上，运动员肯定能吃上我们的水果了。

在老曹扩建的果园里，我还看到了正在长大的樱桃、桃、枣、李子等多个树种。曹文廷还有更大的计划，他正在组建"北京圣泽林梨专业合作社"，公司+农户，组成股份制的合作社，实行统一销售、统一生产资料采购、统一技术服务、统一包装和商标的经营方式。每年两次分配，一次根据各户的交易量，一次根据股金。老曹说，这种专业农业合作社在世界上已经有200年的发展历史了，台湾就是靠这种合作组织实现农业腾飞的。全国人大已经通过了《农民专业合作社法》，今年7月1日开始实施了。我们的这个合作社是北京的试点单位。

在我和老曹谈话的时候，他的小女儿曹雨背着笔记本电脑开着车去到区里落实组建合作社的事了。老曹正着力把她培养成这个美丽丰饶的果园的接班人。老曹的另外几个孩子也都已大学毕业，都有自己喜欢的事业。

身在自然中，人也变得单纯了。老曹说，我就是个农民，对土地有着一种特殊的感情。他说，每当梨花盛开的季节，身在园中，看雪海，闻花香，听鸟鸣，心之愉悦，无以言表。

我说，还有苏轼的那首《东栏梨花》更与你心意相和，那诗云："梨花淡白柳深青，柳絮飞时花满城。惆怅东栏二株雪，人生看得几清明。"饱经沧桑的曹文廷始所未料的是，本来退隐山林的他，却成了一方农民致富的带头人和深化农业改革建设新农村的先锋人物。也许因为他是老知青，对中国的"三农"问题了如指掌，他知道怎么做，农民和国家都高兴。有了条件，他又不能不做。

在他看来，梨子还有另外一种滋味在心头。

◎ 附录：

弃儿·幸运儿·弄潮儿

曹文廷

一九六八年六月十八日，是我奔赴黑龙江建设兵团的日子。

　　日月经天，江河行地。转眼间，已经过去整整四十年了。

　　有人说，知识青年，这是一代历史的弃儿，是"文化大革命"的殉葬品，因为他们正值青春少年，豆蔻年华，毛主席挥手，他们奔赴了遥远的边疆，偏僻的山村，离开了都市生活，到一个未知的去处"接受再教育"；有人说，这是一代历史的幸运儿，艰苦的生活磨砺，历练了生命的不懈追求，而又赶上改革开放的大潮，他们中许多人又成为时代的弄潮儿，社会的中坚；但是不管历史和人们怎么评说，知识青年上山下乡运动都是一个颇有影响，规模宏大的历史事件，它跨越地域之广，范围之大，影响之深，都成为了一个时代的社会主题之一，并形成了一道特殊的历史风景，沉淀了自己的文化，深深地影响着中国社会。

　　感谢贾宏图先生，一位同时代，有过同样经历和命运，由知识青年中成长起来的中国著名报告文学家，他一直关注、追踪着"知青"这样一个特定的"历史文化人群"，用一种积极向上的人生态度，寻找着那些随着岁月流逝，湮没于茫茫人海中而逐渐远去的且依然顽强地开辟和创造新的生活的"老知青们"，他要为他们撰写新的历史篇章。

　　他感动着我，我讲述着，他记叙着我平凡而真实的经历，激起对以往岁月的无尽追想。

　　"野火烧不尽，春风吹又生。"小草顽强的生命力来源于大地母亲的喂养。我想：无论身在何方，人生旅途到哪里，我的脉管里永远流淌着那片土地所赋予我的生命力量；深深地眷恋着曾与我朝夕相处、共同生活和工作的人们；耳边总回想着那首悠长而让人难以忘怀的歌：高高的白桦林里有我的青春在流淌……

五十、让我们荡起双桨

　　"让我们荡起双桨，小船儿推开波浪，海面倒映着美丽的白塔，四面环绕着绿树红墙……"

　　北京老知青陈恒和我一起哼唱着这首老歌时，眼里闪着泪光。他说，这首歌记录了我们最美好的少年时代，每当唱起这首歌，心里不禁涌出甜蜜和幸福的感觉。那时，我的家和我读书的府学胡同小学都离北海公园很近，到公园划船唱歌是我们经常的活动。在电影《祖国花朵》里演唱这首歌的，就是中央广播电台少年艺术团，当时陈恒在团里的民乐队当小乐手。

　　当时谁也想不到，这一代祖国幸福的花朵，在后来的岁月里，和共和国一起经历许多苦难。

　　颇具音乐天赋的陈恒初中时就被中央广播电台少年艺术团选中，开始吹笛子，演奏家冯子存、刘管乐是他的偶像，当时他们的名曲《喜相逢》和《荫中鸟》他已吹得有模有样。后来又跟着杨竞明学扬琴，乐队的指挥是彭修文，指挥他们演奏过《彩云追月》，他们都是中国民乐的大师级人物。本来他已被选中当中央民乐团的学员，可是母亲坚决反对，她说，只有不三不四的人才搞文艺。陈恒的人生只好走了另外的路。当时他不仅能演奏多种乐器，还学会了作曲，他们北京五中的"眼保健操"的音乐就是他写的，他指挥乐队录下的这个曲子，在他两个弟弟上学时，学校还每天播放。

1964 年就要在北京 5 中高中毕业的陈恒，准备报考中央音乐学院的作曲专业。同学们都说，他是板上钉钉了。可是工人体育馆的那场报告改变了他的命运。那是敬爱的周恩来总理的形势报告，他号召青年们要向董加耕、邢燕子学习，到农村去、到边疆去、到祖国最需要的地方去。他希望就要毕业的中学生要"一颗红心，两种准备"，接受祖国的挑选。当时已是共青团员的陈恒听完报告回到学校就报名要到北大荒的农场去，老师说："就要考学了，你考不上再报名也不晚。"陈恒说："我只有一种准备，就是下乡！"后来他才知道，如果他考不上学，学校更希望他留校当音乐老师，因为他负责着那个学生的民乐队。

回忆起四十多年前的往事，已年过花甲的陈恒说，我当时是"纯牌"的热血青年，到派出所迁户口时我把原名"陈珩"的"珩"字改成了"恒"，表明了自己奔赴边疆的"恒心"。1964 年 9 月 3 日，在热烈的锣鼓声中，陈恒和北京东城区的一百多个热血青年登上北去的列车，作为 5 中的乐队队长，他没有忘记带着自己喜爱的乐器，在列车行进中他还演奏了二胡，什么曲子忘了，肯定是欢快的，不是忧伤的。

在这列火车上他认识了景山中学的初中毕业生郭小林，他神情深沉地注视着窗外广阔的原野，大概想起他父亲当随军记者的岁月。父亲郭小川从《东方红》大歌舞的创作组赶到火车站送他，却没有挤进人山人海的欢送人群。两天两夜后，火车停在了祖国东北的尽头——小站迎春，然后又乘着汽车跑了一天，在宝清县的南横林子下车，这里留下了王震将军率领十万转业官兵开发北大荒的第一行脚印。建设这个 852 农场（兵团的 20 团）的是英雄铁道兵的 8502 部队，他们是从朝鲜战场直接开进这片荒原的。

在到场那天的欢迎晚会上，他露了一手，吹了笛子独奏《我是一个兵》，全场轰动。文工团当即就想留下他，可场里还是把他和 8 个战友分配到场部的良种试验站。那一晚他躺在热烘烘的土炕上作了一个梦——群山回响着一首大合唱曲，他就站在指挥台上。没想到这个梦后来真变成了现实，合作者就是躺在他身边沉睡的郭小林。

陈恒在良种站工作了一个生产周期，春种夏锄秋收冬天修水利，他都干过，学会了农活，也认识了"白马牙"、"小金黄"这些新种子，真还产生了要当个农业技术专家的兴趣。在第二年的冬天，场部搞汇演，陈恒创作了一首歌唱饲养员的女生独唱得了一等奖，很自然地调到了场文工团。

可别小瞧这个山沟的文工团，这里可是藏龙卧虎之地，导演赵玉秀外号"赵聋子"，是志愿军文工团的组长，耳朵是被炮弹炸聋的，还有的演员是从中央文艺团体下放来的，舞台美术师孙泽均就是北京人艺的。文工团的乐器也全，连"大贝司"（低音大提琴）都有，手风琴是意大利的牌子。俱乐部舞台也很像样，台口20多米宽，还有乐池和侧幕。在这个舞台上，陈恒开始了专业的艺术生涯。

每次文工团的演出，必有他的笛子独奏，《我是一个兵》是他最叫座的曲子，接着就吹《打靶归来》，又是更热烈的掌声。观众多是当兵的出身或想当兵的人，这样的曲子非常受欢迎。有时他们还到水利工地演出，正是天寒地冻的三九天，百花牌的笛膜都冻裂了，他干脆贴上橡皮膏，虽然声音有点闷，但不影响演出。有一次陈恒的小手指头都冻白了，老同志用雪一顿搓，木然的手指又红了，大家说再晚一点小手指就会被截肢。

边塞绝寒的北大荒并不缺少文化，转业官兵是播火者，大批知青的涌入，迎来了北大荒文艺的春天。文工团壮大了，他们开始排全本的京剧样板戏。陈恒是乐队的骨干，有时吹笛子，有时弹琵琶，有时还客串些角色，什么《沙家浜》中的刁小三、《杜鹃山》里的毒蛇胆、《智取威虎山》里的座山雕，他演什么像什么。后来排话剧《于无声处》时，他还演过陆峥嵘。

尽管陈恒演的都是反派和丑角，可全场的职工家属对他的印象都很深。有一次他在台上演《沙家浜》，台下一位从北京来的总政文工团的老演员冉红也在看演出。刁小三全剧只有一句台词："我抢包袄，还抢人呢！"陈恒把它说得字正腔圆。冉大姐赞叹："这小伙子，声音太好了！是学声乐的好材料。"这句话，鼓舞了陈恒一辈子。

陈恒献身北大荒文艺的最高成就是创作了那首脍炙人口的歌曲《兵团战士爱边疆》，他作的曲，郭小林写的词。大概是 1972 年师里要搞文艺汇演，团里要搞个大合唱参演，于是就把当时在全兵团都有名气的诗人郭小林找到团里，他并没怎么费劲，就写了一首歌词，陈恒也很轻松地谱上了曲。那时他们俩已在兵团战斗了七八年了，对这片土地已产生了深厚的感情，这时小林已写过许多小诗，陈恒也写过不少的歌曲，这一次他们终于找到充分表达自己情感的机会。因此，他们的激情像岩浆一样喷发出来了。经过一番认真地排练，在师里一炮打响。陈恒只轻轻地唱了几句，我就心潮澎湃起来——

> "我爱祖国的边疆，阳光灿烂一片春光。
> 到处都唱起丰收的歌，歌声飞遍了平原山冈。
> 万顷麦海翻金波，座座水库倒映着绿树红墙。
> 高压线雄伟地越过山谷，公路通向四面八方。
> 啊，边疆，我们富饶的边疆！
> 我们要为你贡献青春和力量！……"

当年郭小林把这首饱含着他和陈恒及所有北大荒知青激情的合唱词曲寄给了郭小川，当时正在"五七干校"接受改造的诗人，虽然不得不停止了自己的创作，但他对小林的创作很关心并寄予厚望，小林写了什么东西也都寄给他看。这次看了这首歌，他很高兴，虽然对小林的词他还可以说点意见，可曲子他就不内行了。这时他想起了老朋友、中央乐团的指挥家秋里，他把他们的作品转寄给了他，请他指教小林和陈恒。当年郭小川、贺敬之和乔羽等中国这几位大诗人创作《东方红》大歌舞时，秋里担任大合唱的指挥。郭小林至今还保存着秋里给他父亲的回信：

小川同志，你好！

　　信已收到数日，只因事多繁忙，未能及时回信希谅。最近刚接待完伦敦交响乐团，又要投入新节目的审查。所以抽点空阅读了小林、陈恒的作品，我觉得年轻人有朝气，虽未经专业训练，但写得有生活，较热情、流畅。此歌经过实践，可能会在群众中流传。如是陈恒仍在京，欢迎他来我处面谈。如已回团，我再给小林、陈恒写信商谈。请转告，我的地址：乘 4 路无轨到和平西街（劳动部）下车找和平街 8 区 13 楼南单元 22 号（中央乐团宿舍）找我，平时中午 12 点 ~ 下午 3 点在家，晚上不定。

　　致礼！

秋里
3.22

　　这封纸已发黄的三十五年前的旧信，还让人感动，它凝聚了这位大艺术家对两个知青作者的真诚和热情。接到这封信后，诗人郭小川把正在北京探家的陈恒找到家，请他吃了一顿炸酱面，让他按着信上的地址去见秋里。具体细节，陈恒已记不起来了，他只记得秋里很热情地接待了他，说这首歌很好，有生活，充满激情，很流畅，也有气势。只是和声部分有点问题，他改了几个音符，又给他唱一遍，边唱边打着拍子。陈恒激动地领略了大指挥家的风范，他确实觉得改过的曲子好多了。秋里鼓励他并转告小林，要好好体会生活，多写一些东西，然后给他寄来。

　　陈恒带着秋里改过的曲谱回了 20 团。和秋里先生预见的一样，后来这首歌真的在兵团流传了，几乎每个知青都会唱。在大型演出时唱，在连队联欢会上唱，走在上工的田垄上唱，坐在探家的火车上也唱。在返城后各大城市组建的若干个老知青合唱团里中，这首《兵团战士爱边疆》都是保留曲目。一唱起这首歌，我们又想起北大荒广袤的田野，又想起那些难忘的岁月。在唱这首歌时，大家都知道歌词是郭小林写的，但曲子是谁写的，早就忘了。

这次通过郭小林，我终于把这位被遗忘的知青作曲家挖了出来，他骑着一辆破自行车来黑龙江宾馆见我。他衣着陈旧，面目清癯，声音却还是那样的年轻。在不断的歌声中，他讲了如上和如下的故事。

北大荒的音乐生活让陈恒充实而快乐，可是有时又很寂寞和孤独。

他是知青中的老大哥，人家都成双成对的，他还是个"王老五"。宣传队（原文工团）的刘指导员对他说："你都二十七八了，该考虑个人问题了，你看上了谁，我给你去说。"陈恒只是笑笑，其实他心有所向，但不知人家有没有这个意思。基建连有个1969届的北京小姑娘叫王东花，在小学校当老师，常来找陈恒学五线谱和乐理。她很聪明、热情，对陈老师很崇拜。经过陈恒的精心指导，东花进步很快，后来当上了音乐老师。有一天，刘指导员给他送来了一张电影票，让他一定去看。进了俱乐部，他竟和王东花挨着，他明白了领导的用意。电影叫什么名，老陈当时根本就没记住，这个刁小三当时就琢磨怎么"抢人"了。

看完电影，陈恒约东花在夜色中散步。走了半天，她低着头，什么也不说。他们走到十字路口的几个高压线的电缆滚子下，陈恒停住了脚步对东花说："我的家庭出身不好，我的父亲已经死了，我跟继父生活，他家很穷。"这是那个时代的惯例，要想处朋友必须先交代自己的家庭背景。当时东花小声地说："我得写信问问我爸。"陈恒看出来了，她同意了，还要征求家里的意见。

陈恒苦等了一个多月，东花的父亲终于来信了，没想到东花的爸爸，那位朴实的木匠坚决反对女儿嫁给家庭出身不好的人。他大概怕影响女儿一生的前途，甚至可能影响他出国施工——他在一个国营公司工作，经常有出国施工的机会，工人们都想安排自己，而出国政审，要查祖宗三代的。老木匠给东花写了信，还给她的指导员写了信，坚决不许女儿和陈恒搞对象，信中还说了"他癞蛤蟆要吃天鹅肉"的话。

　　在掌声中长大的陈恒，这一次自尊心大伤，他和未来的岳父较上了劲，他发誓，我非东花不娶。过去都是东花跑到他这儿学音乐，这之后，他往基建连小学校跑得更勤了，他和东花总有说不完的话，夜深人静时，从那小屋传出的歌声和笑声让战友们羡慕。不巧，这时连里发生了"大案"——副连长在厕所里发现了避孕套，陈恒成了主要怀疑对象。连队干部很严肃地找他谈话，可他咬得很死："我虽然爱东花，但绝没干过格的事。不信你们可以到医院检查！"连里又找东花谈，领导说，如果不交代问题就要把她从教师队伍中开除。她只是低着头一个劲地哭，领导说，你还要不要前途？最后她只得承认和陈恒发生了"男女关系"问题，其实当时她并不明白"男女关系"和"性关系"的区别。

　　领导又找陈恒谈话："王东花都承认了，你还硬挺着？"当时老陈很生东花的气，怎么能自毁声誉！转念一想，我不如"将计就计"，你父亲不是反对我们结婚吗？这回"生米做成了熟饭"，看你怎么办！最后陈恒也"招了"，承认自己和东花"发生了关系"并一再说："她年纪小不懂事，责任由我负！"

　　上级为了杀一儆百，还是给陈恒一个团内警告处分，被下放到基建连的采石场改造。那位老木匠后悔莫及，马上来信同意他们结婚，1971年元旦，他们在团里办了登记手续。全团知青大悦——"刁小三就是行，还是把那朵花抢到手了！"他们之中还有另一种传说"是刁小三先招的，这是他的一计！"其实谁先招的无所谓，反正他们是夫妻了。

　　在那个残雪未退的春天，东花跟着陈恒上山了，正好大山里的采石场有几个孩子没法上学，连里派东花去办了个小学，又当校长又当老师。一路上，他们有说有笑，陈恒还唱了起来："歌声飞遍平原山冈，万顷麦翻金浪……"可惜那山上只出石头，不能种麦子。陈恒的任务就是采石头。开山放炮，抡锤砸石，对于一个文弱书生来说，是十分艰苦的劳动，更和音乐创作不搭界。但陈恒很快乐，因为和自己最爱的人在一起。化雪之后，他们自己动手盖房，从山中采下松树为梁，板加泥为墙，房上盖草为顶，屋里的家具，那是老陈的手艺。他们还在门前开了一片园田，种菜种花，种瓜种豆，菜绿花红，藤蔓爬上篱笆，花香飘满山间。那时陈恒白日山上炼筋骨，晚上灯下话桑麻。他们的小家时有歌声琴声相伴，粗茶淡饭也香甜。那一年冬天，他们的儿子也在大山里出生，陈恒给他起名"南南"，纪念父母下乡的地方"南横林子"，也纪念孩子和他们共同度过的艰难岁月。

一年后，陈恒又被调回团宣传队，领导不可能让一位音乐天才打一辈子石头。东花也跟着回到团部当老师。下山的时候，陈恒更是一路奔跑一路歌了。有了更深厚的生活积累，陈恒创作的东西更厚重了。可惜兵团已转为农场，宣传队也面临解体。陈恒随新来的场党委书记下连蹲点，他边劳动边创作节目，连队的战斗口号他都能谱成歌，教给大家唱。他领着两个宣传队的小学员自编节目，还搞了一次演出。也许老陈的作用让党委书记感动了，他不但没解散宣传队，还让老陈当上了管业务的队长。

这时随着知青的大返城，宣传队的许多骨干都走了，陈恒又带出了一批农场子弟，能吹能唱能编能导的都有。1979 年，已经完成历史使命的陈恒也和王东花一起返城了。这时，他已经在这片土地上奋斗了 15 年，他付出了自己最宝贵的青春和才华，他得到了什么？只有一顶残破的"知青"的帽子！一想到这儿，陈恒很伤感。

人才拥挤的京城并不缺少一个知青作曲家，34 岁的陈恒坐在交道口街道办事处走廊的长椅上，他的胸中还不时涌出《兵团战士爱边疆》的旋律。但是激情并不能变成全家人的口粮，他需要一份养家糊口的工作。几个月后，热心的办事处的干部告诉他，交通局要招收司机，你可不能说自己 34 岁了。他兴高采烈去报了名，领回考试复习提纲，早上跑到北海公园的濠濮涧去背题。那里是当年皇帝钓鱼的地方，他考初中时就在那儿背的题，结果考上了区里最好的 5 中，这次他又考了最高分——98 分，再加上他在兵团时就会开拖拉机，很顺利地被录用了，成了北京长途汽车公司的一名司机。教学经验丰富的东花却因学历太低难以就业，后来以家属的身份也到了汽车公司，先当炊事员，又当上了售票员，一直干到退休。

曲折艰险的盘山公路，竟像五线谱一样优雅。陈恒开着大客车在上面奔驰，心里却一点涌不出音乐的旋律。全车的几十条性命，都握在他手上，每时每刻他都提心吊胆。他跑从密云到河北蔚县这一段路，要过三道山、四道梁，路在云中飘，车在险中行。那时车况都不太好，在发生危险时，他们最后的一招是用车向内擦山，而不能向外翻到山涧里。多少次死里逃生，往事不堪回首。

日复一日，年复一年，生活像车轮一样飞转，甩掉的都是烦恼。继父难以包容他们一家，借居在岳父单位的又小又破的旧房里，东花总是和他吵架，都是些小事，这满地鸡毛的日子，真不如当时住在大山里舒坦。贫贱夫妻百事哀，他们的日子越过越难。开了十年的大客车，还当过车队的副队长，他竟没有分到一间房。那时，连一间房都挣不来的男人，在老婆面前抬不起头来。

还好孩子在苦难中长大了，他们的婚姻却走到了尽头。老陈很伤心，他觉得对不起和自己患难与共的东花，可他又没有能力满足她。他只好解放了她，也解放了自己。有时羁留在外地的小客栈，无聊中陈恒也拉起二胡，都是《江河水》和《病中吟》这样忧伤的曲子。刚进山当司机时，他还写过诗，给郭小林送去，后来无诗意的生活，让他失去了诗情，也停止了歌声。

后来老陈又调到了一个国营汽车公司，又开了十年出租车，房子还是没有分到，生活也不如意。和东花离婚后曾和一位医生结婚，感情很好可又离了，可能为了保住自己私建的房子——女方有房子，他就没有留下私建房的理由。北京的高楼大厦比雨后的蘑菇还多，可没有他的安身之处，他自己动手在二环外的一个大杂院盖了一间，只为动迁时能得到照顾。一个把青春扔在北大荒的老知青，回到北京又奋斗了二十年，没有自己的房子，兜里的票子也少得可怜。唯一让他欣慰的是儿子，在艰难中长大的南南很有出息，在一家大公司当白领，已结婚成家，日子过得不错。这个北大荒老知青的孩子，还算享受到了父辈创造的幸福。

那一代老知青，他们没有时间叹息，甚至不会抱怨。他们付出很多，但那是为了理想，燃烧的青春是他们引以为自豪的生命火炬。点着了自己，照亮了大地。在58岁时，陈恒决定要上音乐学院读书。这是他一生的夙愿，还因为他经常想起两个人的话，一是总政的冉红大姐，她说："你的声音条件真好，应该学声乐。"还有指挥家秋里说："你和声还有问题，有机会应该学一学。"现在终于等到了机会，他考取了2002届中国音乐学院成教部的音乐教育专业，全班16个同学，多数是专业演员或音乐老师，只有他一个出租司机，自然年纪也是最大。三年的时间，每一个晚上和双休日的白天，满身劳累和风尘的他把出租车停在学院门口，然后走进天籁之声，走进让他最快乐和幸福的艺术天堂。他像树林中的鸟儿一样尽情歌唱，他像蓝天上的天使一样自由地飞翔。

三年后，当他拿到毕业证书时，竟热泪满面。那天他开着出租车沿着灯火辉煌的长安街奔跑，他觉得从来没有这样舒畅和快乐过！

现在已经退休的陈恒又回到了他热爱的音乐世界，在"九三"合唱团、"金色时光"合唱团、"金辉"男声合唱团、"手拉手"合唱团都有他的位置，他有时领唱，有时指挥，有时还作曲。陈恒说，当自己穿上一身黑色的燕尾服，站在灯光灿烂的舞台上，随着钢琴的旋律，发出自己的肺腑之声时，他感到一种最高的尊严和幸福，一切苦难和烦恼都化为乌有。

特别令他高兴的是，当年那位领唱《让我们荡起双桨》的小姑娘刘惠芳竟和自己一起站在合唱台上。

当然，老陈和刘惠芳已不再是花朵，而成了老枝。他们为共和国承受的苦难太多了，可是他们仍然年轻，那老枝上又绽出新的花蕾。陈恒从他的书包里为我拿出他作词作曲的新歌《北京，你好！》对着曲谱他深情地唱了起来。他让我流泪了，真是因为他过去和现在，对祖国爱得都是那样深沉——

"我迎着太阳，迎着春风，

快乐地向前跑！

我穿过花园，穿过楼宇，穿过林阴道，
工地上塔吊雄伟高耸入云霄，
北京你挥着汗水向我微笑，
北京，你好！北京，你好……"

五十一、灿烂的笑容

　　她是我们那一代知青的偶像，按着现在的说法，几乎兵团的每一个知青都是她的"粉丝"。她那灿烂的笑容出现在报纸上，出现在团、师和兵团隆重的报告会上，她那苹果似的圆脸上，总是绽放着像鲜花一样的笑容。眸子像一潭清纯宁静的湖水，整齐的白牙闪着晶莹的光泽。她的笑容让每个战友感动，也让他们温暖。

　　她的笑容如此珍贵，她的笑容能让北大荒人如此感动，起因是一次意外的事故。

　　那一天是 1969 年 3 月 18 日，早春的北大荒还很冷。傍晚，她急匆匆地从营部赶回连队，这一天她很高兴，向营部的职工家属宣讲刚刚发表的毛主席最新指示，临走前她还为每个家属抄写了一份最新指示。她的字写得漂亮，她们都如获至宝。在天色暗淡时，她走进连队，没回宿舍，直接来到了铡草机旁。她总这样，虽然已经抽调到营里工作，但一有空就回连队干活。她对正向铡草机里续草的成玉琴笑着说："玉琴有人找你！"小成刚一转身，她就站在了她的位置上干了起来。其实，并没有人找小成。那天，她戴着一双红黄毛线混织的手套，抱着干草向机器口里续着，用手向前推着，机器隆隆地转着把铡碎的草喷吐出来。

　　她干得正起劲儿，突然机器发出沉闷的声响，她惊叫了一声："啊呀，我的手！"这时，正在她身边的"小山东"（山东支边女青年）发现她的手已经绞进机器，整个手臂正随着机器的飞转向里卷。她回身一脚踢掉了传动轮上的皮带，机器停了下来，大家帮着拉出了她的右手，只见骨断肉烂，鲜血淋漓！刚跑到现场的赵启财连长从自己腰上摘下挂钥匙的枪网把她手腕紧紧捆住，再在上面捂了一只厚手套，大家立刻把她扶上拖拉机，拉到营部卫生所。富有经验的李振华医生为她冲洗掉伤口上的草屑，这时伤口还在喷血，射到了墙壁和屋顶上。她脸色惨白，却没有掉下一滴眼泪。她对从营部赶来的教导员说：

"教导员，我还能当兵团战士吗？"

这位老战士说："好孩子，放心吧！能，一定能！"

这时，她流下了眼泪。经过简单的包扎处理后，她被送到了60里外的通北火车站，坐上铁路摩托车，追上了前面的货车，连接在其上面后直奔哈尔滨了。

第二天上午，在解放军211医院的手术室，开始了对这位断手的哈尔滨女知青的抢救。病历上写着她的名字：曲雅娟，17岁。

剧烈的疼痛，把曲雅娟从昏迷中惊醒。她在蒙眬中，看着围在她床头的医生和她的领导，她淡淡地笑了，那笑竟比摆在床头的鲜花还美丽。她很高兴，在刚刚经历的那场战斗中她没有退却，因为自己很坚强。从小她就想当一个战士，当一个勇敢的女兵。穿着一身军装，腰里别一把小手枪，那是她这个少女心中最帅的形象！这正是她抢着报名到兵团的原因，因为兵团是解放军序列，也能拿枪。

1968年8月8日，她穿上黄军装，登上火车，在从哈尔滨到赵光农场的这一路上，她笑着唱着……没想到还没参加战斗，自己就受伤了，而且失掉了最宝贵的右手。她很难过，也很伤心，但是她没有哭，就是在手术中锯断右手残肢的巨大疼痛时，她也没哭。她要用自己的表现来证明自己是个真正的战士！

曲雅娟当时就这么单纯，单纯让她变得非凡坚强！我想，她不是不流泪，只是那眼泪不是流在脸上，而是流在心里；不是流在人前，而是流在人后。因为，她还是个孩子。特殊的年代让人也特殊地坚强了，哪怕是一个普通的女孩子。

后来，曲雅娟成了"一不怕苦，二不怕死"的典型。这次采访时，她对我说，在受伤前，她没想到最高指示，当时只想自己不能当"脱产干部"，能干活时尽量多干。因为缺少安全常识，当时只知道蛮干，结果出了事故。那台机器是附近的劳改农场制造的，性能不太好，有安全罩，我们怕麻烦也没盖。这样的事故在我们营就出了十多起，最严重的是把整个胳膊都绞进去了。

真实和真诚才让曲雅娟更可爱，更让人尊敬。手术后的第一夜，难忍的疼痛让曲雅娟无法入睡，她想到了失掉右手可能给她工作生活带来的困难，她也想到了保尔，想到了江姐、刘胡兰……那一夜，曲雅娟的母亲得知了她受伤和做了截肢手术的消息，整整哭了一夜。妈妈一早就跑到医院，她看到雅娟的床是空的，腿都软了。她在走廊找到了雅娟，她的右臂缠着厚厚的纱布吊在脖子上，她正用左手帮着清洁员扫地、擦拭墙壁。她对着妈妈笑了，她说从今天起我要重新学习工作和生活的本事。

三十天后，曲雅娟告别了医院，她连家也没回就回连队了。这时，她已经学会了用一只手洗脸、刷牙、吃饭、上厕所，还能帮助护士为别的病友服务。最难的是用左手写字，刚开始笔在手上不听使唤，写出的字歪歪扭扭。可是她不停地练习，越写越好了。回到连队后，谢绝了战友们对她在生活上的照顾，她和大家一起下地劳动了。那正是夏锄季节，她用右臂夹着锄柄，用左手拉着锄杆，跟在大家的后面一步步向前走，锄着田垄里的荒草。她的右臂和左手都磨出了血泡，她还坚持着。不几天，她也能跟上大家了。到后来，她竟成了铲地的高手，在速度和质量上都不比别人差。曲雅娟不仅学会了锄地，还学会了割地，那是更艰苦的考验，现在她的腿上还留着条条刀痕。在困难面前，曲雅娟的笑声成了全连战士们最大的号召力。

那时边疆的战备工作十分紧张，前方的珍宝岛已经打响，大家时刻准备放下农具奔赴前线。曲雅娟和战友们一起学习打背包，别人用双手，她用一只左手，再加上断臂和牙，也打得很快很好，她创造了在黑暗中用一分钟打好背包的纪录。三十年后，也达到这个纪录的，是在战斗中断臂的武警部队的英雄丁晓军。

那是一个剑拔弩张、呼唤英雄的时代。曲雅娟应运而生地走到了政治舞台上。她被评选为活学活用毛泽东思想的积极分子，她的事迹从连队讲起，从营讲到团，又从团讲到师，一直讲到沈阳军区。当她从容不迫地面带着非常感人的笑容讲述自己断手的过程，当她举着没有手的右臂呼喊着一个少女坚强的心声时，在场的人，从台上白发的将军到台下稚气未退的战士，都会流下眼泪和拍红手掌。在政治紧张、经济困难的时候，人们是靠非常的故事慰藉心灵的。帮助雅娟整理报告文稿的是兵团的才女尚绍华，她们俩同乡同龄，朝夕相处，相知很深。那稿子生动自然，不乏感人之处。再加上曲雅娟的形象可人，真诚质朴，听她的报告总让人兴奋又愉快。作为兵团战士报记者，我多次目睹她当年的精彩表现，曾为有这个小老乡而自豪。

曲雅娟作为那个年代的先进人物的最高荣誉，是参加了 1969 年二十年大庆的国庆观礼。她和 300 多名知青的代表住进了中南海周总理家附近的一个院子，睡的是十几个人的大通铺，吃的多是粗粮。他们看到，在中南海的院子里，种的不是鲜花而是蔬菜。邓颖超和蔡畅两位老前辈到住地看望，对他们问寒问暖。周总理在怀仁堂给他们做报告，他就从曲雅娟的身边走过，她看到总理灰色中山装的袖口和衣角都有补丁。10 月 1 日那一天，他们到天安门上观礼，她近在咫尺看到了毛主席高大的身影，也感受到了那温暖的巨手。她喊哑了嗓子，还和黑龙江的那位也参加观礼的歌唱家王双印学会了一首他作曲的新歌《我们见到了毛主席》。

曲雅娟又回到了连队，她知道她的根还在那片黑土地上。按着当时的惯例，当了英模也要有领导职位，她先当副营长，满 18 岁入党后，又当上了副教导员，后来又被任命为 68 团政治处副主任。当年在她手下当过宣传干事的黑龙江出版总社社长陈春江回忆，当了官的雅娟还是那么谦和、平易。她说自己头上的光环只能增加经历，不能代表才干。当领导，我还要好好向你们学习。

那时，曲副主任最乐意的工作是带工作组下连蹲点，这样既不脱离连队，还能学到工作经验。就是在工作组里，她认识了天津知青曲银厚。他曾和雅娟的姐姐雅杰一个连队，他知道她有一个漂亮的妹妹。后来听说她断了手，心里很难过。听雅娟做报告时，他流下了眼泪。而真正认识曲雅娟是因为工作组内部的矛盾。那一年春天的一天，工作组内的曲银厚等三个知青把副组长曲雅娟找到了远离连队的一片麦地，他们表达了对工作组长老邱的意见。这个 1947 年参军的老兵太主观了，他们要求曲雅娟向团里反映他的问题并要求撤换他。曲雅娟说，我们不能这样做，我们都应该尊重老同志，很好地学习他的经验。对他有意见可以提，但不能采取激烈的方法。按现在的说法，曲雅娟平息了一次"内乱"。从此，曲银厚对曲雅娟另眼相看了，她比自己成熟，而且特别善良。后来曲银厚被调到了兵团总部的后勤部，他回团参加入党宣誓，是曲雅娟代表组织找他谈的话。那时，他发现了他们的缘分。

1972 年春天，曲雅娟被推荐到黑龙江大学哲学系学习，作为知青和工农兵学员的代表，她又被选为省委委员、团省委常委和学校的党委常委。但是她心里很清楚，自己是个学生，是个初中还没毕业的学生。那时的大学也是风起云涌，一些来自基层的工农兵到学校就搞"上、管、改"。曲雅娟说，我是来学习的，不知道有什么要改的，更管不了学校。在党委会上，她总是静静地倾听别人的意见，从来不贸然发言。那时黑大有个"理论小组"风头正健，他们要让曲雅娟参加，她说我理论水平太差。有的学生串联她给校党委书记写大字报，她说，我看那个老头挺好，我不知道他有什么错误。她和大家情同手足，把精力都用在了学习上。当年和曲雅娟一样的先进人物，许多人卷进了"四人帮"的阴谋活动，后来成了清查的对象。安然无恙的曲雅娟不是因为政治上的高明，而是因为她的单纯和质朴。她那灿烂的笑容很长久。

1975 年春天，大学毕业的曲雅娟又回到了当年工作过的那片黑土地。那个当年她谈过话的新党员曲银厚，也从辽宁财经学院毕业回到了黑龙江，被分配到了省人民银行。这些年他们之间一直通信，虽然谁也没把最想说的那个"爱"字说出口，但他们早已心心相印。银厚对雅娟的断手并不在意，更担心的是当了官的女人会变得不像女人了，他不愿意和"够不着"的女人结合。后来他看清了曲雅娟还是原来的她，和她结合让他放心和随心。曲雅娟又被任命为兵团一师的农大党委副书记，那学校就在北安县的赵光镇。早已对雅娟心向往之的银厚也向组织要求调到了赵光的银行办事处。那时，他们之间的距离只有 8 里地了，一位知青战友为他们牵了一条红线。

　　听说曲雅娟有了对象，而且要在基层结婚，省委领导非常高兴。为了克服他们生活上的困难，省里出钱让她到上海安装假肢。银厚到哈尔滨送她，在从博物馆走向火车站的路上，雅娟突然对他说："我不想在政治舞台上表演了，政治我不懂，我也不愿意当典型，只想和你平平静静地过日子。"这已不是她第一次急流勇退了，在她当选为沈阳军区"典型"的第二年，她又被选送到军区做报告，到了沈阳后她拒绝再讲了，为此她和那位一直关爱她的老首长搞得很不愉快。她说："主任，我不能再讲了，过去的一年我没什么成绩，我不能墙内开花墙外香了！"她终于说服了领导，只在小组会上做表态式的发言，而没到大会上做报告。

　　银厚拉着她的手说："我理解你，尊重你的选择！"他还说了苏轼词中的一句话："竹杖芒鞋轻胜马"，雅娟一直记在心里。

　　这次我又见到曲雅娟时，她并没戴假肢。她说，我现在什么都能干，戴假肢有什么用？我说还是戴着好看。她说，好看不中用的东西我都不喜欢。说着，她朗声地笑了，笑容还是那么灿烂。

　　雅娟告诉了我这些年她的经历：1979 年，我们有了一个可爱的女儿，后来我们一家一起调回了哈尔滨，从当年师首长住过的套间搬回普通的小房。他回到了省人民银行工作，我被调到哈尔滨青年农场当政治部副主任，后来又调到哈尔滨金融专科学校当文书。我又从头干起，二十多年里，当过人事处的副处长、处长，校监察室主任和校纪检委副书记。我很安然，这一切和我的过去没有什么关系了，我靠自己现在的诚实劳动取得同志们的信任。每一次干部测评，我得票都很高。后来银厚到国外学习过银行业务，先后任省工行的国际部副总经理和哈尔滨开发区行行长。我也在不断学习中有了进步。

雅娟还对我说，过去的光荣早就像烟尘一样飞去了，这一辈子，我最珍惜的是拥有银厚对我纯真深沉的爱，拥有一双可爱的儿女（因为手的残疾按政策又生了一个儿子）和美满幸福的家庭。现在大学毕业的女儿和女婿在深圳工作，儿子正在大学学动漫。她告诉我，她已经当姥姥了，外孙女特别可爱。说着她又笑了。

总结这些年的人生经历，她只有一句话：平平常常才是真，老老实实才长久。

我以为曲雅娟之所以可爱和可敬，还因为她能坚强地笑对人生，永不言败；还因为她永远保持真诚朴实的本色。

和当年偶像重逢是愉快的，又一次目睹了她灿烂的笑容是幸福的。

当年北大荒那些因公伤残的女知青们，她们都像断臂的维纳斯一样美丽，她们的笑容比蒙娜丽莎的笑容更有长久的魅力。

◎附录

往事如昨

曲银厚

宏图大哥让我和雅娟写点什么，作为这本专栏故事汇集中的一种呼应或补充。我俩既感谢又感动。今年我们结婚三十年了。三十年太久，就说说我俩从认识到结婚的那十年吧。

相识

那是一九六八年，十八岁的我从天津下乡到兵团一师七团（赵光）五营（建设）十七连。雅娟的姐姐来我们连工作后我知道她有个妹妹叫曲雅娟，在另一个连队。由于都姓曲，所以引起了我的注意。不久营里召开各连队带队知青的会议，在会上我第一次看见了曲雅娟。她给我的印象是：俊秀、坚毅，话语不多。

转年三月，得知了十七岁的她工伤致残后的坚强，我暗暗佩服。下半年里她母亲到我们连作报告，说到当妈的最担心的就是女儿怎么找对象。"这么好（的人），根本不用担心"——我在心里想。

这一年在营里的一次讲用会上，曲雅娟也认识了我。这时她已被任命为副营长。

相知

一九七零年三月，上级组建一个工作组到二十一连蹲点。组长是一位"四七年老兵"，曲雅娟（时任营副教导员）是副组长，我是三个队员之一。工作中作风粗犷的组长让我们三个队员接受不了，尤其他不把曲雅娟放在眼里更让我们看不下去。一天我们仨把曲雅娟找到没人的地头上，向她大告其状并为她抱不平。我满以为她会支持我们，但却没想到她静静地听完我们的"宣泄"后，平和地说："你们的心情我理解，但是我们都得尊重老同志。"一句话如醍醐灌顶地浇醒了我，深感自己身上的"小资病"。还好，她好像并没有因此而疏远我。不久我俩一起回营部，八里地，路上我们走一道儿唠了一道儿——当然，全是工作。

后来，新团（六十八团）成立了。她任团政治部副主任，我是保卫股干事。我俩在一个团支部，她是书记，我是组织委员。我入党时是她代表组织跟我谈的话。

一九七一年春，兵团机关来了调令，调我到佳木斯兵团后勤部工作。走前大家合影留念。她就坐我的边上，我特别喜欢那张照片上风吹着她的短发的样子。当晚她在走廊里送给我一套《毛选》（合订本），后面的内页上写着她左手练就的字："宝书四卷送战友，胸有朝阳阔步走"，下面是"曲雅娟"三个字。

相别

分别后我俩开始通信。起先我自然称"曲雅娟同志"，看到她回信落款"雅娟"两个字，我心中一喜，就改称"雅娟同志"，后来就写"雅娟你好"了。这年夏天，我寻机回到团里，参加了由她领读的入党宣誓，然后在台下看她与团机关其他女同志合唱电影《英雄儿女》中的插曲《英雄赞歌》，我注视着她的脸庞、她的口形，听得出她的声音，直到唱完我没听够、更没看够。第二天我又悄悄地沿着通北林业局的森林小火车道往返六十里走到她蹲点的一营五连去搞"调研"，其实是为了能多看她一眼——但她并不知道，我也没看着她。虽然"无功而返"，但我并不后悔。结婚后我告诉她，她笑我"真傻"。

一九七二年春，兵团机关派我到辽宁财经学院（大连）上学，她也被派到黑龙江大学上学。这前后我俩虽然一直通信，但信里谁也没提过一个"爱"字。但上学后这种感情更强烈了。我长时间地、一次次问自己：你是不是爱上她了？那你爱她什么？爱她的名声？爱她的地位？还是爱她的漂亮？如果你是爱她的名声，那你不是爱她这个人，而且你还要承受她总会不再出名的失落；如果你爱她的地位，那也不是爱她本人，而且你要承受"女强男弱"的世俗眼光；她漂亮倒是真的，但是更值得珍惜的是她的坚强和坚强后面透着的智慧与踏实，因此她更有价值的不是可爱而是可以信赖。

　　一九七四年末，要毕业了。大连水产专科学校有学生提出回乡当渔民，我们学校也有同学提出回乡当农民。我赞成回农村但不赞成当农民——我们是学银行的，可以去农村银行当农金员。所以毕业分配时，我为了这个诺言，也为了"冒蒙"奔曲雅娟，义无反顾地要求回了黑龙江。

　　一九七五年二月，到省人事局报到（我被分配到省银行）后，我住在省委组织部招待所。曲雅娟来看我，屋里没别人，我问她："你有没有对象？""没有"，她立即回答，然后反过来就问我："你有没有对象？"我说："没有"。这瞬间、简短的四句话就完成了我俩"恋爱全过程"的"关键词"——两人心里都有了底。

　　几天后我们曾同在团机关时的一位任力大姐给我俩点破了这层"窗户纸"。从任力大姐家出来，我激动地对她说："我们的结合是主义的结合。"她有点惊异地看看我，平静地说："光你同意还不能算，等你给天津家写信，看家里老人同不同意，如果家里老人不同意，咱俩就还是过去的好朋友。"我自信地说："我爸爸妈妈没问题！"

　　我随即给家里写了回到黑龙江后的第一封信。在信中我告诉爸爸妈妈我找到了可心的对象——她虽然失去了右手，但是聪明、坚强、懂事，就是"漂亮"这一条没好意思写上。寄出后我就蛮有把握地等着家里的回信。

　　这时团省委安排她去上海接假肢，正好路过天津，我坚持让她到我家去。上火车那天，我送她走到博物馆附近，她说："快到团省委了，你别往前走了，让人家看见该以为我不安心扎根农村了。"她是当时知青中"一不怕苦，二不怕死""身残志坚，扎根边疆志不移"的典型，还是省委委员、团省委常委。所以她说这话我很理解，但是她跟着又说了一句话却让我没想到。她说："我可不愿意在政治舞台上表演了。"我不解地问："这话从何说起？"她说："没什么——上面太复杂，我看不透。"这句话，直到后来我才知道，那正是她心中积攒了太多苦闷的吐露。

她走后，我接到了家里爸爸妈妈不同意的回信。首先他们对我在家时只字不提、回到黑龙江后一个星期就谈这样的"终身大事"不理解；其次是在黑龙江找对象就意味着我将不回天津了，而当时一起下乡的同学百分之九十五都回去了，他们割舍不了；三是就算不回去了，"你本来就书生气，不太会生活，再找一个有残疾的对象，不让大人担心吗?"总之不能同意。但是我没慌，我理解父母的心，更相信他们的正直和善良。如果见到雅娟本人，他们一定能做出正确的决定。

果然，雅娟到了我家后还是受到了热情的接待。看见她言谈举止知情达理，落落自然，生活上不但能料理自如而且还能干净利索地做家务，妈妈心疼了。爸爸带着歉意告诉她："我们想通了"，并嘱她从上海回来时还要到家里。

但是他们的同意也有一个条件，就是雅娟可以回兵团，但我不能再回去了，更不能在农村安家。雅娟劝我答应，让爸爸妈妈放心。我答应了，但是心里却总是忘不了毕业前"回北大荒当农金员"的诺言，于是我一边软磨硬泡地写信做爸爸妈妈的工作，直到他们说出"不管了，将来你有困难可别埋怨父母没提醒你"的气话，一边和雅娟商量就到她所在的一师农业大学附近的赵光银行办事处去工作，然后就在那结婚安家。这时我发现雅娟并不积极（实际上是不同意，她认为我太理想化），而总是让我"再等一等"。我说我离开学校都两年了，不能再等了。于是一九七七年十月趁她在外地出差，我迁了户口和工资关系从省行来到了赵光——这个我六八年刚到北大荒时下火车的地方，当了一名农金员。这件事，许多人都以为是我为曲雅娟做的，甚至以为是她让我这样做的，其实并不是。

就在我去赵光的火车上，坐在我对面的一位知青对我说："不少过去宣传的典型上完学就留在城市了。但曲雅娟回来了，这让人服气。"他不会知道我是曲雅娟的男朋友，且正在去她回来的地方，但我感到很欣慰。

相聚

尽管雅娟不太积极支持我去，但是我到了赵光以后，她还是很高兴的——我们可以经常见面了。

这时她在一师农大任校党委副书记。我上班的银行离她们单位八里路。一到星期天，我就骑上自行车到农大去。我俩一起去他们的食堂打饭，一起回到她办公室吃，在一块儿有说不完的话，说到晚上十点她就回女生宿舍，我就住在她办公室里。当年都说了些什么现在已记不清了，留下的只是那种非常美好的感受。还记得有一次她见我总用自带的洗漱用具，情不自禁地说了一句："你上这儿来就像是出差住旅店。"当时我没明白她的意思。婚后多年她曾嗔怪我："那时你都不知道亲亲我、搂搂我。"其实，那时是因为她是我心池中的芙蓉而不肯亵渎她，我则像口中含饴的孩子只想细细地品尝而舍不得嚼开、吞下。

结婚

半年后，一九七八年一月我俩一起回到天津。爸爸妈妈和老邻居们为我俩举办了简朴而庄重的婚礼。婚礼上雅娟穿的是一件蓝上衣，里面套着一件粉红的衬衣。听见围观的孩子们说："新娘子漂亮，还挺朴素。"我的心真的醉了。

婚礼后我俩回到赵光。我们的家就安在农大院内原来师长住的平房里。门框上写着诗意浪漫的对联："曲曲清泉汇同心，凿凿磐石鉴真情"。学校的领导、老师和知青战友们都来闹新房，比我们在天津的婚礼更多了一层热烈、活泼和欢乐。

婚后的生活非常甜蜜。雅娟工作就在学校里，我则每天骑车子上下班。学校里北京、上海、天津、哈尔滨的知青战友大多都没成家，我家就成了他们的俱乐部。每到休息，冬季大家就来帮我们劈拌子，夏天就跟我俩一起侍弄门前的园田地。园田地里茄子、辣椒、西红柿，什么都有，果实累累，窗下还有一窝大鸡小鸡，下的鸡蛋都吃不完。大家干完活就在我家做饭吃。白天我俩和他们都是那么快乐，晚上暖暖的小屋里只剩下我们两个，是那么的宁静、温馨。直到现在，我俩每每想起都感到无比幸福。

　　一年后我俩有了一个女儿。刚在赵光公社给女儿上完户口，我俩就先后接到了调令。雅娟调到哈尔滨农垦局青年农场任政治部副主任，我还回省行。七年后，由于政策允许，我俩又有了一个儿子。岳父岳母长期和我们住在一起，帮我们不少。几年前，女儿大学毕业后去了深圳，现已成家并有了一个可爱的小女儿，我俩已当上了姥姥姥爷；儿子则在上大三。雅娟去年已经退休，每天照顾年事已高的父母；我也已内退，做些去图书馆听专家讲座和在劳动局给下岗工人、失地农民讲创业培训课之类的事。相比之下，雅娟更辛苦些，但是，我们心理平衡。想起往事如昨也如镜，没有什么值得炫耀的，也没有什么觉得遗憾的，有的则是对几十年来关心、鼓励和帮助过我们的人们丝丝不断的感念。

五十二、战斗，在吴八老岛打响

　　到北大荒下乡的知青，都抱定了为保卫祖国边疆献身的决心。

　　那时中苏边境紧张，战争一触即发。1969 年 3 月，珍宝岛的自卫反击战终于打响，兵团知青组织的担架队上岛参战，抢救伤员，表现得十分英勇。这几年我一直在寻找那次参战的知青，却意外地发现了参加另一次战斗的知青，他叫赵春朴，当年齐齐哈尔的下乡知青，现在是哈尔滨市政协提案委员会的办公室主任。他参加的是 1969 年 5 月在吴八老岛的战斗。

　　吴八老岛是镶嵌在中国雄鸡鸡冠上的一颗珍珠，它地处呼玛县鸥浦乡三合村对岸的黑龙江里，面积一万平方米，是这条大江上仅次于黑瞎子岛的第二大岛。早在 1926 年就有一个叫吴相连的农民在岛上种地盖房开店，还和陆续而来的移民结成拜把子兄弟，他排行老八，年岁大了被尊称为"八老"，吴八老岛因此得名。1945 年去世的这位祖先也葬在了岛上自己的土地上。在中苏友好时期，对岸的卡里诺夫卡村的村民也来岛上放马打草，善良的中国边民以友邻相待，并没在意他们的越境行为。可是后来中苏交恶，苏方竟然称此岛为他们的领土，苏联边防军人竟对上岛耕种自己土地的三合村村民拳脚相加，后来挥舞棍棒，把他们赶到江中。

1969 年 3 月的《人民日报》曾登载过苏军的一个校级军官和两个尉级军官用木棍驱赶我边民的照片。中国政府因此向苏联提出过照会：即使按照不平等的《中俄瑷珲条约》、《中俄北京条约》的规定，中苏也是以黑龙江和乌苏里江为界。按国际惯例，以江河为界的国家以主航道为界，吴八老岛位于中国主航道一侧，自然是中国领土，自古以来就有中国人在此居住，苏联边防军驱赶我国上岛劳动的边民是对我国主权的严重侵犯。可是苏联并没有收敛，吴八老岛上的冲突还是不断发生，开始总是"骂不还口，打不还手"的三合村村民也"以牙还牙"地和他们对打。在这场维护国家主权的斗争中，三合村的来自上海、齐齐哈尔和呼玛县的 196 名知青成了骨干。他们组成民兵接受边防军的武装训练，所有边防斗争他们都冲在第一线。

在训练的队伍中有一个 17 岁的齐齐哈尔的小伙子，他就是赵春朴。他是 1968 年 10 月和二哥一起来到三合村插队的，大哥已经在这一年的 6 月去了兵团。他和二哥商量，咱们下乡就到最艰苦的地方去，听说靠近黑龙江边的呼玛县来招知青，他们俩一齐报了名。春朴还在齐市 12 中的千人大会上发了言，全校师生对这个瘦弱腼腆的孩子刮目相看了。

到三合村的第三天，赵春朴他们就开始和边防站的解放军学习摸爬滚打、拳打脚踢和擒拿格斗。由于知青民兵的勇敢应对，那一年夏天，苏联边防军没敢上岛。可是到了冬天，他们跑到江里设卡，不让我们的汽车在江里主航道中国这一侧通行。12 月的一天夜里，赵春朴和村里的二十多个人冒着风雪坐上大客车，赶赴漠河的红旗岭去援救被苏军无理围困的公交汽车。对方看到中国的援军赶到，很快撤退了。那年冬天，三合村要把岛上农民夏天打的草用爬犁拉回来，他们也做好了战斗准备，每人带好石灰包，必要时迷苏军的眼睛。可是，苏军没敢干预我们上岛拉草。

珍宝岛自卫反击战打响之后，三合村对面的苏军开始调兵遣将，把村民撤离村庄，调进军队整天修筑工事。我们这一面的野战军也进入江边的山里，也修筑工事，应对战事。赵春朴等民兵也配备了和军队一样的武器装备，还在村里挖了地道，在村外挖了战壕，在 11 公里外的山里建了一个"二线村"，准备撤退后在新址坚持战斗。1969年 5 月 12 日，对岸苏军用机关枪对上岛种黄豆的村民疯狂扫射，人们立即隐蔽，但马车被打惊，呼玛知青、民兵连长山秋林奋不顾身拦惊马，避免了严重后果。

根据上级指示，我方边防军准备上岛巡逻，民兵上岛配合，准备抢救伤员。边防战士和知青民兵争抢着报名上岛参战，有人还写了血书。出发前，在村里召开誓师大会，准备上岛的边防站军人和村里民兵举拳宣誓，要用鲜血和生命保卫祖国的每一寸土地。行前每个人都照了相片，做好了"壮士一去兮不复还"的准备。赵春朴参加了这次战斗，他回忆：

"5 月 14 日，领导把我从'二线村'调回村里，当天晚上组织了两个上岛小组，一组由两名解放军和我组成，另一组由两个民兵和一名解放军组成。下半夜 2 点，我们乘船上岛，越过几百米的平坦地段，然后潜伏在一个小房附近，小房旁立着被苏军打得弹洞累累的广播喇叭。天刚微亮，岛的西面就响起机枪声，我们清楚地看见六七个苏军士兵沿江边走进一个地堡。我给地里的一个草人戴上帽子，然后摇晃，立即遭到苏军的机枪扫射。我一看挺好玩，就拿着草人换地方露头，每次都吸引他们的一阵射击。这样逗了几次，子弹把我两只耳朵震得嗡嗡直响，我知道子弹已经离我的脑袋很近了。"

我问赵春朴，面对苏军的枪声，当时你不害怕吗？他说，刚到三合村时，看到对面高高耸立的苏军观察哨，还有全副武装巡逻的苏军，真有点儿紧张。后来经过军事训练，又面对面地和他们斗争过，就一点儿也不怕了。当时就想早点儿上岛和他们真刀真枪地干，他们太欺负中国人了，我们就是要出这口气。过去总学英雄人物，为国献身的思想很深，真的上了战场了，觉得死了是光荣的。再说我家兄弟三人，真的我在战斗中死了，还有两个呢！他接着说：

"大约 9 点多钟，指挥部来电话命令我们做好抢救伤员的准备，解放军马上上岛巡逻。过了一会儿，我们看见四名全副武装的解放军排成一路纵队，保持一定距离，从岛的东南侧向我们这个方向走来。其中有边防站石副站长、班长张政奎、新战士任久林和小韩。这时，苏军悍然向在中国自己土地上巡逻的边防军开枪扫射，巡逻的解放军立即卧倒，爬到一个小土包的后面。敌人的机枪子弹不停地扫向土包，那里离我只有三四十米。苏军看四人没有动静，就停了下来。隔了十几分钟，班长张政奎突然向他左前方那片草地冲去，苏军又是一阵扫射，他就地打了一个滚，躲过了子弹。隔了一会儿，张班长又向我的方向冲过来，敌人又是一阵扫射，但扑了空。又过了一会儿，入伍才三个月的战士小韩离开小土包向我所在的地方爬来，这时苏军的机枪拼命地扫射，白色的夜光弹照亮地面，他的身体全暴露在苏军的枪下，他趴了两三分钟又爬回了小土包。这时，指挥部又来了电话，让张班长再回到巡逻队。他一个转身按着他来的路线向回冲，这时敌人又是一阵扫射。"

经过一个回合的战斗，苏军的暴行得到了充分的验证，他们就是不让我们在自己的国土上行使主权、正常地执行巡逻任务。而解放军是不能退缩的。一个小时后，重新集结的四人巡逻队再次在岛上巡逻，赵春朴记录了他们的行动——

"这时石副站长四人一字排开向隐蔽的我们走来，苏军马上用机枪扫射，他们全部安全冲到我们这里。老石立刻传达上级指示，还组织巡逻队和准备参加抢救的我们几个民兵共同学习了毛主席的语录：'下定决心，不怕牺牲，排除万难，去争取胜利'。学习不到十分钟，指挥部又来电话，让巡逻队继续巡逻。石副站长布置了队形，他在前，新战士任久林在他身后，第三位是班长张政奎，最后是新兵小韩。在站起来行动前，任久林郑重地握着我的手说：'让我们再一次迎接胜利吧！'

出发时，我紧随他们后面做好了抢救的准备。他们排着队由东向西走去，苏军又开枪扫射了，子弹打在石副站长的脚前脚后，但他们还是坚定地向前走着。突然，随着枪声任久林惊叫一声'班长'然后重重地倒下了。我马上意识到他受伤了，一个箭步冲上去，苏军机枪的扫射我也全然不顾了。我冲到任久林的身边，趴在地上把他的上身托起，只见他满嘴是血，接着他一个劲地上呕，一下子吐出一块拳头大的血团。这时，担任抢救的另一个解放军也赶上来，我托着伤员的上身，他托着下身，我们俩把他拖到了隐蔽处。这时，苏军的飞机在我们的头上盘旋，为了防止伤员再次受伤，我毫不迟疑地用自己的身体伏在他的身上。

飞机绕了两圈又飞走了，我们立刻解下伤员的武装带，打开衬衣一看，子弹打在了他的左胸上，伤口还在涌血。大家呼唤他的名字，他已经停止了呼吸，我们都流下了眼泪。指挥部听说有人受伤，马上派担架队上岛，他们被敌人的炮火压在了小土包后。后来，边防站的医生冲了上来，可伤员已经牺牲，无法救治了。天黑后，我们知青组成的担架队把烈士的遗体抬下了岛。在抢救伤员时，我的衣服被烈士的鲜血染红了，后来这件血衣被中央新闻记录制片厂的记者拍了下来，成了揭露苏军暴行的物证。"

冒着苏军的猛烈火力，知青担架队把任久林烈士的遗体抬下了岛，安放在了知青食堂里，许多女知青哭得死去活来。后来，当地军民举行了隆重的追悼大会，辽宁省锦县籍的新战士任久林荣立二等功，被追认为革命烈士称号，然后掩埋在十八站公路边的松林里，碑上刻着"反修斗争中牺牲的任久林烈士永垂不朽"。在这次战斗中，在自己的国土吴八老岛上执行巡逻任务的中国边防军人，受到了苏联军队的多次武装袭击，我们没发一枪一弹，却被苏军打死一人。"5·15"事件的发生引起了世界舆论对中国的同情，也暴露了苏联新霸权主义的嘴脸。这场"有理、有利、有节"的军事和外交斗争，为我们争得了国际斗争的主动权。

参加了这次战斗的赵春朴，是在日后才理解了其重要意义的。当时他和所有知青战友的心愿就是抓紧战备，要在黑龙江畔和入侵之敌决一死战，为烈士报仇！那时他们和解放军一样站岗巡逻、挖地道、搞生产、储粮食，准备长期作战。那时他们已经把三合村建设成了能生产能战斗亦民亦兵的战斗集体。1969年9月，毛主席看了三合村成了备战村的材料后，作了重要批示：三合村经过一年的努力，挖了许多地道，形成了能打能防的战斗村，很好。从此，全国出现了"深挖洞、广积粮"的战备形势。

那一年的冬天，为了防止苏军坦克过江侵略，赵春朴还和知青战友们在沿江和公路两旁埋上了反坦克地雷，夜晚也同解放军一起站岗、潜伏，还抓住过两个武装入境的苏军特务。他也险些在事故中丧生。原来，夜班下岗的知青没把子弹退下膛，另一个青年摆弄枪支走火，子弹穿过赵春朴坐的床铺，差一点儿把他和另一个青年"串了糖葫芦"。

其实这样的生死考验对赵春朴绝非一次。在艰苦的磨砺中，他意志无比坚强，又无比机智，才能一次次死里逃生。春朴在民兵连里一直担任班长，无论战备和生产，他们班都是主力。1973年修战备公路，一切生产和生活用品都要从20里外的地方往回背，走的都是崎岖的山路。有一次，他们班每人背40公斤的黄豆往回走，最后的一袋有60公斤，他自己背上了。一气走了14里，他才停下来休息，最后他又硬挺着走了6里。那次在塔河修铁路，他负责打眼放炮。有一次，装上了炸药点着了导火线的炮眼就是不响。他去排哑炮，走到距炮眼2米远处，突然炮响了，他仰头躲过一块块飞石，死里逃生。还有一次，班里在大兴安岭伐木，5棵大树搭在一起形成一个笼子状的树挂，他钻到这笼子里，用斧子砍断支撑树，又迅速地躲到一棵大树后，在天摇地动的巨树翻滚中，他智排险情又安然无恙。他还进入过30多米深的枯井里，点燃因潮湿而别人点不着的导火线，差一点儿被突然爆炸喷出的碎石冲上天。他还有两次差点儿被咆哮的呼玛河淹死的经历。

大难不死的赵春朴，终于得到了后福。1974年10月，他被村里的老乡推荐上了大学。那时村里的青年已经所剩无几，他的二哥也已经走了，正好有一个清华大学无线电系的指标，还是别人帮他报的名。在走的前一天晚上，他还领着大家在江边卸船到半夜12点。大学毕业后，春朴在哈尔滨的许多工厂搞过技术工作，后来被调到了市政协，一干就是十多年。同事们很少有人知道他当年曾参加过吴八老岛的战斗，他在边疆的那些非凡的经历，连他的夫人和孩子都不知道。他说，这不算什么，当年的知青一腔热血，谁都会这样做的。

烈士的鲜血没有白流，现在的珍宝岛和吴八老岛已经成为祥和之岛和旅游胜地。三合村后小山上还有一座"马克斯韦尔纪念亭"十分引人注目。1971年毛主席在《参考资料》上看到英国《泰晤士报》高级记者、著名评论员内维尔·马克斯韦尔写的《印度对华战争》文章，很感兴趣。周总理邀请他访问中国，那一次马克斯韦尔化妆后秘密访问了黑龙江的吴八老岛。呼玛人为了感念这位英国人真实地向全世界报告了中苏边境冲突的真相修了这个八角形小亭。

赵春朴十分感慨：当年任久林牺牲时和我一样都是18岁。他对我说的最后一句是："让我们再一次迎接胜利吧！"现在我们胜利了，可他永远长眠在江边的大山里了。

我说，明年开春，我们去看看他吧！春朴愿意和我同行。

五十三、小提琴之恋

　　刘三锁躺在浩良河边的帐篷里辗转反侧半睡半醒。

　　昨晚一宿的夜班并不累，现在最烦心的是白天的时光怎么打发。

　　他是兵团化肥厂热电车间蒸汽锅炉的一号炉司炉。操作仪表盘，调整喷火量，虽然责任重大，但这活儿对他来说简直太轻松了。因为他是吃过大苦受过大累的人。

　　1969年8月15日，15岁的刘三锁从北京的南菜园中学来到小兴安岭的大山里当了烧砖工。那是兵团一师二团工程二连西岗子的一个砖厂，这帮北京来的孩子干的活就是挖土、和泥、托砖坯。沉重的砖坯码放到窑里，再在窑外顶着寒风加柴添煤。出窑了，脱去身上厚厚的棉衣钻进滚热的窑里，把还烫手的成砖一摞一摞地搬出来。不一会儿一个个就变成灰汗裹着的泥人，每天如此。

　　对城市孩子来说，这是极苦极累的活。不是有这么句话吗：和大泥、托大坯……四大累就占了两样。可是三锁和一起来的同学们都咬牙挺着，下了工还有说有笑的。苦和累倒也无所谓，最难受的是吃不饱饭，那年因为地方征收了过头粮，以屯垦为主业的兵团一师的指战员们都吃不饱饭了（当时，我也下乡在那一带，挨饿的滋味也尝过）。三锁和战友吃的是喂马的饲料蒸的窝头，喝着没几颗米粒儿的粥。

更让他们难受的是和他们相邻的解放军连队却整天吃大馒头，还经常杀猪改善生活。一天三次三锁他们去连队食堂打饭都要在人家食堂门前路过，里面传出来的香味和笑声，每天都让他们的胃肠和心理受到强烈的刺激。春节到了，"友军"看着他们实在太困难，给他们送来两袋面和两板豆腐，每人两个馒头一碗豆腐汤，他们就这样过了来到兵团的第一个年。

那年间，不堪饥饿的三锁和同学们偷了附近老乡家的大鹅，稀里糊涂用水桶烧开的水把毛退掉，洒了一把盐就在水桶里把鹅炖了，当他们狼吞虎咽吃得正香的时候，发现怎么越吃越臭啊，原来连鹅的内脏也没掏就一起炖了。现在想还有点愧对乡亲们，也愧对自己。

第二年5月，一师二团有了大变动。三锁所在连队突然换防了，他们打起背包，做好了上前线的准备。西岗子离黑龙江边只有二十多公里，那时珍宝岛战斗已经打响，这里也是剑拔弩张。"最好上前线，肯定能吃饱饭"。可是汽车把他们送到嫩江火车站，然后乘上了南去的火车，再向东拐过了南岔站，最后停在了一个叫浩良河的小站。领导指着那河边的一片杂草丛生的山洼地说："我们就要在这里建一座化肥厂！"

当天他们就在河边搭起了帐篷，在帐篷食堂里吃了第一顿饭，白白的大馒头四两一个的，三锁连吃了四个。第二天激动的三锁和战友们把馒头皮装进了信封寄给家里，告诉家人："我们天天能吃到大白馒头了！"当年能天天吃大白馒头，肯定是富贵的生活。

作为创业者，三锁和战友们在荒滩上挖沟渠，盖厂房，又翻山越岭架高压电线，什么累活苦活都干过。干这活三锁觉得比在山沟里种地痛快得多。每天哼着小曲，总是乐呵呵的。后来他又被派到佳木斯电厂学司炉，穿上工装那天，他乐得合不拢嘴。三年后，一座现代化的化肥厂耸立在浩良河畔小兴安岭脚下。试车投产时，做为热电车间一号炉的司炉，刘三锁用沾着机油的木棒点燃了炉膛里吹出的煤粉，锅炉燃烧了，汽轮机发电了，整个工厂试车启动了。这是三锁一辈子说起来就骄傲的事。

当时我作为兵团报社的记者报道了浩良河化肥厂的开工典礼，可惜采访时并不认识他。之后，三班倒的工作单调的生活，三锁上班干活下班睡觉，一觉醒来无所事事。身在寂寞大山中，吃饱饭的日子有时也很难熬……

就在三锁半睡半醒的时刻，一阵阵悠扬的琴声传来，《红色娘子军》的旋律。没想到这琴声从此改变了一个北京知青的生活，也改变了他的人生。那是他太熟悉的音乐了。既有战斗的激情，又有柔美的旋律，是那个时代最流行又最动听的音乐了。开始他以为是收音机的声音，可那音乐时起时落反复响起，肯定是有人在演奏。他跑出去顺着琴声来到了相邻的帐篷，撩开帘子一看，只见一个戴着一副厚厚的眼镜的小伙子正弓着身子，面前一本厚厚的五线谱，在昏暗的光线下在如痴如醉地拉着小提琴。他就是上海知青秦春华。

眼前的这一切让从小喜欢拉二胡的三锁崇拜得五体投地。从这一天开始，三锁成了小秦的徒弟。一下班就泡在他的宿舍，学得很投入。五线谱没用几天就学会了，连老师都感到惊讶。二胡和小提琴一样都是弦乐器，有触类旁通的灵感，他进步飞快。厚厚的一至五册《霍曼》小提琴练习曲用了不到一年拉得滚瓜烂熟，又千方百计地找到了一本难度很高的《开塞》三十六课练习曲。随着学习的深度的增加，三锁的演奏水平在不断地提高。时常自信在众人面前演奏一两只小曲子。特别难的"梁祝"他都拉得有模有样了。

光用别人的琴也不是个事儿，三锁多想有一把自己的琴啊。他几次跑到佳木斯乐器店去看，最便宜的小提琴也要 60 元。这是他两个月的工资啊，他不能不吃饭。突然他灵机一动下定决心，要自己做一把小提琴。建厂初期的浩良河化肥厂坐落在伊春林区，厂区里各种各样的木材到处都是。很多知青们都学会了作木匠活，三锁也自备了一套工具，平时也能打个小板凳小书箱。他想反正都是木头的，啥不能作。

　　这几天他吃不香睡不好整天抱着小秦的琴琢磨。请教了木材厂的师傅才知道这琴是什么木料作的。师傅说："琴的面板是白松,背板和琴头是色木的,这两样木材都产在咱们这儿"。听了这些三锁信心十足又高兴得合不拢嘴了。师傅见他真要动手做小提琴,就热心地帮他挑选了合适的木材。材料找到了可没有图纸啊,他用最原始的方法,端着琴在阳光下放大样,沿着琴身留下的暗影画出了小提琴的外形图,再量着原琴的尺寸一步一步细画。接着自己又改革了工具,把刨子的刨底改成船形,刨刃也磨成圆的。这样就能刨出弧形的面板和背板了。那漂亮的琴头是他用刀一点点刻出来的。

　　十几块各样的木构件终于制作完成了。最后又自制卡具,费了很大的工夫才用猪皮胶把它们粘在了一起,刷上亮漆,嘿!真成了一把琴。虽然很粗糙,可安上弦后一拉,声音还真是小提琴的味儿。这真让他激动不已,爱不释手。然而小提琴是一件精美的乐器,不仅声音美妙,它完美的曲线和精良的制作工艺,是几百年来制琴大师们的艺术结晶。一年后,这把琴就开裂了,他不知道做琴的木料要干透了才行。一把真正的好琴用料是非常关键的。往往要水泡十年,再风干二十年。上一辈人备料,下一代人造琴。三锁可等不起,他又回到了木材厂专门找那些风干了多年的枯树干,接着又制作了两把,一把比一把成功,一把比一把好。无意间聪明的三锁成了一个名副其实的造琴师。

　　就是用自己造的小提琴,三锁练成了兵团化肥厂出名的小提琴手。1975 年"五一"的全厂联欢会上第一次公开亮相,他为同车间的一个男歌手伴奏一曲"小小竹排江中流"。歌声与琴声完美的结合打动了在场的听众,全场掌声雷动,返场的声音不断。想不到那哥们竟然只会这首歌,他们只好又重来了一遍。随着音乐的旋律,三锁优雅地舞动琴弓,帅气的小伙在台上更显得风度翩翩了。谁也不相信台上的这位绅士,就是那个在领导眼中不求上进,沉迷外国情调调皮捣蛋的三锁。

　　拉琴出了名的三锁后来经常出现在厂里的舞台上。没多久就被调到兵团直属文工团，当了乐队第二小提琴的首席。他们排演的《长征组歌》在佳木斯的兵团俱乐部演出时，我就在台下，说实在的他们的演出不比专业的差，只是还不知道，台上那位富有表现力的小提琴手的琴是自己造的。

在演出间隙的时间，三锁还回热电厂当司炉。不过那时，他也有了自己的"追星族"。小武子是同车间搞水分析的上海姑娘，长得文文静静，脸上总是挂着淡淡的笑容，高高的个子永远穿着一身洗得很干净的工装。车间里的人都很喜欢她。三锁也早就喜欢上了这个恬静而漂亮的女孩子，可他只是在心里从来不敢说出口。因为他在领导眼里是一个不务正业的"落后分子"。人家小武子是车间里的骨干又是团干部，不是一股道上跑的车。

这次从兵团演出回来，情况好像发生了转机。小武子主动和他讲了工作以外的话题。

"刘三锁，小提琴好学吗？你拉的提琴真好听！"

"谢谢你的夸奖，你喜欢吗？你听见过我拉琴？"

"喜欢！五一节不是全厂人都听见啦！"

"拉的不好，很紧张。"

"有机会听听你拉琴好吗？"

"好。"三锁一边答应着一边匆匆地走了。

很生疏的一段对话，在那个年代似乎又是很近的。从那天起他们有了新的话题，空闲的时间常常在一起聊聊天，从个人爱好到学习知识，从小提琴乐曲到《红色娘子军》芭蕾舞。慢慢的两个人无话不谈，彼此都对对方有了一种说不出的感觉。

一个星期天的下午，水分析化验室里的人都休息了，鼓足勇气的三锁用一件旧衣服包着那把自制的小提琴来到了小武子的身边。在这里他为小武子一个人进行了演出。那时候'梁祝'小提琴协奏曲是三锁长拉不厌的曲目。三锁融入真情的演奏，曲调时而柔媚动听时而催人泪下，时而悲愤焦虑时而铿锵奋进。静静的她已经完全融入旋律之中，眼睛里闪动着忧伤而又惊奇的泪花。

三锁拉得十分投入，他好像在叙说，叙说着深埋心底而不敢流露的真情。曲子在渐弱的音符中结束了，仿佛两只斑斓的蝴蝶渐渐地飞向了远方。化验室沉寂了，两个人似乎还沉浸在音乐之中。三锁慢慢地用衣服将琴包好，他原本想说点什么，可又不知道该说什么。在他们目光相对的那一瞬间，似乎又都读懂了对方的心。他的心跳得厉害，慌忙地夹着琴跑了，生怕被别人看到。

不久，细心的小武子从上海探家回来，电话里告诉三锁来化验室，小别的两个人又重逢了。小武子从柜子里拿出来一个琴盒对着只知道傻笑的三锁说："艺术家总不能天天用衣服裹着琴去给人家演出吧，把它送给你。希望你的艺术水平能有更大地提高！"

三锁看着这梦寐以求的琴盒：墨绿色的皮革包面，电镀的提手十分精致。不知是感激还是激动，他按捺不住内心的喜悦，傻乎乎地抱着琴盒就跑回了宿舍，到了宿舍打开一看，盒里竟然整整齐齐地装满了挂面，还塞着一瓶辣酱。他不知所措按捺不住内心的狂跳竟高兴地欢呼起来。同宿舍的哥们见他这么激动都围上来，看着那难得一见的上海挂面，哄着要共享爱情的甜蜜。三锁哪里顾得上这些，正全神贯注地欣赏着心爱的提琴躺在琴盒里的舒服样子。于是那整整一盒的挂面和辣酱成了十几个人的宵夜。

吃了也就算了，第二天一上班这帮哥们就大谈上海挂面如何如何。有的竟然跑到小武子化验室嘻嘻哈哈地说："你们上海的面条就是好，就是好！"整个车间顿时满城风雨。弄的三锁尴尬得无地自容，吓得好几天不敢见小武子。

事情过去了，再在车间碰到她时，她什么也没对他说，眼睛里却充满了忧伤怨恨和无奈。三锁低下了头，他很心痛，因为他知道自己重重地伤害了一个关心他和爱他的女孩子的心！他想找她去解释，可从那以后她总躲着他，他不知道如何是好。他迷茫，不知所措，陷入深深的懊悔和痛苦之中。那之后，他拉琴的时间少了，再也没有听见他拉"梁祝"了。

那是让他最伤心的曲子，这一辈子也不想拉了。

　　1976 年 1 月初，兵团化肥厂热电车间工人、兵团直属文工团团员刘三锁被通知到佳木斯演出。初恋情人小武子的冷淡回避，让他很伤感，几天来紧张的排练似乎让他轻松了许多，1 月 9 日这一天大家像往常一样都化好了妆在后台作准备，突然接到通知，演出取消了，因为敬爱的周总理去世了。大家被这突如其来的噩耗惊呆了，都伤心的抱头痛哭。上级命令文工团临时解散各回各单位。这时三锁的情绪低落到了极点，他感到眼前一片黑暗，前途十分渺茫。

　　打击又接踵而来，那一年春天沈阳音乐学院来兵团招生，全兵团只有六个名额，化肥厂一下子就给了两个指标，大家都认为他最有希望，连他自己都觉得胸有成竹。而领导的评语却是：他平时追求资产阶级艺术，政治学习不够积极，政治思想不过硬，还在工作岗位上与人打架斗殴。结果被拿掉了。另一个很有艺术才华的知青因为家庭出身不好也没走成，两个指标都废掉了。

　　三锁很不服气，工作岗位上打架是因为他发现一个当班的工人关错一个阀门，他抢上前去又及时把阀门打开，避免了一场大事故。因为用力过大，推开的那个工人的头碰到门柱上，流了血。有人向保卫科报警，要不是总工程师刘殿章主持公道给他说情，三锁差一点被绑走。说他追求资产阶级艺术，是因为他总拉外国的曲子。真是岂有此理，小提琴就是西方乐器，教材都是外国的，为什么不让拉外国曲子呢！那个时代你的这些解释只能被认为是狡辩，没人会理睬你。招生都是在秘密中进行的，等到你知道情况时，一切都晚了。

　　1976 年的春节，三锁没有回家。除夕夜抱着一瓶北大荒酒独自一人自斟自饮，把一本"禁书"《红楼梦》从头翻到尾，他不像贾宝玉那样多愁善感，但读到伤心处，还是泪流满面。就在这个伤感的夜晚，他下定决心要改变自己的命运。他曾多么热爱这个他亲手建起的工厂，也曾憧憬着美好的未来。可接连不断的打击，失去了爱情、失去了追求艺术的机会。他决计要离开浩良河，无论用什么办法！

　　春节后不久，三锁回京探家，可一个没有背景的普通家庭怎么能为他提供返城的渠道。他心灰意冷地又回北大荒了。在火车上他遇见了"救星",也在化肥厂当工人的天津知青小蔡。在谈到知青返城的问题时小蔡告诉他:如果吃下治哮喘病的麻黄素片,血压会急剧升高,心跳过速,一检查和风湿性心脏病的症状一样。他当时给了三锁两瓶麻黄素片。

回到工厂一上班,三锁就开始吃麻黄素片,吃药的当天他就血压升高手脚冰凉,心脏跳到每分钟 200 多下,昏倒在车间,大家急忙把平时健壮如牛的三锁抬到厂部医院,一量血压,一测心电图,把医生吓了一跳,怎么突然间得了这么严重的风湿性心脏病。他正在住院紧急治疗,那个小蔡也被抬进医院,症状竟和三锁一模一样!后来厂部医院又把他们俩都转到佳木斯兵团总院,医生检查后,问他们俩吃了什么没有,他俩嘴很硬:"什么也没吃过!"后来医院先后给他俩作出了风湿性心脏病的诊断,他们拿到了"诊断证明"如获至宝,跑回化肥厂就顺利的办了病退的手续,心里在偷着乐。

当时知青发明装病办病退的办法很多,比如连续吃巴豆片,可以长期脱肛,失去体力劳动能力;抽用碘酒泡过的烟,肺子里有阴影而成为肺病患者。其实医生们已经看出了他们的小把戏,只是因为同情而放他们一马。许多青年因此而留下后遗症。有个吃巴豆脱肛返城的北京知青小庆子,回城不久就去世了。三锁也因为当时吃麻黄素太多,现在血压都不正常。

刘三锁是 1976 年 5 月返城的,走之前他把自己做得最好的那把小提琴送给了浩良河中学的音乐教师老范,范老师是他最好的音乐之友,老范也把自己珍藏多年的一本《开塞小提琴练习曲》送给了三锁。临别一再嘱咐他回去了别忘了练功。

就要回北京了,三锁的心里充满矛盾,这里有他的爱也有他的恨,可真要走了,觉得自己像个逃兵。那天到车站为三锁送行的哥们很多,火车开动的一瞬他才依依不舍地登上车门,忽然远远的人群的后面闪动着一个熟悉的身影,小武子!她一个人静静地站在那里,一件黄色的大衣,灰色的拉毛围巾紧紧地围在脸上,默默地望着将要远去的列车。车慢慢地开动了,三锁拼命地向小武子招手,她好像什么也没看见，眼光直直的，是那样的凄凉。

三锁鼻子酸了，眼泪飘落在疾风中。他心里明白，就在他这挥手之间，他们可能再也不能相见了。

从小山沟走进繁华的大都市，刘三锁像一个孤独的流浪汉。在白纸坊街道办事处等待分配工作时，他的心里一片迷茫。在这里结识了也是从北大荒回来的美丽姑娘罗鸿漪，让他又点起生命的火把。同是天涯沦落人的情感和北大荒共同的阅历，让他们很快成了朋友。他们又一起被分到北京检测仪器厂，有司炉证的三锁被安排到锅炉房重操旧业，小罗到车间当了学徒工。

五年后他们成了夫妻。小罗的父母都是北京大学的名教授，他们并不喜欢只有小学文化的三锁。两个人为了争得尊严，发愤攻读，补习初中、高中的文化，接着又参加成人高考，并一起考上了中央电大。小罗念中文，三锁读机械结构专业。毕业后，三锁当了技术科办公室主任，小罗当上了检验科科长。厂里的人都说，北大荒的老知青肯吃苦又好学，都是好样的。

继承了前辈传统的老知青的后代更有出息，三锁和小罗的儿子刘扬，毕业于英国萨塞克斯大学计算机专业，又考取伦敦国王学院研究生。现在北京的一家英国公司当业务总管。他会比父母有更好的发展。有其父才有其子，那位岳父大人，当然也接受了这位多才多艺的姑爷。

跑遍了山野的狼是不甘寂寞的。从 1990 年开始，三锁又开始下海经商，他搞过装修。巧得很，在北京参加中国记协的工作会议住的东方饭店就是他的公司装饰的，我就在这个饭店里采访的他。他说，你看我们干的活质量不错吧！后来他又从奥地利引进了高档水晶灯，做起了灯具生意。连人民大会堂东大厅那三盏直径六米的巨型水晶灯都是买他的。

日子过得好了，他有了闲心。他追求艺术，渴望那种借艺术抒发情怀的感觉，他又拿起了相机，开始了摄影创作生涯。他拍摄的作品多次获奖，一幅夜长城的《斗转星移》和那幅云南梯田的《马到成功》得过中国摄影家摄影年赛的大奖，并被收录 2002 年中国摄影年鉴。不经意中他成了北京很有名的摄影家。

当然他更喜爱的还是小提琴，他曾是北京总工会的钟声乐团、市仪表局文工团和宣武区文化馆乐队的出色的小提琴手，中国的外国的小提琴曲他都能拉，可他再也没有在公众场合演奏"梁祝"，那是他心中的痛，三十年过去了，他从未释怀。那个皮革琴盒一直带在他的身边，是信物，是寄托，也是永恒的纪念。

2004年夏天，一个电话打破了刘三锁平静的生活。

"你是三锁吗？我是小武子，你好吗？"

是她！一个沉寂了近30年的声音，这突如其来的声音让他的心都颤抖了。

在北京一家豪华宾馆的咖啡厅里，两个人有生以来第一次握住了对方的手。

在迷离的灯光下，他们深情地互视对方，28年了，他们都不再年轻，可青春时的美丽都铭刻在对方的心里。

"当年真的对不起你！二十多年我一直悔恨自己……"

"别说这些了，就让它过去吧！"

说着，小武子流下了眼泪。

她是从加拿大回上海探亲的，带着自己的女儿在北京转机。她通过当年的战友知道了三锁的电话，才有了这次的会面。她告诉了他一个当年意想不到的故事——

就在他们吃掉她给的面条的第二天，车间的领导非常严肃地找她谈了话：

"你和刘三锁是啥关系？"

"我和他是一般同志关系，我喜欢小提琴的乐曲。"

"同志关系？为什么送给他琴盒？"

"是他托我捎的，还给了我钱。"

"真为你痛惜，小武同志。你是咱们车间的骨干，也是支部重点培养的苗子。三锁是什么人？思想散漫不要求进步，资产阶级思想非常严重，政治表现又不好！你和这样的人搞在一起，真要断送自己的前途吗？以后不要再跟他接触。这是组织对你的考验。"

这次谈话之后，小武子再也不敢见三锁了。下了班就埋头学习日语，有人反映她不安心工作。她又改学英语，因为工厂的许多资料都是英文的，她说，学好英语，我就能为工厂服务。1977年恢复高考，她考上了上海外语学院。毕业后留校任教，后来和学院的一个老师结婚，生了一个女儿，可丈夫却因肝癌不久就离开了人世。伤痛的她领着女儿去了加拿大，一去十年，在那里定居了。

两个人对往事的回忆伴着淡淡的苦涩，咖啡厅播放的淡淡的音乐，忧伤缠绵的调子《回家》。她说，在遥远的大洋那边，真的好想家，时常梦见咱们浩良河……

这时，小提琴曲《梁祝》回荡在咖啡厅里，还是那样凄婉。

她说，没有你拉得好。

三锁笑了。

当他们走出咖啡厅时，东方天际已微微泛白，但街上的灯火依然璀璨。后来刘三锁的夫人罗鸿漪正式宴请小武子和她的女儿，席间还开玩笑说："当年要是你们俩好了，今天就没有我什么事了！我们这一辈子真的不容易啊！"

说到这儿，三位经历北大荒风雨的老知青都笑了。

这之后，每到圣诞节，三锁总想着给小武子的女儿寄上一份礼物。而小武子也经常给他们夫妇寄点营养保健品。

我的故事也就没什么可说的了。

这是那个特殊时期的故事，虽然没有破镜重圆式的结局，但非常美丽，它让我流泪，你呢？

五十四、谁是英雄

　　故事已写了一百多个，就是没写到参加珍宝岛战斗的知青英雄，真是有些遗憾。当年兵团曾组织了一个担架营参战，有人还立了战功。如今他们在哪里？我到处寻找。路过上海时，听说在上海市政协当保卫处处长的邬新华上过珍宝岛参战。我眼睛一亮，前去采访。英雄近在咫尺了，我很兴奋。

　　政协大楼清雅安静，邬新华把我领到咖啡厅，这里是各界人士聊天谈心的地方，我们却要在这里谈论战争。我说："你上过珍宝岛，打过仗，当过英雄？"他忙说："我可不是英雄，我是 1970 年 1 月 28 日进入珍宝岛战区的，是准备大打的，可这之后再没打起来。"

　　我说："你总算到了战区，那要比我二十年后上珍宝岛旅游强，还是给我介绍一下当时的情况，总能给我寻找英雄提供点线索吧。"盛情难却，邬新华从头说起，就着咖啡淡淡的清香，我也听得津津有味。

　　"我是 1969 年 9 月 15 日从 20 团粮库调到武装值班连队报到的，驻扎在蛤蟆通水库的山坡上，这里离珍宝岛只有 70 公里。当年的 3 月 2 日，中国边防部队在珍宝岛正常巡逻时，受到武装入侵的苏联军人的袭击，我国军队被迫还击，双方都有伤亡。3 月 15 日，在岛上双方又进行了更大规模的战斗。于是这零点七平方公里的小岛举世瞩目，中苏双方部队都向珍宝岛集结，一场更大规模的战争一触即发。作为第二梯队的兵团战士做好了随时上前线的准备。我们就是其中离前线最近的一支队伍，经过三个月的武装训练，我们学会了使用冲锋枪、"六〇"炮和"四〇"火箭筒，我是炮排的瞄准手，还学会了目测目标。我们还训练了独立野外生活能力，比如看一棵独立的树就能判断方向：通常南面的枝叶繁茂，树皮光滑，树桩上年龄较稀；北面的树叶少，树皮粗而黑，长青苔，树桩的年轮较密。

到 12 月命令下来了，我们就要上前线了。大家奉命把自己的东西精简装箱，贴上封条写好地址，如果牺牲了，就把东西给你家寄回去。我把自己所谓值钱的东西，床单什么的，打个包交给同学汪殿云保管。当时完全就是准备和敌人殊死搏战的情绪和气氛，这时我们深切感到了祖国在自己心中的分量，真有献身保国的精神，也有壮士一去不复返的准备。"

说到这儿，邬处长有点激动，他说当时下乡时，我本来可以到江西的，后来到了黑龙江兵团，就是来准备打仗的。听说就要上前线了，当时我们真的不害怕，而是很兴奋。这就是我们那一代人可贵的爱国主义精神和英雄主义的情结。他又说——

"我们从蛤蟆通的驻地出发，途经雁窝岛、五林洞，经过三个小时的颠簸，最后来到珍宝岛地区，我们连驻守在离岛不远的无名高地上。虽然离珍宝岛上的第一次交战已经有半年时间了，然而此地，乃至纵深数十公里的腹地，都还笼罩在紧张的战争状态。当时我们的任务是构筑珍宝岛战区的第二道防线，我们的友军是沈阳军区的一个加农炮连，炮口对着准正前方百花山和老爷岭之间的开阔地带。

一到驻地我们就砍树支帐篷，用 5 厘米粗的小桦树杆排列成床铺，用旧汽油筒当炉子，然后就生火做饭。已经有过在连队生活经验的我们，不到半天，一切都安排就绪了。"

"我们进入珍宝岛地区时，已经进入严冬季节，只有这个时候才有可能爆发大规模的战争，因为这时乌苏里江结冰封冻，对方的坦克、装甲车才能开过江面。当时除了敌情，严寒本身对我们也是严重的考验。零下三四十度的严寒，我们徒步走在没膝深的积雪中，每一步都要付出很大力气。如果赶上刮'烟炮'时，狂暴的西北风呼呼地怒吼，卷起漫天的飞雪，没头没脑地扑过来，相隔数米都看不见人，再厚的棉大衣也挡不住刺骨的寒风。一班岗站下来，满头满脸的霜雪。在外面赤手根本不能碰任何铁器，一碰就粘住，使劲一扯，就会撕掉一层皮，我们许多人尝到了这痛苦的滋味。"

对邬新华来说，最难忘的是他奉命参加了布设防坦克地雷的任务。春节前，上级根据天气预报，判定次日有大雪，即命令邬新华所在连参加此项行动，以阻止苏军坦克群突破我军防线，长驱直入。地雷装在箱子里，有的一箱装两个，专炸重型坦克的；有的一箱装三个，是炸轻型坦克的，每箱七十几斤。兵团战士的任务就是隐蔽地将地雷搬到指定的地点。由工兵去埋设。

那天午后，邬新华和战友们每人带着两个馒头出发了，卡车先把他们运送到深山密林里的战备公路的尽头。他们又踏着积雪走了一个多小时，那天很冷，他们一个个都累得满脸流汗。快天黑时，他们到达了地雷囤积处，开始了蚂蚁搬骨头一样的运送地雷的行动。他们一人扛一箱地雷，一步挪一步地跟着前面战友的脚印，在雪地上向前移动，没走多远就累得呼哧带喘地了。不知道走了多久，他们翻过第三个山头，面前一片开阔地。这时阵阵寒风吹来，山上的风很硬，他们不禁打着寒噤。目的地到了，他们放下背着的地雷箱，然后返回去再搬。到返回第三趟时，大家又累又饿又冷。这时才想起去吃馒头，取出来一看，已经冻得像石头一样硬了，他们像"啃刨冰"一样一点点地啃了，把啃下的馒头渣在嘴里含化了，再慢慢咽下去。

虽然吃了点东西，身上有了点力气，但路还是变得更远更难走了。每迈出一步都觉得腿像灌了铅一样，一点也不听使唤。不知谁累中生智，把绑腿解下来，拴在地雷箱上拉着走，下山时把地雷箱顺坡滑下去。可精疲力竭的邬新华还是循规蹈矩地扛着地雷箱走到底。准备埋地雷的部队发现了知青们的发明，急忙阻止："停下！危险！你们不要命了！"他们说这种地雷威力很大，一旦激烈冲撞就可能爆炸，会造成巨大的伤亡。战友又都像邬新华一样扛起箱走了。

这时夜幕降临，林子里漆黑一片，登上山坡后，他们发现对岸灯火星星点点，那是苏联的村落，那里夜晚和黎明一样静悄悄。他们正在欣赏异国的夜景，突然对岸的探照灯扫过来，正在埋地雷的部队战士马上对他们喊："卧倒！"大家一下子都爬在雪地里，雪沫立刻从领口、袖口、裤腿灌进衣服里，冷得浑身发抖。这时探照灯还在他们的头上晃动。这时大家才更真切地感受到了这里是战场，和平还属于未来。完成了任务的兵团战士慢慢从前沿撤下来，第二天凌晨四五点，他们终于喝到了后方送来的滚烫的姜汤，已经冻僵的身体活跃起来，他们笑迎温暖的太阳从东方升起。

老邬动情地说，只有经历严寒的人才知道温暖的宝贵，只有经历战争的人才知道和平的重要。我说，对于经历过战争生死考验的人，就没有什么可惧怕的了。老邬他们连在珍宝岛驻扎了半年，这期间周恩来总理和苏联总理柯希金在北京机场进行了会谈，中苏边境的紧张局势有所缓和，再说乌苏里河也解冻了，苏军的坦克也过不来了。这样他们就从前线撤回蛤蟆水库，这之后，他还参加过兵团钢厂的建设，还打过山火，又经历了一次生死考验。1971 年入党后，他又被派到一个连队当指导员，1979 年返城到父亲所在的光明玻璃制品厂当了工人，后来被调到机关工作，又被选到市政协干保卫工作，也算和当年上过战场经历过考验有点关系吧。

邬新华看我寻找珍宝岛知青英雄的心情急切，便对我说，我们近邻的 21 团最早组织担架队参战的，你不妨找他们团的知青问一问。我首先想到了黄海，这位北京清华大学附中毕业生先下乡到 21 团，后来调到师报道组工作，当时我在兵团战士报当记者，我们也算一个战壕的战友，我打电话去问：

"珍宝岛打仗时，你们团组织担架营上岛参战，你知道吗？"

"我就是担架营成员。"

"你怎么不早说，害得我找了两年！"

"有什么好说的，当时参加担架营的有四五百人。我有什么可说的。"

他的回答我很吃惊，没想到英雄还是个熟人。这位商务部部长助理、部党组成员，在中央党校讲课时口若悬河，回答记者问题口吐莲花，可说起自己来，竟吞吞吐吐。是看在老朋友份上，他还是做如下交代——

"3月2日，珍宝岛战斗打响后，日紧一日的战情让我们热血沸腾，我们这帮知青纷纷要求参战。3月8日，上级命令我们21团迅速组织担架营，赴前线参战，只两个小时，就有5000人报名参战，决心书、保证书纷纷扬扬，不少人写了血书。我们这帮知青更是激动万分，都反复强调一句话：我们没有老婆孩子，无牵无挂。不让我们上战场，让谁上！经过挑选之后，一个由知青为主体的450人的担架营组织起来了，第二天便开赴前线。临行前，各连队都开了欢送会，女知青为我们戴上大红花，没能入选的哥们为我们举杯敬酒，不会喝酒的我们也开怀畅饮，充满了'风萧萧兮易水寒，壮士一去不复还'的悲壮气氛。"

到了前线之后，上级交给兵团担架营的任务是站岗放哨、运送弹药、抢救伤员。开头几天，前线无战事，但他们也能感觉出战前的一种寂静。大家有些坐立不安了，恨不得决战的一刻立即就到。夜晚，单薄的帐篷根本挡不住零下30度的严寒，他们都彻夜难眠。黄海和大家一样也写了入党申请书，还留下遗言："一旦光荣牺牲，把自己下个月的全部工资32元（因为本月工资已经全部吃光），作为第一次也是最后一次的党费！"

现在看来好像是笑谈，黄海说，当时他们都是很郑重的，已经作好了慷慨赴死的一切准备。当然也不都是悲壮的事。附近部队野战医院里的一些从城市入伍的小女护士、卫生员，经常跑到他们这里认"老乡"，说不上是他乡遇故知，还是因为在前线，听到口音一样，备感亲切，别有一番滋味在心头。一有空也搞军民联欢，正规部队喊："兵团大哥来一个！"兵团的这帮小伙子，一色的光头，这样一旦受伤，包扎方便。他们高声大唱："下定决心，不怕牺牲……"那声音洪亮雄壮，令人激动振奋不已。黄海说，那场面至今还历历在目。他接着说：

"等待已久的时刻终于到了。3 月 15 日清晨，苏联边防部队出动大批坦克、装甲车，再次向珍宝岛发动进攻。上级命令我们立即赶到前沿阵地待发。我们趴在乌苏里江边的灌木丛中，几十米外的珍宝岛上正进行激烈的战斗，机枪子弹呼啸着从我们的头顶飞过，炮弹不断地在四周爆炸，泥土和雪花四溅。这时传来了上岛送弹药的命令。我们一跃而起，扛着三十几斤重的炮弹，冲向珍宝岛。飞来的炮弹呼啸着凄厉刺耳，震人心魄。我们都卧倒隐蔽，后来听撤下来的伤员说，阵地上的炮弹不多了，我说不清心里涌动着一种什么情感，不顾一切地向前冲，明明听着炮弹在头上飞，也顾不得卧倒隐蔽了。同伴们都一个个地冲上去。"

越过乌苏里江后，炮火更猛烈了。巨大的气浪、飞溅的土块不断冲击过来，密集的子弹呼呼地在他们的身旁飞过。冰面坎坷，肩上的炮弹也越来越沉重，可是没有一个人后退，也没有一个人掉队，更没有一个人扔下炮弹。

黄海说，当时豪言壮语也忘光了，只是咬着牙向前、向前，直到把炮弹送给炮兵，接着把伤员和烈士的遗体安全撤下来。

这是一场真正的战斗，黄海所在的担架营涌现不少动人的事迹。北京知青杨一平双脚严重冻伤，但他把棉衣脱给了伤员，自己冒着严寒硬是在雪地里趴了几个小时。北京知青朱波在指挥员不到位的特殊情况下，挺身而出，勇敢机智地担当了指挥任务。北京知青陈放等人在护送伤员时遭到敌人的袭击，他们跪在担架旁，用自己的身体筑成了一道血肉之墙。这个获救的伤员就是后来的战斗英雄冷鹏飞。

也就是在这次战斗中，我的朋友黄海一手拿枪，一手拿笔，作为一个业余报道员他写的战地通讯《红心谱成忠字曲 赤胆写就反修篇》发表在新华社的内参上。文中有这样的话："为了祖国永远红，为了乌苏里江两岸同样红，就是死在反修前线，我也心甘情愿！"尽管这些语言还有那个时代的印迹，但也看出一个热血青年对祖国的一片忠贞。

从战场下来后，黄海就被调到 21 团报道组，后来又被调到三师报道组，他是公认的北大荒知青中最有思想也最有文字能力的人之一。这正是他后来被调到中央机关并担负要职的基础。

我请黄海帮我打听当年立功的杨一平、朱波等人的下落，并转达一个老知青对他们的敬意。

我寻找珍宝岛的知青英雄的行动也可以结束了。我想，那些在关键时刻挺身而出，准备为祖国民族的利益而牺牲自己一切的人，都是我们敬重的英雄，他们是党和人民最值得信任的人。

他们在说，我们渴望和平，如果有一天侵略者又一次把战争加在中国人头上的话，我们还会拿起武器重上战场。

这之后，我接到黄海的手机留言："宏图：珍宝岛二等功臣杨一平现为北京市环保局高级工程师，三等功臣朱波原任中国机械进出口公司部门经理，现已退休。"

五十五、三人行

上海虹桥机场上锣鼓喧天，寒风中站立着手捧鲜花的欢迎队伍。

周恩来总理健步走向舷梯，和走下飞机的斯里兰卡总理亲切握手。这时三个长得一样的小姑娘跑上前去，老二、老三向外宾献花，老大向总理献上鲜花。

把外宾送上轿车后，周总理用温暖的手揉搓着老大冻僵的小手，亲切地问："小鬼，你冷不冷？"老大笑着说："不冷，不冷！"周总理又把老二、老三叫到自己身边，然后对摄影师说："来，给我和三个小姐妹照张相吧！"照相时，周总理拍着她们的肩膀说："小鬼，你妈妈生养你们姐妹不容易，你们可要好好学习呀！"

这是发生在 1963 年 1 月 8 日的一件事。

周总理和同胞三姐妹当时的合影现在就挂在上海徐汇区日晕二村 14 号那栋老楼四层的一间房子里，这里是老大咸慕真的家。就在这张珍贵的照片下，老大和老二慕和接受了我的采访。老三慕群为什么没有来，后面的故事会告诉你。

岁月无情，在这两位已经 58 岁的姐妹脸上已经找不到照片上三个小姑娘天真可爱的神情了。那时，她们才十二岁，梳着小辫子，同样颜色的条绒上衣，又朴素又漂亮。三个女孩那一样的装扮，一样美丽的笑容，谁看了都会被感动。

老大说，我们姐妹见过两次周总理，第二次，是在 1965 年 7 月，他陪同缅甸外宾来沪访问时，观看上海民兵军事表演。在我们三姐妹射击表演结束后，周总理接见了我们，他笑着说："你们哪个是老大、老二和老三？"我们争着说："我是老大！""我是老二！""我是老三！"总理和蔼地点头笑了。可能在场的领导告诉了周总理，我们的大哥咸镛泉牺牲在抗美援朝的上甘岭战役了，他用深沉的语气嘱咐我们："要继承你们哥哥的遗志，好好练习本领，保卫好国家！"

"没想到，周总理的这一句话决定了我们一生的命运。"说起这件往事，老大、老二十分感慨。

咸家三姐妹出生在 1950 年 1 月 28 日，那时上海刚刚解放几个月，她们是这个城市新中国成立后的第一例三胞胎。他们的父母生了九胎，共 11 个兄弟姐妹。当时父亲在电车公司当乘务员，家里生活特别困难。妈妈望着这三个可爱的女儿默默流泪，她不知道能不能把她们养活。这时市妇联主席章蕴赶到医院看望她们母女。她给她们送来一大包大人和孩子用的衣物，她拉着母亲的手说："大姐，你把两个儿子交给了党，送去参军，我们帮你养育三个女儿。"就在医院，章大姐作出决定，给她们三姐妹吃奶粉、请保姆。这之后，她们母女在医院住了 9 个月，一直到三个孩子断奶。回家后，政府还每月给她们 50 元的补助费。为了感谢政府对她们的关怀，父母给她们起名为慕真、慕和、慕群，意思为仰慕真理、和平和群众。后来大哥在朝鲜战争中牺牲后，政府又把她们送到刚成立的上海市中国福利会幼儿园，一直免费供养到上小学。

老大说，我们全家一直有种感恩的思想，当我们上小学时，父亲决定不能再要政府的补助了。那时学费也便宜，最后学校给了半免，一个学期每人才六元钱。

到了 1968 年，正好我们初中毕业了，我们一心想当兵，因为周总理说了要我们好好练习本领、保卫祖国，当兵是保卫祖国的最好岗位了。可当时我们住的卢湾区只有两个女兵指标，我们检查身体就没通过。这时听说黑龙江兵团也来招人，上兵团也能保卫祖国，我们跑去报名。可区里不同意，当时我们姐妹三人经常参加军事表演，市里不想让我们离开，答应将来可以安排工厂学徒。可我们坚决不同意，就是要上兵团。

我们姐妹三个一商量，决定写血书表决心！我划破手指，在一张大白纸上用流下的血写道："我们姐妹是党和政府培养大的，现在我们坚决响应党的号召，到边疆去建设祖国，保卫祖国！请组织一定批准！"因为字太大，我手上流的血不够，老二、老三又都用刀划破手指头，才写完，结果用了三张纸。我们把这份血书送到区知青办，当时写血书要求到边疆的不少，像我们三个姐妹一起写血书的，谁也没见。他们被感动了，上级终于批准了我们的请求。

8月21日我们三姐妹一起登上了北去的列车。父母都到车站送我们，就像当年送两个哥哥当兵一样。他们都在流泪，我们却在笑，这回可以实现周总理的嘱托了——我们也拿起枪去保卫祖国了。

列车呼啸着一路北上，最后她们在一个叫拉哈的小站下车，又通过摆渡过了嫩江，然后又换汽车，她们的目的地叫查哈阳，那里是兵团55团的所在地。展现在这帮上海知青面前的是无尽的荒原，还有星星点点的土房，难道这就是兵团！

他们很失望。老乡们也很失望，听说来了不少上海姑娘，他们跑去看，怎么没穿高跟鞋、旗袍和烫头发的，在他们的想象中，上海姑娘就该是这个样子。他们许多人连火车都没坐过。

三姐妹被一起分到了55团2营16连，老职工们惊喜地看着长得一模一样的三个漂亮的小姑娘，表现一种真诚的怜爱。可她们很要强，经过集中学习后，马上参加了工作，第一个战斗是割大豆。过去听说大豆摇铃是北大荒最美的季节，可望着通向天边的豆垄，心里真的很打怵。她们弯下腰，挥起刀，豆荚刺手，肉疼心跳，不一会就汗流浃背了。几个小时，她们累得腰都直不起来，只好跪着割，后来跪着也割不动了，就坐在地上割。她们不时抬起头看，那垄头还是那么遥远。姐妹们都哭了，其实当民兵时练基本功也很累，但从未遭这么大的罪。但是她们都是偷着哭的，生怕让别人看到自己的软弱。

姑娘们，尽情地哭吧，哪个女知青没在北大荒流过泪，那眼泪会把你们浇灌得更加坚强，坚强得像路边的松树，可以抵御北国的大风雪。

老大不承认当年自己流过泪，她说当时我们三个互相鼓励，咬牙挺着，干什么都要走在前面。下了工，我们凑到一起读书、讨论，写读书笔记，思想一充实，什么困难都不在乎了。后来老二被调到了连队的小学当老师，我和老三当上了拖拉机手。小的时候，很崇拜中国第一个女拖拉机手梁军。那真是很豪迈的工作，开着红色的东方红拖拉机在绿色的荒地上奔跑，看着后面的大犁翻起黑浪，真有一种说不出来的高兴。这时老三就会高声歌唱："北大荒，北大荒，我把青春都献给你……"她歌唱得特别好，就是在北大荒的田野里练的。

老二说，在北大荒当老师是我最开心的时候。小学校是土房，条件很差，冬天时特别冷，我被冻得得了气管炎，可没耽误学生的一天课。搞的是复式教育，一个班好几个年级，语文、数学、音乐、体育，我都给教。那些孩子特别朴实可爱，过端午节时，每个学生都给我送来鸡蛋、鸭蛋、鹅蛋，一个书包都装不下，我不好意思收，要退回去，校长说那可是家长和孩子们的心意呀。我就送给老大、老二和其他知青战友吃。现在还常梦着这些孩子。

北大荒喜欢要强的三个上海姑娘。1972年，她们三人陆续被调到了团部，老大被调到团科研连，她很热爱科学种田，在这个连里当过保管员、出纳员和团支书。老二被调到团部医院当护士，开始她不同意，要和老大调换，因为老大修水利时累出过肝炎，科研连比医院劳动强度大，她要姐姐到医院，自己去科研连。她还去找过团政委说情，他表扬了她有风格，但还是让她服从了命令。最后她把自己的手表给了老大，三姐妹只有一块表，她当老师时，两姐妹说她更需要，现在她说老大搞科研更需要。老三被调到团修理工厂当翻砂工，那也是很累的活，但老三是个乐天派，每天又唱又跳的，干得很欢。

一到休息日，老二、老三都往老大那里跑，她们连离团里还有十多里的路，虽然老大只比她们早出生几分钟，但两个妹妹都听她的。她从小就出头，热心又有主意；老二性格内向，是个慢性子；老三直爽，性格活跃。她们来了，老大忙着给她们包饺子，做好吃的。她们在一起更多的话题是议论周总理，她们一起回忆和他老人家见面时的幸福，更多的是为他担心，中国正陷于"文革"的混乱中，周总理最累，周总理最苦，她们真心地祝福他能领着中国渡过难关。

我说，周总理是中国人心中最劳苦的领导人，一想起他，我们心里就难过。你们能不能给我说点快乐的，你们谁先搞对象的？老二瞧着老大笑。老大很开朗，"那我就说吧！"她的朋友叫李素宝，也是上海知青，只比她大一天。是她们连的农工排长。干活时，比如锄地、收割，他总和老大坲挨坲，他总干在前面，然后帮老大干一段。干别的活也总是想法帮她。开始是为了回报，老大一有空就帮素宝洗衣服、拆被子。素宝拉痢疾，她还给他买过鸡蛋。有一次素宝到拉哈运东西，回来时给她买了二斤黑枣，说给她妈妈买的，那时老大正准备探家。等她探家回来时，又给素宝捎了两双尼龙袜子，说这是我妈给你买的。那时，这可是金贵的东西，老大留个心眼，就是不想欠人家的。有一次，他们同时在上海探家，小李请她到家玩，结果要吃饭时她跑了。

后来她对小李说："我是要扎根边疆一辈子的，你很有前途，有机会去上大学，我不和你处朋友，是怕拖累你！"她的真诚更让李素宝感动，他说："我非你不娶！如果需要，我和你一起扎根。"

1976年12月21日，就是毛主席发出"知识青年到农村去"号召八周年的那一天，他们结婚了。这是他们自己选择的日子，借此表达他们的决心。可是再大的决心也挡不住潮流，1979年已经在北大荒安了家的老大和素宝也跟着大家返城了。但是他们用十一年的青春证明了他们对那片土地的深情。

回城后他们想用自己的成熟和经验再为自己的家乡做一次奉献，可惜1989年素宝患了食道癌，那时他是纺织机修厂的优秀工人。在以后的两年里他住了三次院，每次都是老大昼夜陪护，两把椅子并在一起就是她的床，最后一次从夏天一直住到冬天。在女儿去考中学的那一天，素宝不行了。这时身高一米七七的英俊汉子已经骨瘦如柴，他拉着妻子的手说："我欠你的太多了，本来就没挣多少钱，为我看病都花没了，又给你扔下一个女孩子。我死了以后丧事从简，饭也不要吃……我真的对不起你了，找个好人重新开始生活吧！"……

老二说，素宝死后，大姐的日子特别艰难，为了能多挣点钱，已经在江宁环保设备厂当总支书记兼副厂长的她，又调到一家福利机构当会计。最困难时她曾到医院卖过血，每月卖二次。我和老三知道后都哭了，我们说，有什么困难我们能帮你呀！现在大姐的日子好了，女儿大学毕业，有了一份好的工作，也结婚成家了。现在老大都当外婆了，外孙女都7岁了！

现在她又开始为北大荒操心了，当年她们三个刚到连队时住在钟大叔家，对她们比对自己女儿都亲。听说大叔的女儿钟玉芝第一个丈夫去世，又找了一个丈夫又得重病瘫痪了，她马上给她寄去3000元钱。去年她和战友回连探望乡亲，带给他们许多东西，又给钟玉芝扔下1000元。

没想到，我想提出个快乐话题，却引来这么多悲伤的回忆。也许生活就是这样，人有悲欢离合，正如月有阴晴圆缺。不过每个老知青的不幸，都让我特别难过。

更没想到的是那个生性快乐的老三，也去世了。她当然也就无法接受我的采访。老三返城后，先在飞跃电器厂当工人，因为擅长文艺被调到沪湾区的淮海文化站当站长。她真是全能，美声唱得好，舞跳得棒，又会拉琴弹琴，还是一个有激情的大合唱指挥。正干得风风火火时，她却在医保前的一次体检中发现了肝癌转移，不到一年就去世了。最后时刻，她把姐妹俩都叫到跟前，让她们带来了那张和周总理的合影，她指着照片说："谁说我们长得一样，小时候我就比你们漂亮！"大姐二姐说："是的，我们早就知道小三最好看！"说着她们抱头痛哭……还好慕群留下了一个英俊的儿子，和她一样的有艺术才华，现在一家礼仪公司当音响师。两个姨对他比谁都亲。

三个姐妹相比，老二一家的生活很安详很幸福。她返城后，先在街道当在街头上摆小旗的交通安全协管员，后来考上了瑞金医院的助理护士，因为没有文凭，只能穿蓝领的护士服，后来又半脱产学了三年，拿了中专文凭，才换上了白服。病人都说，咸护士对我们特别的亲切和温柔。她说，干这一行都二十年，她已习惯了。她的丈夫史黎明，也是他在 16 连的战友，后来调到团部中学当过外语老师。返城后当过国棉厂的机修工，还当过车间党总支书记。下岗后老史精心炒股，据说很成功，说儿子结婚时他给买房子。儿子已经大学毕业了，在一家公司搞销售。

四月的上海，阳光格外的明媚，从咸慕真家的窗子射进来，我们感到了温暖。我和老大老二一起在周总理和她们三姐妹的照片前摄影留念。老大说，周总理的人格形象影响了我们的一辈子，我们就是照着他的嘱托工作和生活的，虽然吃了许多苦，但是从来没有后悔。

我说，你们姐妹三人在北大荒的百万知青中很特殊，因为受到周总理的直接关怀，这种关怀让你们更自强更自律。因此你们的人生就更多彩更灿烂。

五十六、高山大海

　　在上海华东师范大学当教授的刘琪先生是位有感情的人，说起当年一起在呼玛县插队的战友，他都显示出一种亲情，再说起牺牲在那片大山里的战友，他又流露出悲戚之容。他说，我们早就回来了，他们还长眠在大山里，坟头已被荒草掩没了。他们太孤独了，灵魂总在寂寞中。

　　我想，死亡本不属于青春，可他们在如花的季节死去了，或为崇高的理想献身，或夭折在意外的事故中，或被命运逼下了悬崖……那是一个特殊的年代，发生了许多不该发生的悲剧。现在重提那些让人伤心的往事，是为了某种纪念，这种纪念的意义是不再发生。在以人为本的时代，我们才明白，人是第一宝贵的，保护青春就是保护最重要的国家财产，就是保护神圣的社会财富。因此我还是记录下了刘琪告诉我的关于死亡的故事，尽管在前面的故事中，我已讲过几例。

　　刘琪说，在我八年的插队生活中，两个朋友在死神面前那种从容不迫的神态，在我心中留下了难以忘怀的印象。

　　他回忆："1971年底，在金山大队插队的许元的死让知青们开始意识到了生命的脆弱和宝贵。许元，在家是老五，父母和大家都管他叫小五子。小五子的父亲原是山西五台山的小石匠，15 岁时和二哥一起给地主干活时，一队红军路过他们村，宣传员们说，日本鬼子占领了东北，穷苦的弟兄们，赶快参加红军吧，红军是要打日本鬼子的，赶走日本鬼子，打下天下，你们大家就有田耕，有饭吃。于是他们便扔下手里的工具，随着村里的几个青年加入了红军，后来又变成了八路军。小五子爸爸参军时年纪小，个子也不高，在部队里当了个小号兵，还没打几仗，二哥便被打死了，他大腿上也吃了颗日本子弹，送进部队医院。院长看他聪明伶俐，便把他留下当了勤务员，后来还和院里的女护士结了婚。这位老革命还是华东野战军第一支坦克部队医院的创始人之一。1949年进了上海后，他在卫生局当了副局长。

1969 年中苏边境武装冲突爆发，小五子妈想让小五子留在上海，还在五七干校等待"解放"的他爸却说："怕什么，小五子就是和苏联侵略者打仗牺牲，咱们还有四个儿子呢！"我们开玩笑说，小五子是被他父亲分配到呼玛来的。他大哥在哈军工毕业后去了海军工作，他们哥俩常有诗词往来，抒发雄心报国的豪情。但是中苏边境尽管紧张，在我们知青去后，并没有发生过大规模的武装冲突，小五子那种"炮火起处献忠魂"的豪言壮语只能变成"改观改魂清己垢"的实际行动。

在生产劳动中他从不甘居人后。有次当地的老乡提出要和知青比赛割黄豆。个子矮小的小五子作为知青的代表之一，和老乡中活干得最好的两个男青年比。割黄豆其实没有多大技巧，就是看谁有耐力，少直腰就能割得快。开始一小时他和老乡不相上下，一直冲在割豆队伍的最前面，因为一条垄有五六里地长，老乡也忍受不了弯腰的苦，不时直腰喘口气，小五子不小心把手指割了个口子，鲜血直流，他毫不吭声，几乎是一口气割到头，又回来接应大家。老乡们不服气，检查质量时，才发现小五子割的那条垄上的血有一里多长，从此对知青干活口服心服。大家都说："真是将门出虎子，小五子是好样的！"

悲剧发生在 12 月 26 日，那天是毛主席的生日，晚上大家一起吃了面条，又在小五子他们宿舍里聊天。小五子住的那间屋里有三十来个人，隔壁便是民兵连连部。晚上九点多钟，小五子打着赤膊，只穿一条短裤，站在屋子中间的用空汽油桶做的大铁炉前擦身，一面吹口哨，吹口哨是他的绝招，他能把芭蕾舞《红色娘子军》的全曲从头到尾吹出来。忽然隔壁连部里"砰"的一声枪响，这边小五子随着扑通一声倒了下去，大家还在发愣，只见小五子用手捂着肚子，鲜血从他手指缝里不停地淌出，"我中弹了，快拿个碗给我"，他轻声地喊着。有人赶快递上了一个搪瓷碗，小五子着急地摇了摇头，"不行，这容易感染，我的肠子流出来了，要瓷碗。"大家赶紧手忙脚乱地把他扶上铺。

这时屋门也被人拉开了，有个当地青年探进头来看了看，惊慌地喊叫："李金锁，你枪走火把青年给打死了！"屋子里的知青马上反应过来，好多人冲出屋去抓那个肇事者。一个知青在小五子身边，帮着他用碗堵住肚子上的伤口，屋外传来了几十个知青的咆哮声。小五子张开眼睛，若无其事地对同伴了笑，轻声地说，"只要血止住了，我就没事，我爸告诉我的。你让他们别揍金锁，他肯定是无意的，他平时对咱们知青挺好的"。小五子的脸越来越白，不一会就失去了知觉。

队里的赤脚医生来了，给他作了包扎和止血措施，打了强心针，但无济于事，晚上十一时左右，小五子终于因流血过多而停止了呼吸，离他20岁生日还差五天！知青们如同受了伤的野兽，一家一户地敲门疯狂地找寻李金锁，悲愤的喊叫如雷声，在村子上空滚来滚去。李金锁的父母站在家门口，不停地向知青弯腰鞠躬赔礼道歉，老乡们用惊慌的目光望着他们。十二时，公社党委，武装部，派出所、医院的人也坐北京吉普赶来了。这时李金锁的父母把已经五花大绑起来的儿子交了出来。派出所的警察给跪着的李金锁戴上手铐。经武装部的人勘察现场后，大家才知道，李金锁擦枪忘了把刚才巡逻时上膛的子弹退出，所以一扣扳机，子弹穿过泥墙，打在宿舍梁上的木头硬结上，又反弹到小五子肚子上，造成了小五子的死亡。

小五子的遗体放在一间空房子里，八天后，等小五的哥哥和姐姐从上海来后，才下葬在金山大队附近向阳的坡上。县委书记问他们有什么要求，哥哥说："人死了也不能复活，现在李金锁还被关在县拘留所里，请领导把他放了，也不要给他什么处分，他们家就这么一个劳动力。"这样，李金锁就被放了出来，回队后，接过别人转交的小五子哥哥姐姐送的毛主席语录和毛选，痛哭得泣不成声，马上到小五子的墓前连连磕头。

开始几年，村里还经常有人去扫墓，后来知青陆续走了，也就没人去了。1978年夏天，有个朋友从上海回呼玛参加大学考试时临行前，小五子的妈妈找到他，伤心地说："你们这些好朋友现在都要回来了，就剩我家小五子一个人留在那里，你考上大学离开呼玛时，不要忘记去小五子那里告个别，托人经常去看看他，我家小五子是喜欢热闹的，他最耐不得寂寞……"

听刘琪讲到这儿，我的眼泪也止不住了。一个白发母亲对埋在大山的儿子的思念，让每个人都心痛。

刘琪接着说，谁能想到，在我和生产队其他五个知青从上海坐海轮去大连改乘火车回呼玛时，又经历了一起悲剧——

我们六人，五男一女，都是准备回黑龙江参加高考的，其中最有希望的当属舒民安，大家都叫他阿安。他生在美国，两岁时随父母归国，是"文革"前上海最好的重点中学上海中学的六八届高中生，还当过中学里的团支部副书记。阿安不仅学习好，人也正。拿现在人的眼光来看，他一本正经到了迂腐的程度。可就是这一特点，1975年冬天他被大家选举当了大队生产委员，带着一伙老乡和知青去帮十八站林场从林子里向道边倒运大木头，这是我们那里一年中最重要的副业。因为当时国营林场效率不高和机械化水平落后，每年冬天都要找各个生产队的农民来帮忙完成国家计划任务。倒大木来钱不光要靠大家拉的木头立方米多，还要靠送礼打通林场上下的关系，好多计运材量。

阿安到了林场后，打前站的许会计得意洋洋地告诉他，今年林场给我们队定的每立方米大木的工钱要高于往年，也是各公社中最高的，虽然请林场的武主任喝了三回酒，送掉十斤豆油，一百斤白面，还是合算。阿安一听就来火了："我生下来就不会这一套，也不想学，现在办什么事，都要靠请客送礼，邪气把正气都给压跑了。"人家开始没吱声，半个月后人家便在检尺时百般刁难，号称也是公事公办，结果挨了知青的几下硬拳。这下事情可闹大了，阿安无可奈何地随着许会计带着礼物一起向林场赔礼道歉，还请林场的领导喝了酒。在酒桌上，那位林场主任语重心长地对阿安说："小伙子，好好学着点，别那样死心眼，学校教你们的那套玩意在社会上根本行不通。"

阿安当时没吭声，倒完大木回到队里的第二天，他突然向党支部书记提出辞职，从此变得消极起来，经常不出工，躲在宿舍里看书，写东西。

1977年冬天，全国实行了"文革"后的第一次高考，阿安文科哲学底子很强，记忆力又好，连美国五十个州的全名都能背出，地理考了个99分，总分数也挺高，上海复旦大学曾想收他，由于父亲的美国特务嫌疑问题还没有解决，而阿安的政审材料里还有收听美国之音等敌台，散布反动言论的记录，结果没能上上学。后来地区招生办曾打电话给他，有意补录他入地区师范学校，阿安一口拒绝了。

事后他对其他人说："'文革'虽然结束了，到现在还在看家庭出身，不能真正实行择优录取，比科举制度还不如，中国还有希望吗？让那个没上过小学的派出所所长管政审，小题大做，我们知青是没有出路了！"这话后来传到公社派出所所长的耳里，他气急败坏地说："阿安这小子也太狂妄了，我虽然没有什么文化，但还是能管管他这个小资产阶级知识分子。只要我还在所长的岗位上，就不能让社会主义大学里混进他这样有反动思想的人。"于是阿安和派出所所长的矛盾弄得人人尽知。

1978年春节，阿安回上海探亲时，在区教育局工作的母亲为了补偿阿安受家庭问题连累而不能上大学的事，托了熟悉的医生为他办了有严重哮喘病的证明，要他赶快办理病退回沪手续，阿安死活不肯。他说我要回城就光明正大地回来。当年的高考在即，这应该是他返城的最好机会了。他一反常态，不怎么参加在上海复习的队里知青的聚会，老是一个人闷在家里，房间里堆了些黑格尔的哲学书和新出的内部书籍，根本没有我们那样废寝忘食复习的气氛。

5月底我们几个知青准备回黑龙江参加7月高考的初试，约他一齐回队。他让我们先走，等到胖子买好船票，告诉他大家决定推迟一星期出发，和他一齐走，六个人正好凑够一个三等舱的房间，他说："这又不是拱猪三缺一，你们何必要等我这个倒霉透顶的人。"那天阿安带着他那瘪瘪的旅行袋上了船，脸色不太好看，在甲板上和胖子窃窃私语一番后，回到船舱里和我们打了两轮桥牌，拱了几回猪都保持不败记录。

随后他提议大家还是上甲板上看看海上日落，充分享受一下大自然。落日的余晖把蔚蓝色的东海海面染成一片金黄，阿安望着周围飞翔的海鸥，听着战友们对这美丽的景色的评价，一直默默无声，忽然冒出一句话来："夕阳无限好，只是近黄昏"。

当那巨大的火球终于落到了海平线以下，天色逐渐暗下来后，他主动提出请我们大家吃今天"最后的晚餐"，谁也没想到，这真是他和我们的最后晚餐。大家都说这次高考，他不会再为家庭问题受连累，肯定能考取他向往的复旦大学政治系，不过到时候还要请客。他叹了一口气说："我过去也认为自己出类拔萃，充满自信，但现在我对自己能否上大学毫无把握。1973年大家推荐我上大学，谁知冒出个白卷英雄张铁生，考试成绩全部作废，还是看出身，结果浪费了我们队的一个名额。去年考试，我成绩名列前茅，结果是名落孙山。上面领导说我思想反动不能上大学，知青里也有人说我好高骛远不学无术考不上大学。我的任何奋斗，都一事无成，想一想都会无地自容。但你们还是把我当朋友，光凭这点我就应该请你们吃饭。不过我是一个彻底的失败者，所以将来谁考不上大学不要怪我的晦气连累你们。"阿安的酒量很大，但只喝了一杯就不喝了。

回舱房的路上，阿安拉住一个服务员，问船今天下半夜几点出东海，那服务员随意答了一句，大概是三点多吧。我感到奇怪，便问阿安，你打听这个干吗？他答非所问地解释说："东海的水是蔚蓝的，代表希望，黄海的水是黄的，混沌不清，只有到了目的地大连，你才会再看到蓝色的大海。过去有人一形容大海，便是蓝色的海，其实大海和社会一样，也有清浊之别。"

回到三等舱里，躺在铺上，大家就请阿安出题，让战友一个一个来回答，答得不全的地方或者是答错了，就请他补充或纠正。不知不觉地就折腾到了十一点。阿安看他们都没精神了，便说："那就到此为止吧。这是我最后一次帮你们复习，以后我可没时间陪你们了。大家再背一遍高尔基的海燕吧，今晚虽然风平浪静，但我希望海燕的那种迎着暴风雨而奋斗的精神，将会让你们个个都考上大学的，我实在是太喜欢海燕了。"小小的舱里又响起了激情的集体朗诵声。

"让暴风雨来得更猛烈些吧！"我们的朗诵声在大海上飞扬。

6月3日早上六点半，刘琪睁开眼睛，对面阿安的铺上没有人，毯子叠得整整齐齐，而其他四人都已经起来看书了。要吃早饭了，大家在船上上下转了几圈也没找到阿安，回到舱里，刘琪突然生起一种不祥的感觉，"最后的晚餐"，"最后一次帮你们复习"，"海燕，我来了，我来了"，他和胖子几乎是同时冲过去翻开了阿安铺上的枕头，旧军装上放着一封写着"胖子等收"字样的信：

　　"胖子等：我走了，我去找我的归宿了。原谅我，原谅我这怯懦，轻率的举动吧！能否上大学毫无把握，而继续待在队里，这想一想就会使我发疯。我没有勇气继续面对现实了。我早有此愿，活着如同行尸走肉，不如死了好（阿安在这句话下划了强调线）。请别告诉我爸妈，通知我哥吧！地址是上海××厂××车间×××别了。祝你们幸运！阿安1978.6.3匆。又，有可能把我在队里的东西和书捎回去。"

刘琪说，这封信在我们五个人之间传来传去，谁都没有说什么，房间里只有急促的呼吸声。忽然，小陈哇地一下哭了起来，打破了这凝聚着的空气……我和胖子倚靠在船舷边，凝目注视着这茫茫的大海，阳光虽然灿烂，但海水并不像天空那样蔚蓝。我力图摆脱那种想象，能够在黄浦江上游几个来回的阿安心里高喊着"我来了"，跳下东海时，没有马上死去，周围一片黑暗，除了那远去的海轮上暗淡的灯火和满天的星星。哪怕他又有了生的愿望，他也只能一个人在海里奋斗，或许他能坚持到东方出现曙光，最后一次望着这已经不属于他的黎明，终于被希望之海的浪花所吞没。

阿安的追悼仪式是他死后七七四十九天时由朋友们操办的，由于上海龙华殡仪馆不能为追悼自杀者出借场地，仪式是在他家的大客厅里举行的，出席者有他小学，中学和插队时期的朋友六十多人。他的遗相两边挂着一副选自他遗诗的对联："花落但余心向日，剑埋路有气千霄。"

当然也有人无动于衷，那个被阿安认为人还不坏的派出所所长，在我们向公社领导汇报阿安的情况时，阴阳怪气地插了一句话，"舒民安不是要上大学吗，这回可如愿了，上了东海大学。"气得胖子当场就给了他一记耳光，在场的公社党委书记拉开了胖子，反过头来倒把所长训了一顿。

最后刘琪告诉我，他们插队的那个公社里，一千二百多名知青到了1979年几乎走得精光，只有小五子一个人静静地躺在山坡上的墓穴的棺材里。刘琪说，有机会你若到呼玛，到小五子的坟上看看吧！

我说会的，去年我还回到我下乡的山里为死去的战友上坟烧纸。

我想，无论葬在高山的小五子，还是融入大海的阿安，都是不该被忘记的。他们一个死得偶然，一个死得必然。偶然的死来临时，他很清醒，没有留下怨恨，显示一个年轻而豁达的心胸。必然的死是他自愿的选择，因为他明辨是非看透现实，他纵身一跳激起的浪花不大，却像一把照亮天际的火把，在黑暗就要消逝的黎明前，十分耀眼。

崇高的大山和广阔的大海是两个知青战友最后的归宿，我和刘琪一样敬重和怀念他们。

五十七、走上高高的兴安岭

> "走上这高高的兴安岭啊，
> 我瞭望南方，
> 山下是茫茫的草原，
> 它是我亲爱的家乡……"

学会唱这首歌时，叶磊还是一个中学生。他本来是上海音乐学院附中的学生，后来因国家经济困难，他们被调整到了普通中学读书了。他学的专业是二胡，他也喜欢唱歌，是很漂亮的男中音。这不，他刚刚学会这首新歌，唱的时候他仿佛就站在高高的兴安岭上，俯瞰滔滔林海，他引吭高歌，他听到了大山里悠长的回声。

没想到，命运的安排，几年后，他真的走上了高高的兴安岭，而且在大兴安岭北坡、黑龙江畔的那个小城呼玛待了整整 25 年！

1969 年，正在上海新庄中学读高二的叶磊报名到黑龙江插队，同时跟着他走的还有他的妹妹叶凤兰，本来她们是 1969 届的初中生还没分配，她咬破自己的手指，用鲜血写下"屯垦戍边保边疆，广阔天地炼红心"几个字，学校只好也同意她到边疆插队。11 月 28 日，凤兰和哥哥一起登上了北去的列车。那飞驰的列车一直向北，过山海关，越沈阳、长春、哈尔滨，像车上的知青一样意气风发地爬上了风雪苍茫的兴安岭。望着一片片青翠的松林，还有那潇洒的白桦林，叶磊又和妹妹一起唱起了《走上这高高的兴安岭》。

然而，现实生活并不像唱歌这样浪漫，他们被分配到黑龙江边陲的一个几乎被大雪吞没的小山村，临时住进了一所小学校的教室。到了夜晚，风声呼啸，寒气袭人，睡不着觉的叶磊坐在大铁炉子前取暖并赋诗一首：

> "夜深人静皆似醉，
> 悲风瑟瑟耳边催，
> 今日飞雪泪自泣，
> 何年何月得回归。"

第二天一早，在食堂吃饭时，叶磊把自己的新作送给妹妹看。她毫不客气地把哥哥教训了一通："我看你的小资产阶级的情调太浓厚了，真要很好地改造！"

和妹妹的期望一样，叶磊真的接受了很好的改造，他到了跃进林场当了采伐工，主要工作是跪在雪地里用弯把子锯，把参天的大红松放倒，"顺山倒啰！"是他最豪迈的歌声。更严峻的考验是抬大木头，近千斤重、长十多米的大木头，要四个人抬出林子。叶磊抬很吃力的第三扛，他和大家一起喊着号子：

"哈腰挂，那个嘿哟！

挺起腰，那个嘿哟！

朝前走那个嘿哟！"

豆大的汗珠顺着他的脸淌下来。没人知道，因为小儿麻痹病的后遗症，他的一条腿比另一条要细，根本吃不住劲。但是，他挺着，不肯落下一步。只是晚上，在宿舍的昏暗灯光下，他拿起二胡，拉《病中吟》和《二泉映月》，那曲调很悲凉。半年以后，当健壮的林业工人叶磊经常对着林海唱《走上这高高的兴安岭》时，他被调到了林场子弟学校，那里正缺一个音乐老师。在偏远的林区，上哪儿找这样又能拉又能唱的人！这回叶先生真有用武之地了，作为上海的老高中生，子弟学校没有他不能教的课。

　　命运又有了转机。1971 年学校放暑假，叶老师到离他们最近的呼玛县买教材，因为没有当天返回林场的汽车，他住在县招待所里，这时正好有几个住宿的知青，晚上无事，拉起了胡琴。闻声而去，叶磊小试牛刀，给他们拉了一曲《山村变了样》。他端坐扶琴，沉思片刻，俯身拉弦，月板有眼，弦动音飞，欢快明丽，一派人欢马叫之场景展现在大家面前了。

　　"太好了！太好了！"招待所所有的客人都凑来当听众。

　　外行看热闹，内行听门道。殊不知，这位姓叶的年轻人，可有一身拉二胡的"童子功"，他的启蒙老师是中国二胡大师级人物王乙先生，他是上海音乐学院民乐系主任。当年小叶的同学闵惠芬已是世界著名的中国二胡演奏家了。若不是社会动荡，这位叶先生绝不会沦落到边塞之地的。

　　天下谁人不识君，虽是边塞遇知音。只有弹丸之地的小县城，什么声音也瞒不过耳朵很长的县文化局局长，听说招待所里有佳音，他也跑来了。他一听便知，真是天赐人才呀！他立刻对叶磊说："你不要回林场了，明天就到县文化馆报到。其他事你不用管了，我来办！"正是时不我待，地区要搞知青汇演，县里正为没什么节目犯愁，没想到人才和节目送到眼前了。

　　就这样，不经意间叶磊成了县文化馆的干部，当年冬天，他就正式调到了县文化馆，当上了以工代干的文艺辅导干部，后来县里为他转了干，再后来他当了业务副馆长、馆长。当然叶磊没有让发现他的文化局长失望，也没让给他许多特殊关照的县委和政府失望，他不仅自己在地区和省里得过表演、作曲、论文的大奖，而且通过他的突出作用，使曾十分消沉的呼玛群众文化活动非常发达，一个不到万人的小城竟组织过千人大合唱，那大合唱和每年的"呼玛之夏音乐会"的指挥都是叶磊。当然总指挥是县和文化的领导，能给他们当助手，叶磊已十分知足了。

在这个远离现代文明的小县城里，他经常西服革履，谈吐儒雅，一走上舞台，他更是风度潇洒，他戴着一副黑边眼镜，脑门锃亮，长发飘逸，很像上海交响乐团的指挥陈燮阳。叶磊很快成了呼玛和整个大兴安岭名副其实的文化名人，他还代表文化界当上了县政协的常委。县里的大事小情总有叶老师的活儿。

在这个明媚的春天里，我在上海宝山区行知路一个花木葱笼的小区里，见到了告老还乡的叶磊，他坐在自家客厅的钢琴旁，显得很斯文也很安详。他说他早认识我，还拿出我的名片，那大概是1992年夏天，我陪余秋雨先生游历黑龙江，曾在呼玛上岸过夜，余先生还给当地干部作了一次文化讲演，那个跑前跑后的文化干部，就是这位叶先生，没想到他现在和我一样"聪明绝顶"了。

在老叶的家里，我们见到了那位风韵犹存的叶太太，她更像一位我们过去在苏联电影里常看到丰腴的"玛达姆"。被我猜对了，她真有俄罗斯血缘，大名叫田秀芬，乳名叫娜佳。老叶笑着说："这是组织给我派来的'糖衣炮弹'！"老田说："你可是自愿的！"说着，她也笑了，很爽朗。

原来故事是这样的。为了能留住叶磊，从县里领导到文化馆的领导都想快点给他找个对象，让女人缠住他的脚。那时，刚调到县里的他在文教食堂吃饭。正好食堂的服务员是个姓田的漂亮的姑娘，她的祖母和外祖母都是俄罗斯人，呼玛与对岸只有一江之隔，20世纪四五十年代通婚很普遍。这位姑娘也算"根红苗正"，父亲母亲都是四十年代呼玛县建党时入党的老党员，他们都是土改的骨干，母亲还当过村的妇女会主任。

当时娜佳正年轻，身材高挑，浓眉深目，皮肤白嫩，漂亮得让叶磊打饭时不好意思抬头看她。当时食堂办得不太好，叶磊常和另一个上海知青做小灶，也在林场当过三年知青的小田，很同情他们，有时食堂有了豆腐，也给他们送两块，当时这就是最有营养的了。也许就因为这几块豆腐，小叶就和小田多了点情分。

我想，还是老叶先有想法的，这时他的胆也大了，有机会他就多看她几眼，有事没事的，也找几句话和她唠。眉目传情中，双方也读懂了对方的心思，可谁也没有点明。叶磊的顶头上司佟馆长一直关心他的终身大事，已经是过来人的他，看出了他们的心思，由他出面和田家老人一说，人家很高兴。田老爷子说了："我早就看好那个小上海了，人老实，有追求，有正事！"老伴有点迟疑，怕以后他把姑娘撇下自己回城。再问娜佳，她说我听爹的。这样一来，叶磊和田秀芬就把大事定了，1976 年 4 月 30 日，他们双双回上海旅行结婚，叶家父母看到儿子娶回个漂亮媳妇，特别满意。邻居们都说："看老叶家儿子真有本事，下乡到边疆，却娶回一个外国媳妇！"

叶磊和亲爱的娜佳在呼玛安了家，很快县里给了房子。那是一个充满田园诗般的小院，满院鲜花，满架瓜果。在这个小院里，也是"谈笑有鸿儒，往来无白丁"，来的都是当地的文化名人，还有叶磊的学生，歌声琴声读书声，声声入耳。但是，叶磊并没有"乐不思蜀"，回不回城他并不在意，他就想通过上大学再提高自己的专业水准。当时哈尔滨师范学院艺术系已经相中了他。县长对他说："学什么，你是全县最有学问的，足够用的。"他又说："你就在职学习吧，又不耽误县里的工作，只要你学习要用钱，找我批！"他没有失言，以后无论叶磊上电大，到上海音乐学院进修，到外地观摩，参加笔会、学术讨论会，他都给批钱。在一个财政十分困难的边疆穷县，这是很破例的。他知道，给老叶的银子不白花，他是一个地方文化的"孵化器"。

也许就因为有了这个才华横溢的叶磊，一个边远的小县的文化发生了巨大的变化，他带出了一支队伍，他培养了一批人才，还创作了一批歌颂家乡的作品；他让一个缺少文化的地方，养成了文化习惯，形成了文化风尚。

我以为老叶的最大贡献是他挽救了一个极少数民族的文化。鄂伦春族是一个生活在大小兴安岭密林中能歌善舞的游猎民族，但自身的文化正在一点点消解。被称为"黑龙江的王洛宾"的叶磊，他走遍了大兴安岭中所有鄂伦春居住的部落，记录他们的歌声，每遇到一个老歌手他都兴奋得忘记吃饭和睡觉，通宵达旦地听和记。那时没有便携带式录音机，他就找到当地驻军，请他们出车拉着发电机，再带动电动录音机，完成自己的任务。就是在那位戈淑贤家里，他收集到了《心心相印的人》、《嘱咐歌》、《你快说愿意》这几首鄂伦春标志性民歌，经他整理，都收集到省和国家的民族音乐集成里。

后来那些年，叶磊背着录音机走遍了大兴安岭的山山水水，有的村落连公路都不通，他就走羊肠小道。就是在三月，大兴安岭也是冰雪世界，那时他就急着下乡，每次都是大汗淋漓，连棉衣都湿透了。

鄂伦春是个善酒的民族，只有酒喝到高兴时，才高歌狂舞。为此曾滴酒不沾的叶磊也学会了喝酒，他成了许多猎手的酒友，他也变得粗犷和豪爽了。记得有一次叶磊到鄂族聚居的乌鲁布铁村，猎民们为了欢迎他，把新打回的犴悬在半空的铁钩子上，下面架起桦木烤，噼噼啪啪，嗞嗞啦啦，犴油淌到火里，火苗燎黑了犴肉，这时鄂伦春兄弟用刀子割下一块半生不熟的犴肉送到叶磊的嘴边，这是他们招待朋友的最好方式。叶磊接过肉闭着眼睛把肉吞下去，然后他端起一大碗酒一饮而尽。大家情绪高涨，又唱了起来，这正中叶磊的下怀，他边听边记，收获特丰。

叶磊成了鄂伦春自己人，他把歌手们唱的歌录下来后，一句句整理，把曲调和旋律用五线谱记下，再把唱词一字字用国际音标再标上音。他再一句句教给已经不会说鄂伦春话的年轻歌手，让他们参加各种比赛，让这个古老民族的歌声传得更远。现在他的鄂伦春语比鄂伦春年轻人说得还好，他唱鄂伦春的民歌比他们还深情。

在和鄂族兄弟血乳交融的生活中，叶磊也吸收了艺术的营养，他创作的一百多首歌曲中，许多融入了这个游猎民族的音乐元素。1980年为举办首届"呼玛之夏音乐会"，他创作了一首歌曲《呼玛河的夏天多秀美》，初稿他是用女声独唱写的，虽然曲子旋律悠扬流畅，却缺少力度。叶磊又几次来到呼玛河观察，那林涛的呼啸，大河的奔流，鄂伦春马队的嘶鸣，给他新的灵感。他利用在上海音乐学院进修时学到的曲式、复调和声理论，把这首歌改成了四部合唱，突出了大山的粗犷、激昂、雄浑的特色。他又亲自指挥，使这部大合唱成了这次音乐会的扛鼎之作，受到国内许多专家的好评，也奠定他作为一个优秀作曲家的地位。

但是，叶磊还是在他不想离开黑龙江的时候，走下了高高的兴安岭。根据政策，老叶把儿子安排到了上海读书，孩子小很顽皮，父母年迈想管也管不了，他们来电告急："你们再不管，孩子就学坏了！"他只好请假，1993年回沪执行家长职责。为了生计，他还在光新中学代讲音乐课，业余时间他重操旧业，为学生排练大合唱，结果这所学校破天荒地在全市中学生合唱比赛中得了一等奖。这时学校下决心，要把叶磊当作奇缺的专门人才调进学校。正在老叶为难的时候，呼玛县的领导表了态："叶老师为我们呼玛的文化事业奋斗了25年，真够意思呀！我们再不放他就太不尽情理了，他也该叶落归根了！"

1994年老叶领着老伴挥泪告别呼玛的父老乡亲，把住房退给县里，带着两套行李和几大箱音乐资料回到了上海。那个比他更坚定要扎根边疆的妹妹，因为没有在当地找对象，早在1979年就返城了。

老叶两口子回到上海连自己的住处都没有，和家里的八口人一起挤在弄堂的36平方米的小屋里。后来自己贷款在宝山区买了这套86平方米的房子，为了还贷款，他兼了三个学校的音乐课，每周34节，其他时间，还要教二胡、教声乐，还好，吃过大苦的老叶没有被累倒。一直到2001年，老叶才成了既无内债又无外债的自由人。当然老叶在教学和创作上，都有了新的进步，有时他还风度翩翩地出现在这个大都市的舞台上，他成了上海有名气的音乐人。

看到从家乡赶来的老朋友，老叶和娜佳非要请我出去吃饭不可，我说："咱们还是来个精神会餐吧！"老叶自弹自唱，先是唱鄂伦春族的经典歌曲《心心相印的人》，是用鄂族语言唱的，边唱边深情地望着跟他风雨兼程的田秀芬。接着又唱那首《呼玛河的夏天多秀美》，仍然气势磅礴。

我说再唱一遍《走上这高高的兴安岭》吧，于是，老叶夫妇和我随着钢琴声，一起唱起来：

> "走上这高高的兴安岭啊，
> 我听见黄河在歌唱，
> 隔着那层层白云，
> 我闻见了江南的花香。
> 从我的家乡到祖国的边疆，
> 都是我心爱的地方……"

五十八、永恒的信念

1969 年那个严寒的冬天。

哈尔滨火车站像躲避风雪的穷汉，萎缩着自己的身体。贴在它身上的花花绿绿的标语被风吹得破烂不堪，好像它褴褛的衣衫。

这时从北京开来的 18 次列车上稀稀落落走下一些人，其中一个戴着黑色狗皮帽子，背着黄色书包的姑娘，惊恐地望着满天的风雪，把头上的帽子向下拉了拉。她走出站台，从书包里拿出一封信，见人就打听："请问建设兵团在哪？"有人摇头，有人指点："是不是北大荒的兵团？"她说，是。人家告诉她："在密山，再坐火车，往牡丹江方向走。"

很遗憾，这个姑娘上错了车。她拿着的那封信，是她的姐夫写给兵团一位副司令员的，这时兵团总部已从哈尔滨搬到了佳木斯。别人告诉她的密山兵团，实际是兵团四师。这时已经坐上密山方向火车的她，望着窗外那苍茫的风雪大地，朗诵着"北国风光，千里冰封，万里雪飘"的诗句，不禁从心里涌动着一股豪情。

现在，让我们来认识一下这个风雪"闯关东"的姑娘吧。她叫何晓竞，安徽合肥人。她是来北大荒上山下乡的，其实她是位已经有六年插队经历的老知青了，为什么又跑到了黑龙江，让我们从头说起。

应该说，晓竞是位贵族小姐，她的家是太湖西部的一个小镇上的名门望族，与中国佛教协会会长赵朴初家是邻居又是世交。她的父亲何镇中，是法律专家，在民国期间担任过安徽省法院院长和民政厅厅长等要职。他曾是中国民盟的主要负责人之一。新中国成立后，何先生在安徽的文史馆工作，直到去世。晓竞有三个哥哥，两个姐姐，长她三十岁的大哥，早年留学日本，后来去了台湾，曾任"农林部次长"，他的著述《何佑元论台湾农业》曾受到蒋经国的赞扬。晓竞的大姐和另两个哥哥都很早就参加了革命工作，二哥担任过安徽省的文化厅厅长，三哥是河南省很有名的作家，大姐在中国人民大学毕业，一直在北京男四中当教师，大姐夫是 1937 年参军的老红军，是位担任要职的将军。

在中国经常的政治运动中，何晓竞这样的家庭，日子并不好过。在反右斗争中，二哥、当省图书馆馆长的二嫂和三哥、在军队报社工作的三嫂都被打成"右派"；三哥还被抓进监狱，给死刑犯陪过绑；父亲的历史也被怀疑；在台湾任高官的大哥更使家庭雪上加霜。在沉重的压力下，两年间父母相继去世，1963 年，晓竞又在高考中意外落榜，原因也在不言中，那时政审很严，而她的志愿报得很高。

从小在红旗下长大的晓竞，像一棵向日葵，沐浴着雨露阳光，接受着传统教育，她从小就想做二哥三哥那样献身革命事业的人。可是后来，她发现"革命"并不喜欢她，别人进步很容易，而她特别的难，后来她知道了，全因为她的家庭太复杂了——父亲和三个哥都有"问题"，她一再向组织表白，自己是能和他们划清界限的，可谁能相信呢！她准备接受组织的长期考验。

聪明灵秀的晓竞感到自己政治上没前途了，甚至想学艺术。她的家与合肥市的江淮大剧院近在咫尺，黄梅戏表演艺术家王少舫的大女儿是她的同学，因此她从小常和黄梅剧团演员的孩子一起玩，常看演员排练，还好奇地模仿剧中的片断。有一次放了学，她到严凤英阿姨家串门，严凤英拉着晓竞的手，打量她的模样，说："愿不愿意和我学黄梅戏呀？"回到家晓竞和妈妈一说，妈妈反应很冷淡，说读书才是正事。后来她听了妈妈的话，心思都用到了学习上，一心想考上好大学。可现在，上大学的梦破灭了。这个要强的姑娘陷入了人生的谷底。

然而，晓竞毕竟是有革命理想的青年，她对邢燕子和侯隽的崇拜当然超过了对艺术家严凤英的崇拜。报纸上对她们到农村去贡献青春和力量的报道，曾让她热血沸腾，她真心相信，在那个广阔天地里，作为一个高中生是会大有作为的。当然她的心里也有"恕罪"和"救赎"的心理，因为父亲有"历史问题"，家里又出了四个"右派"，自己必须下到农村在艰苦的劳动中好好改造思想，以洗涤身上的污点；她也想通过自己的奋斗改变农村的落后面貌，让贫穷的农民过上好日子，实现一种"救赎"。于是，她义无反顾地报名下乡要当一个新农民！

经过一个月的培训，晓竞被分配到了安徽省肥西县原店公社利和大队唐拐生产队，他们同来的8个合肥知青被安置到唐姓地主家昔日的庄园，晓竞有幸住在楼上的阁楼里。几个月后，大队为青年点盖了三间草房，二男二女各住一间，中间为厨房。这是个人多地少的穷地方，老乡们违心的热烈欢迎，很快就过去了，他们和农民一样日出而作日落而息，只为吃饱饭而多挣工分。

南方的农业劳动是很苦的，最累的是冬季积肥，男女劳力都下到河底把淤泥挖出来，装在筐里向岸上挑。大家从河底排到岸上，把装着河泥的沉重担子一个人一个人地传上去，这种叫"传肩"的活很累也很危险。一不小心，接担的人很容易从岸上滑下来，轻者摔个鼻青脸肿，重者就会造成骨折。没想到这样的灾难让晓竞赶上了，也许是担子太重，也许是因为她太单薄了，她被担子压倒，一下子从河岸摔到河底，然后疼得站起不来了，被人抬回后一检查，尾骨折了。晓竞当时流下眼泪，她因为疼痛，更因为不能和大家一起劳动了。但知青点的战友对她说："何晓竞，真羡慕你，这回你可名正言顺地返城了！"合肥知青办一位姓潘的领导也因此要为她办返城手续。这时，晓竞心里很矛盾，当时她的确有些挺不住了，真想早点回去；可又一想，我到农村是来改造思想，只碰到这点困难就打退堂鼓了，这怎么行。我要接受组织的长期考验！

最后，她还是拒绝了返城的机会，留了下来，不能下田干活了，她留在点里给大家当后勤，其实那是更累的活，要给大家做饭，还要莳弄菜地、喂八口猪，还有一群鸡，她咬牙坚持着。没等伤全好，她又下田干活了。晚上下了工，她又到农耕学校当老师，教乡亲们和孩子们学文化。不久文化大革命开始了，作为知青中唯一的高中生，队里写大字报、写标语、出板报的事全让她包了。她教农民唱会了那首歌："新苫的房，雪白的墙，屋里挂着毛主席的像……"

晓竞靠自己出色的工作赢得了全村人的爱戴，大家说："这个姑娘是好样的！晓竞才是'永久牌'的知青！"在赞扬声中，全知青点只剩下她一个人了。想走的人都通过各种办法返城了。下了班，面对空空荡荡的茅草房，孤独感时时像蛇一样缠绕着她。最难熬的是晚间睡觉，房子里老鼠成群，它们肆无忌惮戏耍打闹，吱吱乱叫。更让晓竞心疼的是，她最好的两件衣服也被它们磕了好几个洞。

几个月后，公社领导找晓竞谈话："晓竞啊，你已经超额完成贫下中农再教育的任务了，你应该返城了，我们不能让老实人吃亏。"在送她回城的那一天，村路上插着红旗，老亲们敲锣打鼓欢送。队上还派人挑着一筐鸡蛋、一筐粘糕，一直把她送到合肥。这是乡亲们给她的最高荣誉和最高的奖赏。当时晓竞哭得一塌糊涂。

在合肥家里等待分配的日子，晓竞度日如年，劳动已经成了习惯的她，一天也待不住，再说父母已经去世，这里已没有她的家了。她跑到北京去找大姐，磨着她给自己找活干。就这样她带着大姐夫给一位黑龙江兵团首长的信来"闯关东"了。临行前大姐在王府井给她买了顶狗皮帽子，姐夫给了她一个军用挎包，还给了她500元。她又偷偷塞了回去，她相信在北大荒靠自己勤劳的双手能养活自己。

现在我们的何晓竞同志真的到了兵团，在密山的边防检查站，她拿不出边防证，只有一封给首长的信。到了密山北大营的四师师部，她要求见最大的官，那位热情的张师长和夫人接待了老首长的老首长给他派来的小兵。他们非常喜欢这个来自安徽的热情爽朗的姑娘，安排她在家里住了一周，并希望她留在师部，工作任她挑选。而要强的晓竞非要到43团的7连去，因为她听师部的人说，这个连离边境很近，条件十分艰苦。就这样晓竞冒着风雪先乘汽车又换马车，终于在那个冬夜赶到了兴凯湖畔的7连，如是白天在这里用望远镜能看到苏军的边防站。在离连队很远时，她竟听到了《国际歌》的音乐声，接着连里为她举行了欢迎会，还给她演了几个小节目，她感到了从未有过的温暖，这温暖驱散了从未经历过的风雪严寒。

在7连一年多的时间里，晓竞是农工也是战士，北大荒的农耕没有南方那么精细，但她感受了大机械化的豪迈。她兴奋地背着半自动步枪巡逻站岗，还凌晨起来挖过战壕，她做好了为祖国献身的准备。因为她亲眼所见，在着山火的时候，连队干部和共产党员，都是冲在最前面！如果打起仗来，她也会像他们一样。她敬重真正的共产党人，她认为自己的追求没有错，尽管她经历了许多磨难。

听说晓竞在连队表现不错，张师长很高兴，他说，我再给你换个地方锻炼一下。这样她又被调到40团。这时她受到重用，领导让她当政工干事，专门收集"阶级斗争新动向"。各连队的材料报了上来：某人说过反动语言，某人破坏生产，某人偷听敌台，某人有投修倾向……这些报告让她难以置信，她不相信，我们的身边这么多敌人。曾深受极"左"路线伤害的她，不能再伤害别人，她没有听风就是雨，而是认真调查，逐个甄别，分清是非，又立足于教育。尽管她实事求是的工作态度受到团里的表扬，她还是借一个女教师休产假之机到团部中学当了老师。她厌烦"政治运动"。

本来就是出生书香门第的晓竞，以她超群的学识和特别的敬业精神受到师生们的欢迎。当然，特别得到一位叫刘汉全的青年教师的青睐，他是齐齐哈尔师范学院的毕业生，自愿到边疆来工作。他欣赏这位江南女子的美丽，更看重她的热情和真诚，同样她也被他的正直善良朴实打动。在那个特殊的年代，一个封建官僚家庭出身的小姐能和一个苦大仇深的贫下中农子弟相爱，对他们俩来说，都是很不容易的。他们都格外地珍惜这份感情。

他们的爱情面临着考验。1971 年 11 月晓竞利用假期回北京探望病重的大姐，在帮助姐夫的老战友总后白城子军需处的首长抄写材料时，她的文字能力被人家看中。大姐本来就对当年把她送到北大荒有些愧疚，能把小妹调到部队工作，也了却了自己最后的心愿。这样，晓竞就调离了兵团，成了白城子军需处战士服务小分队的文艺编辑。后来晓竞回忆这段生活时说："从 1972 年到 1974 年这两年时间，我走遍了东北三省和内蒙的山山水水，与军队中的先进人物零距离接触，听到他们的动人故事，感受到了他们高尚的内心世界。我也在不知不觉中受到感染，把多少年来心中的哀怨、愤愤不平、对社会的无奈都排解得无影无踪了，心灵的包袱卸下以后，整个人就变了样。"可想而知，对这样才貌双全又积极上进的女子，在部队里不乏追求者，他们的条件当然要比一个农场教师的条件好。当追求者向她表白心迹时，晓竞都会说："我有男朋友了，他在兵团当老师。"其实，她和刘汉全当时只是通信而已，谁也没有作出什么承诺。

1975 年 5 月，晓竞离开她十分热爱的部队，调到了刘汉全任教的齐齐哈尔林业学校当老师，一直到现在。她把这次重回黑龙江说成是"第三次上山下乡"，于是这位经历丰富的老知青也成了我关注的对象。

我采访何晓竞是在哈尔滨西三道街龙达宾馆，她来参加省侨联的一个会议，没想到晓竞成了齐齐哈尔的一位有影响的民主人士，她是市民进的副主任委员、市政协的常委，还是市人大代表。这大概是因为她特殊的家庭背景，更因为她对社会主义祖国的赤诚，对公益事业的热心。她当了政协常委 15 年，共提出 99 件议案，每一件都是经过认真的调研，都是关乎国计民生，每一件都受到政府的重视，都实实在在地推动了工作。她没能加入共产党，但成了与党肝胆相照的朋友。

很有意思，中国民进的副主委王佐书、黑龙江省的民进主委程幼东，和这位齐齐哈尔市的民进副主委何晓竞都曾是老知青，当年他们都是积极要求进步的好青年，都因为"家庭问题"而不能实现自己的政治理想，结果都走了另一条路，结果殊途同归了。

我又打听了一下何主委的家事，她告诉我，先生在林校当过校长书记，大女儿在中央电视台当编导，小女儿在牡丹江当小学教员。大哥十多次从台湾回大陆搞学术交流。早就平反的二哥现在是民俗文化专家。三哥是经邓小平批示平反的，现在专写历史小说，早就著作等身了。她说，就是我没变，还在林校当老师，其他工作都是兼职的。

我说，你是没变。追求真理，追求进步，报效祖国的信念，永远不变。她笑了。

五十九、有多少浪漫可以重来

　　列车启动的那一刻，卷起站台上的一阵声浪，有锣鼓声，有欢呼声，也有哭声。我从车窗口探出身子，向妈妈、向弟弟妹妹，向同学们，还有她，告别。火车几乎是推开人群走出车站的，先是慢吞吞的，以后便呼啸着奔跑了。

　　她跟着启动的火车跑着，穿过站台上的人流，一步一步，先是慢跑，后来就是狂奔了。火车消逝在远方，她停了下来，在站台上，在人群淡去的站台上，默默地流泪……

　　她是我的同学，本来也是我的同行者。在1968年的那个不平凡的5月，她和我一起报名到黑河的哈青农场下乡。那时，大规模的知青下乡还没有形成人人必走的运动。在"文革"中失去升学机会的我们高三学生，已开始复课。但是乱象纷呈的学校还是容不下一张平静的课桌。作为当时哈尔滨一中的学生中的共产党员，我串联了几个同学，贴出一张"上山下乡闹革命"的大字报。响应者当然有也是学生党员的她。尽管在"文革"中，我们已历经磨难，但激情之火并没熄灭。在迁办户口的那一天，她重病的母亲，突然心脏病发作，不省人事，学校的军宣队怕出人命，取消了她下乡的资格。

后来，回忆起当年火车站台上的那一幕，我对她说，你在追赶我，追赶爱情吧？因为离开哈尔滨的前一天晚上，她到我家为我送行，送给我一个笔记本，里面夹着一张她穿着军装的照片，那上面写着一句诗：

似水柔情何足恋，堂堂铁打是英雄。

她说，我在追赶革命。看着你们走了，我觉得自己被时代车轮甩在后面了，我一定要追上去！

是的，我知道她是一个要强的女孩子，从小学到中学都是学品兼优的学生。她特别爱读书，向往革命，追求自由，是她在书中的革命青年身上学到的理想。1966 年在社教运动中的一中，新中国成立后第一次在学生中发展党员，我是那一年的 1 月入党的，同时入党的还有现任的黑龙江省人大副主任滕昭祥、曾任哈尔滨市副市长的朱盛文等。她是 3 月份入党的。在报考大学自愿时，医学世家的她报考北京医大，学校领导找她谈话，为了支持亚非拉人民的革命，希望更多优秀的学生能报考国际关系学院，她马上服从了组织的意见，开始了女外交官的梦想。

然而突如其来的革命风暴，把我们的所有梦想都冲灭了，"学生党员"成了革命的"对象"，我们被所有"革命组织"拒之门外。她和 3 个要好的女同学要到外地串联，被红卫兵追到火车站。"你们不是红五类，不能串联！"她们据理力争："我们也不是黑五类，凭什么不让我们参加革命！"她们终于登上了火车，沿着书中的线索，她们在北京寻找《青春之歌》中林道静的地下斗争的足迹，在重庆寻找江姐和许云峰与徐鹏飞、甫志高斗智斗勇的场景。她们曾深夜爬上歌乐山，在渣滓洞她们惊叹那从洞顶滴落的水滴是棕红色的，如烈士的鲜血还在流淌……

革命激情燃烧后就消沉和逍遥，是那个时候青年们的思想规律，可她没有消沉却更清醒，她恨自己因晚生失去了像林道静一样"革命加爱情"式的浪漫，也失去了像江姐一样视死如归的壮丽。在被拒绝革命的压抑中，她读普希金，她"忍受期待的煎熬，翘望那神圣的自由时代"，她也在呼唤"趁我们还在热烈地追求自由，趁我们的心还在为正义跳动，我的朋友，快向我们的祖国，献上最美好的激情"!

她是把上山下乡当做一次投身革命的壮举，也把它当做走出黑暗追求自由爱情的一次机会。当她在等待中，读到我在北大荒写给她的诗，那诗写在小兴安岭的白桦树皮上，她躲在校园的大树后哭泣。

勇敢和坚定可以冲破所有羁绊，她终于在这一年的 11 月 7 日，十月革命节的那一天，悄悄地登上了北去的列车，同行的还有一个非要去保卫边疆的狂热小姑娘，看着这两个细皮嫩肉文文静静的女孩子，同车的人问，你们去哪玩呀？她们坚定地说：上山下乡，屯垦戍边！

小兴安岭迎接她们的是凛冽的风雪，从黑河到我们下乡的哈青农场要走 280 里山路，她们俩轮流坐在那辆破嘎斯车的驾驶室里，另一人就只能挤在敞篷的车厢上。车行途中，要几次下来跑一跑，否则就会冻死在车上。当汽车走在黑龙江的冰道时，她们看到了对岸的军事哨所，又紧张又兴奋！傍晚，嘎斯车到了营部，许多人围上来看，来自哈尔滨的"白雪公主"，而她们已冻得说不出话来。我只能远远地望着，那个时候知青刚刚下乡，爱情都是隐蔽的。

她被分配到了后勤连，当上了炊事班长。比她先来的老同学朱盛文当木工班长。本来要让她到营部搞清查，后来从档案中看到她的祖父当过东北军的医生，便作罢了。那时我先在清查组，后来也因为父亲被定为"走资派错误"，而被清理到报道组了。她从家里带来针灸用的银针和一些医学书，看到山里长着丰富的中草药，就给营里领导写信，建议就地取材建立药厂，当时刚成立的营卫生所也缺人，可能因为她家庭的"政治问题"，她没被"重用"。但并没影响她成为知青们业余的卫生员。

在家时连面条都没下过，要给一百多人做饭，对她是很难的事儿，当时她吃了不少苦，挨了不少累，但现在想起的，都是些有趣的故事。

那时她特怕冷，经常咳嗽不止，因找不到对症的药，怕影响战友们休息，只能整夜坐着吃冻梨，以冻止咳。同志们把她安排在最热的炕头，又多烧了些拌子。那天上夜班的她在宿舍睡觉。中间有的战友回宿舍喝水，看见她炕下的被褥在冒烟，她还在呼呼大睡，大家叫她不醒，以为被熏昏了，把她抬到炕的这另一头，她还在睡。炕上垫的板子和她的厚褥子全烧着了，再晚一会儿，火蹿上来，就真的要葬身火海，变成火凤凰了。后来知道，那是因为她水土不服，当时就是烈火烧身她也醒不了。

中午开饭了，窗口外排满等着吃饭的战友，满锅的菜汤就要开了，汤里漂着海带丝，连点油星都没有，为了调味，她抓了一把味精撒到锅里，突然锅里泡沫翻滚！有人喊："放错了，那是苏打粉！"她又急又气，蹲在地上哭起来。这时窗口外有人喊："别哭了！快倒醋，酸碱中和！"她马上又把一瓶醋倒到锅里。知青们很给这个笨蛋炊事班长面子，那天中午把一锅汤都喝了，边喝边说味道不错！

炊事班最累的活是挑水，她当仁不让地天天上井台。那时她瘦弱得像迎风摇摆的白桦，挑起水就像个虾米，晃晃悠悠地挑到食堂就剩半桶了。最危险的是，寒冬腊月，井台已冻成冰山。那天，她手脚并用地爬上井台，吃力地摇着冻满冰凌的辘轳，慢慢地把挂满冰的柳灌斗放下去，感觉装满水后，再双手费力地摇上来，辘轳吱吱呀呀地叫着，那沉重的柳灌已到了井沿，她腾出一只手去提，可另一只手的力量已把不住辘轳了。这时，突然脱手的柳灌又哗的一声掉进井里，辘轳在井绳地拉动下飞旋起来，它重重地向她砸来，她向后一闪，正好砸在她的小腿上，她痛苦地应声倒下，和辘轳一起滚落到井台下。这时正好有人路过井台，他喊来战友把她抬到屋里，用剪刀剪开棉裤一看，腿上已砸出一个青紫的大包。还好并没骨折。她已是满眼泪水，还装出谈笑凯歌还的样子。

多少年了，那伤痕还在，腿上留下一个坑。现在说起这件事儿，她很自豪："我也是渡过江，摸过枪，身上还有伤的老战士！"我说，你就偷着乐吧，你如果当时不撒手，就跟着柳灌落井了，那白桦林里又多了一个坟茔！这样的事，在兵团没少发生。

只是劳动的艰辛也还能忍受，刚到哈青的知青们又被卷进了政治运动。那时黑河正搞深挖"苏特"运动，知青们以城市革命的方式，又开展农村斗争，在这个清一色的知青农场中，我们也挖出"重大线索"。正在鸡飞狗跳之时，军宣队进驻，又把知青打成"二月逆流"，朱盛文被大会批判，几乎被逼得跳井，我也被"靠边站"。并没受到触动的她却为我们鸣不平，她在一封给同学的信中说："朱盛文被大会批判了，老贾也快不行了……我们到边疆是参加革命的，怎么成了革命对象！"她请一个到黑河办事的同志投进邮筒，可是这个同志拆开偷看了，还交给了"首长"。"首长"让她大会检讨，当个划清界限的典型，她说，我就是这么想的，没什么可检讨的。那时，她很崇敬为自由而战的俄国"十二月党"人，特别敬重和她们的丈夫一起流放到西伯利亚经历苦难的贵族妇女。她崇拜她们的忠贞不屈。她曾抄一首普希金的诗给我：

> "爱情和友谊将会冲破
> 幽暗的牢门来到你身旁，
> 就像我这自由的歌声
> 会飞进你们苦役犯的牢房。"

这首诗就是普希金托"十二月党"人的妻子带到西伯利亚的。

后来，她因"立场不坚定"理所当然地被撤销班长职务，到猪号喂猪了。她上任愉快，干得很有兴趣。从此猪号成了知青显示"共产主义星期六义务劳动"的场所，全连的男女知青们一有空儿，就来帮她挑猪食起猪圈。那时她最大的贡献是发明了一个脍炙人口的"段子"。那天，她精心照顾的母猪就要产崽了，她手足无措，向营部兽医所边跑边喊："孙兽医快来呀！我们连的猪要生小孩儿了！"

不过她并不在意别人的笑话，常自豪地说：在猪号，我第一次感受了当母亲的快乐！当时她饲养的小猪，一个个都白胖白胖的。

　　其实，我看到她的场面并不快乐，却很苍凉。那时，我常骑着马到连队采访，我看到她在天低云暗荒草萋萋的草滩上，追逐着猪群，凌乱的头发在风中飘动，她曾十分美丽的脸庞上写满忧伤。我呼喊她的名字，远远地我看出了她坚强的微笑。我当时很后悔，后悔让他跟我来到了这大山深处的莽林之中，后悔她放弃了已在学校工作的机会！现在说起，她已不记得"苏武牧羊"式的往事，她只记得我曾给她写的那首诗"扬鞭策风雪，铁马越冰河。笑指山间鹿，林海听我歌"。她说，看了你这首诗，我就觉得，我们没白来北大荒！

　　经常地流泪，是那个时候女知青忍受困难和战胜苦难最有效办法，她只哭过一次，那时连里演忆苦剧，朱盛文演农奴，她演农奴的母亲，那时他们真的流泪了（现在一想起老朱她也流过泪，他也许在天堂里等着这些老战友！曾担任过哈尔滨副市长的老朱已死在狱中）。

　　高尚的追求让人坚定，友情和爱情给人无限的温暖。这就是在那个时代她和许多知青能度过风雪严寒的原因吧。

　　两年之后，我远走高飞了——被调到了佳木斯的兵团战士报当记者。我又坐上了那台破嘎斯车，告别她和战友们，走出莽林和大山。大家都对她说，这回你也有希望了！她说，我不会跟着他到佳木斯当"家属"的！那时兵团机关多为军人，可把爱人当随队"家属"调来，我到报社不久，领导也说过，可把你的"家属"调来。她反感"家属"这个词，也不愿意离开风雨同舟的战友进城。她说，这一辈子要做一棵独立的大树，不想依靠任何人！

　　那一年冬天，我们贡献了青春的哈青农场因无地可垦而被撤销了。她随队南迁，到了五大连池农场（5团），并被安排了一个重要的职务，到贫穷的13连当家属队的指导员。她热情洋溢地挨家走访，却一路上呕吐不止。只见房屋破烂，人畜混居，肮脏不堪。那脸也不洗的妇女敞怀奶着孩子，炕上鸡在啄食，地下鸭在拉屎。连一个干净的水碗都找不到！

　　她亲自发动和领导了一场"新生活运动"。办法是先树立典型，她选择了相对干净一点的山西妇女"大白鹅",在她的家搞样板。先人禽分离,把猪和鸡鸭鹅狗赶回圈里;再清掉屋地的污泥,铺上三合土,夯实成平整的地面;再用牛皮纸糊炕,用报纸糊墙和天棚;最后把窗户的玻璃擦亮,在桌子上摆上插着山花的罐头瓶。两天的工夫,"大白鹅"家焕然一新了。接着她动员所有家以她家为样板,也来个改天换地。"运动"不断深入,她又教她们洗脸、刷牙、化妆、穿衣服。晚上她又把家属们请到知青宿舍,教她们学识字,学写信。这下子,13连可火了,最高兴的是那些男职工,他们发现自己的"屋里人"香了,美了,有文化了!这时他们才相信这个弱不禁风的城市姑娘有这么大的本事。当然作为指导员的她更高兴,这时她才明白知识青年下乡的真正意义。她改变了别人,别人也改变了她——脸黑了,手粗了,放下了孤傲,变得开朗随和大度了。更重要的是她真正了解了普通中国农民的生存状态。她下了决心不能当长在营养液中的鲜花,而要成长为扎根黑土的庄稼。

后来她又调到连队的小学当老师,继续她的"新生活运动",每天在教室门口摆着一盆热水,她为每个学生洗手剪指甲,手不干净不让进屋(这项法律还在我们家施行,不洗手不让吃饭!三十年不变)!当然她更多的精力是教好每一个学生,她像尽职的老师一样,业余时间家访每一个学生,请辍学的孩子回校,为贫困学生买书买本。那时,她写给我的信中洋溢着笑声,而没有带来一片阴暗的云彩!

当时她最大的幸福是,五大连池需要她,孩子们需要她。这时哈尔滨也需要她们,市里教师紧缺,要把在农场和兵团的高中生招回来,短训后充实到教师队伍中去。她正在犹豫中,我陪贺晋元副总编到五大连池采访,这位热情的军人,为她做出决定,要么调到佳木斯的兵团子弟校当老师,要么回哈尔滨当老师!不愿意当"家属"的她还是回哈尔滨了。

回家的日子很温暖,但不浪漫。她没有当老师却到团市委当了干部,因为她"文革"前在一中高三一班领导的团支部是全市先进。

她起早贪黑，东奔西跑，她们搞的那个"送温暖活动"后来成了全国青年的行动。她已当了宣传部长时，我还在兵团当知青。我回哈探家时，曾随他去家访过自学理论的青年工人朴义（现哈尔滨市委常委、宣传部部长）和积极上进的插队知青胡世英（现绥化市委书记）。这些人后来都成了好典型，现在成了栋梁。

　　她是个另类干部，经常提出一些"不合时宜"的个人意见，而且始终坚持。我给她写的人生"鉴定"是：风采依然，脾气照旧。貌似温柔，浑身是刺。她下基层本来是总结女子火化工爱岗敬业的典型经验，她却反对被人称为"女鬼"的有艺术专长的漂亮姑娘当一辈子火化工。她为当年知青典型冯继芳的儿子因户口不在哈尔滨而不能上学而找市委领导帮助。她鼓励为工作多次流产的劳模女乘务员保胎第一工作第二，为此她找过她所在的单位的领导，要求他们关心女职工的生育问题。现在那个已经退休的劳模乘务员和她在省歌舞剧院当演员的儿子是我们家的好朋友，那位劳模还保留着她当年给她的信——"生孩子是生产力的再生产，也是对社会的贡献！"

　　后来她转业到党校当党建教研室主任，她发表的论述在社会转变型期党的建设问题的论文在省市多次获奖，成为许多基层干部的党课教材。再后来，她到外事部门工作，也许是为了圆一个梦。她们参与创立的中国第一个世界性的冰雕比赛，已在哈尔滨坚持了二十年。她跑了许多国家，在文化交流中，她向外国朋友介绍了开放的哈尔滨，还引进了许多智力项目，促进了老工业基地的改造。在国际舞台上，她很动人，不仅让许多外国朋友认识她高贵的气质，更认识了她美丽的家乡。每到年终，她总能收到来自世界各国朋友的贺卡，这让同样走南闯北的我很羡慕也很嫉妒。

　　青春稍纵即逝。奔腾的大江总要归于宁静的湖海。有多少浪漫可以重来，一切都在美好的回忆中。那是关于一个女人革命激情和小布尔乔亚浪漫的故事。如今，回归家庭的她，还像青春处子一样地单纯，像沧桑老人一样地淡定、从容。她最有兴致的是，从报上剪下我和儿子的文章，然后贴在一个本子上，慢慢地欣赏。她是我的那些篇

《我们的故事》的第二作者、第一读者。她也不时去"泡股",经常报喜不报忧地说"又赚了"。可看她每天挤公交车而从不打的,看她在菜市场不是货比三家而是货比多家,我和儿子从来不信。

对了,忘记告诉读者了。她叫王明珠,过去我的老同学,当年我的老战友,现在点灯说话的老伴。

◎博客留言:

我的父亲是知青,他对知青特别有感情。毕竟是属于一个前无古人、后无来者的团队之中,过了多少年之后是极容易生出一种历史感和使命感的。这种空前绝后的人生经历,越是把它当成往事,它越是历历在目。作为知青后代,"知青"这个名词,几乎在我的心中不带任何感情色彩,一直没有幻化成一个"动词"或"形容词"。知青,是我不了解,也并不渴望了解的一些人。

我所以对这个群体如此亲近,又如此陌生,这还要感谢我的父母。他们并没有因为自己有如此不寻常的经历而表露出任何不同寻常之处。就像所有真正有故事的人一样,他们看着如此平常,骨子里却藏着那么多爱恨情仇。这与我们这代人反差很大,我们甚至无聊到喜欢来点探险,然后虚荣地讲出的一点点所见所闻并沾沾自喜。"看,我有今天多不容易!""瞧,我受过如此多的磨难!"父母身上有最好的励志故事,但他们却不硬塞给我们。他们安心地看着我们在宽松自由甚至是安逸逍遥地生长着,而不是用自己的过去强迫我们换种眼光去认识世界。这是有经历的人,见识过苦难的人,才有的心境。

父亲一直都在搜集知青们的故事,那些故事带他回到过去,令他在花甲之年仍会血脉贲张。前一阵子,他的知青故事在结集出书,我帮他校对。还不时偷笑,有些文字一看就知道他边写边激动得要命,要不怎么会如此多、连续的惊叹号出现在字里行间呀。看了多篇知青故事后,我的情绪也被一步步调动。我做记者多年,也常跟文字打交道,但像知青故事里父亲写就的这些文字的气息和温度，却在时下的文字丛林中非常鲜见了。这在更多地被赋予游戏意味和处于感情泛滥的年代里，足够激荡心胸的少而又少。而知青的故事里有很多，那不是文字赋予了事件激情，而是事件激情过渡到了文字之上。

其中我最喜欢的、认为最好的当然是一篇叫《有多少浪漫可以重来》的文章，因为这文章的主角是我的母亲。不过，那文字记录的并不是我熟悉的母亲，记录的是一位青春少女的革命热情，记录的是一位女知青的青葱岁月，记录的是一场由革命爱情串起的精神恋爱。精神恋爱，多么伟大的字眼，这种形式以及那个时代灰飞烟灭，好似不曾存在过。那个物质世界交困的年代，但同时又是一个精神世界丰富的时代。用互诉革命理想的方式，就可以交往恋爱，超过时下任何偶像剧蹩脚的浪漫。用装有诗歌的信件，作为感情的信物，超过现在所有重金打造的彩礼。那是我们这代人，如何才能企及的爱情制高点呀？在这个爱无力的年代，功利的爱情没有什么值得拿来回首。当我们像父辈一样老去时，有什么特别可供追寻吗？QQ里的贫嘴的聊天记录早已消除了，一起吃过的冰淇淋也消化掉了。好吧，我们不回忆了，只能放眼未来。

老知青们冰天雪地、荒凉凄苦的过去，却绽放出浓烈的记忆之花。那花朵娇嫩但不欲滴，多采但不多姿，因为用鲜血沾红的花朵不轻露妖媚，真正有故事的人不卖弄他（她）的经历。

——贾大雷

◎ 附记：

这篇博文的作者是我的儿子，他在博客上看到了我的文章于是就留下了这篇小文。他是名副其实的知青后代，当他在哈尔滨出生时，我还在北大荒的风雪中。作为老知青的后代，他赶上了一个好的时代。但他的物质生活也艰辛过，因为我们刚返城，月工资收入和我们的年龄相同，儿子的玩具和零食比其他孩子要少，有时到公园玩甚至连一支冰棍都舍不得吃。有时他甚至是很孤独的，刚刚返城的父母又被"二次创业"的激情燃烧着，他被我们忘记了或疏忽了。但是我们的孩子还是成长起来，不经意之间，儿子已经长到我们当年去北大荒的年龄。

不知为什么，我不愿意给儿子讲我们的故事。因为我不知道，他们听了这些故事会更尊重我们呢？还是相反？

现在，我终于听到了儿子对我的"宣判"。他理解自己的前辈。我心安然。

那么孙子呢？他们会怎么评说他的前辈的前辈？

我还会耐心地等待着，因此要好好活着。现在孙子才三岁半。

2012 年 3 月 1 日

与梁晓声的通信

（一）

宏图你好！

哈市一晤，言积时短，彼此未能尽叙，怅然。

回到北京，诸事临头，竟未能翻阅《我们的故事》；至昨晚，终可捧卷在手，持续读百余页。几番掩合，盖因思绪多多，心潮难平耳。

于是吸烟……

于是失眠……

晨起已迟，不洗漱，便写此后。

宏图，我对你此书的评价那就是——无第一等情怀，断无这样的一本书问世。无这样的一本书问世，关于知青的历史，则不能是真实的历史。

并且，我由衷地认为——我的几部所谓知青文学代表作，其社会认知价值全部加起来，倘不及《我们的故事》一书的分量。

当然，文学的文本与纪实的文本，是不可用同一种价值标准来比较的。

但我一向认为，优秀的文学，它的社会认识价值也应是公认的。进一步要求，它的社会认识的价值，当深刻于纪实的文本。恰在此点上，我当年并未做到。主要还不是思想水平的问题。对于"上山下乡"运动，当年有当年允许公开表现的尺度。逾越了尺度便等于是废纸，便注定胎死腹中。

故我一直期待，能有一本书，从特别真实的角度，折射特别发人深省的"知青时代"之特别。

是的，依我想来，对于 1968 年至 1978 年的中国，对于全国 2000 余万被卷入"上山下乡"运动的城市学生，"知青时代"当是更确切的说法。

《我们的故事》中的"我们"，其对于知青群体的指代性，是当之无愧的。是迄今为止一切知青文学都无法企及的。估计，也是以后任何知青文学所做不到的。

一百个人物、一百种坎坷、一百种令人唏嘘不止的人生——宏图，你做了小说家力有不逮之事。而且，这件事正该你做！

我一边读你的书，一边在想——以你老报人的资格，为官员们写提升形象的文章，为商人们写传，岂非经常名利双收？

可你却专执一念来写"我们"。

这是些怎样的"我们"啊！他们除了被写的栖惶，什么好处都不能带给你，而你义无反顾！

你知我一向是尊敬你的。

你的书使我更加地尊敬你了。

我所言第一等的情怀，如是也。

却又不止于此——我们这一代人，对于中国之从前，是有告知下一代的责任的。我们这一代人中你我这样的人，对于中国之从前，尤有以字纸记录的责任。如果我们不尽这一种责任，我们不仅愧对"我们"，亦愧对我们的下一代。进言之，愧对中国对于中国之文化积压的知识分子的理所当然的要求。

我们既有责任和使命以文字记录从前，当然便应记录较真实的从前。而较真实的从前，是有许多不堪回首之事的。对于那些事，我们的下一代所知甚少。他们也许能娓娓道来地证明自己对于中国的古代知道许多，但是对于五十年代、六十年代、七十年代的中国，却往往一问三不知。

这是每令我怔然的现象。

有些人士忧患新几代人们不见今日中国之进步；我则忧患新几代人不晓中国之从前的荒唐种种。

不知有冬季的人，不解寒冷何意。而不解寒冷何意，与言春夏，大抵也白费唇舌的。

《我们的故事》，不避讳写出那些悲惨的往事今昔，这是我特别特别特别……对你敬意倍增的原因。

也许，有的人不喜欢那些记录，认为是"鸡蛋里挑骨头"，果真如此，便随他们去吧。

一等情怀当是负责任的情怀。

真实对于时代的记录者，是不可以佯装不曾见闻的。

宏图，你确乎已为"知青时代"留下了"生命的缩影"。

你尤其在《序》中检讨了当年的自己，读那一段文字时，我心一片感动，几乎落泪。在这一点上，我俩有些不同。我出身于工人家庭，属"红五类"，但在你言为"阴风浩荡"的年代，我已被雨果教诲成了一个少年人道主义者，于是幸免于狂热。但，正因为如此，我应在"时代的书记员"这一点上做得更好，可我至今认为自己做得太不好……

你的书使我们羞惭。

毕竟，我也是"我们"中一分子。

你做了我力有不逮之事，我大释怀。

亲爱的朋友，昨夜又读到写"小凡"的那一篇，篇中的"苏副指导员"令我周身寒栗。"她"那样的人，在从前，我们是见得太多了。

"她"也是一面镜子，给今天类似的人以警醒。

我明日去外地，待回来后，读罢全书，再作更深入的交流……

晓声

2008 年 7 月 4 日于北京

（二）

晓声你好！

作为著作等身的大家，能把朋友的书郑重地放在书架上已很难得。你竟把我的《我们的故事》连夜细读，并为之失眠，第二天不待梳洗打扮便写此信。

我甚为感动。也许不是我的那些你熟悉的故事，让你夜不能寐，而是因为你对知青——那些曾与你生死相依的战友太关心太热爱了，还因为你对知青文学太关心太热爱了——你是那片土地最早的开拓者，至今还难以释怀。

你说："我由衷地认为——我的几部所谓知青文学的代表作，其社会认识价值总和加起来，倘不及《我们的故事》一书的分量。"

这话让我汗颜。晓声说："无一等的情怀，断无这样一本书问世。"如果说，我是一等情怀，那么晓声你就是"特等情怀"了。谁都知道，你的《这是一片神奇的土地》和《今夜有暴风雪》，还有其后的《雪城》和《年轮》，是发表在 20 世纪的七十年代末和八十年代初。在那是个乍暖还寒的季节，发表那样的知青文学，已是石破天惊的事了，其中已包含了难能可贵的你对知青运动的反思，和在边塞绝寒之地奋斗的美丽青春闪放的人性的光彩。我以为晓声兄的作品中真诚的理想主义、英雄主义和人道主义思想，最早表现在这些作品中，并流淌在你的以后的许多作品中。大概关心知青文学的人都会认为《这片神奇的土地》和《今夜有暴风雪》是知青文学的经典，具有毋庸置疑的"里程碑"意义。我还以为《雪城》和《年轮》又是表现知青"二次创业"的开篇之作，其实"后知青时代"知青们经历的人生苦难更多。晓声你是"我们"最早的代言人。作为一个有骨气、敢担当的作家，你的悲天悯人的情怀，一直感动着我们，激励着我们。

我的这些故事是写在你的那些名作发表的二十年后，这时知青运动大势已去、尘埃落定，知青这个浩大的群体也将在历史上渐去渐远了。这临秋末晚的写作，不必冒什么风险，开始只是为了"还债"——当年我也曾信誓旦旦地要扎根边疆，并且也写了许多鼓吹扎根边疆的文章，现在自己身居高位、衣食无忧，而我的战友们有的还在农村劳作，即使返城了，日子也很艰辛。

　　良心未泯，良知还在，为遵守承诺，于是我边走边写，一晃两年多了，现在《我们的故事》已由作家出版社第二次印刷了，其续集《永远的青春》又在作家出版社下稿了。

　　知我者，晓声也。感谢你及许多知青战友对《我们的故事》一书的理解和褒奖。晓声所言极是："我们这一代人，对于中国从前，是有告之下一代责任的。"作为一个老记者和纪实文学作家，在这方面确实是第一责任人。我是受到美国作家斯特兹·特克拉影响的，他以口述实录的方式，采访了 300 人，精选其中的百篇，出版了后来获"普利策文学奖"的《美国寻梦》这本书。此书后来被翻译成各种文字，成了整个世界认识美国的一个窗口。我想我的这本《我们的故事》如果能成为了解曾使 2000 多万中国青年卷入其中的中国知青运动的一个窗口，我也不枉为一次作家。

　　我的写作原则就是：真实，再真实！其实所有真实都是有限度的，即使社会已经很宽容了，但谁也不肯"裸体"示众。但总算比较真实地写出了当年北大荒知青的苦难和风流，尽管有的内容残酷得令人"周身寒栗"，我还是写了下来。为此你的"敬意倍增"，让人颇为欣慰。对于那个特殊时代的悲剧，我曾说过，忆苦是为了思甜，重新说起是为了不再发生。不说真的不行，别说后代，我们自己都快忘记了。列宁老人家早就说过：忘记过去就意味着背叛。

　　我知道纪实文学的特殊功能，以及纪实文学作家可为"小说家力有不逮之事"，但我仍然尊重小说家，如晓声这样有宏观把握历史、微观洞察人心能力的作家，你们可为时代留下"史诗"般的巨著，那也是纪实文学作家"力所不逮的事"了。为世界上绝无仅有的"中国知青运动"（或晓声所言"知青时代"）留下史诗，我们寄希望晓声你这样的非凡的小说家了。

　　今年的 5 月上海举办了一次影响很大的知青油画展，画家中有好几位我们熟悉的北大荒的知青画家，许多名人为这次画展写了序言，美术评论家毛时安的序言让我很感动，他说：

　　"在人类历史上有因为战乱和灾荒的人口大迁徙，但从来没有过一次人数如此众多、时间如此漫长、以纯粹年轻人为主体的如此壮观的生命大迁徙。这样的事情，中国历史上未曾有过，人类历史也未曾发生。上山下乡运动，是用青春、热血和生命谱写的历史强音。"

"知青用自己的聪明才智给荒原带来文明，用自己尚未完全成熟的身躯，支撑了共和国大厦。他们不仅将青春甚至生命托付给了自己为之奋斗、深深挚爱的土地。历史不会忘记知青，也不应该忘记知青。"

也许，这是对知青运动一个最积极的评论，无论怎么说，这个空前绝后的事件，对中国和整个人类都是一部教科书，是作家创作的富矿。二战写了多少年了，出了多少名著；连对美国是个耻辱的越战，他们又写了多少书，拍了多少电影？而参战的美国青年绝没有中国上山下乡的知青多。

我以为知青文学并不会因为纪念知青运动 40 年而终结，而应该是新的开始。我们这帮知青会渐渐老去，但知青文学是会比我们生命更长久的事业。

你本是中国知青文学的"鼻祖"之一，在你面前说这些话，确有些班门弄斧了。

咱们有话实说，知青战友们都希望你为我们写一部"史诗"（无论是小说，还是电影和电视剧）。如果《我们的故事》能给你提供点素材，那是我的荣幸。

敬颂夏安！

宏图

2008 年 7 月 8 日　于哈尔滨

他的故事撞击我的心

肖复兴

贾宏图是我的兄长，也是我喜欢并看重的报告文学作家，在新时期的文学创作中，有他浓郁而多姿多彩的一笔。

当然，贾宏图更是我的老插朋友。北大荒那一片黑土地，是我们共同成长的背景和共同抹不去的记忆。

因此，读贾宏图的新著《我们的故事》，心中充满情感，眼前弥漫记忆，这情感和记忆同属于北大荒。

要格外感谢贾宏图为我们奉献了这本书，这本书不是书斋里的书生之作，也不是商场中的商贾之作，更不是娱乐圈里的艺人之作。如今，书琳琅满目，这样花花绿绿的书却充斥着我的眼目。为了这样一本书，贾宏图付出的不仅是笔力，更是脚力，他把他的笔和视野以及情感，倾洒在北大荒的那片土地上，特别对至今依然留在那里的老知青一往情深。他的一句句文字，是和他刻在北大荒土地上那一串串脚印，和他倾注在那些老知青的一份份情意，密切联系在一起的。如今，这样写作的人不多。更多的人已经不愿意把笔和目光注视这些默默无闻甚至身处人间最底层的普通人。他们已经功成名就，更愿意在宾馆里写作，在文件里写作，在觥筹交错里写作，他们愿意居庙堂之高高高在上，模糊了处江湖之远的地方和人影。

我相信，付出了如此心血辛苦和真诚情感的作品，不仅是我被感动，一定会有更多的读者感动。贾宏图在谈这本书时说："谁来证明那些没有墓碑的爱情和生命？我来！"这样感情深重的话，撞击着我的心。这样蕴涵底气的话，如今并不是所有人都敢说出口并真正付诸行动的。

每一代人都有着各自不同的青春，当青春远逝的时候，能够重新走回青春，触动青春，其实并不是一件容易的事情，因为真正重新走回和触动自己曾经拥有过的真实的青春，需要毫不遮掩的回忆和审视，而这是需要勇气的。我们的回忆往往自觉或不自觉地容易成为一把筛子，筛掉一些现在不愿意再看到的，或筛掉一些被时光遗忘掉的，而这一切可能恰恰是最需要我们垂下头来审视的地方。记忆在证明着你自己的历史身份的同时，无形中泄露你的立场、情感和内心的一些秘密。

贾宏图的《我们的故事》这本书，就是这样证明了他及书中所写的那些老知青的历史身份，以及他们的立场、情感和内心的秘密与激情。

2008 年 12 月 8 日于北京

贾宏图在上海图书馆的讲演——
我为知青作证

(2008 年 12 月 14 日)

今天，这个普通的冬日，我站在上海图书馆这个高尚的讲台上，感到很荣幸。不仅因为在这里讲演的有许多世界和中国的顶级的文化精英，更因为我是代表 2000 万知青走上这个讲台的。我们是就要被历史遗忘的一代人，我们的身上留着光荣的印迹，也刻下苦难的伤痕。如果通过我的讲演，你能回望一下我们在历史上渐去渐远的身影，能对我们的前世和今生给予真切的关注，能对中国知青运动这个跨世纪的话题有所探讨，我们就很满足了。

（一）

我是谁？

我从哪里来？

我要到哪里去？

这是古希腊哲学家苏格拉底提出的问题。古希腊人认为人活着就是要弄清这三个问题。千百年来，几乎所有的哲学家都在探讨着这三个问题——他们认为这是对人类命运的关注。

作为普通人，我们也在关注自己的命运。我也常对自己发问：我是谁？我从哪里来？我要到哪里去？作为个体的人，好像这个问题也不难回答。但是作为一个社会人，好像这几个问题也并不简单。

人是社会关系的总和。人的社会属性决定他的命运。

我是谁？我们是谁？

我是 20 世纪四十年代出生的中国人。

　　我们是和共和国一起成长的一代人。

　　我们是和祖国共命运的。我们的经历大体上是三个段落："文革"前的十七年，"文革"中的十年，改革开放后的三十年。决定我们命运是"文化大革命"中的那十年，那时我们的世界观正在成熟，我们作为一个社会的人，走出家庭和学校的。这十年，我们干什么了？当然除了在学校参加"文革"，最主要的经历就是上山下乡。

　　"知识青年"是我们那一代人共同的名称。无论你下乡了几年，在什么地方下乡，无论返城之后你做了什么工作，无论是高官，还是平民，"知青"就是你的出身，就是你的"胎记"。无论你以此为荣，还是以此为耻，这个身份符号永远跟随着你。

　　在上山下乡运动中长大成人，这就是我们这一代人最明显的特征。因此决定了我们以后的人生和命运。因为下乡的经历，我们曾被人高看，在改革开放初期进入领导层的知青很多，从黑龙江省看，进入地厅级的知青大概超过百人，副省级的也近十人。从中央看，现在政治局委员中也有好几位知青；也因为下乡的经历，我们也被人轻薄，在企业改革中，首先下岗的是年纪大文化不高的老知青，现在多数老知青是社会的弱势群体。留下农村的极少数老知青，都和当地农民结婚，生活十分困难。

　　中国的知青上山下乡运动是世界历史上绝无仅有的声势浩大的移民运动。美国的西部开发和苏联建设共青城也是著名的移民潮，但参加的人数和规模都没法和中国的知青运动相比，而且他们的移民主要是生产开发性的，而中国的这次大移民更主要的是特殊时期的政治行动，带有很大的强迫性，这更增加了悲剧色彩。现代人无法想象，近两千万尚未成年的孩子，怎样背井离乡，在极其遥远和艰苦的自然环境下，如何能站住脚，如何能生存下去。我时常想，在天地苍茫之间，知青战友们坐着爬犁，在风雪呼啸中，挺进无边荒原的豪迈和悲壮的一幕。那就是我们那一代苦难而壮丽的青春写照！

　　如果说毛主席1939年5月4日在延安纪念"五四运动"的讲话《青年运动的方向》中提出，青年投身革命必须走与工农相结合的道路，确定了中国青年革命的方向的话，那个时代的革命知青上山下乡的主要目的，是参加抗日战争，救国救民。那一代的革命知青成了新中国元勋。

新中国成立以后，五六十年代，国家也安排过毕业的中小学生上山下乡，如1955年北京、天津、哈尔滨等城市动员一批知识青年组织青年垦荒队到北大荒建设集体农庄（如建设"北京庄"的杨华、建设"哈尔滨庄"的孟吉昌等），那是团中央学习苏联建设共青城而进行的一次试验；1957年为了解决城市就业难的问题，也安排过城市毕业的学生参加新农村建设；1961年以董加耕、邢燕子、侯隽为代表中学毕业生到农村落户，被毛主席肯定为培养革命接班人的方向，在他们的影响下，"文革"前数以万计的中学生上山下乡。当时正上高中的我们也蠢蠢欲动，中央为了保证高考的招生质量后来又对中学生提出了"一颗红心，两种准备"的口号，防止大批优秀学生不升学都下乡的倾向。

中国的知青运动——大规模的上山下乡运动兴起在"文革"中的1968年夏天，因废除了高考制度，学生没有升学希望，官方又不需要几千万的中学生在城市再闹下去，上山下乡是转移革命力量最及时的办法，毛主席当时的想法是尽快结束"文革"。高潮是12月毛主席发表"知识青年到农村去，接受贫下中农的再教育，很有必要"之后，开始是学校的动员，后来就是社会的动员——强大的舆论和政策的压力，你不想走也不行了。从1968年始，到1974年终，据统计有1700多万大中小城市（其中上海知青111万，到黑龙江省的上海知青16.5万）的三届初中毕业生和三届高中毕业生（也包括回乡的中学生）到农村插队，到农场、林场和建设兵团当工人或兵团战士（屯垦戍边）。这是中国历史上一次人口最多的大迁徙，上山下乡的城市中学生加上回乡的中学生，总数达2000万，涉及的人有数亿人，他们是知青的家长和亲朋好友。

动员人数如此众多的年轻人到地域最边远自然条件最恶劣的地方去工作和生活，其目的是什么，有许多政治上的说法，如让青年接受再教育，有利于世界观改造、培养革命接班人，如反修防修，缩小三大差别等；其实最现实问题是，中国的经济到了崩溃的边缘，大批中学毕业生无业可就，又无学可上，只好向经济不发达地区移民，解决几千万人的吃饭问题。国家的巨大困难被转嫁给农村和农民，转嫁给了城市毕业未分配的学生身上了，当然国家也耗费了巨额资金。劳民伤财的这场运动，历经十年，随着知青的 1977—1979 年的大返城，草草地收场了。

事实就是这样，在上山下乡这个"国家行为"中，我们 2000 万知青牺牲了学业，牺牲了青春，承担了国家的困难，保持了社会的稳定，最后结束"文革"，到 1978 年 12 月召开党的十一届三中全会，实现了国家命运的转折。我们这些人上山下乡的意义，就如同电影《集结号》中谷子地连长带领的队伍，为保证大部队的转移，坚守在阵地上，部队转移后，由于通讯出了问题，结果只有谷子地活下来，其他的几十人都牺牲了。如果不是后来邓小平吹响了"集结号"，我们就不可能返城而最终都像那些战士一样牺牲在阵地上——我们就会像当年的北大荒的十万转业官兵一样，献完青春献终身，献完终身献子孙。其实我们的许多战友已经献终身了，还好，他们的子女有的按着政策返城了。可是，我们付出的代价太大了。可以设想，如不发生"文革"，没有如此规模的上山下乡运动，我们这一代人的处境，肯定比现在要好。对于知青运动，著名画家陈丹青有他自己的看法，他说："所谓知青运动，是社会的隐疼，时代的败笔；数千万知青以光荣始而被遗弃终。我们不是革命者，但亲历了革命的后果；我们不曾参与建设，但个个目击了背后的代价；过去三十年，社会已经草草打发了知青一代，此后人到中年晚年，一事无成，既不如上一代标榜革命而创建国家，也不及下一代，能以可度量的各种专业标准跻身国家栋梁。从祖国花朵、红色青年，直到芸芸草民，其中千分之一，略有所为。"虽然丹青先生的结论有些残酷，但事实大约如此。他也是当年的插队知青。只是"千分之一"的估计太悲观了。也可能"略有所为"的标准定得太高了。

　　二十年来有许多学者对"文革"中的知青上山下乡运动进行了理论上的研究,如中央文献研究室研究员张化在《试论"文化大革命"中知识青年上山下乡运动》一文中指出:"作为劳动就业的一项措施,与社会生活的许多方面有着密切联系的知青上山下乡,在'文化大革命'的特殊条件下,变成了史无前例的政治运动中一个组成部分,其内涵和外延都发生了很大变化。究其原因,除了我国国情和经济体制方面的问题仍然存在以外,主要由于'文化大革命'给社会造成的混乱和所谓'无产阶级专政条件下继续革命理论'的影响,使知青上山下乡在无数'力'的作用下被扭曲了,演变成了一场运动。"

　　张化认为,"文革"中的知青运动给我国历史带来了影响深远的不幸后果,一是加重了"文革"给我国历史造成的"人才深谷"的现象。1968 年至 1978 年全国上山下乡的知青达 1623 万,中国少培养了大专生 100 多万、中专生 200 多万人。二是造成国家在经济上的严重损失。"文革"中安置知青,国家财政支出达 100 多个亿,知青返城安置又有巨大支出。三是给广大农村的经济带来巨大的困难,给大部分知青家长造成严重负担。四是给知青的思想、文化、个人生活也带来许多不幸。

　　当然也有的学者在总体上否定知青运动为"一次培养和造就一代反修防修新人的不成功探索,是社会主义和建设过程中一次不成功的尝试",同时也客观评价了知青运动中的积极因素:首先,上山下乡运动使知青冷静地、较全面而深刻地认识了中国国情,尤其是中国农村的实际情况。其次,知青在"与天斗,与地斗,与人斗"的实践中逐渐聪明起来,深沉起来。在三大实践活动中,增长了见识,练就了本领,学会了思考;从农民那里学到了勤劳、纯朴、智慧、坚韧。再次,上山下乡使知青自觉不自觉地养成了不甘落后、不甘沉沦、奋发进取的人生信念,培养起体察国情、民情,关切民族命运,希冀中国加快发展的政治品格。最后,知青在改变中国农村的贫穷落后面貌的社会工程中,在农村的两个文明建设中,尽了自己的努力,

并取得了不可磨灭的业绩。(见杜鸿林《知识青年上山下乡运动的评价及其历史命运》)

作为千万知青中的一员,我亲身经历了这一场浩大的运动,虽然我只在北大荒待了8年,但由于身份的特殊,在北大荒当了6年记者,返城后,我又当了十多年的记者,我对知青的前世和今生有了更宏观和更微观的观察与思考。多年来,我有一个夙愿,要为"我们"——当过知青的"老三届"写一部书。这出自我的责任,也出自我的良心。在兵团战士报当记者时,我自然是扎根边疆的鼓吹者。可我自己在1976年就返城了,后来身处高位、衣食无忧,而我的许多战友还在黑土地上过着艰难的日子,许多人已长眠在大山和莽原里,一想起他们心总有些不安。为了使自己的灵魂安宁,我唯一能做的事情,就是用我的笔,告诉人们他们的过去和现在。1995年,我在省作协工作的最后一年,曾想采写100个留在北大荒的老知青,想写一部长篇报告文学《永远的北大荒人》,而且跑了黑龙江垦区的许多农场,写出了十多篇,但因到文化厅任职,不得不放下这个计划,尽心去当公务员了。

2006年当我就要淡出官场的时候,我又把当年的愿望重新拾起,来写我最熟悉的群体——老知青。良心未泯,良知还在。为了遵守承诺,我放下身段,边走边写,做一代老知青的代言人。因为我和他们有共同的出处,也会有共同的归宿。因为我明白,我是谁,我从哪里来,我要到哪里去。

从2006年5月开始还愿,用一种最通俗的办法,在黑龙江省发行量最大的《生活报》上开一个专栏《我们的故事》,每周发一篇,经过一年以后,读者纷纷要求能尽快结集出书。正好作家出版社的朋友也对这本书怀有期望,(责任编辑贺平当年在黑龙江的"五七干校"当小知青,总编辑侯秀芬是在陕北插过队的老知青,编审潘静下乡在内蒙古建设兵团,她们的热情催生了这两部书。)这样一来,2008年1月出版了《我们的故事》,这一年的12月又出版了《我们的故事-2》。

（二）

余秋雨先生说过这样的话："在没有战争和灾荒的情况下，老三届可以说是 20 世纪有文化的年轻人中遭受最多磨难和折腾的群体之一。他们的经历不妨看成一段历史的生命化缩影。"文革"的具体事端会渐渐淡忘，但这群人及后代却以一种乖戾的生命方式作永久性的记载。"（《老三届》）

20 世纪九十年代的某一年夏天，我曾陪他在黑龙江采风，在从黑河到呼玛的船上我们讨论过这个问题。

关于知青的回忆文章和文学作品，我的朋友梁晓声、张抗抗、肖复兴和同代作家铁凝、史铁生、叶辛、陆星儿等，已写过许多，每一篇都让我们感动。但他们及广大读者对知青运动、对老三届的观点却大相径庭。有人认为，我们和祖国一起经历了苦难，我们在苦难中成长，有所作为，因此"青春无悔"。有人认为，我们是"文革"和知青运动的受害者，也是施害者，我们把红卫兵极"左"的思潮带到了广阔天地，给人民和自己都带来了灾难，我们应该忏悔……

无论别人怎样说，我还是要写，写我和我们自己的经历、自己的感受，为这段历史留下"生命化的缩影"，以告诫人们不能让那些刻骨铭心的悲剧再次发生。也告诉人们，在那个阴风浩荡的年代，在那边塞绝寒之地，也曾有鲜艳的人性之花开放。

我要写"知青时代"（下乡的 10 年）我们的苦难与风流，我还要写"后知青时代"（返城后的 30 年）我们的艰辛和坎坷。我要写我们，还要写和我们共命运的父老乡亲。我要写成功者的辉煌和灿烂，我更要写失败者的沮丧和无奈。总之写我们中的许多人在逆境中奋发拼搏，把种种人生经历变成财富，把最大的苦难咀嚼粉碎，凭着一股坚定的意志朝前走，和祖国一起从黑暗走向光明。当然我们也会反思和审视自己，由于当年的愚昧无知、狂妄自大、胆怯懦弱、自私和利己，怎样使自己和别人的命运雪上加霜。也许上帝都会原谅我们在那个特殊的时代的错误，但我们还是应该毫不回避地记录下来，那可能是我们的后代最为珍贵的《人生宝鉴》。

马克思曾说过这样的话："任何人类历史的第一个前提无疑是有生命的个体人的存在。""人们的历史始终只是人们个体发展的历史，而不管他们是否意识到这一点。"

我以为，知青就是那个时代的"标本"，每一个人的历史汇成了那个时代的历史。而这段历史对中国是特别重要的，是中国从黑暗走向光明、从崩溃走向新生的历史。我们是共和国历史上最低谷的"文革"十年和最高潮的改革开放的三十年的亲历者和见证人。于是，我采取"抽样调查"的方式，在北大荒当过知青的百万人当中选取100人，然后把他们在"前知青时代"和"后知青时代"中有代表性又最具个性的故事写下来，以汇成一部时代画卷，留给历史的见证者本人，也留给历史，留给后人。

这种人物命运的纪实写作方式，始作俑者是美国的作家斯特兹·特拉克，代表作是《美国寻梦》。特拉克在美国以口述实录的方式采访了300多人，精选了其中的百篇汇集为这本书。这100人中有好莱坞巨星、企业大亨、政治首脑、美国小姐等上层人物，也有三K党魁、雇佣枪手、罪犯、偷渡移民及其他们的后代等美国三教九流各色人等。这本书记述了他们在美国本土寻找"美国梦"的人生经历中的所想所急和所得所失。这本书几乎成了美国的全景缩写，它被翻译成各种文字，当成了世界各国人认识美国社会的一个缩影。这本书还获得了美国非虚构类文学的最高奖"普利策文学奖"。

我也步特拉克的后尘，想写一本关于我们这一代的不仅在文学上有意义而且在社会学上更有意义的书。这无疑是个非凡的工程，操作起来十分困难。当年的知青像北大荒满山遍野的山花，随处可采，可现在他们绝大多数都回到了自己的家乡，在喧嚣的大都市，他们消逝在人群中。即使还留在北大荒的那些人，也埋没在大山和莽原深处了。于是我四处奔波，在密如森林的楼宇中和在边远的山村里寻找，寻找在中国历史上渐去渐远的身影……接待我的有共和国的部长，他们的身上还依稀看到年轻时的影子；接待我的也有坐在火坑上端着热辣辣老酒的知青战友，他的面容像罗中立油画《父亲》一样的动人心魄。望着他们满脸沧桑的木讷的表情，我会忍不住地流下眼泪。

我在开辟专栏讲述这些故事时，曾对老知青们说：

"朋友啊，朋友，请你告诉我！
把你过去和现在的人生故事告诉我，
把你的苦难和幸福告诉我，
把你的成功和失败告诉我！
因为我们是时代的标本，
我们是一代苦难的风流。
我们走过漫长的风雪迷蒙的冬季，
我们的青春留在了无花的季节。
然而我们毕竟走过来了。
在那充满泥泞的路上，
我们搀扶而行，
留下一行行深深的足迹。"

从 1968 年 12 月毛主席发出"知识青年到农村去"的指示、全国出现上山下乡的高潮算起，已经四十年了。当年的知青逐渐走下历史的舞台，怀旧的情节，让我们再一次走回人生的起点。我也回到了我当年下乡的位于大小兴安岭交界的大山褶皱里的那个小山村（当年的兵团一师独立一营，后来划归一团，再后来划归爱辉县），我要寻找写满我们爱情的那片白桦林，寻找那埋在白桦林中我的战友的墓碑。很可惜，那片白桦林被砍伐掉已开成了大豆地，墓碑早已荡然无存了。我把从地边采来的一束鲜花放在那片地里，点燃了从城里带来的黄纸，我叨念着心中的祭辞，眼泪流在脸上，滴落在地上。那黄纸化成红色的火苗，舞动着向天上飞旋，又化作黑色的蝴蝶，飞向遥远的天际。

　　回来的路上我们都沉默着，我耳边听起了朴树的那首忧伤的《白桦林》——

　　　　　天空依然阴霾　依然有鸽子在飞翔
　　　　　谁来证明那些没有墓碑的爱情和生命
　　　　　雪依然在下　村庄依然安详
　　　　　年轻的人们消逝在白桦林……
　　　　　有一天战火烧到家乡，
　　　　　小伙子拿起枪奔赴边疆……

　　我想，我们——当年的知青何尝不是因为战火要烧到边疆，勇敢地奔赴黑龙江，走进白桦林。我们献出了青春，许多战友献出了生命！当年的2000多万年轻人义无反顾地从城市奔向农村边疆！你想一下，如果这2000多万年轻人在城里不断地折腾下去，中国会是什么样子？大学停办了，谁能在城里给2000万的我们找到饭碗！我们是怀着崇高的理想走的，我们的出走，为共和国承担了巨大的困难！然而一代人付出了青春和生命的代价！我们真的是不该被忘记的。

　　"谁来证明那些没有墓碑的爱情和生命？"

　　我来。

　　就是那一次返乡之旅，坚定了我坚持写完《我们的故事》的决心。为知青代言，为历史存照，就是这样的目的，让我克服困难，去完成自己神圣的使命。于是就有了多家报纸连载了两年半的知青故事和现在的这两部共70多万字的书——《我们的故事》。

　　在过去的将近三年的时间里，我四下上海、五次进京，又走了黑龙江农垦局所属的许多农场，采访了几百个知青。那些日子我每天都生活在感动和温暖中，有时采访时我和他们一起热泪长流，写到动情处竟痛哭失声。但我感到了从未有过的欣慰，我找到了一个说真话的作家的感觉。同时我也生活在责任的巨大压力之下，我不写就对不起埋在黑土地下的战友，不写就对不起就要遗失的历史！

（三）

现在我终于可以松一口气了，我已超额完成了自己的计划，这两本书我写了 114 个北大荒老知青的故事，其中说到的有名有姓的知青不下四五百人，书中的主要人物也有二百多人，其中上海的知青就有42 人，如下乡后被打成"反革命"大学毕业成为黑龙江省著名企业家的袁启鸿（《走出伤心地》）、献身知青事业的哈尔滨知青联谊会副主席唐坚（《艰难的探亲假》）、情怀芍药沟的盛文秀（《早春的芍药》）、带着"小芳"回家的戴建国（《村里有个姑娘叫小凤》）、在黑河开小店的翁静之《黑土情缘》）、扎根边疆林场的"站人"李颖（《"站人"李颖的幸福生活》、小水电站专家黑河政协副主席张强富（《一个人和一条河》）、"垦荒模范"陆士龙（《永远的垦荒者》）、在烈火中重生的蒋美华（《火凤凰》）、历经生活磨难的乐兰英（《乐不起来》、对乡亲比亲人还亲的王槐松（《真情》）、四十年如一日忧国忧民的陆建东（《位卑未敢忘忧国》）、两次受到周总理接见经历坎坷的咸氏三姐妹（《三人行》）、一个人改变一个县教育的张盾（《在三江汇合处》）、心系呼玛开放的教授刘琪（《圆梦》）、大山人的救护神张大东（《走进大册》）、"大兴安岭的音乐家"叶磊（《走上这高高的兴安岭》）、与鄂伦春兄弟血脉相连的阮显中（《血脉相联》），无私支持边疆建设的优秀企业家张刚（《张刚，你是这样的人》）、在修路建设中死里逃生的周迈、林兰新（《青春铺就的路》），投资家乡修路的王再放和她一家知青五兄妹（《一个家庭的非戏剧性剧本》）、情系黑土地的画家潘蘅生（《丈夫壮志》）等等。通过写这些上海知青，我认为在北大荒的近百万知青中，在边疆吃苦最多，返城后创业最难、对北大荒感情最深、对第二故乡贡献最大的就是上海知青。因为这些人的感人故事，让我从根本上改变了过去对上海人的不良印象。这是心里话。所以，每次到上海，和老知青相聚，我都感到了一种特殊的温暖。

（四）

下面汇报一下，我的知青故事的社会反响，我以为这不是对一个作家和一部作品的反响，而是整个社会对知青的关注。

哈尔滨的报纸是这样报道的（据《生活报》吴海鸥报道）——

著名作家、老知青贾宏图的反映北大荒知青命运的纪实文学在哈尔滨的《生活报》连载已过"100 期"，因真实感人，备受读者欢迎，每周刊发日，"洛阳纸贵"，人人争读，更有人剪报收藏，缺一不可。

2008 年 1 月作家出版社将专栏文章结集出版《我们的故事》，引起读者热烈反响。作者已经多次在哈尔滨和上海签名售书，每一次都场面感人，排队来购书者有当年在黑龙江下乡的各大城市的老知青，他们给自己买，也给远方的当年同时下乡的战友买，买书的也有 80后 90 后的年轻读者。

这本新书引起媒体的广泛关注，北京、上海、天津、杭州、哈尔滨、西安等地的多家报刊发表书讯书评，海外的华文报纸也有报道，美国的《世界日报》在报道中说："上个世纪 60 年代开始，中国有2000 万城市青年奔赴农村边疆，这是中国历史上空前绝后的一幕，在作家出版社出版的贾宏图最新长篇纪实文学《我们的故事》中，完全呈现。""作者像位考古工作者一样，在北大荒和知青返城的家乡间奔跑，寻找老知青的足迹和他们发生在昨天和今天的故事，历时多年，用爱和激情写成这部书。"《光明日报》、《文汇报》、《文学报》等十多家报纸选载或连载了书中的故事。在国内有广泛影响的《作家文摘》在"纪念改革开放 30 年的特选作品"专栏里连载了这部作品，按语中说："翻开这部书，犹如推开一道沉重的历史之门，扑面而来的，却是豪情满怀的鲜活人生：纯真的理想，没有墓碑的爱情和生命，以及柔韧亮丽的人性之花……北大荒知青们可歌可泣的真实故事，读来无不为之动容。"

　　北京、济南和黑龙江省、哈尔滨等城市的广播电台在文学节目连播了《我们的故事》，收听者甚众，有在上班的车上听的高官，也有在公园里晨练时听的退休工人和天天按时收听的出租车的司机。有的听众为收听《我们的故事》还专门购买了收音机。国家广电总局副局长胡占凡亲自给北京广播电台打电话对连播此书表示祝贺。这部书也在海外广泛传播。美国南加州的中国知青联谊会组织部分在美的老知青朗诵了这部书中的 40 个故事，通过自己创办的网站，在华人中流传，还在当地的《世界日报》选载了这本书中知青的故事，感动了许多华人读者。

　　另有全国十多家网站转载此书，引发数以万计的网评。有的网友给作者留言："真的应该深深地感谢你，把我带回到了曾经走过的道路和记忆中，你用辛勤的写作、真挚的情感，朴实的文笔，记录着那段知青上山下乡的历史，一代人至少十年的青春跨越，甚至延长至今。它虽然不如二万五千里长征悲壮，惊动世界；但它却牵动亿万人，曾经为之动容。更重要的是一代人的经历毕竟要在中华民族史上，留下浓重的一笔，因为知青昨天的故事，实在是可歌可泣。"一位当年兵团 5 师 51 团 16 连的战士王丽英在给作者的留言中说："我以一个当年知青的名义，向你致敬，感谢你，为我们知青留下清晰的足迹，让历史记住我们。我现在河南一个原东北迁来的军工厂里，我们厂里有一百多个当年的知青，我们的父亲就是为了把我们能从乡下带进工厂而南迁的。如今你的作品在我们厂的知青中抢着传看，你写得真好！"一位叫刘振的老知青在网上留言："作为一名曾经上山下乡插队落户、大学毕业后现在仍工作在黑河的上海知青，我非常愿意欣赏和拜读您的《我们的故事》系列作品，文章文笔清新、感情真挚，30 多年的知青岁月，仿佛就在眼前，每每掩卷、唏嘘、叹息、感慨、回忆、遐想、思考、反省……不禁令人心潮起伏，思绪万千。感谢老贾大哥！您的笔忠实又艺术地记录和保存了知青历史，可使我们的长辈、同辈和晚辈从各自不同的角度审视和评价这段难忘的历史，可谓功德无量！真心希望辑录成书，让更多的人了解那段历史。"

此书也在文学界引起好评。著名作家梁晓声致信作者："宏图，我对你的此书的评价那就是——无一等情怀，断无这样一本书问世。无这样一本书问世，关于知青的历史，则断不能是真实的历史。""我一直期待，能有一本书，从特别真实的角度，折射特别发人深省的'知青时代'之特别。""一百个人，一百种坎坷，一百种令人唏嘘不止的人生——宏图，你做了小说家力所不逮之事。而且，这件事正该你做！"著名作家张抗抗、陆天明、肖复兴、石钟山、蒋巍、白烨等也对本书的社会意义或文学价值给予积极评价并向读者热荐。

根据读者的需要，《我们的故事》在印发一万册的基础上，作家出版社又加印六千册，后再加印两千册，正在各大城市书店销售。根据读者需要，出版社还可能加印。在读者的鼓励和督促下，作家日夜兼程，8月已把续集的书稿交作家出版社，预计12月，新书将与读者见面。

据记者了解，此书将编集《生活报》正在和将要连载的49个故事，和上集的60多个故事一样仍然有强烈的感染力，催人泪下、让人感慨唏嘘的篇章很多。作者既写了"前知青时代"主人公在特殊的苦难境遇中的生与死、爱与恨和慷慨与悲凉、进取与退却的经历，也写了"后知青时代"主人公的从头再来艰辛创业的光荣与辉煌以及被社会遗忘和淘汰后的彷徨与无奈。其中不乏英雄主义的颂歌。作者在续集中仍关注普通老知青的人生境况。爱与死的悲情故事，仍然是书中的重要篇章，那是时代造就的人生悲剧，有人性被摧残的惨烈，也有人性在挣扎中闪烁的凄美。对苦难的回忆也充满了温情，作者惋惜在苦寒绝境中消磨的青春，也盛赞在冰雪中绽放的美丽的花朵。这也是本书的一大特色。

（五）

我是个纪实文学作家，这两本《我们的故事》也是纪实文本。

我知道纪实文学的特殊功能，以及纪实文学作家可为"小说家力所不逮之事"（梁晓声语），但我仍然尊重小说家，如梁晓声、王安忆和叶辛这样有宏观把握历史、微观洞察人生能力的小说家，他们可为时代留下史诗般的巨著，那也是纪实文学作家"力所不逮的事"了。为世界上绝无仅有的"中国知青运动"留下史诗，我们寄希望于梁晓声、王安忆、叶辛等知青小说家了。

今年5月在上海举办影响很大的知青油画展，美术评论家毛时安的序言让我们感动，他说："人类历史上有因为战乱和灾荒的人口大迁徙，但从来没有过一次人数如此众多，时间如此漫长、以纯粹年轻人为主体的如此壮观的生命大迁徙。这样的事情，中国历史上从未有过，人类历史上也未曾发生。上山下乡运动，是用青春、热血和生命谱写的历史强音。""知青们用自己的聪明才智给荒原带来文明，用自己尚未成熟的身躯，支撑了共和国大厦。他们不仅将青春甚至生命托付给了自己为之奋斗、深深挚爱的土地。历史不会忘记知青，也不应该忘记知青。"

也许，这是对知青运动一个最积极的评价。无论怎么说，这个空前绝后的事件，对中国对整个人类都是一部难得的教科书。无疑是作家的创作富矿。第二次世界大战写了多少年了，出了多少名著；连对美国是个耻辱的越战，他们又写了多少书，拍了多少电影？而参战的美国青年，绝无中国的知青多。

我以为知青文学并不会因为纪念知青下乡40年而终结，而应该是新的开始。只要我们这些人和我们的后代还活着，就有故事发生。当然，我们这帮知青会渐渐老去，但知青文学是会比我们生命更长久的事业。

但愿这次聚会是知青文学创作新高潮的一次动员和战斗队伍的集结。

而我的发言，是众多冲锋号中的一支。